KB159437

# 체험주의 민속학

민속과 구술문학의 체험주의적 이해

표인주(表仁柱/Pyo, In-Ju)

전남대학교 인문대학 국어국문학과를 졸업하고, 동 대학원에서 석사학위와 박사학위를 받았다. 전남대학교 박물관장을 역임했고, 광주광역시 문화재위원으로 활동하고 있으며, 전남대학교 국어국문학과 교수로 재직하고 있다.

저서로는 『영산강 민속학』(민속원, 2013), 『남도민속학』(전남대학교출판부, 2010), 『축제민속학』(태학사, 2007), 『남도민속과 축제』(전남대학교출판부, 2005), 『광주칠석고싸움놀이』(피아, 2005), 『남도민속문화론』(민속원, 2002), 『남도설화문학연구』(민속원, 2000), 『공동체신앙과 당신화연구』(집문당, 1996)가 있고,

공저로는 『무등산과 고전문학』(2018), 『이주완 풍물굿과 이경화 예술세계』(2013), 『무등산권 굿당과 굿』(2011), 『무등산권 무속신앙의 공간』(2011), 『무등산권 무속인의 생애사』(2011), 『무등산권 점집과 점복의례』(2011), 『전쟁과 사람들』(2003), 『구림연구』(2003) 외 다수가 있다.

# 체험주의 민속학
## 민속과 구술문학의 체험주의적 이해

**초판 1쇄 발행** 2019년 12월 25일
**초판 2쇄 발행** 2020년 8월 10일

**지은이** 표인주 | **펴낸이** 박찬익 | **책임편집** 유동근
**펴낸곳** ㈜박이정 **주소** 경기도 하남시 조정대로45 미사센텀비즈 7층 F749호
**전화** 02)922-1192~3 | 031)792-1193, 1195 **팩스** 02)928-4683 **홈페이지** www.pjbook.com
**이메일** pijbook@naver.com | **등록** 2014년 8월 22일 제2020-000029호

ISBN 979-11-5848-538-2 93810

* 책값은 뒤표지에 있습니다.

EXPERIENTIALISM FOLKLORE

# 체험주의 민속학

민속과 구술문학의 체험주의적 이해

표인주 지음

(주)박이정

# 머리말

민속은 인간이 공간과 시간의 경험을 통해 형성해온 생활양식으로, 자연 환경, 사회적 배경, 역사적 사건 등의 영향을 받으며 지속해온 생활습속의 전반을 일컫는다. 그러한 까닭에 민속 연구의 관심은 문화 전승의 최소 단위인 가족, 그리고 마을과 사회 등 공동체의 기능과 생활습속의 상징성을 파악하는 데에 있다. 역사성의 측면에서 민속의 지속과 변화를 파악하기도 하고, 공시적인 측면에서 비교를 통해 민속의 보편성과 개별적인 특징을 파악하는 것에 주안점을 두었다. 연구방법은 주로 민족주의적 관점, 역사지리학적인 탐색, 비교 연구법, 제의학파적 시각, 구조주의와 기호학적 해석, 정신분석학적인 적용, 기능주의적 접근, 현장론적인 이해 등의 해석방식을 활용하는 것이었다. 이러한 연구 방법은 기본적으로 민속의 텍스트화 작업을 통해 이루어졌고, 그 텍스트를 통해 과거로부터 현재까지의 민속을 이해하려는 태도였다.

그렇지만 민속에 대한 과거지향적인 연구나 현재적인 측면의 연구도 중요하지만 현재부터 미래까지 확장하여 응용민속학으로서 관심을 가져야만 하는 시대적 요청을 외면하기 쉽지 않다. 그것은 생태적 환경의 변화와 다양한 계층의 사회적 요구에 따라 인간의 생활양식이 다양한 형태로 변화하는 것을 수용해야 하기 때문이다. 이러한 시대적 소명에 부응하기 위해 민속 연구도 더욱 확장되어야 하지만, 여전히 민속 해석은 텍스트 중심의 연구로부터 벗어나지 못하고 있는 현실이다. 중요한 것은 인간이 자연을 다양한 방법으로 체험하고 경험하여 그 과정 속에서 신체적 기억에 의해 형성된 삶의 체계가 바로 민속이라는 점이다. 즉 민속은 인간의 감각적 신체 운동에 근거하여 확장된 다양한 경험적 지식인데, 여기서 경험적 지식을 분석하는 것도 중요하지만 그것의 형성 기반인 물리적 기반에도 관심을 가져야 한다. 왜냐하면 민속의 형성 근거인 물리적인 기반에 대한 관심은 민속의 지속과 변화는 물론 그것의 원천을 파악할 수 있게 하고, 그것의 계보학적인 이해를 가능하게 하기 때문이다. 그래서 민속, 즉 삶의 체계가 경험체계이기 때문에 모든 경험의 뿌리가 신체적 층위의 상호작용에서 출발한다고 주장하는 존슨(Mark Johnson)의 체험주의적 해명에 관심을 가질 필요가 있는 것이다.

민속은 몸의 발현인 동시에 제한된 몸의 한계를 극복하려는 노력으로 특징지을 수 있다. 인간의 모든 정신 활동이 몸의 활동에 근거하고 있으며, 동시에 신체적인 요소들에 의해 강력하게 제약을 받는다. 노양진의 《몸이 철학을 말하다》에 의하면, 체험주의(experientialism)는 인간이 세계의 일부이며 세계와 지속적으로 상호작용하는 존재이기 때문에 경험에 의해 주어진 것으로 세계와 의미를 설명하려는데 관심을 갖는다고 한다. 경험은 신체적·물리적 층위의 경험과 정신적·추상적 층위의 경험으로 구분된다. 그리고 인간이 하나의 물질적인 세계와 상호작용하는 과정에서 드러나는 복합적 국면인 정신적·추상적 층위의 경험을 구성한다. 이것은 은유적 확장을 통해서 이루어지고, 이러한 과정을 해명하려는 것이 존슨의 영상도식(image schema)과 은유적 사상(metaphorical mapping)의 두

축을 이루고 있는 '상상력 이론(imagination theory)'이다. 이러한 해석은 물리적 경험과 기호적(symbolic) 경험의 융합으로 형성된 문화의 중층성을 해명하는 일이기도 하기 때문에 공공성(commonality)과 변이성(variability)을 이해할 수 있게 한다.

따라서 체험주의적 민속 해석은 어떤 대상의 경험적 구조를 토대로 기호적 구조를 파악하는 것이며, 어떻게 민속이 형성되며 의미화 되고 어떠한 기능을 수행하고 있는가를 계열체적으로 해명하고, 궁극적으로는 의미를 총합적으로 탐색해 가는 과정이라 할 수 있다. 필자가 그동안 이러한 의도를 가지고 발표한 논문을 정리하면 다음과 같다.

①일생의례의 상상적 구조와 해석(『호남학』 제65집, 전남대학교 호남학연구원, 2019)

②마을축제의 영상도식과 은유체계의 이해(『한국학연구』 제68집, 고려대학교 한국학연구소, 2019)

③구술문학의 체험주의적 연구 필요성과 의미(『한국언어문학』 제108집, 한국언어문학회, 2019)

④민속적 경험과 감성의 원초적 기반으로서 삶과 정서 (『감성연구』 제16집, 전남대학교 호남학연구원 인문한국사업단, 2018)

⑤가축(livestock)의 민속적 기호경험과 체험주의적 해석(『용봉인문논총』 제53집, 전남대학교 인문학연구소, 2018)

⑥구술기억자료의 체험주의적 해석과 학술적 가치(『호남문화연구』제
  64집, 전남대학교 호남학연구원, 2018)

⑦해남 윤씨 설화의 기호적 의미와 전승집단의 인식(『호남문화연구』제
  63집, 전남대학교 호남학연구원, 2018)

⑧김덕령 설화의 기호적 의미와 전승집단의 인식(『석당논총』제72집,
  동아대학교부속석당학술원, 2018)

⑨민속에 나타난 '꽃'의 기호적 의미와 변화(『호남문화연구』제62집, 전
  남대학교 호남학연구원, 2017)

⑩호남지역 민속놀이의 기호적 변화와 지역성(『민속연구』제35집, 안동
  대학교 민속학연구, 2017)

⑪홍어음식의 기호적 전이와 문화적 중층성(『호남문화연구』제61집, 전
  남대학교 호남학연구원, 2017)

⑫임진왜란 서사기억의 발생적 원천과 기호적 층위(『호남문화연구』제
  59집, 전남대학교 호남학연구원, 2016)

⑬민속에 나타난 '불(火)'의 물리적 경험과 기호적 의미(『비교민속학』
  제61집, 비교민속학회, 2016)

⑭민속에 나타난 '물(水)'의 체험주의적 해명(『비교민속학』제57집, 비교
  민속학회, 2015)

⑮'말'의 민속적인 관념과 신앙적 의미(『한국학연구』제51집, 고려대학
  교 한국학연구소, 2014)

이와 같은 글쓰기를 통해 체험주의적 해석 방식을 민속과 구술문학 연구 방법론의 하나로 인식하게 되었다. 그것은 먼저 기호내용(sign content)을 토대로 기표(signifier)의 근원과 계보적 관계를 파악할 수 있다는 것과, 두 번째로 기호적 전이(symbolic metastasis)를 통해 민속과 구술문학의 지속과 변화 과정을 파악할 수 있다는 점, 그리고 세 번째로 존슨의 상상력 이론을 토대로 경험의 산물인 민속과 구술문학의 의미론적인 이해를 확장시킬 수 있는 점에서 그렇다. 비록 15편의 논문을 쓰면서 많은 시행착오를 겪기도 했으나 앞으로 치밀하고 정합하게 분석체계를 더욱 보완하여 체험주의적 글쓰기를 수행할 계획이다. 이러한 연구 작업이 향후 민속 연구 지평을 확대하는데 조금이나마 기여하길 기대해 본다. 연구의 미흡한 점은 후학들의 연구로 채워지길 간절히 바란다. 그동안 이미 학술지에 발표한 글을 크게 〈제1부 민속의 체험주의적 분석〉, 〈제2부 민속적 사물의 체험주의적 탐색〉, 〈제3부 구술문학의 체험주의적 해석〉으로 나누어 책으로 출간하게 된 것도 이러한 작은 소망에서 비롯되었음을 말하고 싶다.

이 책을 내면서 많은 분들의 도움을 받았다. 체험주의 철학에 관심을 갖게 된 것은 2013년에 출판된 전남대학교 철학과 노양진 교수의 《몸이 철학을 말하다》(The body speaks Philosophy)를 읽고부터이다. 《몸의 철학》(Philosophy in the Flesh)을 비롯한 체험주의 관련 책을 읽고 글을 쓰면서 필자가 과연 체험주의 철학을 제대로 이해하고 있는지의 걱정이 적지 않았다. 그때마다 노양진 교수가 이해하기 쉽게 설명해주고 격려해 준 것이 큰 힘이 되었다. 이 자리를 빌어서 다시 한 번 감사하다는 말씀을 드린다.

그리고 연구하느라 바쁜 와중에도 원고를 꼼꼼하게 검토해준 대학원생들과 학부생들에게도 이 자리를 통해 고마움을 전한다. 특히 2018년도에 외아들을 하늘나라로 보내고 상심이 크신 장모님(김양림 여사)과 오빠를 잃은 아내에게 위로의 말을 전하고, 이 세상에서 가장 소중한 딸 새롬과 정인에게 사랑한다는 말을 전하고 싶다.

끝으로 이 책이 나오도록 지원해준 전남대학교에 깊은 감사의 뜻을 표하고, 어려운 여건 속에서도 출판을 흔쾌히 승낙해준 도서출판 박이정 박찬익 사장님과 예쁜 책을 만들어주신 편집부 직원들에게도 진심으로 감사드린다.

2019년 11월

표 인 주 씀

# 민속학의 체험주의적 탐구

체험주의(experientialism)는 1980년대 초에 레이코프(G. Lakoff)와 존슨 (M. Johnson)의 주도로 출발한 신생 철학이다. 비교적 짧은 역사지만 그 동안 체험주의는 지속적인 이론적 확장을 거듭해 왔으며, 그 과정에서 체험주의에 대한 철학적 인식도 점차 확산된 것으로 보인다. 국내에서 체험주의 연구는 매우 제한적으로 이루어져 온 것이 사실이지만 그 동안 의 축적이 결코 작은 것만은 아니다. 이러한 상황에서 표인주 교수의 『체험주의 민속학』은 체험주의적 시각을 민속학(folklore)이라는 탐구 영역에 전면적으로 도입함으로써 민속학 분야의 새로운 탐구 모형의 가능성과 필요성을 한눈에 보여 주는 괄목할 만한 학문적 성과라 할 수 있다.

민속학의 일차적 탐구 대상은 민속이다. 민속이란 대체로 역사를 통해 일상인들에게 광범위하고 뿌리 깊게 스며든 사고와 태도를 반영하는 일련의 활동양상과 그 산물을 가리킨다. 그러나 민속의 주인은 언젠가 소멸하며, 그 흔적은 파편적인 유물로 우리에게 전해진다. 그러나 더 중요하게는 의식적이든 무의식적이든 그들의 생활양식이 우리 자신의 내면 세계를 통해 이어져 온다는 점이다. 그래서 민속은 체계화되거나 이론화 되지 않았다 하더라도 여전히 현재의 삶을 주도하는 암묵적 조건들을 형성하고 있다. 이 때문에 민속에 대한 탐구는 우리 삶의 조건과 우리 자신의 인간적 본성, 나아가 우리의 현재적 상황을 이해하고, 나아가 미래를 조망하는 데 결정적인 실마리를 제공해 줄 수 있다. 과거는 그저 지나가고 사라지는 것이 아니라 항상 우리의 삶으로 축적되어 발현되기 때문이다. 즉 우리 삶은 파편적인 사건들의 반복이나 연속이 아니라 듀이(J. Dewey)의 해명처럼 지속적인 개조(restructuring)의 과정에 있으며, 살아 있는 동안 우리는 항상 그 과정의 끝 부분에 서 있다. 이런 의미에서 민속학은 과거에 대한 탐구인 동시에 현재에 관한 탐구이며, 나아가 미래에 대한 탐구다.

필자는 존슨 교수의 지도로 언어철학을 공부했으며, 1993년에 귀국한 이래로 줄곧 체험주의적 시각에서 언어철학적 논의에 집중해 왔다. 이 과정에서 필자가 기호 문제에 관심을 갖게 된 것은 비교적 최근의 일이다. 필자는 언어철학의 근본 문제들에 답하기 위해 언어 이전의 기본 조건으로서 기호적 경험의 본성과 구조에 대한 탐구가 필요하다는 생각에 이르게 되었다. 기호적 경험은 물리적 경험을 토대로 물리적 경험을 넘어서서 확장되는 경험 영역 전체를 가리키며, 그것이 우리를 단순한 동물이 아니라 인간이라는 존재로 만들어 주는 핵심적 층위라는 것을 알게 되었다. 사실 기호 문제는 기호학이라는 분과를 통해 지난 한 세기 동안 집중적으로 논의되었다. 그러나 불운하게도 소쉬르(F. de Saussure)에서 출발했던 구조주의 기호학이든, 퍼스(C. S. Peirce)에서 출발했던 화용론적 기호학이든 전통적인 기호학에서 기호적 경험의 본성과 구조에 대한 해명은 사실상 미해결의 숙제로 남아 있다. 필자는 이 물음에 답하기 위해 기호 탐구에 새로운 출발점이 필요하다고 보았으며, 그 새로운 출발점을 신체화된 경험(embodied)의 본성과 구조에 대한 체험주의의 해명에서 찾았다. 여기에는 기호의 문제가 세계의 사건이나 사태의 문제가 아니라 기호적 경험의 문제라는 시각의 전환이 요구된다.

체험주의적 해명에 따르면 기호적 경험은 물리적 경험을 토대로 창발(emergence)하는데, 필자는 이 창발의 구조가 기호적이라고 보았다. 즉 모든 기호적 경험의 뿌리는 물리적 경험이며, 거기에 우리의 두뇌와 몸, 그리고 그것과 직접 상호작용하는 물리적 세계가 있다. 만약 기호적 경험이 열리지 않는다면 우리의 모든 삶은 물리세계에 갇히게 될 것이며, 거기에는 '인간적 경험'이 없다. 이런 관점에서 기호적 경험은 바로 경험의 확장적 국면을 말하며, 그것은 동시에 인간적 경험을 의미한다. 필자가 체험주의를 통해 중요하게 배운 것은 이 기호적 경험이 기호적 사상(symbolic mapping)이라는 독특한 기제를 통해 이루어진다는 점이다. 기호적 사상은 체험주의의 은유 이론을 지탱해 주는 은유적 사상(metaphorical mapping)을 확장한 개념이다. 즉 우리는 이미 주어진 경험내용의 일부를 특정한 대상에 사상하며, 그 사상된 경험내용의 관점에서 그 대상을 새롭게 이해하고 경험한다. 그렇게 해서 우리는 기호적 국면으로 접어든다.

이러한 체험주의적 해명은 유의미한 민속적 경험이 모두 기호적 경험 층위에서 구성된다는 사실을 말해 준다. 민속학적 탐구에서 기호적 분석이 필요한 이유는 바로 여기에 있다. 여기에서 중요하게 상기해 두어야 할 것은 다양한 기호적 확장이 우리가 종(種)으로서 공유하는 경험의 공공성(commonality)에 토대를 두고 있다는 점이다. 이러한 공공성은 물리적 층위의 경험에서 현저하게 드러나며, 시대와 문화를 따라 생겨나는 다양한 변이에도 불구하고 모든 민속적 경험의 토대를 이루고 있다. 이 때문에 모든 민속적 경험은 공공성과 변이를 함께 아우르는 중층적 구조를 갖고 있으며, 이러한 구조는 전통적인 객관주의로도 허무주의적인 상대주의로도 적절히 해명되지 않는 제3의 시각을 요구한다. '신체화된 경험'에 대한 체험주의의 포괄적 해명이 그 요구에 답하고 있다.

표인주 교수와 필자는 우연한 계기로 기호적 경험의 문제에 공동 관심을 갖고 있다는 것을 알게 되었으며, 이후 수년 동안 다양한 주제로 매우 흥미로운 대화를 나눌 수 있었다. 이러한 공동 관심 속에서 펼쳐진 표인주 교수의 작업이 『체험주의 민속학』이라는 값진 결과를 낳게 되었다. 물론 이 작업은 표인주 교수의 수십 년에 걸친 방대한 연구의 축적이 없었다면 결코 이루어질 수 없었을 것이다. 필자는 표인주 교수의 연구가 민속학에 접근하는 낯설고 새로운 통로를 열어 준다는 점에서 민속학 탐구에 중요한 이정표를 제시해 줄 것으로 기대한다. 동시에 더 많은 독자들이 표인주 교수의 책을 통해 왜 민속학이 과거에 대한 탐구로 멈추지 않고 우리의 현재와 미래에 관한 탐구가 될 수 있는지를 읽어 내기를 기대한다.

2019년 8월

노 양 진 (전남대학교 철학과 교수)

# 목차

# 제2부 민속적 사물의 체험주의적 탐색

# 제3부 구술문학의 체험주의적 해석

EXPERIENTIALISM FOLKLORE

제1부
# 민속의 체험주의적 분석

# 제1장

# 민속적 경험과 감성의
# 원초적 기반으로서 삶과 정서
### - 호남지역 민속을 중심으로 -

## 1. 민속의 감성적 이해 필요성

문화란 인간과 인간의 끊임없는 의사소통 과정의 산물이다. 의사소통은 자연환경이나 사회 혹은 역사적 환경의 영향을 받아 이루어지는데, 인간의 의사소통 능력은 기호적 경험과 밀접한 관련이 있다. 기호라는 것은 의사소통의 행위면서 문화이기 때문이다. 인간은 오랜 기간 동안 축적되고 지속되어 온 생활양식을 의사소통하는 과정을 통해 기호적 의미를 전달하고 행동해 왔다. 따라서 의사소통은 의미를 만들어가는 과정이고, 언어적 활동을 비롯한 표정, 몸짓 등 외부세계를 지향하는 모든 활동을 가리킨다. 이러한 의사소통은 인간의 욕망에 의해 이루지고, 인간 욕망의 근원은 당연히 인간의 몸이 물리적 기반이며, 물리적 기반에 근거하여 표출된 욕망이 작용하여 기호를 생산하고 수용한다는 것이다. 즉 인간의 의사소통은 욕망의 산출물인 셈이다. 인간의 욕망은 감성적 체계와 이성적 사유체계를 토대로 기호를 생산하고 의사소통하는 원초적 근원이다.

인간의 생활양식은 민속적 경험을 형성하는데 중요한 역할을 한다. 민속적 경험에는 공동체 질서유지와 가치를 수호할 수 있는 이성적인 틀을 토대로 다양한 형태의 감성이 반영되어 있기 마련이다. 여기서 이성적인 틀이 생활양식의 관행을 지속시키고, 감성적인 부분은 인간의 정서적 관계를 유지하는데 중요한 역할을 한다. 감성은 감정과 밀접한 관련이 있다. 감정의 표출은 기본적으로 다양한 행동과 소리를 통해 나타난다. 민속에서 행동은 다양한 제의를 비롯한 의례, 놀이, 연행 등을 말하고, 소리는 구술시가나 구술서사를 말한다. 따라서 감정이 민속을 통해 가공되고 표현되어 나타난 것이 감성이며, 민속에서 감성에 주목한 이유는 이러한 것 때문이다. 감성적 표현이 가장 잘 드러난 것은 제의적인 행사, 민속놀이, 풍물굿 등의 마을축제, 개인의 역할이 중요하게 작용하는 민속극, 판소리, 민요 등의 민속예술이라고 할 수 있다.

일반적으로 민속 연구는 민속의 형성과정, 지속과 변화 양상, 비교를 통한 보편성과 특수성, 상징적 의미와 기능적인 역할 등을 파악하면서 다양하게 이루어져 왔다. 민속 연구는 공통적으로 민속 주체의 태도, 사고, 가치, 지향 등을 밝히려고 했지만, 아쉬운 점은 민속 주체의 감성적인 측면의 검토가 많지 않았다는 점이다. 민속은 관념적인 틀에 이성적이고 정서적인 삶의 질서를 채우고 있는 것이어서 무엇보다도 민속 주체의 감성 이해가 중요하다. 감성은 시간의 흐름은 물론 공간의 이동에 따라 변화하고, 그것은 다양한 방식으로 생활양식에 반영되어 나타난다. 바로 이러한 이유로 민속을 토대로 한 감성 읽기가 필요한 것이다. 그간 감성적 관심은 문학을 비롯해 다양한 예술적 형식에서 이루어져 왔다. 최근 들어 감성의 공학적인 활용은 물론 다양한 산업에서 감성의 관심이 확대되어 다양한 학문적 영역에서 논의되고 있다.[1] 그것은 그만큼 감성에 대한 연구의 효용성이 증가하고 있음을 보여주고 있는 것이다. 민속학 분야에서는 몇몇 논문 발표[2]와 더불어 여러 학문이 연계되어 감성적인 이해의 지평을 넓혀가고 있다.[3] 이와 같은 연구 분위기는 더욱더 감성에 대한 민속학적 관심을 갖게 해 주고 있고, 또 이러한 주제에 대해 체험주의적 연구가 필요함을 말해주고 있다.

인간의 경험이 사물에 대한 감각이나 지각을 통해 획득되는 삶의 영역이고, 체험은 경험적 기반을 바탕으로 문화적으로 경험한 모든 것을 지칭한다. 경험이 실용성에 근거한 개념이라면, 체험은 실용성은 물론 문화적인 경험을 포함하는데, 몸에 근거한 직접적이거나 간접적인 다양한 모든 경험을 총칭하는 개념이다. 그렇기 때문에 체험주의에서 경험은 경험주의보다 넓은 의미에서 사용한다. 중요한 것은 체험의 내용이 근원적으로 물리적 기반인 몸에 근거한다는 점에 유념할 필요가 있다. 몸에 근거해 형성된 사회와 언어 등의 다양한 경험 영역이 체험인 것이다.

체험주의는 현상학에서 메를로 퐁티의 몸 기반 접근법, 존 듀이의 실용주의, 인지과학의 이론적 기반을 근거로 한 마크 존슨의 해석방식으로,[4] 신체적/물리적 층위의 경험이 어떻게 상대적 변이를 제약해야 한다고 요구하는 것이 아니라 어떻게 제약하고 있는지를 해명하는데 집중한다. 그리고 모든 경험이 신체적/물리적 층위의 경험에 근거하고 있기 때문에 우리의 모든 경험은 신체화되어 있다. 경험의 확장을 통해 드러나는 중층적 구조를 적절하게 해명하기 위해 다양한 경험적 지식, 특히 최근 급속히 증가하는 인지과학의 탐구 성과에 주목한다.[5] 다양한 경험적 지식은 인간의 욕망과 환경에 따라 행동과 사물에 대한 개념적 혼성 과정을 거친 기호내용이 변화하면서 형성된다. 개념적 혼성이란 이미 사상되어 있는 기호내용에 새로운 기호내용이 사상되면서 발생하는 것으로,[6] 이것은 다시 기호적 전이를[7] 통해 다양한 기호적 경험을 생산한다. 개념적 혼성은 기호적 경험의 지속과 변화를 위해 기본적으로 발생할 수밖에 없으며, 새로운 기호적 의미를 갖게 하는데 중요한 역할을 한다. 그렇기 때문에 기호적 전이과정을 통해 민속의 지속과 변화를, 문화적 중층성을 통해 민속의 계보학적인 관계를 이해할 수 있는 것이다.

## 2. 감성의 개념과 물리적 기반

일반적으로 감성은 감정 혹은 정서, 열정, 느낌 등의 용어와 혼용해 사용한 경우가 많았다. 그것은 감성이라는 개념이 명확하지 않는데서 비롯되기도 했고, 감성이 감정과 밀접한 관계를 맺고 있다는 증거이기도 하다. 감정은 일차적으로 어떤 대상에 대한 본능적인 반응으로서 촉각, 후각, 미각, 청각, 시각의 감각적인 자극을 통해 거의 무의식적으로 드러난 것이고, 감성은 감정이 사회적인 환경, 역사적인 환경, 문화적인 환경에 따라 역동적이며 단계적인 과정을 통해 발현된 것이라 할 수 있다. 감성이 공동체 구성원들과 함께 공유하면서 집단적 감성으로 발전하기 때문에 민족이나 지역의 정체성 형성에 적지 않은 역할을 한다. 이러한 감성은 의식적으로 가공하여 표현한 것이어서 감정에서 이성으로 이행해가는 과정에서 형성된다.[8] 다시 말하면 감정이 본능적인 반응으로 무의식적으로 표출되는 것이라면, 감성은 사회문화적인 규칙에 의해 형성되어 의식적으로 표현한 것이라고 할 수 있다. 즉 감정은 표출되는 것이고, 감성은 표현하는 것이다.[9]

그런가 하면 감성은 이미 그 자체로 관계적이며 지향적이기 때문에 언제나 상호작용성이라는 맥락에서 정의되어야 한다. 곧 역사적이면서 사회문화적으로, 또한 정치경제적으로 구조화되면서 동시에 구조화하는 감정을 감성이라고 하는데, 역사성과 사회성의 계기를 갖는 감정이 감성이기 때문이다.[10] 감성에 관한 논의는 체험주의에서 논의하고 있는 정서와 느낌을 통해 이해할 수 있다. 체험주의에서 의미는 신체적 지각(Perception), 운동(Movement), 정서(Emotion), 느낌(Feeling)을 통해 형성되고, 감각운동 과정과 느낌에 신체적 기원이 있다. 여기서 중요한 것은 의미 형성에 정서와 느낌이[11] 중요하게 작용한다는 점이다. 정서가 유기체인 우리 자신에게 사물이 어떻게 작용하는지에 대한 무의식적이며 자동적이고 지속적인 평가에 대한 신체적 반응이라면, 느낌은 몸이 환경에 참여하면서 생기는 변화에 적응하고 변화하는 몸 상태에 대한 지각이다. 따라서 느낌은 사물이 어떻게 작용하는가에 대해 의식적일 수 있게 해 주고, 최적의 작동 상태에서 생존을 위한 적응의 과정에서 삶의 상태에 대한 복합적인 표상들에 근거한다.[12] 따라서 감성이 느낌이고, 감정은 정서의 개념과 가까운 것으로 이해할 수 있다. 그리고 이성과 감정의 이분법을 극복하기 위해 이성의 감성적인 측면을 부각하거나 감성의 이성적인 측면을 부각하려는 노력이 있기도 했다.[13] 이것은 배척된 감정의 합리성을 복구하려는 것이고, 이성의 영역을 감정의 영역으로 확장하려는 의도에서 비롯된 것으로 보인다.

어떻든 지금까지 논의를 토대로 감성의 개념을 정리하자면, 감성은 감정과는 다르고 의식적이고 인위적인 요소가 가미된 느낌의 과정을 통해 발현되는 심리현상이라고 할 수 있다. 느낌의 과정이 기본적으로 감정을 근거로 이루어지고, 이는 사회적인 환경, 역사적인 환경, 문화적인 환경의 영향을 크게 받는다. 느낌의 과정이 감정을 이성에 근접하게 하고 감정의 합리성을 설명하는 과정이기도 하다. 감정을 가공적이면서 의식적인 느낌의 과정으로 표현한 것이 감성인 것이다. 이러한 감성은 감정에 근거해 단편적으로 표현되기도 하지만 계기적이면서 복합적으로 표현되기도 한다.

중요한 것은 감성의 실체를 파악하기 위해 가능하다면 일정한 기준을 토대로 분류하여 이해할 필요가 있다는 점이다. 분류는 사물이나 대상의 이해를 구체화하고 명확하게 하는데 효과적인 방법이기 때문이다. 따라서 감정에 근거한 감성을 분류할 수 있는 기준으로 감정 분류 현황을 활용하고자 한다. 그 이유는, 감정 분류를 기준으로 감성을 분류하여 그 실체를 파악하고, 다시 그것을 은유적으로 표현하고 있는 민속적 경험에 반영된 감성의 구체적인 표현 양상을 이해하기 위해서이다. 기억해 둘 것은 감성이 일회적으로만 나타나는 것이 아니라 다층적이면서 복합적으로 나타나는 경우도 많다는 점이다.

인간의 심리현상을 《예기》에서 칠정(七情)이라 하여 희(喜)·노(怒)·애(哀)·구(懼)·애(愛)·오(惡)·욕(欲)이라는 일곱 가지로 나누었는데, 그것을 축약하면 희노애락으로 구분할 수 있다. 분류는 최소에서 최대의 항목으로 확대해 가는 것이 바람직하기 때문에 감성을 희노애락을 최소기준으로 분류하여 이해하고 점진적으로 확대해갈 필요가 있다. 먼저 기쁨은 욕구 실현에 의해 표출되는 감정으로 개인이나 집단에 따라 다르지만 느낌의 과정을 통해 화평(和平)의 상태로 표현된다. 두 번째로 분노는 외부적인 환경으로 인해 욕구가 좌절되어 나타난 현상으로 이것이 극복되지 않고 절정의 상태에 이르면 격정(激情)의 상태로 표현되며, 세 번째로 슬픔은 개인의 부당한 대접이나 욕구 좌절에서 비롯되는 감정으로 이것을 풀어내지 못하고 누적되면 체념의 상태가 되어 애정(哀情)의 상태, 즉 한의 심성으로 표현된다. 네 번째로 즐거움은 기쁨이 토대가 되어 역동적이고 최고조의 감정 상태로 신명(神明)의 상태로 표현되는 것을 말한다.[14] 이처럼 감성을 네 가지 유형으로 분류할 수 있고, 민속적 경험에서 단편적으로 나타나기도 하지만 복합적이고 중층적으로 나타난 경우도 많기 때문에 감성을 분류한다는 것이 쉬운 일이 아니다. 분류는 어디 까지나 감성의 실상을 구체적으로 이해하려는 측면에서 이루어질 수밖에 없다.

이와 같은 감성의 물리적 기반은 최소한 두 가지 이상이 작용하여 형성된 것으로 보인다. 하나는 인간이 살아가는 삶의 내용이고, 두 번째로 삶이 몸을 자극하는 감각기관이다. 삶의 내용은 무엇보다도 생업구조를 비롯해 사회적 환경, 역사적 환경 등 문화적 환경의 영향을 받아 구성되고 그것을 실천하는 각자의 역할이 1차적 물리적 기반이다. 호남은 서남해안 지역에 도서지역이 많아 어업이나 농업, 혹은 반농반어업을 주업으로 하고 있는 지역이 많고, 영산강, 만경강, 동진강을 중심으로 벼농사가 중심이 되는 생태지리적 환경을 가지고 있다. 또한 서남해안 지역이 백제 영역권이면서 해외교류가 활발했던 지역으로서 임진왜란과 동학혁명을 비롯한 역사적인 환경을 가지고 있다. 또, 탈춤보다도 판소리라는 소리문화가 발달한 문화적인 배경을 가지고 있는데, 이것이 감성 형성의 물리적 기반이라고 할 수 있다. 그리고 그 물리적 경험이 감각을 자극하여 표출되는 감정이 2차적 물리적 기반이다. 감정은 외부 자극을 통해 몸을 움직이게 하는 가장 원초적인 기반으로서 감성 형성의 중요한 감각적 기반이다.

따라서 감성과 관련된 기호적 경험을 형성하는 데는 생업구조와 삶의 역할이 1차적 물리적 경험이고, 이 감각적 기반을 자극하여 표출되는 감정이 2차적 물리적 경험이다. 이처럼 감성의 기호적 경험이 1차와 2차의 물리적 경험에 근거해 형성된 것이라고 할 수 있다. 1차와 2차의 물리적 경험은 순차적으로만 나타나는 것이 아니라 환경에 따라 복합적으로 나타나기도 하고, 시간이 지나면서 누적되었다가 기억에 의해 형성되기도 한다. 정리하자면 감성은 최소한 생업구조와 삶의 역할이라고 하는 물리적 기반과 감정이라는 물리적 기반이 토대가 되어 형성된 것으로 생각할 수 있다.


## 3. 민속적 경험에 나타난 감성의 실상

민속적 경험에서 희노애락의 감정을 표현하는 방법으로 행동과 소리가 기본적이다. 춤을 제외한 행동이 기쁨과 즐거움 그리고 분노를 표현하기에 가장 효과적이라면, 슬픔은 소리와 춤을 통해 표현할 수 있다. 여기서 소리와 춤은 단순히 슬픔만을 표현하는 것이 아니라 다른 감정을 종합적으로 표현할 수 있다는 점에서 여타의 행위와는 차이가 있다. 즉 민속놀이가 기쁨, 분노, 즐거움을 표현하는 것에 효과적이었다면, 민속예술은 슬픔을 표현하는데 가장 적합한 표현방식이었음을 말하는 것이다. 물론 민속극이나 판소리, 무가, 민요가 희노애락을 표현하는 복합적 감성의 민속예술이라는 점에서 민속놀이와 다를 바 없지만 슬픔의 감정을 잘 표현하고 있다는 점에서는 차이가 크다. 일반적으로 민속예술은 연행 내용이나 상황에 따라 표출되는 감성 내용이 다르기 때문에 감성을 연행 내용이나 상황을 표현하는데 활용하고, 그것은 민속예술의 주제 표현과 밀접한 관련이 있다.

일반적으로 민속적 경험에서 감성은 단선적으로 나타나는 것이 아니라 복합적으로 나타나기도 한다. 특히 민속에서는 감성이 중층적으로 나타나는 경우가 많다. 무엇보다도 민속적 경험에 나타난 감성의 실체를 파악하기 위해서는 감성의 형태에 따라 민속을 이해하는 작업이 전제가 되어야 한다. 그래서 본고에서는 민속에 나타난 감성을 치밀하고 미시적으로 검토해야 하지만 민속의 사례를 토대로 감성의 실상을 파악하는 것에 주안점을 두고자 한다. 이에 따라 감성의 유형을 앞서 언급했던 것처럼 신명적 감성, 화평적 감성, 애정적 감성, 격정적 감성으로 나누어 살펴보고, 감성의 유형에 따라 민속에 나타난 감성을 검토하고자 한다.

### 1)마을 축제적 행사에 나타난 신명적 감성

신명적 감성은 기호 산출자와 수용자가 일체되는 과정 속에서 형성되는 감성이다. 기호 산출자가 마을제사를 지내는 주체이면서 참여자이고, 기호 수용자는 제의적 내용을 수용하는 신적인 존재이거나, 제의에 참여하는 마을공동체 구성원이다. 종교적 목적을 구현하기 위한 마을신앙의 기호 생산자가 마을사람이라면 그것을 수용하여 그에 상응한 신의 보답이 이루어져야 하기 때문에 기호 수용자는 당연히 신적인 존재이다. 여기서 마을사람들과 신이 하나 되고, 마을사람들이 일체가 되었을 때 신명적 감성이 표현된다. 말 그대로 마을사람들은 그 순간을 신명나게 놀고 신나게 보냈다고 표현하는 것이다. 중요한 것은 기호 산출자와 수용자가 일체감을 갖게 된 것은 심리적으로 즐거움의 상태에서 이루어졌음을 말한다. 신을 대상으로 한 민속적 경험은 기본적으로 미래의 안녕과 풍요를 기원하기 위해 이루어지는 희망적인 행사이다. 인간은 기본적으로 희망을 통해 즐거움을 갖고자 한다. 이러한 것이 제의적인 행사에서 주로 나타난다.

제의적인 행사는 조상신을 받드는 차례와 기제사 그리고 시제를 비롯해, 마을신을 모시는 마을신앙, 가택신을 모시는 가정신앙 등을 말한다. 이러한 제의적 행사가 마을이나 지역에 따라 다소 차이가 있으나 중요한 것은 이들 제의적인 절차 가운데 음복의 절차라는 점이다. 음복은 제사가 무속적이든 유교적이든 간에 기호 산출자가 준비한 제사 음식을 기호 수용자인 신과 함께 나누어 먹는 것을 말하는 것으로, 인간과 신이 하나 되는 과정이다. 음복이 단순히 인간과 신이 음식을 함께 나누는 것만이 아니라 형제들 간에 혹은 친지를 비롯한 마을사람들이 함께 나누어 먹기도 하기 때문에 인간과 인간의 유대관계를 강화시켜 주는 역할도 한다. 이것은 어디까지나 기호 산출자와 수용자가 일체되는 과정을 통해 이루어지고, 이러한 상황 속에서 형성되는 감성을 신명적 감성이라고 할 수 있다.

신명적 감성은 풍물굿을 통해서도 확인할 수 있다. 풍물굿은 호남지역에서 마을신앙과 관계되어 있을 뿐만 아니라 가택신앙과도 밀접한 관련이 있다. 호남지역의 마을신앙은 타 지역에 비해 풍물굿이 중요한 역할을 하고 있다는 점에서 차이가 있다.[15] 당산제와 당제는 반드시 풍물굿이 수반되는 특징을 가지고 있다. 따라서 풍물굿이 약화되면 마을신앙도 쇠퇴하기 마련이고, 마을신앙이 축소되거나 약화되면 당연히 풍물굿을 연행하는 것도 쉽지 않다. 물론 일과 관련된 두레 풍물굿이나 마을 기금을 마련하기 위해 연행되는 걸립 풍물굿이 있으나 그 근원은 신앙과 관련된 풍물굿이다. 풍물굿이야말로 즐거움의 심리현상을 잘 표현하는 굿놀이인 셈이다. 중요한 것은 풍물굿이 신을 즐겁게 하기 위해 연행된다는 점이다. 마을신을 대상으로 하는 당산농악이나 가택신을 대상으로 하는 지신밟기 모두가 신을 대상으로 연행되고, 그것이 발전되어 인간을 위한 다양한 놀이가 첨가되기도 한다. 이처럼 풍물굿이야말로 마을신앙처럼 신과 인간이 하나 되고, 인간과 인간이 하나 되는, 즉 기호 산출자와 수용자가 일체되어 신명적 감성을 표현하는 대표적인 것이라 할 수 있다. 이러한 것은 달집태우기를 통해서도 확인된다.

달집태우기는 기본적으로 마을공동체의 액을 물리치기 위해 마을의 공간을 정화시키고자 한 관념이 작용하여 행해지는 세시놀인데, 즉 달집태우기가 마을의 액을 물리치고 마을의 공간을 정화시키기 위한 은유적 행위인 것이다. 여기에 공동체적 신앙 관념이 작용하여 은유적으로 확장된 마을제사를 지내기도 한다.[16] 이처럼 마을제사만을 지내는 것이 아니라 풍물굿이 병행되기 때문에 마을축제적 행사인 것이다. 마을축제는[17] 마을제사를 비롯하여 줄다리기나 고싸움과 같은 공동체놀이, 집집마다 돌아다니면서 행해지는 지신밟기 등으로 구성되고, 이들의 공통점은 몸짓과 소리로 신에게 비는 행위를 한다는 점이다. 비는 행위는 자기보다 윗사람에게 빌거나 초월적인 존재에게 비는 경우가 많다. 초월적 존재인 신에게 빈다는 것은 인간의 유한성을 극복하기 위한 것으로 정성이 바탕이 되어야 한다. 정성은 다름이 아닌 오염된 것을 정화시키는 행위를 말하는 것으로, 제사를 지내기 위해 목욕재계를 하는 것이나 음식을 가리는 것 모두 정성을 극대화하기 위함이다. 그것은 인간이 신을 통해 즐거움을 얻고자 하는 것에서 비롯된다. 이러한 것을 바탕으로 신에게 비는 행사가 마을축제인 셈이다. 이처럼 축제는 '빌다'의 손비빔이라는 원초적 동작이 근간되고 있음을 알 수 있다.

결론적으로 마을신앙을 비롯한 제의적인 행사, 풍물굿놀이, 달집태우기 등이 기호 산출자와 기호 수용자가 하나 되는 관계 속에서 즐거움이라는 심리현상에 근거한 신명적 감성을 표현하는 민속적 경험이라고 할 수 있다. 즉 '빌다'의 손비빔이라는 원초적 동작에 즐거움이라는 감정이 상호작용하여 제의적인 행사가 은유적으로 사상되어 '신명적 감성'을 표현한 것이 마을신앙, 지신밟기, 달집태우기 등인 것이다. 따라서 신명적 감성의 기호화 과정[18]을 보면 [Ⓐ기호대상(빌다/손비빔) ↔ Ⓑ기호내용(제의적 행사/즐거움) → Ⓒ기표(마을신앙·지신밟기·달집태우기/신명적 감성)]로 전개된다.

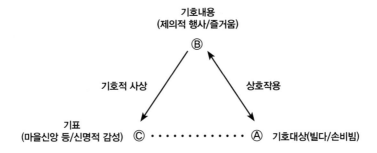

## 2) 여성 공동체놀이에 나타난 화평적 감성

여성 중심의 공동체놀이는 기본적으로 기호 산출자와 수용자의 통합을 추구하는 측면에서 이루어지는 것이 특징이다. 통합을 추구한다는 것은 인간이 가장 평화롭고 한가로우며 유유자적한 심정으로, 물질적으로는 넉넉함과 정신적인 여유로움에서 비롯되는 심리현상이 화평적 감성이다.[19] 화평적 감성이 가장 잘 반영된 것이 강강술래나 화전놀이 등이다. 화전놀이는 호남지역은 물론 전국적으로 행해졌던 여성 중심의 놀이로서, 화전놀이야말로 봄의 기운을 알리는 3월 3일에 행해지는, 즉 양의 기운이 충만한 날에 행해지는 여성이 하나 되는 세시놀이다. 화전놀이는 기본적으로 봄의 기운을 즐기면서 기쁨을 최대한 활용하는 여성들의 축제적 행사인 것이다.[20] 여성들이 화전놀이를 하면서 화전을 만들어 먹거나 노래를 부르면서 화평을 추구하는 감성을 표현하고, 남성 중심의 사회에서 해방되고 하나 되는 기쁨을 만끽하는 공간이 바로 화전놀이 공간이다. 이 공간이야말로 여성들이 기쁨을 토대로 화평적 감성을 발현하는 장소이다.

강강술래가 여성 중심의 놀이라는 점에서 화전놀이와 공통적이지만 분포권에서는 주로 호남의 서남해안지역에 전승되었다는 점에서 차이가 있다. 강강술래는 어느 지역에서나 기본적으로 원을 그리면서 춤을 추며 노래를 부르는 것이 공통적이고, 부수적인 놀이는 지역마다 다소 차이가 있다. 부수적인 놀이가 지역의 생업을 놀이로 표현하는 경우가 많은데, 예컨대 덕석몰기나 덕석풀기는 농경지역에서 중요한 놀이로 구성되어 있다면, 해안지역에서는 청어엮기나 청어풀기가 연행된다는 점에서 생업구조가 놀이의 형성에 크게 작용하고 있음을 알 수 있다. 중요한 것은 강강술래가 늦은강강술래, 중강강술래, 잦은강강술래가 되든 원을 그리면서 춤을 추고 노래한다는 점이다. 이것이 강강술래의 가장 원초적인 놀이 내용이라고 할 수 있고, 여타의 것은 놀이의 오락성을 강화하는 차원에서 첨가된 것으로 보인다.

우리가 주목해야 할 것은 강강술래가 원을 그리면서 춤을 춘다는 점과 춤을 추기 위해 뛰는 행동을 반복한다는 점이다. 즉 원을 그리고 손을 맞잡고 서로 뛰는 것이 강강술래의 가장 원초적인 동작인 것이다. 따라서 원을 그리고 뛰는 동작에 대한 기호적 의미를 파악할 필요가 있고, 그것을 통해 감성을 이해할 필요가 있다. 우선 놀이마당에서 뛴다는 것은 슬픔과는 거리가 멀고 기쁨이나 즐거움의 감정이 바탕이 되는 경우가 많다. 물론 분노의 감정을 표출할 때 뛰는 경우도 있겠지만 중요한 것은 상하로 뛴다는 것이 부정적인 감정보다도 긍정적인 경우가 많다는 점을 고려할 필요가 있다. 감정이 위로 상승하면 긍정적인 행동인 경우가 많고, 아래로 하강한 경우는 당연히 부정적인 경우가 많기 때문이다. 이러한 것을 고려하면 강강술래가 긍정적인 감정을 표현하는 여성들의 공동체 놀이고, 당연히 기쁨의 감정을 근거로 화평적 감성을 표현하는 놀이라고 할 수 있다.

특히 강강술래에서 여성들이 손을 맞잡고 뛴다는 것은 어떻게 보면 땅을 '밟다'라는 것이 전제가 되어 있다. 땅을 밟는다는 것이 건강을 위한 운동의 하나일 수 있지만 신앙적으로는 땅의 신을 밟는다는 의미이기도 하다. 특히 마을제사를 끝내고 집집마다 돌아다니면서 풍물을 치는 것을 지신밟기라고 하는 것을 보면 밟기의 주술적인 의미를 짐작할 수 있다. 이처럼 강강술래도 밟고 뛴다는 점에서 주술 종교적인 의미를 갖고 있고, 따라서 강강술래는 놀이면서 주술적인 행위인 것이다.

궁극적으로 강강술래는 '뛰다와 밟다'의 도약이라고 하는 원초적 몸동작에 기쁨이라는 감정이 상호작용하여 풍요를 기원하는 여성놀이가 은유적으로 사상되어 '화평적 감성'을 표현한 놀이라고 할 수 있다. 강강술래의 기호화 과정을 보면 [Ⓐ기호대상(뛰다와 밟다/도약-跳躍) ↔ 기호내용(풍요기원 여성놀이/기쁨) → Ⓒ기표(강강술래/화평적 감성)]로 전개된다.

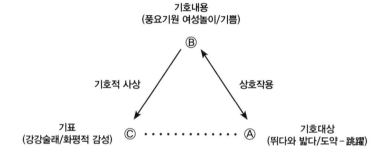

그리고 강강술래가 원을 그리면서 춤을 추고 노래를 부르기 때문에 그 원이 무엇을 상징하는가는 놀이의 시기를 통해서 확인할 수 있다. 호남지역에서 강강술래가 추석의 대표적인 놀이로 알려져 있지만 정월 보름에도 많이 한다. 정월달의 민속놀이가 명절이나 잠시 휴식을 취하기 위한 놀이마당이 형성된 경우에 재현되는 경우가 많다. 특히 풍물굿 계통의 놀이가 그러하다. 풍물굿놀이는 한 해의 안녕과 풍요를 기원하기 위해 연행되는 것이 원초적이기 때문이다. 강강술래가 정월이든 추석이든 간에 대보름달이 뜨는 달밤에 연행된다는 점과, 여성이 주축이 된다는 점에 주목할 필요가 있다. 여기서 강강술래의 원은 다름 아닌 대보름달이다. 다시 말하면 원을 그리면서 춤을 추고 노래를 부른다는 것은 보름달의 재현이고 풍요를 기원하기 위함이다. 강강술래가 여성들의 놀이라는 점, 원이 보름달을 상징한다는 점 모두 여성과 달이 풍요의 상징이라는 관념을 토대로 연행되고 있는 것이다. 따라서 강강술래의 원무 기호화 과정을 보면 [Ⓐ기호대상(보름달/여성) ↔ Ⓑ기호내용(풍요의 관념) → Ⓒ기표(여성들의 원무-圓舞)]로 전개된다.

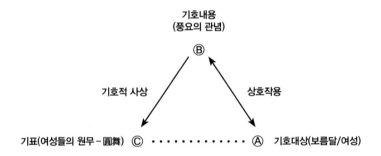

### 3) 민요와 판소리에 나타난 애정적 감성

애정적 감성은 그 어떤 대상의 자극을 자기의 능력으로 극복하지 못할 때 일어나는 비통하고 구슬픈 심정을 표현하는 심리현상이다.[21] 이러한 감정이 쌓이면 그 어떤 방법을 동원해서라도 극복하려 노력할 것이고, 그 노력은 한풀이의 대상이 될 것이다. 그렇게 해서 슬픔이 해소되면 큰 문제없겠지만, 더 이상 어떤 노력을 해도 극복하거나 해소할 방법이 없다면 그것은 또 다른 압축된 슬픔으로 자리하게 되면서 체념의 대상이 될 수도 있다. 그래서 그러한 심리현상을 노래로 표현하려는 경우가 많은데 그것은 곧 민요와 판소리다.

민요와 판소리가 청중을 염두에 두고 소리를 하는 경우도 있지만, 특히 민요는 자족적인 측면에서 노래하는 경우도 많다. 민요의 경우 당연히 개인의 감정을 표현하는 공간이 될 것이고 억눌렸던 감정을 표현하고 누군가에게 전이하고자 할 것이다. 판소리도 비록 서사적 구성을 갖추고 있어서 등장인물의 감정을 표현하는데 심혈을 기울이겠지만 가창자의 마음 또한 반영된다. 이러한 것을 고려하면 민요와 판소리는 기호 산출자의 감정을 기호 수용자에게 전이하려는 모습을 보여주는 것이 특징이라 할 수 있다.

민속음악에서 감정 표현은 소리의 템포와 밀접한 관련이 있다. 연행 상황의 절정의 단계를 표현하거나 감정적으로 억눌린 상황을 표현하고자 할 때 가장 중요한 것이 소리 템포이다. 경쾌하고 유유자적한 한가로운 장면을 느린 템포의 소리로 표현한 것은 부적합할 것이고, 오히려 억눌린 감정을 풀어내고자 할 경우 효과적이다. 따라서 느린 템포는 슬픔의 감정을 표현할 때 주로 많이 사용한다. 호남 민속음악의 대표적인 지표라고 하면 판소리를 비롯한 육자배기, 흥타령, 개구리타령, 농부가, 둥당이타령, 시집살이민요, 진도아리랑 등을 들 수 있는데, 이들은 공통적으로 느린 템포가 많은 비중을 차지하고 있는 것이 특징이다.

판소리 유파로 동편제와 서편제가 있지만 동편제는 우조를 바탕으로 하고 있으면서 빠른 템포가 많은 비중을 차지하고 있고, 서편제는 계면조를 바탕으로 하면서 느린 템포가 많은 비중을 차지하고 있다.[22] 특히 서편제는 동편제에 비해 애정적 감성을 가장 많이 반영하고 있는 소리, 즉 한의 심성을[23] 가장 많이 표현하고 있다. 물론 모든 판소리는 유파를 떠나서 연행상황이나 연행내용에 따라 소리 템포가 다르고 그에 따라 반영된 감성의 성격 또한 다르다. 하지만 서편제는 다른 유파와는 달리 애정의 감성이 강한 것이 특징이다. 서편제 소리꾼들이 적벽가나 흥부가보다는 심청가를 널리 선호하는 것만 봐도 알 수 있다. 그래서 심청가는 서편제 소리꾼이 불러야 하고, 적벽가는 동편제 소리꾼이 불러야 제 맛이라고 표현한다.

다시 말하면 애정적 감성을 잘 표현하고 있는 것은 뭐니 뭐니 해도 계면조를 바탕으로 한 서편제인 것이다. 이러한 것은 굿판에서 불리는 시나위 무가를 통해서도 확인할 수 있다. 이 무가는 슬프고 흐느끼는 느낌을 주며 한의 심성이라고 하는 애정성이 극명하게 반영된 음악이다. 진도아리랑을[24] 비롯해 시집살이민요, 특히 시집살이민요에서 여타의 민요에 비해 여성들의 억눌린 슬픈 감정을 표출하여 애정의 감성으로 승화한 경우가 많다.[25] 민요를 통해 여성들이 처한 가정환경을 비롯한 사회의 제도적 억압 등을 고발하거나 풍자하는 것과 관련이 있다.[26] 이처럼 슬픔의 감정을 노래로 표현하려는 것은 트라우마를 극복하려는 노력의 하나이다. 트라우마를 극복하려는 수많은 노력이 슬픔을 넘어서려는 것으로부터 시작되고, 상실과 좌절의 아픔으로부터 자기 존재를 회복하려는 치유의 과정이 된다.[27] 이러한 치유를 위해 주로 민요나 판소리를 부른 것이다. 다시 말하면 애정적 감성을 표현하고, 그것을 해소하기 위해 부른 것이 민요와 판소리인 것이다. 곧 애정적 감성의 표현은 치유 방법의 하나인 셈이다.

따라서 기호 산출자의 슬픈 감정을 노래를 통해 기호 수용자에게 전이하는 것은 일종의 치유과정이고, 그것은 기본적으로 '불다'의 소리내기라는 원초적 몸동작에 슬픔이라는 감정이 상호작용하여 노래가 은유적으로 사상되어 '애정적 감성'을 표현하는 것이 민요와 판소리인 것이다. 민요와 판소리의 기호화 과정을 보면 [Ⓐ기호대상(불다의 소리내기) ↔ Ⓑ기호내용(노래하기/슬픔) → ⓒ기표(민요와 판소리/애정적 감성)]로 전개된다.

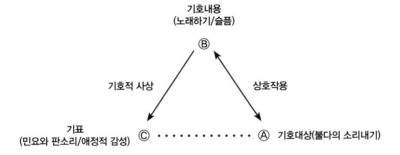

## 4) 편싸움 계통의 민속놀이에 나타난 격정적 감성

격정적 감성은 기본적으로 기호 산출자이면서 수용자가 동시에 경험하는 것인데, 이들의 대립관계 속에서 형성되고, 외부적 환경으로 인해 욕구가 좌절되어 나타난 심리현상이다. 기본적으로 자신의 권리가 부정되거나 배제되고 자기 가치가 부정당함으로써 자신의 정체성 훼손은 물론 자기 관계가 손상되면 분노의 감정이 표출된다. 중요한 것은 인정이 거부되는 무시의 경험에서 분노의 감정이 발생한다는 것이다. 분노의 감정을 개인의 생존 보장뿐만 아니라 집단 전체가 경험하면 사회적 저항을 야기하기도 한다.[28] 따라서 이러한 무시의 경험을 극복하고 자기 가치를 실현하기 위해 끊임없는 노력을 한다. 그 노력이 직접적이거나 문화적으로 표현되는데, 격렬한 행동을 유발하는 공격적인 행동으로 전개되기도 하고, 은유적인 놀이마당을 통해 표현되기도 한다. 은유적인 표현이라 함은 편싸움 계통의 민속놀이를 말한다. 중요한 것은 노력의 방식이 어떠한 것이든 간에 새로운 변화를 실천하려는 사회적 원동력이 된다는 점이다. 그 사회적인 원동력 중 하나가 격정적인 감성이다.

놀이꾼의 대립 관계 속에서 행해지는 민속놀이로 편싸움 계통의 민속놀이를 들 수 있는데, 호남에서는 줄다리기, 고싸움놀이, 땅뺏기놀이[29] 등이 대표적이다. 이러한 놀이들은 기본적으로 일제강점기에 많은 탄압을 받았다. 집단놀이의 성격을 지니고 있기 때문에 놀이꾼들이 군중심리를 토대로 놀이가 끝난 다음에 항일시위로 이어지는 경우가 있었기 때문이다. 그러한 것이 탄압의 빌미가 되어 일제강점기에 중단된 경우가 많았다.[30] 그렇지만 해방되고 한국전쟁을 경험한 뒤 새마을운동은 전통적인 민속놀이에 대한 관심을 가질 여력이 없었지만, 경제성장이 이루어지고 어느 정도 문화에 대한 관심을 갖기 시작하면서 중단되었던 민속놀이가 재현되거나 복원되는 경우가 많았다. 그것은 다시 지역을 대표하거나 전통성을 갖는 민속놀이로 알려지기 시작했고, 대부분 무형문화재로 지정되거나 축제의 소재로 활용하는 경우가 많았다. 중요한 것은 집단적인 편싸움 계통인 경우가 많았다는 점이다. 이들의 놀이 방식은 기본적으로 두 팀으로 나누어 대결의 방식으로 이루어진다.

집단적인 민속놀이는 풍요를 기원하기 위해 이루어지는 경우가 많고, 줄다리기나 고싸움놀이가 그러하다. 줄다리기를 하여 승리한 팀에게 풍년이 든다는 속신을 가지고 있기 때문에 여성을 상징하는 팀은 필사적으로 승리하기 위해 온갖 방법을 총 동원해야 했다.[31] 그리고 심한 몸싸움을 전개하면서 일상생활 속에서 겪었던 분노의 감정을 놀이로 표현하기도 했다. 그럴 경우 민속놀이가 치열하게 이루어지고 격렬한 행동들이 수반되는 경우가 많다. 가장 대표적인 것이 고싸움놀이다.[32] 고싸움놀이가 벌어지면 많은 부상자들이 발생한다는 것이 이러한 것을 뒷받침하고 있는 것이다. 놀이를 통한 집단행동이 단순히 개인의 분노를 해소하기 위한 것이 아니라 공동체적이고 사회적인 분노를 극복하고 치유하기 위한 방법이라 할 수 있다. 그것은 공동체나 사회 발전의 계기가 되기도 한다.

분노의 감정이 개인적으로 이루어지는 경우 직접적으로 공격적인 행동을 하는 경우가 많아 또 다른 트라우마를 발생시키기 마련이다. 그렇지만 은유적이면서 공동체적인 방법으로 극복하는 경우는 치유이자 새로운 변화의 계기로 작용하여 사회 발전의 원동력이 되었다. 본래 집단적인 민속놀이가 제의성을 구현하기 위해 이루어졌으나 놀이의 본질인 오락성이 강화되고 사회적 분노의 감정이 반영되면서 격렬한 놀이로 발전해 왔다.[33] 그러한 예로서 편싸움 계통의 민속놀이가 대표적이다.

따라서 편싸움 계통의 민속놀이는 기본적으로 '당기다'와 '밀다'의 싸움이라는 원초적 몸동작에 분노라는 감정이 상호작용하고 편싸움놀이가 은유적으로 사상되어 '격정적 감성'을 표현한 것이 줄다리기나 고싸움놀이 등인 것이다. 줄다리기와 고싸움놀이의 기호화 과정을 보면 [Ⓐ기호대상(당기다와 밀다) ↔ Ⓑ기호내용(편싸움놀이/분노) → Ⓒ기표(줄다리기와 고싸움놀이/격정적 감성)]로 전개된다.

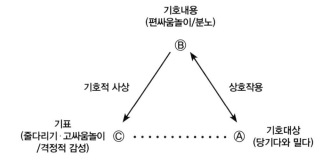

## 4. 감성의 중층성과 복합성

민속적 경험에는 최소한 신명적 감성, 화평적 감성, 애정적 감성, 격정적 감성이라는 네 가지 유형이 나타난다. 신명적 감성은 '즐거움'의 자극과 반응에 근거하여 마을신앙, 기제사나 시제 등의 제의적 행사를 비롯해 풍물굿이나 달집태우기를 통해 잘 표현되어 있고, 이것은 기본적으로 '빌다'라는 원초적인 행위가 근간이 되어 형성되었다. 화평적 감성은 '기쁨'에 근거하여 주로 강강술래나 화전놀이라는 여성 중심의 민속놀이에서 강하게 나타나며, '뛰다'와 '밟다'라는 원초적 행위로부터 비롯되었다. 애정적 감성은 '슬픔'의 감정을 토대로 민요나 소리를 통해 잘 표현되고 있고, 특히 '불다'의 원초적 행위가 근원이 되었다. 그리고 격정적 감성은 주로 '분노'의 감정이 작용한 편싸움 계통의 민속놀이인 줄다리기나 고싸움놀이 등에 잘 반영되어 나타나고, '당기다'와 '밀다'의 원초적 행위가 발전한 것이다.

이러한 감성들은 기호 산출자와 수용자간의 의사소통의 하나로서 표현한 것들이다. 의사소통은 언어의 주된 기능이며, 언어적인 소통에 국한되지 않고 인간의 신체적/정신적 상호작용을 포괄하는 말이다. 신체적 상호작용 또한 의사소통의 핵심적인 일부이다. 체험주의적인 시각에서 의사소통은 '의미 만들기'의 한 과정이며, 그것은 소리나 문자를 통한 언어적 활동 외에도 표정, 몸짓, 언어 등 외부세계에 지향되는 모든 활동을 가리킨다.[34] 이런 점에서 감성 또한 의사소통의 중요한 수단인 것이다.

여기서 중요한 것은 신명적 감성이 인간과 신의 의사소통 과정에서 발현되는 것이라면, 인간과 인간의 관계를 강화하고 유지하기 위해 형성되는 것이 화평적 감성이라고 할 수 있고, 애정적 감성은 새로운 돌파구를 모색하려는 인간의 의식이 작용하여 형성된 감성이다. 그런가 하면 격정적 감성은 인간과 인간의 새로운 관계를 설정하기 위한 의사소통의 일환으로 형성된 것이다. 그래서 격정적인 감성이 새로운 변화를 실천하려는 사회적 원동력이 되기도 한다. 이처럼 의사소통의 하나로서 활용된 것이 감성이고, 이러한 감성은 민속에 따라 개별적으로 각각 발현되기도 하지만 복합적으로 나타나는 경우도 많다.

감성은 이성과의 조화를 위해 기호 산출자의 욕망이 작용하여 변화를 통해 지속되기도 하고, 외부환경의 변화에 따라 감성적 변화를 수반하기도 한다. 이러한 것은 감성의 지속과 변화로 이어진다. 감성의 지속은 때로 감성의 복합성을 갖게 하고, 감성의 복합성은 기호적 전이를 통해 이루어진다. 기호적 전이가 기호적 경험을 지속시키고 변화시키는 것은 물론 기호적 의미의 확장에도 중요한 역할을 한다. 따라서 민속적 경험에 나타난 감성의 복합성은 기호적 전이의 과정에서 형성된 것임을 알 수 있다.

감성이 기호적 전이를 통해 복합적으로 나타나기 때문에 감성을 하나의 단선적인 시각으로만 접근하기에 한계가 있다. 예컨대 애정의 감성이 극복되어 화평의 감성으로 전이되기도 하지만 극복되지 않는 경우 격정의 감성으로 전이되어 나타나기도 하고, 그마저도 근본적으로 해소되지 않으면 장기간 누적되어 화병(火病)이 되어 체념의 상태인 한의 심성으로 머무르는 경우도 있다. 이러한 것은 기호 내용의 전이 과정을 통해 이루어지는 것이고, 그것은 개념적 혼성을 통해 이루어진다. 개념적 혼성은 기호 산출자와 수용자간의 상호 충돌을 통해 수용과 배제를 거쳐 조정되는 내용(의미)이다. 문화는 끊임없는 개념적 혼성을 통해 지속되거나 변화되어 간다. 개념적 혼성은 선택적인 것이 아니라 필수적인 과정이다.

개념적 혼성은 감성의 중층성을 갖게 하는데도 중요한 역할을 한다. 개념적 혼성을 통해 기호적 전이가 이루어지고, 기호적 전이를 통해 기호적 경험(기표)이 지속되거나 변화를 한다. 이러한 과정을 통해 기호적 경험이 다양한 의미를 갖게 되어 확장되어 간다. 그 과정에서 공공성과 변이성이 나타나게 된다. 물리적 기반에 가까울수록 공공성이 현저하게 나타날 것이며 물리적 기반으로부터 멀어지고 기호적 경험의 층위로 올라갈수록 변이성이 나타나게 될 것이다.[35] 기본적으로 변이성은 공공성의 기호적 전이를 통해 나타난 결과이다. 따라서 민속에 나타난 감성의 원초적 근원으로서 중층성을 확인하기 위해 다음과 같은 모형을 통해서 해명할 수 있다.

| 영역 | 경험 | | 감성 유형 | | | |
|---|---|---|---|---|---|---|
| | | | 신명적 감성 | 화평적 감성 | 애정적 감성 | 격정적 감성 |
| 정신 | 기호적 경험 (감성 표현) | | 달집태우기 (태우다) ⓒ | | | 땅뺏기놀이 (빼앗다) ⓙ |
| | | | 풍물굿 (두들기다) ⓑ | 화전놀이 (물리치다) ⓔ | 판소리 (길게 불다) ⓖ | 고싸움놀이 (밀다) ⓘ |
| | | | 제의적 행사 (빌다) ⓐ | 강강술래 (뛰다/밟다) ⓓ | 민요 (불다) ⓕ | 줄다리기 (당기다) ⓗ |
| 몸 | 물리적 경험 (감정 표출) | 2차 | 감각기반의 반응으로 나타난 감정(喜怒哀樂) | | | |
| | | 1차 | 문화적 환경(생업 및 자연, 사회적 환경, 역사적 사건 등) | | | |

위의 모형에서 볼 수 있듯이 신명적 감성의 원초적 근원의 공공성이 강한 것은 '빌다'의 기호적 경험인 제의적인 행사(Ⓐ)이고, '두들기다'의 풍물굿(Ⓑ)으로부터 '태우다'의 달집태우기(Ⓒ)로 확대될수록 변이성이 강하게 나타난다. 그리고 화평적 감성의 원초적 근원의 공공성은 '뛰다'와 '밟다'의 기호적 경험인 강강술래(Ⓓ)에서 강하게 나타나고, '물리치다'의 화전놀이(Ⓔ)에서 변이성이 나타난다. 또한 애정적 감성의 원초적 근원의 공공성은 '불다'의 민요(Ⓕ)에서 강하고, 변이성은 '길게 불다'의 판소리(Ⓖ)에서 강하게 나타난다. 마지막으로 격정적 감성의 원초적 근원의 공공성은 '당기다'의 기호적 경험인 줄다리기(Ⓗ)에서 강하게 나타나고, '밀다'의 고싸움놀이(Ⓘ)나 '빼앗다'의 땅뺏기놀이(Ⓙ)에서 변이성이 강하게 나타난다. 따라서 감성 형성의 원초적인 근원은 '빌다', '뛰다/밟다', '불다', '당기다'의 민속적 경험(ⒶⒹⒻⒽ)에서 공공성이 강하게 나타나고, 그 여타의 민속적 경험에서 변이성이 강하게 나타난다고 할 수 있다. 기본적으로 희노애락의 감정을 근거로 형성된 민속적 경험이라면 제의적 행사, 강강술래, 민요, 줄다리기이고, 그것들은 감성적인 표현으로 이루어져 있다. 이러한 민속적 경험을 근거로 확장되어 나타난 것이 변이형태인 그 여타의 민속들인 것이다.

인간은 끊임없이 다양한 관계를 만들어 가고, 그 관계를 통해 상호인정 받으려고 노력하는 사회적인 존재이다. 상호간의 인정을 받지 못하면 갈등이 발생하는 것은 물론 관계의 지속이 어려워진다. 이처럼 인간은 타자와의 관계 속에서 끊임없이 인정받으며 인정하는 존재로서 공동생활을 해왔다. 하지만 인간 상호간에 인정되지 않고 무시되면 분노의 감정이 발생한다. 즉 인정되지 않고 무시의 형태[36]에서 비롯되는 격정적인 감성은 민속놀이(ⒽⒾⒿ)에서만 나타나는 것이 아니라 판소리(Ⓖ)에서도 확인할 수 있다.

판소리인 〈춘향가〉에서 춘향과 이도령이 이별하는 장면과 부패한 관리인 변학도가 사리사욕을 채우는 장면이나, 변학도의 수청 요구와 춘향의 거절 장면에서 분노의 감정이 표출되고 있다.[37] 이처럼 춘향이와 이몽룡, 춘향이와 변학도의 대립을 통해 분노의 감정이 표출되고 있는 것처럼 판소리에서도 격정적인 감성을 표현하고 있음을 알 수 있다. 이처럼 〈춘향가〉는 격정적인 감성뿐만 아니라 화평적이고 애정적인 감성도 표현하고 있고, 감성의 네 가지 유형을 연행 상황이나 인물들의 관계에 따라 활용하고 있음을 알 수 있다.

이러한 것은 민요(Ⓕ)에서도 확인할 수 있다. 이처럼 제의적인 행사나 민속놀이보다도 민요와 판소리에서 감성이 복합적으로 나타난다. 감성의 복합성은 감정의 대립적 관계를 통해 이루어지기도 하고,[38] 기호적 경험과 기호내용의 전이를 통해 나타나기도 한다. 다만 애정적 감성이 그어떤 민속적 경험보다도 민요와 판소리에 잘 반영되어 있다는 점에서 민요와 판소리를 애정적 감성의 의사소통의 유형으로 파악한 것이다. 감성의 복합성은 주로 소리와 관계된 민속적 경험에서 다양하게 나타나고 있지만 여타의 민속적 경험에서도 존재한다. 물론 민속적 경험마다 감성의 복합성의 정도가 어느 정도의 차이는 있다. 따라서 민속적 경험에 나타난 감성의 실체를 파악하기 위해서 세분화시켜 이해할 필요도 있고, 감성의 표현양상을 파악하기 위해서는 다시 통합적으로 해석할 필요가 있다.

## ∘∘요약

감성은 사회문화적인 규칙에 의해 형성된 것을 의식적으로 표현한 것이라면, 감정은 본능적인 반응을 무의식적으로 표출하는 것이다. 감성을 체험주의에서 논의하고 있는 정서와 느낌을 통해 정리하자면 감성은 느낌이고, 감정이 정서의 개념에 근접하고 있다. 감성은 감정과는 다르고 의식적이고 인위적인 요소가 가미된 느낌의 과정을 통해 발현되는 심리현상이다. 느낌의 과정은 기본적으로 감정을 근거로 이루어지고, 사회적인 환경, 역사적인 환경, 문화적인 환경의 영향을 크게 받는다. 감정을 가공적이면서 의식적인 느낌의 과정으로 표현한 것이 감성인 것이다.

민속에 나타난 감성을 분류하자면, 신명적 감성, 화평적 감성, 애정적 감성, 격정적 감성으로 나눌 수 있고, 이러한 감성은 민속적 경험에서 단편적으로 나타나기도 하지만 복합적이고 중층적으로 나타난다. 감성의 물리적 기반은 최소한 인간이 살아가는 삶의 내용이고, 삶이 몸을 자극하는 감각기관이다. 즉 감성과 관련된 기호적 경험을 형성하는 데는 생업구조와 삶의 역할이 1차적 물리적 경험이고, 이 감각적 기반을 자극하여 표출되는 감정이 2차적 물리적 경험이다. 이처럼 감성의 기호적 경험은 1차와 2차의 물리적 경험에 근거하여 형성된 것이다.

민속적 경험에 나타난 감성을 네 가지로 정리할 수 있는데, 먼저 마을 축제적 행사에 나타난 신명적 감성은 기호 산출자와 수용자가 일체되는 과정 속에서 형성된 감성이다. 기호 산출자와 수용자가 일체감을 갖는 것은 심리적으로 즐거움의 상태에서 이루어졌음을 말하고, 주로 제의적인 행사에서 나타난다. 제의적인 행사는 차례와 기제사 그리고 시제를 비롯해, 마을신앙과 가정신앙 등을 말한다. 신명적 감성은 풍물굿과 달집태우기를 통해서도 확인할 수 있는데, 기호 산출자와 기호 수용자가 하나 되는 관계 속에서 즐거움이라는 심리현상에 근거하고 있다. 즉 '빌다'의 손비빔이라는 원초적 동작에 즐거움이라는 감정이 상호작용하여 제의적인 행사가 은유적으로 사상되어 '신명적 감성'을 표현한 것이 마을신앙, 지신밟기, 달집태우기 등인 것이다.

두 번째로 여성 공동체놀이에 나타난 화평적 감성은 기본적으로 기호 산출자와 수용자의 통합을 추구하는 측면에서 이루어진다. 통합을 추구한다는 것은 인간이 가장 평화롭고 한가로우며 유유자적한 심정으로, 물질적으로는 넉넉함과 정신적인 여유로움에서 비롯되는 심리현상이 바로 화평적 감성이다. 화평적 감성이 가장 잘 반영된 예로 강강술래나 화전놀이 등을 들 수 있다. 특히 강강술래는 '뛰다와 밟다'의 도약이라고 하는 원초적 몸동작에 기쁨이라는 감정이 상호작용하여 풍요를 기원하는 여성놀이가 은유적으로 사상되어 '화평적 감성'을 표현한 놀이인 것이다.

세 번째로 민요와 판소리에 나타난 애정적 감성은 그 어떤 대상의 자극을 자기의 능력으로 극복하지 못할 때 일어나는 비통하고 구슬픈 심정을 표현하는 심리현상이다. 민요와 판소리는 기호 산출자의 감정을 기호 수용자에게 전이하려는 모습을 보여준다. 호남 민속음악의 대표적인 지표라고 하면 판소리를 비롯한 육자배기, 흥타령, 개구리타령, 농부가, 둥당이타령, 시집살이민요, 진도아리랑 등을 들 수 있는데, 이들은 공통적으로 느린 템포가 많은 비중을 차지하고 있고, 애정적 감성을 표현하고 있다. 기호 산출자의 슬픈 감정을 노래를 통해 기호 수용자에게 전이하려는 것은 일종의 치유과정이며, 그것은 기본적으로 '불다'의 소리내기라는 원초적 몸동작에 슬픔이라는 감정이 상호작용하여 노래가 은유적으로 사상되어 '애정적 감성'을 표현하는 것이 민요와 판소리인 것이다.

네 번째로 편싸움 계통의 민속놀이에 나타난 격정적 감성은 기본적으로 기호 산출자이면서 수용자가 동시에 경험하는 것으로, 이들의 대립관계 속에서 형성되어 외부적 환경으로 인해 욕구가 좌절되어 나타난 심리현상이다. 분노의 감정이 개인을 넘어 집단 전체가 경험하게 되면 사회적 저항을 야기하기도 한다. 그것은 격렬한 행동을 유발하는 공격적인 행동으로 전개되기도 하고, 은유적인 놀이마당을 통해 표현되기도 한다. 은유적인 표현이라 함은 편싸움 계통의 민속놀이를 말한다. 중요한 것은 노력의 방식이 어떠한 것이든 간에 새로운 변화를 실천하려는 사회적 원동력이 된다는 점이다. 그 사회적인 원동력 중 하나가 격정적인 감성이다. 따라서 편싸움 계통의 민속놀이는 기본적으로 '당기다'와 '밀다'의 싸움이라는 원초적 몸동작에 분노라는 감정이 상호작용하여 편싸움놀이가 은유적으로 사상되어 '격정적 감성'을 표현한 것이 줄다리기나 고싸움놀이 등인 것이다.

이와 같이 민속적 경험에는 최소한 신명적 감성, 화평적 감성, 애정적 감성, 격정적 감성이라는 네 가지 이상이 나타난다고 할 수 있다. 이러한 감성들은 기호 산출자와 수용 자간의 의사소통의 하나로서 표현된 것이다. 의사소통은 언어의 주된 기능이며, 언어적인 소통에 국한되지 않고 인간의 신체적/정신적 상호작용을 포괄하는 말이다. 여기서 중요한 것은 신명적 감성이 인간과 신의 의사소통 과정에서 발현된 것이라면, 인간과 인간의 관계를 강화하고 유지하기 위해 형성되는 것이 화평적 감성이고, 애정적 감성은 새로운 돌파구를 모색하려는 인간의 의식이 작용하여 형성된 감성이다. 그런가 하면 격정적 감성은 인간과 인간의 새로운 관계를 설정하기 위한 의사소통의 일환으로 형성된 것이다. 이처럼 의사소통의 하나로서 활용된 것이 감성이고, 이러한 감성은 민속에 따라 개별적으로 각각 발현되기도 하지만 복합적으로 나타난 경우가 많다.

감성은 기호적 전이를 통해 복합적으로 나타나기 때문에 감성을 하나의 단선적인 시각으로만 접근하기에 한계가 있다. 기호적 전이는 기호 내용의 전이 과정을 통해 이루어지고, 그것은 개념적 혼성을 통해 이루어진다. 이러한 과정을 통해 기호적 경험이 다양한 의미를 갖게 되어 확장되어 가고, 그 과정에서 공공성과 변이성이 나타난다. 다시 말하면 신명적 감성의 원초적 근원의 공공성이 강한 것은 '빌다'의 기호적 경험인 제의적인 행사이고, '두들기다'의 풍물굿으로부터 '태우다'의 달집태우기로 확대될수록 변이성이 강하게 나타난다. 그리고 화평적 감성의 원초적 근원의 공공성은 '뛰다'와 '밟다'의 기호적 경험인 강강술래에서 강하게 나타나고, '물리치다'의 화전놀이에서 변이성이 나타난다. 또한 애정적 감성의 원초적 근원의 공공성은 '불다'의 민요에서 강하고, 변이성은 '길게 불다'의 판소리에서 강하게 나타난다. 마지막으로 격정적 감성의 원초적 근원의 공공성은 '당기다'의 기호적 경험인 줄다리기에서 강하게 나타나고, '밀다'의 고싸움놀이나 '빼앗다'의 땅뺏기놀이에서 변이성이 강하게 나타난다. 결론적으로 감성 형성의 원초적인 근원은 '빌다', '뛰다/밟다', '불다', '당기다'의 민속적 경험으로서 이곳에서 공공성이 강하게 나타나고, 그 여타의 민속적 경험에서는 변이성이 강하게 나타난다고 할 수 있다.

# 각주

1   김경호, 「유학적 감성 세계」, 호남학연구원 콜로키움 발표문, 2009. 4.15.

백대웅, 「전통음악에 나타난 한국인의 감성」, 『민족문화연구』 제30집, 고려대학교민족
문화연구원, 1997.

우한용, 「정서의 언어화 구조와 소통형식」, 호남학연구원 콜로키움 발표문, 2009. 4. 29.

윤명희, 「합리성의 감성적 고찰」, 『문화와 사회』 제4권, 문화사회학회, 2008.

이구형, 「감성과 감정의 이해를 통한 감성의 체계적 측정 평가」, 『한국감성과학회지』
Vol.1. NO.1. 한국감성과학회, 1998.

이구형, 「인간감성의 특성과 감성적 공학적 기술」, 『한국정밀공학회지』 제18권 제2호,
한국정밀 공학회, 2001.

조태성, 「두려움으로부터의 소외, 감성」, 『현대문학이론연구』 제37집, 현대문학이론학
회, 2009.

2   유목화, 「여성 민요에 나타난 감성의 발현양상과 치유방식」, 『공연문화연구』 제20집, 한
국공연문화학회, 2010.

이영배, 「굿문화 속 감성의 존재 양상과 그 특징」, 『호남문화연구』 제45집, 전남대학교
호남학연구원, 2009.

이영배, 「두레의 기억과 공동체적 신명의 정치성과 문화적 의미」, 『민속학연구』 제27호,
국립민속박물관, 2010.

표인주, 「민속에 나타난 감성의 본질과 발현양상」, 『호남문화연구』 제45집, 전남대학교
호남문화연구소, 2009.

표인주, 「감성의 발현양상으로 보는 축제의 이해와 활용」, 『공연문화연구』 제21집, 한국
공연문화학회, 2010.

표인주, 「슬픔과 분노의 민속학적인 치유 메커니즘」, 『호남문화연구』 제54집, 전남대학
교 호남문화연구원, 2013.

허용호, 「전통인형극에 등장하는 중의 형상화 양상과 그 감성 논리」, 『구비문학연구』 제
33집, 한국구비문학회, 2011.

허용호, 「감성적 시각이 주는 문제의식과 착상」, 『감성연구』 제3집, 전남대학교 호남학
연구원, 2011.

허용호, 「축제적 감성의 발현 양상과 사회적 작용」, 『호남문화연구』 제49집, 전남대학교

호남학연구원, 2011.

3  특히 문학, 철학, 역사, 미술, 음악, 민속 등의 연구진을 구성한 〈전남대학교 호남학연구원 인문한국사업단〉에서 생산한 감성 관련 연구 성과물과 학술행사, 그리고 『감성연구』의 학술지 간행이 중요한 역할을 하고 있다.

4  마크 존슨(김동환 · 최영호 옮김), 『몸의 의미』, 문예신서, 2012.

5  노양진, 『몸이 철학을 말하다』, 서광사, 2013, 9~10쪽.

6  포코니에와 터너(G. Fauconnier and M. Turner)의 개념적 혼성(conceptual blending) 이론에 따르면 특정한 기표에 사상되는 기호내용이 그 자체로 기호적 의미의 전부는 아니라는 것을 알 수 있다. 기호내용은 기표에 사상되면서 그 기표에 이미 사상되어 있는 의미들과 복잡한 방식으로 혼성되어 새로운 의미를 산출하기 때문이다.(노양진, 앞의 책, 91쪽, 재인용)

7  기호적 전이란? 동일한 것에 그 경험의 관점에서 기호내용이 사상되어 마치 복제물처럼 다른 기표를 발생시키거나, 동일한 기표에 다른 기호내용을 갖는 것을 말한다. 그렇기 때문에 기호적 전이는 기표뿐만 아니라 기호내용에서도 발생한다. 특히 기호적 전이는 개념혼성이라는 과정의 기호적 사상과정을 거치면서 새로운 경험내용과 기호적 의미를 생산한다. 이러한 과정은 무한하게 이어질 수 있다.(노양진, 「기호의 전이」, 『철학연구』 제149집, 대한철학회, 2019, 114~128쪽)

8  표인주, 『남도민속학』, 전남대학교출판부, 2014, 346~348쪽.

9  표인주, 「감성의 발현양상으로 보는 축제의 이해와 활용」, 『공연문화연구』 제21집, 한국공연문화학회, 2010, 535쪽.

10  전남대학교 감성인문학단, 『공감장이란 무엇인가』, 도서출판 길, 2017, 12쪽.

11  정서는 사물이 어떻게 진행되고 있는지를 지속적으로 감시하여, 유기체에게 있어서의 해로움과 혜택의 가능성에 반응하여 그 자체 내에서 변화를 시작해야 할 욕구의 결과로, 대부분 의식적 인식의 층위 아래에서 이루어지고, 유기체와 환경 상호 작용의 과정이다. 느낌은 질성적 인식을 말하는 것으로 감각과 정서적 반응에 대한 것이다. 느낌은 전형적이고 중요하게 정서적 반응을 수반하긴 하지만 정서적 반응을 위한 필요조건은 아니다.〈마크 존슨(김동환 · 최영호 옮김), 앞의 책, 106~121쪽〉

12  노양진, 『인간의 도덕』, 서광사, 2017, 156~157쪽.

13  노양진, 『몸이 철학을 말하다』, 서광사, 2013, 134쪽.

14  표인주, 『영산강민속학』, 민속원, 2013, 235쪽.

15  호남의 마을신앙은 제사형, 풍물굿형, 무당굿형, 불교의례형으로 나눌 수 있는데, 유교

형은 유교적인 제사내용을 가지고 있는 마을신앙이고, 풍물굿형은 유교식으로 제사를 지내고 풍물패들이 들당산굿과 날당산굿을 하는 마을신앙이며, 무당굿형은 제사형과 풍물굿형 그리고 무당굿이 복합된 마을신앙이다. 불교의례형은 승려가 주도하는 마을신앙을 말하는데, 일반적으로 마을신앙에서 풍물굿이 중요한 역할을 하고 있다는 점에서 특징이 있다.(표인주, 『남도민속학』, 전남대학교출판부, 2014, 144~149쪽)

16 표인주, 「민속에 나타난 불의 물리적 경험과 기호적 의미」, 『비교민속학』 제61집, 비교민속학회, 2016, 151쪽.

17 마을축제는 마을공동체가 주관하고 마을을 기반으로 하는 축제이며, 마을공동체의 집단적 가치를 추구하는 축제로서 세시명절에 이루어지고, 종교적 구조를 가지고 있는 마을신앙과 집단적인 민속놀이가 중심이 된다는 점에서 특징이 있다.(표인주, 『축제민속학』, 태학사, 2007, 83쪽)

18 체험주의적 해명에 따르면 모든 기호내용(sign content)은 우리가 기호화를 통해 한 기표(signifier)를 이해하는 내용이며, 이때 기표에 사상되는 것은 실질적으로 우리의 경험내용이다. 다시 말하면 기호화는 특정한 기표에 기호 산출자/사용자의 특정한 경험 내용의 일부를 사상하는 방식으로 이루어지기 때문에 기표를 이해하기 위해서는 그 사상된 경험의 관점에서 이루어져야 하고, 경험의 관점이 기호내용이다. 이와 같은 기호적(symbolic) 경험의 구조를 그림으로 그리면 다음과 같다.

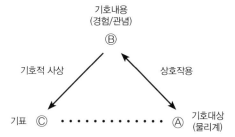

위의 그림을 서술적으로 표현한다면 [Ⓐ기호대상(물리계)↔Ⓑ기호내용(경험/관념)→Ⓒ기표]의 기호적 경험의 구조로 설명할 수 있다. 기호를 1차 기호와 2차 기호로 구분할 수 있는데, 여기서 1차 기호는 sign이라면 2차 기호는 symbol에 가깝다. 이처럼 기호와 상징의 구분이 명확하면서도 때로는 그 경계가 모호한 경우가 많다. 따라서 '기호적'이라 함은 1차 기호를 토대로 형성된 2차 기호인 symbolic의 개념이다. 〈노양진의 『몸 언어 철학』(서광사, 2009)의 책과 「퍼스의 기호 개념과 기호 해석」(『철학논총』 제

83집 제1권, 세한철학회, 2016)의 논문 참고 바람〉

19 표인주, 『남도민속학』, 전남대학교출판부, 2014, 354쪽.

20 화전놀이는 신성성을 가지고 있고 축귀적 역할을 하는 진달래꽃으로 화전을 만들어 먹으면서 노는 세시놀이로서 그 자체만으로도 기쁨의 상태를 즐기는 놀이다.(표인주, 「민속에 나타난 꽃의 기호적 의미와 변화」, 『호남문화연구』 제62집, 전남대학교 호남학연구원, 2017, 440쪽)

21 표인주, 「민속에 나타난 감성의 본질과 발현양상」, 『호남문화연구』 제45집, 전남대학교 호남학연구원, 2009, 539쪽.

22 표인주, 앞의 책, 2014, 288~289쪽.

23 한의 심성은 슬픔과 분노로부터 발전되어 형성된 애정의 심리현상이다. 분노가 공격적인 행위로 발전하지 않고 근본적으로 해소되지 않으면 장기간 누적되어 화병(火病)이 되고, 그것은 한의 상태가 되기도 한다. 슬픔이 체념화되어 한이 된 것처럼 분노 또한 화병이 되어 한이 되기도 한다.(표인주, 「슬픔과 분노의 민속학적인 치유 메커니즘」, 『호남문화연구』 제54집, 전남대학교 호남학연구원, 2013, 307쪽)

24 〈진도아리랑〉은 이별의 슬픔을 노래하고 있는데, 단순히 가창자의 개인이나 가족환경에서 비롯되는 슬픔만을 노래하는 것이 아니라 사회적 환경에서 비롯되는 나라 잃은 슬픔을 노래하고 있다.(표인주, 위의 논문, 309~310쪽)

25 표인주, 앞의 책, 360~361쪽.

26 이별의 슬픔이 행위자의 운명 및 가족환경에 의해 형성된 노래가 〈시집살이노래〉인데, 전남 여천군 삼산면 서도리 〈시집살이노래〉에서는 친정부모에 대한 원망, 시댁의 궁핍한 가정환경, 적지 않은 노동의 고통, 시누이의 시집살이, 남편과의 이별 등을 내용을 억눌린 슬픈 감정을 바탕으로 노래하고 있다. 뿐만 아니라 죽음의 이별을 통해 형성된 슬픔은 전남 영광군 낙월면 안마도 월촌리 〈상여소리〉에서도 잘 나타난다. 특히 이 노래에서 지난 세월 탓하지 말고 정든 정 변치 말자고 한 것은 그만큼 슬픔의 사무침을 표현하고 있고, 인생의 허무함을 통해 슬픔이 신체화되어 축적되고 있음을 잘 보여주고 있다.(표인주, 앞의 논문, 308~313쪽)

27 표인주, 위의 논문, 304쪽.

28 표인주, 위의 논문, 305~306쪽.

29 땅뺏기놀이는 정월 보름과 백중 무렵에 행해지는 두레놀이형의 성격을 지닌 편싸움 계통의 민속놀이로, 벼농사와 밀접한 관련이 있다. 이 놀이의 원초적 목적은 풍농을 기원하는 것으로 남도문화제와 전국민속예술경연대회에서 입상하면서 알려지게 되었고, 지

금은 전승이 중단되었다.(표인주, 「호남지역 민속놀이의 기호적 변화와 지역성」, 『민속연구』, 제35집, 안동대학교 민속학연구소, 2017, 376쪽)

30 1900년대 초부터 집단놀이에 대한 통제가 시작되어 본격적으로 진행된 것은 한일합병 이후 근대적 시각에서 비합리적이고 야만적인 놀이라 하여 억압 및 통제되면서부터이다. 이러한 탄압은 1920~30년대에는 민속문화에 대한 집중적인 조사를 통하여 보다 세밀하게 진행되었다. 이러한 정책적인 영향을 받아 민속놀이의 전승기반이 해체되기도 했다. 따라서 집단적 민속놀이의 전승기반이 위축된 것은 일제강점기부터 시작하여 70년대 노동의 형태가 변화하면서 본격화되었다고 할 수 있다.(표인주, 위의 논문, 368쪽)

31 전북 부안군 우동리 줄다리기에서는 여성팀이 이기기 위해 할머니들을 남자팀으로 보내 방해하기도 한다. 방해하는 방법으로 할머니들이 주변에서 구할 수 있는 가시나무를 꺾어 남자들이 줄을 잡으려고 할 때 손등을 가시나무로 때리고 다니면 그러는 사이 여자팀이 필사적으로 줄을 잡아 당겨 승리한다.(표인주, 앞의 책, 77~78쪽)

32 호남의 줄다리기는 줄 제작과정, 줄놀이 과정, 줄 당기기 과정, 줄 처리과정으로 구성되어 전개되는데, 고싸움놀이가 줄놀이 과정과 유사하다는 점에 주목할 필요가 있다. 고싸움놀이가 장흥 대보름줄다리기의 고쌈과 유사하고, 영암 군서면 줄다리기와도 유사성이 있어서 줄다리기의 줄놀이 과정이 독립되어 발전한 것으로 추정한다.(표인주, 『광주칠석동고싸움놀이』, 도서출판 피아, 2005, 84쪽)

33 표인주, 「슬픔과 분노의 민속학적인 치유 메커니즘」, 『호남문화연구』 제54집, 전남대학교 호남학연구원, 2013, 317쪽.

34 노양진, 『몸이 철학을 말하다』, 서광사, 2013, 87~89쪽.

35 문화의 중층성은 물리적 경험과 기호적 경험의 융합을 통해 형성된다. 문화가 우리가 공유하는 물리적 경험과 그것으로부터 다양하게 확장된 기호적 경험의 게슈탈트적 융합체이기 때문에 이러한 구조 안에서 문화들은 물리적 층위로 갈수록 현저한 공공성을 드러낼 것이고, 기호적 층위로 갈수록 다양한 변이를 보일 것이다. 문화의 중층성이 드러나는 점이 바로 이 지점이다.(노양진, 위의 책, 164~167쪽)

36 무시의 형태는 정서적인 배려에서 학대와 폭행이, 인지적 존중의 측면에서 권리 부정과 제외시킴이, 사회적 가치 부여 차원에서 존엄성 부정과 모욕이 있다.(악셀 호네트 지음/문성훈 · 이현재 옮김, 『인정투쟁』, 사월의책, 2011, 249쪽)

37 표인주, 앞의 논문, 319쪽.

38 감정을 인간 행위 수행 결과에 따라 긍정적인 감정과 부정적인 감정으로 구분할 수 있

는데, 기쁨과 즐거움은 긍정적인 감정이고, 슬픔과 분노는 부정적인 감정이다. 이들은 외부적인 요인에 의해 기쁨과 슬픔, 분노와 즐거움, 기쁨과 분노, 슬픔과 즐거움의 대립적인 자질들이 서로 양극단에 위치하면서도 상황에 따라 교체되기도 하고 감정의 상태가 단선적이지 않고 복합적으로 나타나기도 한다.(표인주, 위의 논문, 299쪽)

# 제2장

# 마을축제의 영상도식과
# 은유체계의 이해
## - 전남 장성군 삼계면 생촌리를 중심으로 -

## 1. 마을축제의 개념과 구조

마을공동체의 민속으로 마을의 공공조직이나 의례공동체, 마을신앙, 세시민속놀이 등을 들 수 있다. 공공조직이나 의례공동체가 신앙공동체뿐만 아니라 놀이공동체 역할을 하기도 한다. 그렇지만 공공조직은 물질 경제생활과 연계하여 관심을 가지고, 의례공동체는 상장례문화를 파악하는 요소로 이해하거나, 신앙공동체와 놀이공동체는 대보름 민속의 측면에서 관심을 갖는 경우가 많았다. 특히 신앙공동체는 마을신앙의 종교적인 측면에서, 놀이공동체는 집단놀이의 공동체의식을 파악하는 도구로 인식하는 경우가 많았지만, 정작 중요한 것은 이들 공동체를 축제공동체로 통합하여 이해할 필요가 있다는 것이다. 정월에 행해지는 마을신앙과 공동체놀이가 지신밟기로 연계되는 마을축제이고, 마을사람들이 상호작용하면서 서로 유기적인 관계를 맺고 있기 때문이다.

마을축제는 마을공동체가 주관하는 공통의 믿음과 가치를 실현하기 위해 개최되는 연중행사이다. 이 행사는 각 가정을 통합한 마을 단위 축제인 것이다. 마을축제는 마을신을 대상으로 하는 마을신앙과 풍요를 기원하는 집단적인 민속놀이, 그리고 풍물굿인 지신밟기로 구성되는데, 마을신앙은 공동체 구성원들의 소망을 기원하는 마당이고, 민속놀이는 공동체의 갈등과 대립을 해소하는 마당이며, 지신밟기는 이웃과 이웃이 하나 되는 화합의 마당이라고 할 수 있다.[1] 일반적으로 축제가 본질적으로 신과 인간을 즐겁게 하는 오신성, 오인성, 의례성, 생산성, 전도성, 통합성 등을 가지고 있는 것처럼 마을축제도 마찬가지이다. 마을축제야말로 축제의 본질을 잘 구현하고 있는 마을공동체의 문화행사인 것이다.

마을축제는 지역에 따라 다소 차이가 있지만, 전남지역에서는 마을신앙인 당산제와 당제, 세시민속놀이로는 줄다리기, 고싸움놀이, 달집태우기 등이 있고, 풍물굿놀이인 지신밟기로 구성되는 경우가 많다. 이들에 관한 연구는 민속학의 방법론으로 제시되고 있는 해석 방식에 의해 이루어져 왔다. 그동안 활용되었던 민속학의 연구 방법으로 민족주의적인 방법, 역사지리학적인 방법, 비교연구법, 제의학파의 연구, 구조주의, 기호학, 정신분석학적인 방법, 기능주의적 방법, 현장론적인 방법 등을 들 수 있다.[2] 이러한 연구 방법은 당시 시대적 상황에 따른 소명의식, 인접학문의 영향, 민속에 대한 개념, 민속의 텍스트화, 실용주의적 인식, 민속의 현장성 등의 영향을 받으면서 전개되어 왔다. 아직까지도 민속의 성격에 따라 차이가 있지만 역사지리학적인 방법이나 구조주의적인 방법, 현장론적인 방법 등에 의해 민속 연구가 이루어지고 있다.

민속은 인간의 삶의 양식이 축적되어 형성된 것으로 자연적, 사회적, 역사적 환경의 영향을 크게 받는다. 인간은 이들 환경에 따라 신체적으로 적응하고 생존할 수 있는 생계방식을 모색할 것이고, 그것은 인간의 감각적 신체운동을 통해 나타나는데, 그로 인해 발생하거나 확장된 경험적 지식이 축적되어 민속을 형성했다고 할 수 있다. 그러한 점에서 민속의 경험적 기반에 대한 관심을 가질 필요가 있지만, 지금까지는 민속의 현상에 관심을 가지고 해석하거나 이해하는 경우가 많았고, 경험의 원천적 기반이라고 할 수 있는 물리적 기반에 대한 관심이 많지 않았다. 민속의 물리적 원천적 기반에 관심을 가질 필요가 있음을 깨닫게 해 주는 해석 방식이 바로 체험주의[3]이다.

## 2. 생촌리 마을축제의 실상

생촌리는 면소재지로부터 9Km 떨어진 고산(526.7m)의 동남 기슭 두 개의 골짜기에 형성된 동향마을이다. 35호의 마을로 당산은 천륭당산(할아버지당산)과 정추당산(할머니당산)이 있다. 음력 정월 5일경 마을회의에서 제주, 축관, 화주 등을 선정한다. 이들은 그 해 개고기를 먹지 않고, 생기복덕이 맞아야 하며, 집안에 우환이 없는 정결한 사람이어야 한다. 제관 3인 중에서 가장 깨끗한 사람의 집에서 12일부터 3일 동안 숙식을 같이 하며 제사 모실 준비를 한다. 제관이 머무는 방은 어느 누구도 출입을 금한다. 제관으로 선정되면 목욕재계를 해야 하고, 비린 것은 물론 육고기 등을 제외한 깨끗한 음식만을 먹어야 한다. 12일 새벽에 제관 1명은 목욕재계를 하고 왼새끼를 꼬아서 당산과 마을 입구, 화주집 등에 청소를 한 뒤 금줄을 친다. 금줄을 치고 양쪽에 황토를 한 줌씩 띄엄띄엄 놓는다. 그리고 제관 2명은 시장에 가서 채소류와 삼실과, 건포 등과 제기 및 떡시루, 물동이 등을 새로 구입하고, 물건값은 깎지 않고 상인이 요구하는 대로 지불한다.

제사음식은 14일에 준비하는데, 여자는 참여할 수 없으며, 음식은 화주가 마스크를 쓰고 준비하고, 고춧가루를 사용하지 않으며 음식의 간도 맞추지 않는다. 제물은 메, 갱, 제주, 편, 나물, 조기포, 삼실과, 메밀범벅 등이다. 제사는 대보름날 새벽 1시 이전에 시작한다. 제사에는 제관들만 참여하고, 철룡당산 → 양지뜸 샘 → 고랑뜸 샘 → 나무당산 → 독당산 등을 차례로 돌면서 제사를 올린다. 제사의 절차는 진설 → 분향 → 초헌 → 독축 → 아헌 → 종헌 → 소지 → 음복 → 헌식의 순으로 진행된다. 제사가 끝나면 마지막으로 도깨비바우에 가서 메밀범벅을 놓고 비손한다. 제사는 새벽 4시에 끝난다.

대보름날 아침 9시경에 마을사람들은 식사를 하고 나팔소리가 들리면 짚 1다발씩을 가지고 당산 끝에 모여 용줄을 꼬기 시작한다. 줄이 완성되고 농악대가 당산을 3번 돌고 재배하면 남자들은 어깨에 줄을 메고 농악대를 앞세우며 마을의 샘을 돌면서 굿을 친다. 이처럼 당산을 돌고 나서 마을 앞길에서 남녀 편으로 나누어 줄다리기를 하는데, 총각들은 여자편이 된다. 여자편이 이겨야 풍년이 든다고 한다. 줄다리기가 끝나면 독당산(입석)에 줄을 감아놓는다. 줄은 밑에서부터 감아 올라가고 머리를 위로 향하도록 한다. 그리고 나서 지신밟기를 한다. 지신밟기는 집집마다

돌아다니면서 하나, 화주집과 부정한 집은 하지 않는다.[4]

핵심내용 : 제당(천륭당산, 정추당산), 제일(정월 14일), 제관(화주, 제주, 축관), 음식금기(개고기 등), 목욕재계, 금줄, 황토, 제사절차(진설 → 분향 → 초헌 → 독축 → 아헌 → 종헌 → 소지 → 음복 → 헌식), 줄다리기(줄 제작, 줄다리기, 줄 감기), 지신밟기 등

## 3. 「수직성」 도식을 통한 신과 인간의 통합

### 1) 제의적 구성요소로서 시간 · 인간 · 공간

생촌리 당산제의 제의적 구성요소는 시간(제일), 인간(제관), 공간(제당-신)이고, 제의적 내용은 기본적으로 인간과 인간의 만남이라는 신체·물리적 경험이 토대가 되어 인간과 신의 만남을 위한 추상적이고 정신적인, 즉 종교적 경험을 표현하는 내용이다. 즉 인간과 인간의 신체·물리적 만남의 질서가 바탕이 되어 인간과 신의 만남 과정으로 표현한 것이 생촌리 당산제인 것이다. 이러한 것은 기본적으로 「연결」 도식[5], 「경로」 도식[6], 「그릇」 도식[7], 「수직성」 도식[8]이라는 영상도식[9] 구조를 바탕으로 은유적 사상이 이루어져 마을제사가 이루어져 있음을 확인할 수 있다. 제사 지내는 시간은 「연결」 도식과 「수직성」 도식의 결합 속에서 인간과 신의 만남을 가능하게 하는 통합성의 의미를 지닌다. 제관은 「연결」 도식에 근거하여 인간과 인간이 결합하고 마을의 대표성이 부여되는 의미를 지니고, 제당은 「경로」 도식을 토대로 「그릇」 도식과 「수직성」 도식에 근거하여 인간과 신의 만남이 이루어지는 장소성의 의미를 지닌다. 이러한

과정을 좀 더 상세하게 살펴볼 필요가 있다.

### (1) 인간과 신이 만나는 시간

생촌리는 당산제를 정월 14일 밤 11시에서 15일 1시 사이에 지낸다. 제사를 지내는 시간은 단순히 마을 사람들이 모여서 당산신에게 제사지내는 것으로서만 의미가 있는 것은 아니다. 시간은 기본적으로 인간과 신의 만남을 가능하게 해주는 제의적 장치로서 의미가 크다. 시간에 따라 인간과 신의 만남이 이루어지는 것이 아니라 시간이 인간과 신의 만남을 결정한다는 점에서 그렇다. 지금까지 시간에 맞추어 인간과 신의 활동이 이루어지는 것으로, 시간보다도 인간과 신의 만남을 중요시하고 있는 경우가 많았다. 사실은 그것도 중요하지만 무엇보다도 시간이 인간과 신의 만남을 결정한다는 점을 인식할 필요가 있다.

당산제의 제의적 시간은 「연결」 도식에 근거한 인간과 인간의 수평적인 만남과 「수직성」 도식에 근거한 인간과 신의 만남을 결합시켜주는 역할을 한다. 즉 「만남은 연결」 은유[10]라고 할 수 있다. 만남을 연결의 관점에서 이해하고 경험한다. 이때 연결의 경험은 원천영역이 되고, 만남 경험은 표적영역이 된다. 수많은 연결의 경험이 만남이라는 추상적 개념에 사상된다. 그래서 인간과 신의 만남을 결정해주는 제의적인 시간에 관심을 가질 필요가 있다. 제의적 시간은 인간과 신의 수평적이고 수직적인 만남을 결정하고, 마을사람들은 그 시간에 따라 제의적으로 행동하는 것이기 때문에 그 어떤 제의적 내용 못지않게 중요한 의미를 갖는다. 시간이야말로 마을의 공간적 통합을 이루게 해준다는 점에서 더욱 그러하다. 마을 공동체 구성원들의 공간적인 통합 그리고 인간과 신의 일체성을 갖게 하는데 중요한 역할을 하고 있는 것이 시간인 것이다. 이러한 제의적 시간은 공동체 생업구조의 영향을 받기 마련이다. 생촌리 당산제를 정월 보름에 지내는 것도 논농사라고 하는 생업구조의 물리적 기반과 무관하지 않다.

### (2) 마을을 대표해 신을 만날 사람

제관은 마을을 대표하여 신을 만날 사람이다. 마을의 대표성을 갖는 자로서 신과의 만남을 통해 생산의 풍요와 삶의 안녕을 추구하는데 중요한 역할을 하는 존재이다. 그러한 까닭에 무엇보다도 마을의 대표성을 부여받는 것이 중요하다. 생촌리 당산제에서는 제관을 마을회의를 통해 선정한다. 여기서 마을회의는「연결」도식에 의하면 단순히 각 가정을 대표하는 사람들의 모임이 아니라 가정과 가정의 연결을 통해 형성된 지연적인 성격이 강한 공동체회의이고, 즉「마을회의(통합)는 연결」은유라고 할 수 있다. 연결이라는 신체적·물리적 경험이 가정과 가정의 통합이라고 하는 정신적 경험으로 확장된 것이다. 가정은 혈연적인 연결을 통해 구성된 가족의 공간이지만, 마을은 가정과 가정이 연결된 지연적인 공간이다. 그렇기 때문에 공동체의 결속을 의미하는 마을의 공간적 통합으로서 지연적인 공간에서 이루어지는 마을회의는 공동체성을 구현하는 곳으로 그 어떤 모임보다도 신뢰성을 갖는다.

마을회의에서 선정된 제관은 단순히 혈연적인 연결의 대표가 아니라 지연적인 통합체로서 마을의 대표성을 지닌 존재이다. 이것은 제관이 마을사람들과의 수평적 관계에서 수직적 관계로 변신하는 계기가 되기도 한다. 제관은 마을사람과 신을 연결하는, 즉 사제자로서 역할을 해야 하기 때문에 무엇보다도 신을 만날 수 있는 준비를 갖추어야 한다. 그 가운데 가장 중요한 것이 몸의 정화이다. 정화라는 것은 비일상적인 행위를 말하는 것으로, 기본적으로 인간과 신의 관계 속에서 형성된 관념이다. 인간이 세속의 상징이라면 신은 신성의 상징으로서, 세속적이면서 오염된 것을 정화시키기 위해 물을 활용하는 경우가 많다. 제관으로 선정되면 밖을 출타하거나 화장실을 다녀오면 목욕재계를 해야 한다. 여기서 물은 중요한 정화 수단의 하나이다. 정화 원리로서 물은 기본적으로 씻기 위해 경험한 것으로부터 출발하여 오염을 씻겨낼 수 있다고 인식하는 주술적 도구이다.[11] 제관은 신에게 지극정성이 전달될 수 있도록 제사를 지낼 때까지 정화의 몸을 유지해야 한다.

몸의 정화는 음식의 금기를 통해서도 이루어진다. 음식 금기로서 가장 중요한 음식은 개고기이다.[12] 왜 개고기를 기피해야 하는가? 개고기는 선사시대 이래로 인간의 단백질 섭취의 중요한 수단이었다. 특히 농가에서 농사일로 체력이 고갈되거나 여름을 잘 이겨내고 체력을 보충하기 위해 음력 6월 복날에 개고기를 섭취하였다. 그것은 속담에 "복날에 개 패듯 한다"라는 말이 있듯이 많은 사람들이 개고기를 섭취했음을 알 수 있다.[13] 일상생활 속에서 개고기 섭취가 일반화되어 있었던 것이다. 그런데 개고기 섭취하는 사람을 기제사 지낼 때나 마을제사 지낼 때, 출산한 가정에 출입하지 못하도록 왜 제한하는 것일까? 이것은 체험주의적인 측면, 즉 일상적인 삶의 경험이 추상·정신적인 경험과 상호 작용하고 있다는 점에서 보면 이해되지 않는다.

개는 기본적으로 집을 지키고 사냥에서 중요한 역할을 하기 때문에 물리쳐 막아내고 쫓아 포획하는 역할을 한다고 경험한다. 이러한 경험으로 인해 개는 재앙을 물리치고 집안의 복을 지키는 능력이 있다고 인식하게 된 것이다. 그래서 개가 벽사의 역할을 하기 때문에 집안에 개의 그림을 걸어두는 풍습이 생겼다.[14] 이러한 것은 개가 호랑이를 물리쳐 주인을 구했다고 하는 설화에서도 확인되는데, 개의 신체·물리적 경험이 인간을 보호하고 집을 지켜준다고 하는 관념을 토대로 주술·종교적 경험으로 확장되어 나타난 것이다. 개고기음식을 섭취한 사람을 기제사나 마을제사에 참여하지 못하도록 한 것은 개가 벽사의 역할을 하기 때문에 비롯된 것임을 알 수 있다. 즉「벽사는 개」은유인 것이다. 개의 신체적·물리적 활동을 근거로 개와 관련된 주술적 벽사의 경험을 이해할 수 있기 때문이다. 개고기음식을 기피한 것은 마치 집안의 정원수로 복숭아나무, 백일홍, 향나무 등을 심지 않는 것과 같다. 이들 나무를 집안에 심으면 신들의 통행에 부담이 된다는 인식에서 비롯된 것으로, 개고기음식을 섭취한 것도 이와 다를 바 없다고 생각한 것이다. 개고기음식을 기호체계로 정리하면 다음과 같다.

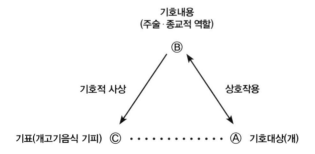

이와 같이 개고기음식은 기본적으로 단백질 섭취라는 실용주의적 의미를 가지고 있는 반면에, 부정적으로 인식하는 주술·종교적인 의미도 가지고 있다. 특히 부정적인 인식은 개고기음식을 오염의 상징으로 생각

하는데 중요한 역할을 한 셈이다. 이처럼 개가 실용주의적이면서 주술·종교적인 의미를 가지고 있지만 오늘날에 이르러서는 반려동물로 인식되면서 개의 역할이 변화되고 있음을 확인할 수 있다. 반려동물은 동물의 인격화의 일환이기 때문에 가족에 대한 결핍을 극복할 수 있는 존재라고 생각하면서, 개는 인간의 동반자적 가치로서 의미를 갖게 되었다.[15] 이러한 환경 속에서는 더욱더 개고기음식 섭식이 위축되는 것은 당연한 것이다. 이처럼 시간이 지나면 개고기음식에 관한 벽사나 오염의 상징으로 생각하는 인식도 점차 약화되기 마련이다.

### (3) 신성의 공간인 제당과 섬기는 신

생촌리 당산제의 마을신은 당산할아버지와 당산할머니로서 조상숭배의 영향을 받은 조상신적인 명칭이고, 신체는 당산나무와 입석 등이다. 마을사람과 마을신의 관계를 「수직성」 도식에 근거하면 마을사람은 위를 지향하고, 마을신은 아래를 지향하고 있기 때문에[16] 마을사람들은 아래에 위치하고, 마을신은 위에 거주하고 있음을 확인할 수 있다. 그래서 마을사람들은 신에게 제사음식을 올리고, 마을신은 마을로 내려와 대접을 받는다고 생각하는 것이다. 이처럼 마을신이 천상계에서 당산나무나 입석을 이용하여 마을로 내려온다고 생각한 까닭에 그 아래에서 제사를 지낸다. 그곳이 바로 제당이다. 마을사람들은 연결 도식에 근거해 제당을 천상(하늘)과 지상(마을)을 연결해주는 곳이라고 인식한다.

「경로」 도식에 근거하면 제당은 제관들이 음식을 준비한 화주집에서 머물다가 제사음식을 가지고 이동하여 도착하는 경로의 종착점이다. 그 종착점은 마을신과 제관이 만나는 곳으로 제관의 수평적 이동과 마을신의 수직적 이동이 만나는 곳이다. 즉 수평적인 경로를 통해 '신체적 감각운동으로 이동한' 제관과 '위 – 아래'를 지향하는 수직적 경로를 통해 '상상적으로 이동한' 마을신의 만남이 이루어지는 곳이다. 따라서 그곳은 마을사람들의 욕망을 추구할 수 있는 곳이고, 마을신의 감응이 이루어지는 공간이다. 이것은 「그릇」 도식에 근거하여 제당이 집밖이면서 신성공간이고, 집안은 일상적 공간이라고 이해할 수 있다. 이처럼 제당은 다양한 형태의 영상도식을 통해 이해할 수 있다. 즉 「신앙적 욕망은 제당」은유라고 할 수 있다. 다양한 영상도식에 근거한 제당의 제의적 물리적 경험의 관점에서 마을사람들의 신앙적 욕망을 이해할 수 있기 때문이다. 신앙적 욕망의 실현은 제의적 경험에 근거한다는 것을 말한다.

제당에 모셔지는 신에 대한 신성성과 영험성은 마을신으로부터 주어지는 것이 아니라 마을사람들에 의해 형성된다. 마을신이 마을의 성촌 역사보다 앞설 수는 없다. 물론 다른 지역으로부터 이주된 신일 수는 있지만, 신이 먼저 모셔지고 마을의 성촌이 이루어지지 않는다. 일반적으로 마을신은 마을 성촌 이후에 형성된 신이다. 마을의 성촌 과정에서 마을사람들의 신앙적 믿음이 존재할 수 있지만 구체적인 신앙적 행위는 마을이 성촌되어 가는 과정 속에서 형성된다. 마을신에 대한 신성성이나 영험성 또한 마찬가지이다. 마을신의 추상적인 영험성과 신성성은 「반복」 도식[17]에 근거하여 형성된 신앙적 경험의 추상적 관념이라고 할 수 있다. 즉 「영험성과 신성성은 반복」 은유인 셈이다. 마을사람들이 당산나무나 입석 앞에서 끊임없이 반복적으로 마을제사를 지내면서 경험하고 축적되어 나타난 것이 신성성과 영험성이라는 것이다. 이처럼 신성성과 영험성은 마을사람들의 신체적 감각운동이라고 할 수 있는 반복적인 신앙적 행위를 통해 형성된 것임을 알 수 있다.

마을신의 개념도 마찬가지이다. 마을신은 마을사람들의 신앙적 경험이 축적되면서 인식하게 된 신앙적 대상이다. 마을신의 실체는 마을사람들의 신체적 물리적 경험이 근거가 되어 형상화된다. 예컨대 당산제를 지내는 나무를 '당산나무'라고 인식하는 것이나, 당산나무를 '당산할아버지'라고 인식하는 것 모두가 마을사람들의 인식, 즉 기호적 경험이 작용하여 나타난 현상이다. 당산제의 대상이 되는 나무는 일반적인 나무와는 다르다. 그 나무는 그 아래에서 당산제를 지내고 있기 때문에 다른 나무와 구별되고 의미화 된다. 그에 따라 기표가 발생한다. 당산나무의 기호화 과정을 정리하면 다음과 같다.

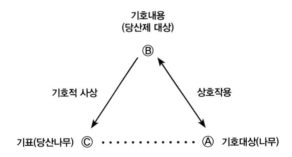

이러한 당산나무는 단순히 당산제를 지내는 장소에 있는 나무이기 때문에 신성하고 영험한 나무로만 생각하지 않는다. 그것은 당산나무에 또다른 기호내용이 첨가되면서, 즉 개념적 혼성 작용이 이루어지면서 당산나무의 신성성과 영험성이 강화된다. 마을사람들이 개별적으로 당산나무 앞에서 치성을 드려 아이를 낳은 경우 그 부모는 태어난 아이를 당산할머니가 점지해 주었다고 생각한다. 또한 집안에 우환이 있어 치성을 드려 해결한 경우 마치 조상님들이 돌봐준 것처럼 생각하기도 한다. 이처럼 마을사람들이 숭배하는 조상신에 대한 관념을 당산나무에 은유적으로 투사하여 '당산할아버지 – 당산할머니'라는 조상신적인 명칭을 갖게 된 것이다. 당산나무를 단순히 일반적인 나무가 아니라 조상신으로 인식하는 것은 마을사람들의 경험이 반영되는데서 비롯되었다. 당산할아버지 – 당산할머니의 기호화 과정을 정리하면 다음과 같다.

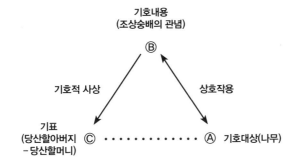

생촌리 당산제의 핵심제당이 두 곳이지만, 제사를 철룡당산 → 양지뜸 샘 → 고랑뜸 샘 → 나무당산 → 독당산 등을 차례로 돌면서 제사를 올린다는 것은 그곳 또한 제당의 의미를 지닌 곳이라는 것이다. 이처럼 제당과 신체가 증가하는 것은 「연결」도식의 확대에서 비롯된 것으로 보인다. 천상과 지상의 연결이 증가된 것은 신과 인간의 만남을 확대하려는 데서 비롯된 것이고, 이것은 마을사람들의 욕망에 의해 발생한 것으로 마을신의 직능적 분화를 초래하기도 한다.

이와 같은 제당에 금줄을 치고 황토를 놓는데, 이것은 「차단」도식[18]에 근거하여 신성공간과 오염공간을 구분하고, 신성공간을 유지하고 지속시키기 위해 행해지는 주술적 경험이다. 즉 「금줄치기와 황토놓기는 차단」은유인 것이다. 차단은 이동의 장애물로, 대문, 울타리, 차단막이 등이 그것이다. 이들의 물리적 경험을 토대로 주술적으로 경험한 것이 금줄치기와 황토놓기라고 할 수 있다. 마을사람들은 차단이라는 물리적 경험의 관점에서 금줄치기와 황토놓기를 이해하고 경험할 수 있게 된다. 따라서 제사를 지극정성으로 모시기 위해 금줄을 치고 황토를 놓는 것이 무엇보다도 중요한 일인데, 이러한 일은 제관이 도맡아서 한다.

'금줄치기'는 경로의 통제를 제한하는 기능으로, 마을 안과 밖을 연결하는 모든 길, 제관의 집과 밖을 연결하는 대문, 제당과 샘 밖을 연결하는 모든 경로를 차단하는 역할을 한다. 이는 외부로부터 들어오는 복은 허용하되, 부정적인 재액은 차단하겠다는 것이고, 마을 안의 제주의 집, 샘과 제당을 청소한 뒤 정화된 공간을 유지하겠다는 의미이다. 마을 안의 정화의 상태는 마을신의 감응을 결정한다고 생각하기 때문에 제관이 심혈을 기울일 수밖에 없다. 당산제를 지냈음에도 마을에 우환이 끊이지 않으면 혹여 제관의 지극정성이 부족했다고 여겨질 수 있기 때문이다. 이처럼 금줄치기는 외부로부터 유입되는 재액을 물리치기 위한 '액맥이 행위'이고, 부녀자들이 인근 마을의 디딜방아를 훔쳐와 마을 앞에 세우는 '액맥이놀이'나 장승과 같은 역할을 하고 있다.

금줄은 경로의 통행을 금하는 줄로 짚으로 만든 왼새끼이다. 왼쪽은 「좌우」도식[19]에서 인간과 반대되는 곳으로, 신과 관련된 곳이다. 오른손은 주로 살아있는 사람들의 생활 수단으로서 모든 것은 오른손을 통해서 이루어졌고, 왼손은 비일상적인 곳으로 특별한, 즉 죽음이나 신과 관련된 경우에 사용되어 왔다. 즉 「금줄은 왼손」은유인 셈이다. 마을사람들은 왼손의 신체적 활동을 근거로 왼쪽의 관념을 이해하고, 기호적으로 확장된 금줄을 경험하고 이해한다. 왼새끼를 사용하여 금줄을 치는 것은 마을의 공간을 인간의 공간이 아닌 신성의 공간으로 전환시키기 위한 것이다. 왼새끼로 만든 줄은 경로상의 통행을, 인간의 출입과 더불어 유입되는 액을 차단하고 신적인 존재만 통행할 수 있음을 의미한다. 금줄치기는 「차단」도식에 근거하여 형성된 주술적 행위로서 금줄은 차단의 의미를 지니고 있다. 이를 기호체계로 정리하면 다음과 같다.

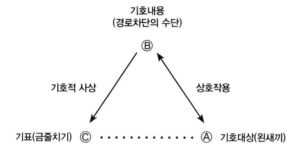

'황토(적토)놓기'는 경로를 정화시키려는 기능으로, 집과 집, 샘과 제당으로 통하는 모든 길을 정화시키기 위해 황토를 한 움큼씩 놓는다. '황토놓기'는 마을 안에 들어와 있는 재액을 적극적으로 몰아내기 위한 것으로서 경로 상의 모든 재액을 물리치려는 '축귀적인 행사'이다. 이것은 정월 보름에 부녀자들이 집단적으로 소리 나는 생활도구를 이용하여 두들기면서 마을을 돌아다니며 액을 몰아내는 행사와 같은 역할을 한다. 그러면 왜 황토인가? 이것은 황토의 기호적 경험의 원초적 근원이 바로 정화의 수단인 불의 주술적 의미라고 할 수 있다. 곧 「황토는 불」은유인 것이다. 불의 신체적·물리적 경험의 관점에서 불의 주술적 의미를 경험하고 이해할 수 있기 때문이다. 불은 인간의 삶에서 중요한 실용적 도구이지만, 종교적인 측면에서는 경계의 대상이면서 정화의 수단으로 활용된다. 예를 들면 불을 활용하여 액을 몰아내고자 하는 것으로 불밝히기, 액맥이불놓기, 달집태우기, 횃불싸움, 낙화놀이와 같은 정화적인 행사가 그것이다.[20] 당산제에서 경로의 재액을 물리치기 위해 행해지는 황토놓기도 이와 같다.

불은 붉은색으로 인식되고, 붉은색도 마찬가지로 액을 물리치는 역할을 한다는 기호내용을 바탕으로 다양한 기호적 경험이 있는데, 정월 보름에 부녀자들이 이웃 마을의 디딜방아를 훔쳐와 동네 앞에 세우고 붉은 것이 묻어 있는 여자 속옷을 뒤집어 씌워놓는 '액맥이놀이'를 하는 것도 이와 같은 경우이다. 농가에서 쉽게 접할 수 있는 흙이 적토가 아니라 그에 가까운 색인 황토를 사용하여 황토놓기를 한 것이다. 이것은 황토놓기가 생활환경과 관련된 신체·물리적 경험을 토대로 이루어진 것으로 황토도 액을 물리치는데 중요한 역할을 한다고 생각한 것이다. 이를 기호체계로 정리하면 다음과 같다.

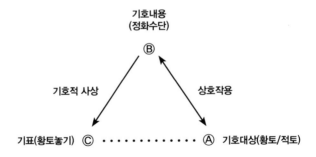

이상으로 금줄치기와 황토놓기는 「차단」 도식을 근거로 형성된 기호적 경험이며, 거기에 「그릇」 도식이 덧씌워져 신성공간과 오염공간으

로 구분할 수 있게 된다. 즉 「금줄치기와 황토놓기는 차단」 은유인 것이다. 신체적 감각적 운동을 토대로 형성된 금줄치기와 황토놓기는 마을의 공간을 비롯한 제당을 신성의 공간으로 전환시키는 역할을 하는 것으로, 인간과 신이 만날 수 있는 공간을 확보하려는 정성의 일환이다. 이것은 마을 안과 밖의 모든 부정적인 것을 제압하여 신성공간을 만들기 위해 금줄치기와 황토놓기를 이중적으로 한 것이다. 금줄치기만으로는 마을의 안의 공간을 정화시키는 것이 한계가 있고, 황토놓기만으로는 마을 밖으로부터 유입되는 액을 차단하는 것에 한계가 있기 때문이다. 이것을 보완하기 위해 두 가지 방법을 사용하여 마을의 안과 제당 공간을 완벽하게 정화된 공간으로 만들고자 한 것이다.

## 2) 의사소통방식으로서 제의적 내용

### (1) 인간과 신의 만남을 준비하는 제사음식

제사음식은 인간과 신이 소통하기 위한 상징적인 수단이다. 그것은 「과정」 도식[21]인 인간이 귀한 손님을 맞이하여 음식상을 대접하면서 소통하는 것과 같다. 신이 드실 음식을 마치 귀한 손님에게 바치듯이 지극 정성으로 준비하여 바치는 것이다. 제사음식은 인간이 신에게 바치는 것으로, 인간이 귀한 손님에게 음식상을 바치는 신체적·물리적 경험이 토대가 되어 신이 드실 거라고 생각하는 추상·정신적 경험으로 확장되어 나타나는 제의적인 은유이다. 즉 「제의적 의사소통은 과정」 은유인 것이다. 제사음식을 활용한 의사소통을 인간의 의사소통의 과정이나 절차의 관점에서 이해할 수 있기 때문이다. 제의적 은유는 지역에 따라 마을은 물론 제사 주도집단에 따라 다르게 나타나는데, 그것은 신체적·물리적 경험이 다른데서 비롯된 것이다. 그렇기 때문에 마을신앙의 제물이 마을에 따라 다소간의 차이가 있기 마련이다. 그것은 신체·물리적 경험을 근거로 마을제사라는 추상·정신적 경험이 기호적으로 확장되어 나타나고, 기호 확장은 자연, 사회, 역사적인 조건의 영향을 크게 받기 때문에 마을신앙도 다르다. 그러한 점에서 제사음식 또한 다를 수밖에 없다.

생촌리 당산제에서 제사음식은 화주집에서 준비하는데, 화주집은 화주 개인의 집이 아니라 마을의 대표성을 지닌 공간으로 마을공동체 삶의 공간을 의미한다. 제사음식은 인간이 신에게 바치는 것으로 신을 위한 음식이기 때문에 신을 만날 수 있는 자질을 갖춘 제관이 음식을 준비한다. 그리고 제관은 항상 정화의 몸을 유지한 상태이어야 하고, 그러한 상태에서 음식을 준비해야 한다. 제사음식 준비에 제관만 참여한 것도 이러한 이유 때문이다. 뿐만 아니라 제관이 음식을 준비하기 위해 식재료를 구입하는데, 제물을 구입하는 과정에서 상인과 흥정을 해서도 안되고 상인이 요구하는 금액을 지불해야 한다. 그것은 물건 값을 흥정하는 과정이 자칫 오염을 불러올 수 있고, 신에게 바치는 음식을 준비하는 식재료에 신성성의 손상을 가져올 우려가 있기 때문이다. 이것은 음식을 준비하는 과정에서도 나타나는데, 즉 음식을 만드는 과정에서 고춧가루를 뿌리지 않거나, 음식의 간을 보지 않는 것도 그러한 이유이다. 실제로 이러한 것은 제사절차에서 음복[22]의 효용성을 확대하기 위해서 필요하기도 하다.

## (2) 인간과 신의 의사소통의 방식으로서 제사 내용

제사절차는 인간과 신의 의사소통방식 과정이다. 제사절차가 무속적, 불교적, 유교적으로 구성되는 경우가 있는데, 각각의 종교적 특성에 부합한 내용을 가지고 있다. 예컨대 전남의 경우 해안지역이나 어촌지역은 무속적이면서 유교적인 절차로 진행되는 경우가 많은가 하면, 미황사나 백양사, 불갑사를 비롯한 사찰 주변지역은 불교적인 내용으로 구성되는 경우가 많고, 그 이외의 내륙지역은 유교적인 제사절차로 구성된 경우가 많다.[23] 이들은 각각 종교에 따라 다소 차이가 있지만 신을 맞이하여 접대하고 배웅하는 것은 대동소이하다. 그것은 일반적으로 제사절차가 인간이 손님을 맞이하는 것과 다를 바 없이 진행되기 때문이다. 손님을 맞이하기 위해 집안 곳곳을 청소하고, 지극정성으로 음식으로 준비하여 대접하며, 손님과 소통을 통해 유대관계를 돈독히 하고 미래의 약속을 기약하며 배웅하는 것처럼 마을제사도 마찬가지이다.

생촌리 당산제는 액맥이적 행사와 축귀적 행사를 토대로 인간과 신이 함께할 수 있는 공간을 확보하여 본격적으로 제사를 지내기 시작한다. 마을제사의 절차는 인간이 인간을 맞이하는 것처럼 인간이 신을 지극정성으로 모시고 대접한 뒤 배웅하는 절차이다. 즉 제사절차가 「과정」 도식에 근거한 인간과 인간이 만나는 과정의 신앙적 은유인 것이다. 제사절차가 인간과 신이 의사소통하는 과정을 표현한 것임을 알 수 있다. 따라서 제의 절차는 크게 신을 맞이하는 과정(청신), 신과 인간이 소통하는 과정(오신), 신을 배웅하는 과정(송신)으로 구성되는 경우가 일반적이다. 그러한 것을 구체적이며 유교식으로 전개하고 있는 생촌리 당산제 제사절차가 진설 → 분향 → 초헌 → 독축 → 아헌 → 종헌 → 소지 → 음복 → 헌식이다. 이러한 제사절차 가운데 가장 중요한 핵심적인 과정은 〈독축〉, 〈음복〉, 〈헌식〉이다.

먼저, 제사절차 가운데 가장 중요한 것은 독축이다. 독축은 축문을 읽는 것으로, 축문은 마을사람들이 신에게 기원하고자 하는 내용을 담고 있기 때문에 신의 실체를 파악할 수 있고, 무엇보다도 마을사람들이 왜 마을제사를 지내는지 그 이유를 확인할 수 있다. 마치 기독교인들이 교회 가서 성경을 읽고 기도하는 것과 다를 바 없다. 마을제사에서 마을을 대표하는 제관이 마을신을 대상으로 축문을 읽어야 마을제사의 본질적인 목적을 실현한 것이다. 축문이야말로 인간과 신이 소통할 수 있는 언어적 기호인 것이다. 언어적 기호라 함은 단순히 문자기호만을 지칭하는 것이 아니라 문자기호가 율문의 형태로 음성적으로 불리는 것을 포함한다. 인간과 신이 언어적 기호를 통해 소통함으로써 인간의 요구가 신에게 전달될 수 있는 것이고, 이에 따른 신의 감응을 인간에게 전달할 수 있는 것이다. 이와 같은 언어적 기호를 불교에서는 스님이 독경하듯이 구송할 것이고, 무속에서는 노래하듯이 구연할 것이다. 이러한 것은 기본적으로 인간의 소망을 신에게로 전달하고자 하는 경로 도식에 근거하여 형성된 추상적·정신적 경험이라고 할 수 있다.

두 번째, 제사절차로 중요한 것이 음복이다. 음복은 신과 인간의 연결이면서 접촉이기도 하다. 「연결」 도식에 근거하여 제사음식을 먹는 것이고, 음식의 섭취를 통해 신과 인간이 연결된 것이다. 여기에 「접촉」 도식[24]이 덧씌워지면, 접촉 이전에 인간과 신의 분리된 상태를 경험하며, 접촉 이후에는 신과 인간이 결합되었다고 경험한다. 특히 여기에 「그릇」 도식이 덧씌워지면 몸속은 인간과 신의 결합을 경험하며, 몸 밖으로 배출되는 것은 그 반대의 의미를 갖는다고 경험한다. 즉 「음복은 접촉과 섭식」은유인 것이다. 다양한 영상도식을 토대로 형성된 접촉과 섭식의 신체적 경험이 근거가 되어 음복이라는 제의적 경험을 하기 때문이다. 마을사람들은 접촉과 섭식의 신체적 경험의 관점에서 음복을 이해하고 경험하게 된다. 따라서 음복은 인간과 신의 일체성(신명성)을, 인간과 인간의 통합성, 즉 개인→가족→마을로 확장되는 공동체성을 구현하는 절차라고 말할 수 있다.

세 번째, 제사의 절차로 중요한 것이 헌식이다. 헌식은 제사 절차의 마지막 절차로서 제사음식을 제당 주변에 뿌리거나 묻는 과정을 말한다. 「중심-주변」도식[25]에 근거하면, 제당의 마을신은 마을사람들의 경험안에서 더 크게 보이고, 상호 작용에서 더 중심적이다. 다른 것들은 주어진 시점에서 상대적으로 주변적인데, 헌식의 대상이 되는 신들이 그것이다. 이러한 신들에게 헌식을 왜 하는 것일까? 이에 대한 대답은 「연결」도식을 근거로 설명할 수 있다. 중심과 주변의 연결을 통해 신들의 공동체성을 구현하는 것이고, 인간과 주변적인 신(잡신)과의 연결을 통해 인간의 공동체성으로 확장하는 것이다. 즉 「헌식은 공동체」은유인 것이다. 공동체의 신체적·물리적 경험을 근거로 주변적이고 소외된 잡신들을 제사음식으로 통합하는 절차가 헌식이기 때문이다. 어떻게 보면 헌식은 기본적으로 이웃과의 음복이 바탕이 되어 헌식으로 전개되는, 즉 지연적인 '우리'라는 공동체정신을 구현하는 절차라고 할 수 있다. 집과 이웃의 유대관계 경험을 바탕으로 인간과 다른 신과의 유대관계로 확장되는 기호적 경험이 바로 헌식인 것이다. 이러한 점에서 헌식 또한 마을의 공동체성을 구현하는 절차라고 할 수 있다.

## 4. 「음양」 도식에 근거한 인간의 공동체성 구현

생촌리 줄다리기는 ①대보름날 아침 9시경에 마을사람들이 식사를 하고 나팔소리가 들리면 짚 1다발씩을 가지고 당산 끝에 모여 용줄을 꼬기 시작하는 '줄 제작' 과정, ②줄이 완성되고 농악대가 당산끝을 3번 돌고 재배하면 남자들은 어깨에 줄을 메고 농악대를 앞세우며 마을의 샘을 돌면서 굿을 치는 '줄 놀이' 과정, ③당산을 돌고 나서 마을 앞길에서 남녀 편으로 나누는데, 총각들은 여자편이 되고 여자편이 이겨야 풍년이 든다고 생각하는 '줄다리기' 과정, ④줄다리기가 끝나면 독당산(입석)에 줄을 감아놓는데, 줄은 밑에서부터 감아 올라가고 머리를 위로 향하도록 하는 '줄 감기' 과정으로 구성되어 있다.

줄다리기는 농사의 풍요를 기원하기 위해 행해지는 공동체의 세시민속놀이지만 중요한 것은 신성한 공간(외부)의 풍요(복)를 잡아당기는 놀이라는 점이다. 특히 줄다리기의 줄놀이 과정이 독립되어 고싸움놀이가 발생했다고 말하기도 하는데,[26] 고싸움놀이는 재액을 물리치는 놀이라면,[27] 줄다리기는 복을 잡아당기는 놀이라는 점에서 구분되고, 궁극적으로 마을의 안녕을 기원하고 농사 풍요를 기원한다는 점에서 공통점을 가지고 있다. 다시 말하면 추상적이고 정신적으로 복을 추구하고 재액을 물리치는 세시민속놀이라는 점에서는 유사하지만, 줄을 잡아당기고 고를 밀치거나 누른다는, 즉 '당김'과 '밀침'이라는 신체적 행동이 다르다는 점에서 차이가 있다.

정월 보름날 아침에 마을사람들이 각각 집에서 짚단을 가지고 나와 줄을 만들기 시작한다. 줄을 만드는 것은 단순히 줄다리기의 도구를 만드는 것이 아니라 집과 집을 연결하는 「연결」 도식에 근거한 연결 도구를 만든 것이다. 즉 줄은 각각의 가정을 통합하고 연결하는 의미를 가지고 있다. 물론 줄은 쌍줄(암줄과 숫줄)이지만 각각의 가정을 연결하고 마을 구성원을 하나로 묶는 줄이라는 점에서는 외줄과 다르지 않다.[28] 줄은 집과 집을 연결하는 「연결」 도식에 근거하여 이웃과 이웃을 연결하여 마을 공동체를 통합하는 줄인 것이다. 이러한 줄을 생촌리 사람들은 '용줄'이라고 부른다.

용줄이라는 말은 줄다리기의 줄이 '용'을 상징한다는 것을 의미한다. 줄의 기본적인 용도는 사물을 묶는데 사용하는 도구로서, 넝쿨식물인 칡넝쿨 같은 것을 사용하다가 벼농사를 짓기 시작하면서 짚으로 만든 새끼 줄을 사용했을 것으로 추론해 볼 수 있다. 이러한 줄을 통해 '묶음과 풀다'의 신체적 운동을 경험하면서 삶의 풍요인 복과 같은 긍정적인 것은 묶어서 가져오기 위함이고, 인간의 삶에 장애인 재액과 같은 부정적인 것은 묶어서 버리기 위함이라는 기호적 경험으로 확장되거나, 구속과 해방이라는 추상적이고 정신적인 경험으로도 확장되었을 것이다. 줄을 용줄이라고 인식하는 것은 용신신앙의 반영에서 비롯되었다. 벼농사의 풍요는 물이 풍족해야 가능하고, 물을 다스리는 신이 다름 아닌 용신(龍神)이기 때문에 농사의 풍요를 기원하기 위해 용을 상징하는 줄을 가지고 줄다리기를 한 것이다. 즉 줄은 사물을 묶을 수 있는 넝쿨식물인 칡넝쿨이 짚으로 만든 줄로 바뀌고, 물과 관련된 수신(水神)의 상징물로서 뱀의 관념이 투사되어 개념적 혼성 작용을 통해 상상적인 용으로 구현된 것이 줄이라고 해석할 수 있다. 이러한 기호체계를 정리하면 다음과 같다.

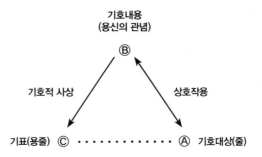

줄이 완성되면 남자들은 어깨에 줄을 메고 농악대를 앞세우며 마을의 샘을 돌면서 굿을 치는 '줄 놀이' 과정이 전개된다. 줄을 메고 제당과 샘을 돈다는 것은 「경로」 도식에 근거하여 마을의 공간으로부터 제당과 샘의 공간으로 이동하는 것으로, 제당에서 농사의 풍요를 추구하기 위함이고, 샘을 통해 풍부한 물을 확보하기 위한 신앙적 경험이 확장되어 나타난 것이다. 즉 줄을 메고 제당과 샘을 도는 것은 농사의 풍요와 물의 풍족함을 기원하기 위함이라는 의미를 지니고 있음을 알 수 있다.

이처럼 「연결」 도식에 근거하여 줄을 만들고, 「경로」 도식에 근거한 줄 놀이 과정이 끝나면, 「음양」 도식에 근거하여 줄다리기할 장소에서 줄을 결합한다. 줄의 결합은 암줄과 숫줄의 결합이고, 남자와 여자의 결합, 즉 혼인을 의미한다.[29] 줄의 결합은 단순히 혼인의 의미를 지니고 있는 것이 아니라 본질적으로는 남녀 간의 성행위인 성신앙의 반영이라고도 할 수 있다.[30] 따라서 줄의 결합이 단순히 줄을 잡아당기기 위해 이루어지는 것이 아니라 「음양」 도식에 근거한 기호적 경험으로서 농사의 풍요를 생산하는 과정을 은유적으로 표현한 것이라고 할 수 있다. 뿐만 아니라 분리된 암줄과 숫줄을 연결하는 것은 통합된 하나의 줄을 통해 각각의 입장에서 복을 가져가기 위해 준비하는 과정이기도 하다.

줄의 결합이 이루어지면「흡인」도식[31]에 근거하여 본격적으로 줄다리기가 이루어진다. 줄을 결합하여 남자팀과 여자팀이 서로 잡아당기는 것은 흡인의 과정이다. 즉「줄다리기는 흡인」은유인 것이다. 흡인의 신체적·물리적 경험을 근거로 줄다리기의 놀이적 의미를 이해할 수 있기 때문이다. 줄다리기의 줄이 용을 상징하기도 하지만 복을 상징하기 때문에 줄을 잡아당기는 것은 농사의 풍요를 가져오기 위함이고 복을 잡아당기기 위함이다. 그래서 줄다리기에서 경계를 기준으로 줄을 많이 가져온 팀이 승리하고 풍요가 든다고 생각한 것이다. 특히 줄다리기에서 여성팀이 이겨야 풍년이 든다는 속신은 다름 아닌 여성의 생산성 관념이 반영되는 데서 비롯되었다. 이처럼 줄다리기에서 각 가정과 연결하고 제당과 샘으로 연결한 줄을 가지고 신성 공간으로부터 농사의 풍요와 복을 가정이나 마을로 가져오기 위해 서로 힘을 견주어 잡아당기는 것이다. 이것은「흡인」도식에「그릇」도식이 덧씌워진 신체적·물리적 경험을 근거로 행해지고 있음을 알 수 있다.

줄다리기를 통해 여성팀이 승리하고 농사의 풍요와 복을 가져오게 되면 그것을 보존하기 위해 줄감기를 한다. 줄감기는 독당산(입석)에 줄을 감아놓는 것을 말한다. 줄감기는 기본적으로「묶음과 풀다」도식[32], 즉「묶음」도식에 근거한 것으로 농사의 풍요와 복을 마을공동체가 '공동으로 향유'하기 위함이다. 줄다리기가 끝난 뒤 줄의 처리 과정은 이처럼 줄을 감지 않고 불사르고 그 재가 약이 된다 하여 가져가기도 하고, 줄을 잘라 소 먹이로 사용하는가 하면, 논밭의 거름으로 사용하기도 한다.[33] 이것은「풀다」도식에 근거한 '분배의 의미'를 지닌 기호적 경험이라고 할 수 있다. 농사의 풍요와 복을 각 가정으로 분배한다는 의미이다. 중요한 것은 줄 처리과정이 공동체 구현의 토대에서 이루어진다는 것이다. 특히 생촌리 줄다리기 줄감기는 더욱 그러하다.

결론적으로 이처럼 「묶음과 풀다」 도식에 근거해 이루어지는 줄감기는 「연결」 도식과 「경로」 도식을 근거로 줄을 제작하고 줄을 메고 돌아다니며, 「음양」 도식에 근거하여 줄을 결합한다. 그리고 힘의 구조인 「흡인」 도식에 근거하여 줄다리기가 전개되는 과정이 전제되어 있다. 이러한 과정을 통해 보면 생촌리 줄다리기는 「줄다리기는 흡인」 은유로서 마을의 공동체성을 구현하는 민속놀이지만, 농사의 풍요를 기원하는 주술적인 행사임을 알 수 있다.


## 5. 「경로」 도식 확장에 따른 지연공동체 구축

마을신을 대상으로 제사를 지내는 것이 마을신앙이라면, 지신밟기는 가택신을 대상으로 풍물굿을 치는 것을 말한다. 일반적으로 마을신은 이동신(移動神)의 성격이 강하나, 점차 정주신(亭住神)의 성격으로 변화되어 왔다. 「수직성」 도식 원리에 따르면 당산나무나 입석에 좌정하는 마을신은 이동신의 성격을 지니고 있지만, 당집과 같은 건축물 안에 모셔진 마을신은 정주신의 성격이 강하다. 이에 비해 가택신앙의 가택신은 농경민적인 신으로 정주신의 성격이 강하게 나타난다. 그렇기 때문에 가정의 안방, 대청, 부엌 등 각 처소마다 가택신이 정주하고 있다고 생각한 것이다. 가택신은 수렵채집생활을 청산하고 본격적으로 농사를 짓기 시작한 정착사회의 주거지를 토대로 형성된 신이다.

가택신을 대상으로 하는 풍물굿, 즉 지신밟기는 인간과 가택신이 의사소통하는 과정이다. 제사에서 인간이 지극정성으로 음식을 준비하여 마을신에게 바치는 것처럼 지신밟기도 마찬가지로 인간이 할 수 있는 가장 아름다운 음악적 제물을 신에게 바치는 것이다. 그런 점에서 제관과 마을신이 제사음식으로 의사소통한다면, 풍물패와 가택신은 풍물굿을 통해 의사소통하는 것이라 할 수 있다. 이처럼 인간과 신이 서로 의사소통하는 것은 이 또한 「연결」 도식에 근거하여 이루어진다. 여기서 제사음식이나 풍물굿은 연결 도구에 해당한다. 마을제사에서 제사절차로 가장 중요한 것이 제관이 제사음식을 바치고 독축을 하는 것이듯, 지신밟기에서 풍물패의 상쇠가 풍물굿을 바치고 비손하는 것이 중요한 절차라고 할 수 있다. 제사절차에서 축관의 독축이 중요한 것처럼 풍물굿에서도 마찬가지로 상쇠의 비나리가 중요하다는 것이다. 이와 같이 지신밟기가 인간과 가택신의 연결을 통해 신앙적인 목적을 구현하고 있지만 무엇보다도 공동체성을 강하게 드러내고 있다는 점이 중요하다. 그러한 것은 생촌리 지신밟기를 통해 확인할 수 있다.

생촌리의 지신밟기 내용은 확실하지 않지만 인접지역의 지신밟기를 통해 어느 정도 재구성할 수 있다.《한국의 농악》에 의하면,[34] 광주의 광산농악에서 지신밟기의 내용이 인사굿 → 마당굿 → 성주굿 → 액맥이 → 중천맥이 → 정지굿 → 천룡굿(장꽝굿) → 마당굿(인사굿)으로 진행되고, 화순 한천농악에서 지신밟기가 인사굿 → 샘굿 → 마당굿 → 개인놀이 → 성주굿 → 조왕굿 → 장꼬방굿(천룡굿) → 노적굿 → 인사굿으로 이루어지고 있다. 두 지역의 공통적인 절차가 인사굿 → 성주굿 → 조왕굿 → 천룡굿 → 인사굿이고, 생촌리의 지신밟기도 최소한 이와 같은 내용을 갖추고 있

었을 것으로 판단된다. 그것은 지신밟기에서 가장 중요한 가택신이 성주
신, 조왕신, 천룡신으로, 즉 이러한 신은 장남이나 차남을 구분하지 않고
모든 가정에서 공통적으로 좌정하고 있는 가택신이기 때문이다.

　가택신 중에서 성주신, 조왕신, 천룡신이 중요한 신격으로 인식되고 있
는 것은 성주신은 가옥을, 조왕신은 부엌을, 천룡신은 집터를 관장하는
신격으로,[35] 즉 집과 집터 그리고 가족의 식생활을 책임지는 부엌이 중요
하다고 생각하는데서 비롯된 것으로 보인다. 마을신의 최고신이 당산신
이라면, 가택신 중에 최고의 신은 성주신이다.[36] 그것은 풍물굿의 절차를
통해 확인할 수 있다. 마을에서 가장 먼저 풍물굿을 치는 장소가 당산신
을 모시는 제당이고, 지신밟기에서는 성주신을 대상으로 하는 성주굿이
핵심적인 절차라는 점이다. 이것은 가택신들의 가족적인 관계를 통해서
도 파악할 수 있는데, 성주신이 남편이고, 조왕신은 그 배우자라고 인격
화되기도 한다.[37] 이러한 인식을 바탕으로 지신밟기에서 성주신과 조왕
신이[38] 풍물굿의 중요한 대상이 되고 있으며, 천룡신도[39] 마찬가지이다.

　체험주의적 상상이론에 의하면 지신밟기를 힘의 구조 속에서 「강제」
도식[40]과 「흡인」 도식에 근거하여 이해할 수 있다. 민속신앙에서 신격들
의 성향을 토대로 인간에게 우호적인 선신(善神)과 부정적인 악신(惡神)
으로 구분할 수 있는데, 전자는 「흡인」 도식에 근거하여 성주신·조왕신·
천룡신의 영험성과 신성성을 끌어들임으로서 인간의 안녕과 복을 추구
할 것이고, 후자는 「강제」 도식에 근거하여 온갖 잡귀를 물리침으로서 가
정의 안녕을 기원하게 될 것이다. 특히 「강제」 도식에 근거하여 강한 힘
으로 잡귀를 물리치는 것은 상쇠의 비나리 내용을 통해서도 확인할 수
있다.[41] 이처럼 힘을 행사하기 위해 연행된 풍물굿이 「흡인」 도식과 「강

제」도식에 근거하고 있으며, 그것이 바로 지신밟기이다. 이것은 어디까지나 지신밟기의 기능성을 토대로 이해한 것이다. 즉 「지신밟기는 강제와 흡인」은유라고 할 수 있다. 힘의 구조인 강제와 흡인의 물리적 경험을 통해 지신밟기를 이해할 수 있기 때문이다.

이와 같이 지신밟기를 힘의 구조에 따른 영상도식뿐만 아니라 다른 영상도식을 통해서도 이해할 수도 있다. 그것은 「과정」도식의 바탕에서 「경로」도식과 「연결」도식의 결합을 통해 지신밟기를 이해하는 것이 그것이다. 마을굿이 들당산굿 → 오신굿 → 날당산굿의 과정으로 전개되는 것처럼, 지신밟기도 인사굿 → 성주굿·정지굿·천룡굿 → 인사굿으로 전개되고 있는 것은 「과정」도식에 근거한 것이다. 이러한 과정을 바탕으로 집에서 집으로 이동하고, 즉 「지신밟기는 이동과 과정」은유이기도 하다. 풍물패의 이동과 과정이나 절차의 신체적·물리적 경험을 통해 지신밟기를 이해할 수 있기 때문이다. 우리의 삶은 공간적 세계를 연결시켜주는 경로들로 가득 차 있다. 이러한 경로 이동을 통해 집과 집이 연결되고, 「연결」도식은 통합을 형성하는 기본방식이다. 다시 말하면 「과정」도식 구조 속에서 「경로」도식을 활용하여 「연결」도식으로 전개되는 신체적 운동을 근거로 가택신들의 결합, 가정과 가정의 통합을 추구하는 공동체성을 구현하는 것이 지신밟기라고 할 수 있다.

결론적으로 생촌리의 지신밟기는 힘의 구조에 따른 「강제」도식/「흡인」도식을 비롯하여 「과정」도식/「경로」도식/「연결」도식에 근거하여 기호적 경험으로 확장된 「지신밟기는 강제와 흡인」은유이고, 「지신밟기는 이동과 과정」은유로서 가정의 안녕과 복을 기원하는 풍물굿이지만, 마을의 공동체성을 구현하는 민속놀이라고 이해할 수 있다.

## ∘∘ 요약

현대사회에서 지속되고 있는 당산제가 농사의 풍요나 마을의 안녕이
라는 신앙적인 목표, 즉 종교적 가치는 약화되고, 공동체정신을 계승하
려는 공동체행사로 진행되거나, 경제적 도구의 하나인 상품으로 인식되
어 가고 있다. 이것은 종교적인 가치 구현보다도 경제적 가치를 우위에
두고 있기 때문이며, 이러한 현상은 전국적으로 확산되어 나타날 것이며,
더욱 가속화될 것이다. 생촌리의 당산제가 마을신을 위한 제의적 행사라
면, 지신밟기는 가택신을 위무하는 풍물굿이고, 줄다리기는 당산제와 지
신밟기를 연결한다. 줄다리기야말로 공동체성을 구현하는 역할을 하고
있는 것이다. 필자가 당산제, 줄다리기, 지신밟기를 하나의 마을축제로
이해하려는 이유가 바로 여기에 있다.

생촌리의 당산제는 시간(제일), 인간(제관), 공간(제당 – 신)으로 구성된
다. 먼저 제사 지내는 시간은 「연결」 도식과 「수직성」 도식에 근거하여
마을사람들과 마을신의 만남을 결정하고 가정의 공간적인 통합, 그리고
인간과 신의 일체성을 결정하는 역할을 한다. 두 번째로 제관은 「연결」
도식에 근거하여 마을의 대표성을 지닌 존재이며, 항상 정화된 몸을 유
지해야 한다는 것을 강조하고 있다. 세 번째로 제당은 「수직성」 도식에
「경로」 도식과 「반복」 도식이 덧씌워져 그것에 근거하여 마을신과 마을
사람들의 만남이 이루어지는 공간이면서 마을신의 영험성과 신성성을
확인할 수 있는 공간이고, 신앙적인 의도와 결과를 확인하는 곳으로 이
해되고 있다. 그리고 본질적으로 「차단」 도식에 근거한 것이지만 「그릇」
도식이 덧씌워져 행해지는 금줄치기와 황토놓기는 제당을 완벽한 정화

의 공간으로 만들려는 의도임을 파악할 수 있다. 마지막으로 제사 내용으로서 제사음식은 「과정」 도식에 근거하여 지극 정성으로 준비되며, 제사절차에서 핵심적인 것은 독축, 음복, 헌식이다. 독축은 「경로」 도식에 근거하여 인간이 소망하는 내용을 신에게 전달하는 것이고, 음복은 「연결」 도식에 근거한 인간과 신의 접촉이며, 헌식은 「중심 – 주변」 도식에 근거한 공동체성을 구현하는 제사절차이다. 결론적으로 당산제는 농사의 풍요와 마을의 안녕을 기원하는 신앙적 행사이지만, 마을의 공동체성을 구현하는 집단적 행사이기도 하다는 것을 알 수 있다.

생촌리 줄다리기는 「연결」 도식과 「경로」 도식을 근거로 줄을 제작하고 줄 메고 돌아다니며, 「음양」 도식에 근거하여 줄을 결합하고, 힘의 구조인 「흡인」 도식에 근거하여 줄다리기의 승패를 결정한다. 줄다리기가 끝나면 「묶음과 풀다」 도식에 근거해 줄감기가 이루어진다. 이러한 과정을 통해 보면 생촌리 줄다리기는 마을의 공동체성을 구현하는 민속놀이지만, 농사의 풍요를 기원하는 주술적인 행사임을 알 수 있다. 그리고 생촌리의 지신밟기는 힘의 구조에 따른 「강제」 도식/「흡인」 도식을 비롯하여 「과정」 도식/「경로」 도식/「연결」 도식에 근거하여 기호적 경험으로 확장된 가정의 안녕과 복을 기원하는 풍물굿이지만, 마을의 공동체성을 구현하는 민속놀이라고 이해할 수 있다.

결론적으로 생촌리 마을축제는 신과 인간의 의사소통방식으로서 당산제, 인간과 인간의 연결로서 줄다리기, 가정과 가정의 연결인 지신밟기로 구성되어 있다. 이러한 것은 농사의 풍요와 마을의 안녕을 기원하는 종교적 행사이지만, 인간과 신의 일체성(신명성), 그리고 인간과 인간의 통합성을 토대로 한 공동체성을 구현하는 문화행사라고 해석할 수 있다.

# 각주

1  표인주, 『축제민속학』, 태학사, 2007, 223~247쪽.

2  임재해, 「민속학 연구방법론의 전개」, 『한국민속연구사』, 지식산업사, 1994, 12~29쪽.

3  체험주의는 인간이 세계의 일부이며, 세계와 지속적으로 상호작용하는 존재이기 때문에 경험에 주어진 것으로서 세계와 의미를 설명하려고 한다. 경험은 신체적/물리적 층위의 경험과 정신적/추상적 층위의 경험으로 구분되는데, 인간이 하나의 물질적인 세계와 상호작용하는 과정에서 드러나는 복합적인 국면이 정신적/추상적 층위의 경험을 구성한다. 이것은 은유적 확장을 통해서 이루어지고, 이러한 과정(은유, 환유, 심적 영상, 원형 효과 등)을 해명하려는 것이 존슨의 영상도식과 은유적 사상이라는 두 축을 이루고 있는 '상상력 이론'이다. 은유적 사상은 은유 안에서 원천영역의 경험이 표적영역의 경험에 투사되는 것을 말하고, 영상도식은 신체적 활동을 통해 직접 발생하는 인간들이 공유하는 구조이고, 반복적이고 규칙성을 지닌 기본적인 패턴들이다.(노양진, 『몸이 철학을 말하다』, 서광사, 2013, 68~78쪽.)

4  『장성군의 문화유적』, 장성군·조선대학교박물관, 1999, 437~439쪽.

5  「연결(Link)」 도식은 일상적인 삶에서 경험하는 두 개체(A와 B)가 결합하는 도식이다. 연결이 없으면 우리는 존재할 수도, 인간일 수도 없을 것이다. 우리는 우리를 기르고 유지시키는 탯줄에 의해 생물학적 어머니와 연결되어 태어난다. 인간은 사회 전체에 대한 어떤 비물리적 연결들을 필요로 한다. 그것은 바로 연결과 결합, 접속의 지속적인 과정을 말한다. 그러한 예로 물리적 대상들의 짝짓기, 시간적 연결, 인과적 연결, 유전적 연결, 기능적 연결 등을 들 수 있다. 연결은 통합을 형성하는 기본 방식이며, 기능적 조합은 이 방식의 두드러진 유형이다. 따라서 「연결」 도식의 내적 구조는 결합적 구조에 의해 연결되는 두 개의 개체(A와 B)로 구성되어 있다.(M.존슨 지음/노양진 옮김, 『마음 속의 몸』, 철학과 현실사, 2000, 234~235쪽)

6  「경로(Path)」 도식은 ①원천 또는 출발점, ②목표 또는 종착점, ③원천과 목표를 연결하는 연속적인 위치들의 연쇄라는 내적인 구조를 가지고 있다. 경로는 한 지점에서 다른 지점으로 이동하는 행로이기 때문에 신체적 활동 수행의 관점인 「경로」 도식에 근거하여 은유적인 해석 방식으로 추상적인 목표나 목적을 이해하는 것이다. 여기서 경로에 따르는 운동은 원천영역이며, 목표나 목적은 표적 영역이다. 표적 영역은 원천영역에 제약을 받는다. 「경로」 도식은 우리의 지속적인 신체적 활동으로부터 발생하는 가장 흔한 구조들 중 하나이다. 문화에서는 물리적인 경로를 따르는 운동에 근거해서 시간의 경과

를 은유적으로 이해하기도 하고, 어떤 확정적인 결과를 불러오는 정신적 활동이나 작용을 「경로」 도식에 근거해서 이해한다.(M.존슨/노양진 옮김, 위의 책, 228~233쪽)

7 「그릇(Container)」 도식은 ①안(in), ②경계성(boundedness), ③밖(out)이라는 내적인 구조를 가지고 있다. 몸이 어떤 물건들을 집어넣고, 다른 것들을 유출하는 삼차원의 그릇이라는 사실을 친숙하게 알고 있다. 처음부터 우리는 환경, 즉 우리를 둘러싸고 있는 사물들 안에서 지속적으로 물리적 포함을 경험하는데, 무수한 종류의 경계 지어진 공간의 안과 밖으로 움직인다. 여기서 안 - 밖 지향성의 체험적 근거는 바로 공간적 경계성의 경험이다.(M.존슨/노양진 옮김, 위의 책, 93쪽)

8 「수직성(Verticality)」 도식은 우리가 경험의 의미 있는 구조들을 선택할 때 위 - 아래 지향성을 사용하는 경향으로부터 나타난다. 우리는 일상적으로 경험하는 수많은 지각과 활동 - 예를 들면 나무를 보는 것, 똑바로 서 있다고 느끼는 것, 계단을 올라가는 동작, 게양대의 영상을 형성하는 것, 아이들의 키를 재는 것, 욕조에서 물이 넘치는 것 등의 경험 - 에서 이러한 수직성 구조를 반복적으로 파악한다. 수직성 도식은 이러한 수직성에 대한 경험과 영상, 지각의 추상적 구조라고 할 수 있다.(M.존슨/노양진 옮김, 위의 책, 29쪽)

9 영상도식은(image schema) 하나의 공동체에 의해 공유될 수 있는 상상적 작용의 구조들이다. 그래서 영상도식은 과거에 경험하지 못한 것을 포함해서 다수의 상이한 물리적 운동들과 지각적 상호 작용들을 구조화할 수 있다. 또한 그 영상도식이 은유적으로 확장될 때 수많은 비물리적 · 추상적 영역들을 구조화할 수 있다. 은유적 투사는 우리가 구조를 투사하고, 새로운 연결들을 만들고, 우리의 경험을 재구성하는 기본적인 수단으로서, 즉 영상도식들을 확장하고 전개하는 중심적인 수단이다.(M.존슨/노양진 옮김, 위의 책, 306~311쪽)

10 M.존슨에 의하면, 은유는 정합적이고 질서정연한 경험을 가능하게 해 주는 중요한 인지 구조들 중 하나이다. 우리는 은유를 통해 우리의 물리적 경험에서 얻어지는 패턴들을 사용함으로써 보다 더 추상적인 이해를 구성한다. 구체적인 것에서 추상적인 것으로의 은유적 투사를 통한 이해는 신체적 경험을 두 갈래로 사용할 수 있게 한다. 첫째, 경험의 다양한 신체적 영역에서의 신체운동과 상호작용은 영상도식에서 드러나는 것처럼 구조화되는데, 그 구조는 은유에 의해서 추상적 영역으로 투사된다. 둘째, 은유적 이해는 단순히 아무런 제약 없는, 이것에서 저것으로의 자의적이고 환상적인 투사가 아니다. 구체적인 신체적 경험은 은유적 투사로의 입력뿐만 아니라 투사 자체의 본성, 영역들 사이에 발생하는 사상의 종류를 제약한다.(M.존슨/노양진 옮김, 위의 책, 30쪽) 이와 같은

은유 이론을 통해 다양한 형태의 은유를 이해할 수 있는 것이다. 예컨대 「사랑은 여행」 은유와 「논쟁은 전쟁」 은유에서 사랑과 논쟁이라는 추상적·정신적 경험을 신체적·물리적 경험인 여행과 전쟁을 토대로 이해해야 한다는 것이 체험주의적 해석 방식이다.

11 표인주, 「민속에 나타난 물의 체험주의적 해명」, 『비교민속학』, 비교민속학회, 2015, 184~187쪽.

12 개고기를 마을신앙의 제당에 올리는 특수한 사례가 있고, 기제사의 제물로 올린다는 기록이 있는 것으로 알려져 있기 때문에 이러한 것은 별도로 논의할 필요가 있으며, 본고에서는 호남지역에 제한하여 논의함을 밝혀둔다.

13 표인주, 『남도민속학』, 전남대학교출판부, 2014, 99쪽.

14 표인주, 「가축의 민속적 기호경험과 체험주의적 해석」, 『용봉인문논총』 제53집, 전남대학교 인문대학 인문학연구소, 2018, 295쪽.

15 표인주, 위의 논문, 301쪽.

16 이러한 것은 단군신화의 "환인의 서자 환웅이 있어 항상 천하에 뜻을 두고 인세를 탐내거늘, 아버지가 아들의 뜻을 알고 삼위태백을 내려다보매 인간을 널리 이롭게 할 만한지라 이에 천부인 3개를 주어 가서 세상사람들을 다스리게 하였다."는 내용에서도 확인할 수 있다.

17 「반복(iteration)」 도식은 신체적 감각운동의 반복을 통해 형성된 다양한 추상적·정신적 경험의 원초적 기반이다. 인간은 끊임없는 신체적 감각운동을 반복하면서 경험한다. 그 경험은 의식하지 않고 자발적으로 발생하는 경우가 많다. 예컨대 젓가락 잡기를 수없이 반복하여 익숙해지면 자연스럽게 젓가락질을 하는 것이라든가, 자전거 타기나 기타 운동도 마찬가지이다. 이와 같은 사례는 우리의 일상생활 속에서 무수히 접할 수 있다. 행동이나 운동이 익숙해지도록 하기 위해 끊임없이 반복적으로 행하고 나면 의식하지 않고 행동하는 것처럼 이러한 반복이 추상적이고 정신적인 관념으로 확장되기도 한다. 특히 반복은 추상적·정신적 경험을 강조하거나 강화하기 위해 사용되기도 한다.

18 「차단(blockage)」 도식은 차단 경험이 우리의 삶을 통해 수없이 반복되는 패턴이다. 환경 안에서 대상 또는 사람들과 강제적으로 상호 작용하려고 시도할 때 우리는 종종 우리의 힘을 차단하거나 가로막는 장애물과 마주친다. 그러한 장애물로 길을 가로 막는 산이나 강, 암석, 대문, 울타리, 벽, 철조망 등을 들 수 있다.(M.존슨/노양진 옮김, 앞의 책, 130쪽)

19 「좌우(left and right)」 도식은 기본적으로 오른손과 왼손의 사용을 통해 인식하는 관념의 원초적 기반이다. 오른쪽과 왼쪽이라는 방향 인식, 음양이라는 사상적 관념, 오른손

은 삶의 경험과 관련하여 주로 인간과 인간의 관계 속에서 사용하고, 왼손은 죽음의 관념과 연계되어 인간과 신의 관계 속에서 사용해야 한다는 관념 등 이러한 추상적·정신적 경험의 근원이 오른손과 왼손의 신체적 감각운동이다. 좌우 도식은 일상생활에서 무수히 발견된다. 한국인의 삶은 상당수가 음양사상에 입각해 체계화되어 있는 경우가 많기 때문이다.

20 표인주, 「민속에 나타난 불의 물리적 경험과 기호적 의미」, 『비교민속학』 제61집, 비교민속학회, 2016, 166쪽.

21 「과정(process)」 도식은 인간이 경험하는 시간의 흐름에 따른 절차나 상호간의 주고받는 절차의 도식이다. 인간은 음식을 섭취하면 소화기를 통해 몸에 흡수되고 그 찌꺼기가 배출되듯이 이러한 신체적 과정을 경험한다. 이러한 것이 확장되어 물의 흐름이나 계절의 흐름을 통한 순차적 과정이 있을 수 있고, 상호간의 사물을 주고받는 호혜적 과정이 있을 수 있다. 이러한 것은 우리의 일상생활에서 수없이 경험하는 경우가 많다. 이러한 것이 추상적·정신적 경험으로 확장되기도 하는데, 그것은 인간이 손님을 맞이하여 접대하는 과정을 근거로 인간이 신을 맞이하여 대접하는 과정으로 확장된 신앙적 경험이 그것이다.

22 음복은 제사에 참여한 사람들이 제사음식을 먹는 것을 말하지만, 마을사람들이 음식을 나누어 먹는 것도 음복이라고 한다. 이 과정에서 제사음식을 다시 조리하여 마을사람들에게 대접한다.

23 표인주, 『남도민속학』, 전남대학교출판부, 2014, 144~149쪽.

24 「접촉(contact)」 도식은 인간의 가장 기본적인 신체적 감각운동의 하나인 촉각적 경험의 반복적인 패턴을 말한다. 접촉은 기본적으로 시각적 경험을 통해 판단한 상태에서 이루어지는 경우가 많다. 인간은 태어나면서 지각적인 감각운동을 통해 주변의 사물을 이해한다. 그 가운데 접촉은 의사소통의 방식의 가장 중요한 요소이기도 하다. 아이가 울음을 그치지 않을 때 다른 사람이 아닌 엄마가 안아주면 울음을 그친다. 이것은 아이가 수없이 접촉을 통해 엄마와 의사소통한 결과이다. 이처럼 우리는 일상생활 속에서 수없이 접촉의 패턴을 통해 다양한 추상적·정신적 경험을 하게 된다.

25 「중심-주변(enter-periphery)」 도식은 내 세계 안에서 어떤 사물, 사건, 사람들이 다른 것보다 더 중요하다는 반복적 패턴이다. 즉 그것들이 내 경험 안에서 더 크게 보이고 내 상호 작용에서 더 중심적이다. 다른 것들은 주어진 시점에서 상대적으로 주변적이다. 배우자, 애인, 친구는 나의 상호 작용 세계에서 더 중심적인 힘들이다. 이런 방식으로 이해되면 우리는 이미 은유적으로 중심-주변 도식에 대한 더 추상적인 해석으로 옮겨온 셈

이다.(M.존슨/노양진 옮김, 앞의 책, 244쪽)

26 표인주, 『광주칠석고싸움놀이』, 피아, 2005, 84쪽.

27 고싸움놀이의 '고'라는 말은 옷고름이나 노끈을 가지고 매듭 지어 맬 때 한 가락을 길게
빼내서 둥그런 모양을 만들어 맺는 것을 의미한다.(지춘상, 「줄다리기와 고싸움놀이에
관한 연구」, 『민속놀이와 민중의식』, 집문당, 1996, 317쪽) 여기서 고는 다름 아닌 맺힌
것으로서 '재액'을 상징한다. 고싸움놀이는 재액을 상징하는 고를 누르거나 밀쳐내서 제
압하고자 하는 놀이다. 즉 이 놀이는 「대응력(counterforce)」 도식에 근거하여 재액을 물
리치기 위해 행해지는 기호적 경험인 것이다. 즉 「고싸움놀이는 대응력」 은유인 것이다.
고싸움놀이를 대응력이라는 신체적 · 물리적 경험의 관점에서 이해할 수 있기 때문이다.

28 줄다리기를 줄의 형태에 따라 외줄다리기와 쌍줄다리기로 나눌 수 있지만, 쌍줄다리기
는 주로 곡창지대에서 행해지는 경우가 많다. 줄다리기의 줄이 쌍줄보다는 외줄이 고
형이고, 즉 쌍줄은 외줄의 변이형태이다.(표인주, 『영산강민속학』, 민속원, 2013, 55~
56쪽)

29 전북 부안군 우동리에서는 숫줄에 신랑을 태우고, 암줄에 신부를 태워 혼례를 치른 뒤
줄을 결합하기도 한다.(표인주, 『남도민속학』, 전남대학교출판부, 2014, 173쪽)

30 표인주, 위의 책, 46~47쪽.

31 「흡인(attraction)」 도식은 대상을 향한 일종의 인력(引力) 패턴을 말한다. 자석은 쇠
붙이를 끌어당기며, 진공청소기는 먼지를 빨아들이며, 지구는 우리가 뛰어오를 때 다
시 끌어내린다. 이 경험들이 공유하는 공통적인 흡인의 도식 구조가 존재한다. 이 동일
한 구조는 마찬가지로 우리가 다른 사람에게 신체적으로 끌린다고 느낄 때에도 현전한
다.(M.존슨/노양진 옮김, 앞의 책, 133쪽)

32 인간은 긍정적인 것을 갖고자 하거나 재액과 같은 부정적인 것을 버리고자 할 때 묶는
신체적 행동을 반복하며, 풀다의 행동은 베풀고자 하는 신체적인 행동에 근거한 것이라
고 할 수 있다. 이것을 '묶음과 풀다 도식'이라고 말할 수 있는데, 일상생활 속에서 인간
이 두 팔로 껴안음과 그 반대의 행동을 수없이 반복하는 경우가 많다. 이러한 경험이 추
상적이고 정신적인 경험으로 확장되기도 하고, 정서적인 맺힘과 풀림의 추상적 · 정신적
경험도 이러한 예이다.

33 표인주, 『영산강민속학』, 민속원, 2013, 51쪽.

34 『한국농악(호남편)』, 사단법인 한국향토사연구전국협의회, 1994, 199~278쪽.

35 표인주, 『남도민속학』, 전남대학교출판부, 2014, 123~129쪽.

36 당산신과 성주신의 차이는 신성 영역의 차이가 있을 뿐 기능적으로 동일한 역할을 한

다. 마을신이 지연공동체인 마을의 안녕을 주관한다면, 성주신은 가정의 혈연공동체의 안녕을 관장하고 있다는 점에서 차이가 있을 뿐 신앙공동체의 태도는 크게 다르지 않다.

37 표인주,『남도민속과 축제』, 전남대학교출판부, 2005, 34~37쪽.

38 정지굿 상쇠의 비나리에서 보면, "조왕님을 잘 달래면 한 되 밥으로 백 명이나 천 명이 먹고, 만약 조왕님을 잘 달래지 못하면 한 되 밥으로 한 명도 못 먹고, 자꾸 밥이 줄어드는디, 이 집 정주님이 대접을 잘못하여 조왕님이 화를 내셨다."를 통해 그 위상을 짐작할 수 있다.(『한국농악(호남편)』, 사단법인 한국향토사연구전국협의회, 1994, 239쪽)

39 풍물굿에서 천룡굿을 마을공동의 천룡굿과 집안의 천룡굿으로 구분하는데, 마을의 천룡신은 마을의 터를 지켜주는 신이고, 집안의 천룡신은 집터를 지켜주는 신이라 생각한다.(『한국농악(호남편)』, 사단법인 한국향토사연구전국협의회, 1994, 225쪽)

40 「강제(compulsion)」 도식은 외부의 힘에 의해 이동하는 신체적 패턴을 말한다. 우리는 누구나 바람, 물, 물리적 대상, 다른 사람 등과 같은 외부적 힘에 의해서 움직이게 되는 경험에 대해서 알고 있다. 군중들이 떠밀기 시작할 때 당신은 저항할 수 없는 힘에 의해 당신이 선택할 것 같지 않은 경로를 따라 움직이게 된다. 때로는 군중이 완전히 통제 불가능하게 되는 때처럼 힘은 저항 불가능하다. 때로는 그 힘은 저지되기도 하고 완화되기도 한다. 그러한 강제의 경우에 힘은 어디로부터인가 발생하며, 주어진 크기가 있으며, 경로를 따라 움직이고, 방향이 있다.(M.존슨/노양진 옮김, 앞의 책, 129~130쪽)

# 제3장

# 일생의례의 상상적 구조와 해석

－광주광역시 남구 칠석마을을 중심으로－

## 1. 일생의례의 개념

인간의 삶이 기본적으로 과거, 현재, 미래라는 직선적인 시간관념을 토대로 이루어지지만, 시간의 경과 속에서 마디별로 중요한 의미를 부여하는 것은 다름 아닌 의례이다. 이러한 의례를 인류학에서 통과의례, 예학(禮學)에서는 관혼상제라고 부른다. 통과의례와 관혼상제는 일생을 주기로 하고 있다는 점에서 공통적이지만, 의례의 범주에서 다소간의 차이가 있는데, 통과의례는 제사의례가, 관혼상제는 출산의례가 포함되어 있지 않다는 점이다. 이것은 인간의 일생을 출생에서 죽음까지로 할 것인지, 아니면 죽음 이후 조상신이 되는 것까지 확대할 것인지에 따라 다르다. 그것은 생물학적인 삶에 국한할 것인가, 아니면 종교적인 삶까지 확대할 것인지의 차이인 것이다. 다시 말하면 시간적으로 현재의 삶에 초점을 맞출 것이냐, 아니면 미래의 삶까지도 포용할 것인지에 따라 다른 것이다.

인간은 시간을 인지할 때, 무의식의 일부로 생각하여 자동적이고 관습적으로 사용하는 경우가 많았다. 시간에 관한 모든 이해는 운동, 공간, 그리고 사건과 같은 다른 개념들과 관계가 있다. 시간은 공간 속에서 운동에 대한 우리의 이해를 은유적으로 나타낸 것이고, 운동은 시간을 정의하는 사건들과 상호 관련된다. 시간이 운동의 관점에서 개념화된 것처럼 시간의 경과는 공간에 의해 개념화된 관찰자와 시간 사이의 상대적 운동에 의해 개념화된 것이다. 따라서 이동의 관점에서 우리는 현재의 위치에서 가까운 장래에 만날 사물과 사람은 우리 앞에 있고, 이미 만난 것들은 뒤에 있는 것으로, 과거와 현재 그리고 미래를 인식한다. 중요한 것은 최소한 미래의 일부분이 현재에 존재하기 때문에 과거와 미래가 현재에 존재한다는 것이다.[1] 이처럼 시간의 개념이 공간 이동의 은유적 표현이며, 공간상의 위치인 현재가 중요한 의미를 가지고 있음을 확인할 수 있다.

이러한 시간의 개념을 토대로 검토하면 통과의례와 관혼상제의 공통점은 현재의 위치에서 경험하는 의례이지만, 죽음 이후의 의례는 현재와 분리시킨 미래로 인식하고 있다는 점에서 차이가 있다. 중요한 것은 인간이 경험하는 의례가 출생의 시발점으로부터 죽음의 목적지 혹은 죽어서 조상이 되는 위치로 이동하면서 경험하는 것이라는 점이다. 즉 출발점에서 목적지로 이동하면서 경험하는 의례가 바로 '일생의례'인 것이다. 여기서 인간의 일생은 출생에서 죽음, 조상신이 되는 과정까지이다. 인간은 끊임없이 현재를 기점으로 과거를 소환하고 미래를 맞이하기 때문에 인간의 일생이 과거를 비롯한 미래의 시간을 포괄하는 개념이어야 한다. 그것은 인간의 죽음 이후의 삶도 현재의 위치에서 의미화 시켜야 하고, 이런 점에서 한 인간의 일생의례를 출산의례, 성년의례, 혼인의례, 죽음의례, 제사의례로 확장하여 이해할 필요가 있다.

지금까지 일생의례의 연구는 인류학적인 측면의 연구를 비롯하여[2] 민속학적으로는 일생의례의 변화를 검토하기도 하고,[3] 일생의례의 물질자료들을 대상으로 해석하거나,[4] 축제적인 측면에서 일생의례 일부를 분석하기도 했다.[5] 뿐만 아니라 복식의 측면에서도 많은 연구가 이루어져 왔고,[6] 의례음식의 측면에서도 이루어져 왔다.[7] 이러한 연구 성과가 주로 일생의례의 기능성, 상징성, 축제성 등을 파악하는데 주안점을 두고 있음을 알 수 있다. 특히 일생의례의 의례성이 무엇보다도 중요하기 때문에 이를 체험주의적으로 해석하는 것도 중요한 의미를 갖는다.


## 2. 일생의례의 순차적 구성[8]

### (1) 출산 및 성장의례

①태중금기와 태몽 : 음식 가운데 개고기와 오리고기를 먹지 못하게 하였고, 초상집 음식을 임산부가 함부로 먹지 않도록 했다. 꿈에 구렁이, 뿔 달린(뿌사리) 소, 잉어, 씨 있는 대추, 고추 등 굵고 큰 것이 보이면 아들이고, 밤, 감, 닭알, 붕어, 과일, 뿔 없는 소 등 작은 것이 보이면 딸이라고 한다.

②삼신상과 태처리 : 산모가 애를 낳을 기미가 보이면 지앙상을 제일 먼저 차려 아이의 건강한 출산을 기원한다. 출산할 무렵이 되면 산모는

짚을 깔고 그 위에 아이를 낳고, 시어머니가 탯줄을 잘라주며, 탯줄은 태워버리거나, 깨끗한 단지에 담아 손 없는 곳에 묻는다.

③금줄과 돌 : 아들인 경우 짚을 꼬아 거기에 고추, 숯, 한지를 꽂아서 대문에 걸어두고, 딸을 낳으면 금줄에 숯과 한지를 꽂아서 대문에 걸어둔다. 아이가 태어난 지 1년이 되는 날을 돌이라 한다. 삼신상에 올린 쌀 그릇에 수저를 꽂아 두고, 수저에 실을 감아놓으며 촛불을 켜놓는다. 이는 아이의 명과 복을 기원하는 행위라 하며, 돌떡으로 백설기, 수수떡을 한다. 돌상에 책, 연필, 실꾸러미, 짚 등을 놓는다. 아이가 실을 잡으면 명이 길고 책을 잡으면 공부를 잘한다고 하며, 짚을 잡으면 잘 산다고 한다.

### (2) 혼인의례

①혼담과 함 받기 : 혼담이 진행되면 신랑집에서 신부집으로 사성을 보낸다. 사성이 오면 혼례 치를 날을 받아 '혼서지'라 해서 신랑집에 보낸다. 결혼하는 날 함진애비는 함을 짊어지고 신부집으로 가지고 간다. 함 속에는 신부의 옷감과 가족 친지들의 옷감을 넣고, 이외에도 미영씨, 팥 등을 넣어 액을 방지한다.

②혼례식 올리기 : 혼례상에는 대나무를 꽂아두고, 그 옆으로 팥, 콩, 미영씨, 밤, 대추, 닭 두 마리, 숭어 등을 놓는다. 주례의 지시에 따라 혼례식이 거행된다. 대례가 모두 끝나면, 신랑과 신부는 큰방이나 안방으로 들어간다.

③동상례와 첫날밤 보내기 : 신랑 다루기는 주로 신부의 친척들이 한다. 첫날밤은 신랑과 신부가 혼례 후 처음으로 밤을 함께 지내는 의례이다. 동상례가 끝나고 나면, 신랑과 신부는 다시 혼례복으로 갈아입는다.

그러면 신부의 어머니가 병풍을 뒤쪽으로 치우고 자리를 깔아 신방을 마련한다.

④신행 : 혼례를 치른 지 삼 일만에 신부와 함께 신랑은 본가로 돌아가게 되는데 이를 '신행'이라고 한다. 신부가 신랑집에 도착하면 신랑이 직접 가마문을 열어준다. 그러면 옆에 계시는 시어머니가 가마 문을 향해 소금을 뿌리는데 이는 잡귀와 액운을 물리치기 위함이다. 그 외 목화씨, 팥 등을 뿌리며, 짚불을 피워 넘어오게 하기도 한다.

⑤구고례와 재행 : 구고례는 신부가 시가 및 일가친척들에게 시집온 것을 알리는 의식으로, 대체로 신행 온 날 저녁이나 그 다음날 아침에 한다. 구고례는 주로 마당에서 한다. 폐백음식은 밤, 대추, 곶감, 인절미, 엿, 꽃으로 장식한 문어 등이다. 폐백상이 마련된 마당에서 신부는 우선 시부모 등 집안의 가장 웃어른에게 큰절을 올린다. 신행온 지 삼일이 지나면 신랑과 신부는 신부집으로 재행을 가게 된다.


## (3) 죽음의례

①임종 – 고복 – 사자상 – 수시 : 임종을 하면 바로 코와 입을 막는다. 임종이 확인되면, 죽은 이와 가까운 사람이 죽은 이가 평소 입었던 겉옷을 들고 마당으로 나간다. 그리고 옷을 돌리면서 '복'을 세 번 외친 뒤에 이 옷을 지붕 위에 던져 놓는다. 지붕 위에 던져 놓은 옷은 나중에 입관할 때 함께 넣는다. 사자상은 저승사자를 대접하는 것으로 집 밖에 짚을 깔고 밥 세 그릇, 짚신 세 켤레, 된장과 파란 고추(된장을 묻힌 고추) 세 접시 차려놓으며, 여기에 동전도 놓는다. 죽은 이의 몸을 바로 잡는 것을 '수시'라 하는데, 칠석마을에서는 대나무로 '칠성판'을 만들어 사용한다.

②호상-상주-부고 : 수시를 한 뒤에 호상과 상주를 정하게 된다. 장례 치르는 것을 총괄하는 사람을 호상으로 내세우는데, 상주는 그 집안의 큰아들이 맡는다. 사람이 죽으면 곧바로 부고장을 내게 된다.

③습렴-성복-문상 : 습렴은 시신을 목욕시키고 옷을 입힌 뒤 관에 넣기까지의 과정을 말한다. 우선 시신을 목욕을 시키는데, 소독된 솜이 있어 그것으로 씻기나, 예전에는 쑥과 향나무를 넣은 물을 끓여서 그 물로 시신을 닦았다. 그리고 시신의 입안에 쌀이나 엽전을 넣어주고, 수의를 입힌다. 옷을 입힌 뒤에는 시신을 마포나 당목으로 끈을 만들어 묶는다. 시신의 입관이 끝나면 상주들은 목욕재계하고 상복으로 갈아입고, 제청이 마련되면 상주가 제일 먼저 잔을 올린 뒤에 조문객들이 와서 문상을 하게 된다.

⑦철야와 상여놀이 : 출상 전날 밤 상주를 중심으로 일가친척들, 상부계원들을 비롯한 마을사람들, 친구들이 한데 모인 가운데, 죽은 이가 극락왕생 할 수 있도록 철야를 하게 된다. 이렇게 철야하면서 빈 상여를 가지고서 상여놀이를 하게 되는데, 칠석마을에서는 지금도 상여놀이를 한다.

(4) 매장과 제사의례

①발인과 흉제 : 발인은 관이 장지를 향하여 집을 떠나는 절차를 가리키며, 흉제는 매장 후부터 혼백을 산에서 반혼하여 지내는 반혼제부터 탈상 때까지의 제사를 말한다. 관이 방에 나온 뒤에는 '발인제'를 모신다. 발인제가 끝나면 마을회관 앞의 넓은 공터에서 상여를 메고 상여소리를 부른다. 상여의 행렬은 명정, 상여꾼, 상여, 상주, 일가친척들 순서로 나가게 된다. 상여가 마을을 빠져나가는 도중에 '노제'를 모신다. 칠석마을

은 노제를 마을 앞 공터에서 주로 한다. 상여가 도착하고 하관이 끝나면 묘를 마무리하고 봉분이 만들어진 뒤에 평토제를 모신다. 평토제를 모시면서 상주들은 거기서 신주를 써서 혼을 모시고 집으로 돌아와 곧바로 '초우제'를 모셨다. 초우제 다음날 재우제, 그 다음날 삼우제를 모시고 탈복한 뒤에 방안으로 들어온다.

②제사의례 : 제례는 조상의 음덕을 기리고 추모하는 의례이다. 예전에는 제의 종류도 많고 절차 또한 이루 말할 수 없을 만큼 복잡하였으나, 현재 행해지고 있는 제의는 기제사, 차례, 시제이다. 칠석마을에서는 기제사, 차례, 시제를 각각 모두 모신다는 점에서는 같으나, 집집마다 어떻게 그리고 몇 대까지를 모시는 지는 집안 내력에 따라 그 양상이 다르다.

## 3. 일생의례의 상상적 구조와 해석

칠석마을의 일생의례 가운데 관심을 가져야 할 것은 출산, 돌잔치, 혼례식, 상장례, 제례라고 할 수 있다. 그 이유는, 이들 의례가 인간이 삶의 주인공으로서 외부환경과 소통하고 경험하는 과정에서 변신하는 절차이기 때문이다. 비록 이러한 의례들이 환경의 변화에 따라 많은 변화를 겪고 있고, 의례의 절차나 형식이 축소되거나 변형되어 전해지고 있기는 하지만, 어느 정도 의례의 본질적인 의미를 파악할 수 있다. 아쉬운 것은 출산의례가 의학의 발전으로 인해 거의 단절되어가고 있기 때문에 의례적 의미마저 파악하기가 쉽지 않다는 것이다. 반면, 출산의례의 소멸에도 불구하고 인간이 태어나서 가장 먼저 경험하는 의례인 돌잔치는 중요한 의례로 지속되고 있는 점에 관심을 가질 필요가 있다.

칠석마을 일생의례가 많은 변화를 겪고 있지만, 지금도 의례적 의미를 돌잔치, 혼례식에서 혼례식 올리기, 죽음의례에서 습렴, 그리고 제사의례를 통해서 확인할 수 있다. 이러한 것은 인간이 시간적 이동의 경험을 통해 변신하는, 즉 생물학적 인간에서 직립적 인간, 사회적 인간, 종교적 인간으로 탄생하면서 문화적인 삶을 살아가는 일생이 그것이다. 그러한 점에서 인간의 일생을 체험주의 영상도식에 근거하여 구체적으로 파악해 보는 것도 의미 있는 작업이다.

### 1) 「균형」 도식에 근거한 직립적 인간 탄생

기자의례나 출산의례가 기억의 잔존형태로 남아 있지만 아직도 음식 금기를 비롯한 태몽에 관한 관념이 지속되어 오고 있다. 개고기나 상갓집 음식을 금기시하는 것이 그것이다. 임산모가 개고기나 상갓집 음식을 먹지 못하도록 한 것은 오염된 음식이라는 인식에서 비롯되었다. 개가 집을 지키고 사냥에서 중요한 역할을 하지만 개가 벽사의 역할을 하고 이러한 개고기를 오염의 상징으로 인식하는 것처럼[9] 상갓집 음식 또한 죽음으로 오염되어 있기 때문에 금기음식으로 인식되어 오고 있는 것이다. 음식 금기가 임산모의 몸을 정화시키기 위한 것이라면 출산 후 금줄을[10] 대문 앞에 치는 것은 산모와 아이를 위한 거주공간의 정화를 의미한다. 정화는 아이를 건강하게 기르기 위한 정서적이며 주술적인 노력의 일환이다. 이러한 음식 금기와 더불어 태몽에 대한 관념 또한 지금도 강하게 지속되고 있다. 아이의 잉태와 관련된 태몽에 대한 믿음이 꿈의 예시성과 영험성 그리고 신성성에 대한 관념을[11] 토대로 이루어지고 있는

데, 태몽을 통해 아이의 미래를 예측하기도 하고, 의학이 발달한 오늘날까지도 태몽에 대한 인식이 지속되고 있다.

육아의례의 핵심적인 것은 '돌잔치'이다. 돌은 태어난 뒤 첫 번째 생일을 말한다. 유아는 태어나는 순간부터 다른 사람들, 특히 그들 보호자와 즉각적이고 직접적으로 의사소통할 수 있는 능력을 갖고 세계에 첫발을 내딛는다. 생후 4개월경이면 지각·운동 능력이 완전하게 발달함에 따라 유아는 손뻗기와 조작을 통해 사물과 상호작용할 수 있는 가능성을 배우기 시작한다. 그리고 6개월이 지나면 다리가 훨씬 강해지고 근육도 함께 작용할 수 있게 됨에 따라 이동의 능력을 갖게 된다. 유아의 발달 자세와 근육 협응으로 먼저 구르고, 몸을 돌리고, 다음으로 기고, 나중에는 걸어서 주위를 돌아다닐 수 있을 때 새로운 세계가 열리는 듯하다. 이것이야말로 아이의 세계가 신체적·사회적 상호작용으로 이루어낸 세계임을 보여주는 것이다. 특히 아이의 이동력에 대한 능력은 유의미한 사물의 드넓고 새로운 세계를 열어주고, 목표를 달성하고 의도를 실현할 수 있는 가능성을 열어준다. 이동의 능력은 몸의 지각적 능력, 운동 기능, 자세, 표정, 정서와 바람을 경험할 수 있는 능력을 포함하고, 신체적이고 정서적이며 사회적이다. 이러한 능력은 언어를 필요로 하지 않지만 의미를 만들 수 있고, 유아가 신체적인 활동을 통해 산더미처럼 많은 새로운 의미를 획득할 수 있는 놀라운 기회를 갖게 해 준다.[12] 돌잔치는 바로 이러한 능력을 토대로, 유아가 인간으로서 불완전하지만 직립적으로 이동할 수 있는 출발점이 된다는 것에서 의미 있는 의례인 것이다.

돌잔치는 인간이 생물학적으로 태어나 처음으로 직립적으로 이동할 수 있는 인간의 이동능력을 축하하는 의례이다. 인간이 직립적으로 이동할 수 있다는 것은 몸의 균형 잡기 능력을 갖추게 되었음을 의미한다. 몸의 균형 잡기는 우리의 몸을 통해서 배우게 되는 활동이다. 몸의 활동은 반복적으로 나타나는 활동으로서, 아이가 일어서고 비틀거리고 땅바닥에 넘어지면서 직립적으로 일어설 수 있을 때까지 계속해서 반복적으로 시도해서 이루어진 것이다. 그래서 몸의 균형 잡기를 통해 균형의 의미를 배우기 시작한다. 즉 신체적 평형 혹은 평형의 상실이라는 경험을 통해 균형의 의미를 알게 된다. 우리는 신체적 경험을 통해 가장 직접적이고 선개념적인 방식으로 체계적 균형 개념을 이해한다. 이것은 영상도식 구조와 관련이 있다. 영상도식은 우리의 지각적 상호 작용들과 신체적 경험들, 인지작용들의 반복적인 구조이거나 그것들 안에서의 반복적인 구조들이다. 영상도식의 하나인 「균형」 도식[13]의 은유적 투사를 통해 균형에 대한 우리의 지각을 은유적으로 이해할 수 있듯이, 체계의 균형, 심리적 균형, 합리적 논증의 균형, 법적/도덕적 균형, 수학적 평등 등과 연결하여 이해할 수 있다. 균형 잡기가 힘과 무게들을 어떤 점, 축, 또는 평면을 참조한 질서 짓기를 요구하는 하나의 활동임을 알 수 있다.[14] 균형 잡기를 통해 직립형 인간이 된 첫날을 기념하는 것이 돌잔치이고, 가족들이 이날만큼은 아이를 위해 가장 성대한 잔치를 치루어 주는 것이다. 아이가 처음으로 가족들에게 대접을 받는 자리이기도 하다.

칠석마을 일생의례에서 아이가 태어난 지 1년이 되는 날을 돌이라 하고, 돌잔치에서 아이의 수명장수를 기원하는 것도 중요하지만, '돌잡이'가 중요한 절차로 진행되고 있다. 돌상에 책, 연필, 실꾸러미, 짚 등을 놓고, "아이가 실을 잡으면 명이 길고 책을 잡으면 공부를 잘한다고 하며, 짚[15]을 잡으면 잘 산다"고 아이의 미래를 예측한다. 이것은 직립적 인간으로서 출발한 아이의 미래 인생을 점치는 것이다. 아이가 직립형 인간으로 이동하면서 균형 잡기를 통해 세상을 경험하고 삶을 개척해 나가길 기원하는 의미도 담겨 있는 것이다. 그런 점에서 돌잔치가 단순히 태어난 뒤 첫 번째 생일이라는 생물학적 탄생의 의미만 있는 것이 아니라 직립적 인간으로 탄생하는 것을 기념하는 의례적 의미도 강하게 반영되어 있음을 확인할 수 있다.

| 태몽 | ➡ | 출산 | ➡ | 돌잔치<br>(생물학적 인간의 첫생일) |
|------|---|------|---|-------------------------------|

└ 직립적 인간의 탄생기념일

## 2) 「연결」 도식에 근거한 사회적 인간 도약

일반적으로 성년의례가 가족의 구성원에서 사회의 일원으로 자격을 획득하여 성인으로서 의미와 책임을 일깨워주는 의례이고, 혼인의례는 남녀가 부부로 결합하여 가정을 이루게 되고 사회적으로 보다 당당한 지위를 획득하고, 가족을 형성하는 계기를 경축하는 의례라고 한다.[16] 성년의례가 성인으로서 책임감을 일깨워주는 의례이고, 혼인의례는 사회 구성의 최소 단위인 가족을 만드는 실천적인 의례인 것을 알 수 있는데, 즉 성년의례가 사회적 인간으로서 준비하는 단계라면, 혼인의례는 사회적 인간으로서 실천하는 단계라는 점에서 상호 관련되어 있다. 양반가에서는 성년의례와[17] 혼인의례를 분리하여 수행하는 경우가 많고, 칠석마을에서는 성년의례가 보이지 않지만 혼례를 올리기 전에 남자는 '상투 틀기'를, 여자는 '귀영머리 말아주기'를 한 것으로 보아 혼인의례에서 어느 정도 성년의례의 흔적을 확인할 수 있다.

칠석마을의 혼인의례는 「연결」 도식[18]에 근거하여 직립적인 인간의 통합과 결합을 통해 사회적 인간으로 탄생하는 의례적 의미를 지니고 있다. 가장 중요한 절차가 '혼례식 올리기'이다. 이 의례는 신랑이 신부집에 전하는 전안례를 시작으로 신랑과 신부가 서로 절하는 교배례, 신랑과 신부가 술을 세 잔을 마시는 합근례로 진행된다. 혼례식 올리기야말로 신랑과 신부가 하나 되는 의례적 표현인 것이다. 혼례식 올리기를 기준으로 혼례식의 준비단계가 혼담 → 사성보내기 → 날받이 → 함받기인데, 혼담은 중매쟁이를 중심으로 양가 가족이 혼인을 논의하여 성사시키는 단계이고, 그에 따라 신랑집에서 신랑의 사주를 쓴 사주단지를 신부집에 보내는 것은 신랑이 신부에게 청혼하는 의미를 지니고 있으며, 신부집에서 사주단지를 받고 혼인 날짜를 정하여 신랑집에 보내는 것은 혼인을 승낙하는 의미를 지니고 있다. 이와 같은 절차를 통해 혼례식을 올리고, 첫날밤 보내기는 신랑과 신부의 사회적 결합을 의미하고, 신행과 구고례 그리고 재행의 절차는 양가 가족의 결합을 의미한다. 다시 말하면 혼례식의 준비단계가 직립형 인간으로서 연결을 위한 시도이고, 혼례식 올리기는 연결을 의례적으로 인준하는 것이며, 첫날밤 보내기는 신랑과 신부의 연결을 사회적으로 확정하고 가족을 갖게 되는, 즉 신랑과 신부를 사회적 인간으로 탄생시키는 과정이며, 마지막으로 신행을 비롯한 재행의 절차까지는 사회적 인간으로서 양가의 결합이라는 공동체적인 의미를 지닌다.

혼인의례는 「연결」 도식에 근거하여 직립적인 인간의 결합을 통해 새로운 가족을 탄생시키며, 또 하나의 공동체를 만들어가는, 즉 사회의 최소 단위이자 문화 형성의 기본 단위로서 문화적 전통을 이어가는 혈연공동체인 가족을 탄생시키는 의례라고 할 수 있다. 그것의 핵심은 수직적 구조 속에서 직립적 인간이었던 신랑과 신부가 수평적 구조에 적응할 수 있는 사회적 인간으로 탄생하는 과정을 의례화한 것이다.

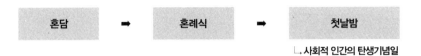

혼담 ➡ 혼례식 ➡ 첫날밤

└. 사회적 인간의 탄생기념일

### 3) 「제약의 제거」 도식에 근거한 내세적 인간 변신

칠석마을의 죽음의례는 임종, 고복, 사자상, 수시, 호상, 상주, 부고의 순서로 행해지고, 가장 중요한 의미를 지닌 절차는 이승과의 격리 단계 인 '습렴'인데, 망자가 내세적인 존재로 변신하는 출발점이기 때문이다. 습렴은 망자를 목욕시키고 옷을 입힌 뒤 관에 넣기까지의 과정을 말한 다. 습렴이 끝나면 더 이상 망자의 얼굴을 볼 수 없고 이승과는 단절이 된다. 망자의 입관이 끝나면 상주들이 상복을 갈아입고 본격적으로 문상 객을 맞이하여 철야와 상여놀이가 이루어진다. 철야와 상여놀이 분위기 는 망자 죽음의 성격에 따라 달라지기도 한다. 망자가 충분한 삶을 살다 가 죽음을 맞이하면 호상이라 하여 축제적 분위기 속에서 상여놀이가 행 해지기도 하고,[19] 망자가 충분한 삶을 살지 못한 경우는 아무래도 상갓집 분위기가 무거울 수밖에 없다.

칠석마을의 습렴 과정을 보면, 먼저 쑥과 향나무를 넣은 물을 끓여서 그 물로 망자를 목욕시킨다. 그리고 시신의 입안에 쌀이나 엽전을 넣어 주고, 수의를 입힌다. 여기서 쑥물[20]로 목욕을 시키는 것은 망자의 이승 적인 요소를 씻겨내려는 의도인데, 저승 입장에서 보면 이승적 요소는 오염된 것에 해당하기 때문이다. 쑥물로 목욕시킨 몸이야말로 이승적 존재가 아닌 내세적 존재로 변신한 몸으로, 망자를 저승적 공간으로 이동시키기 위함이다. 망자의 공간 이동의 준비로서 목욕을 시킨 것이고, 식량과 노잣돈을 의미하는 쌀이나 엽전을 입안에 넣어준 것이며, 마지막으로 저승으로 갈 때의 예복으로서 망자에게 수의를 입힌 것이다. 이것은 망자가 습렴을 하기 전에는 이승적인 존재이지만, 습렴을 통해 이승과 분리되어 잠시 불안정한 저승적 존재이지만 내세적 존재로 변신하는 것을 보여주고 있는 것이다.

습렴은 망자를 이승과 분리시키기 위한 의례로서 「제약의 제거」 도식[21]에 근거하여 내세적 인간으로 변신시키기 위한 의례이다. 인간은 일상생활 속에서 많은 제약을 신체·물리적으로 경험한다. 다시 말하면 제약은 다름 아닌 장애물로서 인간은 장애물을 피해 가기도 하고, 혹은 장애물을 제거하여 정면 돌파하는 등 수많은 경험을 한다. 이러한 경험을 이해하는데 힘의 구조가 중심적인 역할을 한다. 우리의 경험은 힘을 수반하는 활동에 의해 결합되기 때문에 우리의 의미 그물망은 그러한 활동의 구조들에 의해 연결된다. 즉 몸은 힘의 다발이며, 우리가 참여하는 모든 사건들이 최소한 상호작용하는 힘으로 구성되어 있다는 것이다. 힘을 수반하는 운동은 경로가 있는데, 경로를 따라 운동하거나 대상을 움직이는 힘이 방향성을 가지고 있는 것이 특징이다.[22] 따라서 장애물을 제거하는 것은 힘을 사용하는 경로를 열어주는 것이고, 궁극적으로 공간 이동의 경험을 하도록 해준다.

습렴에서 망자가 이승에서 저승으로 이동하는데 방해하고 있는 장애물은 망자의 오염이다. 망자의 오염을 제거하여 저승으로 공간 이동시키기 위한 경로를 확보하려는 의례적 절차가 바로 습렴이다. 망자의 이동 경로 확보가 곧 망자를 내세적 존재로 변신시킬 수 있는 것이다. 따라서 내세적 인간이 인간의 유한성을 극복할 수 있는 능력을 소유하게 되고 영험성을 구현하는데 중요한 역할을 하며 종교적 인간의 변신의 계기를 만들어 준다.

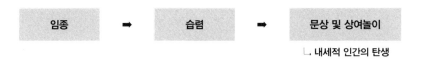

4) 「경로」 도식에 근거한 종교적 인간 탄생

본격적인 매장의례는 발인제로부터 시작되고, 상여로 망자 운구, 노제, 평토제를 지내고 봉분을 축조하면 매장이 마무리된다. 발인제에서 장지까지의 절차는 망자의 실질적인 공간 이동에 관한 것이지만 이승과 저승의 상징적인 이동의 개념을 내포하고 있다. 그러면서도 이들의 공간은 멀리 떨어져 있는 것이 아니라, 즉 저승이 멀리 있는 것이 아니라 이승 가까이 있고, 이승이 곧 저승이라고 생각하기도 한다. 이러한 것은 망자를 운구할 때 부르는 상여소리를 통해서 확인할 수 있다.[23] 매장의례가 끝나면 반혼제를 시작으로 초우제, 재우제, 삼우제, 탈복 등의 순서로 흉제가 진행된다. 흉제는 망자를 조상신으로 변신시켜 저승에 통합시키기 위한 의례이다.[24] 즉 망자가 이승과는 분리되고 내세적 존재에서 저승적 존재인 종교적 인간으로 탄생시키는 의례가 흉제인 것이다. 따라서 흉제는 생물학적·직립적·사회적 인간을 종교적 인간으로 변신시키기 위한 의례절차로서 이 기간 동안 망자는 이승적 존재이면서 저승적 존재라는 이중적인 모습을 지닌 내세적 존재로서 머무르게 된다.

흉제의 기간은 1차장의 매장 기간이다. 원래 2차장의 매장 관행에서 1차장은 망자의 육탈 목적으로 시행한 반면에 2차장은 육탈된 망자의 뼈를 수습하여 선산에 안치하는 것을 말한다. 흔히 2차장을 '이장(移葬)한다'라고 표현한다. 1차장은 본래 망자의 육탈을 목적으로 하기 때문에 집안에 빈소를 만들어 놓았다가 3년이 지난 뒤 길일을 가려서 장사를 지냈으나, 인구가 팽창하면서 집안이 아닌 마을 밖의 공간에서 초분이나 매장을 하게 되었다.[25] 2차장은 망자의 뼈를 수습하여 선산에 이장하는 것으로 이것은 망자가 선산에 안치될 자격을 획득했음을 의미한다. 선산은 조상신의 공간이기 때문에 선산에 안치될 수 있는 망자는 조상신적 자질을 가진 존재들이어야 한다. 그것은 곧 망자가 육탈된 뼈만 남아 있을 경우에 자격을 획득한다. 따라서 흉제 기간은 이승에서 저승으로 이동하는 기간으로서, 이 기간은 인간이 태어나서 세이레 혹은 일곱이레 동안 금줄을 치고 격리하는 것과 같다. 흉제는 「경로」 도식[26]에 근거하여 내세적 인간을 이승의 끝자락에서 저승의 초입으로 이동시키는 의례라고 할 수 있다.

인간은 물리적인 경로를 통해 상상적인 경로를 이해하기도 한다. 이승과 저승의 경로는 물리적 경로의 경험을 바탕으로 한 상상적으로 인식한 개념이다. 상상적인 경로를 통해 인간이 죽음을 통해 저승으로 이동한다고 생각한 것이다. 이러한 죽음의 관념은 한편으론 죽음의 공포를 극복하는데 중요한 역할을 하기도 한다. 인간이 다른 생물체처럼 죽으면 소멸된다고 생각하면 죽음에 따른 공포 또한 크기 마련이다. 하지만 인간이 죽음 이후에도 또 다른 삶의 모습이 있다고 생각하면 어느 정도 죽음의 공포를 극복할 수도 있다. 그러한 정신적인 경험이 다름 아닌 신앙적이고 종교적인 경험이다. 모든 종교는 인간이 죽으면 어떠한 삶을 살아가는지 설명해주고 있고, 그러한 관념을 의례화한 것이 죽음의례이다. 따라서 종교마다 죽음의례가 다른 것은 이와 같다. 중요한 것은 모든 종교가 인간이 죽으면 어디로 가고 어떻게 되는지를 설명하고 있다는 점이다. 바깥제사로 알려진 흉제 기간이 끝나면 망자의 공간 이동이 끝나고 그 뒤부터 망자는 완전히 조상신적 존재로 태어난다.

흉제는 현세적이면서 내세적이고, 혹은 내세적이면서 저승적(종교적)인 경계의례로서 성격을 지닌다. 망자에 대한 흉제가 끝나고 기제사로 모신다는 것은 망자의 육탈이 이루어지고 2차장을 통해 망자를 선산에 안치했음을 의미하고, 이로서 망자를 완전히 저승적 존재인 조상신으로 신격화시켰음을 의미한다. 이에 따라 매장으로부터 탈상 기간 동안 망자에 대한 제사의 장소가 마당과 같은 외부공간이었지만, 조상신으로 신격화되면 제사의 장소가 실내공간인 안방으로 이동하게 된다. 이와 같은 공간 이동은 망자가 조상신의 상태로 변화되었기 때문이다. 조상신을 대상으로 하는 기제사는 안방에서 지내는 것을 말하고, 그래서 안방은 조상숭배의 실천적 공간임을 알 수 있다.

조상신은 생물학적 인간이 직립적 인간을 통해 사회적 인간으로 활동하고 종교적 인간으로 개념화된 존재이다. 조상신은 초월적 개념을 지니고 있는데, 여기서 초월은 원초적이라고 할 수 있을 만큼 강렬한 힘의 원천이고, 가장 인간적인 열망의 하나이다. 초월적인 것은 우리의 삶에 방향성을 주며, 인간의 삶을 고양시키는데 기여할 수 있다.[27] 그렇지만 조상신의 초월적 개념은 모든 경험 영역을 넘어서는 것이라 할지라도, 경험적 기반에 근거하고 있다. 조상신이 신체화된 신성(神性)의 성격을 지닌 것은 육탈된 뼈를 근거로 하고 있기 때문이다. 조상신의 초월성은 우리의 한정된 인간적 형태를 벗어버리고 무한성으로 이어지는 능력을 말한다. 실질적으로 모든 인간사 전반에서 인간성의 곤경은 우리의 한정성과 연결되어 있었으며, 우리들 각자는 이 한정성을 제한 · 약점 · 의존성 · 소외 · 의미 상실 · 사랑 부재 · 아픔이나 죽음에 대한 걱정으로 경험한다.[28] 이러한 인간의 유한성을 극복할 수 있는 존재가 바로 무한성으로 이어지는 능력을 지닌 조상신인 것이다. 인간으로 태어나서 행복하게 살다가 죽은 뒤에는 조상신이 된다고 인식하는 삶의 역사가 바로 한국인의 일생이라고 할 수 있다.

기제사는 망자를 기억하기 위한 의례로서 삶과 관계된 기호를 소환하여 공유하고 지속시키려는 욕망의 의례적 표현이다. 특히 망자의 조상신 격화는 영혼의 정신적인 상징이고 기호적 상징으로서 신성성을 확보하기 위한 과정이다. 이것은 망자가 초월적이면서 종교적 인간으로서 탄생하는 것을 말하고, 기제사는 다름 아닌 망자의 부활을 통해 조상신으로서 탄생을 기념하는 것이라고 할 수 있다. 기제사에서 가장 중요한 절차는 독축[29]과 음복[30]이다. 독축은 종교적 목적을 달성하기 위한 것이고, 음복은 공동체의 결속을 강화하기 위한 것이기 때문이다.

발인 ➡ 매장 ➡ 재례
└ 종교적 인간의 탄생기념일

## 4. 일생의례의 지속과 의미

칠석마을의 일생의례는 본래 기본적으로 가정에서 거행되고 마무리되었지만 오늘날에는 집 밖인 외부의 공간에서 이루어지는 경우가 대부분이다. 그나마 아직도 가정의 공간에서 의례를 거행하고 있는 것은 제사의례일 뿐 여타의 의례는 연회장, 예식장, 장례식장을 비롯한 외부의 공간이나 전문적인 의례공간에서 이루어지고 있다. 이러한 것은 일생의례의 중심 공간이었던 집이라는 주거공간의 기능 변화를 초래시키기도 했다.[31] 특히 집의 핵심공간인 안방은 일생의례의 중심 공간이었는데, 일생의례의 장소가 집 밖으로 이동하면서 안방의 기능이 대폭 축소되어 가고 있음을 알 수 있다. 이것은 그 동안 가정 중심이었던 일생의례의 변화가 주거 기능에도 적지 않게 영향을 미치고 있는 것이다. 이처럼 일생의례가 많은 변화를 겪고 있지만 의례의 본질적인 의미는 여전히 지속되고 있다.

먼저, 출산 및 육아 의례가 거의 소멸되었거나 약화되었지만, 돌잔치는 지속되고 있다. 돌잔치의 장소로 주로 식당이나 호텔의 연회장을 활용하고 있는 것은 넓은 공간 확보와 손님 접대음식을 용이하게 확보할 수 있기 때문이다. 그렇지만 돌잔치의 핵심적인 내용은 아이와 부모를 소개하는 것과 하객들이 아이의 건강과 미래를 축원하는 내용을 주고받는 것, 그리고 아이의 돌잡이를 통해 아이의 미래를 예측하는 내용 등으로 구성되어 있다. 이러한 절차가 끝나면 음식을 나누어 먹으면서 여흥을 즐기는 순서로 진행되는 경우가 많다. 이러한 것을 보면 여전히 돌잡이가 지속되고 있음을 확인할 수 있다. 이와 같이 출산 및 육아 의례의 변화에도 불구하고 돌잔치가 지속되고 있는 것은 생물학적으로 태어난 아이가 직립적 인간으로 거듭 태어나는 것을 축하하고, 아이의 미래를 예측하고 건강한 성장을 기원하고자 하는 의식이 여전히 남아 있기 때문이다.

두 번째로 성년 및 혼인 의례의 절차가 간소화 되고 있지만 혼례식이 갖는 의미는 지금도 지속되고 있다. 성년의례가 국가 차원에서 거행하는 '성년의 날'을 통해 어느 정도 성년의 사회적 책임을 일깨워주는 행사로 지속되고 있지만, 그것도 교육기관을 통해 이루어지거나 아니면 성년이 된 당사자들 중심으로 축하하는 이벤트 정도에 그치는 경우가 많다. 칠석마을이 도시에 인접한 농촌마을이기는 하지만 가정이나 마을에서의 이렇다 할만한 성년의례는 이루어지지 않는다. 이에 비해 혼인의례는 의례 절차가 간소화되기는 했지만 혼례식이 갖는 의례적 의미를 토대로 진행되고 있다. 가장 핵심적인 내용은 양가 가족의 상견례 및 혼인 준비, 혼례식, 신혼여행 등이다. 특히 1970년대까지만 해도 혼례식을 가정에서 행하는 경우가 있었지만 결혼예식장이 생기면서 의례절차 또한 통합되거나 간소화되었다. 이러한 과정 속에서 혼례의 절차보다도 '혼례식 올리기'를 중요하게 여기게 되었다. 예식장의 혼인에서 주례를 어떠한 사람을 모실 것인가를 통해 양가 가족 및 신랑과 신부의 사회적 위치를 보여주려고 하는 것이나, 주례사가 신랑과 신부의 사회적 역할을 강조하는 덕담인 것을 통해 확인할 수 있다. 이러한 것도 최근 들어서는 주례 없이 신랑과 신부에 대한 양가 가족의 덕담 중심으로 혼례식을 치루기도 하는 등, 혼인의례 절차에 많은 변화가 나타나고 있다. 그럼에도 불구하고 혼인의례의 절차 가운데 '혼례식 올리기'가 지속되고 있는 것은 신랑과 신부가 사회적 인간으로 탄생하는 것을 축하하는 의례적 의미가 강하게 남아 있기 때문이다.

세 번째로 죽음의례의 절차와 장소가 많은 변화를 겪고 있지만 여전히 습렴의 절차는 진행되고 있다. 가정에서 장례식을 거행하는 경우에도 가장 중요한 절차가 발인하기 전날에 행하는 습렴이었지만, 장례식장에서 거행하는 경우도 여전히 습렴의 절차가 이루어지고 있다. 죽음의례의 장소는 망자의 임종 장소와 무관하지 않다. 1970년대까지만 해도 임종의 장소가 가정이었고 상여를 활용한 장례식도 가정으로부터 시작되었다. 하지만 임종의 장소가 병원으로 이동되면서 장례식의 장소 또한 장례식장으로 이동하였고, 상여 행렬 또한 자취를 감추고 망자는 자동차로 운구하게 되었다. 죽음의례의 장소가 가정에서 병원으로, 병원에서 장례식장으로 바뀌어 왔지만 습렴의 절차는 생략되지 않고 지속되고 있다. 다만 가정에서 습렴을 하는 경우에 가족이 직접 했지만, 장례식장에서 습렴은 장의사가 가족을 대신해 수행하고 있을 뿐 습렴의 의례적 의미는 지금도 이어지고 있다. 그것은 이승적 인간에서 내세적 인간으로 변신시키는 의례가 습렴이라고 생각하고 있기 때문이다.

네 번째로 매장의례와 제사의례의 절차가 간소화되고 의례적 방식이 많은 변화를 겪고 있고, 의례적 의미도 적지 않게 변화하고 있다. 매장의례에서 2차장이 1차장으로 바뀌고 있고,[32] 선산에 대한 관념도 약화되고 있으며, 조상신에 대한 신앙적 관념이 약화되고 있는 것이 그것이다. 2차장에서 1차장은 망자의 육탈을 목적으로 수행되었지만, 2차장이 1차장으로 바뀌면서 매장문화의 큰 변화가 발생했다. 그것은 바로 망자의 화장을 통한 봉안 및 매장 방식에 근거하고 있다. 그것은 기본적으로 매장문화에 대한 개선 욕구가 크게 작용하기도 했지만, 망자의 무덤에 관한 후손들의 관리 태도와 무관하지 않다. 이러한 것이 망자의 무덤에 대한 관념과 인식의 변화가 무덤의 통합을 초래하여 공동의 봉분이나 기념비를 활용하도록 하는데 작용되기도 했다. 아직도 여전히 대다수는 매장문화를 선호하고 있지만 최근 들어 화장문화를 선호하는 가족들이 기하급수적으로 증가하고 있다.

매장의례의 변화는 제사의례에도 영향을 미치기 마련이다. 제사의례가 가족 구성원의 종교적 성향에 따라 유교식이나 기독교식 혹은 불교식으로 진행되는 경우가 많아지면서 조상신의 숭배는 점차 약화되고 망자에 대한 기억을 소환하여 추모하는 행사로 바뀌는 경우가 많아지고 있다. 그것은 고증조부모를 비롯해 부모의 제사를 통합하거나, 제사 참여자가 갈수록 줄어들고 있고, 제사를 공휴일 중심으로 옮기는 것을 통해 확인되고 있다. 이러한 것은 제사의례의 신앙적 의미에서 점차 망자의 기억을 소환하여 현재화하는 추모관념으로 바뀌고 있는 것과 밀접한 관련이 있는 것으로 보인다.

이상과 같이 일생의례 가운데 여전히 돌잔치, 혼례식, 습렴, 제사의례가 지속되고 있는 것은 일생의례가 가지고 있는 의례적 의미의 생명력 때문이다. 즉 인간의 생물학적 탄생을 출발점으로 직립적 인간으로 탄생하고, 다시 사회적 인간으로 탄생하여 인간의 삶을 충분히 영위한 뒤 생물학적 죽음을 통해 내세적 인간으로 변신했다가 종교적 인간으로 탄생하는 의례적 의미가 지속되고 있기 때문이다. 이러한 의례적 의미는 생물학적 인간 탄생 → 직립적 인간 탄생 → 사회적 인간 탄생 → 생물학적·직립적·사회적 인간 죽음/내세적 인간 변신 → 종교적 인간 탄생으로 전개되는 일생의례의 순차적 구조를 통해 구현되고 있다.

인간은 1년을 주기로 매번 의례적 의미의 재현을 통해 인간 삶을 조망하고 의미화 하기도 한다. 그것은 바로 탄생기념일(생물학적·직립적인간 탄생일), 결혼기념일(사회적 인간 탄생일), 기일(종교적 인간 탄생일)이 그것이다. 이러한 기념일은 「주기」 도식[33]에 근거하여 의례적 의미가 재생산되고 있다. 주기는 처음으로부터 출발해서 사건들의 연쇄적 연결을 통해 전진한 뒤 다시 처음으로 돌아가는 반복적인 패턴을 말한다. 가장 기본적인 주기는 시간적 주기로, 기념일은 1년을 주기로 반복되는 의례적 사건이다.

매년 기념일을 맞이하는 것은 의례적 사건의 재생산, 즉 의례적 의미의 재현을 의미한다. 일생의례에서 의례적 사건은 직선적인 시간 속에서 발생하고 의미화 되지만, 일생의례와 관련된 기념일(탄생기념일, 결혼기념일, 기일 등)은 1년이라는 시간적 주기를 통해 순환적 시간 속에서 의례적 의미를 재현하고 있다. 이것이 밤과 낮, 계절, 식물과 동물의 성장 단계들, 천체 운행 등처럼 인간 삶의 행로가 주기적 과정에 묶여 있듯이, 즉 인간은 직선적인 시간과 순환형의 시간적 주기 속에서 다양한 의례적 경험을 통해 그 의미를 지속시켜 나가고 있는 것임을 알 수 있다.

따라서 지금까지 논의된 것을 「주기적 정점」 도식[34]에 근거하여 정리하면 다음과 같다.

| | 상승점 | → | 최고점 | → | 하강점 | → | 최저점 |
|---|---|---|---|---|---|---|---|
| 1일(一日) | 아침 | → | 점심 | → | 저녁 | → | 밤 |
| 1년(一年) | 봄 | → | 여름 | → | 가을 | → | 겨울 |
| 일생(一生) | 직립적 인간 | → | 사회적 인간 | → | 내세적 인간 | → | 종교적 인간 |

## ∞ 요약

일생의례는 인간이 현재의 위치에서 경험하는 의례이기 때문에 과거를 소환하고 미래를 맞이하는 의례이고, 그에 따라 인간의 일생은 태어나서 행복하게 살고 죽은 뒤 조상신이 되기까지의 삶이라고 할 수 있다. 이러한 칠석마을 일생의례를 마크 존슨의 체험주의적 상상이론을 토대로 의례의 상상적 구조와 그 의미를 파악해 보고, 오늘날까지도 일생의례가 지속되고 있는 것은 무엇이고, 그 이유가 무엇인지를 해석해보았다. 지금까지 논의한 것을 다섯 가지로 정리하면 다음과 같다.

먼저 돌잔치는 생물학적 인간이 「균형」 도식에 근거하여 직립적 인간으로서 탄생하는 것을 축하하는 의례이다. 출산 및 육아 의례가 소멸되거나 약화되고 있지만, 돌잔치가 지속되고 있는 것은 인간이 생물학적 인간으로 탄생하여 직립적 인간으로 탄생하는 것을 축하하고 기념하려는 인식에서 비롯되었다. 직립적 인간으로서 이동의 시작은 새로운 세계를 경험할 수 있는 출발점이기 때문이다. 그 출발점이 바로 돌잔치라는 의례적 사건이라 할 수 있다. 돌잔치는 단순히 태어난 뒤 첫 번째 생일이라는 생물학적 탄생의 의미만 있는 것이 아니라 직립적 인간으로 탄생하는 것을 기념하는 의례적 의미도 강하게 반영되어 있다.

두 번째로 혼례식 올리기는 직립적 인간이 「연결」 도식에 근거하여 사회적 인간으로 탄생하는 것을 축하하는 의례이다. 혼례식은 직립적 인간이 혼인을 통해 가족을 만들기 위한 사회문화적 의례이다. 직립적인 인간의 결합을 통해 새로운 가족을 탄생시키며, 또 하나의 공동체를 만들어가는, 즉 사회의 최소 단위이자 문화 형성의 기본 단위로서 문화적 전통을 이어가는 혈연공동체인 가족을 탄생시키는 의례가 바로 혼례식인 것이다. 그래서 혼례식은 수직적 구조 속에서 직립적 인간이었던 신랑과 신부가 수평적 구조에 적응할 수 있는 사회적 인간으로 탄생하는 과정을 의례화한 것이라고 할 수 있다.

세 번째로 습렴은 생물학적이고 사회적 인간을 「제약의 제거」 도식에 근거하여 내세적 인간으로 변신시키는 의례이다. 습렴에서 망자가 이승에서 저승으로 이동하는데 방해하고 있는 장애물은 망자의 오염이다. 망자의 오염을 제거하여 저승으로 공간 이동시키기 위한 경로를 확보하려는 의례적 절차가 바로 습렴이다. 망자 이동의 경로 확보는 곧 망자가 내세적 존재로의 변신할 수 있는 계기가 되고, 변신한 망자가 인간의 유한성을 극복할 수 있는 능력을 소유하게 되어 영험성을 구현하는 것은 물론 종교적 인간으로 탄생하는데 중요한 역할을 한다.

네 번째로 흉제와 기제사는 내세적 인간이 「경로」 도식에 근거하여 종교적 인간으로 탄생하고 신격화되는 것을 의례화한 것이다. 흉제는 생물학적·직립적·사회적 인간을 종교적 인간으로 변신시키기 위한 의례절차로서 이 기간 동안 망자는 이승적 존재이면서 저승적 존재라는 이중적인 모습을 지닌 내세적 존재로서 머무르게 된다. 그래서 흉제는 현세적이면서 내세적이고, 혹은 내세적이면서 저승적(종교적)인 경계의례로서 성격을 지닌다. 흉제의 기간이 끝나면 망자는 완전히 조상신적 자질을 가지고, 조상신으로서 신격화된다. 그것은 바로 기제사를 통해 실현된다. 기제사는 망자를 기억하기 위한 의례로서 삶과 관계된 기호를 소환하여 공유하고 지속시키려는 욕망의 의례적 표현이다. 망자의 조상신격화는 영혼의 정신적인 상징이고 기호적 상징으로서 신성성을 확보하기 위한 과정이다. 이것은 망자가 초월적이면서 종교적 인간으로서 탄생하는 것을 말하고, 기제사는 다름 아닌 망자의 부활을 통해 조상신으로서 탄생을 기념하는 것이라고 할 수 있다.

　마지막으로 오늘날까지도 돌잔치, 혼례식, 습렴, 제사의례가 지속되고 있는 것은 일생의례가 가지고 있는 의례적 의미의 생명력 때문이다. 즉 인간의 생물학적 탄생을 출발점으로 직립적 인간으로 탄생하고, 다시 사회적 인간으로 탄생하여 인간의 삶을 충분히 영위한 뒤 생물학적 죽음을 통해 내세적 인간으로 변신했다가 종교적 인간으로 탄생하는 의례적 의미가 지속되고 있기 때문이다. 그리고 1년을 주기로 매번 의례적 의미의 재현을 통해 인간 삶을 조망하고 의미화 하기도 하는데, 그것은 바로 탄생기념일(생물학적·직립적 인간 탄생일), 결혼기념일(사회적 인간 탄생일), 기일(종교적 인간 탄생일)이 그것이다. 이러한 기념일은 「주기」 도식에 근거하여 의례적 의미를 재생산하고 재현하고 있는 것이다.

　이와 같은 일생의례를 통해서 보면 인간은 직선적인 시간과 순환형의 시간적 주기 속에서 다양한 의례적 경험을 통해 그 의미를 지속시켜 나가고 있음을 확인할 수 있다.

# 각주

1  G.레이코프 · M.존슨 지음(임지룡 · 윤희수 · 노양진 · 나익주 옮김), 『몸의 철학』, 박이정, 2002, 207~237쪽

2  이광규, 『한국인의 일생』, 형설출판사, 1985.

3  김시덕, 「마을민속에서 산업민속으로 변화되는 일생의례 연구」, 『민속연구』 19, 안동대학교 민속학연구소, 2009.
   최종호, 「환갑의례의 역사적 변천과 사화문화적 변화」, 『실천민속학연구』 25, 실천민속학회, 2015.

4  임재해, 「일생의례 관련 물질자료들의 상징적 의미와 주술적 기능」, 『한국민속학』 8, 한국민속학회, 1997.

5  한양명, 「일생의례의 축제성」, 『비교민속학』 39, 비교민속학회, 2009.

6  고부자, 「조선시대 민간의 혼례풍속과 복식」, 『한국종교』 27, 원광대학교 종교문제연구소, 2003.

7  박선미, 「동성마을 잔치음식의 구성과 의미」, 안동대학교 대학원 박사학위논문, 2016.

8  고싸움놀이보존회, 『옻돌마을 사람들과 고싸움놀이』, 민속원, 2004, 140~163쪽.

9  표인주, 「마을축제의 영상도식과 은유체계의 이해」, 『한국학연구』 제68집, 고려대학교 한국학연구소, 2019, 307~308쪽.

10  금줄은 경로의 통행을 금하는 줄로 짚으로 만든 왼새끼이다. 금줄을 치는 것은 외부로부터 들어오는 복은 허용하되, 부정적인 재액은 차단하겠다는 것이고, 신적인 존재만 통행할 수 있음을 의미한다.(표인주, 위의 논문, 312~313쪽)

11  표인주, 『남도설화문학연구』, 민속원, 2000, 272~275쪽.

12  마크 존슨/김동환 · 최영호 옮김, 『몸의 의미: 인간 이해의 미학』, 동문선, 2012, 75~96쪽.

13  「균형(Balance)」 도식은 무게로 표현할 수 있는 힘 벡터와 그러한 힘들의 분배와 관련된 점이나 축, 또는 평면으로 구성되는 것으로, 균형의 경험은 매우 편재적이며 또한 세계에 대한 우리의 정합적인 경험과 세계 안에서의 우리의 생존에 절대적으로 기본적이다. 가장 원형적인 도식은 「축 균형」 도식이고, 「천칭(시소) 균형」 도식과 「점 균형」 도식 그리고 「평형 균형」 도식은 원형 도식의 변이 또는 수정이다.(M.존슨/노양진 옮김, 『마음 속의 몸』, 철학과 현실사, 2000, 194~196쪽)

14  M.존슨/노양진 옮김, 위의 책, 176~207쪽.

15  아이의 출산이 임박하면 윗목에 짚을 깔고 지앙상을 차린다. 그리고 아이를 출산할 때

방바닥에 짚을 깐다. 그 이유는 아이가 짚자리에서 복을 탄다고 생각하기 때문이다. 이 복은 식복, 수복, 관복, 인복, 재복 등이 복합되어 있다.(표인주, 『남도민속학』, 전남대학교출판부, 2014, 248쪽.)

16 표인주, 위의 책, 251~255쪽.

17 양반가의 성년의례라 함은 유교의 영향을 받아 15~20세의 남자가 하는 관례가 있고, 15세 무렵의 여자가 하는 계례가 있다.

18 「연결(Link)」 도식은 일상적인 삶에서 경험하는 두 개체(A와 B)가 결합하는 도식이다. 연결이 없으면 우리는 존재할 수도, 인간일 수도 없을 것이다. 인간은 사회 전체에 대한 어떤 비물리적 연결들을 필요로 한다. 그것은 바로 연결과 결합, 접속의 지속적인 과정을 말한다. 그러한 예로 물리적 대상들의 짝짓기, 시간적 연결, 인과적 연결, 유전적 연결, 기능적 연결 등을 들 수 있다. 연결은 통합을 형성하는 기본 방식이며, 기능적 조합은 이 방식의 두드러진 유형이다. 따라서 연결 도식의 내적 구조는 결합적 구조에 의해 연결되는 두 개의 개체(A와 B)로 구성되어 있다.(M.존슨 지음/노양진 옮김, 앞의 책, 234~235쪽)

19 진도에서는 씻김굿은 물론 '다시래기'라는 연극적인 굿놀이를 하기도 함.

20 한국인은 태어나서 죽기까지 쑥물로 두 번 목욕하는데, 한 번은 아이가 태어나 3일째 되는 날 쑥물로 목욕시킨 뒤 배냇저고리를 입히는 것이고, 두 번째는 이승에서 생을 마감하고 발인하기 전날에 하는 습렴에서 쑥물로 목욕한다고 한다.(표인주, 『남도민속과 축제』, 전남대학교출판부, 2005, 247쪽.)

21 「제약의 제거(Removal of restraint)」 도식은 장애물의 제거 또는 가능한 제약의 부재는 우리가 매일 마주치는 경험의 구조이다. 따라서 이 도식은 힘의 사용을 가능하게 해주는 열려 있는 길 또는 경로를 제시하는 도식이다.(M.존슨 지음/노양진 옮김, 앞의 책, 131~132쪽.)

22 M.존슨 지음/노양진 옮김, 위의 책, 125~129쪽.

23 칠석마을의 상여소리 가운데,
복망산천이 머다하더니/ 건너안산이 너화널/....
받었던밥상을 물러치고서/첩첩산중으로 너화널....
앞산도첩첩 뒷산도첩첩헌디/혼이어디로 행하시오....
명전운아삽을 앞을시우시고/극락세계로 너화널.... (지춘상, 『전남의 민요』, 전라남도, 1988, 706~709쪽.)

24 표인주, 『남도민속학』, 전남대학교출판부, 2014, 274쪽.

25  표인주, 『남도민속과 축제』, 전남대학교출판부, 2005, 248~250쪽.

26  「경로(Path)」 도식은 ①원천 또는 출발점, ②목표 또는 종착점, ③원천과 목표를 연결하는 연속적인 위치들의 연쇄라는 내적인 구조를 가지고 있다. 여기서 경로에 따르는 운동은 원천영역이며, 목표나 목적은 표적 영역이다. 표적 영역은 원천영역에 제약을 받는다. 경로 도식은 우리의 지속적인 신체적 활동으로부터 발생하는 가장 흔한 구조들 중하나이다. 문화에서는 물리적인 경로를 따르는 운동에 근거해서 시간의 경과를 은유적으로 이해하기도 하고, 어떤 확정적인 결과를 불러오는 정신적 활동이나 작용을 경로도식에 근거해서 이해한다.(M.존슨/노양진 옮김, 앞의 책, 228~233쪽)

27  노양진, 『철학적 사유의 갈래』, 서광사, 2018, 37쪽.

28  마크 존슨/김동환 · 최영호 옮김, 앞의 책, 425쪽.

29  독축은 제문을 읽는 것으로, 제문은 자손들이 조상신에게 기원하고자 하는 내용을 담고있기 때문에 인간과 신이 소통할 수 있는 언어적 기호인 것이다. 인간과 신이 언어적 기호를 통해 소통함으로써 인간의 요구가 신에게 전달될 수 있는 것이고, 이에 따른 신의감응을 인간에게 전달할 수 있는 것이다.(표인주, 앞의 논문, 317~318쪽)

30  음복은 신과 인간의 연결이면서 접촉이다. 음식 섭취를 통해 신과 인간이 연결된 것이다. 그래서 음복은 인간과 신의 일체성(신명성)을, 인간과 인간의 통합성이라는 공동체성을 구현하는 절차이다.(표인주, 위의 논문, 318쪽.)

31  집의 공간 중에서도 안방이 일생의례의 중심 공간이었다. 안방이 가장의 공간이지만, 살림살이 경영권을 가지고 있는 안주인의 공간이고, 귀한 손님을 접대하는 공간이며, 의례와 신앙의 중심공간이라고 한 것처럼 안방은 의례의 중심 공간임을 알 수 있다.(표인주, 『남도민속학』, 전남대학교출판부, 2014, 45~49쪽.)

32  2차장은 망자를 1차장을 통해 육탈시킨 뒤 선산에 안치하기 위한 매장으로, 이 기간은 3년 탈복기간이었지만, 1년 탈복으로 줄어들고, 급기야는 3일 탈복으로 줄어들었다. 탈복 기간은 망자가 조상신이 되는 기간이다. 탈복 기간이 줄어드는 것은 매장의례가 1차장으로 정착되는 것과 밀접한 관련이 있다. 물론 여러 요인이 작용했겠지만 가장 큰 것은 교육이나 종교적 영향으로 인해 인간관과 죽음관에 대한 사유방식이 바뀌는 것과 무관치 않다.

33  「주기(Cycle)」 도식은 확정적이고 반복적인 내적 구조를 가지고 있고, 그 구조는 시간성을 경험하고 이해하는 우리의 가장 기본적인 패턴의 하나이다. 이러한 구조는 광범위한 사건의 연쇄를 이해하는 방식을 제공하며, 은유적으로 해석되어서 수(數)와 같은 비시간적인 연쇄들마저도 이해하는 방식을 제공하기도 한다.(M.존슨/노양진 옮김, 앞의 책,

239쪽)

34 「주기적 정점」 도식은 주기의 상승과 하강을 보이는 사인 곡선(sine wave)에 의해 표현될 수 있다. 연(年) 주기에는 고유한 정점이 없지만, 우리는 그것을 차츰 쌓여서 여름(또는 봄)의 높이로 진행해가는 최저점(겨울)을 갖는 어떤 것으로 경험하는 경향이 있다. 마찬가지로 우리는 삶의 주기를 탄생으로부터 충만한 성숙으로, 그리고 이어서 죽음을 향한 하강으로의 운동을 경험한다.(M.존슨/노양진 옮김, 위의 책, 237∼238쪽.)

# 제4장

# 민속놀이의 기호적 변화와 지역성
## - 호남지역의 재현된 공동체놀이를 중심으로 -

## 1. 민속놀이의 개념과 재현

민속놀이는 역사 속에서 사회 환경은 물론 전승자의 다양한 의식과 생활방식의 변화를 통해 지속되어 왔다. 민속놀이의 생명력이 오락성이라고는 하지만 그 출발은 신을 즐겁게 하기 위한 종교적 행위로부터 비롯되었다. 민속놀이가 사회적 환경의 변화에 따라 신앙적이고 의례적인 성격들이 약화되고 여가생활의 수단으로 변화되어 지속된 것이다. 그 가운데 집단놀이는 집단성과 경쟁성 등이 현저한 놀이로 지연공동체의 구성원 대다수의 참여와 절대적인 후원 아래 행해지고 있기 때문에 대동을 지향하는 놀이로서[1] 마을 공동체의 통합과 결속을 강화하며 풍농 및 번영을 기원하는 주술적 기능을 지닌 놀이다.[2] 실제로 집단성을 지향하는 민속놀이가 그 물리적 기반이 변화하고 놀이 기능이 변화되었음에도 불구하고 지속되고 있다. 그것은 전승집단의 사회적 위상에 대한 갈망과 공공성을 구현하고자 하는 공동체의 의도성에 의해 이루어지고 있다.

이러한 민속놀이가 전승과정이 면면히 이어지면서 지속되는 경우도 있지만, 상당수는 기억 속의 흔적을 재현하여 전승하고 있는 경우가 많다. 역사적으로 보면 민속놀이가 일제강점기의 정치적인 탄압으로 단절되는 경우가 많았고, 한국전쟁의 경험과 서양 위주의 사회문화적인 변화에 따라 민속놀이의 기능이 약화되는 경우도 많았으며, 경제성장 위주의 사회적 분위기가 민속놀이의 자생적인 전승능력을 상실케 하여 민속놀이를 기억 속의 잔재로 전락시키기도 했다. 이처럼 민속놀이의 잔재화는 이제 더 이상 의식하지 않은 기억이나 아직 의식 속으로 들어오지 않은 기억의 흔적으로 전락했다는 것을 말한다.[3] 여기서 흔적은 한 시대의 양식화되지 않은 기억으로서 지나간 문화의 비언어적 표현물뿐만 아니라 구비전통의 잔여물도 포함한다.[4] 이러한 흔적을 통해 과거를 재구성할 수 있어서 민속놀이 또한 이와 같은 방식을 통해 재현할 수 있다. 특히 장소성을 가지고 있는 흔적은 문화적 기억 공간들을 구성하는데 중요한 의미를 지니기 때문에 회상을 현재의 입장에서 구체화하는데 중요한 역할을 한다. 기억을 지식과 동일한 것으로 생각한 것이고, 회상은 개인적인 경험과 관련이 있는 것으로 근본적으로 재구성된 것이다.[5] 이처럼 기억과 회상이 과거를 재구성할 수 있는 중요한 문화적 방식임을 알 수 있다.

따라서 기억하고 있는 것이나 회상하고 있는 것 모두가 똑같이 소중하고 의미가 있다. 이러한 모든 기억의 순간들이 서로 연관되어 있고 우리의 기억 속에서 쇠사슬처럼 연결되어 있기 때문에 우리 삶의 역사를 결정짓게 한다.[6] 이와 같은 기억과 회상 자료를 통해 단절되었던 민속놀이를 1958년 이후부터 본격적으로 재현하려는 노력이 있었다. 그것은 각 지역이나 국가 단위인 '민속예술경연대회'가 중요한 역할을 하였다. 특히 호남지역에서는 31종목 이상의 민속놀이가 재현되었는데, 이 가운데 고싸움놀이,[7] 줄다리기,[8] 강강술래,[9] 달집태우기,[10] 풍물굿놀이,[11] 위도띠뱃놀이[12] 등이 대표적이다.

일반적으로 문화를 이해한다는 것은 기호 구조를 해석하는 것이다. 문화는 다양한 형태의 기호체계로 이루어져 있고, 기호 산출자와 사용자의 의사소통의 체계로 구성되어 있다. 체험주의적 시각에서 의사소통은 의미 만들기의 한 과정이며, 그것은 소리나 문자를 통한 언어적 활동 외에도 표정, 몸짓, 언어 등 외부세계에 지향하는 모든 활동을 가리킨다.[13] 따라서 의사소통의 체계를 비롯한 다양한 형태의 기호적 구조로 이루어져 있는 문화를 해석하는 것은 기호 구조를 이해하는 것으로부터 출발한다. 그렇기 때문에 민속을 이해하는 것도 기표인 기호경험을 형성하는데 작용된 기호내용의 의미를 파악하는 것으로부터 시작되어야 한다.

기호적 전이란 원초적인 것이 다른 형태로 변화되거나 변형된 것을 말하는 것으로, 기표나 기호경험과 기호내용의 전이를 들 수 있다. 전이는 기호 산출자와 사용자의 의사소통의 관계 속에서 발생한다. 전이는 변화되는 것이기 때문에 유사성을 갖게 하는데 중요한 역할을 하고, 유사성은 기호경험을 통해 나타난다. 이처럼 기호경험의 유사성은 기호화 과정의 동일성 때문이 아니라 더 근원적으로 대상에 대한 유사한 경험 때문에 발생한다는 것을[14] 고려할 필요가 있다.

기호경험에서 기호의 사용자가 인간이기 때문에 삶의 환경에 따라 기호사용은 당연히 변화되기 마련이다. 따라서 일반적으로 물리적 기반에 근거한 기호내용이 변화하면 기호경험 또한 변화한다. 이러한 것은 연쇄적이거나 상호 연계 속에서 혹은 각각 개별적으로 발생하기도 한다. 개별적으로 물리적 기반은 변화되지 않고 기호내용의 전이가 일어났으나 기호경험이 그대로 유지되는 경우가 있다. 가령 농경사회에서 가뭄을 해결하기 위해 기우제를 지냈지만 농사의 풍요, 동네의 안녕 등을 기원하기도 한다는 점에서 기호내용의 전이가 발생하기도 한다. 또한 기호내용은 변화되지 않았지만 기호경험이 전이되는 경우도 있는데, 잡귀나 액을 물리치기 위한 행사지만 액막이불놓기나 달집태우기, 낙화놀이, 횃불싸움 등 다양한 형태로 이루어지는 모두가 기호경험의 전이에서 비롯된 것이라 할 수 있다. 이처럼 전이가 기호경험과 기호내용의 영역에서 다양하게 일어난다. 이것은 기호 산출자와 사용자가 인간이기 때문이다. 문화가 인간의 생황양식이 일정 기간 동안 축적되어 형성된 생활양식이라는 점에서 고정적이지 않고 끊임없이 유동적인 것처럼 기호 또한 마찬가지로 자연적, 사회적, 역사적인 환경 등에 따라 끊임없이 전이된다는 점을 인식해야 한다.

## 2. 민속놀이의 물리적 기반

민속놀이의 물리적 전승기반을 크게 세 가지로 정리할 수 있는데, 먼저 민속놀이의 전승적 물리적 기반으로 농경사회의 생업방식을 들 수 있다. 즉 민속놀이가 농업노동을 근간으로 형성되었다는 점이다. 단정적으로 언급하기 어렵지만 일반적으로 일제 강점기 식민지 정책의 일환으로 산업노동자가 증가하기 시작했지만 1970년대까지만 해도 농업노동을 통해 생계를 이어가는 농촌인구가 적지 않았다. 해방 이후 한국전쟁 그리고 1960년대를 지나면서 자본주의로의 전환이 가속화되었고, 그것은 70년대를 기준으로 한국인의 생업방식이 농업노동에서 산업노동의 시대로 획기적인 변화가 이루어졌다. 이것은 농촌인구의 불균형은 물론 농촌인구를 급감시키고 농촌의 도시화를 가속화시켰으며, 도시 인구의 급증을 초래하였다. 농경사회는 농업노동이 생산과 삶의 방식 그 자체였지만, 기술 중심의 산업노동은 노동력을 판매하는 도구로서 삶의 맥락이 배제된 노동 상품에 불과했다. 노동 상품은 다름 아닌 기술을 토대로 한 대량생산에 적합한 기술집약적인 노동방식이다. 민속놀이의 대부분은 농업노동을 토대로 형성되고 전승되어 왔으며, 농업 생산의 풍요를 기원하거나 농업노동에 참여하는 구성원의 안위를 보호하는 것은 물론 농업노동 공동체의 유대관계를 강화시키기 위해 행해졌다. 그렇기 때문에 산업노동의 시대가 확대되면서 농업노동을 기반으로 했던 민속놀이는 전승기반이 와해되거나 약화되어 기억의 잔존물로 전락할 수밖에 없었다. 민속놀이가 전승집단의 삶과는 무관하게 그저 과거에 경험했던 하나의 추억으로 인식되었던 것이다.

두 번째 민속놀이의 전승기반이 국가 주도의 정책적 행사로 변화되기도 했다. 도시산업의 발달은 상품으로서 노동력을 중시하는 산업노동자를 대량으로 양산했고, 이에 따라 농촌인구의 감소와 도시의 집중화를 초래하면서 농업노동의 공간도 위축되었다. 뿐만 아니라 농업노동을 대체할 수 있는 농약의 사용과 농기구의 기계화가 농업노동의 방식을 바꾸었다. 대체적으로 두레와 같은 공동노동의 방식이 개인이나 품앗이 형태의 노동의 방식으로 전환된 것이다. 이러한 변화가 당연히 공동노동의 방식을 근간으로 형성된 집단적 민속놀이의 전승기반을 와해시켰다. 물론 민속놀이의 전승기반이 해체된 것은 노동의 형태가 바뀌는데서 비롯되기도 했지만 정책적인 차원에서 이루어지기도 했다. 특히 1900년대 초부터 집단놀이에 대한 통제가 시작되어 본격적으로 진행된 것은 한일합병 이후 근대적 시각에서 비합리적이고 야만적인 놀이라 하여 억압 및 통제 되면서부터이다. 이러한 탄압은 1920~30년대에는 민속문화에 대한 집중적인 조사를 통하여 보다 세밀하게 진행되었다.[15] 이러한 정책적인 영향을 받아 민속놀이의 전승기반이 해체되기도 했다. 따라서 집단적 민속놀이의 전승기반이 위축된 것은 일제강점기부터 시작하여 70년대 노동의 형태가 변화하면서 본격화되었다고 할 수 있다. 민속놀이가 생업의 수단과 연계된 것이 아니라 공동체 삶으로부터 분리되어 기억의 잔존물로 전락하고 만 것이다. 이러한 환경 속에서 정부수립 10주년을 경축하는 행사의 하나로 시작되었지만, 우리 겨레의 정신문화유산으로 각 지방에 전래되어 온 고유의 향토민속예술을 발굴, 재현, 보존, 계승하기 위해 '전국민속예술경연대회'가 1958년에 개최되었다.[16] 비록 명칭이나 대회의 개최 취지가 다소 변화되기는 했지만 지금까지 지속되어 오고 있다. 전국민속예술경연대회[17]가 기억의 잔존물로 전락한 민속놀이를 재현하는 물질적인 토대가 된 것이다. 이러한 경연대회는 각 지역별로 민속예술경연대회 개최를 촉진하기도 했는데, 특히 전남에서는 '남도문화제'가 있고, 광주에서는 문화원연합회 주관으로 개최되는 '민속예술경연대회', 전북에는 '풍남제'가 그것이다. 이러한 정책적인 행사를 통해 민속놀이가 재현될 수 있었던 것이다.

세 번째로 민속놀이의 물리적 전승기반이 문화재의 공연 무대와 축제가 개최되는 무대공간으로 바뀌었다. 전국민속예술경연대회를 통해 재현된 민속놀이는 지속적으로 전승될 수 있는 기반을 구축하지 못했다. 민속놀이가 자생적 전승기반을 농업노동을 근간으로 했기 때문에 산업노동의 형태로 바뀌어가고 있는 환경 속에서는 더 이상 물리적 전승기반을 확보하기가 쉽지 않았다. 그나마 경연대회에서 입상을 한 경우는 민속놀이를 무형문화재로 지정하여 보존하려는 노력을 통해 전수관이나 기념관 등의 정책적인 전승기반을 마련하려 했다. 민속놀이가 무형문화재로 지정된 경우 반드시 일 년에 한 번씩 시연하도록 하는 제도적인 장치가 있었기 때문에 어느 정도 정책적 전승기반을 통해 지속될 수 있었다. 이러한 것도 앞서 언급한 것처럼 경연대회에서 입상한 민속놀이가 대부분이다. 이처럼 무형문화재로 지정된 민속놀이를 비롯한 재현된 민속놀이의 또 하나의 정책적인 전승기반으로서 지역축제를 들 수 있다. 축제는[18] 종합문화예술행사이기 때문에 축제의 지역성이나 전통성을 강조하기 위해 재현된 민속놀이를 축제의 프로그램으로 활용하여 공연하는 경우가 많았다. 이 경우는 재현된 민속놀이를 무형문화재이든 그렇지 않든 상관없이 무대의 전통문화예술행사로 활용했던 것이다. 이러한 경향은 문화산업사회를 추구하는 2000년대 들어서 급속도로 증가했다. 지방자치가 정착되고 세계화를 추구하는 정치적인 환경 속에서 각 지역마다 우후죽순으로 지역축제가 증가했기 때문이다. 21세기는 축제의 시대라고 할 수 있을 만큼[19] 지역마다 지역경제의 활성화 도구로 활용하는 것은 물론 지역문화를 계승하고 발전을 도모하기 위해 축제를 전통문화예술행사이자 문화상품으로서 개최하려는 노력이 많아지고 있다. 따라서 축제에서 공연되고 있는 민속놀이는 축제의 무대가 전승기반이 되고 있는 것이다. 이것은 민속놀이의 전승공간이 마을이 아니라 무대로 옮겨짐으로서 민속놀이가 공연물로서 무대화되어 가고 있는 것을 보여주고 있다.

## 3. 민속놀이의 유형과 성격

호남은 동고서저(東高西低)의 지세로서 동부산지와 서부평야로 구분할 수 있는데, 전북에는 만경강과 동진강, 전남에는 영산강과 섬진강, 탐진강 등 크고 작은 강들이 많아 평야가 발달해 있고, 벼농사가 많은 비중을 차지하고 있는 지역이다. 특히 호남의 서해안지역은 섬진강을 중심으로 한 호남의 동부지역에 비해 더욱 그러하다. 그것은 호남이 벼농사와 관련된 생업방식을 가지고 있는 지역으로서 민속놀이 또한 이와 같은 생태적 환경을 잘 반영하고 있다. 민속놀이를 놀이가 지향하는 목적성에 따라 굿놀이형, 두레놀이형, 싸움놀이형, 오락놀이형으로 나눌 수 있는데,[20] 호남의 집단적인 민속놀이는 굿놀이형으로 달집태우기와 액맥이놀이, 오락놀이형으로 화전놀이와 강강술래가 있지만, 주로 벼농사의 생업방식에 관계된 경우가 많다는 점이 특징이다. 그 가운데 가장 대표적인 것이 주로 두레놀이형과 싸움놀이형인데, 두레놀이형은 벼농사에서 필요로 하는 집약적인 노동을 확보하기 위한 공동노동조직과 관계된 놀이고, 싸움놀이형은 벼농사의 풍년을 기원하는 주술적인 놀이기 때문에 도작

문화권의 민속놀이라고 할 수 있다.

따라서 농업노동이 산업노동으로 바뀌면서 벼농사와 관계된 민속놀이
가 급격히 위축되었거나 단절되어 기억의 흔적으로 남는 경우가 많았다.
그 가운데 재현된 민속놀이는 벼농사와 관계된 경우가 적지 않았다. 본
고에서 대상으로 삼고 있는 31종목의 민속놀이 가운데 벼농사와 관련된
것이 19종목으로 61%의 비중을 차지하고 있는 것만 보아도 알 수 있다.
재현된 31종목의 민속놀이를 놀이가 지향하고 있는 성격에 따라 분류하
여 정리하면 다음 표와 같다.

| 유형 | 민속놀이 종류 | 수량<br>(31) | 비고 |
|---|---|---|---|
| 굿놀이 | 송천달집태우기, 무주부남디딜방아액맥이놀이,<br>고창읍성답성놀이, 광양버꾸놀이, 진도북놀이 | 5 | |
| 두레놀이 | 강진땅뺏기놀이, 광주광산풀두레놀이, 낙안읍성두레놀이,<br>현천소동패놀이, 남원삼동굿놀이, 임실두레놀이, 전주기접놀이,<br>깃절놀이, 익산기세배, 기맞이놀이, 돌산읍 풀들게놀이 | 11 | |
| 싸움놀이 | 광주칠석고싸움놀이, 여수소동줄놀이, 영암도포제줄다리기,<br>장흥보름줄다리기, 입석줄다리기, 남원용마놀이, 쌍룡놀이, | 7 | |
| 오락놀이 | 강강술래, 신안뜀뛰기강강술래, 여수손죽도화전놀이 | 3 | |
| 기타 | 의례형 : 광주월계상여놀이, 비금밤달애놀이<br>노동형 : 다듬이놀이, 탑성놀이, 강진비자동베틀놀이 | 5 | |

굿놀이형은 농사의 풍요를 기원하기도 하고 농업노동 공동체구성원들
의 안녕을 기원하는 주술적인 놀이와 풍물패 놀이꾼들의 재능을 견주는
예능적인 놀이로 구분할 수 있다. 달집태우기와 액맥이놀이는 본질적으
로 마을 안의 액을 몰아내고 마을 밖의 액이 들어오지 못하도록 하기 위

한 주술적인 놀이다. 물론 달집태우기가 부정과 사악을 없애기 위한 정화의 의미를 가지고 있지만 농사의 풍요를 기원한다는 점에서 액맥이놀이와는 차이가 있다. 달집태우기가 기본적으로 마을공동체의 액을 물리치기 위한 것으로 마을의 공간을 정화시키고자 한 관념이 작용하여 행해지는 세시놀이지만,[21] 한편으로는 달집을 짓고 달이 뜰 때 마을제사를 지내면서 농사의 풍요를 기원하기도 한다. 그에 비해 액맥이놀이는 정월 보름에 당산제가 끝나면 여성들이 인근 마을에 가서 디딜방아를 훔쳐다가 동네 앞에 세우고 여자의 속옷을 씌워놓고 풍물을 치는 것으로, 주로 마을의 외부로부터 잡귀나 액이 들어오지 못하도록 하는데 주안점을 둔다.[22] 이처럼 놀이가 지향하는 바가 다르고 놀이공동체의 차이를 확인할 수 있는데, 달집태우기가 남녀노소 모두 참여하는 공동체놀이라면, 액맥이놀이는 여자들만 참여한다는 점에서도 차이가 있다. 일반적으로 달집태우기와 액맥이놀이가 호남의 동부 산간지역에 주로 분포하는 공시적인 특징이 있다.

그리고 광양버꾸놀이와 진도북놀이는 풍물놀이에서 파생한 것으로, 풍물놀이를 마을신을 대상으로 하는 당산굿, 가택신을 대상으로 하는 마당밟이굿, 노동의 효율성을 극대화하기 위한 두레굿, 마을의 공동기금을 마련하기 위한 걸립굿, 놀이의 다양한 진법과 악기별로 재주를 부리는 판굿으로 구분할 수 있다. 그 가운데 버꾸놀이와 북놀이는 주로 판굿에서 연행되는 굿놀이다. 따라서 이들은 호남의 좌도농악과 우도농악의 예술적인 면모를 잘 보여주는 사례로서 주로 판굿에서 공연된다는 점에서 공통점을 가지고 있다.

두레놀이형은 정월 보름과 칠월 백중 무렵에 행해지는 민속놀이인데,

모두 농사의 풍요를 기원하는 공동체노동조직인 두레패가 주축이 되는 공동체 민속놀이다. 이들 놀이가 남원삼동굿놀이나[23] 임실두레놀이, 낙안읍성두레놀이 등을 제외하고는 모두 호남의 서부 평야지역에 전승된다는 점에서 특징이 있다. 이것은 곧 두레놀이형은 벼농사와 밀접한 관련이 있다는 것으로 싸움놀이형도 마찬가지이다. 물론 강진땅뺏기놀이나 전주기접놀이와 같은 두레놀이도 싸움놀이형의 성격을 갖는다는 점에서 놀이 분류상의 한계는 있지만 벼농사와 관련된 민속놀이라는 점에서 공통적이다. 두레놀이형은 기본적으로 일을 전제로 하는 놀이면서 두레패라고 하는 농업노동 공동체의 결속을 강화하기 위한 놀이다. 논에서 모심기나 김매기 등의 일터의 두레가 끝나면, 농사일이 거의 끝나는 시기이므로 농사가 가장 잘 된 집을 정하여 농사의 풍요를 기원하고, 농악의 연주에 맞추어 춤을 추고 노래를 부르며 마을 전체의 잔치가 벌어진다. 따라서 두레놀이형은 무엇보다도 농업노동의 일꾼들이 주도적으로 참여한다는 점에서 다른 민속놀이와는 다르다.

싸움놀이형은 편을 나누어 승패를 결정하는 놀이로서 가장 대표적인 민속놀이가 줄다리기와 고싸움놀이라 할 수 있다. 고싸움놀이가 줄다리기의 앞놀이인 줄놀이 과정이 분리되어 발전한 독립된 놀이형태로 형성되었기[24] 때문에 도작문화의 맥락에서 보면 줄다리기와 크게 다를 바 없다. 줄다리기는 짚을 어렵지 않게 구할 수 있는 지역, 곧 벼농사를 짓는 지역이 줄다리기를 할 수 있는 기반이 갖추어진 곳으로서 한반도 남부 지역에 조밀하게 분포되어 있는 것을 보면[25] 수도농경(水稻農耕)과 깊은 관계가 있음을 알 수 있고, 줄다리기가 한국에서는 주로 한강 이남에 분포하고 있음을 확인할 수 있다. 호남에서는 동부 산간지역에서 외줄을 사용한 경우가 많다면, 서부 평야지역에서는 쌍줄을 많이 사용한다는 점과 줄다리기가 끝난 뒤 '줄감기'라고 하여 동네 앞 입석이나 짐대에 감아 놓는다는 점에서 차이가 있다. 이러한 것은 줄이 용신을 상징하기 때문에 한해의 농사 풍요를 기원하기 위해 용신을 모시고 마을제사를 지내기도 한다.[26] 이처럼 줄다리기가 농사의 풍요와 깊은 관련이 있다는 것은 줄다리기에서 여성을 상징하는 팀이 승리해야 농사가 풍년이 든다는 관념을 가지고 있는 것만 봐도 확인할 수 있다. 그렇기 때문에 어느 마을이나 여자팀이 이기도록 놀이적 장치를 하고 있는 것이다.

오락놀이형은 기본적으로 여성들이 주축이 된다는 점에서 특징이 있다. 강강술래는 주로 서남해안지역에 전승되는 부녀자들의 놀이로 주로 추석에 많이 연행된다. 놀이 구성이 지역마다 차이가 있으며, 지금까지 잘 알려진 지역으로는 진도, 해남, 신안 등지이다. 이 지역은 임진왜란 때 명량대첩의 지역으로서 조선 수군이 왜군을 속이기 위한 위장전술로 활용한 강강술래는 명량대첩의 승리에 원동력이 되었다고 한다.[27] 이러한 강강술래가 내륙으로 북상하여 전북 전주지역에서도 행해졌던 것으로 알려져 있다.[28] 강강술래는 부녀자들이 밝은 달밤에 손을 맞잡고 둥글게 원을 그리며 노래하면서 춤추고, 다양한 부수적인 놀이가 수반되는 놀이다. 그런가 하면 화전놀이는 강강술래처럼 다양한 놀이적 구성을 가지고 있지는 않지만 여자들이 꽃이 피는 봄철에 화전을 만들어 먹으면서 노래하고 춤추며 여흥을 즐긴다는 점에서는 공통적이다.

기타의 놀이형으로는 의례형과 노동형으로 나눌 수 있다. 의례형은 의례를 원활하게 진행할 목적으로 행해진 상여놀이와 밤달애놀이를 들 수 있다. 상여놀이는 상여를 운반하는 과정을 놀이로 표현하는 것이고, 밤달애놀이는 발인하기 전날 밤에 상주를 위로하고 망자의 극락왕생을 기원하며 발인을 원활하게 진행하기 위해 예행 연습하는 과정을 놀이로 표현한 것이다. 그리고 노동형은 노동의 과정을 놀이로 표현한 것인데, 탑을 쌓는 과정을, 베를 짜는 과정을, 다듬이질하는 과정을 놀이로 표현한 것으로, 즉 노동의 행위 과정을 놀이화한 것이다. 이것은 일과 놀이가 동일한 것으로 생각하는데서 비롯되는 것이라 할 수 있다. 특히 농업노동이 쇠퇴하고 산업노동이 중심이 되는 사회적 환경 속에서는 기억의 흔적으로 남아 있는 농업노동의 행위를 놀이로 재현하는 경우도 많다. 예컨대 농사지을 물을 확보하기 위해 제방이나 둑을 쌓는 과정을 놀이로 표현하거나, 논농사에서 모찌기를 비롯하여 모심기나 김매기과정을 놀이로 표현한다든지, 이들의 의례과정으로서 장례식에서 봉분을 쌓는 과정 등이 놀이로 재현되는 경우가 그것이다.

이와 같이 호남지역의 재현된 민속놀이를 놀이 유형에 따라 분류하고 그 성격을 파악해보았는데, 전체적으로 농업노동을 토대로 하고 있고 벼농사의 풍년을 기원하는 놀이가 많은 것이 특징이다. 그리고 놀이의 유형별로 보면 굿놀이형 가운데 달집태우기와 액맥이놀이가 호남의 동부 산간지대에 주로 전승하고 있다면, 두레놀이형과 싸움형놀이형은 주로 호남의 서부 평야지역에서 주로 전승되고 있는 것이 특징이다. 특히 평야지역의 민속놀이가 벼농사의 풍요를 기원하거나 벼농사의 농업노동과 관련된 놀이라는 점에서 도작문화적 특징을 지니고 있으며, 강강술래는 서부 평야지역에, 화전놀이는 전 지역에서 고루 전승되었다는 점에서 특징이 있다.

## 4. 민속놀이 기호내용의 변화

민속놀이는 생업 구조와 사회 환경의 변화에 따라 많은 변화를 겪어왔다. 그 변화는 놀이의 존재론적 의미변화가 이루어졌기 때문이고, 놀이의 기본적 속성인 오락성을 크게 위축시켰다. 농경사회의 민속놀이는 생업과 밀접한 연관을 가지고 지속되어 왔지만 농업노동에서 산업노동으로의 변화는 놀이 방법이나 도구 및 기구들의 변화를 가져왔다. 뿐만 아니라 전자기기를 이용한 놀이라든가 영상이나 컴퓨터를 활용한 놀이 등은 농업노동을 기반으로 해서 형성되었던 민속놀이를 크게 약화시키거나 소멸시킴으로서 기억의 흔적으로 전락시키는데도 중요한 역할을 했다. 그나마 재현된 민속놀이도 변화를 겪어야만 했다. 그래서 재현된 민속놀이가 어떠한 과정을 통해 복원되었고, 어떻게 전승기반을 마련하여 지속되고 있는가를 파악할 필요가 있다. 그래서 민속놀이의 기호내용의 변화과정을 살피기 위해 기본적으로 31종목 민속놀이의 원초적인 의미와 재현 및 전승기반을 정리하면 다음 〈표1〉, 〈표2〉와 같다.

### 〈표1〉광주 · 전남 민속놀이

| 놀이 종목 | 원초적 놀이 목적 | 재현 및 복원 동기 | 문화재 종류 | 물리적 전승기반 |
|---|---|---|---|---|
| 강강술래 | 유희성 | 남도문화제, 전국민속예술경연대회 | 중요무형문화재 | 강강술래보존회, 해남 · 진도지역축제 |
| 강진 땅뺏기놀이 | 풍농 기원 | 남도문화제, 전국민속예술경연대회 | | 전승 중단 |
| 강진비자동 베틀놀이 | 노동 효율성 | 강진금릉문화제 남도문화제 전국민속예술경연대회 | | 강진청자축제 |

| 놀이 종목 | 원초적 놀이 목적 | 재현 및 복원 동기 | 문화재 종류 | 물리적 전승기반 |
|---|---|---|---|---|
| 광양 버꾸놀이 | 오락성 | 남도문화제 | | 버꾸놀이보존회 광양축제 |
| 광주광산풀 두레놀이 | 풍농 기원 노동 효율성 | 한국민속예술축제 | | 남도문화연구회 |
| 광주월계 상여놀이 | 의식요 | 한국민속예술축제 | | 남도문화연구회 광산지역축제 |
| 광주칠석 고싸움놀이 | 풍농 기원 | 전국민속예술경연대회 | 중요무형 문화재 | 고싸움놀이보존회 고싸움놀이축제 |
| 낙안읍성 두레놀이 | 풍농 기원 | 남도문화제 전국민속예술경연대회 | | 낙안읍성보존회 낙안읍성축제 |
| 돌산읍 풀들게놀이 | 풍농 기원 노동 효율성 | 불확실 | | 전승 중단 |
| 비금밤 달애놀이 | 의례성 | 전남민속예술축제 한국민속예술축제 | | 개인(유점자) 전승 |
| 송천 달집태우기 | 풍농 기원 액맥이 | 남도문화제 전국민속예술경연대회 | 전남 무형문화재 | 시연 (월등면 송산마을) |
| 신안뜀뛰기 강강술래 | 유희성 | 남도문화제 한국민속예술축제 | | 보존회 |
| 여수소동 줄놀이 | 풍농 기원 액맥이 | 남도문화제 한국민속예술축제 | | 여수진남거북선축제 |
| 여수손죽도 화전놀이 | 유희성 | 불확실 | | 전승 중단 |
| 영암도포제 줄다리기 | 풍농 기원 | 남도문화제 전국민속예술경연대회 | | 영암왕인문화축제 |
| 장흥보름 줄다리기 | 풍농 기원 | 남도문화제 전국민속예술경연대회 | | 전승 중단 |
| 진도북놀이 | 오락성 | 명무전 | 전남 무형문화재 | 북놀이보존회 각종 행사에 참여 |
| 현천 소동패놀이 | 풍농 기원 노동 효율성 | 남도문화제 전국민속예술경연대회 | 전남 무형문화재 | 소동패놀이보존회 여수진남거북선축제 |

<표2>전북 민속놀이

| 놀이 종목 | 원초적 놀이 목적 | 재현 및 복원 동기 | 문화재 종류 | 물리적 전승기반 |
|---|---|---|---|---|
| 남원삼동굿놀이 | 풍농 기원 | 향토축제 전국민속 예술경연대회 | | 삼동굿놀이보존회 남원 지역축제 |
| 깃절놀이 | 풍농 기원 | '학생의 날' 공연 | | 장수문화원 |
| 고창읍 성답성놀이 | 액맥이 | 고창문화체험 | | 고창모양성제 |
| 남원용마놀이 | 풍농 기원 액맥이 | 전국민속 예술경연대회 | | 남원 춘향제 |
| 익산기세배 | 풍농 기원 | 전국민속 예술경연대회 | 전북무형문화재 | 익산기세배보존회 익산천만송이축제 |
| 쌍룡놀이 | 풍농 기원 | '김제군민의 날' 출연 전국민속 예술경연대회 | 전북민속자료 | 벽골제관광지 김제지평선축제 |
| 입석줄다리기 | 풍농 기원 | 전국민속 예술경연대회 | 전북민속자료 | 김제입석전승관 김제지평선축제 |
| 무주부남 디딜방아 액맥이놀이 | 액맥이 | 한국민속예술축제 | 전북무형문화재 | 부남방앗거리보존회 반딧불축제 부남강변축제 |
| 임실두레놀이 | 풍농 기원 | 한국민속예술축제 | 임실필봉농악 (중요무형문화재) | 필봉농악전수관 임실필봉농악보존회 정월대보름축제 |
| 전주기접놀이 | 풍농 기원 | 풍남제 | | 전주지역축제 한옥마을 공연 |
| 탑성놀이 | 노동 효율성 | 전북민속예술축제 한국민속예술축제 | | 돌문화보존회 한국돌문화축제 |
| 다듬이놀이 | 노동 효율성 | 불확실 | | 남원지역축제 개인 전승 |
| 기맞이놀이 | 풍농 기원 | 불확실 | | 전승 중단 구술기억 |

위의 〈표1〉과 〈표2〉을 통해 재현된 민속놀이가 어떠한 과정을 통해 재현되었고, 그것이 어떻게 지속되어가고 있는가를 파악할 수 있다. 기본적

으로 재현된 민속놀이는 본래의 전승기반이었던 농업노동의 공간을 벗어나 산업노동시대에 적합한 공연의 장소나 무대로 이동되는 경우가 대부분이다. 그러면서 민속놀이가 텍스트화 되었고 전승과 생명력을 갖게 하는 삶의 맥락이 배제된 결과를 갖게 되었다. 이와 같은 진행과정 속에서 31종목의 민속놀이 명칭과 내용은 크게 변화되지 않았지만 그것이 갖는 기호내용은 큰 변화를 갖게 되었다. 그것은 민속놀이의 본질적인 목적이 소멸되고 민속놀이를 재현하려는 의도성과 전승집단의 욕구에 따라 민속놀이의 기호내용이 변화된 것이다. 이러한 것은 재현된 민속놀이에서 공통된 현상으로 나타나고 있다. 따라서 바람직한 연구 방법은 놀이를 종목별로 나누어 구체적으로 살펴보고 이를 종합하여 정리하는 것이다. 그러나 전체적으로 공통된 현상이 있기 때문에 개별 종목보다는 '재현된 민속놀이'로 포괄적으로 통합하여 원초적인 기능, 재현 의도에 따라 갖는 의미, 민속놀이의 무대화에 따른 기호내용을 파악하는 것이 효율적이라 생각한다.

기호내용은 기호적 의미 구성에 핵심적인 역할을 하는데, 그 기호내용의 발생적 원천이 바로 신체/물리적 층위의 경험이라는 점에서,[29] 즉 민속놀이의 신체/물리적 층위의 경험은 물리적 전승기반을 말한다. 민속놀이의 물리적 전승적 기반이 농업노동이기 때문에 노동방식의 변화가 민속놀이의 변화를 초래하는 것은 당연하다. 농업노동의 방식을 통해 경험하고 형성되었던 민속놀이가 산업노동의 방식을 경험하게 되면 그 경험내용이 사상되기 때문에 그것을 토대로 기호적 경험을 이해해야 한다. 특히 민속놀이의 기표에 주어지는 기호내용이 기호적 의미를 형성한다는 것을 유념할 필요가 있다.

앞서 언급한 것처럼 재현된 민속놀이의 명칭이나 내용이 변화되지 않았지만 민속놀이의 기호적 의미가 변화된 것은 민속놀이의 전승토대인 물리적 기반이 변화한데서 비롯된다. 곧 기호적 의미의 변화는 기호 사용자의 경험의 관점에서 이루어지는 것을 말하고, 기호 사용자 경험적 영역의 근거인 물리적 기반의 변화가 기표의 산출자와 수용자의 관계를 변화시키기도 한다. 농업노동시대에는 기호경험이 기호 산출자와 수용자가 대등한 관계 속에서 소통되어졌다면, 산업노동시대의 기호경험은 기호 산출자와 수용자가 대등한 관계가 아니라 오히려 기호 수용자를 중시하는 경향을 갖게 한다는 것이다.[30] 이처럼 기호경험으로서 민속놀이를 활용하려는 주체가 기호 수용자를 중시하게 된 것은 민속놀이를 경제적 도구인 문화상품, 즉 공연물로 인식하는데서 비롯된 것이라 할 수 있다.

따라서 민속놀이 기호내용의 변화를 세 가지로 정리할 수 있는데, 이러한 것은 사회적 환경과 노동방식의 변화에 따라 기호내용의 변화가 순차적으로 전개되었다. 먼저 민속놀이를 삶의 수단인 농업노동의 생업자원으로서 인식하고 세시생활 속에서 실천의 대상으로 삼았다는 점이다. 민속놀이는 원천적으로 삶의 수단으로서 형성되고 지속되었기 때문에 농업노동의 생업자원이고 삶의 실천과 관련된 것이라는 것을 부인할 수 없다. 여기서 삶의 수단이라 함은 민속놀이가 기본적으로 풍농을 기원하거나 노동의 효율성을 극대화하기 위해 행해졌으며, 주술종교적인 차원에서 액맥이의 목적을 구현하거나 여가생활을 위해 유희성이나 오락성을 추구하기도 하고, 삶의 질을 고양하기 위해 의례적인 삶을 강조하는 것을 말한다. 이러한 것은 민속놀이가 추구하는 가장 원초적인 목적이라고 할 수 있고, 농업노동을 통해서 구현되는 것이 민속놀이의 가장 본질적인 모습이라 할 수 있다.

두 번째로 민속놀이가 산업노동시대에서 소멸되어 가는 고향에 대한 향수, 혹은 전통에 대한 회상의 대상이 된 것으로, 즉 민속놀이를 향수자원으로 인식하고 재현하려는 노력들이 전개되었다. 농업노동에서 산업노동시대로의 전환이 급격한 농촌인구의 감소와 불균형을 초래했고, 산업화와 도시화는 정서를 가꾸는 여가생활을 위축시키는 결과를 초래하였다. 심지어는 농촌에서조차 도시적인 삶의 방식으로 바뀌게 되었다. 예컨대 농업노동의 시대에는 가정이 모든 의례공간으로서 역할을 해왔는데, 산업노동의 시대에는 백일잔치, 돌잔치, 생일잔치, 결혼잔치, 회갑잔치, 장례식 등의 공간이 도시나 도시에 인접한 전문적인 공간으로 이동하게 되면서 민속놀이 또한 많은 변화를 겪어야 했다. 즉 농촌에서마저도 도시적 삶을 추구하면서 농업노동시대에 경험했던 민속적 전통을 망각하는 결과를 갖게 하였다. 이와 같은 환경 속에서 기억의 흔적으로 전락한 민속놀이를 재현하여 지역성과 전통성을 확인하고자 했을 것이고, 세계화를 지향하는 사회적 흐름 속에서 문화적 변별력을 갖고자 하는 노력들이 이루어졌다. 그 중 하나가 바로 전국 및 각 지방의 민속예술경연대회이다. 이 경연대회가 민속놀이를 향수자원으로 인식하고 재현하는 데 중요한 역할을 해 왔다.

세 번째로 민속놀이를 단순히 향수자원으로서만 생각하는 것이 아니라 계승·발전시켜야 할 문화자원으로서 인식하여 문화재화 하고, 경제적 도구로 인식하여 하나의 문화상품인 공공자원으로서 무대화 시켰다. 민속놀이가 문화재로 지정된 경우 세계문화유산으로 등재시키려는 노력도 수반되고 있지만, 21세기는 문화적으로 축제의 시대이고 공연예술의 시대라고 할 수 있다. 축제나 공연예술의 공통점은 일정한 무대공간을 가지고 있다는 점이다. 일반적으로 무대 위의 공연 작품은 생산자보다도 소비자 위주의 소통체계 속에서 연행된다. 물론 축제인 경우는 생산자와 소비자가 상호간의 소통방식을 통해 공유하는 경우도 있지만 전반적으로 무대 위의 공연예술과 크게 다를 바 없다. 경제 활성화를 추구하는 대다수의 지역축제에서 민속놀이를 전통성과 지역성을 구현하는 하나의 프로그램으로 활용하여 축제의 변별력을 높이고자 했다. 그에 따라 각 지역의 문화행사나 축제에서 공연되는 민속놀이가 문화적 공공자원으로서 의미를 갖게 된 것이다.

이와 같이 민속놀이가 〈생업자원 → 향수자원 → 공공자원〉이라는 기호내용의 변화를 겪게 된 것은 당연히 민속놀이의 물리적 전승기반의 변화에서 초래한 것이라 할 수 있다. 민속놀이의 물리적 전승기반으로 생업자원이라는 의미를 갖는 민속놀이는 농업노동을, 향수자원으로서 의미를 갖는 민속놀이가 산업화와 도시화가 본격적으로 이루어지는 대량생산과 기술 집약적인 산업노동을, 공공자원으로서 의미를 갖는 민속놀이는 축제와 공연을 중시하는 정보산업노동을 들 수 있다. 민속놀이 기호내용의 변화를 갖게 한 물리적 기반의 변화가 어느 정도 외형적인 기호경험을 유지하고 있지만, 내적으로는 기호내용의 변화를 통해 전승기반이나 기호경험에 대한 인식의 변화를 갖게 하였다. 즉 농업노동시대에는 민속놀이를 농사의 풍요를 기원하기 위해 연행했지만, 사회적인 변화와 물리적 기반의 변화가 지속적으로 농사의 풍요를 기원하도록 한 것이 아니라 하나의 문화상품으로 인식하게 하였고, 그것이 새로운 민속놀이의 전승기반으로서 역할을 하고 있는 것이다. 이러한 물리적 기반의 변화가 기호내용의 변화를 초래하여 기호경험을 변화시키기도 하지만, 기호경험은 변화되지 않고 기호내용만 변화되는데, 대부분 재현된 민속놀이가 여기에 해당한다.

이처럼 민속놀이 기호내용의 변화가 물리적 전승기반의 변화로부터 비롯되었는데, 이는 기호내용의 변화를 기호적 전이라고 할 수 있다. 기호적 전이란 동일한 민속놀이에 그 경험의 관점에서 기호내용이 사상되어 마치 복제물처럼 다른 기호적 경험을 발생시키거나, 동일한 기호적 경험에 다른 기호내용을 갖는 것을 말한다. 중요한 것은 기호적 전이가 기표에서만 일어나는 것이 아니라 기호내용에서도 일어난다는 것이다. 동일한 민속놀이가 다른 기호내용을 갖는 사례로 재현된 민속놀이가 여기에 해당된다. 동일한 민속놀이지만 전승의 물리적 기반의 변화가 기호내용의 변화를 초래했기 때문이다.

이처럼 기호적 전이는 사물에 대한 경험의 관점 차이에서 비롯되고 물리적 기반의 변화에서 일어남을 확인할 수 있고, 재현된 민속놀이를 통해 기호적 전이가 기호내용에서도 나타난다는 것을 확인할 수 있다. 그나마 재현된 민속놀이가 전승될 수 있었던 것은 기호내용의 기호적 전이가 이루어졌기 때문이었다. 이와 같은 민속놀이의 기호적 전이가 이루어지지 않았다면 더 이상 민속놀이가 지속되지 못하고 위축되어 소멸되어 가는 과정을 겪게 되었을 것이다. 궁극적으로 기호적 전이가 변화를 통해 민속놀이가 발전되거나 지속될 수 있는 근거를 마련해 주고 있는 셈이다. 즉 기호적 전이가 다양한 환경의 변화를 토대로 발전과 지속을 갖게 한다는 점이다.

결론적으로 재현된 민속놀이 기호내용을 살펴보면, 민속놀이가 원천적으로 농업노동이자 삶의 원천인 '생업자원'이었지만, 산업노동시대에는 농업노동 공동체의 전통에 대한 '향수자원'으로 변화되었다. 즉 농업노동에서 산업노동시대로 전환이 민속놀이를 급격히 인멸시키고 소멸시켰는데, 그러면서도 정서적 그리움에 대한 열망이 농업노동의 근원인 고향에 대한 회상을 소환하게 했다. 그것은 민속놀이를 향수의 소비자원으로서, 나아가서는 경제적 소비자원으로서 활용하도록 했다. 즉 국가 혹은 지방의 민속예술경연대회나 문화행사가 농업노동시대의 민속놀이를 재현하는데 중요한 역할을 해 왔음을 부인할 수 없다. 다시 말하면 재현된 민속놀이가 각 지역의 지역성과 전통성을 확보하는데 중요한 역할을 해왔지만, 농업노동의 삶의 맥락과 분리된 문화재로 지정되어 박제화 되거나, 많은 관중들에게 보여주기 위한 무대 위의 공연물로 활용되기도 했다. 이는 민속놀이가 경제적 도구인 문화상품으로 자리매김하는데 중요한 역할을 했고, '공공자원'으로서 의미를 갖게 하는데도 중요한 역할을 했다.

## 5. 민속놀이의 지역성과 전승기반

### 1)민속놀이의 지역성

지역은 문화적 보편성을 지니기도 하지만 각 지역마다 독특한 특징을 지니기도 한다. 그것은 지역마다 생태적인 환경이 다른데서 비롯된다. 즉 기후와 토양을 비롯한 생태적 환경에 따라 생업방식이 다르고, 삶의 태도나 사물을 이해하는 시각이 다르기 때문에 지역마다 차이를 갖기 마련이다. 차이는 기본적으로 공통점을 토대로 드러나는 것이다. 따라서 지역을 통해서 일반적인 것과 특수한 것을 확인할 수 있다. 이러한 지역의 문화적 압축공간이 바로 장소이다. 장소는 인간의 다양한 행위가 이루어진 곳으로 자연적 공간과는 차별화된 곳이다. 예컨대 인간은 종교적 목적을 실현하기 위해 건축이나 신앙물 등 다양한 인공물을 설치할 것이며, 다양한 관계를 만들어가기 위해 특정한 장소에 교류의 장을 만들고, 뿐만 아니라 정치적이거나 경제적 목적을 실현하기 위한 장소가 필요하듯이, 이러한 곳을 인간의 삶과 관계된 문화적 공간으로 다양하게 만들어간다. 그래서 장소는 제의적, 역사적, 개인적 혹은 문화적으로 의미 있는 사건을 통해 기억의 장소가 된다. 이처럼 장소는 집단적 망각의 단계를 넘어 기억을 확인하고 보존할 수 있는 곳이다. 장소는 기억을 소생시키고, 그 소생된 기억이 장소를 되살리는 역할을 한다.[31] 장소가 문화적 기억[32]의 공간으로서, 이러한 장소를 통해 인간의 다양한 삶의 맥락을 파악할 수 있기 때문에 장소는 역사와 문화를 기억하기 위한 매개의 역할을 한다. 장소가 확대된 것이 지역이라고 할 수 있듯이 지역성은 지역의 역사성과 문화적 특징이 반영된 것이다.

호남의 서부지역인 만경강, 동진강, 영산강 유역은 평야가 발달하여 도작문화와 관련된 두레놀이형과 싸움놀이형이 발달한 곳이다. 재현된 민속놀이 가운데 18종목이 두레굿과 줄다리기로서 모두가 벼농사의 풍요를 기원하고 농업노동과 관련된 민속놀이다. 영산강 유역은 줄다리기로부터 파생되어 발전한 고싸움놀이가 행해졌던 곳이다. 고싸움놀이가 광주 칠석마을 뿐만 아니라 영암 구림 일대에서도 전승된 것으로 보고되고 있다.[33] 특히 이 지역에서 두레놀이형과 싸움놀이형은 주로 남자들이 많이 참여하고 있고, 여성들이 중심이 되는 놀이로는 강강술래가 활발하게 전승된 지역이다. 그리고 호남의 동부지역이 액맥이놀이 형태이기는 하지만 농사의 풍요를 기원하는 달집태우기가 활발하게 전승되는 지역이다.

따라서 호남의 지역성을 반영하고 있는 민속놀이의 대표적인 지표를 제시한다면 두레굿과 줄다리기, 고싸움놀이, 강강술래, 달집태우기 등이라고 할 수 있다. 그것은 국가 및 지방 지정의 문화재를 통해서도 확인할 수 있다. 31종 민속놀이 가운데 10종목의 민속놀이가 문화재로 지정되어 보존되고 있다.[34] 문화재는 학술성과 예술성 그리고 역사성이 있는 경우 국가에서 보존하고 계승하기 위해 지정한 것으로 지역성이 강한 면모를 지니고 있다.[35] 따라서 지역문화란 지역에서 향유하고 있는 문화로서 지역정체성이 발현되기도 하기 때문에[36] 호남의 민속놀이가 호남의 지역정체성을 설명하는데 중요한 역할을 한다.

지역의 정체성은 오랜 기간에 걸쳐 형성되고 누적된 환경, 사회, 역사, 문화적 경험의 산물이다. 그래서 정체성을 파악하는 것은 그 지역의 경관이나 사회와 역사 그리고 문화를 총체적으로 이해해야 한다는 것을 의미한다.[37] 그렇기 때문에 정체성은 지역이나 장소에 다양한 역사적, 문화적, 사회적 환경에 따라 형성된 공동체의 삶의 태도나 가치관, 역사 및 문화적 가치가 집단적으로 투영된 것을 말한다. 따라서 정체성이 공동체의 결속을 강화시켜 주고 지속시켜 주는 역할을 하며, 공동체 구성원들이 강한 자부심과 소속감을 갖도록 해주는 것은 물론 다른 지역이나 사람들과 변별력을 갖도록 해주는 역할을 한다. 그렇기 때문에 정체성이야말로 인간의 존재론적인 설명을 해줄 수 있는 것이라 할 수 있다. 정체성은 항상 고정적이지 않고 유동적이다. 왜냐하면 문화가 고정 불변하는 것이 아니기 때문이다. 문화는 인간의 다양한 환경의 변화에 따라 삶의 방식이 변화되기 때문에 유동적인 모습을 지니고 있다. 문화의 유동성은 인간이 살아가는 삶의 환경에 따라 변화되고, 그에 따라 개인은 물론 공동체 구성원들의 정체성이 변화되어간다. 뿐만 아니라 이처럼 개인과 공동체가 속한 조직이나 집단의 정체성도 변화되기 마련이다. 그래서 인간은 끊임없이 삶의 지향에 따라 정체성을 만들어가기도 한다. 다시 말하면 인간은 삶의 풍요를 추구할 목적으로 소속감과 자부심을 견고하게 해줄 수 있는 정체성을 활용하기도 한다는 것이다. 이러한 정체성은 시간의 흐름에 따라 재생산되고 현재적 관점에서 재해석되기도 한다.

이처럼 호남의 정체성은 앞서 설명한 강한 지역성을 반영하고 있는 민속놀이를 통해 설명할 수 있는데, 그것은 두레놀이형과 싸움놀이형 그리고 오락놀이형으로서, 두레굿, 줄다리기, 고싸움놀이, 강강술래 등을 통해 도작민적(稻作民的)인 가치관과 정서를 파악할 수 있다. 특히 두레굿은 기본적으로 공동노동조직인 두레패들이 중심이 되는 풍물놀이로서 일꾼과 놀이꾼들의 유대관계를 강화하고 상하질서관계를 중시하는 놀이다. 그러한 관계를 통해 공동체적인 의식이 강하게 발현되기 마련이다. 이것은 줄다리기나 고싸움놀이도 마찬가지다. 편싸움 계통의 민속놀이가 기본적으로 놀이꾼들의 집단적인 협동심과 불굴의 기지를 토대로 한 의기투합의 정신을 토대로 승패를 결정하는 놀이다. 이처럼 두레굿과 고싸움놀이에 주로 남성 중심의 공동체적 정신이 잘 구현되고 있다면, 강강술래는 여성들의 공동체의식이 강하게 반영된 놀이라고 할 수 있다. 이러한 놀이를 전승하고 있는 집단은 공동체의식을 토대로 한 삶을 실천하고 공동체적 질서를 중시하는 가치관을 갖는 것은 물론 공동체적 역사관과 미의식을 표출하기 마련이다. 결론적으로 호남은 다른 지역과는 달리 공동체적 의식이 강하고 개방적 성향이 강한 곳으로, 전통과 변화를 중시하고 불의에 항거하는 의로운 기질과 감성적인 성향이 강한 곳이라고 할 수 있다.[38]

### 2) 민속놀이의 전승기반

민속놀이의 기호내용에 따라 어떻게 전승공간이 변화되고 있는가를 확인할 수 있다. 민속놀이가 생업공간에서 전승되고 있는 경우 농사 풍요를 기원하거나 유희성과 오락성을 추구하려는 목적과 삶을 원활하게 수행할 목적으로 연행되는 경우가 일반적이었다. 그렇기 때문에 민속놀이의 전승공간은 다름 아닌 삶의 공간으로서 노동 공간이나 의례적 공간과 분리되지 않고 일과 놀이가 공존하는 하나의 공간이었다. 그렇지만 농업노동에서 산업노동으로의 변화가 민속놀이의 전승공간을 자연적인 것보다도 인위적인 무대로 이동시켰다. 이것은 놀이적 공간과 삶의 공간이 분리되는 것을 말한다.[39] 더 이상 놀이의 공간이 삶의 터전인 일터와 관련된 것이 아니라 오락성만을 추구하는 유희적 공간의 성격을 지니게 되었고, 이러한 것은 다양한 의례공간이 주거공간인 가정이나 마을에서 도시로 이동하는 것과도 맞물려 있다. 특히 민속놀이의 공간이 본격적으로 마을로부터 분리되기 시작한 것은 주로 전통에 대한 향수를 소환하거나 전통을 계승·발전하려는 문화정책, 문화상품으로 활용하려는 축제 개최 의도성이 반영된 데서 비롯되었다. 이러한 환경으로 인해 전반적으로 민속놀이의 전승기반이 마을에서 무대로 이동되고 있다.

　마을은 삶의 맥락이 촘촘히 얽혀 있는 곳으로 다양한 기호적 경험을 발생시키는 장소이다. 즉 마을은 기호 산출자와 수용자과 함께하는 곳이다. 마을에서 기호의 산출이 기호 수용에 따라 이루어졌고, 기호 수용의 상황에 따라 기호가 산출되기 때문에 잉여적인 기호가 남아 있지 않다. 그것은 인간의 삶에 의해 형성된 다양한 기호적 경험들이 삶의 필요에 따라 형성된다는 것을 의미한다. 즉 텍스트의 생산자와 소비자가 공존하고 서로 공유하면서 상호 소통하는 공간이 마을이었던 것이다. 그런가 하면 마을과는 분리된 인공적인 무대는 삶의 맥락과 무관한 텍스트 중심의 공간으로 기호 산출자나 텍스트 생산자보다도 기호 수용자나 텍스트 소비자를 더 중요시하는 공간이다. 전반적으로 지금 현재 전승되고 있는 민속놀이는 생업공간으로서 마을이 아닌 많은 관중들을 위한 소비자 중심의 공간을 물리적 기반으로 삼고 있다. 따라서 재현된 민속놀이의 전승기반을 세 가지의 측면에서 검토할 수 있다.

　먼저 민속놀이의 전승기반이 지역 행사 및 축제의 무대공간이라는 점이다. 기억의 흔적으로 남아 있는 민속놀이를 전통의 계승·발전과 문화의 향수적 자원으로 활용하려는 사회적 환경 속에서 재현하는 경우가 많았기 때문에, 재현된 민속놀이는 전통적이고 원초적인 공간보다도 인위적인 무대공간을 전승기반으로 삼고 있다. 민속놀이 가운데 전국 및 지역 민속예술경연대회에 출연하기 위해 재현된 민속놀이는 광주와 전남이 돌산읍풀들게놀이, 여수손죽도화전놀이, 진도북놀이를 제외한 15종목이고, 전북은 고창읍성답성놀이, 남원용마놀이, 다듬이놀이, 기맞이놀이를 제외한 9개 종목이다. 즉 24종목의 민속놀이는 기본적으로 각 지역의 행사나 축제 혹은 예술제 등에 참여할 목적으로 재현되었을 가능성이 크다는 점에서 어떤 식으로든 의도성을 가지고 복원되었다. 이들의 전승 공간은 다름 아닌 인위적인 무대공간이다. 예컨대 2017년도에 개최했거나 개최예정인 축제, 즉 고싸움놀이축제(2.10~12)는 고싸움놀이 시연이 중심 행사이고, 김제지평선축제(9.20~24)에서는 벽골제 쌍룡놀이와 입석줄다리기가 주요행사로 진행되며, 임실사선문화제(9월)에서는 임실두레놀이가 공연된다. 그리고 강강술래는 명량대첩축제(9.8.~10)를 비롯하여 해남땅끝해넘이해맞이축제(12.31~1.1)와 진도신비의바닷길축제(4.26~29)에서 중요한 행사로 공연되기도 한다. 여수거북선축제(5.4~7)에서는 현천소동패놀이와 여수소동줄놀이가 공연된다.[40] 이처럼 재현된 민속놀이가 각 지역축제의 무대공간을 전승기반으로 삼고 있음을 확인할 수 있다.

두 번째로 민속놀이 전승기반이 문화재 전수관 및 시연을 위한 무대공간이라는 점이다. 오늘날 민속놀이는 일부를 제외하면 그것을 배태하고 전승한 전근대사회에서처럼 삶과 밀착된 모습으로 전승되지 않고, 민속예술경연대회 참가와 문화재 지정 등 여러 가지 이유로 재맥락화하여 이전과는 다른 양상으로 전승되고 있다.[41] 특히 재현된 민속놀이 상당수가 국가 혹은 지방의 문화재로 지정되어 보존되고 있는데, 호남에서는 강강술래, 광주칠석고싸움놀이, 송천달집태우기, 현천소동패놀이, 진도북놀이, 익산기세배, 쌍룡놀이, 입석줄다리기, 무주디딜방아액맥이놀이, 임실두레놀이(임식필봉농악) 국가지정 3종목, 지방 지정 7종목이다. 이들은 전수관이나 보존회 혹은 사단법인단체라는 전승기반을 가지고 있으며, 원형을 보존하는 것에 주안점을 두고 문화예술적인 행사나 지역축제에서 공연되면서 그 명맥을 이어가고 있다. 보존회가 전수관에서 놀이의 연행을 학습 및 연습하고, 전수후보자를 비롯한 전수조교 등 후학을 육성하고 있기 때문에 민속놀이의 전승기반의 역할을 하고 있는 것이다.

세 번째로 재현된 민속놀이 가운데 전승기반을 확보하지 못해 전승이 중단되는 경우도 있다. 즉 지역의 문화예술행사나 축제, 그리고 전수관이 없는 경우 전승기반을 구축하지 못해 또 다시 기억의 흔적으로 전락해 가고 있다. 예컨대 강진땅뺏기놀이, 광주광산풀두레놀이, 돌산읍풀들게놀이, 여수손죽도화전놀이, 장흥보름줄다리기, 군산기맞이놀이 6종목이 대표적이다. 이러한 종목들은 문화재로 지정되어 있지 않을 뿐만 아니라 지역축제에서도 활용되지 않고 있다. 이들은 그저 과거에 행해졌던 민속놀이의 하나로 기록되고 있을 뿐이고 기억에서 점차 사라져 가고 있다. 그나마 장흥보름줄다리기는 고싸움놀이의 근원을 파악하거나 호남의 줄다리기문화를 이해할 수 있는 연구 자료로서 남아 있고, 어느 정도 기록된 자료가 있기 때문에 또다시 재현할 수 있는 가능성이 남아 있다.

## ∞ 요약

민속놀이의 물리적 전승기반이 많은 변화를 겪어왔는데, 민속놀이의 가장 원초적인 물리적 전승기반은 농경사회의 농업노동이었다. 사회적인 환경과 농업노동에서 산업노동으로의 변화가 도시산업이 발달하고 노동 상품인 산업노동자를 대량으로 양산하는 결과를 초래했고, 농업노동의 공간을 위축하는 결과를 가져오면서 민속놀이의 전승기반이 국가주도의 정책적인 행사로 변화되었다. 즉 전국민속예술경연대회를 비롯한 지자체의 다양한 민속예술경연대회가 그것이다. 민속예술경연대회에서 입상한 작품들은 무형문화재나 민속자료 등으로 지정되어 전수관이나 기념관 등의 정책적인 전승기반을 마련하게 되었다. 그러면서 지역축제의 행사로 활용되면서 축제의 무대공간이 전승기반이 되기도 했다.

호남지역의 재현된 민속놀이를 놀이 유형에 따라 그 성격을 파악해보면 전체적으로 농업노동을 토대로 하고 벼농사의 풍년을 기원하는 놀이가 많은 것이 특징이다. 두레놀이형은 두레패라고 하는 벼농사의 농업공동조직과 관계된 놀이고, 싸움놀이형인 줄다리기와 고싸움놀이가 벼농사의 풍년을 기원하는 주술적인 놀이기 때문에 도작문화권의 민속놀이다. 특히 줄다리기에서 호남 동부산간지대에서는 외줄을 많이 사용하고 있다면, 서부평야지역에서는 쌍줄을 사용하고 줄다리기가 끝난 뒤 '줄감기'라고 하여 줄을 입석이나 짐대에 감아놓는다. 그리고 줄다리기를 해서 주로 여자를 상징하는 팀이 승리해야 풍년이 든다는 관념을 가지고 있다. 그에 비해 달집태우기와 액맥이놀이를 비롯한 굿놀이형은 풍요를 기원하고 공동체구성원의 안녕을 기원하는 주술적인 민속놀이고, 주로 호남 동부 산간지역에 전승된다는 공시적인 특징을 가지고 있다. 오락놀이형인 강강술래와 화전놀이는 주로 여성이 주축이 되어 노래하고 춤추며 여흥을 즐긴 놀이라는 공통점을 가지고 있다.

재현된 민속놀이는 농업노동의 공간에서 무대로 이동하는 경우가 대부분인데, 민속놀이의 본질적인 목적이 소멸되고 민속놀이를 재현하려는 의도성과 전승집단의 욕구에 따라 민속놀이의 명칭이나 내용이 변화되지 않았지만 민속놀이의 기호적 의미가 변화되었다. 이것은 민속놀이 전승토대인 물리적 기반이 변화한데서 비롯되었고, 사회적 환경과 노동방식의 변화에 따라 기호내용의 변화가 순차적으로 이루어졌기 때문이다. 기호내용의 변화를 크게 세 가지로 정리하면, 먼저 민속놀이를 삶의 수단인 농업노동의 생업자원으로 인식하고 세시생활 속에서 실천의 대상으로 삼았다는 것이고, 두 번째로 민속놀이가 산업노동시대에 소멸되어 가는 고향에 대한 향수, 혹은 전통에 대한 회상의 대상이 된 것으로, 즉 민속놀이를 향수자원으로 인식하고 재현하려는 노력들이 전개되었다. 세 번째로 민속놀이를 단순히 향수자원으로만 인식하는 것이 아니라 계승·발전시켜야 할 문화자원으로 인식하여 문화재화 하고, 경제적 도구로 인식하여 하나의 문화상품인 공공자원으로 무대화 시켰다. 즉 민속놀이가 생업자원 → 향수자원 → 공공자원이라는 기호내용으로 변화되었다.

지역은 생태적 환경이 다르기 때문에 문화적 보편성을 지니기도 하지만 독특한 특징을 지니는 곳이다. 특히 지역의 문화적 압축공간은 장소이다. 장소는 문화적 기억의 공간으로서 역사와 문화를 기억할 수 있도록 매개 역할을 하기 때문에 장소를 통해 인간의 다양한 삶의 맥락을 파악할 수 있다. 그래서 지역성은 지역의 역사성과 문화적 특징이 반영된 것이라 할 수 있고, 지역의 정체성이 오랜 기간에 걸쳐 형성되고 누적된 환경, 사회, 역사, 문화적 경험의 산물이라 할 수 있다. 호남의 지역성은 호남을 대표할 수 있는 민속놀이의 지표인 두레굿과 줄다리기, 고싸움놀이, 강강술래, 달집태우기 등을 통해서 확인할 수 있는데, 도작문화와 관련된 놀이가 많다는 점이다. 이들을 통해 호남의 정체성을 파악해 보면 공동체적이고 개방적이며, 전통과 변화를 중시하고, 불의에 항거하는 의로운 기질과 감성적인 성향이 강한 모습 등을 들 수 있다.

민속놀이 전승기반이 마을에서 무대로 이동하였는데, 현재 재현된 민속놀이는 생업공간으로서 마을이 아닌 많은 관중들을 위한, 즉 소비자 중심의 공간을 물리적 기반으로 삼고 있다. 재현된 민속놀이의 전승기반을 세 가지로 정리할 수 있는데, 먼저 민속놀이 전승기반이 지역 행사 및 축제의 무대공간이고, 두 번째로 문화재 전수관 및 시연하기 위한 무대공간을 들 수 있다. 그리고 세 번째로는 민속놀이의 전승공간을 확보하지 못해 전승이 중단된 경우이다.

# 각주

1   서해숙, 「민속놀이의 현대적 접근 시론」, 『호남문화연구』 제31집, 전남대학교 호남학연구원, 2002, 77쪽.

2   신규리, 「한국의 전통 민속놀이 활성화 방안」, 『한국여가학회지』 제8권 2호, 한국여가학회, 2007, 55쪽.

3   니트함머가 말하는 '전통'이란 의식적이고 의지적인 기억인데, 그런 기억은 과거사를 사회적 의미 구성물로 조직하도록 강요한다. 그에 반해 '잔재'는 이제 더 이상 의식하지 않은 기억이나 아직 의식 속으로 들어오지 않은 기억, 즉 무의도적인 기억과 같은 것이다.(알라이다 아스만 지음/변학수·채연숙 옮김, 『기억의 공간』, 그린비, 2011, 190쪽)

4   알라이다 아스만(변학수·채연숙 옮김)의 위의 책, 282쪽.

5   알라이다 아스만(변학수·채연숙 옮김)의 위의 책, 33~34쪽.

6   알라이다 아스만(변학수·채연숙 옮김)의 위의 책, 538쪽.

7   지춘상, 「줄다리기와 고싸움놀이에 관한 연구」, 『민속놀이와 민중의식』, 집문당, 1996. 표인주, 「무형문화재 고싸움놀이의 변이양상과 축제화 과정」, 『한국문화인류학』 33권 2호, 한국문화인류학회, 2000.

8   표인주, 「영산강 유역 줄다리기문화의 구조적 분석과 특질」, 『한국민속학』 48권, 한국민속학회, 2008.

9   서해숙, 「강강술래 생성배경과 기능」, 『남도민속연구』 3권, 남도민속학회, 1995.

10  서해숙, 「달집태우기의 전통과 현대적 변화」, 『건지인문학』 16권, 전북대학교 인문학연구소, 2016.

11  이영배, 「호남 풍물굿 잡색놀음의 공연적 특성과 그 의미」, 『우리어문연구』 27권, 우리어문학회, 2006.

12  이영배, 「위도 띠뱃놀이에서 풍물굿의 공연적 특성과 위상」, 『남도민속연구』 19권, 남도민속학회, 2009.

13  노양진, 『몸이 철학을 말하다』, 서광사, 2013, 89쪽.

14  노양신, 「퍼스의 기호 개념과 기호 해석」, 『철학논총』 제83집 제1권, 새한철학회, 2016, 106~107쪽.

15  공제욱, 「일제의 민속통제와 집단놀이의 쇠퇴」, 『사회와 역사』 제95집, 한국사회사학회, 2012, 123~124쪽.

16  민현주, 「전국민속예술경연대회 분석을 통한 민속놀이의 지역별 특성 연구」, 『움직임의

철학 : 한국체육철학회지』, 제10권 제2호, 한국체육철학회, 2002, 408~409쪽.

17 전국민속예술경연대회는 일제강점기의 '민속놀이대회'와는 다르고, 민속놀이대회는 시
민운동회와 같은 성격을 띠고 개최되었는데, 민속놀이의 전승공간인 향토를 떠나 수백
수천의 관중을 동원하기 위한 수단으로 성행하였다.(김난주 · 송재용, 「일제강점기 향
토오락 진흥정책과 민속놀이의 전개 양상」, 『비교민속학』 제44집, 비교민속학회, 2011,
422쪽) 그렇지만 일제강점기에도 전국민속예술경연대회처럼 민속무용, 민속극, 민속놀
이 등의 경연이 이루어지기도 했다. 조선민속학회와 조선일보사가 후원한 제1회 조선향
토무용대회(1937년), 조선일보 주최로 열린 조선향토연예대회(1938년 4월), 동아일보
사가 후원한 전조선가면연무극대회(1939년 9월) 등을 보면 1930년대 후반에는 전통의
향토오락이 다양한 경연대회의 소재가 되었음을 확인할 수 있다. 이것은 점차 전통연희
가 무대로 올라가 상업적 공연물이 되어 가고 있음을 보여주고 있는 것이다.(공제욱, 앞
의 논문, 126쪽)

18 축제는 제의적이거나 유희적, 의례적, 경제적인 행사인데, 축제의 본질로서 오신성, 의
례성, 오인성, 생산성, 전도성, 통합성 등을 들 수 있고, 축제가 종교적, 사회적, 정치적,
심리적, 경제적, 교육적 기능을 수행한다.(표인주, 『축제민속학』, 태학사, 2007.)

19 2017년 2월 2일을 기준으로 문화체육관광부가 고시한 자료를 보면, 2일 이상 개최하고
지역주민, 지역단체, 지방 정부가 개최하는 문화관광예술축제는 전국적으로 733개이고,
호남이 163개(광주 8개, 전남 102개, 전북 53개)이다. 이것은 비공식적인 축제를 포함
하면 이보다 훨씬 많은 1000여개 이상일 것으로 판단한다.

20 이창식, 「민속놀이의 유형과 의미」, 『민속놀이와 민중의식』, 집문당, 1996, 165쪽.

21 표인주, 「민속에 나타난 '불(火)'의 물리적 경험과 기호적 의미」, 『비교민속학』 제61집,
비교민속학회, 2016, 153쪽.

22 표인주, 『남도민속학』, 전남대학교출판부, 2014, 83~84쪽.

23 삼동굿놀이는 본래 걸궁, 당산굿, 샘굿, 기와밟기 등을 중심적인 내용으로 하여 마을 구
성원의 결속을 다지기 위해 칠월 백중날에 행해지는 굿놀이였다.(김기형, 「삼동굿놀이
의 본래 모습에 대한 추론」, 『한국민속학』 31, 한국민속학회, 1999, 128쪽.)

24 지춘상, 앞의 논문, 325쪽.

25 허용호, 「민속놀이의 전국적인 분포와 농업적 기반」, 『민족문화연구』 제41호, 고려대학
교 민족문화연구원, 2001, 45~46쪽.

26 표인주, 앞의 책, 77~78쪽.

27 표인주, 「임진왜란 서사기억의 발생적 원천과 기호적 층위」, 『호남문화연구』 제59집, 전

남대학교 호남학연구원, 2016, 144쪽.

28 김영민, 「전주의 민속놀이 연구」, 『문화연구』 제2집, 한국문화학회, 1999, 99쪽.

29 노양진, 앞의 책, 91쪽.

30 표인주, 「홍어음식의 기호적 전이와 문화적 중층성」, 『호남문화연구』 제61집, 전남대학교호남학연구원, 2017, 8쪽.

31 이영배, 「구술기억의 재현적 성격과 상징적 의미」, 『호남문화연구』 제56집, 전남대학교호남학연구원, 2014, 76쪽.

32 문화는 모두 기억에서 출발하고, 기억은 문화의 근원이자 바탕이다. 아스만은 문화적 기억을 이루는 내용들은 축제와 같은 의례적인 의사소통에서 볼 수 있는 것처럼 말이나 그림, 춤 등을 통해 확고하게 객관화된 전통적, 상징적 코드라고 말하며, 문화적 기억은 사회적 소통과정에서 작동되는 제도적인 기억을 통칭하는 개념이라고 했다.(고규진, 「그리스의 문자 문화와 문화적 기억」, 『기억과 망각』, 책세상, 2003, 58~59쪽.)

33 영산강 하류지역인 영암군 군서면 구림리에서도 고싸움놀이와 같은 줄다리기를 한 바 있는데, 긴 통나무 2개로 연목대를 만들어 고 위에 설소리꾼을 태우고 놀이꾼들을 진두지휘하기도 한다.(표인주, 『남도민속과 축제』, 전남대학교출판부, 2005, 374~375쪽.)

34 2017년 5월 기준으로 전북은 국가무형문화재 9(농악 2, 기능 4, 예능 1, 공동체신앙 2종목), 전북무형문화재 75종목(주로 기능과 관련된 무형문화재가 39, 농악과 예능이 17, 음식과 향토주가 5, 판소리가 9, 민요 2, 민속놀이가 3종목)으로 84종목이고, 전북민속자료가 2종목이 지정되어 있다. 광주와 전남은 국가무형문화재 16(농악 1, 민속놀이 2, 민요 1, 예능 1, 기능 8, 무속 및 의례 2, 세시풍속 1종목), 지방무형문화재 65종목(민속놀이 3, 민요 13, 농악 6, 공동체신앙 2, 판소리 13, 예능 5, 기능 17, 음식 및 향토주 6종목)이 지정되어 있다. 이러한 것들을 토대로 보면 공동체의 민속놀이가 상대적으로 많지 않음을 확인할 수 있는데, 그것은 계승과 발전은 물론 원형 보존의 필요성을 강조해도 부족함이 없다.

35 호남의 지역성을 설명하는데, 역사적, 종교적, 예술적인 측면도 근거가 된다. 역사적으로는 영산강 유역은 백제에 마지막으로 병합되기 이전의 고대국가 마한세력이 활동한 지역이며, 호남의 서부지역은 곡창지대이고 동학혁명의 발상지로서 역사적 의미가 큰 곳이다. 또한 종교적으로 무속에서는 세습무가 주로 활동한 지역으로서 그 무속음악이 기반이 되어서 훗날 판소리가 발생하여 발전한 곳이다. 나아가서 19C에는 판소리가 흥행예술로 자리 잡으면서 동편제와 서편제라는 유파가 형성되었고, 농악은 좌도농악과 우도농악으로 구분되어 뚜렷한 음악적 특징을 가지고 있는 지역이다. 따라서 이러한 것

들은 지역성을 설명하는 중요한 근거가 되기도 한다.(표인주,『남도민속문화론』, 민속원, 2002, 243쪽.)

36 이미경 · 오익근, 「단절 위기 민속놀이의 전승 및 관광자원화 방안」,『관광연구』제29권 제1호, 대한관광경영학회, 2014, 128쪽.

37 표인주,『축제민속학』, 태학사, 2007, 397쪽.

38 호남은 임진왜란을 겪으면서 많은 의병장을 배출하는 곳이고 수많은 농민들이 동학혁 명에 참여한 곳으로서 의로운 기질이 강하게 발현된 곳이기도 하다. 뿐만 아니라 호남 은 강신무보다도 세습무가 주로 분포하고 있는 지역으로 세습무의 무속음악은 판소리 와 농악과도 밀접한 관계를 맺고 있는 곳이다. 판소리는 동편제와 보성제를 포함한 서 편제로 구분되어 전승되었던 곳이고, 좌도농악과 우도농악으로 구분되어 전승된 곳으 로 민속음악적인 특징이 강한 곳이다. 특히 민요를 비롯한 육자배기, 시나위가락의 무 속음악, 애정성(哀情性)이 강한 서편제의 계면조 가락은 한의 심성을 잘 반영하고 있다. 이러한 것은 호남지역의 정체성이 잘 반영된 것이라 할 수 있다.(표인주,『영산강민속 학』, 민속원, 2013, 225~248쪽.)

39 마을에서 전승되는 공동체놀이는 인간다운 삶을 보장할 만큼 생산적이고 건강했으나, 산업사회의 놀이는 일과 분리된 채 사람을 정서적으로 들뜨게 만들고 소비적으로 메마 르게 한다. 더 이상 일과 놀이, 생산과 소비의 변증법적 통합은 기대하기 어렵다.(임재 해, 「마을 공동체문화로서 민속놀이의 전승과 기능」,『한국민속학』 48, 한국민속학회, 2008, 253쪽.)

40 남원용마놀이도 1986년 지역축제인 춘향제를 통해 재현되어 대중에게 널리 알려지게 되었고, 이후 춘향제를 통해 간헐적으로 소개되고 있다.(이명진, 「남원 용마놀이의 원형 검토와 전승 실태」,『남도민속연구』10집, 남도민속학회, 2004, 233쪽.)

41 한양명, 「한국 민속놀이 연구의 시각과 전망」,『비교민속학』제98집, 비교민속학회, 2009, 21쪽.

# 제5장

# 홍어음식의 기호적 전이와
# 문화적 중층성

## 1. 음식의 문화적인 함의

음식은 사람과 사람 간의 관계나 인간과 신의 상호작용, 그리고 살아 있는 자와 죽은 자 간의 의사소통에 활용되었다. 그리고 높은 사회계층은 낮은 계층과 자신들을 구분하기 위한 수단의 하나로 늘 음식을 사용해왔다. 음식은 사회 질서를 표현하고 의미를 전달하는 수단이 된다.[1] 이처럼 인간은 음식에 여러 가지 의미를 부여하며 문화의 한 부분으로 구축해왔는데, 문화가 역사적, 사회적, 자연적 조건에 의해 결정되듯이 음식 또한 마찬가지이다. 음식을 통해 역사적, 사회적, 자연적인 맥락을 재구성할 수 있다는 점에서 음식은 포괄적이고 문화적인 함의를 갖는다. 음식은 자연에서부터 분리되어 문화에 상응하면서 사회화된 결정체이기 때문에[2] 단순히 인간 생존을 위한 생물학적 활용을 넘어서, 그 음식과 연관된 문화적인 활용으로 소비되는 것이어서 문화의 계승·발전에 중요한 역할을 해왔다. 여기서 음식의 변화가 인간 삶의 변화를 초래하기 때문에 인간 삶의 변화는 당연히 음식의 변화를 수반하게 된다. 이러한 변화는 기본적으로 생태적인 변화를 비롯해 사회적인 이념이나 다양한 외적인 환경의 변화가 크게 작용하여 이루어진다. 그 가운데 가장 중요한 것은 장소성이라고 할 수 있다. 음식이 지역에 따라 다르다는 것은 그 장소의 환경이 다르기 때문이다. 장소야말로 문화적 공간들을 구성하는데 매우 중요한 의미를 지니기 때문에 장소는 기억의 기반을 확고히 하면서 동시에 기억을 명확하게 증명하는 것 이상의 의미가 있다.[3] 그래서 장소는 각인된 기억의 배열과 기억의 재발견을 위해 이용되어 온 것이다.

따라서 음식은 장소성을 반영하기 마련이어서 지역의 정체성의 표지로 활용되기도 한다. 예컨대 외국인들이 한국의 대표적인 음식으로 김치를 선택하는 것은, 김치가 한국이라는 장소성을 토대로 한국인의 정체성을 상징하는 것으로 인식하고 있기 때문이다. 그런가 하면 김치를 한국의 고유한 문화적 전통의 상징으로서 한국민족성의 정수라고 말하기도 한다.[4] 지역의 음식 또한 마찬가지이다. 모든 지역음식이 그러한 것은 아니지만 기본적으로 다량의 소비를 통해 알려져 있는 향토음식을 지역 정체성의 표지로 활용하기도 한다. 지역주민들은 향토음식을 통해 그들의 문화적 전통의 가치에 대한 믿음의 정당성을 확인시켜주는 증거로 받아들인다.[5] 향토음식 가운데 상당수는 과거에 기층민들의 음식으로 간주된 것이 많기 때문에 향토음식을 지역의 문화적 전통에 대한 상징물로 재해석하고 있는 것이다.

홍어음식[6]은 '전라도'와 '흑산도'라는 지역을 연상하게 하는데, 여기서 장소성의 측면에서 보면 전라도는 문화적 전통의 상징으로서 호남으로 확대되는 문화적 개념이라면, 흑산도는 홍어의 전통적인 산지(産地)를 강조하는 공간적 개념이다. 여기서 전라도와 흑산도의 상관성은 이후 논의에서 본격적으로 다루겠지만, 홍어음식의 문화적 맥락을 논의하는데 전라도와 흑산도가 중요한 장소적 배경이라는 것을 기억해둘 필요가 있다. 홍어음식은 전라도에서 의례잔치나 공동체노동현장에서 특정한 사회적 관계를 실천하는 음식으로 역할을 해왔기 때문이다.

지금까지 홍어와 홍어음식에 관한 논의는 주로 홍어에 대한 수산자원으로서 관심이나 식품영양학을 비롯해 홍어음식의 문화적인 맥락에서 연구되어 왔다. 홍어음식을 논의할 때 홍어를 가오리와 혼용하여 논의하거나 가오리를 홍어로, 홍어를 가오리로 분류하여 인식하는 경우가 많았다. 이것은 기본적으로 수산자원으로서 홍어와 가오리에 대한 논의가 미흡하고,[7] 홍어음식을 생산하고 소비하는 현지에서 홍어 대신 가오리를 사용하여 홍어음식으로 인식하는데서 비롯되는 결과라고 할 수 있다. 홍어음식의 문화인류학적인 논의로서는 윤형숙이 주로 홍어요리의 상품화나 전라도 지역정체성을 파악하고자 했고,[8] 박정석은 홍어를 통해 흑산도와 목포 그리고 영산포를 중심으로 지역정체성을 파악하고자 했는데,[9] 흑산도와 영산포의 홍어축제는 지역발전은 물론 지역정체성 문제와 밀접한 관련이 있다고 했다.[10] 특히 박종오는 민속학적으로 홍어잡이 어로방식[11]과 홍어잡이 어로신앙[12]에 대해서 논의한 바 있다. 문화지리학적으로는 조정규가 광주와 전남을 중심으로 홍어와 가오리의 음식문화권을 설정하여 의례잔치가 홍어와 가오리의 음식문화권의 변화를 가져왔다고

논의하기도 했다.[13]

　이러한 연구는 주로 전라도에서 활동하는 연구자들이 중심이 되고 있고, 연구 핵심은 지역정체성, 민속지식, 음식문화권을 파악하는데 주안점을 두어 왔다. 그러다 보니 홍어음식에 관한 논의가 지나치게 주제 중심적이고 평면적인 설명에 그치는 경우가 많고, 공시적인 열거에 그치는 것을 그 한계로 지적하지 않을 수 없다. 이러한 한계를 극복하기 위해 홍어음식이 시간의 흐름에 따라 어떻게 지속되고 변화되었는가를 계열체적으로 해명하고, 홍어음식이 갖는 의미를 총합적으로 탐색할 필요가 있다.

## 2. 기호적 경험의 전승과 기호적 전이

　기호적 전이는 개념혼성(conceptual blending)이라는 과정의 기호적 사상 과정을 거치면서 새로운 경험내용과 기호적 의미를 생산한다. 이러한 과정은 무한하게 이어질 수 있다. 그것은 기호화가 일회적인 기호적 사상을 통해 화석화되는 것이 아니라 다양한 기표를 통해 지속적으로 전이된다는 것을 의미한다. 기호적 전이가 멈추면 기호적 경험은 인간의 모든 기억에서 사라진다. 왜냐면 기호적 경험은 인간의 삶을 특징짓는 핵심적인 기제이기 때문에 기호적 경험의 단절과 변화는 문화의 소멸과 지속을 의미한다. 그렇기 때문에 인간 삶의 방식이 오랜 시간 동안 축적되어 형성된 문화가 지속되려면 기표의 수명이 끝난다고 해도 기호적 내용의 전승을 위해 기호적 전이(metastasis)가 이루어져야 한다.

　기호적 전이는 사물에 대한 경험의 관점 차이에서 비롯되고 물리적 기반의 변화에서 일어난다. 예컨대 인간은 농사의 풍요를 기원하고자 하는 기호내용을 각각 경험의 관점에서 사상하여 달집태우기, 마을신앙, 줄다리기 등의 다양한 기호적 경험을 발생시킨다. 이러한 것을 기호적 경험, 즉 기표의 전이라고 한다. 이러한 기표의 전이는 수평적으로 열려 있다. 물질적인 기반인 생업방식에 따라 농사의 풍요를 기원하는 기표가 다르고, 시간의 흐름에 따라 변화된 생업방식에 따라 동일한 기표라고 할지라도 기호적 내용이 달라지게 된다.

이처럼 기호적 전이는 기표에서만 나타나는 것이 아니라 기호내용에서도 나타난다. 농사의 풍요를 기원하기 위해 달집태우기를 하면서도 어떤 사람은 가족의 건강을 기원하기도 하고, 개인의 소원을 빌기도 한다. 즉 달집태우기를 전승하고 지속과 변화를 주도해온 공동체와 개인주체들의 다성적(多聲的)[14]인 상황이 존재하기 때문에 달집태우기에 대한 경험의 관점이 각각 다르면 그 기호내용이 다르게 되고, 그것은 기호적 전이로 이어진다. 특히 이와 같은 기호내용의 전이는 기호대상에 대한 신앙적인 경험이 작용한 경우 더욱 활발하게 일어난다. 민속신앙에서 절대자인 신을 대상으로 하는 경우 신앙적 경험은 단선적이지 않고 복합적이기 때문이다. 예컨대 마을제사를 지내면서 농사 풍요를 기원하는 사람이 있는가 하면, 가족의 건강이나, 새해의 만사형통 등 다양한 경험의 관점에서 기원하기 때문에 기호내용은 다소 다르게 나타나면서도 복합적으로 나타난다.

또한 농사의 풍요를 기원하기 위해 마을제사를 지냈지만, 마을제사가 농사의 풍요와는 무관하게 마을의 전통성이나 정체성의 확보 수단으로 지속되거나, 관광객들을 위한 하나의 문화상품으로 변형되는 경우, 이것은 동일한 기표이지만 기호내용의 전이가 일어나고 있음을 보여주고 있는 것이다. 이처럼 마을제사 기호내용의 전이는 물리적 기반의 변화에서 초래한다. 즉 전통농경사회에서 마을제사의 기호내용이 농사의 풍요와 마을의 안녕을 기원하는 것이었다면, 도시화를 가속화시킨 기술산업사회와 새로운 삶의 패러다임을 야기한 정보문화산업사회에서의 마을제사의 기호내용은 전통농경사회와 다르다. 이것은 기호적 경험의 근간인 물리적 기반의 변화에서 비롯된 것이다. 음식도 마찬가지이다. 전통농경사회에서 제의적이며 의례음식이었던 것이 현대에 와서는 향토음식이고 건강음식이라는 인식의 변화는 음식의 기호적 전이에서 비롯된 것이다.

결론적으로 기호내용의 전이는 기호 사용자 경험의 관점에서 이루어지기도 하고, 시간의 흐름에 따른 물리적 기반의 변화에 따라 발생하기도 한다는 것을 확인할 수 있다. 기호 사용자의 다성적인 모습은 다양한 경험의 관점에서 비롯된 것이고, 농경사회 → 기술산업사회 → 지식정보문화산업사회로의 물리적 기반의 변화는 역사, 경제, 자연, 문화 등의 외적인 환경에서 비롯된 것이다. 기호 사용자 경험적 영역의 근거인 물리적 기반의 변화는 기표의 산출자와 수용자의 관계를 변화시키기도 한다. 농경사회에서는 기호적 경험이 기호 산출자와 수용자가 대등한 관계 속에서 소통되었다면, 정보문화산업사회로 물리적 기반이 변화되면서부터 기호적 경험은 기호 산출자와 수용자가 대등한 관계가 아니라 기호 수용자를 중시하는 경향을 갖게 했다. 이러한 것은 기호적 경험의 생산자가 아닌 소비자 중심으로 이동해 가는 것을 말하는데, 김장보다도 김치를, 음식보다도 식품을, 컨텍스트보다도 텍스트를, 문화보다도 문화산업을 중시하는 경향을 초래했다고 볼 수 있다.

## 3. 홍어음식의 물리적 경험의 변화

### 1) 영산도 주민의 집단이주

홍어에 대한 기록은 정약전(1760~1816)의 《자산어보》에 등장하는데, 흑산도가 홍어의 생산지로서, 즉 흑산도 홍어는 일반적으로 태도, 다물도, 홍도 등 흑산도 주위에서 잡힌 홍어를 지칭한다.[15] 흑산도의 홍어잡이는 70년대 초까지 다물도를 중심으로 이루어졌고,[16] 잠시 중단 되었다가 흑산도를 중심으로 다시 이루어진다. 이후 90년대 중반에는 홍어잡이가 거의 중단되어 한 척의 배로 겨우 명맥을 유지해 오다가 90년대 후반부터 다시 재개된다.[17] 홍어잡이 조업 시기는 음력 10월부터 이듬해 4월까지로, 즉 초가을부터 봄까지이며, 4월부터 6월은 금어기이다.[18] 국내산 홍어는 흑산도 뿐만 아니라 백령도, 소청도, 대청도 등 서해 5도 일대에서 많이 잡힌 것으로 알려져 있고, 주로 흑산도, 영산포, 함평 주포 등 전라도 지방에서 판매되거나 유통되었다. 홍어를 쌀과 같은 곡식으로 교환해 간 것이다.

홍어와 영산포의 관련성은 흑산도의 역사적인 사건과 연결되어 있다. 영산포는 고려 성종 2년(983) 경에 흑산현 사람들이 왜적의 난을 피해 집단이주해 와 정착하면서 영산현이 되었다고 한다.[19] 즉 흑산도 인근 영산도 사람들이 고려 말 왜구의 침입을 피해 이주하여 정착한 데서 영산포라는 지명이 유래되었다고 알려지고 있다. 영산포는 1970년대 영산강 하구언 공사로 영산강이 막히기 전까지 흑산도 홍어는 물론 대청도 근해에서 잡힌 홍어 종착지가 바로 영산포였다.[20] 이처럼 영산포는 육지에서 생산한 곡물을 실어 나르는 주요 포구이며, 진도, 흑산도 등 서남해안지역에서 잡은 생선들을 거래하던 곳으로서 물류의 거점이자 상거래의 중심 지였다.

영산포에 흑산도의 영산도 사람들이 정착하여 살면서 홍어를 먹기 시작한 것으로 알려져 있다. 영산도 사람들이 고향에서 경험했던 음식에 대한 기억, 고향에 대한 공간적 그리움, 고향사람들에 대한 정서적인 갈망 등을 소환하는 과정에서 흑산도의 홍어를 먹기 시작한 것이 영산포 일대로 확산된 것으로 보인다. 특히 음식을 만들고 먹기까지의 과정들에는 한 사회의 규범, 가치, 권력관계가 반영되어 있고, 함께 식사를 하는 것은 서로 가족임을 확인하는 징표이듯이,[21] 음식에 대한 기억은 동일한 정서적 공동체임을 확인하는 과정이므로, 홍어를 공유함으로서 이주민들의 공동체의식을 갖고자 한 것이다.

### 2)농경사회와 도로 · 철도의 개통

영산강 유역은 벼농사 발달에 좋은 조건을 가지고 있는 곳으로, 후삼국 시기에 많은 농경지가 분포되어 있어서 각 지역의 호족이 대두하여 경쟁이 치열한 곳이었고, 고려시대에는 전국 12개 조창(漕倉) 가운데 영산강 유역에는 해릉창(海陵倉)과 장흥창(長興倉) 2곳이 있었던 곳이다. 또한 영산강은 관계용수로써 영산강 유역의 농토를 기름지게 하였고, 또 수운로가 되기도 하여 수많은 장시가 형성되었다. 그 가운데 바다와 육지를 연결하는 영산포장은 전남의 음식문화 형성에 많은 영향을 미쳤다.[22] 특히 영산포에는 미곡의 집산지로 도정공장이 성행하였는데, 이것은 영산강 유역의 농업생산력을 기반으로 하고 있다.

벼농사는 조선 후기 이앙법의 보급으로 인해 공동체노동을 요구하는 농경법에 의해 경작되기 시작했다. 공동체노동조직인 두레를 결성하여 모를 심고 김매기를 하려면 많은 일손을 필요로 한다. 두레는 16세 이상의 성인남자들이 참여하고 10~50명 내외로 구성되는 공동노동을 위한 협동조직이다. 따라서 노동의 효율성을 높이기 위해서는 무엇보다도 일꾼들의 음식대접을 소홀히 해서는 안 된다. 뿐만 아니라 농사일이 어느 정도 마무리되는 칠월 칠석이나 백중날에 '길꼬냉이', '풍장', '술멕이날'이라 하여 큰 놀이판이 벌어졌다. 이 날 두레에 가입할 수 있는 자격을 부여받은 사람은 '진서턱'을 내야하고, 농사를 많이 짓는 가정에서는 음식과 술을 준비하여 일꾼들을 대접하기도 한다.[23] 이들 일꾼들에게 가장 큰 음식은 홍어음식이다. 그래서 홍어음식을 준비하여 일꾼들에게 대접해야 하는 것이 도리로 인식되어왔다.

농경사회에서 마을이나 가정의 공간은 매우 중요한 역할을 했다. 마을이 생업공간, 주거공간, 놀이공간, 종교적 공간, 의례적 공간으로서 종합적인 기능을 수행하는 곳이라면,[24] 가정도 마을의 공간기능과 크게 다를 바 없다. 가정이 출생과 죽음을 맞이하는 곳이기 때문에 가족의 모든 의례를 거행하는 장소이다. 즉 가정에서 돌잔치, 결혼잔치, 회갑잔치, 상장례 등을 거행하면서 손님맞이를 했던 것이다. 찾아온 손님에게 접대하는 음식 가운데 당연히 홍어음식이 빠질 수 없다. 이처럼 일꾼들에게 대접하는 홍어음식이 잔치에서도 필수적이었고, 농경사회에서 홍어음식의 생산과 소비의 구조가 쌍방향으로 이루어지는 구조를 가지고 있었다. 가정에서 홍어음식을 준비하고 동시에 소비했던 것이다.

영산포를 중심으로 형성되었던 홍어음식이 나주를 통해 광주로 확산되었을 것으로 유추할 수 있다. 이것은 정치적 권력기관인 관찰부 소재지가 광주로 이동하면서 인구증가를 확대시켰고, 시장의 발달을 야기하여 광주의 문화적 위상도 강화되었기 때문이다.[25] 특히 1922년 광주에 철도가 들어오자 농수산물의 유통 확대는 음식문화 교류 또한 확대시켰는데, 홍어음식이 영산강 하류인 목포와 영산포를 중심으로 형성되었던 것이 철도 개설의 확장을 통해 광주로 더욱 확산되었다고 할 수 있다. 1922년 광주역이 설치되고, 이후 송정역까지 10여Km, 담양역까지 20여Km, 여수역까지 160여Km의 철도가 개통된 것은[26] 당연히 홍어음식이 전남의 내륙과 동부지역으로 확산되는 계기가 되었을 것이다. 철도가 단순히 물류의 운반이나 인간의 이동수단으로만 그치는 것이 아니라 문화 교류 통로의 역할도 하기 때문이다.

### 3)산업사회와 농촌인구의 이동

산업사회는 대량생산을 강조하고 과학기술을 추구하는 기술집약적인 기계공업을 중시하는 사회이다. 전통적인 농경사회였던 한국사회는 대량생산이 보편화되는 산업사회의 생활양식으로 많은 변화를 겪어야 했다. 기본적으로 도시가 팽창함에 따라 자연스럽게 농촌인구는 감소하게 되고, 인구가 도시로 집중되면서 농경사회에서 행해졌던 유희적, 의례적, 종교적 기능이 도시로 이행되는 결과를 가져왔다. 농촌에서 인구의 감소는 남녀 간 성불균형의 초래와 고령화를 가져옴에 따라 전통농경사회의 생활양식도 많은 변화를 겪어야 했다. 예컨대 마을신앙이나 가택신앙이 위축되거나 단절되어 도시에 집중되어 있는 종교적 공간으로 이동하게 되고, 가정에서 행해졌던 의례잔치들이 도시의 전문적인 의례적 공간으로 이동했으며, 가정이나 마을공간에서 경험했던 여가생활이 도시의 유희적 공간으로 이동하는 것이 그것이다.

특히 전남지역 농촌인구가 광주로 이동하는가 하면 넓게는 수도권으로 이주하는 인구가 급속히 증가하였다. 농촌에서 도시로 전입할 경우 광역도시나 중소도시인 경우에는 고향으로부터 가까운 도시의 공간에 삶의 터전을 결정하는 경우가 많다. 물론 경제적인 환경이나 다양한 요인이 작용하여 결정되는 경우가 많겠지만, 심리적인 측면에서 본다면 고향에 대한 기억을 가까이 할 수 있는 곳에 정착하는 경우도 많다는 점이다. 이것은 고향에 대한 기억을 소환하기 위함이다. 고향이라는 공간, 고향의 음식, 고향사람들 등 고향의 감성적인 것을 경험하기 위해 향수를 유발할 수 있는 다양한 기억을 소환할 것이다.

잔치에서 경험했던 홍어음식을 기억하기 위해 도시의 홍어음식점을 찾아 갈 것이다. 또 결혼식장이나 장례식장에 가면 반드시 접대음식으로 나오는 것이 홍어음식인데, 이것은 농촌의 잔치에서 경험한 홍어음식에 대한 기억의 재현인 것이다. 이러한 것을 보면 도시에서 홍어음식은 생산과 소비가 분리된 구조를 가지고 있다. 홍어음식을 생산한 곳과 소비하는 곳이 다르다는 것이다. 물론 홍어음식 전문식당에서는 생산과 소비가 동시에 이루어진다. 이러한 과정은 흑산도와 영산포 중심의 홍어음식이 광주를 비롯한 수도권으로 확대되는데 중요한 역할을 했다. 이때까지만 해도 홍어음식의 정신적, 물리적 경험에 대한 전통에 의해 홍어음식이 지속되었을 것으로 보인다.

## 4) 지식정보산업사회와 낭만적 향수

지식정보산업사회는 다양한 정보의 생산, 유통의 급격한 증대, 정보기술의 고도화 등이 사회구조 전반에 영향을 미쳐 정보와 지식의 가치가 높아지면서 정신노동자의 수가 급격히 증가하는 사회이다. 즉 경제활동이 물질적 생산 중심에서 정보와 지식의 생산으로 이동하는 사회를 말한다. 이것은 지역의 경계와 국경은 물론 민족을 초월하여 지구촌의 시대를 여는데 중요한 역할을 했다. 따라서 지식정보산업사회에서는 자유무역주의에 입각해 공산품이나 농산물, 수산물 등 다양한 생산물들을 쉽게 접할 수 있어 문화의 혼용과 퓨전음식의 경험이 확대된다. 그것은 일상생활 속에서 빠른 속도로 전개되었다.

이와 같은 환경 속에서 홍어의 대중화가 이루어졌다고 생각하는데, 1990년대 후반부터 수입산 홍어가 급증하면서 홍어는 일반인들도 쉽게 접할 수 있는 포장 및 택배상품으로 탈바꿈되었다. 다시 말하면 수입산 홍어로 인하여 영산강을 끼고 있는 전라도 지역만의 음식에서 전국적인 음식으로 소비지역이 확대된 것이다. 이렇게 되는 데는 냉장 및 냉동기술의 발달과 유통시설 및 유통망의 확대도 크게 작용하였다.[27] 일련의 이러한 과정을 통해 홍어음식이 특정지역의 음식이 아니라 기호음식으로 자리 잡게 된다. 전라도 사람들에게는 홍어음식이 전통음식으로서 낭만적인 향수를 갖게 하는 음식이었지만, 타지역 출신들은 웰빙이나 미식가로서 기호음식으로 생각하였다. 이처럼 기호음식으로 인식하게 되는 계기는 전라도 출신 사람들과의 교류가 가장 많은 역할을 했을 것이다. "내가 홍어회를 처음 먹어본 것은 직장생활을 하고 얼마 안 되어서였다. 광주 출신의 직장 상사를 따라 광화문 네거리 허름한 선술집[28]에서 그 짜릿한 홍어회 맛을 처음으로 경험하였다. 그 후 가끔 광화문 네거리 그 선술집에 갈 때면 홍어회 이야기와 함께 그의 고향 자랑을 질리도록 들어야 했다.”[29]에서처럼 전라도 사람들과 교류 혹은 전라도의 음식문화 체험 등에 의해 홍어음식이 기호음식으로 자리 잡게 되었다고 할 수 있다.

전라도를 상징하는 홍어음식이 지역 연고를 초월하여 기호음식으로 발전하는 데는 지역축제도 큰 역할을 했다. 홍어음식을 소재로 개최한 지역축제는 영산포 홍어축제와 흑산도 홍어축제를 들 수 있다. 축제는 일반적으로 종교적 기능, 사회적 기능, 정치적 기능, 심리적 기능, 경제적 기능, 교육적 기능 등을 수행하기 때문에[30] 지역축제는 기본적으로 지역경제의 활성화를 도모하기 위해 개최하는 경우가 많다. 따라서 영산포와 흑산도에서는 홍어축제를 홍어와 홍어음식의 판매를 통한 지역경제의 활성화 도구로 생각한 것이다. 여기서 홍어음식은 하나의 판매상품인 브랜드로서 역할을 한다. 그야말로 홍어음식의 생산자보다는 소비자에 주안점을 두기 시작함을 확인할 수 있다.

## 4. 홍어음식의 기호적 전이 양상

기호내용은 문화적 기억을 형성하는데 중요한 역할을 한다. 기호내용은 인간이 사물을 통해 겪는 경험이나 그에 따른 관념으로 구성되고, 그것이 작용하여 다양한 기호적 경험을 생산한 것이 다름 아닌 문화적 기억인 것이다. 문화적 기억은 기호적 경험의 총합체로서 인간의 경험의 관점에서 형성된 은유적인 표현들이다. 기억은 문화의 근원이자 바탕으로서 문화적 기억은 말, 그림, 춤, 축제와 같은 의례적인 소통이나 육체 및 물질적으로 형성된 것 등을 통해 확고하게 객관화된 전통적, 상징적

코드이다. 다시 말하면 문화적 기억은 사회적 소통과정에서 작동되는 제도적 기억을 통칭하는 개념인 것이다.[31] 음식문화도 사회적 소통과정 속에서 형성되는 식생활 예법이나 음식 제작과정과 관념, 의례적인 음식과 음식의 상징적인 의미 등 전통과 상징에 의해 형성된 것이라 할 수 있다.

인간은 끊임없이 기억을 통해 사건, 사회, 정치 등의 문화를 전승하고 발전시키려는 노력을 한다. 기억은 문화를 계승 발전시키는 매개물로서 인간이 표현할 수 있는 다양한 방식인 구술과 기록, 사진, 영상물 등으로 구현된다. 음식문화도 이와 같은 방식으로 기억되어 전해진다. 그렇기 때문에 문화적 기억은 시간의 흐름에 따라 다르고 공간적인 이동에 따라 변화되기 마련이다. 문화적 기억은 인간의 신체/물리적 경험의 변화로부터 비롯되기 때문에 문화적 기억인, 즉 기호내용은 환경, 역사, 문화적인 조건에 따라 변화된다는 것을 말한다. 따라서 홍어음식의 기호내용의 변화를 이와 같은 측면에서 검토할 필요가 있다.

### 1)홍어음식의 장소성과 공동체의 잔치음식

홍어는 신석기시대부터 철기시대까지 낚시와 그물에 의해 가오리류와 함께 어획되었고, 오늘날 홍어가 가장 많이 포획되는 곳은 흑산도 예리 패총, 하태도패총, 가거도패총이 위치하는 흑산도 인근지역이다.[32] 지금도 흑산도에서는 홍어잡이 어로방식이 전해지고 있다. 이처럼 홍어를 먹기 시작한 곳이 기본적으로 홍어가 포획되는 지역임은 두말할 여지가 없다. 홍어가 주로 서남해안 지역에서 포획되는 것으로 알려져 있으나, 대청도나 백령도에서는 홍어를 대중적이거나 특별한 음식으로 생각하지 않았고, 주로 흑산도 인근지역의 주민들에겐 일상음식의 하나로 먹지 않앉을까 싶다. 따라서 홍어는 흑산도의 중요한 음식문화 지표의 하나이었을 것으로 보인다.

그렇지만 흑산도의 영산도 주민들이 오늘날 영산포로 집단이주하면서 음식문화 또한 이동했다. 영산도는 농경지역이 아니라 전형적인 어촌이다. 따라서 홍어 또한 어촌의 생활양식에 따라 그에 적합하도록 요리하여 먹었을 것이다. 영산도라는 섬에서 형성된 홍어음식이 벼농사가 중심인 농경지역으로 이주하면서 새로운 변화를 겪게 된다. 무엇보다도 바다에서 포획한 홍어가 영산도에서는 싱싱했다면 영산포로 운반된 홍어는 항해의 여건과 운송기간에 따라 신선도를 기대하기 어려웠기 때문이다. 즉 흑산도에서 포획한 홍어를 영산포에 운반하는 과정 속에서 발효된 홍어가 될 수밖에 없었다. 그에 따라 홍어음식의 요리가 농경사회인 영산포의 물리적 경험을 바탕으로 변화되었을 것으로 생각하는 것은 당연하다.

농경지역에서는 홍어음식이 새로운 음식이자 이주문화의 상징이었고, 귀한 손님들에게 접대하고 싶은 것 중의 하나이었을 것이다. 영산도 사람들이 집단이주하면서 농경지역의 많은 사람들과 교류를 했고, 농경지역에서 맛볼 수 없었던 홍어음식을 그들에게 접대하면서, 그 음식이 접대음식이 되고 일상화되면서 잔치음식으로 자리 잡았을 것으로 보인다. 이처럼 접대음식은 특정한 사회적 관계를 실천하는 행위로서, 곧 관계를 표현하는 방식이다.[33] 영산도 사람들이 기억하고 경험한 홍어음식이 그들의 사회적 관계를 표현하는 방식으로 공동체 잔치의 접대음식으로 등장하게 된 것이다.[34] 잔치는 비일상적인 시공간에서 여러 사람들이 풍성하게 차린 음식을 별다른 차별 없이 나누어 먹으면서 기분 좋고 자유분방하게 노는 축제성을 지니고 있다. 그러므로 잔치음식은 잔치를 잔치답도록 하는 필요조건이었다.[35] 이처럼 개인의 잔치나 공동체의 행사에서 중요한 것이 홍어음식이었다. 잔치음식은 단순히 의례적인 행사에만 그치는 것이 아니라 귀한 손님을 접대하거나 일꾼들을 잔치에 초대한 손님처럼 대접하기 위해 홍어음식을 대접했다. 이것이 영산포를 중심으로 한 영산강 유역의 농경지역에서 일반화되었다. 즉 흑산도의 일상음식이었던 홍어음식이 영산강 유역에서는 공동체의 잔치음식으로 자리 잡게 되고, 이것은 홍어음식의 장소 이동에 의해 물리적 경험의 변화와 더불어 형성된 것이라 할 수 있다.

따라서 흑산도의 홍어음식이 영산포로 이주하여 농경사회라는 물리적 경험 영역의 변화에 따라 공동체의 잔치음식[36]이라는 기호적 내용으로 전이가 이루어졌음을 알 수 있다. 흑산도에서 형성된 홍어음식이 기호 내용의 변화에 따라 영산강 유역의 잔치음식으로 정착하는 기호화 과정은 [Ⓐ기호대상(흑산도 홍어음식) ↔ Ⓑ기호내용(접대음식) → Ⓒ기표(잔치음식)]로 전개된다.

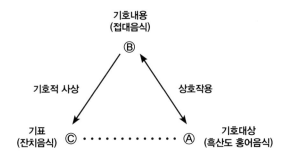

## 2) 홍어음식의 지역성과 정치적 상징화

홍어음식은 1970년대까지만 해도 명절이나 결혼잔치, 장례식, 공동체 행사 등에서 접대음식으로 내놓을 만큼 비싼 음식이 아니었다. 그러던 것이 홍어잡이가 중단되고 홍어의 품귀현상이 가격 상승을 초래하여 홍어음식을 먹는 것이 쉽지 않게 되었다. 그것은 흑산도 홍어의 희귀성을 토대로 홍어의 산지로서 흑산도에 대한 관심을 갖게 하였고, '흑산도 홍어'라는 브랜드를 갖는 계기가 되었다. 어떠한 산지의 홍어보다도 흑산도 홍어의 상품적 가치를 높게 하였던 것이다. 흑산도 홍어의 희귀성은 1990년대 중반까지 지속되었다. 홍어의 가격상승은 자연스럽게 홍어음식이 비싼 음식이라는 인식을 갖게 하였다.

그러다가 수입 자유화 이후 냉장·냉동 시설의 발달과 수산물의 원활한 수송이 수입 수산물 유통을 촉진시켰는데, 특히 홍어가 본격적으로 수입되기 시작하면서 홍어음식이 전라도를 상징하는 음식으로 부상하고 수입산 홍어가 전국적으로 소비되기 시작했다. 즉 홍어의 전국적인 소비는 홍어음식의 대중화를 가져오고, 홍어음식의 지역성에 관심을 갖게 하였다. 전라도의 홍어음식이라는 지역성을 강조하게 된 것은 한국의 산업화 과정에서 생긴 지역주의, 지역성의 상업적 이용, 중산층의 성장과 외식 및 관광 소비문화의 발달 등 다양한 문화적 요소들이 상호작용한 것으로 판단된다.[37] 이처럼 홍어음식이 지역의 정체성과 결부되어 전라도의 문화적인 음식으로 자리 잡게 되었다.

전라도의 정체성과 결부된 홍어음식은 정치적인 상징성을 갖기도 한다. 전라도는 박정희의 유신체제에서 정치적인 소외, 전두환 정권에 저항하는 광주민주화 운동, 민주정부의 상징인 김대중 정부의 탄생 등 현대사의 수많은 정치적 경험 현장이다. 이러한 경험은 전라도라는 지역공동체의 정치적 상징성을 갖게 하는데 중요한 역할을 했다. 그것은 김대중 대통령의 정치적 영향력과 전라도를 정치적 지역기반으로 하던 민주당이 홍어음식을 민주당의 상징적인 음식으로 적극 활용한 것이 그것이다. 전라도를 기반으로 하는 지역정당으로서 민주당의 정체성을 보여주고 있는 것이다.[38] 특히 홍어음식을 소비하는 집단의 공동체의식은 공동체적 가치와 결속을 강화시켜주는 역할을 하기 때문에 김대중 정부에서 홍어음식은 전라도 정치권력의 상징적인 의미를 갖게 하였다. 문화적인 맥락에서 소비되었던 홍어음식이 전라도 정치권력이고 김대중 정부라는 정치적 상징성을 갖게 되었던 것이다.

따라서 공동체의 잔치음식을 경험했던 전라도인들이 수도권이나 대도시로 이주하고 정착하면서, 즉 농경사회에서 산업사회라고 하는 물리적 경험 영역의 변화와 더불어 그들의 정치적인 성향이 작용하여 정치적인 음식이라는 기호적 내용으로 전이가 이루어졌음을 알 수 있다. 전라도에서 형성된 홍어음식이 기호내용의 변화에 따라 김대중 정부와 민주당이라는 정치적 음식으로 정착하는 기호화 과정은 [Ⓐ기호대상(잔치음식) ↔ Ⓑ기호내용(김대중정부) → Ⓒ기표(정치적 음식)]로 전개된다.

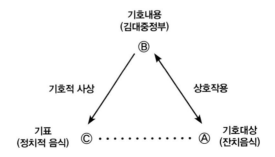

### 3)홍어음식의 축제성과 문화적 상품

축제는 1990년 중반에 들어서자 문화에 대한 관심이 증폭되면서 문화행사의 하나로 선호되었고, 21세기형 문화산업의 하나로 인식되고 있다. 축제는 제의적인 행사이면서 유희적인 행사이고, 의례적인 행사이면서 경제적인 행사이다. 일반적으로 전통사회인 농경사회의 축제일수록 제의성과 의례성이 강하고, 산업사회와 지식정보산업사회의 축제일수록 유희성과 경제성이 강한 모습을 보여준다. 축제를 단순히 소비가 아닌 지역경제의 활성화를 돕는 생산의 장치로 인식하고 있는 것이다.[39] 영산포의 홍어축제와 흑산도의 홍어축제가 개최되고 있는 것도 이러한 맥락과 일치한다.

흑산도는 홍어의 생산지로서, 영산포는 가공지(加工地)로서 이미지화시키고 지역경제의 활성화 방안으로 기획된 것이 흑산도와 영산포의 홍어축제이다. 영산포에서는 '홍어·젓갈축제'를 2000년에 시작했지만 두 번 개최되고 중단되었다가 2007년에 다시 '영산포 홍어축제'로 지역주민이 중심이 되어 부활되었다. 특히 영산포 홍어 상인들은 비록 홍어가 수입산이라 하더라도 오랜 기간에 체득한 기술로 홍어를 가공하고 숙성하여 새로운 음식문화를 만들었고, '숙성 홍어의 메카'라는 점을 부각시켜 홍어축제에 적극적으로 참여하고 있다. 홍어와 관련된 축제의 내용을 보면 홍어 경매와 홍어 예쁘게 썰기 등이 있고, 부대행사로 홍어 전시관을 마련하여 영산포가 숙성 홍어의 메카라는 상징성과 홍어의 집산지였다는 역사적 사실을[40] 토대로 홍어 가공지로서 영산포 이미지를 만들어가고 있다.

흑산도는 자연경관만으로는 관광산업을 활성화하는데 한계가 있기 때문에 홍어 생산지로서 진정성을 내세워 2007년에 처음으로 축제를 개최하였다. 홍어의 대표성이 흑산도에 있음을 널리 알리고 관광객을 유치하여 지역경제의 활성화를 도모하기 위해 개최된 흑산도 홍어축제는 용왕제를 비롯하여 흑산홍어 시식회, 흑산홍어 내장국 맛보기, 흑산홍어 시판, 흑산홍어 썰기 대회, 숙성 흑산홍어 먹기대회 등 홍어 관련 행사내용과 부대행사로 흑산홍어관 운영, 흑산홍어 요리장터 등이 있다.[41] 이러한 것을 보면 흑산도의 홍어축제나 영산포 홍어축제의 내용이 크게 다르지 않다. 본래 축제 기획 의도는 영산포는 숙성 홍어의 메카로서 이미지, 흑산도는 홍어의 생산지로서 진정성을 강조하고자 했으나 그와 관련된 축제 내용이 미흡하기 때문이다. 다만 두 지역이 축제의 상품화를 통해 홍어를 문화적 상품으로 활용하려는 것은 모두 지역경제의 활성화에서 비롯되고 있다는 점에서 공통적이다. 특히 지역경제 활성화를 목적으로 개최되고 있는 영산포와 흑산도의 홍어축제를 통해 홍어음식의 생산자보다는 소비자를 중요시하는 인식의 전환이 이루어지고 있음을 확인할 수 있다.

이처럼 전라도의 잔치음식이었고 한국의 정치적인 음식이었던 것이 지식정보산업사회의 물리적 경험 영역의 변화에 따라 축제와 문화상품이라는 기호 내용이 작용하여 소비자 중심의 기호음식(嗜好飮食)으로 전이되고 있음을 확인할 수 있다. 잔치음식이고 정치적인 음식이 기호내용의 변화에 따라 한국인의 기호식품으로 정착하는 기호화 과정은 [Ⓐ기호대상(잔치음식/정치적 음식) ↔ Ⓑ기호내용(축제와 문화상품) → Ⓒ기표(기호음식)]로 전개된다.

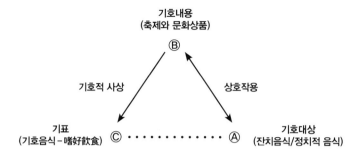

결론적으로 홍어음식은 신체/물리적 경험의 변화를 토대로 홍어 생산자와 소비자들의 다성성, 홍어음식이 갖는 개념의 혼종성, 기호내용의 변화가 기호적 전이과정을 통해 기억되면서 지속되고 있다. 만약에 홍어음식이 기호적 전이과정을 경험하지 않았다면 홍어음식과 관계된 모든 기억들이 사라졌을 것이다. 홍어음식에 대한 다양한 문화적 기억들이 형성되고 물리적인 경험 영역의 변화를 수용하여 기호적 전이가 지속되었기 때문에 오늘날 다양한 의미를 갖는 홍어음식으로 지속되고 있는 것이다. 그것은 홍어의 장소성의 이동을 통해 섬지역의 음식이 공동체의 잔치음식으로, 전라도의 잔치음식이 정치적인 환경의 영향을 받아 정치적인 음식으로, 잔치음식과 정치적인 음식이 지식정보산업사회 문화산업의 하나인 축제와 문화상품으로 활용되어 소비자 중심의 기호음식으로 전이되어 홍어음식이 지속되고 있다. 즉 홍어음식이 잔치음식 → 정치적인 음식 → 기호음식이라는 시간적이며 공간적인 총합적 기호적 전이를 통해 지속되고 있고, 홍어음식의 생산자와 소비자가 쌍방간의 소통구조 속에서 생산자보다도 소비자 중심으로 이동하여 지속되고 있음을 알 수 있다.

## 5. 홍어음식의 원초적 근원과 확대

홍어음식의 원초적인 근원은 흑산도의 홍어음식에서 찾아볼 수 있다. 흑산도에서 본래 홍어를 말린 뒤 쪄서 먹었을 것으로 보인다. 흑산도에서 홍어를 날 것으로 먹기 시작한 것은 1970년 이후부터라고 말하고 있기 때문이다. 흑산도에서 주로 홍어를 먹었던 마을은 포구가 발달하고 홍어잡이배가 있었던 다촌, 진리, 예리, 비리 등이었다고 한다. 그리고 잔치에서 소나 돼지를 잡을 수 없는 경우 홍어를 주로 먹기도 했다고 전해지고 있다.[42] 이때 홍어를 날 것으로 먹지 않고 말린 홍어를 쪄서 먹은 것으로 보인다. 이러한 홍어음식은 흑산도와 다물도에 전해지는 '홍어제숙'에서 확인할 수 있다. 홍어잡이 할 때 제일 먼저 잡힌 홍어를 처마 밑에 매달아 두었다가 말린 홍어를 쪄서 섣달 그믐날 한 해를 마무리하면서 나누어 먹는 것을 홍어제숙이라 한다. 말린 홍어를 쪄서 먹는 것은 뱃고사에서도 확인할 수 있는데, 정월 보름에 지내는 뱃고사를 '큰고사'라 부르고, 제물로 홍어를 올리고 풍어를 기원한다. 제상에 올리는 홍어는 홍어잡이를 하면서 직접 잡은 홍어 가운데 가장 좋은 것을 골라 말려 놓았다가 쪄서 준비한 것이다.[43] 이처럼 말린 홍어를 쪄서 제물로 올리고 그것을 음복한 것을 보면 '말린 홍어찜'을 제사음식으로서 뿐만 아니라 잔치음식으로도 사용했을 것으로 짐작할 수 있다.

이와 같은 흑산도의 홍어음식이 영산포에 영산도 사람들의 집단이주와 더불어 전해졌을 것으로 보이지만, 중요한 것은 영산포에서 말린 홍어찜을 먹기에는 많은 제약이 뒤따랐을 것으로 보인다. 우선 싱싱한 홍어를 구하기가 쉽지 않아 말린 홍어를 만들 수 없었을 것이고, 영산포에

서 접할 수 있는 홍어는 고작해야 운송수단의 많은 어려움 때문에 신선
도보다는 어느 정도 썩힌 것이었기 때문이다. 그러한 점을 고려하면 영
산포에서는 발효시킨 홍어를 날 것으로 먹었거나 찜으로 먹었을 것으로
생각한다. 따라서 영산포에서는 흑산도와 다른 홍어음식, 즉 '발효시킨
홍어회'나 '발효시킨 홍어찜'을 선호하게 되었던 것으로 보인다. 홍어회
는 '발효시키지 않은 것'과 '발효시킨 것'으로 나눌 수 있는데, 발효시키
지 않은 것은 흑산도에서 싱싱한 해산물을 선호하는 홍어잡이 선원들이
가장 먼저 먹었을 것으로 생각하면 홍어회의 원초적 근원을 흑산도라고
하지 않을 수 없다. 흑산도 사람들은 홍어를 삭히지 않고 싱싱한 상태로
먹었고, 중선배가 들어간 서해안 선창이나 포구 가까이 사는 사람들도
싱싱한 홍어를 먹었다고 한다.[44] 그렇지만 흑산도에서는 1970년대 들어
흑산도를 찾는 관광객이 늘면서 사흘 정도 삭힌 홍어회를 팔기 시작했다
고[45] 한 것으로 보아 영산포의 발효시킨 홍어회가 다시 홍어의 생산지인
흑산도로 전파되었을 것이라고 추론해 볼 수 있다. 정리하자면 본래 흑
산도에서는 '싱싱한 홍어회'와 '말린 홍어찜'을 선호했다면, 영산포에서
는 '발효시킨 홍어회'와 '발효시킨 홍어찜'을 선호하게 되었을 것으로 볼
수 있다.

홍어음식은 넓은 의미에서 홍어와 가오리를 요리한 음식을 말한다. 주
로 홍어는 회와 무침으로 가오리는 무침으로 제공한다. 가오리는 남해안
쪽에서 더 많이 서식하여 주로 여수항에 위판되어 소비되었는데, 이러한
관계로 전남의 동부 여수, 순천, 광양, 곡성, 구례, 보성, 고흥이 가오리음
식문화권으로 알려져 있다. 그런가 하면 홍어음식문화권은 영산강과 호
남선을 통해 전라도 서부지역을 중심으로 확산되었다. 그래서 잔치에서

영산강 유역에서는 홍어회를 제공하고, 섬진강 유역에서는 가오리무침을 제공하고 있지만, 최근 들어서 홍어음식문화권이 점차 섬진강으로 확대되어 가고 있다고 한다.[46] 이처럼 홍어음식이 공간적으로 더욱 확대되어가고 있는 모습을 확인할 수 있다.

그리고 무엇보다도 홍어음식은 다양한 홍어요리를 통해서 확대되어 가고 있기도 한다. 특히 홍어회보다도 '홍어무침'은 홍어의 손질과 더불어 다양한 양념과 미나리 등의 식재료가 첨가되어야 하기 때문에 진화된 홍어음식이라고 할 수 있다. 더불어서 홍어의 내장을 이용하여 보리나 나물을 첨가하여 요리한 '홍어애국', 삶은 돼지고기와 잘 익은 김장김치에 홍어회를 첨가하여 먹은 '홍어삼합' 등은 기본적으로 발효시킨 홍어를 사용하고 있다는 점에서 홍어음식의 확대된 형태라고 할 수 있다.

지금까지 홍어음식을 근원에서 확대되는 과정까지 살펴보았다. 이러한 모든 것들은 경험적 영역의 변화에 따라 정신영역인 홍어음식이 변화됨을 확인할 수 있다. 식재료인 홍어는 '날 것'과 '발효시킨 것'으로 구분되고, 날 것의 홍어는 홍어회로 사용하거나 자연의 바람에 말려 홍어찜의 식재료로 사용한다. 홍어회의 음식 경험이 홍어무침으로 발전하고, 홍어가 없는 경우는 가오리로 대체되어 무침음식[47]으로 발전한 것이라 할 수 있다. 뿐만 아니라 날 것의 홍어는 궁극적으로 열을 가하여 조리한 홍어찜으로 발전하기도 한다. 이처럼 날 것의 홍어는 포구가 발달한 서해 연안 지역에서 주로 선호했을 것이고, 홍어를 쉽게 접하기 어려운 내륙 지역인 섬진강 유역에서는 신선한 가오리를 회무침으로 사용했을 것이다. 그렇지만 농경지역인 영산강 유역을 비롯한 전라도 서부지역에서는 날 것을 발효시킨 홍어를 주로 선호했을 것으로 보인다. 그것은 신선한 홍어를 접하기 어려운 환경도 크게 작용했지만 무엇보다도 젓갈을 선호하는 지역이라는 점을 고려해 볼 수 있다. 즉 농경지역은 신선한 생선보다도 발효시킨 생선들을 좋아했을 것이라는 것이다. 이러한 것이 작용하여 홍어도 삭힌 홍어를 훨씬 선호하지 않았을까 싶다.

영산포를 비롯한 영산강 유역에서는 홍어를 인공적으로 발효시켜 자극적인 맛을 선호했다. 그래서 삭힌 홍어를 홍어회로 사용했을 것이고, 더불어서 평야지역에서 흔히 접할 수 있는 돼지고기의 편육과 발효된 김치, 거기에 발효주라고 할 수 있는 막걸리를 곁들여 접대음식인 잔치음식으로 사용했다. 이처럼 발효시킨 홍어를 홍어찜으로 사용했고, 그 홍어 내장을 활용하여 홍어애국을 즐겨 먹었을 것으로 생각한다. 농경지역인 평야지역에서 삭힌 홍어만큼 자극적이고 기억에 남을 음식은 없었을 것이고, 무엇보다도 삭힌 홍어는 소화에도 큰 도움을 주었을 것이다.

레비스트로스는 음식의 발전 과정을 문화적인 맥락에서 설명하면서 삶은 음식은 비교적 민주적인 유형의 사회에서만 높이 평가된다고 했고, 요리는 자연이 문화로 변형되는 보편적인 수단이라고 했다.[48] 가장 원초적이고 자연적인 것이 날 것이고, 날 것을 인공적으로 가공하여 변형한 것이 문화적인 것이라 말하고 있는 것이다. 홍어음식도 마찬가지로 가장 원초적인 것은 날 것인 싱싱한 홍어를 사용한 음식이고, 다양한 경험영역은 물론 삶의 환경적인 변화에 적합한 것이 바로 삭힌 홍어를 사용한 음식이라고 할 수 있다. 이처럼 시간의 흐름에 따라 날 것의 홍어가 삭힌 홍어로 변화된 것이고, 공간적으로 날 것과 삭힌 것의 홍어가 공존하게 된 것이라고 할 수 있다. 이와 같은 홍어음식의 변화 양상을 물리적 경험과 기호적 경험의 융합으로 형성되는 문화적 중층성으로 정리하면 다음과 같은 형태로 모형화할 수 있다.

| 영역 | 경험 | 음식민속 | | | |
|---|---|---|---|---|---|
| 정신 | 기호적 경험 | 홍어음식 (B) | 홍어찜ⓒ | 홍어찜ⓔ (홍어제숙) | 홍어찜ⓘ |
| | | | 홍어무침ⓑ (가오리) | | 홍어애국ⓗ |
| | | | | | 홍어삼합ⓖ |
| | | | 홍어회ⓐ | 말린 홍어ⓓ | 홍어회ⓕ |
| | | 홍어 (식재료) (A) | 날 것(자연적) | | 발효시킨 것(인공적) |
| 몸 | 물리적 경험 | 섬지역(흑산도) → 농경사회(영산포) → 산업사회(도시화) → 지식정보산업사회(전국화) | | | |

위의 모형에서 확인할 수 있듯이 다양한 홍어음식과 관련된 기호적 경험 형성의 근간이 되는 물리적 경험은 섬지역(흑산도) → 농경사회(영산포) → 산업사회(도시화) → 지식정보산업사회(전국화)로 많은 변화를 해왔다. 그러한 영향으로 홍어음식이 〈흑산도 홍어음식 → 잔치음식 → 정치적인 음식 → 기호음식〉이라는 기호적 전이과정을 통해 지속되어 오고 있으며, 식재료인 홍어(A)의 활용이 변화되었고, 홍어음식(B)도 ⓐ~ⓘ의 다양한 홍어음식으로 확대되어 발전해오고 있다.

특히 홍어음식의 공공성은 물리적 경험 영역으로 갈수록 현저하게 나타나고, 그 변이성은 기호적 층위로 갈수록 다양하게 나타난다. 여기서 공공성은 정체성을 형성하는데 중요한 역할을 하여 계승의 기반을 마련해 준다면, 변이성은 특수성을 드러내면서 발전의 원동력을 제공하게 될 것이다. 그렇다면 홍어음식의 공공성에 가까운 것은 두 종류가 있는데,

하나는 흑산도 지역에서 날 것을 사용한 홍어회와 말린 홍어일 것이고, 다른 하나는 농경지역으로 이주하여 형성된 발효시킨 홍어를 사용한 홍어회일 것이다. 이처럼 '홍어회'가 가장 원초적이고 보편적인 것이었다면, 다양한 물리적 경험의 변화와 홍어음식의 경험을 통해 변형된 '홍어찜'은 가장 발전된 것이라고 할 수 있다.

## ∘∘ 요약

홍어음식이 흑산도에서 영산포로, 영산포에서 전라도 및 전국지역으로 확산될 수 있었던 것은 음식문화의 물리적 경험 영역인 역사적인 사건과 사회적 변화가 크게 작용하였다. 영산포는 흑산도 인근 영산도 사람들이 고려 말 왜구의 침입을 피해 이주하여 정착한 데서 그 지명이 유래되었고, 영산도 사람들이 정착하여 살면서 홍어를 먹기 시작한 것으로 알려져 있다. 영산도 사람들이 영산강 유역의 사람들과 교류하고 정착하는 과정에서 홍어음식을 접대음식으로 사용했다. 이러한 음식이 영산포로 연결되는 도로와 철로가 개통되면서 영산강 유역을 비롯한 전라도 내륙지역으로 확산될 수 있었다. 교통시설의 발달과 산업사회의 생업환경의 변화는 농촌인구의 도시 이동을 가속화시켰고, 그에 따라 음식문화 또한 많은 변화를 겪을 수밖에 없었다. 특히 전라도 지역 농촌인구가 광주를 비롯한 수도권으로의 이주가 급속도로 증가하였고, 지식정보산업사회는 지역의 경계와 국경은 물론 민족을 초월하여 지구촌의 시대를 열게 하였으며, 자유무역주의에 입각해 공산품이나 농산물, 수산물 등 다양한 생산물들을 쉽게 접할 수 있는 환경이 만들어졌다. 이처럼 홍어음식의 물리적 경험의 많은 변화가 이루어졌는데, 섬지역(흑산도) → 농경사회(영산포) → 산업사회(광주 및 수도권) → 지식정보산업사회(전국화 및 지구촌화)의 변화라고 할 수 있다.

기호적 전이란 동일한 것에 그 경험의 관점에서 기호내용이 사상되어 마치 복제물처럼 다른 기표를 발생시키거나, 동일한 기표에 다른 기호내용을 갖는 것을 말한다. 문화적 기억의 변화는 인간의 신체/물리적 경험의 변화로부터 비롯되는 것처럼 홍어음식의 기호내용이 환경, 역사, 문화적인 조건의 변화와 관련된 장소성, 지역성, 정치성, 축제성에 따라 변화가 이루어짐을 알 수 있다. 먼저 홍어음식이 흑산도에서 영산포라는 장소성의 이동에 따라 섬지역의 음식이 농경사회 공동체의 잔치음식으로, 두 번째로 홍어음식의 지역성과 정치성에 따라 전라도를 상징하는 지역음식과 정치적인 음식으로, 세 번째로 홍어음식의 축제적 활용에 따라 기호음식이라는 기호내용의 전이가 이루어져왔다. 이처럼 홍어음식은 신체/물리적 경험의 변화를 토대로 홍어 생산자와 소비자들의 다성성, 홍어음식이 갖는 개념의 혼종성, 기호내용의 변화가 기호적 전이과정을 통해 기억되면서 지속되고 있음을 확인할 수 있다. 즉 홍어음식이 잔치음식 → 정치적인 음식 → 기호음식이라는 시간적이며 공간적인 총합적 기호적 전이를 통해 지속되고 있고, 홍어음식의 생산자와 소비자가 쌍방간의 소통구조 속에서 생산자보다도 소비자 중심으로 이동하여 지속되고 있음을 알 수 있다.

홍어음식의 원초적인 근원은 흑산도와 다물도에 전해지는 '홍어제숙'에서 확인할 수 있듯이 흑산도의 홍어음식에서 찾을 수 있다. 본래 흑산도에서는 홍어를 말린 뒤 쪄서 먹었을 것으로 생각하나, 영산포에서는 발효시킨 홍어를 날 것으로 먹었거나 찜으로 먹었을 것으로 생각한다. 주로 손님들의 접대음식으로 홍어는 회와 무침으로, 가오리는 무침으로 제공한다. 이러한 음식의 선호는 지역마다 다소 차이가 있는데, 전남의 동부 여수, 순천, 광양, 곡성, 구례, 보성, 고흥이 가오리음식문화권으로 알려져 있고, 홍어음식문화권은 영산강과 호남선을 통해 전라도 서부지역을 중심으로 형성되어 있다. 최근 들어 홍어음식문화권이 점차 섬진강으로 확대되어 가고 있고, 홍어음식은 다양한 홍어요리를 통해 '홍어무침', '홍어애국', '홍어삼합' 등으로 확대되고 있다.

레비스트로스가 음식의 발전 과정을 문화적인 맥락에서 설명하고 있는 것처럼 홍어음식도 마찬가지로 가장 원초적인 것은 날 것인 싱싱한 홍어를 사용한 음식이고, 다양한 경험영역은 물론 삶의 환경적인 변화에 적합한 것이 바로 삭힌 홍어를 사용한 음식이라고 할 수 있다. 홍어음식의 문화적 중층성을 보면 홍어음식의 공공성은 물리적 경험 영역으로 갈수록 현저하게 나타나고, 그 변이성은 기호적 층위로 갈수록 다양하게 나타난다. 여기서 홍어음식의 공공성에 가까운 것은 두 종류가 있는데, 하나는 흑산도 지역에서 날 것을 사용한 홍어회와 말린 홍어일 것이고, 다른 하나는 농경지역으로 이주하여 형성된 발효시킨 홍어를 사용한 홍어회일 것이다. 이처럼 '홍어회'가 가장 원초적이고 보편적인 것이었다면, 다양한 물리적 경험의 변화와 홍어음식의 경험을 통해 변형된 '홍어찜'은 가장 발전된 것이라고 할 수 있다.

# 각주

1 이숙인, 「18세기 조선의 음식 담론」, 『한국실학연구』 28, 한국실학회, 2014, 242~243쪽.

2 한경란, 「연행록에 나타나는 음식 표상과 자기이해 양상」, 『한국어와 문화』 제20집, 숙명여자대학교 한국어문화연구소, 2016, 195쪽.

3 알라이다 아스만 지음(변학수 · 채연숙 옮김), 『기억의 공간』, 그린비, 2011, 411쪽.

4 한경구, 「어떤 음식은 생각하기에 좋다」, 『한국문화인류학』 26, 한국문화인류학회, 1994, 62~65쪽.

5 황익주, 「향토음식 소비의 사회문화적 의미」, 『한국문화인류학』 26, 한국문화인류학회, 1994, 70쪽.

6 '홍어음식'이라는 개념은 식재료인 홍어뿐만 아니라 홍어회, 홍어찜, 홍어삼합, 홍어애국 등 홍어를 사용하여 요리한 모든 음식을 포괄하고 문화적인 의미로 사용함을 밝혀둔다.

7 정충훈은 분류체계에서 가오리류는 홍어류를 포함하는 포괄적인 의미로 사용되며, 홍어류 중에서 가장 먼저 기재된 종이 홍어이고, 홍어의 어원으로나 종의 구성으로 보아 홍어과로 명명함이 타당하다고 하였다.(「한국산 홍어류 어류의 분류학적 연구 현황과 국명 검토」, 『한국어류학회지』 11 - 2, 한국어류학회, 1999, 200쪽.) 그리고 모든 가오리류를 홍어목에 귀속시켰고, 홍어목에는 약 280종이 보고되어 현존하는 가오리 종 수의 반 이상을 차지한다고 했다.(「한국산 가오리류의 종 목록과 분포상」, 『한국수산자원학회지』 3, 한국수산자원학회, 2000.)

8 윤형숙, 「홍어요리의 상품화와 전라도 지역 정체성」, 『한국민족문화』 32, 부산대학교 한국민족문화연구소, 2008.

9 박정석, 「홍어와 지역정체성」, 『도서문화』 32, 목포대학교 도서문화연구소, 2008.

10 박정석, 「홍어의 상징성과 지역축제」, 『한국민족문화』 33, 부산대학교 한국민족문화연구소, 2009.

11 박종오, 「홍어잡이 방식의 변천과 조업 유지를 위한 제문제」, 『한국학연구』 28, 고려대학교 한국학연구소, 2008.

12 박종오, 「홍어잡이와 관련된 어로신앙의 변화」, 『호남문화연구』 제42집, 전남대학교 호남문화연구소, 2008.

13 조정규, 「홍어와 가오리의 음식문화권 연구」, 『문화역사지리지』 제28권 제2호, 문화역

사지리학회, 2016.

14 남근우는 민속 연구에 있어서 민속 주체들이 처하고 있는 다양한 상황과 공동체 내·외부의 다성적인 관계 상황에 주목할 필요가 있다고 강조한 바 있다.(「민속의 관광자원화와 민속학 연구」, 『한국민속학』 49, 한국민속학회, 2009, 240쪽.)

15 윤형숙 외, 『홍어』, 민속원, 2009, 21쪽.

16 다물도의 경우 처음 어획한 물고기 중 좋은 놈을 골라 처마 끝에 달아놓는다. 보통 4대조를 포함하여 집안에서 돌아가신 조상 수만큼 매달아 놓는데, 각 집집마다 보통 5~6마리 매달아 놓으며, 이를 '홍어제숙 한다'라고 표현한다.(『다물도』, 국립해양문화연구소, 2015, 157쪽.)

17 윤형숙 외, 앞의 책, 60쪽.

18 『다물도』, 국립해양문화연구소, 2015, 73쪽.

19 정윤국, 『나주목』, 제일문화사, 1989, 90쪽.

20 윤형숙 외, 앞의 책, 137쪽.

21 김영주, 「음식으로 본 한국 여성결혼이민자의 문화적 갈등과 적응 전략」, 『농촌사회』 제19집 1호, 한국농촌사회학회, 2009, 121~134쪽.

22 표인주, 『영산강민속학』, 민속원, 2013, 20~34쪽.

23 표인주, 『남도민속학』, 전남대학교출판부, 2014, 32~35쪽.

24 표인주, 위의 책, 28쪽.

25 1895년 갑오개혁의 일환으로 전국 8도 체제를 해체하고 23개 관찰부로 변경할 때 전라도에는 전주, 나주, 남원, 제주를 관할하는 4개의 관찰부가 신설되었다. 광주도 나주관찰부에 속한 16개 군 가운데 하나였는데, 1896년 다시 13도체제가 되자 노령산맥 이남 지역을 전라남도라 부르고 그 소재지를 광주로 결정하면서 전남관찰부 소재지가 된 셈이다. 광주가 전남관찰부 소재지가 되면서 제사의 격이 달라졌고, 광주의 사직제를 비롯한 제사를 전남관찰사가 주관하는 제사가 되었던 것이다.(『오디세이 광주120년』, 광주광역시립민속박물관, 2016, 33~34쪽.)

26 『오디세이 광주120년』, 광주광역시립민속박물관, 2016, 50쪽.

27 윤형숙 외, 앞의 책, 144~145쪽.

28 공동체 성격이 희박한 대도시에서의 식당은 음식 감상보다는 친척, 친구, 동창, 직장 동료 등의 사회적 관계가 교환되고 확인되는 공간으로 선택된다.(김광억, 「음식의 생산과 문화의 소비」, 『한국문화인류학』 26, 한국문화인류학회, 1994, 18쪽.)

29 황교익, 「고향의 맛 – 음식여행」, 『지방행정』 1월호, 2003, 91~92쪽.

30 표인주, 『축제민속학』, 태학사, 2007, 69쪽.

31 고규진, 「그리스 문자문화와 문화적 기억」, 『기억과 망각』, 책세상, 2003, 58~59쪽.

32 윤형숙 외, 앞의 책, 57쪽.

33 김광억, 앞의 논문, 16쪽.

34 문화적 기억이 존재하고 작동하는 것은 자신의 흔적을 남기고 보존하려는 인간의 욕구, 다시 말해 망각되지 않으려는 욕구 때문이다.(최문규, 「문화, 매체, 그리고 기억과 망각」, 『기억과 망각』, 책세상, 2003, 362쪽.) 따라서 영산도 사람들이 영산강 유역의 농경민들에게 홍어음식을 접대한 것은 자신의 흔적을 남기고 보존하려는 욕구와도 밀접한 관련이 있을 것으로 보인다.

35 박선미, 「동성마을 잔치음식의 구성과 의미」, 문학박사학위논문, 안동대학교대학원, 2016, 228쪽.

36 농경사회에서 잔치음식은 가정이라는 공간에서 행해진 생일잔치, 결혼잔치, 회갑잔치, 장례식, 공동체행사 등에서 손님들을 접대하고 공동체구성원들과 함께 나누어 먹는 음식을 말한다. 하지만 산업사회가 등장한 이래로 오늘날은 이와 같은 가족들의 잔치나 공동체행사들은 모두 가정에서 행하기보다는 도시의 전문적인 연희장소(호텔, 예식장, 장례식장, 대형식당 등)에서 행하고 있기 때문에 농경사회의 잔치음식과는 다소 많은 차이가 있기 마련이다. 그 가운데 공통점은 역시 홍어음식을 잔치음식으로 사용하고 있다는 점이다. 다만 홍어음식이 생산자와 소비자의 상호관계 속에서 섭취되었던 것이 생산자와 소비자가 분리되어 소비자 중심으로 섭취해가고 있다는 점은 차이가 있다. 소비자 중심의 홍어음식이라 함은 더 이상 잔치나 정치적인 것보다도 일반식당에서 제공되는 일상음식으로 자리 잡아 간다는 것을 말한다.

37 윤형숙 외, 앞의 책, 25쪽.

38 윤형숙 외, 위의 책, 27쪽.

39 표인주, 앞의 책, 24~25쪽.

40 윤형숙 외, 앞의 책, 182~189쪽.

41 윤형숙 외, 위의 책, 195~198쪽.

42 윤형숙 외, 위의 책, 124쪽.

43 박종오, 「홍어잡이와 관련된 어로신앙의 변화」, 『호남문화연구』 제42집, 전남대학교 호남문화연구소, 2008, 210~217쪽.

44 윤형숙 외, 앞의 책, 152~153쪽.

45 황교익, 앞의 글, 93쪽.

46 조정규,「홍어와 가오리의 음식문화권 연구」,『문화역사지리지』제28권 제2호, 2016, 73~76쪽.

47 무침음식은 날 것의 식재료를 익히거나 굽지 않고 자연 그대로 기호에 따라 양념을 활용하여 버무린 음식을 말한다. 주로 식초를 활용한 무침음식을 말하는데, 온갖 생선을 활용한 회무침이나 구체적으로 생선의 이름에 따라 병어무침, 전어무침, 서대무침, 홍어무침, 가오리무침 등을 말한다.

48 에드먼드 리치 지음(이종인 옮김),『레비스트로스』, 시공사, 1999, 60쪽.

EXPERIENTIALISM FOLKLORE

제2부
# 민속적 사물의
# 체험주의적 탐색

# 제1장

# '물(水)'의 은유적 구조와
# 문화적 중층성

## 1. 물의 관념과 명칭

물은 인간의 삶에서 필수적인 존재이다. 생명체가 존립할 수 있는 토대를 마련해 주는 것이 물이기 때문이다. 생명과 불가분의 관계를 맺고 있는 물은 인간의 생활 속에서 다양하게 이용되어 왔다. 물의 기본적인 이용은 동식물의 식수일 것이고, 농경이 시작되면서 농업용수와 인간의 삶에서 필요한 생활용수로 물을 다양하게 사용했다. 이러한 물의 경험적인 기반은 다양한 의미를 갖게 하고 그에 따라 다양한 명칭을 갖는 것은 물론 물의 문화적인 의미 형성의 토대가 되었다.

다시 말하면 물의 경험적 기반이 확대되거나 변화되면서 물에 관한 기의가 변화되어 기표도 변화되었던 것이다. 때로는 기표의 변화가 기의를 변화시키기도 한다. 이처럼 기의와 기표는 상호교섭성을 가지고 있으며, 사물에 대한 인식은 고정적이지 않고 끊임없이 변화되었음을 말한다. 그래서 인지적 기반에 근거한 사물에 대한 관념은 고정적이지 않고 유동적이라 할 수 있다. 인지적 기반인 경험적 근거가 역사, 자연, 사회 등의 조건에 따라 끊임없이 변화해오고 있기 때문이다. 민속에 나타난 물의 관념과 명칭도 끊임없이 변화해 왔다.

지금까지 물에 관한 고찰은 실용적 혹은 상징적인 측면에서 이루어져 왔는데, 물의 실용성에 관한 연구는 물을 어떻게 이용할 것인가에 초점을 맞추거나 물의 효용적 가치를 높이기 위해 주안점을 두는 경우가 많았다면, 물의 상징성에 초점을 맞추는 경우는 삶의 방식에 따라 물의 이용과 관념을 확인하려는 문화학적 접근이 많았다. 물 이용에 관한 연구로는 주로 수리관행이나[1] 수리공동체,[2] 보의 축조[3] 등이 있고, 물의 문화학적인 검토는 우물,[4] 기우제,[5] 용신신앙,[6] 세시풍속[7] 등에서 이루어져 왔다. 이와 같은 연구사적인 배경을 바탕으로 언어와 문화의 상호관계에 주목하여 언어인류학적으로 물의 분류체계와 의미를 파악하기도 했다.[8] 특히 물을 실용적인 것과 상징적인 것으로 나눈 민속적 분류체계를 통해 의미를 해석해내는 작업은 물에 관한 연구를 진일보시켰다고 할 수 있다. 다만 물의 상징성은 실용적인 이용을 기반으로 형성된다는 것을 고려할 때 다소 한계를 드러내고 있다. 이와 같이 민속에 나타난 물을 이용이라는 경험적 근거와 그에 근거한 관념적 기반으로 각각 분리하여 이해하려는 경우가 많았다.

앞서 언급했던 것처럼 물과 관련된 기의와 기표의 상호교섭성을 고려하고, 기의의 큰 변화가 없음에도 불구하고 다른 기표로 전이되거나, 기표의 변화에 따라 기의가 대체되는, 즉 전이와 대체는 기의와 기표에서 모두 발생할 수 있다는 사실을 고려해야 한다. 물의 경험적인 기반인 실용성과 그것이 바탕이 되어 형성된 상징성을 유기적으로 통합해 물의 의미를 해석할 필요가 있다.[9]

## 2. 체험주의적 이해 필요성

민속은 인간의 생활양식이 축적되어서 형성된 것이기 때문에 경험적 기억의 산물이라고 할 수 있다. 여기서 기억은 이미지-기억과 습관-기억이라는 두 가지 형태로 구분되며, 전자는 신체적 기억이고, 후자는 정신적인 기억이다. 신체적 기억은 신체 즉 신경계에 각인된 기억이며, 본래 행동을 위해 만들어진 체계이고, 행동이란 자연 속에서 살며 적응하는 과정이다.[10] 따라서 민속은 인간이 자연을 다양한 방법으로 체험하고 경험하여 그 과정 속에서 이루어진 것으로서 신체적 기억에 의해 형성된 삶의 체계이다. 삶의 체계가 곧 경험체계이기 때문에 모든 경험의 뿌리가 신체적 층위의 상호작용에서 출발한다고 주장하는[11] 존슨의 체험주의적 해명에 관심을 가질 필요가 있다.

체험주의[12]는 모든 경험이 신체/물리적인 층위의 경험에 근거하여 '신체화되어(embodied)' 있기 때문에 경험의 구조를 해명하려 한다. 여기서 신체화된 경험은 신체/물리적 층위의 경험과 정신/추상적인 층위의 경험의 중층적인 구조로 이루어진다. 정신적인 층위의 경험은 항상 신체적 층위의 경험에 근거하고 있으며, 그것을 토대로 은유적으로 확장되어 나타난다.[13] 다시 말하면 정신적인 층위의 경험은 하나의 물리적 세계가 있으며, 우리가 그것과 상호작용하는 과정에서 드러나는 복합적인 국면으로 이루어지기 때문에 다양한 은유적 확장을 통해 표현된다. 이러한 은유적 확장은 자연적·사회적·역사적 조건에 형성되는 문화적 환경의 영향을 받는다. 따라서 이처럼 체험주의적 민속 해석은 우리의 경험 구조에 대한 해명으로부터 시작한다.

노양진은 신체적인 활동을 통해 발생하는 신체적인 층위의 경험이 은유적 확장을 통해 정신적 층위의 경험으로 구성된다고 하였다. 다시 말하면 우리의 모든 경험은 비교적 단순한 신체적 경험으로부터 점차 복잡한 정신적인 경험의 영역으로 확장되고, 신체적인 경험에 근거하지 않은 정신적인 영역은 개념화될 수도 없고 이해될 수도 없다는 것이다. 정신적인 개념과 이론은 모두 은유들로 구성된다.[14] 은유는 단순히 언어적 기교로만 나타는 것이 아니라 일상적인 사고와 행위에 광범위하게 나타난다.

은유는 완전히 이해할 수 없는 것, 즉 느낌, 미적 경험, 도덕적 실천, 영적 자각 등을 부분적으로 이해하는데 필요한 가장 중요한 도구들 중 하나이다. 은유가 이성과 상상력을 융합하기 때문에 상상적 합리성을 가지고 있고, 은유적으로 이해된 것은 합리성의 상상적 형태인 것이다.[15] 존슨은 은유의 작용을 투사(projection)라 설명하는데, 투사는 어떤 경험을 다른 경험의 관점, 혹은 어떤 개념을 다른 개념의 관점에서 이해하기 위한 방식이다. 즉 은유를 통해 원천 영역의 경험을 표적 영역에 투사함으로써 원천 영역의 관점에서 표적 영역을 새롭게 이해하고 경험하는 것이다. 가령 「논쟁은 전쟁」 은유에서 논쟁이 마치 전쟁인 것처럼 전쟁의 관점에서 논쟁을 이해한다던가, 「사랑은 여행」 은유에서 사랑을 여행의 관점에서 이해하는 경우에 있어서 전쟁과 여행 영역의 경험이 논쟁과 사랑의 영역 경험에 투사되고 있는 것이다. 그렇기 때문에 이 두 영역들은 은유적 대응이라고 부를 수 있다.[16] 이와 같이 은유적 대응방식을 활용하여 민속을 이해하는 것이 체험주의적 해명에 한 걸음 다가서게 되는 것이다.

따라서 민속현상에 나타난 자연물들이 어떠한 관념에 따라 어떻게 은유화되고 어떠한 경험구조를 바탕으로 의미를 갖게 되는지를 파악할 필요가 있다. 예컨대 물, 흙, 불, 나무, 바위, 꽃, 새, 호랑이, 곰, 말 등 동식물에 대한 인간의 경험적 구조를 파악하고 은유적 대응방식을 통해 동식물의 민속문화적인 의미를 추출해내는 것이다. 예를 들면 지석묘의 덮개돌이 다양한 의미를 지니게 된 것은, 즉 자연석을 가공하여 만든 덮개돌이 성수신앙·칠성신앙·거북신앙의 경험적인 영역에 근거하여 '칠성바위' 혹은 '거북바위' 등의 기호적 경험을 갖게 된 것은[17] 자연석인 돌에 대한 은유적 개념을 토대로 이루어진다는 것을 확인할 수 있다. 이처럼 자연에 대한 은유적 개념은 의미를 갖게 하여 성격을 규정하거나 기능을 갖도록 하는데도 중요한 역할을 한다.

자연의 은유적 개념은 고정불변한 것이 아니라 문화의 유동성처럼 끊임없이 시간과 공간의 이동에 따라 변화된다. 은유적 개념이 유동적인 것은 어떤 대상에 대한 경험작용이 끊임없이 변화된다는 것을 의미한다. 그렇기 때문에 시간과 공간에 따라 경험적 영역이 항상 열려 있다. 다시 말하면 어떤 대상에 대한 원천 영역의 경험이 끊임없이 발생하고, 그에 따라 표적 영역 또한 변화된다는 것이다. 그렇게 형성된 어떤 대상에 대한 의미와 관념은 원천적 경험 영역으로부터 다양한 방식으로 확장된다. 그것은 시간과 공간에 따라 끊임없이 변화되지만 근본적으로 원천적인 영역으로부터 벗어날 수 없기 때문에 기본적이며 1차적인 원천영역으로 회귀하여 다양한 경험 구조를 파악할 필요가 있다. 경험구조는 다름 아닌 문화인 것이다.

문화는 몸의 발현인 동시에 몸을 극복하려는 노력으로 특징 지을 수 있다. 인간의 모든 정신 활동이 몸의 활동에 근거하고 있으며, 동시에 신체적 요소들에 의해 강력하게 제약되어 있다.[18] 그래서 몸이야말로 문화 해석의 종적 기반인 것이고, 정신활동의 모든 것은 당연히 몸으로부터 이해될 필요가 있다. 신체화된 경험 영역은 문화 해석의 기본적인 기반으로서 다양한 문화 현상의 근간이다. 체험주의에 따르면 정신/추상적인 경험이 신체/물리적 경험을 근거로 은유적으로 확장되는 것이 기호화의 과정이고, 문화를 물리적 경험과 기호적 경험을 동시에 포괄하는 복합적 게슈탈트(Gestalt)로 설명한다.[19] 문화는 물리적 층위와 그 층위에 근거한 기호적 확장의 구조를 가진다. 그렇기 때문에 문화 해석은 기호적 경험 구조를 해명하고, 물리적 경험과 기호적 경험의 융합으로 형성된 문화 중층성을 해명하는 일이다. 문화는 물리적 층위로 갈수록 현저한 공공성(commonality)을 드러낼 것이며, 기호적 층위로 갈수록 다양한 변이(variation)를 보일 것이다.[20] 물리적 층위 주변의 공공성은 우리가 실제로 도달할 수 있는 최선의 보편성이라는 점에서 문화공동체의 정체성을 형성하는데 중요한 역할을 한다. 보편성은 인간이 드러내는 경험의 공공성 정도에 국한되기 때문에 무엇보다도 문화 전승의 원초적 기반이 된다. 그런가 하면 추상적인 층위로 확장되면서 점차 다양한 변이를 보이는 기호적 층위는 차이를 바탕으로 하고 있기 때문에 개별성을 드러낸다. 그것은 새로운 변화의 계기가 되어 문화 발전의 원동력이 되기도 한다.

결론적으로 체험주의적 민속 해석은 어떤 대상의 경험적 구조와 기호적 구조를 파악하는 것이며, 이들의 관계에 따라 어떻게 민속이 형성되며 의미화되고 기능을 수행하고 있는가를 계열체적으로 해명하고, 무엇보다도 감추어진 의미를 총합적으로 탐색해 가는 과정이라 할 수 있다.

## 3. 물의 경험적 기반

삶의 필수불가결한 요소인 물을 구분하고 범주화하는 것은 인간의 이용 방향이나 능력에 따라 결정된다. 농가에서 물의 존재 양식은 하늘에서 내리는 빗물, 땅 속에서 솟아나는 샘물, 지표면을 흐르는 도랑물로 나누어지고, 저수시설이 있는 경우 못물이나 저수지물이라는 범주로 설정할 수 있다.[21] 도랑물과 저수지물 등은 일부 샘물이 넘쳐흘러 흐르는 물이 합류하기도 하지만 기본적으로 하늘에서 내려주는 빗물이 중심이라면, 샘물은 순수하게 땅속에서 솟아나 흘러나오는 물이다. 이와 같은 물을 일상생활 속에서 경험하는 기능에 따라 크게 식수, 생활용수, 농업용수로 구분할 수 있다. 생활 속에서 경험하는 지식에 물의 기능이 결정되고, 그 가치 또한 인식된다.

식수로 이용하는 물은 크게 두 가지가 있는데, 하나는 땅 속에서 솟아나는 물을 이용하는 것이고, 다른 하나는 빗물이나 샘물을 저수시설에 저장해두었다가 사용하는 물이다. 일반적으로 전자는 농경사회에서 주된 식수원이었지만, 후자는 인구가 팽창하고 도시화되면서 대규모의 식수원이었다. 민속에서 경험하게 되는 식수는 샘물이 대부분이다. 샘물은

자연적인 샘에서 솟아나는 물뿐만 아니라 인공적으로 축조된 우물의 물
도 지칭하는데, 자연샘물이건 인공샘물이건 간에 공통점은 지하에서 '솟
아나는 물'이라는 점이다. 샘물은 양은 그리 많지 않지만 활발하게 그치
지 않고 솟아나면서 웬만한 가뭄에도 마르지 않는다. 자연샘물은 개울가
바위틈이나 언덕 아래에서 솟아나는 물이지만, 인공샘물은 샘물이 솟아
나올만한 곳을 선정하여 깊게 파고 무너지지 않도록 돌로 축대를 쌓아
만든 우물의 물이다. 따라서 샘보다는 우물을 축조하는데 많은 노동력이
필요하기 때문에 노동에 참여한 사람들만이 우물을 사용하게 된다. 우물
의 관리 또한 이용자들 중심으로 이루어지고, 샘은 이용 범위가 제한되
어 있지 않다. 샘에서 길러온 물은 마시고 조리하고 설거지하는데 사용
한다. 샘에서 힘들게 이고 지고 운반하여 집안에 갖다놓은 물은 어렵게
노동하여 벌어들인 재물과 같다. 물은 삶을 유지하는데 필요한 재화와
크게 다를 바 없다. 재물이나 재화와 거의 흡사한 기능을 수행하는 것이
물이라는 것이다.[22] 그렇지만 중요한 것은 샘물이 원초적으로 인간의 생
명을 유지하기 위해 '마시기 위한 물(生存)'이라는 점이다.

생활용수는 일상생활 속에서 사용되는 물을 말한다. 먹거리를 준비하
고 식사 후 설거지하는 데는 식수인 샘물을 사용하지만, 먹거리를 제외
한 빨랫물, 세숫물, 목욕물 등은 샘물이나 개울물, 빗물을 사용한다. 식생
활과 관련된 물은 비록 식재료를 씻는다 하더라도 마시는 물을 사용한다
는 점에서 식수로서 인식한다. 생활용수는 씻기 위한 물이 대부분이다.
물론 가축에게 먹이기 위한 물이나 농기구나 주방기구 이용 효율성을 높
이기 위해 사용하는 물, 청결을 위해 사용하는 물 등은 씻는 물과는 다소
거리가 있다. 그렇지만 반복적이며 지속적으로 사용한 생활용수는 씻는

물이라 할 수 있다. 씻는 물은 샘물을 사용하기도 하지만 세수하고 목욕하거나 빨래하는 물은 개울물이나 빗물을 사용하기도 한다. 생활용수는 기본적으로 음식을 조리하기 위해 식재료를 씻거나, 건강한 삶을 위해 청결을 목적으로 씻는, 즉 '씻기 위한 물(淨化)'이라 할 수 있다.

농업용수는 밭농사와 논농사 등 식물을 재배하는데 사용되는 물을 말한다. 밭농사는 경사가 급한 땅이기 때문에 주로 빗물에 의존하지만 논농사는 빗물 뿐만 아니라 샘물, 개울물, 저수지물 등을 활용한다. 벼를 재배하는 논농사는 평평한 땅에 물을 가두어 농사를 짓기 때문에 밭농사에 비해 많은 양의 물이 필요로 한다. 그래서 물을 효율적으로 확보할 수 있는 강가에 농토를 조성하는 경우가 많다. 벼농사의 평야지역이 강 주변에 발달한 것도 이 때문이다. 뿐만 아니라 물을 확보하기 위한 인공물을 조성하기도 하는데, 그것은 보(洑)와 저수지 등을 들 수 있다. 보는 개울물이나 냇물을 모으기 위한 둑을 말하는 것이고, 저수지는 넘치는 샘물이나 비가 내려 흐르는 개울물 등을 모아두기 위한 시설물로서 모두 물을 확보하기 위한 수단이다. 물이 풍족해야 논농사가 풍년이 든다고 생각할 정도이다. 물이 풍족하다는 것은 마실 물과 씻을 물이 풍족한 것은 물론 농사지을 물이 넘친다는 것을 말하기 때문에 인간 생존의 토대를 견고히 하는 것이다. 농업용수로서 물은 식물의 생장에 필요한 '경작하기 위한 물(生長)'이다.

인간은 기본적으로 물을 마시거나 씻기 위한 신체적인 활동을 통해 발생하는 신체적 층위의 경험을 갖게 되고, 농사를 지으면서 다양한 물리적인 경험을 하게 된다. 모든 경험의 뿌리는 신체적 층위의 상호작용에서 출발한다. 신체적 기억에 의해 형성된 물에 대한 신체/물리적 경험을 근거로 그에 대한 인식이나 가치가 형성되었을 것이고 그것을 다양한 방식으로 표현하게 되었을 것이다. 즉 물에 대한 관념과 표상화는 마시는 물(샘물), 씻는 물(샘물+빗물), 경작하는 물(빗물)의 경험적 영역에 근거해 형성된 것이라 할 수 있다. 이와 같은 물의 경험적 기반은 물이 다양한 방식으로 은유화되는 토대가 된다.

## 4. 물의 은유적 구조

### 1)생명의 원천으로서 생명수(生命水)

물을 생명의 원천으로서 인식했던 것은 삶에서 필수불가결한 요소가 물이었기 때문이다. 하나는 인간이 마시기 위한 물이고, 다른 하나는 인간의 식량을 해결할 수 있는 식물재배에 필요한 물이다. 식수는 주로 샘물이지만, 많은 양의 물이 필요로 하는 농업용수는 샘물만으로는 한계가 있어서 빗물을 적극적으로 활용해야 했다. 그 일환으로 빗물을 모으기 위해 보(洑)나 저수지 등을 만들어 활용했던 것이다. 샘물이 인간과 식물에게 생명의 원천이라면 빗물 또한 식물 성장의 원천이기 때문에 인간은 끊임없이 샘물과 빗물을 확보하고자 많은 노력을 해왔다.

우물은 수렵채취시대의 이동생활을 청산하고 농경과 더불어 정착생활에서 필수적인 식수를 공급해 주던 인공적인 샘이다. 농경사회에서 우물은 부녀자들의 만남이 형성된 곳으로 다양한 정보를 교류하는 문화적인 공간으로서 의미를 갖기도 한다. 생명의 원천으로서 생명수를 얻을 수 있는 우물은 동네평안과 농사풍요를 기원하는 제의적 공간이고, 용알뜨기를 비롯해 가정의 안녕을 기원하기 위한 제의적 시발점이자 신의 감응을 확인할 수 있는 공간이기도 하다. 그 이유는, 한 생명의 잉태를 기원하는 곳도 우물이고, 집안에 환자가 있거나 오염된 것들을 씻기 위해 가장 먼저 물을 취하는 곳이 우물이며, 이른 아침에 목욕재계 후에 가택신들에게 바칠 공물을 취하는 곳도 우물이기 때문이다. 뿐만 아니라 물과 관련된 신앙적인 것은 물론 다양한 주술적인 행위가 이루어지는 곳도 우물이다. 이처럼 우물은 단순히 식수만을 얻는 곳이 아니라 물이 생명의 원천이라는 관념을 바탕으로 공동체의 삶과 문화가 다양하게 형성되고 있는 곳임을 알 수 있다.

우물이 인간의 식수를 확보하는 곳이라면 보와 저수지는 동식물의 식수를 취하는 곳이다. 보와 저수지는 기본적으로 샘물이 넘쳐흘러 모여드는 공간이지만 빗물이 모아지는 공간이기도 하다. 주로 빗물의 저장고 역할을 하는 곳이 보와 저수지인 셈이다. 보와 저수지가 홍수로 유실된 경우가 많아서 마을사람들은 보나 둑을 견고하게 유지하고 항구적인 물을 확보하기 위해 '보제(洑祭)'를 지내기도 하고,[23] 가뭄이 들어 비가 내리지 않을 경우 그곳에서 기우제를 지내기도 한다. 기우제는 용신을 대상으로 비를 내리게 할 목적으로 지내는 제사로 용이 머물고 있다고 생각하는 곳이면 어디든지 제사의 장소가 된다. 용은 주로 물에 거주한다고 인식하기 때문에 물가에서 제사지내는 경우가 많다. 이처럼 보와 저수지는 동식물의 식수를 제공하는 곳이기 때문에 생명의 원천이라는 관념이 작용되기 마련이다. 그에 따라 다양한 제의적인 행위가 이루어졌던 것이다.

샘물과 빗물은 기본적으로 생명의 원천이라는 의미를 갖는데, 이와 같은 의미가 바탕이 되고 신체적/물리적 경험에 근거하여 정신적 경험이 작용되면서 다양한 방식으로 은유화되어 왔다. 그 은유적인 표현이 바로 용알뜨기, 우물제, 생명의 탄생, 보제, 기우제 등으로 다양하게 나타나고 있는 것이다. 이러한 것은 물에 대한 기호내용이 상호 작용하여 은유적으로 사상되어 기표화되는 원리를 가지고 있다. 은유는 기호과정의 확장으로 나타난 문화적인 표현이다. 따라서 물의 체험주의적 기호화 과정을 보면 [Ⓐ기호대상(샘물/빗물) ↔ Ⓑ기호내용(생명 원천=생생력) → Ⓒ기표(생명수=생명)²⁴]로 전개된다고 할 수 있다.

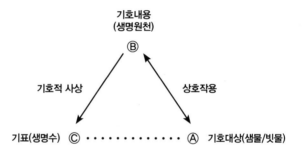

## 2) 영웅의 출현으로서 탄생수(誕生水)

신화에서 보면 영웅은 물이 솟아나는 우물에서 탄생한다고 한다. 비록 이야기지만 우물을 인간 생명의 근원적 공간으로 인식하고 있는 것은 끊임없이 솟아나는 물의 생생력과 인간 생명의 탄생이 연계되어 있음을 짐작할 수 있다.²⁵ 이러한 것은《삼국유사》권1 기이편에서 박혁거세와 알영이 우물에서 태어났다고 하는 것이나, 고려건국신화에서 작제건의 아내인 용녀가 개성의 큰 우물(大井)에서 태어났다고 하는 것을 통해서 확인되고, 범일국사의 출생담에서 샘물을 마시니 태기가 있었다고 하는 것을 보면²⁶ 우물을 생명 창조의 공간으로 인식하고 있음을 알 수 있다. 샘물이 생명의 원천이기 때문에 물이 있는 우물은 생명의 창조적 공간이라 했던 것이다.

우물은 왕권의 상징으로서 물을 매개로 복속의례를 거행하는 곳이기도 했다.[27] 호와 병에 각지의 물(聖水)을 담아 온 지방세력과 백제 왕이 함께 참여하여 우물에 물을 붓고 우물 제사를 거행한 것은 지방세력을 통합하기 위한 일종의 의례적인 수단이었던 것이다. 이것은 기본적으로 샘물이 갖는 영웅성과 신성성에서 비롯된 것으로 보인다. 비록 우물 제사가 정치적으로 활용되고 있긴 하지만, 기본적으로는 샘물을 통해 인간 생명의 탄생이라는 생생력의 관념이 반영되어 영웅적인 인물의 탄생이라는 은유적 방식에 근거하고 있다. 이와 같은 기호화 과정은 [Ⓐ기호대상(샘물) ↔ Ⓑ기호내용(생명 탄생) → Ⓒ기표(탄생수=영웅)]로 전개된다.

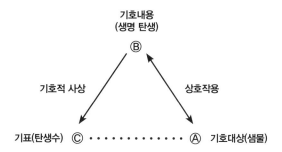

3) 정화의 원리로서 정화수(淨化水)

정화의 원리로서 정화수는 기본적으로 씻기 위해 경험한 물로부터 출발한다. 씻는 물은 식재료를 씻는 물이거나 빨랫물, 세숫물, 목욕물 등을 들 수 있다. 정화수[28]로 사용되고 있는 물은 주로 샘물이 많지만 빗물을 사용하기도 한다. 지역에 따라 다를 수도 있으나 반복적이며 지속적으로 씻는 물로 샘물을 많이 사용한다. 샘물로 손, 발, 얼굴, 몸 등을 씻는 것은 오염된 것을 제거하는 청결을 목적으로 하고, 씻기의 종합적인 행위가 다름 아닌 목욕이다.

목욕재계는 생활 속의 건강한 삶을 도모하고 청결함을 유지하기 위함이지만, 신앙적으로는 몸과 마음의 오염된 것을 씻어내어 육신과 정신의 정화를 통해 신성한 존재로 거듭나기 위한 방법이기도 하다. 다시 말하면 물로 씻는 것은 단순한 물리적인 것이 아니라 본질적 변화를 불러일으키는 종교적인 의미를 갖는다.[29] 마을신앙에서 제관들이 목욕재계를 한 뒤 음식을 준비하고 제사를 지내는 것은 제관의 정숙성과 신성성을 극대화하기 위함이다. 제관들이 얼마나 정숙하고 신성하게 음식을 준비하여 제사를 지내는가에 따라 마을신의 감응이 결정된다고 믿기 때문이다. 그래서 제관들은 화장실을 다녀와도 목욕을 해야 하고, 타인들과의 대화를 금하는 것은 물론 오염될 만한 행동을 삼간다.

그런가 하면 씻는 행위는 이승의 오염된 것을 씻어 저승으로 천도하기 위해 이루어지도 한다. 상례에서 망자를 습(襲)하기 위해 시신을 깨끗이 씻겨 수의를 입히는 과정에서 정화 행위를 한다. 이와 같은 의례 과정을 굿으로 표현한 것이 씻김굿이다. 씻김굿에서 씻김은 정화의 핵심적인 절차로, 영혼을 맑게 씻겨 새로운 존재로 전환하고 새로운 형태로 증발시키기 위한 절차이다.[30] 이처럼 씻는 것은 기본적으로 청결을 목적으로 행해졌던 것이 씻기의 다양한 경험을 통해 정화의 은유적 행위로, 즉 신앙적이고 의례적인 행위로 나타난다. 씻김의 행위는 다양한 정신적인 경험이 투사되어 신앙과 의례에서 목욕재계로, 씻김굿에서 씻김이라는 은유적인 표현으로 확대된다. 또한 폭포에서 물맞이를 한다거나 덕진연못의 단오물맞이는 단순한 목욕이 아니라 부정을 털어버리고 자신을 정화시키는 물세례에서 시작되었다고 하는 것을 보면,[31] 물맞이는 비록 흐르는 빗물을 사용하지만 기본적으로 씻김의 은유적 표현이라 할 수 있다.

정화수로서 물이 다양한 모습으로 은유화될 수 있었던 기본 토대는 씻기의 수단으로서 물의 관념이 바탕이 되었다. 즉 1차적으로 [Ⓐ기호대상 (샘물/빗물) ↔ Ⓑ기호내용(청결) → Ⓒ기표(정화수=정화)]로 전개된 것이 상례의 습이나 씻김굿, 물맞이 등 다시 2차적 기표로 확대되어 나타난 것이라 할 수 있다. 1차적 기호화 과정은 다음과 같다.

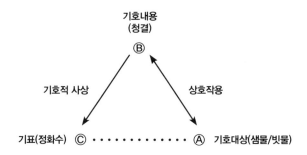

1차적 기호화 과정을 바탕으로 정신적 경험 영역이 확대되면서 은유적 사상이 개입되어 또 다른 기표를 형성해 내는데, [Ⓐ기호대상(정화수) ↔ Ⓑ기호내용(변화) → Ⓒ기표(목욕재계, 씻김굿, 물맞이 등)]로 전개되는 2차적 기표를 생산한 것이다. 1차 기표의 씻는 물은 주로 샘물이었지만, 2차적 기표에서는 샘물만이 아니라 흐르는 빗물도 은유의 대상이 되고 있다는 점에서 중요한 의미를 갖는다. 다시 말하면 물의 은유적 표현이 경험적 영역에 따라 샘물에서 빗물로 확대되어 감을 알 수 있다. 이것은 인구 팽창과 더불어 생업구조와 사회적 환경의 변화가 영향을 미친 것으로 보인다.

## 4) 재생의 원리로서 약수(藥水)

약수는 기본적으로 정화수의 개념을 근간으로 재생되고 치유되는 물로 확장된 것이다. 즉 물의 정화수 기능이 약수로 발전한 것인데, 약수는 정화 과정을 거친 오염되지 않는 깨끗한 물이거나, 땅속으로부터 솟아난 영험한 샘물이다. 그래서 약수는 산중 바위 사이에서 나오는 경우가 많고,《신증동국여지승람》에서 보면 약수동, 약수향, 약수리온천, 약수, 약수산 등의 지명에서 보듯이 약수를 마시는 샘물과 관련이 있다는 점에서 치병이나 예방에 효험이 큰 샘물임을 알 수 있다.

약수를 찾는다는 것은 치유를 목적으로 하기 때문에 약수는 치유와 예방의 상징이 되기도 한다.[32] 무속신화에서 바리공주가 아버지를 살리기 위해 서천서역국으로 약수를 구하러 여행을 떠난 것이나,[33] 《조선왕조실록》에서 세조가 충북 청원 초정리약수로 안질과 소갈병 및 피부질환을 고쳤다고 하며, 세종도 그곳에서 60일에 걸쳐 약수를 마시고 병을 고쳤다고 한다. 약샘은 물에 특별한 성분이 포함된 것으로 그 물로 씻으면 옻이 오른데 좋다거나, 마시면 체한 데 좋다고 인식하기도 하고,[34] 신령의 계시를 받고 발견한 춘천의 성산약수를 비롯하여, 방동약수, 남전약수, 화암약수, 추곡약수 등[35] 신이나 영험적인 존재의 계시를 통해 발견된 샘물이 약수가 되었다고 하는 것은 모두가 샘물의 치유와 재생력의 관념에서 비롯된 것이다.

민속에서 약수에 대한 관념은 불교의 약사신앙의 영향을 받아 형성되었다. 약사신앙은 질병을 고쳐주는 현세이익적인 성격이 강하고, 중국이나 일본에서도 널리 전승되고 있는 신앙이다.[36] 한국의 약사신앙은 신라의 원성왕에서 흥덕왕에 이르는 시기에 만연했던 기근과 역병, 자연재해 등을 극복하기 위해 등장한 것이 약사불인데, 통일신라시대에 빈발했던 전염병으로 동요했던 민심을 신라 조정이 대의왕불(大醫王佛)인 약사신앙으로 승화시키고자 하는 데서 본격화 되었다.[37] 그래서 8세기 후반 이후에는 경주에서 멀리 떨어진 지역에서도 약사여래상이 조성된 것으로 보아 전국적으로 확산되었음을 알 수 있다. 이는 신라의 삼국통일 후 약사신앙이 현세이익적 성격과 치병을 위한 실천적인 방법으로 일반 민중들에게도 그 영향력을 넓혀 나간 것이다.[38] 약사신앙에서 영험한 약수에는 거의가 약사여래의 가호가 있기 때문이라 하고, 그래서 약사암이나 약수암에는 대부분 약사여래상을 안치해 놓는다. 그렇지만 민속에 나타난 약수터의 수호신은 약사여래와 용왕이 혼합되어 있기도 하고, 산신이나 미륵신 등이 혼합되어 있는 경우가 많다.[39] 이러한 신의 가호를 받는 약수는 신성하면서도 병마를 퇴치할 수 있다고 하는 신념이나 생명을 지킬 수 있다는 주술적인 믿음을 갖게 한다. 이와 같이 약수를 물에 대한 정신경험적 영역이 개별적으로 혹은 통합적으로 작용하여 치유하거나 예방 혹은 재생의 수단으로 인식하게 되는 데는 여러 가지가 있을 수 있다. 그것은 생명수라는 원초적인 의미를 바탕으로 은유화된 것일 수도 있고, 정화수를 근간으로 은유화되거나, 생명수와 정화수의 복합이, 혹은 여기에 약사신앙이 여러 각도에서 작용되어 은유화된 것일 수 있다. 굳이 계보학적으로 보자면 약수는 생명수를 근간으로 한 정화수가 불교 약사신앙의 영향을 받아 인간의 심신을 치유하는 물로 확대된 것이 아닌가 한다. 약수의 기호화 과정을 보면, [Ⓐ기호대상(정화수) ↔ Ⓑ기호내용(약사신앙) → Ⓒ기표(약수=재생/치유)]로 전개된 것이라 할 수 있다.

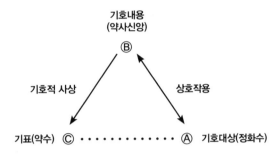

### 5) 공물(供物)의 수단으로서 봉헌수(奉獻水)

공물의 수단으로서 봉헌수는 신에게 정성껏 바치는 물을 말한다. 봉헌수는 제물의 성격이 강하기 때문에 일반적인 제물과 함께 바쳐지기도 하고, 샘물만 바쳐지는 경우도 있다. 가정신앙에서는 공물로서 봉헌수만 바치지만, 마을신앙에서는 일반적인 제물과 함께 바쳐지는 경우가 많다. 물론 가정신앙이라 하더라도 가정에 따라 일반적인 제물을 함께 차리는 경우도 있고, 가정의 경제적인 여력에 따라 다르기도 하다. 대개는 2월 초하루 영등날 영등할머니에게 정화수(井華水)를 올리거나, 가정신앙인 성주신, 조왕신, 삼신 등 가택신을 위한 제사상에도 정화수(井華水)를 올린다. 공동체신앙에서도 마찬가지로 충남 서산 창리의 경우 동제 때에 정화수(井華水) 세 그릇을 올리고,[40] 부녀자들이 주로 참여하는 춘천의 추곡약수제에서는 약수를 올린다.[41] 구례의 지리산 약수제에서도 일반적인 제물과 더불어 약수를 제물로 올리지만,[42] 광주 칠석동 당산제에서는 신격이 스님이기 때문에 제물로 술 대신 샘물을 올리기도 한다.[43]

민속신앙에서 제사상에 바치는 술이 물의 변이 형태[44]라고 할 수 있기 때문에 술과 물을 같은 맥락에서 보면 마을신앙의 제사상에서 사용하는 술은 봉헌수의 성격을 갖는다. 술맛은 물이 결정한다고 할 만큼 물이 중요한 역할을 하고 있는 것처럼 제사음식을 준비하는데도 물이 중요하다. 마을제사를 지내려면 가장 먼저 하는 것이 오염되지 않고 깨끗한 물을 사용할 수 있도록 우물에 금줄을 치거나 황토를 까는 것이다. 금줄을 치면 일반인들은 그 우물을 사용할 수 없으며, 오직 제관들만 그 샘물을 사용하여 지극정성으로 제물을 준비한다. 제물을 준비하는데 사용된 물은 생명수이면서 정화수이다. 그렇기 때문에 제사공동체는 정성으로 준비한 제물과 생명수이면서 정화수인 봉헌수가 신의 감응을 결정한다고 믿는다.

봉헌수는 두 가지 형태의 성격을 가지고 있는데, 하나는 생명수이면서 정화수로서의 샘물이고, 다른 하나는 정화수이면서 약수로서 영험한 물이다. 그래서 봉헌수는 생명수, 정화수, 약수 등의 의미를 지닌 공물로서 신성화된 물인 셈이다. 최소한 정화수나 약수가 신에게 바쳐지는 봉헌수로서 역할을 하는 것이다. 공물의 수단으로서 봉헌수의 기호화 과정은 [Ⓐ기호대상(정화수/약수) ↔ Ⓑ기호내용(신앙적 제물) → Ⓒ기표(봉헌수=공물)]로 전개된다. 봉헌수로서 물은 신성화되어 물이 신성성(神聖性)을 갖는데 중요한 역할을 하게 한다.

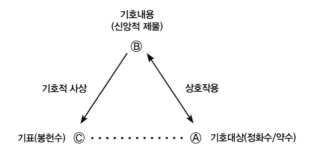

## 6) 용신(龍神)의 거주처로서 신성수(神聖水)

용신은 물을 다스리는 수신(水神)으로 바다, 강, 샘, 못 등의 물속에 살면서 물에 관한 모든 것을 주관한다. 어촌에서는 바닷물이 삶의 풍요를 결정하지만, 농촌에서는 샘물과 빗물이 농업용수로서 그 양이 농사의 풍요를 결정한다. 농업용수는 식물의 성장에 필요하고 경작하기 위한 물이기 때문이다. 그래서 물이 나오거나 흐르는 곳 혹은 모이는 곳에 용신이 거주한다는 믿음을 가지고 있는 것이다. 용신은 솟아나는 샘물의 양을 결정하거나, 비를 내리게 하거나 그치게 할 때도 그것을 주관한다. 물에 관한 그 어떠한 신들보다도 용신의 핵심영역이라고 할 수 있다. 그래서 우물이나 샘, 계곡, 못, 저수지, 강 등 물이 있는 곳에 용신 신앙 뿐만 아니라 〈용바위전설〉, 〈용초골전설〉, 〈용소전설〉 등 용과 관련된 설화가 전승되는 경우가 많고, 용지(龍池), 용추(龍秋), 용소(龍沼), 용정(龍井), 용강(龍江) 등 용과 관련된 지명도 많다.[45]

물이 있는 곳에 용신을 대상으로 제사를 지내거나 굿을 하는 경우가 많고, 때로는 용신당을 만들어 용신의 신상이나 그림을 신체로 삼아 모시는 곳도 있다. 우물에 용신이 거주한다고 생각하기 때문에 용알뜨기[46]와 우물제[47]를 거행하더라도 신당을 만들어 용신을 봉안한 경우는 많지 않다. 다만 약수로 알려져 있는 샘에는 신당을 만들어 용신을 봉안하기도 하는데, 강원도 계방산의 방아다리 약수터 옆에 용신할머니의 신상을 봉안한 경우가 바로 그 예이다.[48] 그리고 물이 모이는 연못가에 신당을 만들어 용신을 봉안하는 경우도 있으며,[49] 강가에 신당을 만들어 용신제를 지내기도 한다.[50] 뿐만 아니라 주로 샘이나 개울물이 흘러가는 곳에 위치한 용신당에서 용신을 모시고 굿을 하는 경우도 많다.

이처럼 용신을 모시는 신당을 건립하는 것은 기본적으로 물이 용의 거주처인 신성수라는 개념에서 비롯된 것으로, 용신을 모신 신당이 반드시 물가에 있기 때문이다. 본래 물은 용의 거주처로서 인식해왔지만 용이라는 추상적인 신격이 구체화되고 신상이나 그림으로 표현되면서 신체화(神體化)되었다. 이러한 인식이 중첩되면서 물을 용의 거주처이거나 용신의 신체로 인식하게 된 것이다. 특히 마을의 화재를 막기 위해 용신을 모시는 함평 수문리 불막이제에서 이러한 모습이 나타난다. 불막이제에서는 바닷물과 우물물을 반반씩 섞어 채운 항아리를 묻고 제사를 지내는데, 이때 간수를 담은 단지의 물은 용을 상징하며, 수신인 용의 힘으로 화재를 막으려는 의도이다.[51] 여기서 항아리의 물은 용신의 신성수를 담은 것으로서 그 자체가 용신일 수 있고, 혹은 용신의 거주처일 수 있다.

물이 용신의 신체로서 기능하기 위해서는 기본적으로 물이 용의 거주처라는 개념이 전제되어야 한다. 다시 말하면 [Ⓐ기호대상(샘물/빗물)↔Ⓑ기호내용(용의 거주처) → Ⓒ기표(신성수)]로 전개된 1차 기호화 과정이 [Ⓐ기호대상(신성수)↔Ⓑ기호내용(신격화) → Ⓒ기표(용신의 신체)]라는 2차 기호화 과정으로 발전한다는 것이다. 1차 기호화 과정은 다음과 같다.

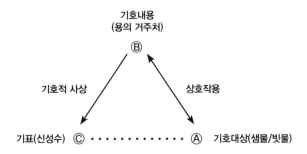

## 7) 재물의 상징으로서 생기수(生氣水)

물은 풍수의 핵심 구성요소 중 하나이다. 풍수는 삶의 이상적인 공간 조건을 찾기 위한 것으로 산과 물, 방위를 토대로 바람을 막고 물을 얻을 수 있는 공간을 결정하는 관념체계이다. 특히 풍수에서 삶의 터전을 결정하는데 가장 먼저 고려하는 것이 물이다. 바람보다도 물은 인간의 생명의 원천이기 때문이다. 이와 같이 물을 얻고 바람을 막기 위한 풍수사상이[52] 풍수신앙으로 발전하기도 한다. 풍수신앙은 바람을 막고 물을 얻을 수 있는 조건을 만들어주는 사물이 신격화되어 믿음의 대상으로 발전한 것이다. 마을신앙에서 짐대, 조탑, 입석 등 인공물이 마을수호신으로 역할을 하는 경우도 있지만, 대개는 인공물이 비보풍수적인 역할을 하는 경우가 일반적이다.[53] 비보풍수란 바람과 물의 기운을 인공적으로 조정하기 위한 공간적 대응방식이다.

풍수에서 물은 기운의 집결된 모습을 상징하는데,[54] 물이 기(氣)를 머물게 하는 존재로서 재물(財物)을 상징하기도 한다. 다시 말하면 생명의 근원인 물은 삶을 유지하는데 필요한 재화와 다를 바 없다. 물이 생기와 재물을 상징하기 때문에 풍수적으로 수구(水口)에 대한 관심이 클 수밖에 없었을 것이다. 명당으로서 수구는 막혀서 물길이 고였다가 나가는 곳으로 마을에 재물이 모이는 곳이고, 반대로 수구가 벌어져 있다면 물길이 쉽게 빠져 나가버려 마을의 재물이 휩쓸려 나간다고 생각한다. 뿐만 아니라 산악지역의 마을은 지대가 높거나 계곡 양쪽 급경사 지대에 위치하는 경우가 많기 때문에 '수세가 빼어난 형국'으로 물이 짧은 시간에 급물살을 타고 빠져나간다고 생각한다. 이런 경우 재물이 빠져나가지 않도록 물길을 차단할 수 있는 수구맥이 입석이나 조탑을 조성하기도 한다. 실제로 농가에서는 물은 생명의 기운을 담고 있는 것이자 재물이기 때문에 물을 어디에 두고 보관하고, 혹은 물을 풀 때 어느 쪽으로 해야 할 것인가를 고려하여 주거공간의 배치를 하기도 한다.[55] 이처럼 물은 재물의 상징으로서 생기수를 상징하고 있음을 확인할 수 있다.

물이 재물을 상징하게 되는 것은 생명수로서 뿐만 아니라 물이 식량 확보에 중요한 농업용수이었기 때문이다. 거기에 풍수적인 기의 관념이 투사되어 생기수로 표상되었을 것으로 보인다. 재물의 상징으로서 물이 생기수로 기호화되는 과정을 보면, [Ⓐ기호대상(빗물/흐르는 물) ↔ Ⓑ기호내용(풍수적 관념) → Ⓒ기표(생기수=재물)]로 전개된다.

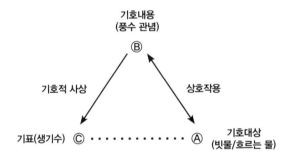

## 5. 물의 문화적 중층성

물의 문화적 중층성은 물리적 경험과 기호적 경험의 융합으로 형성된다. 여기서 물의 자연적 경험이 원천 영역이라면, 기호적 경험이 표적 영역이 된다. 즉 기호화는 원천 영역으로부터 이미 주어진 특정 대상에 대한 경험 내용을 표적 영역인 새로운 기표에 사상하는 방식으로 이루어진다.[56] 물이라는 대상에 경험적 내용이 은유적으로 사상되어 다양한 표상으로 나타난다는 것이다. 여기서 물의 다양한 표상은 물에 대한 경험작용이 끊임없이 변화되어 발생한 것이고, 그래서 표적 영역 또한 다양한 모습으로 확대되거나 혹은 축소되어 나타나기 때문에 고정적이지 않고 유동적이라 할 수 있다.

물의 표적 영역은 인간의 생업방식이 크게 영향을 주어 형성된다. 가령 수렵채취시대, 농경사회, 산업사회에서 삶의 토대인 생업방식이 각각 다르기 때문에 물의 경험적인 영역 또한 다르다는 것이다. 생업방식은 기본적으로 자연환경과 밀접한 관련이 있고, 사회적 구조나 역사 등의 문화적 환경으로부터 많은 영향을 받는다. 그것은 인간의 신체/물리적 기반이 동일할지라도 정신적 경험영역이 다양하게 나타날 수밖에 없음을 의미한다. 특히 물에 관한 기호적 경험은 수렵채취시대보다는 물의 물리적 경험이 다양해진 농경사회에서는 더욱 확대되었을 것이며, 농경이 위축되고 물에 대한 인공적 극복이 확대된 산업사회에서는 물의 기호적 경험이 농경사회에 비해 점차 축소되어 나타날 수 있다는 것이다.

지금까지 논의된 민속에 나타난 물의 문화적 중층성은 농경사회를 근간으로 형성된 것이기 때문에 물의 기호적 경험이 다양하게 나타나고 있다. 이러한 기호적 경험들을 체험주의적 개념체계 모형으로 정리하면 물의 신체/물리적 경험과 정신/추상적인 경험의 관계 속에서 통섭적으로 이해할 수 있다. 개념체계란 결코 완결된 형태의 고정의 모형이 아니라 신체화된 인간이 세계와 지속적으로 상호작용하는 과정에서 지속적으로 변화해 가기는 하지만, 대체로 안정된 틀이다. 개념체계는 경험의 두 층위가 공존하는 형태로 이루어진다.[57] 이와 같은 두 층위를 토대로 민속에 나타난 물의 중층성은 다음과 같은 형태로 모형화 할 수 있다.

| | 신화 | 가정신앙<br>마을신앙 | 용신신앙 | 풍수신앙 | 변이성 |
|---|---|---|---|---|---|
| **정신** | 탄생수(영웅)<br>C | 봉헌수(공물)<br>$D^2$<br><br>약수(재생)<br>$D^1$<br><br>정화수(정화)<br>D | 신성수(용신)<br>E | 생기수(재물)<br>F | ↑<br>↑<br>↑<br>↑<br>↑<br>↑<br>↑ |
| | 생명수(생명)<br>B | | | | 공공성 |
| **몸** | 신체/물리적 층위의 경험영역인 공통기반(샘물/빗물)<br>A | | | | |

샘물 → → → → → → → → → → → → → 빗물

위의 개념체계에서 각각의 다른 개념체계들을 $(f)^1$, $(f)^2$, $(f)^3$, $(f)^4$, $(f)^5$, $(f)^6$, $(f)^7$라고 하고, 두 층위의 상호작용 속에서 산출된 물의 의미를 각각 정리하여 그와 관련된 최소한의 민속 현상을 제시하면 다음과 같다.

$(f)^1$ = A+B / 생명(생활습속 전반)

$(f)^2$ = A+B+C / 영웅(신화)

$(f)^3$ = A+B+D / 정화(가정신앙/마을신앙/상례/씻김굿/물맞이)

$(f)^4$ = A+B+D+$D^1$ / 재생(마을신앙)

$(f)^5$ = A+B+D+$D^1$+$D^2$ / 공물(가정신앙/마을신앙)

$(f)^6$ = A+B+E / 용신(용신신앙)

$(f)^7$ = A+B+F / 재물(풍수신앙)

위의 개념체계는 결코 완결된 고정형태로 고착화되는 것이 아니라 신체화된 인간이 세계와 지속적으로 상호작용하면서 끊임없이 변화된다는 점을 유념해 둘 필요가 있다. 물에 대한 관념의 변화에 따라 위의 개념체계가 확대되기도 하고 축소되기도 하기 때문이다. 물의 신체/물리적 층위의 경험영역이 변화를 하면 당연히 정신/추상적인 층위의 경험영역도 변화를 수반한다는 의미이다. 가령 물을 식수로 사용하느냐 농업용수로 사용하느냐에 따라 물에 대한 정신경험적인 영역이 달라지기 마련이고, 물의 정신경험적인 영역이 확대되면 샘물에서 빗물의 경험영역으로 확대되기도 한다는 것이다. 즉 생명수로서 물은 샘물과 빗물 경험의 공통적 기반이 토대가 되지만, 샘물에서 빗물로의 경험영역 확대는 탄생수→정화수→신성수→생기수라는 정신적 경험영역의 확장으로 연결된다. 물론 많지는 않지만 그 반대일 가능성도 존재한다.

그래서 샘물과 빗물의 정신적인 경험영역이 신체/물리적 경험영역으로부터 멀어질수록 물의 다양한 변이성을 보여줄 것이며, 반대로 변이를 발생시킨 근거가 되고 정신적인 경험영역을 제약하는 경험의 공통기반인 신체/물리적 기반으로 회귀하면 물의 공공성이 확대된다. 물의 보편적인 공공성과 상대적 변이성을 포괄하는 문화적 중층성이 나타나는 것은 바로 이 지점인데, 물의 공공성은 생명의 원리를 근거로 하는 생명수라 할 수 있고, 상대적 변이성은 탄생수, 정화수, 약수, 봉헌수, 신성수, 생기수 등이라 할 수 있다. 이것은 물의 신체/물리적 영역과 정신/추상적인 경험영역이 끊임없이 상호 작용하면서 물의 관념과 의미를 생산하고 있음을 알 수 있다.

물의 개념체계에서 보면 인간은 샘물/빗물에 대해 몸이라고 하는 신체/물리적 층위의 경험영역(A)을 근거로, 인간에게 필수요소인 물이 생명의 원천이라는 정신적인 경험영역이 은유적으로 사상되어 생명수(B)로 표상된다. 샘물이건 빗물이건 모든 물은 생명의 원천으로서 생명수의 의미를 지닌다는 것을 알 수 있다.[58] 생명수로서 물의 의미를 토대로 이차적으로 탄생수(C), 정화수(D), 신성수(E), 생기수(F) 등 기호적 확대가 이루어진다. 생명수라는 정신적인 경험을 근거로 확대된 기호적 경험들은 독립적으로 존재할 수 있지만 서로 중첩될 수도 있다. 다시 말하면 물이 탄생수이면서 정화수이거나, 정화수이면서 신성수, 신성수이면서 생기수, 신성수이면서 탄생수라는 의미가 중첩된 은유가 있을 수 있기 때문이다.

뿐만 아니라 생명수로서 물의 의미를 토대로 정화수로, 정화수가 약수로, 약수가 봉헌수로 기호적 확장이 이루어지기도 한다. 여기서 약수는 최소한 생명수와 정화수의 의미를 근거로 기호적으로 확장된 것이고, 봉헌수는 생명수를 근거로 약수와 정화수의 의미의 결합 혹은 개별적으로 작용되어 표상된 것이라 할 수 있다. 이처럼 봉헌수로서 물은 생명과 정화의 의미를 토대로 재생의 의미를 가지고 있기 때문에 신적인 존재에게 공물로서 바쳐진 것이다. 이와 같은 기호적 경험의 확장방식은 은유적으로 다양하게 이루어진다. 생명 원리로서 물의 공공성이 경험 영역의 확대를 통해 다양한 방식으로 은유화 되면서 다양성을 갖게 된다. 중요한 것은 물과 관련된 다양한 민속현상의 뿌리는 인간의 신체/물리적 조건에서 찾을 수 있다는 사실이다.

## ∞ 요약

　물은 동물의 성장에 필요한 생존의 물이요, 식물의 생장에 필요한 경작하기 위한 물이다. 이러한 원초적인 기능을 바탕으로 씻기 위한 물로 사용되는 것은 물론 물의 경험적 영역이 다양하게 확대되면서 정신적 영역 또한 확장되어 왔다. 경험적 영역에 근거한 정신적인 경험은 다양한 은유적 표현방식으로 나타난 것이다. 그러한 예로 용알뜨기, 우물제, 보제, 기우제, 기자신앙, 마을신앙의 목욕재계, 상례인 염습의 의례, 무속신앙의 씻김, 단오물맞이, 치병의 수단과 약수제, 봉헌으로서 공물, 용신과 용신제, 풍수적 재물 등을 들 수 있다. 이러한 것은 물의 신체/물리적 기반에 근거하여 추상/정신적인 경험이 은유적으로 투사되어 나타난 것으로 이들은 고정적이지 않고 시간과 공간의 이동에 따라 끊임없이 유동적으로 변해왔다.

　물의 은유적 구조를 통해 물의 관념과 표상이 어떻게 형성되고 변화되는 지를 확인할 수 있는데, 신체/물리적 기반으로서 물에 다양한 관념이 은유적으로 투사되어 물이 생명의 원천으로서 생명수, 영웅의 출현으로서 탄생수, 정화의 원리로서 정화수, 재생의 원리로서 약수, 공물의 수단으로서 봉헌수, 용신의 거주처로서 신성수, 재물의 상징으로서 생기수라는 표상을 갖게 되는 것을 기호화 과정을 통해 확인할 수 있다.

　물의 물리적 경험과 기호적 경험의 융합으로 형성된 문화적 중층성은 물의 신체/물리적 경험과 정신/추상적인 경험의 관계 속에서 통섭적으로 이해되어야 한다. 생명의 원천인 생명수로서 물은 샘물과 빗물의 공통적 경험기반이 토대가 되었지만, 샘물에서 빗물로의 경험영역 확대는 탄생수 → 정화수 → 신성수 → 생기수라는 정신적 경험영역의 확장으로 연결되고, 이것은 물의 기호적 확대로 나타난다. 생명수라는 정신적 경험을 근거로 확대된 기호적 경험들은 독립적으로 존재할 수 있지만 서로 중첩될 수도 있다. 그런가 하면 생명수로서 물의 의미를 토대로 정화수로, 정화수가 약수로, 약수가 봉헌수로 기호적 확장이 이루어지기도 한다.

중요한 것은 샘물과 빗물의 정신적인 경험영역이 신체/물리적 경험영역으로부터 멀어질수록 물의 다양한 변이성을 보여주고 있으며, 반대로 변이를 발생시킨 근거가 되고 정신적 경험영역을 제약하는 경험의 공통기반인 신체/물리적 기반으로 회귀하면 물의 공공성이 확대되고 있다는 것이다. 물의 보편적인 공공성과 상대적 변이성을 포괄하는 문화적 중층성이 나타나는 것은 바로 이 지점이다. 물의 공공성은 생명의 원리를 근거로 하는 생명수라 할 수 있고, 상대적 변이성은 탄생수, 정화수, 약수, 봉헌수, 신성수, 생기수 등이라 할 수 있다. 이것은 물의 관념과 의미가 물의 신체/물리적 영역과 정신/추상적인 경험영역이 끊임없이 상호 작용되면서 나타난 것을 해석한 결과이다.

지금까지 물에 대한 체험주의적 해명을 통해 물의 기호화 과정과 문화적 중층성을 파악해 보았다. 이것은 물 이용체계에 대한 이해가 다소 미흡하다 하더라도 인간과 물의 물질적 혹은 정신적 상호관계 속에서 물의 문화적 표상과 의미를 파악했다는 점에서 의의를 갖는다. 특히 물의 관념을 평면적으로 파편화시켜 이해하지 않고 계열체적이며 총합적으로 파악하려 한 것은 향후 민속 해석의 또 하나의 길을 열어줄 것이라는 점에서 기대가 된다.

# 각주

1  배병주, 「농촌수리관행에 관한 연구」, 『인류학연구』제3집, 영남대문화인류학회, 1986.

2  이남식, 「취락의 공간유산과 수리공동체의 기능」, 『안동문화』제10집, 안동대 안동문화 연구소, 1989.

3  배영동, 「수도작 기술의 문화로서 보의 축조와 이용」, 『농경생활의 문화읽기』, 민속원, 2000.

4  구미래, 「우물의 상징적 의미와 사회적 기능」, 『비교민속학』23집, 비교민속학회, 2002.

5  임재해, 「기우제의 성격과 그 전승의 시공간적 이해」, 『한국민속과 전통의 세계』, 지식산 업사, 1994.

6  최종성, 「용부림과 용부림꾼」, 『민속학연구』6, 국립민속박물관, 1999.

7  김명자, 「세시풍속을 통해 본 물의 종교적 기능」, 『한국민속학』49권, 한국민속학회, 2009.

8  김재호, 「산골사람들의 물 이용과 민속적 분류체계」, 안동대학교 대학원 박사학위논문, 2006.

9  물은 수질에 따라 크게 민물과 바닷물로 구분할 수 있는데, 본고는 기본적으로 농업을 기반으로 형성되었던 농경집단의 물을 대상으로 삼고 있기 때문에 해안지역이나 도서 지역에서 경험하는 바닷물은 배제했다. 바닷물은 빗물, 물길을 따라 흐르는 도랑물, 도 랑물의 합수로서 강물과 연계하여 이해할 필요가 있고, 어업을 주업으로 하고 있는 삶 의 터전으로서 이해할 필요가 있기 때문이다.

10  앙리 베르그손(박종원 옮김), 『물질과 기억』, 아카넷, 2012, 428~429쪽.

11  노양진, 『몸이 철학을 말하다』, 서광사, 2013, 24쪽.

12  체험주의와 경험주의는 '경험'에 대한 개념에서 차이가 있다. 경험주의의 경험 개념이 '감각적 지각에 직접 주어진 것'이라는 좁은 의미로 사용되는 반면, 체험주의의 경험 개 념은 "우리를 인간-우리의 세계에 대한 우리의 이해를 구성하는 복합적인 상호작용 안 에서 결합되는 신체적·사회적·언어적 존재-으로 만들어 주는 모든 것"을 포함하는 넓은 의미로 사용된다.(노양진, 위의 책, 21쪽)

13  노양진, 위의 책, 160쪽.

14  노양진, 위의 책, 111쪽.

15  G. 레이코프·M. 존슨(노양진·나익주 옮김), 『삶으로서 은유』, 박이정, 2009, 315~ 317쪽.

16 노양진,『몸·언어·철학』, 서광사, 2009, 117~125쪽.

17 오그덴 & 리차즈의 의미의 기본 삼각형 원리에 의하면 자연석인 돌이 덮개돌로 활용되고, 덮개돌이 칠성신앙의 관념에 따라 '칠성바위'로 명명되기도 하고, 거북신앙의 관념에 따라 '거북바위'의 명칭을 갖게됨을 확인할 수 있다.(표인주,「지석묘 덮개돌의 언어민속학적인 의미」,『호남문화연구』제53집, 전남대학교 호남학연구원, 2013, 205~237쪽.)

18 노양진,『몸이 철학을 말하다』, 서광사, 2013, 167쪽.

19 노양진, 위의 책, 160~161쪽.

20 노양진, 위의 책, 166쪽.

21 김재호, 앞의 논문, 145쪽.

22 김재호, 위의 논문, 47쪽.

23 해남군 산이면 대진리 신농마을에서는 마을 앞의 원둑을 막을 때 지나가다 술에 취에 잠이 든 스님을 제물로 바치고 제사를 지냈다. 그 후로는 비가 오려고 하면 그곳에서 '애두럽다'라는 말을 반복하는 울음소리가 들려오고, 마을에 천재지변이 자주 발생하자 마을사람들은 천제를 지냈다고 한다.(표인주,『남도설화문학연구』, 민속원, 2000, 358쪽.)

24 언어적 기표는 보통명사를 활용하여 명명할 수 있지만, 그렇지 않은 경우 대상의 가르기를 위해 작명(作名)하여 명명하는 것이 바람직하다. 기표는 대상을 구분하거나 가르기의 기준이 될 수 있고, 가르기는 사물들의 유사성과 차이를 드러내는 원초적인 방식이기 때문에 의미를 생산하는 지점이 되기도 한다. 사물의 가르기를 위해 대상에 대한 명칭이 일반화되어 있다면 보통명사를 언어적 기표로 사용하면 되지만 그렇지 않은 경우 유사한 보통명사를 사용하는 것은 바람직하지 않다. 유사한 보통명사를 사용하면 도리어 가르기를 통해 이루어진 대상의 해석이 불분명해질 수 있기 때문이다. 따라서 물과 관련된 기표의 명칭이 일반화되어 있지 않은 경우 작명하여 가르기의 본질에 충실하도록 물의 의미를 파악할 필요가 있다.

25 권태효,「우물의 공간적 성격과 상징성 연구」,『민족문화연구』56호, 고려대학교 민족문화연구원, 2012, 257쪽.

26 한상수,『한국인의 신화』, 문음사, 1986, 232~234쪽.

27 권오영,「성스러운 우물의 제사」,『지방사와 지방문화』11권 2호, 역사문화학회, 2008, 239쪽.

28 『한국민속신앙사전』(가정신앙㉠~㉵)에 의하면, 정화수(井華水)는 '새벽 일찍이 우물에

서 길어온 물'이라 정의하고 있다. 본고에서 사용하고 있는 정화수(淨化水)의 개념과 다르지만 정화수로 사용되는 물이 주로 샘물이 많기 때문에 두 용어들이 다소 혼용될 가능성이 있다. 그렇지만 '샘물'을 지칭하는 경우와 '정화의 물'로서 사용되는 경우는 분명히 구분하여 사용할 필요가 있다.

29 최길성,『한국민간신앙의 연구』, 계명대학교출판부, 1989, 287쪽.

30 『한국민속신앙사전』(마을신앙◉~ⓗ), 국립민속박물관, 2010, 780쪽.

31 송화섭 · 김경미, 「1930년대 전주 덕진연못의 단오물맞이」, 『지방사와 지방문화』16권 1호, 역사문화학회, 2013, 194쪽.

32 김태훈, 「한국 종교문화 속 물의 상징성에 대한 고찰」, 『원불교사상과 종교문화』58, 원광대학교 원불교사상연구원, 2013, 218쪽.

33 불교에서 극락정토에 있는 물은 사바세계의 물과 달라 공기처럼 의복이 젖지 않으며, 물을 마시면 전신이 가볍고, 상쾌해지고, 온몸의 기운이 충만해지는 것은 물론 업장이 소멸된다고 한다.(김태훈, 위의 논문, 223쪽)

34 김재호, 앞의 논문, 152쪽.

35 김의숙, 「물의 제의 연구」, 『강원인문논총』제9집, 강원대학교 인문과학연구소, 2001, 45~46쪽.

36 중국에서 약사신앙은 5세기 중엽부터 성행하기 시작하여 6세기 중엽에는 전역으로 확산되었을 것으로 보이고(길태기, 「백제의 주금사와 약사신앙」, 『신라사학보』6, 신라사학회, 2006, 92쪽.), 일본에서 약사신앙은 불교의 극락왕생을 위한 것이 아니라 현세적인 의약 때문에 신앙화 된 것으로 온천신앙으로 발전하였다.(조용성, 「벳푸 하마와키 야쿠시마쓰리에 나타나는 약사여래신앙」, 『차세대인문사회연구』9권, 동서대학교 일본연구센터, 2013, 134~137쪽.)

37 임남수, 「고대한국 약사신앙의 전개양상과 조상」, 『사림』제24호, 수선사학회, 2005, 88~89쪽.

38 여인석, 「삼국시대의 불교교학과 치병활동의 관계」, 『의사학』제5권 제2호, 대한의사학회, 1996, 212쪽.

39 편무영, 『한국불교민속론』, 민속원, 1998, 215~268쪽.

40 김명자, 앞의 논문, 168쪽.

41 김의숙, 앞의 논문, 49쪽.

42 표인주, 「지리산 산신신앙의 다양성과 축제적 활용」, 『남도문화연구』제24집, 순천대학교 지리산권문화연구원 남도문화연구소, 2013, 298쪽.

43 표인주, 『남도민속문화론』, 민속원, 2002, 303쪽.

44 김태곤, 「물의 제의적 원의상징」, 『월산 임동권박사 송수기념논문집』, 집문당, 1986, 229쪽.

45 표인주, 『영산강 민속학』, 민속원, 2013, 23쪽.

46 용알뜨기는 복물뜨기 혹은 새알뜨기라고도 하는데, 정월 대보름날에 부인들이 닭이 울 때를 기다렸다가 서로 앞을 다투어 샘물을 긷던 풍속으로, 우물에 있는 용의 알을 뜬다는 뜻이다.(『한국세시풍속사전』(정월편), 국립민속박물관, 2004, 178쪽.)

47 가정의 우물이나 마을의 공동우물에서 용신을 대상으로 지내는 제사로, 가정에서 행하는 경우는 용왕먹이기라고 부르기도 하고, 마을의 우물제는 용왕제 혹은 샘제라고 부르기도 한다.

48 권태효, 앞의 논문, 275쪽.

49 용화부인을 모신 용궁각에서 덕진연못의 수신인 용왕에게 용신제를 지내기도 함(송화섭, 앞의 논문, 185쪽)

50 영암남해당지는 영산강을 건너 무안 몽탄으로 피신하라는 암시를 주었던 설화가 전승되는 곳으로 용신을 모시는 신당이었음(『한국민속신앙사전』(마을신앙ⓞ~ⓗ), 국립민속박물관, 2010, 644쪽.)

51 『한국민속신앙사전』(마을신앙ⓞ~ⓗ), 국립민속박물관, 2010, 971~972쪽.

52 도선국사가 도입한 풍수지리는 불교 및 도교와 유착하면서 밀교화하고 풍수비보사상과 풍수도참사상으로 발전하여 크게 성행했다. 고려시대까지는 주로 양기풍수가 성행했으나 조선시대는 성리학의 영향을 받아 조상숭배의 전통이 음택풍수로 발전하여 오늘에 이르고 있다.(송화섭, 「민속과 사상」, 『한국사론』 29, 국사편찬위원회, 1999, 390~391쪽.)

53 표인주, 앞의 책, 75~92쪽.

54 윤천근, 『풍수의 철학』, 도서출판 너름터, 2001, 200쪽.

55 김재호, 앞의 논문, 47~50쪽.

56 노양진, 『몸·언어·철학』, 서광사, 2009, 161쪽.

57 노양진, 위의 책, 289쪽.

58 물이 반드시 생명의 원천으로서만 의미를 갖는 것은 아니다. 홍수신화에서 보여주는 것처럼 물은 때론 파괴의 의미를 갖기도 하기 때문이다. 그러나 홍수신화에서 물이 반드시 파괴의 수단으로만 사용되지는 않는다. 파괴는 또 다른 생산과 번식을 목표로 한다는 점에서 물은 생산과 파괴라는 이중성을 가지고 있다. 삶은 죽음을 전제로 인식되고,

죽음은 삶을 전제로 인식된다는 점에서 삶과 죽음을 하나로 이해할 필요가 있는 것처럼 물도 그렇다. 본고에서는 물의 긍정적인 측면에 초점을 맞추어 서술하고 그 의미를 추적하고 있다.

# 제2장

# '불(火)'의 기호적 의미와 문화적 다의성

## 1. 불과 태양, 불의 민속

인간이 불을 발견한 것은 우연한 것이 아니라 삶의 경험적 기반을 바탕으로 하였다. 강렬한 태양으로부터 경험한 것을 토대로 불을 인식했을 수 있고, 낙뢰나 화산 폭발에 따른 화재를 통해 두려움이나 공포만 경험한 것이 아니라 불의 효용성도 경험하게 되었을 것이다. 그러면서 인간은 점차 삶을 변화시킬 수 있는 불을 갖고자 했고, 불을 어떻게 피우고 보관할 것인가에 많은 관심을 가져왔다. 지금까지 인간이 어떻게 불을 피우게 되었는지 그 방법을 다양하게 추론할 수 있고, 그것을 보관하는 방법 또한 다양했다. 불의 발견은 인간이 사용하는 도구의 출현은 물론 공동체생활과도 밀접한 관련이 있다. 호모에렉투스는 초기에 골각기나 석기를 만들었고, 요리를 했다고 하는 것을 보면[1] 약 100만~35만 년 전부터 인간의 생존 방식으로서 불을 다양하게 사용했음을 확인할 수 있다. 따라서 불의 발명은 인간의 삶에 혁명적인 변화를 가져오게 했다.

불의 발견은 태양의 재창조라고 할 수 있다. 태양은 열의 공급처이고 빛을 발산하는 발광물이다. 빛을 발산하는 것은 태양만이 아니라 달과 별이 있지만 인간의 삶에 필요한 열을 제공하지 않는다는 점에서 다르다. 그렇지만 태양과 달, 별은 자연의 현상으로서 인간의 능력이 작용할 수 없는 초인적인 대상이라는 점에서 동일하다. 인간은 초인적인 대상으로서 태양만이 가지고 있는 열과 빛을 불을 통해 얻게 되었고, 그것을 생활 속에서 다양하게 활용하고 인식해 왔다. 즉 태양을 국가나 공동체의 절대적인 권능과 영웅적인 인물의 신성함을 나타내는 상징적 대상으로 인식했고, 불을 인간의 생활 속에서 실용성과 주술성의 도구로 활용한 것에서 그것을 알 수 있다. 주몽을 비롯한 박혁거세, 김알지, 김수로왕 등 건국신화에서 왕이 곧 태양이었고, 왕도 곧 태양의 아들이라고 한 점, 삼족오신화에서 불이 태양의 화신이라고 한 것을 보면, 자연과 인간의 관계 속에서 태양과 불은 둘이 아니라 하나인 것이다. 태양과 불이 하나인 것처럼 열과 빛의 실체도 하나이다. 다만 인식의 차원에서 의미를 찾기 위해 열과 빛으로 구분한 것이지, 근원은 하나이다. 그렇기 때문에 생활 속에서 열과 빛은 둘로 구분되기도 하지만 때로는 서로 혼용되는 경우도 많다.

열과 빛의 근원이었던 태양에서 불로 교체된 뒤에 인간은 끊임없이 불을 다양하게 활용해왔지만, 불을 통해 얻어지는 열과 빛을 어떻게 하면 지속적으로 확보할 수 있는지를 고민해왔다. 그러면서 열은 어느 정도 지속성을 지녔음을 경험했을 것이고, 이에 비해 빛은 순간의 찰나라는 일회성을 경험하였을 것이다. 이러한 경험적 토대들이 열은 실용성으로, 빛은 신성성의 도구로 발전해왔다. 빛의 실체가 불과 태양의 상징물로 인식되고 모든 사물을 밝혀준다는 이데올로기적 대상이 되면서 빛이 국가나 공동체에서 영웅적인 인물 탄생을 계시하는 역할을 했다. 인간은 빛을 통해서 변신하고 새로운 변화를 제시하여 창조의 주인공인 문화 주체가 되었던 것이다.

이와 같은 불이 현대사회에서는 새로운 열과 빛의 에너지인 전류로 대체되고, 전기의 발견은 불의 발견 못지않게 인간 삶에 엄청난 변화를 초래했다는 점에서 새로운 패러다임의 문화혁명이라 할 수 있다. 다시 말하면 인간이 누대에 걸쳐서 경험했던 열과 빛의 생산방식이 초자연적이거나 자연적인 것보다도 인공적인 전류로 대체됨으로서 열과 빛에 대한 인식이 바뀌게 된 것이다. 즉 열과 빛의 실용성은 지속되었지만 신성성은 어느 정도 약화될 수밖에 없는 것이다. 지금까진 오직 태양과 불을 통해서 열과 빛을 획득하였으나 전류를 통해서도 태우고 익히며 덥히는 것을 비롯해 밝힐 수 있게 된 것이다. 여기서 중요한 것은 태양이나 불 그리고 전류의 구분이 아니라 이들의 공통적 기능에 관한 것이다. 그것은 곧 열과 빛이다. 실질적으로 놀이나 의례 및 신앙생활에서 불을 켜는 것을 전등으로 교체하는 경우가 많다. 그것은 불을 켜는 방법이나 전등을 이용하여 불을 밝히는 것은 모두 다 빛을 생산한다는 점에서 동일하고, 빛과 관련된 형식적인 변화가 이루어졌지만 기능적인 의미는 변화하지 않았음을 의미한다.

불의 민속은 열과 빛의 민속이다. 민속에 나타난 불의 의미를 파악하기 위해서는 기본적으로 불의 물질적인 경험을 통해 이해하는 것도 하나의 방법이다. 곧 민속에서 불이 갖는 의미는 불의 물리적 경험을 토대로 확장되어 나타난 결과이기 때문에 인간의 경험내용의 관점에서 불의 민속을 새롭게 이해할 필요가 있다. 인간의 신체·물리적 경험은 다양하게 은유적으로 확장되어 나타나고, 이것은 자연적, 사회적, 문화적인 요소들의 영향을 받는다.[2] 여기서 은유는 다름 아닌 삶의 체계이자 표현이기 때문에 물리적 경험영역에 근거하여 형성된 문화적인 표현방식이다.

## 2. 불의 물리적 경험 확장

불의 원초적인 경험은 태우기로부터 시작되었다. 낙뢰나 화산 폭발로 화재가 발생하여 나무나 풀들이 불에 타고 있는 장면을 경험했고, 그것을 통해 불의 효용성을 인식하고 활용방안을 다양한 방법으로 모색해 왔다. 무엇보다도 나무나 풀을 태우지 않고선 불을 활용할 수 없다는 것을 알았으며, 불을 통해 열과 빛의 경험도 하게 되었을 것이다. 그것은 태양처럼 열을 통해 사물들을 변형시키고, 빛을 통해 어둠을 밝힐 수 있다는 것을 경험하게 된 것이다. 이러한 과정을 통해 불을 어떻게 피우고 보관할 것인가에 대해 고민해 왔다. 여기서 인간이 불을 피우는 것이 먼저일까? 아니면 불씨를 보관하는 것이 먼저일까? 라고 질문하는 것은 마치 계란이 먼저일까? 닭이 먼저일까? 하는 질문과도 같다. 화재를 경험하면서 불씨 경험을 했고, 어떻게 불을 피울 것인가도 경험했을 것이기 때문이다. 중요한 것은 인간이 태우기를 통해 기본적으로 열과 빛을 경험했다는 점이다. 따라서 불의 최초 물리적 경험은 태우기로부터 비롯되었다고 할 수 있다.

태우기의 방법은 나무와 풀이 기본이었고, 석탄, 전기, 석유, 천연가스, 레이저를 이용한 태우기 등으로 발전해왔다. 중요한 것은 태우기의 방법이 변화되었다 해도 모두가 열을 얻기 위한 방법이라는 점에서 공통적이라는 것이다. 물론 석유와 전류는 열을 얻을 수 있는 에너지로서 뿐만 아니라 동시에 빛을 얻을 수 있다는 점에서 진화된 태우기 방법이라고 할 수 있다. 무엇보다도 인간은 태우기를 통해 기본적으로 열의 체험을 비롯해 연기와 빛을 체험했을 것이다. 그렇기 때문에 불의 체험적 영역을 열, 연기, 빛으로 구분하여 이해할 필요가 있다. 이 가운데 인간이 생활 속에서 열을 이용하여 얻을 수 있는 것은 어떤 것일까? 그것은 기본적으로 음식을 조리하기 위해 사용하는 방법과 인간의 생존에 필요한 체온유지를 위해 사용하는 방법일 것이다.

식재료를 변형하여 만든 것이 음식이고, 기본적으로 익히기를 통해서 이루어진다. 익히는 과정은 식재료에 직접적으로 열을 가하여 가공하는 과정과 물을 끓여 활용하는 익히기 과정으로 나뉜다. 일반적으로 물을 이용하여 익히는 것을 찌거나 끓인다고 하고, 떡을 찌거나 국을 끓이는 것이 그것이다. 한국인은 밥을 주식으로 삼았는데, 밥은 찐밥에서 시작되어 삼국 후기에 끓여 짓는 조리법이 일반화되면서 물을 끓여서 밥을 짓는 것으로 일반화되었다.[3] 그래서 해산물, 농산물, 동물 등을 날 것으로 먹는 경우도 있지만 열을 이용하여 익혀먹는 음식생활을 하게 되었다. 이러한 익힌 음식을 먹기 위해 나무나 풀을 이용하여 불을 피우고 열을 이용하여 활용했지만 문명이 발달하면서 나무와 풀이 석탄이나, 전기, 석유, 천연가스 등으로 대체되어 오늘에 이른 것이다. 다만 오늘날 지역에 따라서 이러한 것을 그 지역의 문명의 수준이나 환경에 적합하도록 선택적으로 활용하고 있을 뿐이다.

덥히기는 열을 이용하여 물질의 보존이나 인간의 생존을 위해 사용하는 경우가 많다. 특히 추운 겨울에는 체온을 유지하기 위해 무엇보다도 열의 이용이 필요하다. 불을 발견한 초창기에는 나무나 풀을 태워 열을 통해 보온의 효과를 기대할 수 있는 방법을 모색했지만, 주거공간의 이동과 주거방식의 변화에 따라 열의 이용도 변화되었다. 열의 효율적인 이용을 통해 체온을 유지하고자 한 방법이 온돌방식이다. 온돌은 불을 피워 구들장에 직접적으로 열을 가한 것이 아니라 불을 피워 발생한 연기를 통해 열이 전도된다고 생각하는 것이 바탕이 되는, 즉 연기에 의한 가열방식이다. 여기서 중요한 것은 불보다도 불로 인해 발생한 열을 연기가 전달한다고 생각하는, 연기를 통해 가열되고 열이 전달된다고 생각하는 체험적 사고이다. 이것은 연기가 어디론가 전달할 수 있다는 매개물의 관념으로 발전하게 된다. 유형적인 모습을 무형화시켜 전달한다고 생각하는 것이나, 아니면 형체의 변화를 통해 변신한다고 생각하는 것이 그것이다.[4]

밝히기는 불을 통해 발생하는 빛의 활용방법이다. 그렇기 때문에 밝히기는 기본적으로 불을 켜고 빛을 오랫동안 지속시킬 수 있는 방법이 중요한 관건이었다. 빛을 통해 어둠을 밝음으로 변형시키는 역할을 하는 것이 밝히기이다. 밝히기는 밝음의 시간을 지속시킴으로서 인간의 활동공간을 확대하는 것은 물론 시간적으로도 연장시키는 역할을 해왔다. 따라서 빛을 통한 인간의 실용적 활용 또한 열을 이용한 것 못지않게 중요한 영역을 담당해 온 것이다. 다만 빛은 열의 활용과는 달리 종교적 활용으로도 확대되었다는 점에서 차이가 있다. 신앙과 관련된 것과 주술적인 행위나 공간에서 불의 활용이 많은 것이 대변해 주고 있다.[5]

결론적으로 불의 원초적 체험 기반은 태우기이다. 태우기를 통해서 체험할 수 있는 것이 연기, 빛, 열이었다. 열을 이용하는 과정 속에서 연기와 빛의 경험을 하게 된 것이다. 여기서 열은 실용적 경험의 토대로서만 지속되어 왔다면, 연기와 빛은 실용적인 경험을 토대로 종교적 경험으로 발전했다는 점에서 차이가 있다. 따라서 불의 물리적 경험은 태우기로부터 시작하여 연기피우기, 밝히기, 가열하기(익히기, 덥히기 등) 등으로 확장되었다고 할 수 있다.


## 3. 불의 기호적 경험과 의미

### 1)태우기의 기호적 경험과 의미

#### (1)생산(풍요)

화전은 풀과 나무를 태워 비료로 사용하는 농법으로서 한반도 북부에서 행해진 농경 형태이다. 이러한 농법은 고대 이래로 세계 각국에 널리 분포되었으며, 인도네시아 등 열대 우림지대에서는 아직까지 존속한 경우도 있으나 근대 이후 화전은 소멸되어 갔다. 한국에서 화전은 식민지 시기부터 해방 후 1979년에 이르기까지 영세한 농민이 최후의 선택사항으로 채용했던 하나의 수단이기도 했다. 그러다가 〈화전 정리 10개년 계획(1967~1974)〉이 시행되고, 1960년 이후 정부의 잠업증산대책이 반영되면서 화전이 소멸되었는데, 특히 1960년대 가장 중요한 농업생산요소인 화학비료가 원활히 공급되면서 화전의 소멸을 가속화시켰다.[6] 화전농업에서 중요한 것은 곡물 생산을 위해 풀과 나무를 태워서 비료로 사용한다는 점이다. 풀과 나무의 태우기는 궁극적으로 농사를 짓기 위한 것이기 때문에 불의 생산적인 관념을 토대로 한 것이다.

화전농업은 풀과 나무를 태운 곳에서 농사를 짓는 것이기 때문에 불은 자연비료를 준비하는 수단이기도 하지만 해충과 쥐를 없애는 수단이기도 하다. 해충과 쥐는 농작물에 피해를 많이 주기 때문에 불을 피워 없애고자 하는 것이다. 그래서 해충과 쥐를 없애기 위해 정초 쥐날이나 대보름날에 '논두렁태우기'를 한다. 이것을 '쥐불놀이'라고도 부른다. 쥐불놀이는 어린아이나 청년들이 자기네 논과 밭둑에 쥐불을 놓으며 노는 풍속으로 쥐불을 놓게 되면 논이나 밭둑에 있는 해충이나 쥐들이 없어진다고 생각한다.[7] 뿐만 아니라 일 년 동안 액을 멀리 쫓을 수 있어서 무병장수한다는 믿음을 갖기도 한다.[8] 쥐불놀이에서 논과 밭둑의 태우기는 생산을 위한 것으로 농사의 풍요를 기원하는 관념이 작용하여 이루어진 것이라 할 수 있다.

이와 같이 화전농업과 쥐불놀이의 기호화는 [Ⓐ기호대상(태우기) ↔ Ⓑ기호내용(생산/풍요) → Ⓒ기표(화전농업·쥐불놀이)]라는 기호적 경험의 구조를 통해 전개된다. 태우기는 나무나 풀을 토양의 거름으로 변형시키고, 나무나 풀 속에 숨어 있는 벌레의 유충이나 들쥐를 제거하는 것은 생산의 극대화, 즉 농사의 풍요를 도모하는 경험적 관념이 작용하여 화전농업과 쥐불놀이가 행해진 것으로 전개되고 있다. 이러한 것은 기본적으로 물리적 경험인 태우기에 근거하고 있고, 태우기는 풀과 나무를 농사거름으로 변형시켜 농사의 풍요를 도모하는 것이다. 동시에 농사의 큰 장애인 벌레와 쥐를 제거하는 것은 이 또한 농사의 풍요를 도모하기 위함이다. 따라서 화전농업과 쥐불놀이의 기호적 의미[9]는 생산(풍요)이라고 할 수 있다.

## (2) 재액

화재막이는 화재를 예방하기 위한 것으로 마을제사와 인공물세우기 형식으로 이루어진다. 화재를 막기 위한 마을제사는 유교적인 제사내용을 가지고 있는 경우가 많으며, 여타의 마을제사와 크게 다른 점은 물항아리를 제장에 묻어둔다는 점이다. 전남 함평군 손불면 대전리에서 불막이제를 지내는데, 제사의 진행은 풍물을 치면서 제장으로 이동하는 것을 시작으로 간수[10]를 담은 항아리를 꺼내 확인하고, 물을 보충하여 항아리를 다시 묻고 제사를 지낸다.[11] 경북 포항시 흥해읍 북송리의 불막이제에서도 마찬가지로 제장에 도착하면 간수를 담은 항아리를 꺼내 곧은 나뭇가지를 넣어 젖어 있는 흔적을 보아 간수의 양을 확인하고 물을 보충한 다음 항아리를 묻고 제사를 지낸다. 이러한 것은 주로 남성 중심의 마을제사에서 확인되지만, 전북 산간지역에서는 여성들이 주도적으로 참여하여 화재를 막기 위해 도깨비제를 지내기도 한다.[12] 이처럼 화재막이는 마을 단위로 행해지기도 하지만 경북 청도의 운문사에서는 소금단지를 불당 뒤에 묻어두기도 하고, 경남 합천 해인사에서도 경내 주변에 화기(火氣)를 제압하기 위해 소금단지를 묻어두기도 한다.[13] 뿐만 아니라 화기를 제압하기 위해 입석이나 장승을 세우는 경우도 있는데, 짐대(솟대)를 세우는 경우가 많다. 특히 전남에서 조사·보고된 짐대 22기 가운데 18기가 비보풍수적 기능을, 즉 화재막이 기능을 수행한다.[14] 짐대 위에 올려 놓는 것이 물과 관련된 물오리라고 인식하는 것을 통해 확인할 수 있다. 화재를 막기 위해 단순히 짐대만을 세우는 것이 아니라 마을제사인 짐대제로 발전하기도 한다.[15]

따라서 화재막이의 기호화는 [Ⓐ기호대상(화기의 땅) ↔ Ⓑ기호내용(재액) → Ⓒ기표(화재막이 – 불막이제·도깨비제·소금단지 매장·짐대세우기)]라는 기호적 경험의 구조를 통해 이루어지는데, 기본적으로 [Ⓐ기호대상(태우기) ↔ Ⓑ기호내용(소멸) → Ⓒ기표(폐허 장소)]의 기호 경험적 구조를 토대로 확장되어 나타난 것이고, [Ⓐ기호대상(땅) ↔ Ⓑ기호내용(음양오행사상) → Ⓒ기표(화기의 땅)]의 기호내용을 근거로 이루어진 것이다. 태우기는 기본적으로 나무나 풀을 태우는 것은 물론 나무나 풀로 이루어진 모든 인공물을 태우기도 한다. 그래서 인간이 거주하는 목조로 이루어진 가옥, 그 가옥으로 이루어진 마을이 불에 타면 폐허의 장소로 둔갑하게 된다. 사찰이나 왕실 등에서도 마찬가지인데, 화재가 발생한 원인을 음양오행사상을 바탕으로 땅의 기운에서 찾는다. 즉 땅의 기운이 화기(火氣)가 강해 화재를 발생시켰다고 생각하는 것이다. 따라서 화기가 강한 곳에 집을 지으면 마을이 전소되는 재앙이 자주 발생한다는 관념이 작용하여 그곳에서 화재막이를 하게 된 것이다. 이처럼 화재막이의 기호화 과정이 [Ⓐ기호대상(화재 장소) ↔ Ⓑ기호내용(재액/음양오행사상) → Ⓒ기표(화재막이)]라는 기호적 경험의 구조 속에서 이루어지고, 화재막이의 기호적 의미는 재액(소멸)이라고 할 수 있다.

## (3) 정화

정화의 수단으로 행해지는 세시행사를 공동체와 가족을 기준으로 구분할 수 있는데, 공동체가 중심이 되는 놀이로 달집태우기, 횃불싸움, 낙화놀이 등이 있고, 가족이 중심이 되는 것으로 액막이불놓기와 불밝히기 등을 들 수 있다. 이들은 기본적으로 액을 막아 안녕을 기원하거나 풍요를 기원하고자 한 것으로 마을과 가정의 액을 막는 것이, 곧 마을과 가정을 정화하고자 함이다.

달집태우기는 마을의 청장년들이 주축이 되어 짚을 모으고 생솔이나 생대를 베어다가 마을 공터에 원추형의 달집을 만들어 놓고, 14일 밤 달이 떠오를 때를 기다려 함성을 지르면서 불을 지르는 것을 말한다.[16] 달집태우기는 마을의 액을 쫓기 위해 달집에 불만 태우는 경우가 일반적인 것으로[17] 밭농사가 중심이 되는 산간지방을 중심으로 나타나고, 호남지역에서는 주로 섬진강권에 집중적으로 나타난다. 전라남도 시도무형문화재 제24호로 지정된 승주달집태우기가 대표적인 예인데, 마을사람들은 겨울에 날렸던 연에 방액(防厄)의 글을 써서 달집에 매달고, 달이 떠오를 때 달집에 불붙이기를 경쟁적으로 하며, 달집이 타면서 내는 폭죽소리는 마을의 액을 내쫓는 것으로 믿는다. 이와 같은 달집태우기를 충남 부여, 청양 등에서는 동화(洞火)라 부르고, 동화는 마을의 질병과 잡귀를 모두 소각시키는 '동네불'이란 의미를 가지고 있다.[18] 특히 청양 일대에서는 주민들이 싸리나무를 쌓아 엮은 동화대를 세우고 마을의 액운을 쫓고 농사의 풍년을 기원하기 위해 불을 붙인 다음 제사를 지낸다.[19] 동화대를 하나만 세우는 것이 아니라 쌍으로 세우기도 하고, 동화의 본질적인 목표가 액막이라는 점에서[20] 달집태우기와 유사한 세시놀이임을 알 수 있다.

이처럼 달집태우기는 기본적으로 마을공동체의 액을 물리치기 위한 것으로 마을의 공간을 정화시키고자 한 관념이 작용하여 행해지는 세시 놀이다. 달집태우기의 기호화 과정은 [ⓐ기호대상(마을) ↔ ⓑ기호내용 (정화) → ⓒ기표(달집태우기)]라는 기호적 경험의 구조로 전개되고, [ⓐ기 호대상(불) ↔ ⓑ기호내용(소멸) → ⓒ기표(태우기)]라는 기호 내용을 근간 으로 확장된 것이다. 기본적으로 달집태우기는 마을의 액을 물리치고 마 을의 공간을 정화시키기 위한 은유적 행위이다.[21] 여기에 공동체적 신앙 관념이 작용하여 은유적으로 확장된 마을제사를 지내기도 하고, 은유적 확장은 경험의 작용을 통해서 이루어진다. 궁극적으로 태우기라는 물리 적 경험을 근거로 형성된 기호적 경험인 달집태우기의 기호적 의미가 정 화라는 것을 확인할 수 있다.

횃불싸움은 정월 보름날 밤에 많이 하며, 횃불을 들고 놀다가 이웃마 을과 시비를 걸면서 치고 때리며, 옷도 태우는 놀이다. 승부는 횃불을 빼 앗기거나, 횃불이 꺼지거나, 놀이꾼들이 후퇴하면 지게 된다.[22] 횃불싸움 은 쥐불놀이가 편싸움 형태로 발전하여 전개되기도 하고, 달집태우기가 달집뺏기, 불절음으로 확대되어 발전되기도 한다.[23] 따라서 횃불싸움은 쥐불놀이와 달집태우기의 다양한 경험이 작용하여 은유적으로 확장된 놀이라고 할 수 있다. 횃불싸움은 [ⓐ기호대상(태우기) ↔ ⓑ기호내용(생 산/풍요) → ⓒ기표(쥐불놀이)]라는 기호적 경험의 구조가 원초적 근원이 되었거나, [ⓐ기호대상(마을) ↔ ⓑ기호내용(정화) → ⓒ기표(달집태우기)] 라는 기호적 경험의 구조가 그 근원이 되었다고 할 수 있다. 즉 횃불싸움 은 [ⓐ기호대상(태우기) ↔ ⓑ기호내용(생산/정화) → ⓒ기표(횃불싸움)]이

라는 기호적 경험의 구조를 바탕으로 기호화된 것으로, 횃불싸움의 기호
적 의미는 생산과 정화이고, 횃불싸움은 〈태우기 → 쥐불놀이/달집태우
기 → 횃불싸움〉의 발전과정 속에서 형성된 집단적인 세시놀이임을 알
수 있다.

낙화놀이는 질병과 재액을 쫓는 벽사의 의미가 담겨 있는데, 숯과 사
금파리를 빻아 만든 낙화막대를 집 안팎의 경계인 대문에 매달고 점화를
하면 숯가루가 타면서 붉은 꽃처럼 쏟아지고 소리를 내면서 사방으로 흩
어진다. 이러한 놀이는 정월 보름날 밤에 행하는 액막이적 성격의 놀이
로서 불꽃놀이, 낙화불놀이, 줄불놀이라고 부르고, 대전과 충북, 경남에
서 행해졌다.[24] 이는 전북 무주군 안성면 두문마을에서도 행해졌는데, 서
당을 중심으로 마을주민들이 함께 모여 낙화놀이를 했다.[25] 낙화놀이를
불교적인 성격이 강한 관등형 낙화놀이, 유교적 성격이 강한 관화형 낙
화놀이로 구분하기도 하지만[26] 줄불놀이라는 점에서 공통점을 가지고 있
다. 따라서 낙화놀이의 기호화는 [Ⓐ기호대상(태우기) ↔ Ⓑ기호내용(정
화) → Ⓒ기표(낙화놀이)]라는 기호적 경험의 구조를 토대로 이루어지고,
기호적 의미는 정화이다.

액맥이불놓기는 정월 보름에 집안의 액을 몰아내거나 잡귀가 들어오
지 못하도록 하기 위해 가정 중심의 불피우기를 말하는데, 댓불놓기, 망
울불넘기, 모깃불놓기, 귀신불놓기, 뽕나무재태우기, 노간주나무태우기,
아궁이불때기 등이 있다. 전남지역에 전승된 댓불놓기는 정월 보름에 마
당에 대나무나 피마잣대 또는 고춧대를 올려놓고 불을 피우고, 그 위를
뛰어넘어 다니면서 잡귀를 물리치는 액막이놀이인데, 지역마다 명칭이
다양하다. 충남 천안에서는 보름날 저녁에 마당에 짚단을 쌓아 불을 붙

여 놓고 그 불을 뛰어 넘는 것을 망울불넘기라고 하고, 강원도에서는 정월 보름에 모깃불을 피울 때 청죽이나 아주까리대, 헌대빗자루를 함께 태워 탕탕 소리가 나게 하여 모기는 물론 귀신도 퇴치한다고 하는 것을 모깃불놓기라고 한다. 뽕나무재태우기는 충북, 경북, 강원도 등에서 행해진 것으로 정월 열엿새날인 귀신날에 귀신을 쫓기 위해 뽕나무재를 태우는 풍속이고, 노간주나무태우기는 정월 보름에 강원도와 경상도 지역에서는 싸리나무를, 그 외의 지역에서는 대체로 노간주나무로 불을 때는 풍속인데, 충청도에서는 아궁이에불때기라고 한다.[27] 액막이불놓기는 기본적으로 가정 안에 있는 액을 몰아내어 정화시키는 것을 목적으로 하는 태우기 민속이다. 따라서 액막이놀이의 기호화는 [Ⓐ기호대상(태우기) ↔ Ⓑ기호내용(정화) → Ⓒ기표(액막이불놓기)]라는 기호적 경험의 구조를 통해 전개되고, 기호적 의미는 정화라고 할 수 있다.

불밝히기는 섣달 그믐날 밤 온 집안에 불을 밝히는 것을 말하는 것으로 주로 정월 보름에 많이 한다. 섣달 그믐날 밤에 생대나무를 태우기도 하고, 집안 곳곳에 불을 밝혀두기도 한다.[28] 이러한 것은 정월 대보름에 본격적으로 행해진다. '우물밝히기'라 해서 정월 열나흗날 밤 집안의 우물가에 불을 밝히고 액을 막고자 함이고, 충남, 전북, 전남에서는 '식구불켜기'라고 해서 식구 수대로 불을 켜두기도 한다.[29] 제사를 지내면서 떡시루 안에 '불밝이쌀'이라 하여 불을 밝히기도 한다. 불밝이쌀은 제장에 불을 밝힐 목적으로 안치하는 쌀을 말한다.[30] 불밝히기는 집안의 액을 몰아내고 가족의 액을 물리치기 위함으로 정화의 목적으로 행해지는 세시행사이다. 따라서 불밝히기의 기호화는 [Ⓐ기호대상(태우기) ↔ Ⓑ기호내용(정화) → Ⓒ기표(불밝히기)]라는 기호적 경험의 구조로 전개되고, 기호적 의미는 정화이다.

이와 같이 정화의 수단이 태우기로서 불피우기이고, 불피우기가 불밝히기로 전개된 것임을 확인할 수 있다. 따라서 달집태우기(동화제)·횃불싸움·낙화놀이·액막이불놓기·불밝히기의 기호화는 [Ⓐ기호대상(불) ↔ Ⓑ기호내용(정화) → Ⓒ기표(달집태우기·동화제·횃불싸움·낙화놀이·액막이불놓기·불밝히기)]라는 기호적 경험의 구조를 통해 전개되고, 원초적 근원인 태우기로부터 시작한다. 근원적으로 태우기의 유사한 물리적 경험내용 때문에 기호적 경험의 유사성[31]이 발생하는데, 그것은 달집태우기(동화제), 횃불싸움, 낙화놀이, 액막이불놓기(댓불놓기·망울불넘기·모깃불놓기·귀신불놓기·뽕나무재태우기·노간주나무태우기·아궁이불때기), 불밝히기이다. 이들의 기호적 의미는 정화(신성)이다. 태우기로 인해 발생한 불이 부정적인 것을 소멸시켜 주고 잡귀를 물리친다는, 즉 인간의 삶 속에서 오염된 것을 깨끗하게 정화시켜 준다는 경험적 내용이 작용하여 다양한 불 피우기 행사를 하게 된 것이다. 여기서 불이 오염된 것을 정화시켜준다는 것은 불빛이 신의 계시로 인식되는 계기가 되기도 한다. 혹은 신의 계시로 인식한 불빛을 통해 삶의 정화력을 갖고자 불을 사용했을 수도 있다. 중요한 것은 불이나 불빛 모두가 정화력과 신성성을 갖고 있다는 점이다. 이처럼 불의 정화력이 신성성으로 발전할 수 있기 때문에 불의 경험적 내용이 작용하여 발생한 다양한 기표들은 [Ⓐ기호대상(불빛) ↔ Ⓑ기호내용(신의 능력) → Ⓒ기표(신성−神聖)]라는 기호적 경험의 구조와도 밀접한 관련이 있기 마련이다.

(4) 주술

　기우제는 가뭄을 극복하기 위해 비가 내리도록 하기 위한 의례이다. 농경사회에서 가뭄은 기근의 중요한 원인이 되고, 기근은 공동체의 위기 상황을 초래하여 국가체계의 위기로 연결되기 때문에 마을이나 고을, 왕실 등에서 이를 극복하기 위해 기우제를 지냈다. 기우제는 인공적으로 물을 확보할 수 있는 저수지나 댐과 같은 수리시설이 확충되면서 약화되어 단절되었지만, 용소(龍沼)나 명산의 산정(山頂), 바위, 강변, 샘 등에서 지냈다. 기우제 방식은 시대와 지역에 따라 다양하지만 주로 용신을 대상으로 제사를 지내는 것은 물론 물병을 소나무 잎으로 막아 거꾸로 매달고 물을 흘린다든가,[32] 연기를 심하게 내면서 불을 피우거나,[33] 짐승(돼지, 닭, 개 등) 피 흘리기나,[34] 묘 파헤치기 등 다양한 방식으로 지냈다. 일반적으로 민가에서 기우제는 남녀가 참여하여 제사를 지내지만, 키로 물 까불기, 삿갓 쓰고 쟁기로 모의 마당 갈기, 디딜방아 거꾸로 매기 등에서는 여자들만 참여한다.[35] 대체로 기우제를 지내는 장소가 물과 관련된 곳에서는 '물흘리기', 산 정상에서 제사를 지내는 경우는 '불피우기'가 중요한 기우제 방식인 경우가 많았다. 여기서 불피우기는 불을 피워서 나는 연기가 구름으로 변하여 비를 내리도록 하는 주술적 의례행위임을 알 수 있다.

　따라서 기우제(불피우기)의 기호화는 [Ⓐ기호대상(연기) ↔ Ⓑ기호내용(주술) → Ⓒ기표(기우제)]라는 기호적 경험의 구조를 통해 전개된다. 태우기를 통해 발생한 연기의 유감주술적 관념이 작용하여 기우제를 지낸 것으로, 곧 가뭄을 해결하기 위해 태우기로 발생한 연기의 은유적 행위가 기우제인 것이다. 중요한 것은 태우기를 통해 발생한 연기가 비를 내리

게 했다는 것이다. 불은 단순히 연기를 생산하기 위한 도구이고, 연기가
비의 근원인 구름이라고 생각하는 주술적인 사고가 작용하여 기우제를
지낸 것이다. 여기서 불과 연기는 별개의 것이 아니라 상호 연계되어 있
다. 그래서 불과 연기는 비를 내리게 하는데 중요한 매개물로 인식했던
것이고, 기우제를 지낼 때 불을 피우는 것은 비를 내리게 하는 것이라 생
각했던 것이다. 따라서 [Ⓐ기호대상(태우기) ↔ Ⓑ기호내용(피어오르는 그
을음) → Ⓒ기표(연기)]라는 기호내용이 [Ⓐ기호대상(연기) ↔ Ⓑ기호내용
(주술적 사고) → Ⓒ기표(기우제)]라는 기호적 경험 구조로 확장하는 데는
원초적으로 연기의 주술적 의미가 작용했고, 기우제의 기호적 의미는 주
술(생산)이라고 할 수 있다.

## 2)밝히기의 기호적 경험과 의미

밝히기는 태우기를 통해 경험한 빛으로 어둠을 밝히는 것만으로도 삶
의 변화에 적지 않게 영향을 미쳐왔다. 인간은 불빛을 단순히 불과 관련
된 빛으로만 인식했던 것이 아니라 번개의 불빛, 태양의 빛과 연계하여
공통된 경험적 유사성을 갖게 되었다. 그것은 건국신화에서 영웅적인 인
물의 탄생을 계시하기 위한 번개와 태양의 역할을 통해서 확인할 수 있
다. 영웅적인 인물은 빛을 통해 탄생을 알렸고, 빛의 소멸은 어둠이기 때
문에 재앙을 가져온다고 생각했던 것이다. 즉 밝음과 어둠의 매개물은
빛으로서, 빛이 인간의 탄생과 죽음을 알리는 징표로서 작용해왔다. 민가
에서는 인간이 운명하면 혼불[36]이 나간다고 생각한다. 혼불은 다름 아닌
불덩어리인 불빛인데, 남자의 혼불은 꼬리가 있고, 여자의 혼불은 둥글다
고 한다. 혼불이 가정을 벗어나 마을 밖까지 멀리 나가면 머지않아 초상

을 치를 것이고, 혼불이 동네 앞에 가까이 떨어지면 조만간에 초상이 날 것이라고 예측하기도 했다.[37] 이처럼 불빛은 인간의 탄생과 죽음에 밀접한 관련이 있음을 알 수 있다. 따라서 인간은 불빛이 죽음을 알리면서 탄생을 알린다고 하는 경험이 작용하여 그와 관련된 다양한 민속행사가 이루어졌을 것으로 보인다.

밝히기 위해 등불을 매달거나 거는 행사의 대표적인 예로 사월 초파일의 연등(燃燈)을 들 수 있다. 연등은 부처님께 공양을 올리는 의식으로서 각 가정에서 불교인들은 사월 초파일이면 절에 가서 연등을 한다. 연등행사는 본래 정월 보름에 행해졌던 것으로 1011년부터 2월 보름에 연등하는 것이 상례가 되었다가, 1245년부터는 사월 초파일에 연등하는 것으로 정착되어 오늘에 이르고 있다.[38] 밝히기가 어둠을 제거하고 새로운 탄생을 알리는 것처럼 불빛은 재생과 부활이라는 상징적인 의미를 지니고 있다. 불교의 발상지인 인도에서는 등불이 죽음으로부터 부활을 상징하고 전형적인 다산숭배의 한 형태라고 하고,[39] 중국에서는 등불이 강한 빛을 상징하여 잡귀를 몰아내고, 등불의 강한 생명력은 장수와 아들을 낳을 수 있는 생산력이 생기는 것으로 여긴다고 한다.[40] 따라서 초파일에 연등을 하는 것은 태우기를 통해 불을 밝히는 것으로 불빛이 부처님의 재생과 부활을 의미하는 신앙적 관념에서 비롯된 것이라 할 수 있다.

연등행사의 기호화는 [Ⓐ기호대상(등불) ↔ Ⓑ기호내용(재생/부활) → Ⓒ기표(연등행사)]라는 기호적 경험구조를 통해 전개되고, 태우기를 통해 자연의 소멸이 아니라 또 다른 자연의 소생을 의미하는 관념이 작용하여 재생(부활)의 의례행사 내용으로 구성되어 있다. 연등행사는 기본적으로 [Ⓐ기호대상(태우기) ↔ Ⓑ기호내용(생산) → Ⓒ기표(화전농업)]이라는 기호적 경험의 구조를 근간으로 은유적으로 확장된 것인데, 태우기가 식물적인 재생을 발생시키는 것이기 때문에 식물적 재생이 동물적 부활로 확장되어 영웅적인 인물의 탄생을 기원하고 축하하는 것이다. 이와 같은 관념이 밝히기 행사의 원천으로서 밝히기의 물리적인 기반은 태우기이다. 태우기의 생산적인 행위가 밝히기의 은유적 행위로 확장된 것이 바로 연등행사이고, 이것의 기호적 의미는 재생(부활)이라 할 수 있다.

### 3) 가열하기의 기호적 경험과 의미

가열하기는 기본적으로 태우기를 통해 이루어진다. 태우기를 통해 발생한 열을 이용하여 음식을 만들고 보온의 방법으로 활용해 왔다. 따라서 가열하기의 원초적인 기반은 태우기이다. 태우기의 경험을 통해 열에 대한 체험을 했고, 그것을 생활의 수단으로 활용한 것이 익히기와 덥히기이다. 익히기는 음식을 만드는 음식생활로, 덥히기는 추운 겨울을 나기 위한 보온의 온돌생활로 활용되어 왔는데, 이는 주거생활의 변화와도 밀접한 관련이 있다. 익히기와 덥히기는 주로 주거생활 속에서 이루어졌기 때문이다.

익히기는 다양한 음식을 발전시켜왔다. 한국인의 민속음식은 크게 일상음식, 의례음식, 세시음식 등으로 구분할 수 있다. 일상음식의 대표적인 것은 밥과 국이고, 의례음식으로는 첫국밥, 백설기, 수수팥떡, 폐백음식, 떡 등이 있고, 세시음식으로 떡국, 오곡밥, 송편, 동지팥죽 등이 있다.[41] 이들 음식은 익힌 음식으로, 기본적으로 태우기를 통해 가열한 열을 이용하여 식재료를 익혀서 조리한 것들이다. 즉 식재료를 변형하기 위해 가열한 것이고 그 결과 변형된 것이 일상음식, 의례음식, 세시음식 등이다. 변형의 방법에는 굽기와 삶기가 있다. 고기를 굽거나 식재료를 삶으려면 태우기를 통해 열을 활용해야 하기 때문에 굽기와 삶기는 변형이라는 기호적인 의미의 실천인 셈이다. 굽기와 삶기는 자연적인 식재료를 변형하기 위한 수단이다. 따라서 민속음식의 기호화는 자연적인 식재료에 변형의 관념이 작용하여 형성된 것인데, 즉 [Ⓐ기호대상(자연적인 식재료) ↔ Ⓑ기호내용(변형) → Ⓒ기표(민속음식)]의 기호체계는 태우기와 가열하기를 통해 변형의 의도가 반영된 민속음식을 설명해준다. 이것은 민속음식의 기호적 의미가 변형(변화)이고, 자연을 인간의 경험을 토대로 변형시킨 것이 문화라고 하는 기호체계로 확장시킬 수 있는 계기를 제공하기도 한다.

덥히기는 차가운 몸이나 방을 따뜻하게 덥히는 것을 말한다. 물론 식은 음식을 따뜻하게 하는 것도 음식을 덥힌다고 한다. 중요한 것은 차가운 것을 따뜻하게 하는 것이 덥히기인데, 주로 체온 유지의 방법으로 사용해왔다. 주거생활의 변화 과정 속에서 움집에서 생활할 때는 모닥불을 피워 보온의 방법으로 활용했고, 그러한 과정 속에서 불을 피워 돌을 가열하여 보온 용도로 사용했을 수 있다. 지상가옥이 등장하고 돌을 이용한 보온 방법을 고민하면서 삶의 경험적 지식을 토대로 온돌이 등장했을 것으로 추론해 볼 수 있다. 온돌은 열을 장기간 보존할 수 있는 능력을 갖고 있다. 온돌은 구들이라고도 부르며, 취사를 하고 불을 때는 부뚜막, 열과 연기가 지나가고 열을 전달하는 고래, 연기를 배출하는 굴뚝으로 구성되어 있다. 온돌이 처음 출현 시기를 초기철기시대라 말하고,[42] 온돌이 방 전체를 데우는 전면난방의 기능을 하기 시작한 것은 고려시대 중기 이후부터라고 한다.[43] 온돌은 기본적으로 부뚜막의 아궁이에서 불을 피워 발생한 열을 이용하여 방의 구들장을 놓아 바닥을 덥히는 난방방식이다.[44] 아궁이에서 발생한 열은 뜨거운 기체와 같은 연기를 통해 전달된다. 태우기를 통해 발생한 열을 전달하는 연기는 덥히기의 수단이자 변형의 의미를 지닌다. 따라서 온돌의 기호화는 [Ⓐ기호대상(차가운 방) ↔ Ⓑ기호내용(변형) → Ⓒ기표(온돌/구들)]의 기호체계를 통해 이루어지고, 이는 차가운 방을 덥히기 위해 태우기와 가열하기를 이용하여 변형시키고자 한 사고가 작용하여 온돌(구들)이 형성되었음을 보여주고 있으며, 기호적 의미는 변형(변화)이다.

결론적으로 가열하기가 음식을 만들고 따뜻한 방을 유지하는데, 물리적 경험의 기반인 익히기와 덥히기를 통해 실현되는 민속음식과 온돌(구들)은 기호적 경험의 영역이다. 기호적 경험의 물리적 기반이 가열하기이고, 가열하기는 또한 태우기의 물리적 경험을 토대로 이루진 것이다. 따라서 가열하기를 통해 형성된 민속음식과 온돌(구들)은 자연의 변형(변화)이라는 기호적 의미를 갖고 있다.


## 4. 불의 문화적 중층성과 다의성

인간은 기본적으로 태우기를 통해 불의 다양한 경험을 축적해왔다. 태우기를 통해 체험할 수 있는 것이 열과 연기 그리고 빛이었고, 태우기로부터 연기피우기와 밝히기, 가열하기라는 물리적 경험이 확대되었다. 인간이 몸과 정신의 영역으로 구성되어 정신의 영역이 전적으로 몸에 근거한 것처럼 기호적 경험 또한 전적으로 물리적 경험에 근거한다. 그러면서 인간은 끊임없이 물리적 경험을 토대로 다양한 환경의 변화를 수용하면서 기호적 경험을 해왔다.

문화는 우리가 공유하는 물리적 경험과 그것으로부터 다양하게 확장된 기호적 경험의 게슈탈트적 융합체이다. 이러한 구조 안에서 문화들은 물리적 층위로 갈수록 현저한 공공성을, 기호적 층위로 갈수록 다양한 변이를 보일 것이라는 점에서 문화적 중층성을 갖는다.[45] 즉 문화적 중층성은 물리적 경험과 기호적 경험의 융합으로 형성된다. 물리적 층위 주변의 공공성은 공동체의 정체성을 형성하는데 중요한 역할을 하는 보편성에 가까운 것으로, 문화전승의 원초적인 기반이 된다. 그런가 하면 변이성은 추상적인 층위로 확장되면서 다양한 변이를 보여주는 개별성을 드러내는 것으로, 새로운 변화의 계기가 되어 발전의 원동력이 되기도 한다.[46] 문화적 중층성을 갖는 기호적 경험의 게슈탈트적 융합체는 물리적인 대상에 다양한 기호내용이 작용하여 형성된 기표의 융합체이고 총합체이다. 기호적 경험은 당연히 자연적, 사회적, 문화적 환경 등의 영향을 받아 형성되는데, 물리적 경험에 근거한 기호내용이 변화하면 기호적 경험 또한 다르게 나타난다.

기호내용은 물리적인 경험을 토대로 형성된 관념들로 구성되기 때문에 관념의 차이는 다양한 기호적 경험을 갖게 하는데 중요한 역할을 한다. 동일한 물리적 경험이라고 하더라도 관념의 차이나 변화에 따라 다양한 기호적 경험을 한다는 것이다. 동일한 물리적 경험을 하고 있는 경우 하나의 기호적 경험에 반영된 다양한 기호내용의 중첩은 기호적 의미의 다의성(多意性)[47]을 갖게 한다. 물론 기호적 의미의 다의성 가운데 모든 의미가 동등한 것은 아니다. 그 중에는 기호적 경험의 원형적인 의미가 중심에 있고, 유사한 기호적 의미가 주변에 위치한다는 점에서 다소 차이가 있다. 이들의 관계는 환경의 변화나 시간의 흐름에 따라 다르다. 다의성은 기호적 경험의 형태는 다르지만 기능적 유사성을 갖도록 하는 데 중요한 역할을 한다.

예컨대 이를 손에 비유하여 설명하자면, 손은 손바닥과 손가락으로 구성되어 있고, 손바닥이 물리적 경험의 기반이라고 한다면, 손가락은 기호적 경험이라 할 수 있다. 다섯 손가락은 모두 동일한 손바닥에 근거하고 있고, 각각 원형적 기능을 가지고 있으나 기능적인 관념이 중복되어 복합적인 역할을 하기도 한다. 각각 손가락은 독립되어 다르지만 기능적으로 유사한 역할을 한다는 것이다. 그러한 점에서 다섯 손가락은 각각 개별적으로 독립되어 있지만 기능적인 측면에서 서로 넘나들 수도 있다. 그것은 다섯 손가락 모두가 동일한 손바닥을 기반으로 하고 있기 때문에 일어나는 현상이다. 이처럼 동일한 물리적 경험을 근거로 형성된 기호적 경험들도 손바닥과 손가락의 관계처럼 발생할 수 있다는 것이다.

따라서 3장에서 정리한 다양한 기호적 경험들과 원형적 의미를 정리하면 다음 그림처럼 설명할 수 있다.

| 영역 | 경험 | 민속현상 | | | | | |
|---|---|---|---|---|---|---|---|
| | | 생산<br>(풍요) | 재액<br>(소멸) | 정화<br>(신성) | 주술<br>(생산) | 재생<br>(부활) | 변형<br>(변화) |
| 정신 | 기호적<br>경험 | ⓐ<br>화전농업<br>쥐불놀이<br>(논두렁태우기) | ⓑ<br>화재막이<br>불막이제<br>도깨비제<br>소금단지<br>짐대세우기 | ⓔ<br>횃불싸움<br>낙화놀이<br>(불꽃놀이)<br><br>ⓓ<br>달집태우기<br>(동화제)<br><br>ⓒ<br>액막이<br>불놓기<br>댓불놓기<br>귀신불놓기<br>망울불넘기<br>모깃불놓기<br>불밝히기 | ⓕ<br>기우제<br>(불피우기) | ⓖ<br>연등행사 | ⓗ<br>민속음식<br>온돌(구들) |
| 몸 | 물리적<br>경험 | 태우기2<br>(B) | | | | 밝히기<br>(C) | 가열하기<br>(D) |
| | | 태우기1<br>(A) | | | | | |

불과 관련된 기호적 경험을 형성하는 것에 근간이 되는 기본적인 물리
적 경험은 태우기1(A)이다. (A)는 다시 물리적 경험 영역을 구체적으로
이해하기 위해 태우기2, 밝히기, 가열하기로 구분할 필요가 있다. 태우기
2(B)는 불로 소멸하기 위한 물리적인 기반이고, 밝히기(C)는 빛을, 가열
하기(D)는 열을 얻기 위한 물리적 경험 영역이다. 따라서 (A)는 화전농
업, 쥐불놀이, 화재막이, 액막이불놓기, 달집태우기, 횃불싸움, 낙화놀이,
기우제 등의 기호적 경험의 근거가 되는 물리적 기반이고, (C)는 연등행
사, (D)는 민속음식과 온돌(구들)이라는 기호적 경험의 근거가 되는 물리

적인 기반이다.

이처럼 물리적 경험을 근거로 형성된 기호적 경험은 여섯 가지로 분류할 수 있다. 분류 기준은 기호적 경험에 반영된 가장 원형적인 기호내용을 근거로 삼고, 생산(풍요), 재액(소멸), 정화(신성), 주술(생산), 재생(부활), 변형(변화)이 그것이다. 이들 기호적 경험들은 불의 물리적 기반인 (A)를 토대로 형성된 게슈탈트적 융합체라고 할 수 있다. 이러한 구조 안에서 이들은 공공성과 변이성을 갖는데, 공공성은 기호적 경험들이 물리적인 기반에 가까울수록 드러나고, 변이성은 반대로 물리적 기반에서 멀어질수록 강하게 드러난다. 예컨대 ⓒⓓⓔ의 기호적 경험에서 ⓒ는 현저하게 공공성을 잘 드러내고, ⓔ는 변이성을 드러내고 있다. 정화(신성)라는 기호적 의미를 갖고 있는 기호적 경험 가운데 액막이불놓기와 불밝히기가 원형적이며 보편적인 것이고, 횃불싸움과 낙화놀이는 변이형태로서 개별성을 드러낸 것이다. 따라서 횃불싸움과 낙화놀이의 기호적 근원은 액막이불놓기와 불밝히기이고, 액막이불놓기와 불밝히기가 불의 민속을 전승하는 원초적 기반임을 말한다. 불을 이용해 개인이나 가정의 액을 물리쳐 정화하는 것이 마을의 액을 물리치고 지역의 액을 물리치는 제의적 행사로 발전하고, 여기에 놀이성이 첨가되어 횃불싸움과 낙화놀이가 형성되었다고 하는 것이다. 이들 놀이가 쥐불놀이 및 달집태우기와 밀접하게 관련되어 있다는 점[48]에서 설득력이 있다. 뿐만 아니라 연등행사도 화전농업과 액막이불놓기 및 불밝히기로부터 발전한 것이라고 생각할 수 있다.

앞서 언급한 6가지 기호적 경험 유형은 각각 이들 가운데 최소한 하나의 기호적 의미를 갖고 있다. 그것을 근간으로 또 하나의 기호적 의미가 첨가되면 점차 기호적 의미의 다의성을 갖게 된다. 다의성은 기호적 경험의 영역을 서로 넘나들 수 있는 원인이 된다. 예컨대 ⓐ는 생산과 풍요의 관념이 작용하여 형성된 기호적 경험이고, ⓕ도 주술적인 방법으로 생산과 풍요를 추구하기 위한 기호적 경험이라는 점에서 기호적 의미의 유사성을 갖는다. 이것은 기호적 경험은 다르지만 기호적 의미의 유사성으로 인해 기호내용의 관념이 크게 다르지 않음을 말해준다. 이러한 예는 ⓒⓓⓔ와 ⓖ의 관계에서도 확인할 수 있다. ⓒⓓⓔ의 기호적 경험은 기본적으로 정화라는 기호적 의미를 가지고 있고, 정화의 수단은 모든 종교적 행위에서 중요한 역할을 한다. 신성성은 정화의 과정을 통해 획득되고, 액을 몰아내어 신성의 모습을 유지하는 것은 생산을 기원하기 위함으로 재생을 간절하게 소망하기 위한 종교적 수단이다. 그 기호적 경험이 연등행사다. 연등행사는 단순히 재생(부활)만을 추구하는 것이 아니라 생산을 갈망하고 재액을 몰아내는 의미도 갖고 있다. 이처럼 기호적 의미의 다의성은 서로 다른 기호적 경험의 영역을 넘나들 수 있게 한다.

(B)를 통해 경험한 ⓑ와 ⓒⓓⓔ는 불의 양면성을 보여준다. ⓑ는 불의 부정적인 측면이고, ⓒⓓⓔ는 불의 긍정적인 측면이라는 점에서 그렇다. 불은 인간의 삶에서 중요한 도구인 나무나 풀 등을 태워 없앤다는 점에서 재앙을 초래하고, 불을 통해 모든 액을 불살라 없앨 수 있다고 생각한 것이다. 불이야말로 인간의 삶에서 중요한 실용적 도구이지만, 종교적인 측면에서는 경계의 대상이면서 정화의 수단으로 활용된다. 특히 가열하기의 물리적 경험을 토대로 형성된 민속음식이나 온돌(구들)의 기호적 경험은 실용성을 추구하지만, (B)와 (C)의 물리적 경험을 토대로 형성된 기호적 경험들은 종교적인 의미가 강하게 반영되어 있다. 불로 인한 재앙

을 물리치기 위해 불막이제, 도깨비제, 소금단지, 짐대세우기와 같은 화재막이를 한 것이나, 액을 물리치기 위해 불밝히기, 액막이불놓기, 달집태우기, 횃불싸움, 낙화놀이와 같은 정화적인 행사를 한 것은 불의 양면성을 잘 보여주고 있다.

## ∞ 요약

인간이 불을 발견한 것은 삶의 경험적 기반이 바탕이 된 것으로, 불의 원초적 체험 기반은 태우기이다. 태우기를 통해서 체험할 수 있는 것이 연기, 빛, 열이었다. 열을 이용하는 과정 속에서 연기와 빛의 경험을 하게 된 것이다. 여기서 열은 실용적 경험의 토대로서만 지속되어 왔다면, 연기와 빛은 실용적인 경험을 토대로 종교적 경험으로 발전했다는 점에서 차이가 있다. 따라서 불의 물리적 경험은 태우기로부터 시작하여 연기피우기, 밝히기, 가열하기(익히기, 덥히기 등) 등으로 확장되었다고 할 수 있다.

인간은 이와 같은 불의 물리적 경험 영역을 토대로 다양한 기호적 경험을 한다. 그것은 자연적, 사회적, 문화적 환경이 작용하여 형성한 기호내용이 불의 다양한 민속을 형성시킨 것이다. 불의 민속적 기호화 과정과 기호적 의미를 몇 가지로 정리할 수 있다. 먼저 화전농업과 쥐불놀이의 기호화는 [Ⓐ기호대상(태우기) ↔ Ⓑ기호내용(생산/풍요) → Ⓒ기표(화전농업·쥐불놀이)]라는 기호적 경험의 구조를 통해 전개되고, 기호적 의미는 생산(풍요)이다. 두 번째로 화재막이의 기호화는 [Ⓐ기호대상(화재의 장소) ↔ Ⓑ기호내용(재액) → Ⓒ기표(화재막이 – 불막이제·도깨비제·소금단지 매장·짐대세우기)]라는 기호적 경험의 구조를 통해 이루어지고, 기호적 의미는 재액(소멸)이다. 세 번째로 달집태우기(동화제)·횃불싸움·낙화놀이·액막이불놓기·불밝히기의 기호화는 [Ⓐ기호대상(불) ↔ Ⓑ기호내용(정화) → Ⓒ기표(달집태우기/동화제·횃불싸움·낙화놀이·액막이불놓기·불밝히기)]라는 기호적 경험의 구조를 통해 전개되고, 기호적 의미는 정화(신성)이다. 네 번째로 기우제(불피우기)의 기호화는 [Ⓐ기호대상(연기) ↔ Ⓑ기호내용(주술) → ⓒ기표(기우제)]라는 기호적 경험의 구조를 통해 전개되고, 기호적 의미는 주술(생산)이다. 다섯 번째로 연등행사의 기호화는 [Ⓐ기호대상(등불) ↔ Ⓑ기호내용(재생/부활) → ⓒ기표(연등행사)]라는 기호적 경험구조를 통해 전개되고, 기호적 의미는 재생(부활)이다. 마지막으로 민속음식의 기호화는 [Ⓐ기호대상(자연적인 식재료) ↔ Ⓑ기호내용(변형) → ⓒ기표(민속음식)]라는 기호적 경험의 구조를 통해 전개되고, 온돌의 기호화는 [Ⓐ기호대상(차가운 방) ↔ Ⓑ기호내용(변형) → ⓒ기표(온돌/구들)]의 기호체계를 통해 이루어지는데, 이들의 기호적 의미는 변형(변화)이다.

문화는 우리가 공유하는 물리적 경험과 그것으로부터 다양하게 확장된 기호적 경험의 게슈탈트적 융합체이다. 이러한 구조 안에서 공공성과 변이성을 갖는데, 달집태우기(동화제)·횃불싸움·낙화놀이·액막이불놓기·불밝히기에서 액막이불놓기·불밝히기는 현저하게 공공성을 잘 드러내고, 횃불싸움·낙화놀이는 변이를 드러내고 있다. 정화(신성)라는 기호적 의미를 지니고 있는 액막이불놓기와 불밝히기가 가장 원형적이며 보편적인 것이고, 횃불싸움과 낙화놀이는 변이형태로서 개별성을 드러낸 것이다. 따라서 횃불싸움과 낙화놀이의 기호적 근원은 액막이불놓기와 불밝히기라는 것을 말하고, 액막이불놓기와 불밝히기가 불의 민속을 전승하는 원초적 기반이 되었음을 말한다.

동일한 물리적 경험은 하나의 기호적 경험에 반영된 다양한 기호내용의 중첩으로 인해 기호적 의미의 다의성을 갖는다. 예컨대 화전농업·쥐불놀이는 생산과 풍요의 관념이 작용하여 형성된 기호적 경험으로서, 기우제(불피우기)도 주술적인 방법으로 생산과 풍요를 추구하기 위한 기호적 경험이라는 점에서 기호적 의미의 유사성을 갖는다. 그리고 달집태우기(동화제)·횃불싸움·낙화놀이·액막이불놓기·불밝히기는 기본적으로 정화라는 기호적 의미를 가지고 있고, 정화의 수단은 모든 종교적 행위에서 중요한 역할을 한다. 액을 물리치고 몰아내어 신성의 모습을 유지하는 것은 생산을 기원하기 위함이고 재생을 간절하게 소망하기 위한 것이어서 기호적 의미의 다의성을 갖는다. 연등행사 또한 단순히 재생(부활)만을 추구하는 것이 아니라 생산을 갈망하고 재액을 몰아내고자 하는 의미도 갖고 있기 때문에 다의성을 가지고 있다. 이처럼 기호적 의미의 다의성은 서로 다른 기호적 경험의 영역을 서로 넘나들 수 있는 역할을 한다.

불은 인간의 삶에서 중요한 실용적인 도구이지만, 종교적인 측면에서는 경계의 대상이면서 정화의 수단으로 활용된다. 특히 가열하기의 물리적 경험을 토대로 형성된 민속음식이나 온돌(구들)의 기호적 경험은 실용성을 추구하지만, 태우기와 밝히기의 물리적 경험을 토대로 형성된 기호적 경험들은 종교적인 의미가 강하게 반영되어 있다. 불로 인한 재앙을 물리치기 위해 불막이제, 도깨비제, 소금단지, 짐대세우기와 같은 화재막이를 한 것이나, 액을 물리치기 위해 불밝히기, 액막이불놓기, 달집태우기, 횃불싸움, 낙화놀이와 같은 정화적인 행사를 한 것은 불의 양면성을 잘 보여주고 있다.

# 각주

1  로저 키징 저(전경수 역), 『현대문화인류학』, 현음사, 1985, 31쪽.

2  노양진, 『몸 언어 철학』, 서광사, 2009.
   노양진, 『몸이 철학을 말하다』, 서광사, 2013.

3  표인주, 『남도민속학』, 전남대학교출판부, 2014, 41쪽.

4  예컨대 제사를 지내고 나서 축문을 읽고 소지하는 것이니, 굿을 하고 나서 굿판에서 사용되었던 모든 물건을 불사르거나 망자의 옷을 불사르는 것 모두 불을 통해 소멸되어 발생한 연기가 초월적인 공간으로 전달된다고 생각하는 데서 비롯되었다.

5  조상의 제사나 마을제사를 지낼 때 반드시 불을 켜는 것이나, 굿판에서 불을 켜는 것, 세시명절날 잡귀를 물리치고 침범을 예방하기 위해 불을 켜두는 것뿐만 아니라 법당이나 교회당 등 종교적 공간에서도 불을 켜는 것은 모두가 종교적인 효용성 때문이다. 신과 인간의 소통방식이 빛이었던 것이고, 빛을 통해 부정적이거나 오염된 것을 정화시켜준다는 관념에서 비롯된 것이라 할 수 있다. 불빛을 통해 어둠을 밝힌다고 하는 관념이 바탕이 되어 빛은 신의 계시로 받아들이게 된 것이다. 건국신화에서 보듯이 신의 계시라 함은 빛을 통해 영웅적인 인물의 탄생을 알려주고 영험함을 보여주는 방법이었던 것이다. 이처럼 불빛이 종교적 수단으로 활용된 것은 인간 삶의 부정적인 요소를 제거할 수 있는 것이 불빛이라 생각하는데서 출발한다. 그래서 부정적이거나 오염된 것을 정화시키기 위한 방법으로 태양의 빛, 불빛, 빛을 반사하는 거울이나 예리한 칼날, 빛의 상징물 등을 활용해왔던 것이다.

6  신민정, 「화전민호수의 변화요인 분석 – 강원도를 중심으로 – 」, 『농업사연구』 제10권 2호, 한국농업사학회, 2011, 85~90쪽.

7  표인주, 앞의 책, 75쪽.

8  『한국세시풍속사전』 – 정월편 – , 국립민속박물관, 2004, 87쪽.

9  기호적 의미는 기호적 사상, 그리고 그 해석을 통해 산출되기 때문에 기호적 경험과 기호적 의미에 대한 탐구는 경험의 구조에 대한 새로운 탐구로부터 이루어져야 한다.(노양진, 「퍼스의 기호 개념과 기호 해석」, 『철학논총』 제83집 제1권, 세한철학회, 2016, 107쪽) 즉 기호적 의미는 물리적 경험을 근거로 형성된 기호내용의 입장에서 해석한 것이기 때문에 기호내용이 기호적 의미 구성에 중요한 역할을 한다는 것이다.

10 간수는 짠물로 바닷물을 의미하며, 화재를 바닷물처럼 많은 양의 물로 제압한다는 상징적인 의미를 지니고 있다.

11 『한국민속신앙사전』마을신앙ⓞ~ⓗ, 국립민속박물관, 2010, 972쪽.

12 『한국민속신앙사전』마을신앙ⓗ~ⓐ, 국립민속박물관, 2010, 228쪽.

13 『한국민속신앙사전』마을신앙ⓗ~ⓐ, 위의 책, 388~390쪽.

14 표인주, 『영산강민속학』, 민속원, 2013, 32쪽.

15 전라남도 무형문화재 제32호로 지정되어 있는 전남 순천시 주암면 구산리 용수제에서 제사를 지내고 나서 화재막이로서 짐대를 세운 뒤 짐대제를 지내고, 전남 화순군 동복면 가수리에서 짐대를 세우고 제사를 지내기도 한다.

16 표인주, 『남도민속학』, 전남대학교출판부, 2014, 76쪽.

17 서해숙, 「달집태우기의 전통과 현대적 변화」, 『건지인문학』 제16집, 전북대학교 인문학연구소, 2016, 139쪽.

18 『한국세시풍속사전』-정월편-, 국립민속박물관, 2004, 116쪽.

19 강성복, 「동화제에 깃든 속신의 전승양상과 의미」, 『실천민속학』 제18호, 실천민속학회, 2011, 5~36쪽

20 김종대, 「쌍으로 세우는 경기도 광주지역 동화제의 전승양상과 그 특징」, 『어문논집』 62, 중앙어문학회, 2015, 261쪽.

21 달집의 원상을 노적(露積)으로 상정하고, 달집태우기를 곡령의 죽음과 재생이라는 민속신앙의 구술잔존물인 노적봉전설과 연계하여 해석하여, 달집태우기가 곡령의 죽음과 재생의 관념을 바탕으로 한 제의라는 것이다(남근우, 「노적봉전설의 고층-그 행위상 관물로서 달집태우기-」, 『도남학보』 13권, 도남학회, 1991). 이것은 어디까지나 다양한 기호내용(경험)이 작용하여 은유적으로 확장된 달집태우기가 아니라 그 근원적인 기능을 고려해야 할 필요가 있다.

22 장주근, 『한국의 세시풍속』, 형설출판사, 1989, 195~196쪽.

23 『한국세시풍속사전』-정월편-, 국립민속박물관, 2004, 118쪽.

24 『한국세시풍속사전』-정월편-, 국립민속박물관, 2004, 142~143쪽.

25 이영배, 「놀이 전통의 문화적 기반과 특징」, 『감성연구』 제12집, 전남대학교 호남문화연구원 인문한국사업단, 2016, 188~192쪽.

26 한양명, 『물과 불의 축제』, 민속원, 2009, 149쪽.

27 『한국세시풍속사전』-정월편-, 국립민속박물관, 2004, 142~279쪽.

28 『한국민속신앙사전』가정신앙ⓗ~ⓐ, 국립민속박물관, 2011, 230쪽.

29 『한국세시풍속사전』-정월편-, 국립민속박물관, 2004, 171쪽.

30 『한국민속신앙사전』마을신앙ⓗ~ⓐ, 국립민속박물관, 2010, 390쪽.

31 기호적 경험의 유사성은 기호화 과정의 동일성 때문이 아니라 더 근원적으로 대상에 대한 이들의 유사한 경험내용 때문이다.(노양진, 앞의 논문, 106쪽)

32 안동군 선남면 신석1동에서는 마을사람들이 각각 집의 물을 담거나 마을 앞의 강가에 가서 물을 담은 병의 주둥이에 소나무 잎 또는 버드나무가지를 꽂아서 대문 밖에 거꾸로 걸어둔다. 소나무와 버드나무는 강한 생명력을 상징하는 식물이다. 또한 병의 주둥이로 물이 똑똑 떨어지게 해서 강우를 흉내 내도록 하며, 버드나무가 살아야 비가 내릴 것이라고 한다. 이리한 행위는 주민 모두가 참여한다.(이기태, 「마을기우제의 구조와 사회 통합적 성격」, 『한국민속학』 46, 한국민속학회, 2007, 278쪽)

33 기우제를 지낼 제관과 부인 5~6명과 낫과 톱을 가진 청년 4~5명이 제장이 있는 산에 올라가서 청년들은 불을 피우면서 연기를 낸다. 이 때 주위의 산봉우리들에서도 이웃 주민들이 같이 불을 피운다. 연기가 올라가서 구름이 되어 비가 내리도록 하기 위한 것이다.(이기태, 위의 논문, 280쪽)

34 문경지역에서는 기우제를 지낼 때 제사를 지내면서 제장에 짐승(돼지, 닭, 개 등) 피를 흘리는 경우가 많다. 이는 부정한 것을 이용해 신성한 곳을 더럽혀서 비를 관장하는 존재로 하여금 신경을 자극하거나 거슬리게 함으로써 강우의 목적을 달성하는 방식이다.(김재호, 「기우제의 지역간 비교와 기우문화의 지역성」, 『비교민속학』 33집, 비교민속학회, 2007, 520~523쪽.)

35 『한국민속신앙사전』 마을신앙㉠~㉧, 국립민속박물관, 2010, 141쪽.

36 인간은 신체와 혼의 결합으로 이루어져 있다. 여기서 혼은 이동을 하는 것으로 생각하며, 그 모습은 혼불로 형상화되어 비상하는 것으로 인식하고, 그것이 다른 세계로 이동한다고 인간은 믿는다.(표인주, 『남도민속문화론』, 민속원, 2002, 23쪽.)

37 표인주, 위의 책, 292쪽.

38 표인주, 『남도민속학』, 전남대학교출판부, 2014, 97~98쪽.

39 김경학 외, 『암소와 갠지스』, 산지니, 2005, 47~48쪽.

40 정연학, 「불과 민속」, 『방재와 보험』 126권, 한국화재보험협회, 2008, 63쪽.

41 표인주, 앞의 책, 42쪽.

42 김미영, 「온돌주거지의 발생과 양상」, 『가라문화』 제18집, 경남대학교 가라문화연구소, 2004, 6~9쪽.

43 주남철, 「온돌과 부뚜막의 일고찰」, 『문화재』 20호, 문화재관리국, 1987.

44 조선시대에는 경제적인 여유가 있는 농가나 지배계층에서는 지상가옥의 형태가 많았지만, 빈궁한 서민들과 특수계층에서는 땅을 파서 기둥을 세운 움집에서 생활했는데, 움집

은 화덕이 설치된 움집과 온돌이 설치된 움집으로 구분할 수 있다. 온돌을 구들이라고
도 하지만, 구들은 고래와 고래둑, 구들장으로 구성된 구조적인 측면의 의미가 강하고,
온돌은 구들로 만들어진 난방방식의 의미가 강하다.(이경복, 「조선시대 움집에 설치된
온돌의 조사법 일사례」, 『호서고고학』 18권, 호서고고학회, 2008, 166~167쪽.)

45 노양진, 『몸 언어 철학』, 서광사, 2009. 164~167쪽.

46 표인주, 「민속에 나타난 물의 체험주의적 해명」, 『비교민속학』 제57집, 비교민속학회,
2015, 179쪽.

47 다의성은 여러 가지 의미가 혼성적(混成的)으로 결합되어 있거나 개별적인 의미가 평면
적으로 나열되어 있는 것을 종합하는 의미이다. 그렇기 때문에 다의성이라는 말은 융합
성과 총합성의 의미를 포괄하는 의미로 사용하고자 한다.

48 달집태우기는 달맞이와 밀접한 관계를 가지며, 때로는 쥐불놀이와 횃불싸움과 연관성
을 갖는 놀이이다(조승연, 「달집태우기」, 『방재와 보험』 136권, 한국화재보험협회, 2010,
55쪽). 그리고 상원 무렵에 벌어진 낙화놀이는 상원의 관등 뿐만 아니라 귀신불과 연관
속에서 그 연원을 해명해야 할 것으로 보인다(한양명, 앞의 책, 257쪽).

# 제3장

# '꽃(花)'의 기호적 의미와
# 기호적 전이

## 1. 꽃의 관념과 용도

　인간은 시각적 경험을 통해, 꽃을 그 어떤 식물보다도 가장 아름다운 것이라고 인식해 왔다. 그러면서 화려함, 변화무상함, 풍요로움, 신성함, 고귀함, 순결함 등 인간의 이데올로기적, 종교적, 정서적 갈망을 꽃을 통해 설명하고자 했다. 즉 인간은 삶의 의미를 꽃을 통해 이해하고 그것을 통해 정서적 소망을 표현하고자 한 것이다. 삶의 의미는 개인에만 국한되는 것이 아니라 특정 집단이나 민족 단위로 형성되는 것이어서 삶의 지향점에 따라 꽃에 대한 인식의 결과가 다르기 마련이다. 이러한 꽃에 대한 인식의 차이는 생활 속에서 꽃의 다양한 활용을 가져왔다. 따라서 개인이나 집단, 민족은 물론 종교적, 도덕적, 미학적인 차이에 따라 꽃에 대한 해석이 다를 수밖에 없다. 그것은 꽃이 다른 식물에 비해 변화의 과정을 명확하게 보여주고 있기 때문에 꽃의 생김새나 색깔, 생장과정 등을 통해 인간이 추구하는 도덕이나 종교, 사상 등의 지향적 태도를 설명할 수 있는 근거가 되었다.

인간은 꽃을 통해 마음을 수양하거나, 정서적 치유를 위해 집안에 화원(花園)을 가꾸기도 하는 등 꽃을 다양한 용도로 사용해왔다. 인간이 생활 속에서 사용한 꽃을 크게 생화(生花)와 조화(造花)로 구분할 수 있다. 생화는 기념행사나 의례행사에서 주로 많이 사용하고, 정서적인 교류 및 치유의 수단으로 사용하는 경우가 많았다. 그런가 하면 조화를 다시 지화(紙花)와 도화(圖花)로 구분할 수 있고, 지화가 종이로 오려 만든 꽃으로서 주로 농악대의 모자나 굿판에서 굿당의 진설, 상여의 장식용으로 사용하는 경우가 많았다면, 도화는 그림이나 도자기에 그려진 꽃으로 공예품에 새겨진 꽃, 자수로 형상화된 꽃을 말한다.

이처럼 다양한 용도로 사용되고 있는 꽃에 대한 논의 또한 다양한 학문 영역에서 이루어져 왔다. 먼저 조경 및 원예학적인 접근에서는 꽃의 상징성을 주로 검토하고 있는데, 한국 전통 조경에 나타난 꽃의 상징성과 조선시대 화훼식물의 이용과 상징성이 그것이다.[1] 두 번째로 서지자료를 토대로 한 연구에서는 조선시대 문인들의 원예의 취미나 원예문화에 대한 검토가 이루어졌고,[2] 조선후기 화훼문화의 확산과 화훼지식의 체계화를 정리하기도 했다.[3] 세 번째로 문예미학적인 측면에서는 문인화나 서사물에 나타난 꽃에 대한 인식과 심미의식을 파악하고자 했다.[4] 그리고 의미론적으로 꽃이름의 생성 과정과 인지 과정을 살펴보기도 했다[5].

이에 비해 꽃에 대한 민속학적인 검토는 본격적이기보다는 단편적으로 이루어지는 경우가 많았다. 주로 무속신앙 및 무속신화에 나타난 꽃에 대한 논의가 대부분이었다. 그것도 꽃의 무속적 상징을 비롯한 공간적인 상징 등 논의 전개에 따라 부분적으로 이루어지는 경우가 많았다.[6] 무속에 나타난 꽃의 본격적인 정리를 보면, 심상교는 동해안 별신굿의 지화를 조사 연구하였고,[7] 박명희는 무속신앙에 나타난 꽃에 대한 의미와 상징성을 검토하였으며,[8] 김창일은 무속신화에 나타난 꽃밭은 단순히 신성공간으로서 이승과 저승의 경계지역에만 존재하는 것이 아니라 이승의 무질서를 원상회복 시킬 수 있는 공간이라 했다.[9] 강명혜는 제주도 신화를 중심으로 꽃의 의미 및 상징성을 검토하기도 했고,[10] 꽃에 대한 논의는 구술서사물을 통해 이루어지기도 했는데,[11] 이것은 더욱 확대되어야 하며, 그리고 농악이나 상여에 장식된 꽃에 대한 연구도 심층적으로 이루어질 필요가 있다.

이처럼 꽃은 인간 삶의 다양한 곳에서 사용되어 왔기 때문에 시간과 공간의 이동에 따라 꽃에 대한 경험과 인식도 다를 수밖에 없다. 그것은 자연적, 역사적, 사회적 환경의 변화에 따라 꽃에 대한 인식과 경험이 이루어졌기 때문이다. 꽃에 대한 인식은 기본적으로 꽃에 대한 관념을 바탕으로 이루어지고, 관념은 경험의 토대가 된다. 일반적으로 꽃의 경험은 물리적 경험과 정신적 경험으로 이루어지는데, 즉 체험주의적 해명에 따르면 우리 경험은 신체적/물리적 층위 경험과 정신적/추상적 층위 경험의 중층적 구조로 이루어진다. 정신적/추상적 층위의 경험은 항상 신체적/물리적 층위의 경험에 근거하고 있으며, 그것을 토대로 은유적으로 확장되어 나타난다. 이러한 확장의 과정은 자연적, 사회적, 문화적 조건에 따른 다양한 변이를 드러낸다.[12] 따라서 신체적/물리적 경험 영역은 기호적 경험의 발생적 원천이 된다.

　기호적 경험은 기호 산출자의 경험내용이 사상되어 형성된 것으로, 그 경험내용이 바로 기호내용이다. 기호내용은 기호적 의미의 구성에 핵심적 역할을 하고, 기호 산출자에 따라 다르다. 그래서 기호적 경험을 기호 산출자의 관점에서 이해할 필요가 있다. 기호적 경험은 일차적으로 물리적 경험에 근거하지만 모든 기호적 경험이 직접적으로 물리적 경험에서만 발생하는 것은 아니다. 일차 사상을 통해 주어진 기호내용이 이차 사상을 통해 또 다른 기표에 사상될 수 있기 때문에 무한히 복잡한 기호적 사상이 가능하다.[13] 그래서 항상 그 사상의 과정이 물리적 층위에서 기호적 층위로 단선적으로만 이루어지는 것은 아니다. 때로는 거꾸로 기호적 층위의 경험내용이 물리적 층위의 경험내용에도 사상되기 때문이다.[14] 이렇듯 기호적 경험에 사상되는 기호 산출자의 경험내용을 물리적인 것과 정신적인 것으로 나눌 수 있다. 즉 물리적 경험 영역을 몸에 기반한 물리적인 영역과 인간이 태어나면서 겪고 학습을 통해 경험한 영역으로 나눌 수 있다. 특히 꽃의 기호적 경험의 근원을 형성하는데 물리적인 것뿐만 아니라 종교적인 영역도 중요한 역할을 했기 때문이다.


## 2. 꽃의 기호적 경험 원천영역

### 1) 꽃의 생태적 경험

　인간은 태어나면서 외치고 꿈틀거림을 통해 세계와 접촉하면서 살아간다. 이것은 인간이 세상에 관한 지식을 쌓아가는 과정이다. 그렇기 때문에 인간은 자신의 몸에 관한 지식도 중요하지만 세상의 일들이 발생하는 환경에 관심을 가질 수밖에 없다. 인간은 자아와 세계의 접촉을 통해 자신의 몸과 환경 그리고 사물에 대한 의미를 이해하게 된다. 그것은 인간의 본원적인 나와 너의 관계의 형태이며 상호응시로부터 시작된다. 상호응시는 태어날 때부터 존재한다. 그래서 우리는 세계에 존재하는 순간부터 시선을 맞추는데 적합하고, 더 뒤에 다른 사람의 응시 방향과 응시 대상을 식별하는 법을 배운다.[15] 특히 인간은 본인이 가장 중요하다고 생각하거나 가치 있다고 판단이 되는 사물을 가장 먼저 응시하는 경향이 많다.

인간은 기본적으로 지각, 행동, 신체적인 실험을 통해 사물의 의미를 파악하는 방법을 배워 가는데,[16] 사물의 탐구는 시각, 촉각, 미각, 청각, 후각을 통해 배우는 것이고, 그 가운데 가장 중요한 것은 시각이다. 왜냐하면 인간이 배운 세계는 관찰하고 모방하여 행동하며 배운 것이기 때문이다. 인간은 상호응시하면서 다른 사람들의 몸짓과 행동을 모방하며 세계를 배워나간다. 이것은 사물의 시각적 인식이 중요한 역할을 하고 있음을 보여주고 있는 것이다.

인간이 태어나서 세계를 이해해 가는 과정 속에서 시각적 인지과정은 가장 기초적이며 중요한 과정이다. 예컨대 정보처리과정을 통해 꽃 이름에 대한 생성과정과 인지과정을 보면, 사람들이 꽃을 지각할 때 가장 기본이 되는 것이 시각이고, 가장 빠르고 중요하게 인지하는 요소가 전체나 부분의 두드러진 모양이며, 주로 색, 크기, 상태, 장소, 시간의 조건에 따라 꽃 이름이 명명된다고 한다.[17] 따라서 꽃의 물리적 경험이라고 하면 여러 지각방식이 있지만 시각적인 요소가 크게 작용한다고 할 수 있다.

꽃은 기본적으로 나무와 같은 것으로 인식해왔다. 고대로부터 꽃과 나무는 삶을 가리키는 기호로, 세계를 가리키는 상징으로 표현되어 왔기 때문이다.[18] 나무가 신과 인간이 소통하는 관계를 만들어내는 것처럼 꽃도 마찬가지이었다. 그것은 기본적으로 나무가 지상과 하늘을 연결하기 위해 수직으로 자라나고 잎이 피고 진 것처럼 꽃도 나무와 마찬가지로 꽃이 피고 져서 열매를 맺는다. 이것은 나무와 꽃이 숭배의 대상이 되거나 종교적인 도구로 활용되는 토대가 되었던 것이다. 나무가 신앙물의 대상이 되는 경우는 인류 보편적인 현상이라 할 수 있다. 인간이 신에 대한 존경과 외경의 마음을 전하고자 꽃을 바친 것도 이와 마찬가지이다. 즉 꽃과 나무는 생태적으로 일정한 주기성을 가지고 생장하고 변화를 하기 때문에 신앙적 활용의 대상이 되었다. 일반적으로 꽃은 꽃자루 끝에 피는 것으로, 꽃자루는 나무와 풀로 나누어진다. 꽃자루가 나무인 경우 '꽃나무'처럼 자연스럽게 꽃과 나무를 혼용하였을 것이고, 그것은 꽃을 나무와 같은 종교적 상징물로 인식했을 것이다.

나무와 같이 신앙적 역할을 하는 꽃은 다른 식물들과 비교하였을 때 생태적인 변화, 즉 재생과 소멸의 과정은 물론 새로운 시작을 약속하는 열매 맺기를 극명하게 보여준다. 온갖 색을 보여주는 꽃의 색깔과 다양한 형상을 하고 있는 꽃의 자태, 계절의 변화에 따라 피고 지는 모습은 꽃을 '아름다움'으로 인식하는 토대가 되었을 것이다. 세계의 사물 가운데 가장 아름다운 것을 꽃으로 인식하면서 아름다움의 상징이 되었다. 그것은 세계의 아름다운 사물이나 사람을 표현할 때 화관(花冠)이나 화용(花容) 등의 언어적 표현에 꽃을 활용한 것에서 잘 알 수 있다. 이처럼 꽃은 아름다움의 보편적인 상징으로 인식되어왔다. 꽃은 아름다운 것이기에 많은 인간들이 매료되었고, 그래서 인간들은 꽃을 항상 가까이 하고 싶어 했다.

## 2) 꽃의 사회적 경험

인간은 몸으로 다양한 환경을 접촉하면서 수많은 지식을 쌓아가지만, 그 과정은 생태적 경험이거나 혹은 사회적 경험의 과정일 수 있다. 사회적 경험의 과정이라는 것은 인간의 관계를 중시하는 학습을 통해 이루어지는 실천의 과정이다. 학습은 부모의 교육적 지향에 따라 다르고, 집단이나 민족, 공간과 시간에 따라 다를 수 있다. 그것을 결정하는 데에는 종교나 정치적 이데올로기가 크게 작용한다. 인간은 공동체 지배이데올로기가 권력의 창출 수단이기 때문에 사회적 존재로서 종교 및 정치적 목적을 달성하기 위해 다양한 지식을 학습하고 축적해가기 마련이다.

그래서 무속적인 사회질서나 불교 중심의 국가체계 혹은 유학을 중시하는 유교사회에 따라 꽃에 대한 생태적 경험이 유사할지라도 사회적 경험은 다르게 나타나기 마련이다. 이처럼 사회적 경험은 다양한 종교의 영향을 받기도 했는데, 크게 보면 삼국시대 이전에는 무속신앙, 삼국시대와 고려시대까지는 불교신앙, 조선시대에는 유교의 영향, 근대시대에는 기독교의 적지 않은 영향을 받으면서 꽃에 대한 사회적 경험이 확장되어 왔다.

무속신앙은 현세기복적인 신앙으로, 기본적으로 삶의 문제가 발생하지 않도록 미리 예방하고 복을 기원하기 위해 굿을 하거나, 삶의 장애를 해결할 목적으로 환자를 치료하거나 죽음에 관한 문제를 해결하기 위해 굿을 하는 경우가 많기 때문이다.[19] 이러한 의도 속에서 꽃의 활용이 신당과 굿에서 이루어졌다. 신당을 많은 꽃으로 장식하였고, 굿상에 음식을 진설하면서 꽃을 꽂거나 무당이 굿을 하면서 꽃을 들고 한다든지, 무가에 다양한 종류의 꽃이 등장하는 것을 보면 무속에서 꽃이 중요한 역할을 하고 있음을 알 수 있다.

무속에서 사용하는 꽃은 주로 생화보다도 지화가 많고, 지화를 주로 사용하는 이유는 여러 가지가 있겠지만, 가장 궁극적인 이유는 굿을 하는 시기와 밀접한 관련이 있다. 지화의 종류로 천상화(백련화), 수팔연(연꽃, 목단꽃, 매화, 난꽃, 도라지꽃 등), 살제비꽃(우담발화), 가지꽃(목단꽃), 연지당꽃(연꽃), 막꽃, 눈설화꽃 등이 있고, 신단을 장식하는 꽃은 맨드라미, 진달래, 철쭉꽃, 봉숭아, 채송화, 동백꽃, 무궁화, 작약, 박꽃, 국화 등이 있으며, 무가에는 생불꽃, 뼈살이꽃, 살살울꽃, 환생꽃, 멜망꽃 등이 있다.[20] 이러한 꽃들의 의미는 다음 장에서 구체적으로 논의하겠지만, 중요한 것은 굿판에 참여하는 모든 사람들이 굿과 꽃을 연결시켜 생각하고 경험한다는 것이다. 그 경험은 꽃을 단순히 생태적인 측면의 꽃으로만 인식하는 것이 아니라 무당과 신, 혹은 인간과 신의 관계 속에서 인식한다는 것에 주목할 필요가 있다.

삼국시대의 불교유입은 단순히 백성들의 종교적 삶을 고양하기보다는 정치적 필요성에 따라 이루어졌다. 기본적으로 불교를 통해 국가체계를 확립하고 왕권을 강화하려는 정치적인 의도와 불교의 토착을 위한 종교적 필요성이 결합되었다. 불교에서 경험할 수 있는 꽃은 주로 연꽃과 추상적인 천화(天花)를[21] 비롯해 길상초, 목련꽃, 철쭉꽃, 송화, 매화, 버들꽃 등이다. 우선 연등회의 풍습에서 연꽃을 경험할 수 있고, 절에서 불단을 꽃으로 장식하거나 중요한 공양물로 부처님께 꽃을 바친다. 그리고 사찰

건축에서 기와의 연꽃무늬나 연꽃무늬 창살 등에서 꽃을 경험할 수 있다. 이들 꽃은 당연히 불교적 이념이 반영되어 있고, 불자들은 그러한 꽃에 대해 경험을 하기 마련이다. 즉 불교적 측면에서 꽃에 대한 경험이 이루어졌고, 그것이 생활 속에 투영되어 꽃을 인식해왔다.

그런가 하면 고려시대의 문인들은 군자적 기풍을 지닌 꽃들에 많은 애정을 쏟아 부었는데, 그 결과 소나무와 매난국죽, 모란이 아주 빈번하게 시로 노래되기도 했고, 문인화에서 그림으로 그려지기도 했다.[22] 이처럼 고려시대의 계층에 따라 꽃에 대한 취향이 달랐음을 확인할 수 있고, 그것은 꽃에 대한 다양한 경험으로 전개되었다.

성리학을 바탕으로 한 조선왕조가 등장하면서 꽃에 대한 관념이 변화되었다. 특히 유교국가는 성리학적 이념과 가치를 구현하는 것을 중요하게 여기기 때문에 꽃에 대한 인식이 변화될 수밖에 없었다. 성리학에서 꽃은 보잘 것 없는 사물이면서 한편으로는 심미적으로 대단히 유혹적이기 때문에 위험한 사물이라 해서 인간이 꽃을 가까이 하는 것은 사물에 대한 탐닉이라 하여 경계했다. 그렇지만 꽃 애호가들은 꽃을 기르는 것이 아름다움을 즐기는 것이 아니라 내면을 위로하거나 수양하는 일임을 강조했다. 즉 꽃을 가까이하는 것이 유가에서는 수양의 관점에서 이루어진다고 하여 윤리적 차원에서 이해되었다. 그러한 까닭에 꽃에 대한 고정적인 상징을 향유한다는 한계를 가지고 있다.[23]

조선시대에도 고려시대의 문인들이 선호했던 소나무와 매난국죽을 가까이 했고, 모란, 작약, 연꽃, 해바라기 등의 꽃을 좋아했다. 왜냐하면 사군자로서 매난국죽은 군자로서 갖추어야 할 절개와 지조의 상징이라 했고, 모란은 작약과 더불어 부귀의 상징, 연꽃은 청빈과 고고함의 상징, 해

바라기는 충신을 상징한다고 생각했기 때문이다. 이처럼 유학을 국가의 이념으로 삼았던 조선시대에는 꽃에 대한 경험이 미적인 것과 윤리적인 것이 혼재되어있음을 알 수 있다. 특히 임진왜란을 경험한 조선 후기에는 시장이 발달하고 외국문화 유입이 이루어지자 화훼문화의 확산으로 인해 꽃에 대한 경험이 확대되었고,[24] 그것은 꽃을 인간의 심적 안정과 오감각을 만족시키는 대상으로, 즉 치유의 수단으로 인식하거나, 주거환경의 개선 수단으로 인식하면서 꽃에 대한 인식의 변화가 이루어졌다.

근대 이후 문물이 개방되고 도시의 발달과 농업에서 상공업으로의 본격적인 이행 과정에서 기독교가 유입되었다. 기독교의 유입은 불교나 유교 못지않은 엄청난 변화를 가져왔다. 특히 기독교문화와 무속이나 불교, 유교의 충돌은 생활양식의 변화를 가져오게 했다. 그러한 예로 과거에는 일생의례가 주로 가정에서 행해졌는데 오늘날은 의례의 장소가 교회로 이동한 것이라든가, 기독교 인구의 증가에 따라 가택신앙이나 무속신앙, 심지어는 마을신앙이 위축된 것이 그것이다. 뿐만 아니라 주기적으로 반복되는 기념일을 거행할 때도 기독교적인 방법으로 수행하기도 했다. 이러한 과정 속에서 많은 꽃들이 사용되었고, 결혼식장이나 장례식장 등 기념식장의 화환, 조문객들의 헌화, 기념일에 주고받는 꽃 등은 서구 문물 유입 이후에 등장한 것으로 꽃에 대한 인식의 변화도 이루어졌다.

## 3. 꽃의 기호적 의미의 실상

### 1) 구술서사에 나타난 꽃의 의미

구술서사에 꽃이 중요한 화소로 등장한 경우는 주로 전설을 통해 확인할 수 있다. 물론 건국신화인 〈주몽신화〉에서 해모수와 유화(柳花)가 혼인하여 주몽을 낳았다고 하여 꽃과 관련된 여인이 등장하기는 하지만 그 외 건국신화에서는 꽃과 관련된 화소를 찾기가 쉽지 않다. 꽃이 중요한 화소로 서사에 나타난 경우 비록 문헌자료이기는 하지만 《삼국유사》를 통해서 알 수 있는데, 〈선덕여왕과 목단화 이야기〉와 〈수로부인과 철쭉꽃 이야기〉가 그것이다. 이들 이야기의 원천은 당연히 구술서사로부터 비롯되었고, 신화를 비롯한 전설에 나타난 꽃은 주로 여성을 상징한다.[25] 꽃이 여성을 상징하는 의미는 〈꽃 유래담〉에서 본격적으로 나타난다.

〈꽃 유래담〉에 나타난 꽃은 할미꽃이나 며느리밥풀꽃, 달맞이꽃 등을 들 수 있다. 〈할미꽃 유래담〉을 보면, "할머니가 딸 셋과 살다가 딸들이 장성하여 시집을 갔고, 늙은 할머니는 딸을 찾아가지만 딸들로부터 대접을 받지 못하고 추위와 굶주림에 죽고 말았다. 그 후 할머니 무덤에 꽃이 피었는데, 이를 '할미꽃'이라고 부른다."[26] 그리고 〈며느리밥풀꽃 유래담〉에서는 "며느리가 밥을 짓다가 뜸이 들었는지 확인하기 위해 밥알을 몇 개를 입에 넣었는데, 시어머니가 그것을 보고 며느리를 구박하여 내쫓았다. 쫓겨난 며느리는 뒷산에 목을 매 죽었다. 며느리의 무덤에 꽃이 피어났는데, 이를 '며느리밥풀꽃'이라고 부른다."[27]고 한다. 〈달맞이꽃 유래담〉에서도 보면 "한 여인이 권 장군을 사모하였는데, 권 장군을 사모하다가 결국 지쳐서 죽고 말았다. 여인의 무덤가에 꽃이 피었는데, 이를 '달맞이꽃'

이라고 한다."²⁸고 한다. 또한 〈백일홍 유래담〉에서 보면 "처녀가 용에게 제물로 바쳐지게 되자 왕자가 대신 가겠다고 한다. 왕자는 용과 싸워 이 겼고, 처녀는 왕자가 죽은 것으로 알고 상심하여 죽고 말았다. 왕자가 돌아와 처녀를 묻어주었는데, 무덤에서 꽃이 백일만 피었다고 하여, '백일홍'이라고 한다."²⁹도 있다.

이처럼 〈꽃 유래담〉에서 보면 공통적으로 한 여인이 죽은 뒤 매장된 무덤에서 꽃으로 다시 피어난다는 불교적 사생관을 바탕으로 하고 있다. 즉 〈꽃 유래담〉은 인간이 사후에 다른 존재로 환생(還生)한다는 불교적 관념이 작용하여 여인이 꽃(할미꽃, 며느리밥풀꽃, 달맞이꽃, 백일홍)이 되었음을 설명하는 이야기로, [Ⓐ기호대상(여인) ↔ Ⓑ기호내용(환생) → Ⓒ기표(꽃)]로 전개되는 기호적 구조를 가지고 있다. 꽃의 기호화 과정을 통해서 보면 꽃에 환생이라는 은유적 사상이 작용하여 꽃의 기호적 의미를 구성한다.³⁰ 따라서 꽃의 기호적 의미는 '환생'으로서 그 발생적 원천은 바로 여인의 삶이다. 이러한 기호화 과정을 통해서 우리는 '꽃이 여인이고, 여인이 꽃'이라는 상징적인 의미를 해석할 수 있다.

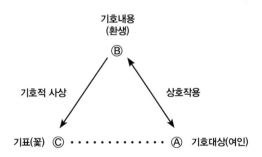

## 2)무속에서 사용되는 꽃의 의미

꽃으로 화려하게 꾸민 곳은 자신의 몸주신을 모시는 신당과 굿을 진행하는 굿청의 굿상이다. 신당과 굿상의 공통점은 무속신들을 모시는 공간이라는 점이다. 이들 공간에서 사용한 꽃은 주로 지화가 대부분인데, 무당들이 직접 만들어 사용한다. 이들 꽃은 주로 자연계에 실재한 꽃이지만 관념적이고 상상적인 꽃도 많다. 신당을 장식하는 꽃으로 연봉, 진달래, 동백, 무궁화, 매화, 다래화, 강화, 모란, 연화, 덩굴국화, 출화, 작약, 불동화, 산함박, 사계화, 퉁출화, 박꽃, 가시국화, 정국화, 살제비꽃 등이 있다.[31] 이처럼 신당과 굿상에 꽃을 바치고 화려하게 꾸미는 것은 기본적으로 무가에 나타난 서천꽃밭의 재현이라고 할 수 있다.

서천꽃밭은 인간이 신으로 좌정하거나 조상신으로 가기 위한 곳으로서 이승과 저승의 경계인 중간단계이다. 그러면서 이 공간은 악을 징치하고 이승의 질서를 바로 세우는 공간이다. 중요한 것은 서천꽃밭이 이승의 무질서를 원상회복 시킬 수 있는 공간이고 생명의 공간이라는 점이다.[32] 따라서 신당과 굿청은 이승의 문제점을 해결하고 원상으로 회복하여 생명의 공간으로서 역할 하는 곳이다. 그렇기 때문에 신당과 굿상에 꽃으로 장식하고 꽃을 바치는 것은 인간의 재생과 소멸이라고 하여 꽃을 피우고 죽이는 곳과 같아서 서천꽃밭의 재현이라고 할 수 있다. 즉 꽃은 신의 상징으로서 신성성과 외경성 구현의 매개물인 셈이다.

따라서 신당과 굿청의 기호화 과정을 보면 [Ⓐ기호대상(서천꽃밭) ↔ Ⓑ기호내용(생명의 공간) → Ⓒ기표(신당과 굿청)]로 전개되는데, 꽃으로 장식하고 꽃을 바치는 신당과 굿청은 생명의 공간이라는 기호내용이 작용하여 신성공간으로서 서천꽃밭의 상징적인 의미를 갖고 있다. 즉 신당과 굿청은 이승과 저승의 중간단계인 생명의 공간을 재현하는 곳으로서 이승의 서천꽃밭인 것이다.

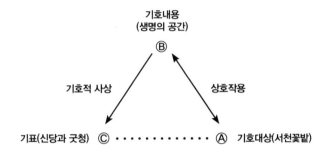

굿청에서 무녀가 굿을 진행하는 과정에서 꽃을 사용기도 한다. 동해안 무당은 꽃모양의 지화를 머리띠나 허리띠에 달기도 하는데, 이는 신이 잘 내리도록 하기 위함이다. 이처럼 무녀들은 꽃으로 장식된 갓을 쓰거나 머리에 꽃을 꽂는 경우가 많다.[33] 실제로 무당이 굿을 진행하면서 굿이 시작하기 전에 넋전을 백지 위에 놓고 돗자리에 넣어서 말아놓았다가 펼친 후에 흰 꽃을 가지고 넋전을 일으켜 세우기도 하고, 무녀들이 각양각색의 꽃을 손에 쥐고 굿을 하기도 한다.[34] 주로 무당이 사용하는 꽃은 굿청의 굿상에 바쳐진 것을 사용하는 경우가 많기 때문에 서천꽃밭의 꽃이자 신의 상징물로서 신체임을 알 수 있다.

이처럼 꽃이 신의 신체라고 하는 것은 무녀들이 사용하는 꽃에서뿐만 아니라 무당들의 꿈 이야기에서도 많이 나타난다. 이씨 무녀의 〈꽃꿈 이야기〉에서 보면 "이씨는 꿈속에서 벼랑에 있는 꽃을 산신이 여러 번 꺾어 주었다"고 하고, 홍씨 무녀의 〈용궁 다녀온 꿈 이야기〉에서 "시냇물이 흐르고 연못이 여기 저기 많은데 연못 둘레에는 꽃이 피어 있고, 천도화(天桃花)

가 있는데, 천도화는 조화를 부리는 것으로 천도화가 열거나 다물거나에 의해 바닷물이 많아지고 줄어든다"고 한다.[35] 그리고 이씨 무당의 〈꿈 이야기〉에서도 보면, "1959년 동짓달 어느 날 꿈에서 하얀 소복을 입은 할머니 한 분이 '너는 이것을 가지고 먹고 살아라' 하면서 연꽃 7송이와 5권의 책을 건네주고는 달 속으로 훨훨 날아갔다"고 한다.[36] 또한 이씨 무녀의 〈체험담 이야기〉에서도 꽃을 경험하게 되는데, "돌아가신 아버지를 모신 상여를 정신없이 따라가는데, 하얀 상여꽃 한 송이가 제 머리로 떨어졌는데 머리에서 안 떨어지는 거예요. 상여에서 떨어진 꽃이, 즉 아버지가 저한테 오신 것 같아요"라고 했다.[37]

이와 같이 무속인들의 꿈 이야기를 통해서 보면 꽃은 신의 신체(神體)로서 등장하고 있다. 산신이 벼랑 끝에 있는 꽃을 꺾어준 것은 산신의 상징인 것이고, 용궁의 천도화가 바닷물이 많아지고 줄고의 변화를 부리는 것은 신의 신체이었기 때문에 가능한 것이다. 하얀 소복을 입은 할머니 한 분이 준 연꽃 7송이 또한 신의 상징이며, 상여에서 떨어진 꽃은 돌아가신 아버지를 상징한 조상신의 신체인 것이다. 따라서 무속인들의 꿈 이야기에 나타난 꽃의 기호화 과정을 정리하면 [Ⓐ기호대상(꽃) ↔ Ⓑ기호내용(신의 상징물로서 신체) → Ⓒ기표(산신·용왕신·조상신)]로 전개되는데, 꽃을 신의 상징물로서 신체라는 기호내용이 사상되어 산신·용왕신·조상신이라는 신격으로 인식하고 있음을 볼 수 있다. 여기서 꽃은 신의 의지를 전달하는 매개물이면서 신의 상징물인 셈이다.

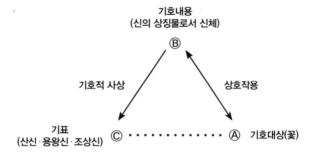

무가에서 꽃은 당연히 신의 능력을 상징하기 때문에 신의 모습을 보여주고 있다. 〈바리공주무가〉는 주로 오구굿에서 가창되는 노래로 부모의 넋을 극락으로 천도하여 영원히 재생시키기 위해 부른 노래이다. 지역에 따라서 약간의 차이가 있겠지만 이 무가에서 '환생꽃'으로 붉은 꽃, 푸른 꽃, 누런 꽃, 흰 꽃이 등장하고, 그 이름을 '살제비꽃'이라고 부른다. 〈이공본풀이무가〉에서는 서천꽃밭에는 생불꽃(아기를 잉태시켜주는 꽃), 뼈살이 꽃(인간의 뼈를 만드는 꽃), 살살울꽃(인간의 살을 만드는 꽃), 환생꽃(죽은 사람을 소생시키는 꽃), 멜망꽃(멸망꽃) 등이 있다고 한다. 〈세경본풀이무가〉에서는 멸망꽃과 환생꽃 등이 있다.[38] 이러한 꽃들은 인간 생명 자체를 상징하기도 한다. 꽃이 꺾일 때 인간이 죽으며, 꽃 한 송이가 인간이 되고 있기 때문이다.[39] 이처럼 꽃 자체가 생명을 의미하고 인간임을 보여주고 있지만 궁극적으로 꽃이 신격화된 것으로, 신의 행적과 역할을 설명하고 있는 이야기가 무가이다. 이것은 기본적으로 꽃이 신체로서 신의 상징이라는 기호적 의미를 토대로 이루어지고 있다. 꽃이 신의 상징이라는 개념을 토대로 꽃의 역할, 즉 신의 행적과 역할을 구체적으로 이야기하고 있는 것이다.

따라서 무가에 나타난 꽃의 기호화 과정을 보면, [Ⓐ기호대상(꽃) ↔ Ⓑ 기호내용(신의 행적과 역할) → Ⓒ기표(꽃신)]로 전개되는데, 꽃에 신앙적인 의미가 상호작용하고 신의 행적과 역할이 사상되어 꽃신(花神)으로 자리 매김하고 있다. 무가는 꽃이 단순히 인간의 생명이자 신의 상징으로서만 머물러 있는 것이 아니라 화신(花神)의 모습을 상징한다고 설명하고 있다.

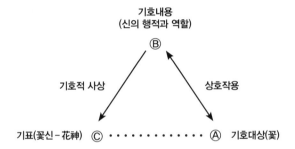

### 3) 세시풍속에서 꽃의 의미

세시풍속에서 꽃과 관련된 대표적인 세시행사로 삼월 삼짇날의 화전 놀이와 사월 초파일의 연등회 등을 들 수 있다. 화전놀이와 연등회 이외 에도 꽃과 관련된 세시행사를 살펴보면, 삼짇날에 복숭아꽃으로 도화주 와 도화탕으로 만들어 먹으면 만병을 물리친다고 하고, 단오날에 창포꽃 을 따서 말려 창포요를 만들어 깔고 자면 병마나 액귀를 물리친다고 한 다. 또한 5월에 봉선화물들이기나 6월 1일에 수국을 꺾어다 집에 걸어두 면 잡귀를 쫓는다고 하고, 9월 9일 중양절에 국화전과 국화주를 만들어 먹으면 장수할 수 있고, 악귀도 쫓는다고 한다. 그런가 하면 거문도에서 는 섣달 그믐날 저녁에 동백꽃으로 목욕을 하면 종기에 약이 되고 피부 병이 생기지 않는다고 한다.[40] 이처럼 꽃을 활용하여 잡귀를 물리치려는 것은 꽃의 신성성과 주술성을 토대로 이루어진 것임을 알 수 있다. 특히 이러한 것은 화전놀이에서 강하게 나타난다.

화전놀이는 삼월 삼짇날 여성들의 대표적인 놀이로서 조선 전기까지만 해도 남녀가 한데 어울려 음주가무를 즐기는 놀이이었지만, 조선 후기에 이르러서는 여성들 중심으로 정착한 것으로 알려져 있다.[41] 홍석모의 《동국세시기》에 보면 "진달래꽃을 따다가 찹쌀가루에 반죽하여 둥근 떡을 만들고 그것을 기름에 지진 것을 화전(花煎)이라 한다"라는 기록이 있다. 이러한 것을 보더라도 화전놀이가 전국적으로 성행했던 놀이었음을 알 수 있다. 화전놀이야말로 양수가 겹치는 날인 삼짇날에 진달래꽃이 만발할 즈음에 부녀자들이 간단한 취사도구를 챙겨 봄나들이하는 것으로 액운을 물리치기 위한 것이기도 하지만 여성 해방의 축제 공간이기도 했다.[42] 화전놀이에서 사용하는 꽃은 진달래꽃이다. 왜 진달래꽃을 넣어서 화전을 만들어 먹었을까? 그것은 다름 아닌 잡귀를 물리치기 위함이다. 화전놀이가 행해지는 삼짇날은 양수가 겹치는 날이어서 양의 기운이 강한 날이기도 하지만, 봄을 알리는 꽃이 진달래꽃으로, 진달래꽃의 색깔이 음의 기운을 제압하는 붉은색에 가깝다는 점이다.[43] 이러한 것 때문에 화전놀이가 액을 물리치고 복을 기원하는 행사로서 중요한 역할을 했음을 알 수 있다. 따라서 화전놀이에서 진달래꽃은 꽃이 갖는 신성성도 있지만 꽃의 색깔이 붉은색[44]이라는 점에서 축귀적인 역할을 하고 있는 것이다.

축귀적인 행사는 삼짇날에 진달래꽃을 꺾어 조왕단지 앞에 꽂아 두고 병충해의 예방을 기원하고 농사의 풍년을 기원하는 것[45] 등의 행사에서도 확인할 수 있다. 이러한 것은 주로 여성들이 참여하여 이루어지지만 남자들도 진달래꽃을 꺾어 꽃상여를 만들어 놀기도 하는데, 이를 '개꽃상여놀이'라고 한다. 주로 늦은 가을부터 초봄까지 농한기에 땔감을 하면서 지게상여놀이를 했으나, 전라도 지역에서는 봄에 진달래가 피면 진달래꽃으로 지게를 장식한 꽃상여를 만들어 나무꾼들이 어깨에 짊어지고 장례를 치르는 놀이를 했다.[46] 이 놀이는 오염이 절정에 달한 죽음을 정화하기 위한 것으로, 즉 진달래꽃으로 죽음을 정화하면 건강하고 장수한다는 믿음이 내재되어 있는 데서 비롯된 것이다.

따라서 놀이에 나타난 진달래꽃의 기호화 과정을 보면, [Ⓐ기호대상(진달래꽃) ↔ Ⓑ기호내용(신성성과 정화수단) → Ⓒ기표(화전)]로 전개되는데, 꽃에 신성성과 더불어 정화수단으로서 의미가 상호작용하고 그것이 은유적으로 사상되어 기표로 나타난 것이 화전(花煎)이라고 할 수 있다.

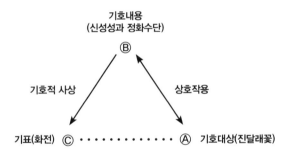

화전놀이에서 꽃이 정화수단이지만 풍물놀이에서 꽃은 그와는 다르다. 풍물놀이는 마을신앙과 연계되어 이루어지기도 하고, 주로 농한기인 정월에 '마당밟기'라고 해서 집집마다 돌아다니면서 행해지기도 하며, 두레와 연계되어 칠월 백중 무렵에 연행되는 경우가 많다. 중요한 것은 풍물놀이의 복색이나 잡색들의 역할에서 꽃과 관련된 것을 발견할 수 있다는 점이다. 그러한 예로 김제와 이리농악에서 보면 상모의 복색에서 전립에 부포를 달고 있는데, 이것을 '꽃상모'라고 부르고 있고, 평택 농악에서는 머리에 '꽃수건'을 감싸 맨다거나, 전남 여천농악의 농기의 맨 끝에 종이꽃을 달고 있다.[47] 그리고 마을농악의 경우 전립 대신 고깔을 쓰거나 흰 머리띠를 하고 흰 옷을 입는데, 고깔은 꽃종이를 놋젓가락으로 말아서 팔괘를 내서 서른다섯 개의 꽃봉오리를 만든다. 고깔의 꽃은 담배꽃, 모란꽃, 함박꽃, 백일홍 등이라고 한다. 이러한 것은 주로 풍물패들의 복색에 나타난 것이지만, 김제지방의 농악에서 창부가 개화꽃 모자를 쓰고 춤을 추기도 한다. 개화꽃은 '어사화'라고도 부르는데, 벼슬을 하고 금의환향할 때 쓰는 축복의 관으로 이 꽃은 노란색과 흰색 두 쌍을 만들어 쓴다.[48] 어사화는 한 마디로 꽃의 아름다움을 나타내는 상징물이지만, 한편으론 신의 신체라고도 할 수 있기 때문에 주로 농악에 나타난 꽃은 신체로서 상징성을 갖는다. 신의 상징물인 꽃으로 치장한 것은 신을 모시고 다님으로써 신의 영험함과 신성성을 토대로 농가의 풍요와 안녕을 기원하고자 하는데서 비롯된 것으로 보인다.

따라서 농악에 나타난 꽃의 기호화 과정은 [Ⓐ기호대상(꽃) ↔ Ⓑ기호내용(신의 상징물로서 신체) → Ⓒ기표(복색의 꽃)]로 전개되는데, 꽃에 신의 상징물로서 신체라는 의미가 상호작용하여 그것이 은유적으로 사상되어 풍물패의 복색에 꽃을 장식한 것이다.

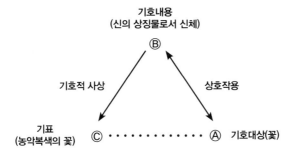

기호내용
(신의 상징물로서 신체)
Ⓑ

기호적 사상                    상호작용

기표
(농악복색의 꽃)   Ⓒ ‥‥‥‥‥‥ Ⓐ   기호대상(꽃)

이처럼 화전놀이나 농악에서 꽃이 중요한 역할을 하고 있는 것처럼 연
등회(燃燈會)에서도 마찬가지이다. 불교에서 경험할 수 있는 꽃은 주로
부처님의 공양물로서 꽃과 연등행사에서 꽃모양의 연등을 들 수 있다.

불교의례에서 불전헌공(佛前獻供)으로 꽃이 중요한 공양물로 바쳐지는
데, 불교에서 꽃은 아름다움의 표상이며 그 아름다움으로 이루어낸 결과
물의 근원이고 바탕이기 때문이다.[49] 따라서 꽃을 공양물로 바치는 것은
인간이 준비할 수 있는 최고의 공양물인 셈이다. 민속신앙에서 신적인
존재에게 바쳐지는 가장 큰 제물은 돼지, 소 등 동물공희(動物供犧)이었지
만, 이보다도 더 큰 제물은 인신공희(人身供犧)이었고, 이러한 흔적을 인
신공희설화를 통해서 확인할 수 있다.[50] 이처럼 동물 가운데 가장 큰 제
물이 인간인 것처럼 식물공희(植物供犧) 가운데 가장 큰 제물은 역시 꽃
으로서, 즉 꽃은 신과의 관계 속에서 사용된 것이며, 신성한 제물인 것이
다. 무속의 신당이나 굿청에서 꽃을 공양물로 바치는 것도 이러한 인식
을 바탕으로 이루어졌다.

따라서 공양물로서 꽃의 기호화 과정을 보면 [Ⓐ기호대상(꽃) ↔ Ⓑ기
호내용(아름다움의 결과물) → Ⓒ기표(공양물)]로 전개되는데, 공양물로서
꽃의 기호적 의미는 아름다움의 결과물이며, 이러한 의미가 작용하여 꽃

을 부처님이나 신에게 공양물로 바쳤던 것이다.

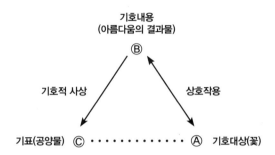

꽃이 공양물로서 사용된 것뿐만 아니라 연등을 꽃 모양으로 만들 때도 사용되었다. 조선시대 이전에는 연등회에서 동물 모양의 연등이 많았지만 연등행사를 사월 초파일에 본격적으로 거행하면서 동물 모양의 연등은 자취를 감추고 주로 꽃 모양의 연등이 주류를 이루기 시작했다.[51] 꽃 모양의 연등 중에는 연꽃이 대부분이다. 불교의 출현으로 연꽃은 신성, 청정, 순결, 거룩함 등의 종교적 함의를 가진 꽃으로 자리매김하고 있다.[52] 이러한 의미는 석가모니의 출생담에 등장한 연꽃으로부터 비롯되었다고 할 수 있다. 마야부인의 오른쪽 옆구리를 통해 석가모니가 태어난 순간 주위에 연꽃이 활짝 피고 석가모니가 그 연꽃 위에 올라섰다는 이야기가[53] 그것이다. 즉 연꽃이 석가모니가 탄생하는데 중요한 역할을 했고, 연꽃이 석가모니의 탄생을 상징하기 때문에 생명의 꽃인 것이다.[54] 연꽃이 힌두교에서는 신의 여성성의 상징으로 우주의 자궁 혹은 우주의 창조를 나타낸다. 그리고 연꽃은 종교적인 상징성 이외에 '아름다운 미인'이라는 상징성을 가지고 있고, 유교에서는 '군자의 청빈', '군자의 고고함'으로 상징된다.[55] 민간에서는 연꽃이 다산의 상징으로서 여성의 옷에 연꽃무늬를 새겨 넣어 자손을 많이 낳기를 기원하였다.[56] 연꽃이 생명의 꽃이라는 것은 심청이가 죽어서 연꽃으로 환생했다는 것에서도 확인할 수 있다.

따라서 연꽃의 기호화 과정을 보면 [Ⓐ기호대상(연꽃) ↔ Ⓑ기호내용(생명 – 탄생 – 환생) → Ⓒ기표(석가모니)]로 전개되는데, 연꽃과 '생명 – 탄생 – 환생'이라는 기호내용이 서로 상호작용하여 그것이 은유적으로 사상되어 부처님의 탄생이라는 의미를 보여주고 있다. 그것은 곧 연꽃이 석가모니이고, 석가모니의 상징적인 꽃이 연꽃인 것이다..

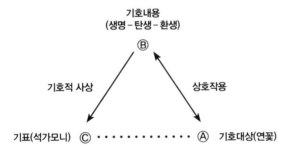

### 4) 의례생활에서 꽃의 의미

인간은 직선형의 시간을 경험하면서 삶의 일생을 정리해간다. 그러면서 삶의 의미를 배가하고 새로운 변화를 도모하여 성장하고 발전하기 위해 많은 노력을 하는데, 그 변화의 출발점이 일생의례이다. 기본적으로 인간이 출생하여 건강한 인격으로 살아갈 수 있다고 판단되는 시기에 중요한 의례를 하는데, 그것이 백일잔치요 돌잔치이다. 의학이 발달하지 못했던 전통농경사회에서는 백일잔치[57]와 회갑잔치가 중요한 의례이었다. 왜냐하면 아이가 출생하여 백일을 넘기 못하고 조사(早死)하는 경우가 많왔고, 백일을 넘겼다 하더라도 회갑을 넘기지 못하고 운명하는 경우가 많았기 때문이다. 그렇지만 의학이 발달하면서 조사의 위험성은 줄어들었고, 수명이 연장되어 회갑을 넘기지 못하는 경우가 줄어들었다. 그래서 일생의례에서 백일잔치가 돌잔치로, 회갑잔치가 칠순잔치로 옮겨가고 있는 실정이다. 중요한 것은 의례를 거행하는 장소에 꽃이 빠지지 않는다는 점이다. 이처럼 개인의 의례는 물론 가족이나 공동체, 국가 등의 공식행사에서도 꽃으로 장식하거나 선물하기도 한다.

전통혼례에서 보면 대례상을 중심으로 부귀안락과 남녀화합을 상징하는 모란꽃이 그려진 병풍을 치고, 대례상 위에 송죽 대신 사철나무나 꽃을 올려놓기도 하고, 계절에 따라 봄에는 동백꽃을, 늦가을에는 국화꽃을,[58] 특히 남해안지방에서는 동백꽃을 많이 사용하였다. 대례상에 사용된 꽃으로 첫날밤 신방을 장식하기도 한다.[59] 불교에서 남녀의 결혼을 화혼(花婚)이라 하고, 실제로 혼례에서도 화동(花童)이 꽃바구니를 들고 꽃을 뿌리면서 인도하고, 신랑신부가 교배례가 끝나면 부처님께 헌화를 한다. 오늘날 결혼식에서는 결혼식장을 꽃으로 장식하고 신부가 입장할 때 화동이 꽃가루를 뿌리면서 인도하기도 하고, 신부는 꽃다발인 신부화[60]를 손에 쥐고 입장한다. 이처럼 결혼식에서 꽃은 중요한 역할을 하고 있음을 볼 수 있다.

꽃은 회갑잔치에서도 중요한 역할을 하는데, 부모의 만수무강을 기원하고 자손의 번영을 기원하기 위해 국화를 바치기도 했다. 주인공의 잔칫상에 좌우 두 개의 항아리에 꽃을 꽂거나 화분을 놓기도 하고, 잔치에 참여한 사람들의 머리에 꽃을 꽂기도 한다. 또한 주인공의 뒤에는 모란꽃이 그려져 있는 병풍을 치고, 화병에 모란꽃을 꽂아놓고 잔치 분위기를 화려하게 꾸미기도 한다. 특히 의례에서 헌화가 빠짐없이 이루어지는 데, 이는 꽃을 바침으로써 존경과 축하의 뜻을 나타내고자 함이다. 국가 행사에서 임금이 신하에게 꽃을 하사하거나 연희에 참석한 사람들이 머리에 꽃을 꽂는 풍습이 있었고, 심지어는 이러한 행사 때문에 꽃을 관리하는 관직이 있었다. 임금이 신하에게 사모에 꽂는 꽃을 내려 주었는데, 이를 어사화라고 하며, 어사화의 꽃은 무궁화라고 말하기도 하지만 접시꽃[61]의 모습이라고도 한다.[62]

장례식이나 제사에서 꽃은 주로 영여(靈輿)와 상여를 통해서 확인할 수 있다. 영여의 지붕에는 붉은색의 연꽃 봉오리가 달려 있고, 옆면에는 연꽃 망울이 피지 않는 상태로 그려져 있다. 상여에도 연꽃이 그려져 있다. 물론 제사지낼 때 사용하는 〈감모여재도〉에는 사당과 위패의 그림 이외에 연꽃이나 모란이 그려져 있다. 물론 불교의례인 영산재에서도 꽃을 뿌리기도 하고 모란꽃이나 작약[63], 연꽃, 황국화를 헌화하기도 한다.[64] 죽음의례에서 꽃이 사용되었다는 것은 고대인들의 매장의식에서도 찾아볼 수 있다. 1983년 발견된 홍수굴에서 약 4만 년 전에 살았던 4~5세의 어린아이 뼈 화석이 발견되었는데, 이 뼈 화석 위에는 고운 흙을 뿌렸고, 동굴 벽과 뼈 주변에서 여섯 종류의 꽃가루가 채집되었으며, 홍수 아이의 가슴과 주변에서 국화가 발견되었기 때문이다.[65] 죽음의례에서 국화를 사용하고 있는 것은 오늘날의 장례식에서도 확인할 수 있다.

이와 같이 일생의례에서 사용하는 꽃은 기본적으로 꽃이 갖는 아름다움의 결과물이라는 상징적인 의미를 가지고 있다. 다만 혼례식에서 사용하는 꽃은 기본적으로 아름다움의 결과물이라는 의미를 토대로 2차적 상징의미인 기원적인 의미가 첨가되어 사용되고 있고, 이것은 회갑잔치나 다양한 행사에서 사용되는 꽃도 마찬가지다. 즉 모란꽃, 동백꽃, 국화꽃, 접시꽃, 무궁화꽃, 작약, 연꽃이 그러한데, 특히 연꽃은 불교나 무속에서도 주로 많이 사용되고 있고, 영여나 상여에 연꽃 그림이 그려진 것은 모두다 생명 – 탄생 – 환생의 의미를 강하게 반영한데서 비롯된 것으로 보인다.

따라서 일생의례에서 사용한 꽃의 일반적인 기호화 과정은 [Ⓐ기호대상(꽃) ↔ Ⓑ기호내용(아름다움의 결과물) → Ⓒ기표(헌화 – 장식)]로 전개된다. 이러한 것은 다시 2차적으로 [Ⓐ기호대상(아름다움의 결과물인 꽃) ↔ Ⓑ기호내용(기원) → Ⓒ기표(장식)]라는 기호화 과정으로 확장된다고 할 수 있다. 중요한 것은 일생의례에서 사용한 꽃의 공통적인 기호적 의미는 아름다움의 결과물이라는 것이고, 이것을 바탕으로 의례의 성격에 따라 생명 – 탄생 – 환생이라는 기호적 의미로 확장되어가고 있다는 것이다.

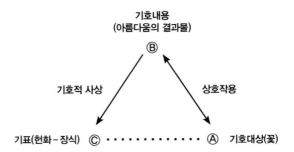

### 5) 일상생활 속의 꽃의 의미

일상생활 속에서 꽃은 주거생활에서 화원 조성, 도자기나 생활용기, 민화 등에서 접할 수 있다. 그런가 하면 외부활동인 개업식이나 특별전, 취임식이나 이임식, 기타 기념행사에도 꽃을 많이 사용한다.

주거생활에서 보면 집안에 꽃을 많이 심는데, 주로 붉은색 꽃을 심는 다. 물론 연꽃, 백일홍, 매화, 국화 등을 심기도 하지만 담장 밑에 봉선화 를 심거나, 부엌이나 마루기둥에 진달래를 꽂기도 하고, 장독대 옆에 맨 드라미 등을 심는 것이 그것이다.[66] 그것은 붉은색을 통해 집안에 액을 몰아내고자 함이고 외부로부터 잡귀의 침입을 막고자 함이다. 이러한 의 도는 지붕의 와당이나 담장에 새겨진 꽃무늬에서도 확인할 수 있다. 기 본적으로 집안의 안녕과 번영을 기원하고자 하는 의도가 반영되어 있다. 이것은 기물(器物)이나 민화에서 더욱 구체화되기도 한다. 민화는 조선 시대의 사회적, 문화적 생활환경이 녹아 있으며, 주로 무명인에 의해 그 려지는 경우가 많고, 주거공간을 꾸미거나 미적인 장식을 위한 대중적인 실용화였다. 꽃을 소재로 한 민화는 19세기 들어 크게 유행하였다.[67] 기 물이나 민화에 가장 많이 그려진 꽃은 주로 매화, 연꽃, 모란, 국화, 파초, 영산홍, 장미, 진달래, 작약 등이다.[68] 이러한 것은 부귀나 장수와 같이 기 복을 바라기도 하지만, 유교적 영향과 밀접한 관련이 있다.

따라서 주거생활 속에서 경험한 꽃이나 꽃그림의 기호화 과정을 보면 [Ⓐ기호대상(꽃) ↔ Ⓑ기호내용(재액초복) → Ⓒ기표(꽃/꽃그림)]로 전개되 는 구조를 가지고 있다. 집안에 꽃이나 그림은 재액초복이라는 기호내용 이 투사되어 형성된 것이라 할 수 있다.

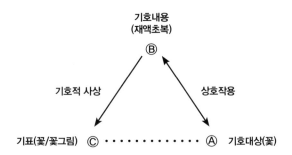

오늘날 외부활동에서 경험하는 꽃은 사회적인 관계를 맺거나 유지하기
위한 행사에서 사용되는 것들이다. 졸업식장에서 꽃을 주고받는 행위나
개업식을 비롯한 공개행사에 화환이나 화분을 보내고 꽃다발을 증정하는
것은 기본적으로 상대방을 축하하는 의도에서 비롯된다. 최고의 선물이
면서 아름다움의 결과물인 꽃을 통해 축하하는 마음을 표현한 것이다. 이
러한 것은 기본적으로 꽃이 갖는 상징적 의미를 통해 이루어지고 있다.

따라서 외부활동에서 경험하는 꽃의 기호화 과정은 [Ⓐ기호대상
(꽃) ↔ Ⓑ기호내용(아름다움의 결과물) → Ⓒ기표(꽃다발/화환/화분)]로 전개
된다. 꽃다발/화환/화분을 선물하는 것은 기본적으로 꽃이 갖는 아름다
움의 결과물이라는 기호내용이 작용하여 으뜸이나 번영이라는 상징적인
의미를 구현하는 행동인 것이다.

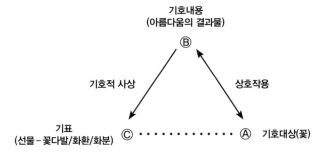

## 4. 꽃의 기호적 전이와 문화적 중층성

인간은 다양한 기호적 경험을 통해 세상을 이해하고 인간을 탐구하면서 자신의 삶을 성찰해간다. 따라서 기호적 경험은 사람마다 다르고 집단에 따라 다르기 마련이다. 그것은 기호 산출자가 기호대상과의 끊임없는 상호작용을 통해 형성된 경험내용이 은유적으로 사상되어 형성된 것이 기호적 경험이기 때문이다. 기호 산출자가 경험한 내용은 기호내용을 구성하고, 기호내용은 기호적 의미의 구성에 핵심적인 역할을 한다. 따라서 기호적 의미의 파악은 기호내용을 통해 이루어져야 하고, 민속에 나타난 꽃의 기호적 의미를 해석하기 위해 기호내용을 정리할 필요가 있다. 앞서 논의되었던 기호내용을 정리하면 ①환생, ②신의 상징물로서 신체, ③신의 행적과 역할, ④신성성과 정화수단, ⑤아름다움의 결과물, ⑥생명 – 탄생 – 환생, ⑦재액초복 등이다. 이러한 기호내용을 토대로 기호적 의미를 네 가지로 정리할 수 있다.

먼저 꽃은 신에게 바쳐지는 최고의 봉헌물이라는 의미를 갖고 있다. 식물 가운데 가장 아름다움을 드러내는 전형이자 결과물이 꽃이라는 인식을 토대로 신당이나 굿당 혹은 불전에 꽃을 바치거나, 의례에서 부모님이나 윗사람에게 꽃을 바치는 것이 그것이다. 따라서 꽃을 장례식에서 영전에 바치는 것도 그러한 맥락이라 할 수 있다. 꽃이야말로 신과 망자에게 바치는 식물공희로서 최고의 제물인 셈이다.

두 번째로 꽃은 정화와 재액초복의 도구라는 의미를 가지고 있다. 꽃을 활용하여 음식을 만들어 먹거나 의례에서 꽃을 뿌리는 것은 정화의 수단으로 사용하고 있음을 알 수 있고, 집안에 꽃그림을 걸어 놓거나 꽃무늬의 생활도구를 사용하는 것은 재액초복을 기원하기 위함이다. 정월에 불을 활용하는 세시놀이나, 태양이고 불이라 생각하는 붉은색을 사용하는 것도 마찬가지로 정화의 수단이나 재액초복을 기원하기 위함이다. 이처럼 꽃은 오염된 것을 정화하는 역할을 한다.

세 번째로 꽃은 생명-탄생-환생의 의미를 갖고 있다. 부처님이 연꽃을 통해 출생했다고 하는 것이나, 장례식에서 영여와 상여에 연꽃봉오리를 장식하는 것은 망자의 환생을 기원하는 의미가 담겨 있다. 또한 여인이 죽어 꽃으로 환생했다고 하는 〈꽃유래담〉을 보면 꽃은 '생명'이라는 상징적인 의미를 토대로 인간이 출생하거나 환생하는 장소이자 도구인 셈이다.

네 번째로 꽃은 신체(神體)이자 신격(神格)으로서 의미를 가지고 있다. 신체로서 꽃은 굿청에서 신의 하강수단으로 꽃을 꽂아놓는 것이나, 꽃을 들고 굿을 하는 것 모두가 꽃이 신대의 역할을 하고, 이는 꽃이 신체로서 의미를 갖고 있다. 특히 무당들의 꿈이야기 속에 등장하는 꽃과 농악복식으로 장식된 꽃은 신의 상징물로서 신체의 역할을 하고 있다. 이러한 것은 무가에서 더욱 구체화되어 나타난다. 꽃이 신격으로서 그 역할과 활동내용을 설명하고 있는 것이 무가이기 때문이다.

이러한 기호적인 의미는 꽃의 다양한 기호적 경험의 발생요인이 되면서 기호적 전이를 통해 이루어졌다. 기호적 전이란 동일한 것에 그 경험의 관점에서 기호내용이 사상되어 마치 복제물처럼 다른 기표를 발생시키거나, 동일한 기표에 다른 기호내용을 갖는 것을 말한다. 그렇기 때문에 기호적 전이는 기표와 기호내용에서 발생한다.[69] 기호적 전이는 기호산출자의 욕망이나 외부적 환경의 영향에 따라 이루어지는데, 즉 기호적 전이가 능동적이거나 혹은 수동적으로 이루어진다는 것이다. 기호적 전이가 능동적으로 이루어지는 것은 인간의 끊임없는 변화를 통해 성장하고 발전하고자 하는 욕망이 작용하여 일어난 것이고, 수동적인 기호적 전이는 자연환경의 변화, 사회적 환경, 역사적 사건 등 문화적 변화를 수용할 수밖에 없는 환경 속에서 이루어진다.

인간은 끊임없이 기호를 생산하고 경험하면서 소멸시키는 기호적 존재이기 때문에, 그 경험의 관점이 변화함에 따라 기표나 기호내용의 기호적 전이가 이루어질 수밖에 없다. 이러한 기호적 전이는 궁극적으로 기호적 경험의 지속과 변화를 발생시킨다. 다시 말하면 인간은 기호적 경험을 지속하고자 하거나 변화시키려는 끊임없는 욕망과 외부환경 때문에 기호적 전이를 발생시킨다는 것이다.

따라서 꽃의 기호적 전이야말로 꽃과 관련된 기호적 경험을 지속시키고 변화시켜 온 것이다. 꽃의 기호적 경험이 지속되고 변화되는 과정에서 기호적 전이는 또한 기호적 의미를 확장하는데도 크게 작용하였다. 꽃의 기호내용과 기호적 경험이 다양하게 나타난 것은 기호적 전이를 통해 이루어졌기 때문이다. 예컨대 연꽃에 '생명'이라는 기호적 의미가 바탕이 되어 환생을 기원하기 위해 상여에 연꽃을 장식하거나, 부활을 의미하는 불교의 연등행사에서 연꽃모양의 등을 거는 것은 기호적 경험의 전이가 이루어진 것이고, 꽃이 '신에게 바쳐지는 최고의 봉헌물'이라는 기호적 의미가 작용하여 신당이나 불전에 바쳐지는 제의적 행위인 기호적 경험과 부모님과 윗사람에게 꽃을 바치는 기호적 경험, 기념식이나 공개행사에서 선물로 보내는 기호적 경험 또한 기호내용의 전이를 통해 이루어진 것이다. 이처럼 기호적 전이는 기호적 경험에서만 나타난 것이 아니라 기호내용에서도 이루어졌다. 신당에 꽂아둔 꽃은 상황에 따라 신의 상징물로서 신체이거나 정화의 수단이 될 수 있고, 아름다움의 결과물이나 재액초복의 도구가 될 수 있기 때문이다. 이러한 기호적 전이는 시간의 흐름과 공간의 이동에 따라 이루어진 것이고, 외부 환경의 영향이 작용한 결과이다. 따라서 꽃의 기호적 전이는 꽃의 다양한 기호적 의미를 갖게 하고, 꽃에 대한 관념이나 의미의 중층성을 갖게 하는데도 중요한 역할을 했음을 알 수 있다. 민속에 나타난 꽃의 문화적 중층성을 확인하기 위해 다음과 같은 모형을 통해서 해명할 수 있다.

| 영역 | 경험 | 민속현상 | | |
|---|---|---|---|---|
| 정신 | 기호적 경험 | 바리공주, 이공본풀이, 세경본풀이 무가 ⓔ | 구술서사로서 꽃 유래담 ① | 기념식 및 공개행사의 선물 ⓛ |
| | | 무당의 꽃꿈이야기, 농악복색의 꽃 ⓓ | | |
| | | 굿판의 연꽃, 영여와 상여의 연꽃봉오리 ⓒ | 연등행사 ⓗ | |
| | | 화전놀이, 개꽃상여놀이 ⓑ | 혼례와 장례에서 꽃뿌리기 ⓖ | 화원, 기물과 민화 ⓚ |
| | | 신당·굿청의 봉헌물 ⓐ | 불전헌공의 봉헌물 ⓕ | 일생의례의 봉헌물 ⓙ |
| 몸 | 물리적 경험 | 신앙 | 민속·무속신앙 → 불교신앙 → 유교·기독교신앙 | |
| | | 생태 | 생태적 경험(시각적 경험) | |

위의 모형에서 확인할 수 있듯이 꽃과 관련된 기호적 경험을 형성하는 토대가 되는 물리적 경험은 기본적으로 생태적이고 시각적 경험이다. 이러한 것을 토대로 형성되었던 꽃의 기호적 경험이 다시 민속신앙을 비롯한 무속신앙이나 불교신앙, 유교 및 기독교의 이데올로기적인 영향을 받아 다양한 기호적 경험을 발생시켰다. 즉 꽃과 관련된 기호적 경험은 기본적으로 꽃의 생태적 경험을 비롯하여 민속신앙·무속신앙·불교신앙·유교신앙 등의 종교적인 기반을 근거로 형성되었다고 할 수 있다. 무엇보다도 중요한 것은 기호적 경험이 단선적으로만 형성된 것이 아니라 때로는 기호적 경험들 간에 서로 넘나들 수 있다는 것을 유념해 둘 필요가 있다. 불교신앙의 물리적 기반이 무속적인 기호적 경험을 형성하는데 중요한 역할을 할 수 있고, 무속적인 것이 유교적인 것과 혼재될 수도 있기 때문이다.

꽃의 기호적 경험의 다양성은 기호적 전이를 통해 발생한 것이며, 꽃이 다양한 의미를 갖게 하는데 중요한 역할을 하였다. 이처럼 꽃의 다양한 의미를 토대로 중층성이 드러나는데, 꽃의 기호적 경험은 최소한 공공성과 변이성을 가지고 있다. 이것은 서로 중복되어 나타나기도 하고 분리되어 나타나기도 한다. 공공성과 변이성이 분리되어 나타난다는 것은 기호적 경험이 물리적 경험 영역에 가까울수록 공공성이 현저하게 나타나지만, 물리적 경험 영역으로부터 멀어질수록, 즉 기호적 경험의 층위로 확장될수록 변이성이 다양하게 나타난다는 것이다. 이러한 것을 염두에 두면 꽃의 기호적 경험의 공공성은 꽃이 신에게 바쳐지는 최고의 봉헌물(ⒶⒻⒿ)과 정화와 재액초복의 도구(ⒷⒼⓀ)라는 기호적 의미를 들 수 있고, 변이성은 기호적 층위로 올라갈수록 강하게 나타나는데 꽃이 탄생-환생-생명과 신체이자 신격(ⒸⒹⒺⒽⒾⓁ)으로서 기호적 의미를 들 수 있다. 여기서 변이성은 기호 산출자의 다양한 환경의 영향과 욕망에 따라 공공성을 근거로 형성된다. 공공성은 원초적이며 보편적인 것이기 때문에 정체성 형성에 중요한 역할을 하고, 변이성은 변화되고 발전된 형태로서 지속의 원동력이 되기도 한다. 그래서 공공성이 현저한 것보다도 변이성이 큰 꽃의 기호적 경험이 기호적 전이를 통해 훨씬 후대에 형성된 것으로 추론할 수 있다. 이것은 공공성과 변이성을 토대로 기호적 경험의 형성 시기를 어느 정도 가늠해 볼 수 있는 논리적 토대가 될 수 있다는 것이다.

## ∘∘ 요약

인간이 태어나서 세계를 이해하기 위한 시각적 인지과정은 가장 기초적이며 중요한 과정이다. 따라서 꽃의 물리적 경험에 대한 여러 지각방식이 있지만 시각적인 요소가 크게 작용한다. 꽃이 그 어떤 식물보다도 생태적인 변화를 비롯해 다양한 색깔과 형상을 가지고 있기 때문에 꽃을 '아름다움'으로 인식하는 토대가 되었다. 세계의 사물 가운데 꽃을 가장 아름다운 것으로 인식하면서 아름다움의 상징이 된 것이다. 이처럼 꽃은 아름다움의 보편적인 상징으로 인식되어왔다.

인간은 몸으로 다양한 환경을 접촉하면서 수많은 지식을 쌓아가지만 사회적 경험을 통해서도 이루어지는데, 그것은 인간의 관계를 중시하는 학습을 통해 습득된 것이다. 꽃과 관련된 학습은 종교나 정치적 이데올로기가 크게 작용한다. 예컨대 무속에서는 무당과 신, 혹은 인간과 신의 관계 속에서 꽃의 활용이 이루어졌고, 불교에서는 연등회의 연꽃과 불단을 장식한 꽃, 부처님께 바치는 꽃 등은 당연히 불교적 이념을 통해 경험한다. 성리학에서는 꽃을 가까이하는 것은 유가의 수양이라는 윤리적 차원에서 이해하였고, 특히 문인들은 소나무와 매난국죽을 가까이 했다. 근대이후 기독교가 유입되면서 꽃에 대한 인식이 크게 변화되어 왔다. 이와 같은 생태적 경험과 종교적 경험이 꽃의 다양한 기호적 경험을 발생시켜 온 것이다.

먼저 구술서사인 〈꽃 유래담〉은 공통적으로 한 여인이 죽어 매장된 무덤에 꽃으로 다시 피어난다는 불교적 사생관을 바탕으로 하고 있다. 꽃은 환생이라는 은유적 사상이 작용하여 그 경험내용을 사상함으로써 기호적 의미를 구성하는데, 꽃의 기호적 의미는 '환생'으로서 그 발생적 원천은 바로 여인의 삶이다. 이러한 기호적 의미를 통해 확인할 수 있는 것은 '꽃이 여인이고, 여인이 꽃'이라는 상징적인 의미이다.

두 번째로 무속에서 신당과 굿상에 꽃을 바치고 화려하게 꾸미는 것은 생명의 공간이라는 기호내용이 작용하여 신성공간으로서 서천꽃밭의 상징적인 의미를 토대로 이루어졌다. 무녀가 굿을 진행하는 과정에서 사용하는 꽃은 서천꽃밭의 꽃이자 신의 상징물로서 신체이다. 이처럼 꽃이 신의 신체라고 하는 것은 무당들의 꿈 이야기에서도 많이 나타나고, 꽃을 신의 상징물로서 신체라는 기호내용이 사상되어 산신·용왕신·조상신이라는 신격으로 인식하고 있다. 무가에서 꽃은 신의 행적과 역할이 사상된 꽃신이다.

세 번째로 세시풍속에서 꽃의 기호적 의미를 보면, 화전놀이에서 사용하는 꽃은 진달래꽃으로 축귀적인 역할을 하고, 꽃에 신성성과 더불어 정화수단으로서 의미가 상호작용하고 그것이 은유적으로 사상되어 나타난 것이 화전놀이다. 또한 농악에 나타난 꽃은 신의 상징물로서 신체라는 의미를 갖고 있고, 불교의례에서 공양물로 바치는 꽃은 아름다움의 결과물이다. 이처럼 꽃이 공양물로서 사용된 것뿐만 아니라 연등을 꽃모양으로 만들 때도 사용하였는데, 연꽃은 '생명-탄생-환생'이라는 기호내용이 서로 상호작용하여 그것이 은유적으로 사상되어 부처님의 탄생이라는 의미를 보여주고 있다.

네 번째로 의례생활에서 꽃의 의미를 보면, 전통혼례에서 꽃으로 장식하기도 하고, 불교의 혼례에서 화동이 꽃바구니를 들고 꽃을 뿌리면서 인도하는 것은 물론 신랑신부가 교배례가 끝나면 부처님께 헌화를 한다.

오늘날 결혼식에서 신부가 꽃다발인 신부화를 손에 쥐고 입장한다. 또한 회갑잔치에서도 부모의 만수무강을 기원하고 자손의 번영을 기원하기 위해 국화를 바치기도 하고, 장례를 치를 때 사용하는 영여의 지붕에 붉은색의 연꽃 봉오리가 달려 있고, 상여에도 연꽃이 그려져 있다. 죽음의 례에서 국화를 사용하고 있는 깃은 오늘날의 장례식에서도 확인할 수 있다. 이와 같이 일생의례에서 사용되는 꽃은 기본적으로 꽃이 갖는 아름다움의 결과물이라는 상징적인 의미를 가지고 있고, 이것을 바탕으로 의례의 성격에 따라 생명 – 탄생 – 환생이라는 기호적 의미로 확장되어가고 있다.

다섯 번째로 일상생활 속 꽃의 의미는 주거생활에서 화원 조성, 도자기나 생활용기, 민화 등에서 접할 수 있고, 외부활동인 개업식이나 특별전, 취임식이나 이임식, 기타 기념행사를 통해 확인할 수 있다. 주거생활 속에서 경험한 꽃이나 꽃그림은 재액초복이라는 기호내용이 투사되어 형성된 것이고, 외부활동에서 꽃다발/화환/화분을 선물하는 것은 기본적으로 꽃이 갖는 아름다움의 결과물이라는 기호내용이 작용하여 으뜸이나 번영이라는 상징적인 의미를 구현하고 있다.

이와 같이 꽃의 기호내용을 정리하면 환생, 신의 상징물로서 신체, 신의 행적과 역할, 신성성과 정화수단, 아름다움의 결과물, 탄생 – 환생 – 생명, 재액초복 등이다. 이러한 기호내용을 토대로 기호적 의미를 정리하면, 먼저 꽃은 신에게 바쳐지는 최고의 봉헌물로서 의미를 갖고 있고, 두 번째로 꽃은 정화와 재액초복의 도구라는 의미를 가지고 있으며, 세 번째로 꽃은 생명 – 탄생 – 환생의 의미를 갖고 있다. 마지막으로 꽃은 신체이자 신격으로서 의미를 가지고 있다. 이러한 기호적 의미는 꽃의 다양한 기호적 경험의 발생요인이 되면서 기호적 전이를 통해 이루어졌다. 꽃의 기호적 전이야말로 꽃의 기호적 경험을 지속시키고 변화시켜 왔던 것이다. 이러한 것은 기호적 의미를 확장하는데도 크게 작용하였다. 기호적 전이가 꽃의 다양한 기호적 의미를 갖게 하고, 꽃에 대한 관념이나 의미의 중층성을 갖게 하는데도 중요한 역할을 했다.

꽃과 관련된 기호적 경험의 형성 토대가 되는 물리적 경험은 기본적으로 생태적이고 시각적 경험이고, 이것을 토대로 다시 민속신앙을 비롯한 무속신앙이나 불교신앙, 유교의 이데올로기적인 영향을 받아 다양한 기호적 경험을 발생시켰다. 꽃의 기호적 경험의 다양성은 기호적 전이를 통해 발생한 것이며, 꽃이 다양한 의미를 갖게 하는데 중요한 역할을 하였다. 이처럼 꽃의 다양한 의미를 토대로 중층성이 드러나는데, 공공성은 꽃이 신에게 바쳐지는 최고의 봉헌물로서, 그리고 꽃은 정화와 재액초복의 도구라는 기호적 의미이고, 변이성은 기호적 층위로 올라갈수록 강하게 나타나는데 꽃이 탄생 – 환생 – 생명과 신체이자 신격으로서 기호적 의미이다. 여기서 공공성은 원초적이며 보편적인 것이기 때문에 정체성 형성에 중요한 역할을 하고, 변이성은 변화되고 발전된 형태로서 지속의 원동력이 된다.

# 각주

1  배상선 · 심우경, 「조경식물의 상징성에 관한 기초연구」, 『한국전통조경학회지』 제8권 제1호, 한국전통조경학회, 1989.

김승민, 「조선시대 화훼식물의 이용과 상징성에 관한 연구」, 『한국전통조경학회지』 제32권 제2호, 한국전통조경학회, 2014.

문영란, 「조선시대 화훼문화와 기명절지에 관한 연구」, 『한국화예디자인학 연구』 제28집, 한국화예디자인학회, 2013.

2  정 민, 「18, 19세기 문인지식층의 원예취미」, 『한국한문학연구』 제35집, 한국한문학회, 2005.

조창록, 「문헌자료를 통해 본 조선의 원예문화」, 『동방한문학』 제56집, 동방한문학회, 2013.

3  윤지안, 「조선후기 화훼문화의 확산과 화훼지식의 체계화」, 『농업사연구』 제15권 1호, 한국농업사학회, 2016.

4  안영희, 「고대인들에 반영된 꽃의 의미」, 『아시아여성연구』 11, 숙명여자대학교 아시아여성연구소, 1972.

유영봉, 「고려시대 문인들의 화훼에 대한 취향과 문인화」, 『한문학보』 제3집, 우리한문학회, 2000.

박수밀, 「조선후기 산문에 나타난 꽃에 대한 인식과 심미의식」, 『동방한문학』 제56집, 동방한문학회, 2013.

최재목 · 김은령, 「삼국유사애 나타난 꽃에 대한 고찰」, 『유학연구』 제29집, 충남대학교 유학연구소, 2013.

5  임소영, 「꽃이름의 생성 과정과 인지 과정」, 『한국어 의미학』 4, 한국어의미학회, 1999.

6  김태곤, 『한국의 무속』, 대원사, 2001.

조흥윤, 「한국 신화 속의 여성문화」, 『샤머니즘연구』 제2집, 한국샤머니즘학회, 2000.

이수자, 『큰굿 열두거리의 구조적 원형과 신화』, 집눈당, 2004.

편무영, 『한국불교민속론』, 민속원, 1998.

양종승 · 최진아, 「서울굿의 신화연구」, 『한국무속학』 제4집, 한국무속학회, 2002.

7  심상교, 「동해안별신굿 지화 조사연구(Ⅰ)」, 『한국무속학』 제5집, 한국무속학회, 2003.

8  박명희, 「한국 무교의례에 나타난 꽃의 의미와 상징성에 대한 연구」, 『한국화예디자인학

연구』 제10집, 한국화예디자인학회, 2004.

9  김창일, 「무속신화에 나타난 꽃밭의 의미 연구」, 『한국무속학』 제11집, 한국무속학회, 2006.

10 강명혜, 「제주도 신화 속 꽃의 의미 및 상징성」, 『온지논총』 제48집, 온지학회, 2016.

11 한서희, 「식물 유래담에 투영된 현세주의적 가치관」, 『남도민속연구』 제32집, 2016.

12 노양진, 『몸이 철학을 말하다』, 서광사, 2013, 160쪽.

13 기호적 사상이 무한히 열려 있다는 것은 은유가 끊임없이 확장된다는 것을 말한다. 일차적 은유는 주로 환경과 상호작용하는 우리 몸의 본질 때문에 생겨난다. 은유가 기초하는 체험적 상관성이 우리의 세속적 경험의 대부분을 구성하는 탓에 우리는 이런 은유를 자연스럽게 습득할 수밖에 없다. 신체적 자각과 행동은 우리가 유아에서 성인으로 자라면서 싹트기 시작한 경험을 만들기 때문이다. 대부분의 일차적 은유는 자동적으로, 그리고 무의식적으로 활성화되어 상황과 사건에 대한 우리의 이해를 구조화한다. 복합 은유는 일차적 은유를 이용하고, 그것을 기반으로 혼성하고 확장한다.〈마크 존슨(김동환·최영호 옮김), 『몸의 의미』, 동문선, 2012, 277쪽〉

14 노양진, 앞의 책, 94쪽.

15 마크 존슨(김동환·최영호 옮김), 앞의 책, 78쪽.

16 마큰 존슨(김동환·최영호 옮김), 위의 책, 94쪽.

17 임소영, 앞의 논문, 83~85쪽.

18 문영란, 「화훼의 상징적 알레고리를 통한 꽃말에 관한 연구」, 『한국화예디자인학 연구』 제27집, 한국화예디자인학회, 2012, 44쪽.

19 삶의 문제를 예방하기 위해 굿을 하는 경우 재수굿의 성격을 지닌 축원굿, 성주올리기, 연신굿, 근원손 등을 들 수 있고, 문제를 해결하기 위한 굿으로 치병굿, 씻김굿(오구굿, 망묵굿, 진오구굿), 망자혼사굿, 사제맥이 등을 들 수 있다.

20 박명희, 앞의 논문, 54~66쪽.

21 불교에서 꽃은 아름다움 결과의 상징으로 천화는 모든 인간을 수호하고, 관장하는 왕들이 사는 곳, 또한 모든 인간이 생노병사, 희노애락의 고통에서 벗어나 다시 태어나기를 소원하는 낙토(樂土)에서 내려주는 꽃임(최재목·김은령, 앞의 논문, 253쪽.)

22 유영봉, 앞의 논문, 18~26쪽.

23 박수밀, 앞의 논문, 103~107쪽.

24 18세기 말에서 19세기 초에는 문인지식층 사이에 원예기술이 확산되면서 화훼재배와 화원 경영이 활발했다.(정민, 앞의 논문, 2005.)

25  안영희, 앞의 논문, 2~5쪽.

26 『구비문학대계』 1 - 4, 한국정신문화연구원, 2002, 498~499쪽.

27  한서희, 앞의 논문, 243쪽.

28 『구비문학대계』 2 - 4, 한국정신문화연구원, 2002, 74쪽.

29 『구비문학대계』 8 - 9, 한국정신문화연구원, 2002, 368쪽.

30  체험주의 은유 이론의 핵심적인 축을 이루고 있는 것은 '은유적 사상'이다. 그것은 '기호
적 사상'이라는 개념으로 확장했다. 우리는 특정한 기표에 특정한 경험내용을 사상함으
로써 이 사상된 경험내용의 관점에서 그 기표를 경험하고 이해한다. 이것이 바로 기표
에 주어지는 기호적 의미를 구성한다. 따라서 기호내용이 바로 기호적 의미 구성에 핵
심적인 역할을 한다.(노양진, 앞의 책, 90~91쪽.)

31  이상희, 『꽃으로 보는 한국문화1』, 넥세스BOOKS, 2004, 330~332쪽.

32  김창일, 앞의 논문, 175~195쪽.

33  이상희, 앞의 책, 330쪽.

34  박명희, 앞의 논문, 58~64쪽.

35  안영희, 앞의 논문, 3쪽.

36  표인주 외, 『무등산권 무속인의 생애사』, 민속원, 2011, 54쪽.

37  표인주 외, 『이주완의 풍물굿과 이경화의 예술세계』, 민속원, 2013, 128쪽.

38  박명희, 앞의 논문, 69~72쪽.

39  강명혜, 앞의 논문, 49쪽.

40  이상희, 앞의 책, 185~220쪽.

41  권영철 · 주정달, 『화전가연구』, 형설출판사, 1981.

42  표인주, 『남도민속학』, 전남대학교출판부, 2014, 96~97쪽.

43  전남지역에서는 마을제사를 지내기 전 마을의 대청소를 한 다음에 잡귀의 출입을 막고
마을의 공간을 정화시키기 위해 동네 입구에 금줄을 치고 마을 고샅 곳곳에 '금토'라고
해서 황토(黃土)를 놓아둔다. 여기서 마을사람들은 황토는 붉은 색에 가까운 흙이라 인
식한다. 그것은 생활공간에서 쉽게 구할 수 있는 흙 가운데 붉은 색에 가까운 흙을 선택
하여 활용하는데서 비롯된 것이다.

44  붉은색이 축귀적인 색깔이라는 것은 음양사상에서 음의 기운을 제압할 수 있는 것이 양
이기도 하지만, 무엇보다도 붉은색은 불에 비롯된 것이고 불은 태양과 관련되어 있기
때문에 빛과 관련되어 있다. 따라서 민속에서 부정적이거나 오염된 것을 정화시키기 위
한 방법으로 태양의 빛, 불빛, 빛을 반사하는 거울이나 예리한 칼날 등을 빛의 상징물로

인식해왔다. 그런 까닭에 잡귀를 물리치기 위한 행사로 불밝히기, 액막이불놓기, 쥐불놀이, 달집태우기, 횃불싸움, 낙화놀이 등을 행했던 것이다.(표인주, 「민속에 나타난 불의 물리적 경험과 기호적 의미」, 『비교민속학』제61집, 비교민속학회, 2016, 139~166쪽.)

45 김택규, 『한국농경세시의 연구』, 영남대학교출판부, 1985, 514쪽.

46 『한국세시풍속사전』 봄편, 국립민속박물관, 2005, 290~291쪽.

47 농기는 신대와 같은 역할을 하고 있기 때문에 농기의 꽃은 신의 신체라고 할 수 있다. 이와 같은 것은 은산 별신제에서 '꽃받기'라고 해서 항아리에 6개의 화주와 깃발을 높이 매단 6개의 꽃등을 들고 와서 별신당의 신위에 바친다. 꽃등과 항아리꽃은 죽은 혼을 의미하는 것으로, 꽃은 한지로 주로 국화, 모란꽃, 작약 등의 형태로 만든다.(박명희, 앞의 논문, 67~68쪽.)

48 정병호, 『농악』, 열화당, 1986, 38~57쪽.

49 최재목 · 김은령, 앞의 논문, 249쪽.

50 설화에서 뱀이나 지네와 같은 괴동물의 횡포를 막거나 풍랑과 같은 자연재해를 막기 위해, 혹은 부모 봉양을 위한 효심의 발로로 인해 인신공희를 하는 것으로 나타난다.(『한국민속문학사전』 설화2, 국립민속박물관, 2012, 621쪽.)

51 편무영, 『한국불교민론론』, 민속원, 1998, 323쪽.

52 최재목 · 김은령, 앞의 논문, 236쪽.

53 편무영, 앞의 책, 316쪽.

54 인도의 카무티족의 신화를 보면 "원초에 한 그루의 나무가 있었다. 이 나무 열매로부터 한 송이의 꽃이 피더니 그 안에서 남녀 한 쌍의 인간이 태어났다. 이 두 사람이 최초의 카무티였다."고 한다. 이 신화를 보면 꽃 안에서 인류 최초의 인간이 태어났음을 말해주고 있다.(편무영, 위의 책, 318쪽)

55 문영란, 앞의 논문, 46~50쪽.

56 문영란, 「조선시대 화훼문화와 기명절지에 관한 연구」, 『한국화예디자인학 연구』 제28집, 한국화예디자인학회, 2013, 125쪽.

57 20세기 초까지만 해도 백일 전에 사망하는 영아가 많았다. 따라서 산후 백일이 되는 날이면 어려운 고비를 잘 넘겼다는 의미에서 특별히 그 날을 축하하는 의례가 백일잔치이다.(『한국일생의례사전』 1, 국립민속박물관, 2014, 186~187쪽)

58 동백꽃은 절개와 변하지 않는 절개를 상징하고, 국화꽃은 은자, 군자의 덕, 열사, 충신, 장수, 건강을 상징한다.(문영란, 「화훼의 상징적 알레고리를 통한 꽃말에 관한 연구」, 『한국화예디자인학 연구』 제27집, 한국화예디자인학회, 2012, 55~56쪽)

59 이상희, 앞의 책, 287~289쪽.

60 신부화(Bridal Bouquet)는 한말에 선교사들의 주관으로 교회에서 이른바 '예배당 결혼' 또는 '개량 결혼' 등의 신식 결혼이 거행되면서 사용된 것으로 추측된다.(이상희, 위의 책, 295쪽)

61 무궁화는 조선, 단명, 무궁(無窮), 군자의 이상을 상징하고, 접시꽃은 충신, 무당, 승진을 상징하다고 말한다.(김승민, 앞의 논문, 144쪽.)

62 이상희, 앞의 책, 295~319쪽.

63 작약은 함박꽃이라고도 부르며, 구애, 청혼, 재회를 상징한다.(문영란, 앞의 논문, 56쪽.)

64 이상희, 앞의 책, 298~300쪽.

65 강명혜, 앞의 논문, 37쪽.

66 백일홍은 임 그림, 이별한 친구생각, 결백을 상징하고, 매화는 고결, 인내, 깨끗한 마음을 상징하며, 국화는 정절, 의리, 진실을 상징한다. 그리고 봉숭아는 부활, 사랑의 행복을 상징하고, 맨드라미는 건강, 퇴색되지 않는 사랑, 열정을 상징한다. (박명희, 앞의 논문, 74쪽.)

67 문영란, 「조선시대 화훼문화와 기명절지에 관한 연구」, 『한국화예디자인학 연구』 제28집, 한국화예디자인학회, 2013, 113쪽.

68 김승민, 앞의 논문, 135쪽.

69 표인주, 「홍어음식의 기호적 전이와 문화적 중층성」, 『호남문화연구』 제61집, 전남대학교 호남학연구원, 2017, 6쪽

# 제4장

# '가축(家畜)'의 민속적 기호경험과 기호적 공공성

## 기호적 공공성

－소 · 닭 · 개 · 돼지를 중심으로－

## 1. 동물과 가축

인간은 지금까지 생태적 환경에 적응하고 극복하기 위해 많은 노력을 해왔다. 여기서 생태적인 환경이라 함은 동물과 식물이 공생하는 자연적 조건을 일컫는다. 자연적인 조건에 따라 동물과 식물의 종류가 다를 것이고 그들의 개체수도 다르기 때문에 인간은 그와 같은 환경을 고려하면서 생업방식을 선택해 왔다. 즉 인간의 생태적 환경은 동물과 식물의 성장 환경에 의해 결정된다고 해도 과언이 아니다. 그것은 인간과 동물이 공생하고 식물을 공유하는 것이 전적으로 자연적 조건에 달려 있기 때문이다. 따라서 자연 환경의 변화는 곧 인간의 생태적 환경의 변화를 초래하기 때문에 삶의 방식 또한 크게 변화를 겪기 마련이다.

동물과 식물은 고대로부터 오늘에 이르기까지 인간에게 기본적인 식생활을 해결할 수 있는 식량의 원초적인 자원이고, 인간의 생태적 환경은 동물과 식물이 성장하는 조건이라 할 수 있다. 인간은 본질적으로 어떻게 해서든지 생계를 유지하고 기술을 발전시키고 환경을 더욱 효과적으로 이용하려는 자연적인 충동을 가지고 있기 때문이다.[1] 그래서 인간은 기본적으로 생계유지의 안정을 위해 생태적인 환경을 고려하고 다양한 기술을 반영한 생업방식을 만들어 왔다.

민속에서 동물은 식생활의 자원이자 삶의 도구로 활용되는 경우가 있고, 동반자로서의 관계뿐만 아니라 종교적 관계를 맺는 등 다양한 모습으로 등장하고 있다. 지금도 가정에서 경험하고 접할 수 있는 동물로 포유류인 돼지, 소, 개, 말, 토끼, 염소, 쥐 등이 있고, 조류로서 닭, 오리, 거위 등이 있으며, 울타리 밖에서 뱀이나 구렁이, 개구리 등 파충류를 비롯한 학, 비둘기, 독수리, 매, 꿩, 까마귀, 참새 등의 다양한 조류가 있다. 불교적으로 경험할 수 있는 동물로 코끼리와 사자, 원숭이 등이 있고, 상상적인 동물은 봉황과 용 등이 있다.

이러한 동물 가운데 민속에서 가장 많이 경험할 수 있는 것은 십이지동물[2]이다. 이것은 설화에 등장한 동물로 호랑이와 용이 가장 많고, 말, 뱀, 거북, 소 등의 순서로 나타나는 것만 봐도 알 수 있기 때문이다.[3] 설화는 민속적 지식을 바탕으로 형성된 서사물이다. 어떻게 보면 십이지동물은 동물의 생태적 특징을 민속적으로 관념화시킨 것인데, 시간과 공간의 민속을 비롯해 일생의례, 민속신앙, 민속놀이, 구비설화 등을 통해서 확인할 수 있다.

동물에 관한 연구는 주로 십이지동물이 대부분이고, 주로 설화 연구자들에 의해 이루어져왔다. 그 중에서도 호랑이와 용에 관한 연구가 가장 많았는데, 그것은 설화에 가장 많이 등장한 동물이기도 하지만 무엇보다도 민속신앙과 밀접한 관련이 있는 동물이기 때문이다. 호랑이가 산신을 상징하는 동물이고, 용신신앙에서 용은 추상적인 동물이기는 하지만 물을 관장하는 중요한 신격이다. 민속에서 산신신앙과 용신신앙은 가장 보편적이며 오랜 역사성을 가지고 있다. 그런 까닭에 호랑이와 용은 설화뿐만 아니라 민속신앙에서 다른 동물 연구보다도 많은 비중을 차지하고 연구되어 왔다.

지금까지의 동물에 관한 민속학적 연구를 정리하자면, 설화분야에서 김열규는 신화에 나타난 동물의 상징을 밝혔다는 점에 의미가 있고,[4] 민요에서 김영돈은 동물요(動物謠)를 연구 대상으로 삼았다.[5] 그리고 십이지동물 가운데 여러 연구자들이 말을 연구하기도 하고,[6] 십이지동물을 논의하기도 했으나,[7] 이들 연구 성과물은 개인의 연구를 엮은 것이어서 종합적이고 체계적이지 않다는 한계가 있다. 그런가 하면 임동권과 김종대는 십이지동물에 관한 민속적 관념을 토대로 연구했다는 점에서 동물민속에 관한 연구의 지평을 확대했고,[8] 천진기가 동물민속론을 설정하고 기존의 연구사를 검토하여 십이지동물의 역사적 전개 양상과 상징체계를 파악하려 했다는 것은[9] 동물민속의 연구를 진일보 시켰다. 다소 아쉬운 점이 있다면 민속현상이나 고고 및 미술 자료에 나타난 동물에 대한 해석에 주안점을 둔 까닭에 시간의 흐름이나 환경적인 변화에 따른 논의가 미흡하다는 점이다.

가축은 소, 닭, 개, 돼지 이외에도 토끼, 양, 말 등을 포함시킬 수 있으나, 가정마다 다소 차이가 있기 때문에 일반적으로 가축이라 함은 위의 네 동물을 일컫는다고 생각할 수 있다. 이것은 농경사회에서 어느 지역이나 가정에서 네 동물을 키우는 경우가 많다고 보는 것이다. 여기에 부수적으로 토끼나 양을 키우기도 하고 지역에 따라서는 말을 키우는 경우도 있지만, 말을 키우는 곳은 과거에 말을 기르는 목장이 있었거나 말을 운반도구로 활용하기 위해 키우는 가정에 해당할 것이다. 따라서 이처럼 네 동물을 가축으로 제한하려는 것은 농가의 어느 가정이나 가장 일반적인 가축동물이면서 식용동물이라는 점을 고려했다.

## 2. 가축의 물리적 기반으로서 원초적 경험

인간의 생활양식은 기본적으로 수렵채집시대로부터 농경시대, 산업시대에 따라 엄청난 변화를 겪어왔다. 생활양식의 변화는 인구의 증가와 밀접한 관련이 있고, 그에 따른 식량 해결도 수반되었기 때문에 생계문제를 효율적으로 해결하기 위한 많은 변화가 이루어져 왔다. 물론 식량이 풍족하면서 인구가 증가할 수도 있겠지만 인구 증가가 식량 해결을 부추겼을 가능성도 있다. 중요한 것은 인구 증가와 식량 해결이 긴밀한 관계를 맺고 있다는 점이다. 따라서 동물이나 식물은 인간의 식량 해결에 중요한 열쇠인 셈이다. 특히 동물을 사냥하고 기르는 것은 모두 식량 해결과 관련이 있다. 따라서 역사적 맥락에서 논의하고 있는 구석기, 신석기, 청동기, 철기시대를 근거로 수렵채집시대, 농경시대, 산업시대로 나누어 생활 양상의 단면을 정리하여 동물의 기호적 경험의 원천적 토대인 물리적 기반을 확인해 볼 필요가 있다.

문화사에서 가장 큰 변화 요인은 불의 발명과 농사의 시작이라고 할수 있다. 불의 발명을 통해 생활방식에 엄청난 변화를 가져왔는데, 동물을 횃불로 몰아서 교묘하게 함정에 빠뜨리고, 창이나 뼈로 만든 단도, 돌로 만든 무기 등으로 이를 죽인 다음 도살했다고 하고, 해변가 거주민들은 골각기나 석기를 만들어 요리를 했다고 하는 것을 보면,[10] 불의 발명은 인간이 사용하는 도구의 출현은 물론 공동체생활과도 밀접한 관련이 있음을 알 수 있다.[11] 이처럼 불의 발명은 인간의 삶에 혁명적인 변화를 가져오게 했고, 인간의 정착사회를 구축하는데 중요한 역할을 했다. 즉 수렵채집생활을 청산하고 농경사회로 이행하는데도 적지 않은 역할을 한 셈이다.

한국에서 수렵채집시대는 구석기시대와 신석기시대라고 할 수 있고, 상당부분 청동기시대까지 지속되기도 한다. 구석기인들은 동굴에서 살거나 평지에 집을 짓고 살았는데, 후기 구석기시대인 석장리 집자리에서 불을 이용하여 요리를 한 흔적이 남아 있다. 이들은 과일이나 나무뿌리 같은 것을 채집하는 한편 동물을 사냥하여 식량을 해결했다. 신석기시대에도 주로 사냥이나 고기잡이, 채집 등에 의존해 오다가 신석기 후기에는 농경을 시작하게 되었고, 주거는 움집에서 살았다.[12] 이 시기에 정착과 더불어 가축을 길렀을 것으로 보인다.[13] 이것은 본격적인 농경이 시작되기 전까지는 수렵채집과 농경이 병행해오다가 촌락이 형성되어 이동사회에서 정착사회로 이행되었을 것이다. 정착사회는 도시발달과 더불어 고대국가 형성의 토대가 되었다.

한국에서 수렵채집시대에 어떤 동물들을 사냥했고, 어떠한 식물을 채집했는지를 구체적으로 논의하기 쉽지 않다. 청동기시대에도 완전한 농경사회라고 말하기 어렵고, 다만 수렵채집과 화전농경을 병행해오다가 청동기시대 후기에 수렵채집경제에 재배식물이 도입되어 보조자원으로 사용되다가 그 중요도가 증가하여 결국에 농경 중심의 생계경제로 바뀌었다고 한다.[14] 이러한 과정 속에서 가축이 시작되었을 것으로 보인다.

고대국가인 부여에서는 가축이 크게 행해지고 있어서 관직명에는 소, 말, 돼지, 개 등의 가축 이름이 붙여질 정도였다. 남쪽 삼한에서도 소와 말이 가축으로 길러졌으며, 그 뼈가 김해패총에서도 발견되었다. 또 삼한에서도 꼬리가 긴 닭이 있었다고 전한다.[15] 특히 소는 고대사회에서 제천의식의 제의용이나 장례의 순장용으로 사용되기도 했다. 이처럼 소, 돼지, 개, 닭이 가축으로 인식되기 시작한 것은 수렵채집시대에서 농경시대로 이행하는 과정에서 나타났다고 할 수 있다.

농경시대의 가축은 식량 해결의 주요인이었지만, 소는 철기 사용과 더불어 농경에 이용되기도 했다. 철기의 사용은 생활 양상을 여러모로 변화시켰는데, 우선 농업이 크게 발달하였고, 철로 만든 농기구를 보면 동물의 힘을 이용하여 땅을 경작했음을 확인할 수 있다. 소를 우경(牛耕)으로 시작하게 된 것은 철기의 등장과 밀접한 관련이 있고, 철기는 농업 생산력의 급증을 초래했다. 철기가 농업혁명의 근원이었고, 그 과정에서 우경의 시작은 농업생산의 증가를 가져오는데 중요한 역할을 한 것이다. 당시 농경에서 철기의 사용과 우경은 획기적인 농경법의 하나이었다.

이처럼 소가 철기를 이용한 농경의 도구로 활용하면서 가축 가운데 소의 중요성은 더욱 확대되었다. 소가 없으면 농사를 지을 수 없을 정도로 소가 농경에서 차지하는 비율이 커진 것이다. 특히 논밭갈이에서 소는 한 해 농사의 풍요를 결정하는데 중요한 역할을 한다. 뿐만 아니라 소는 농산물을 운반하는, 즉 우마차라는 교통의 수단이기도 했다. 소를 이용해서 농사의 거름을 운반하고 농산물을 운반하게 된 것이다. 이러한 것은 소의 이용이 농사뿐만 아니라 생활 전반으로 확대되어 감을 알 수 있다.

그러나 산업시대에 가축은 점차 약화되고 많은 변화를 겪어야 했다. 산업시대는 기본적으로 기술산업사회와 지식정보문화산업사회가 중심이 되는 시대이다. 산업사회는 대량생산을 강조하고 과학기술을 추구하는 기술집약적인 산업을 중시하는 사회인데, 도시가 팽창함에 따라 자연스럽게 농촌인구는 감소하게 되고, 인구가 도시로 집중되면서 농경사회에서 행해졌던 유희적, 의례적, 종교적 기능이 도시로 이행되는 결과를 가져왔다.[16] 산업시대는 농업노동보다 산업노동을 중시하는 시기로서 70년대에 획기적인 변화가 이루어졌다.

농경사회에서는 농업노동이 생산과 삶의 방식 그 자체였지만, 기술 중심의 산업노동은 노동력을 판매하는 도구로서 삶의 맥락이 배제된 노동상품에 불과했다. 노동 상품은 다름 아닌 기술을 토대로 한 대량생산에 적합한 기술집약적인 노동방식이다.[17] 산업노동이 중심이 되고 농촌에서도 농약의 사용과 농기구의 기계화가 농경시대의 가축을 이용한 농법을 대체하게 되었다. 게다가 농가 주거환경의 개선은 농경시대의 가축이 더 이상 지속되기 어렵게 만들었고, 점차 대량생산과 기술 집약적인 산업노동을 바탕으로 한 축산업이 활발하게 이루어졌다. 가축이 축산업으로 발전하면서 가축에 대한 인식에도 많은 변화가 이루어졌다.

## 3. 가축의 기호적 경험의 변화양상과 의미

### 1) 인간생존의 식량자원으로서 가치

한반도의 구석기시대의 사냥활동은 사슴, 멧돼지, 호랑이, 곰, 말 등의 다양한 동물들을 사냥했으나 주로 사냥의 위험성이 적은 사슴을 선택 집중하여 사냥했고,[18] 사슴 다음으로 멧돼지가 좋은 사냥감이었다고 한다. 구석기시대의 유적에서 개과에 속한 여우, 이리, 너구리의 뼈가 출토되었고, 구석기시대의 함경북도 무산 범의 유적에서 소뿔이나 소뼈가 출토되었다고 하는 것을 보면[19] 개나 소도 중요한 식량 자원이었음을 알 수 있다. 주로 이러한 것은 남성들의 사냥을 통해 확보되었다. 사냥은 작은 동물인 경우 개인적으로 이루어지기도 하지만 주로 몸집이 크거나 위험부담이 큰 동물은 집단으로 이루어졌다. 여기서 집단적인 사냥은 공동체생활을 토대로 이루어지기 때문에 씨족사회를 형성하는 물리적 기반이 되었다고 할 수 있다.

인간은 필수적으로 탄수화물과 단백질을 섭취해야 하기 때문에 이러한 영양분을 어떻게 확보할 것인가에 관심을 가져왔다. 단백질과 탄수화물의 확보 방식이 곧 인간의 생업방식을 결정해 온 것이라 해도 다를 바 없다. 예컨대 이동사회를 기반으로 하고 있는 수렵채집시대는 여성들이 가족의 탄수화물을 확보하기 위해 채집활동을 했다면, 남자는 단백질을 확보하기 위해 사냥을 해야 했다. 이것은 노동의 분업화와도 밀접한 관련이 있는데, 남성의 큰 신체와 강한 힘 때문에 큰 동물을 사냥하는 것은 주로 남자가 하는 일이었으며, 작은 동물을 사냥하거나 식물을 채집하는 것은 주로 여자의 일이었다.[20] 여성들의 식물채집활동이 여자가 농사 시작의 주체가 되는데 중요한 영향을 미친 것임을 알 수 있다.

이처럼 수렵채집시대에 동물은 중요한 식량자원이었고, 그것을 해결하기 위해 가축을 하면서 동물들에 대한 경험적 지식도 형성되었을 것으로 보인다. 즉 인간과 동물의 관계 속에서 가축을 인지하기 시작했음을 말한다. 동물을 식량자원으로서만 보는 것이 아니라 동물의 신격화를 비롯해 인간과 신의 관계 속에서 희생물로서 보거나, 이러한 과정을 통해 동물의 다양한 기호적 경험을 갖게 되었을 것이다. 동물의 신격화는 토테미즘적인 사유태도를 말하는데, 한국에서 토테미즘의 흔적을 찾기란 쉽지 않다. 물론 난생신화를 비롯해 수렵채집사회에서 농경시대로 이행하는 과정을 보여주고 있는 단군신화에서 곰 토테미즘을 말하기도 하지만, 이것은 곰이 여성상을 설명하기 위한 동물이었을 뿐이지 숭배의 대상이라는 근거는 명확하지 않다.[21] 이러한 것도 본격적으로 농경시대가 이루어지면서 정착되었을 것으로 보인다.

수렵채집시대 동물의 의미를 2단계의 기호화 과정을 통해 파악할 수 있다. 하나는 수렵채집시대의 전기(구석기시대)에 해당하는 시기로 단백질이 풍부한 식량자원 확보를 위해 동물을 사냥하는 것이고, 두 번째로 농경이 시작하는 수렵채집시대의 후기(신석기시대)에 식량자원의 생산을 위해 가축을 했다는 것이다.

먼저 수렵채집시대 전기에는 소, 개, 돼지 등의 동물이 인간의 중요한 식량자원이라는 인식을 토대로 어떻게 포획할 것인가에 많은 관심을 가졌을 것이고, 사냥한 동물을 어떻게 활용할 것인지 인식하는 과정을 겪는다. 이처럼 동물의 다양한 기호적 경험 속에서 인간이 포획한 사냥동물은 식량자원으로서 의미를 갖게 되고, 그러한 까닭에 인간은 끊임없이 사냥을 한 것이다. 따라서 사냥한 동물이 곧 식량자원 획득이라는 기호적 의미를 갖게 된다. 이것은 기호적으로 [Ⓐ기호대상(야생동물) ↔ Ⓑ기호내용(식량자원 획득) → Ⓒ기표(사냥동물)]로 전개된다.

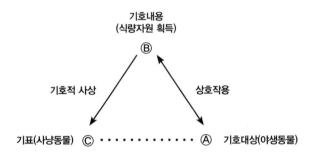

두 번째로 수렵채집시대 후기에 사냥동물에 대한 경험을 토대로 식량자원으로서 동물을 지속적으로 확보하기 위해 식량자원 생산에 관심을 갖게 되었을 것이다. 그러한 과정에서 사냥동물의 가축화가 이루어졌고, 가축동물은 식량자원 생산이라는 의미를 갖게 된다. 가축동물의 기호적 의미가 식량자원 생산의 의미인 것이다. 이것을 기호적으로 정리하자면 [Ⓐ기호대상(사냥동물) ↔ Ⓑ기호내용(식량자원 생산) → Ⓒ기표(가축동물)]로 전개된다.

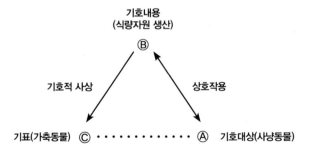

이러한 2단계의 기호화 과정을 통해 동물이 단순히 식량자원으로서 뿐만 아니라 신앙적이거나 의례적 활용으로 확대되어 간다. 소나 돼지를 희생제물로 봉헌하게 된 것은 기본적으로 인간의 식생활에 기반하여 형성된 것으로, 인간과 인간의 관계에서 인간과 신의 관계로 확대된 것이라 할 수 있다. 인간의 소통방식으로 식생활에서 동물을 활용한 것처럼 희생제물은 인간과 신의 소통방식인 것이다. 따라서 가축동물의 신앙적 혹은 의례적 활용은 인간과 동물의 관계, 동물의 생태적 관념 등에 근거한 기호적 경험이라고 할 수 있다. 이와 같은 기호적 경험은 농경시대에 다양한 모습으로 전개된다.

결론적으로 수렵채집시대에 동물은 인간생존의 식량자원으로서 가치를 가지고 있다. 인간이 동물을 식량자원으로서 인식하고 경험하면서 식량자원 획득에서 식량자원의 생산을 위한 가축의 필요성을 갖게 되고, 나아가서는 가축을 신앙적 혹은 의례적인 활용으로 확대하는 등 다양한 기호적 경험을 갖게 되었다.

### 2)농업경제 및 생태적 가치 확대

농사는 문화사적으로는 신석기시대 후기부터 시작되었는데, 여성에 의해 시작되었을 것으로 추정된다. 무엇보다도 식물채집을 통해 농사의 경험이 축적되었다고 생각하기 때문이다. 한국에서는 단군신화를 통해 농경의 시작을 확인할 수 있는데. 농사에 필요한 비, 바람, 구름을 관장하는 신격이 등장하는 것을 보면 알 수 있다.

농사는 밭농사와 논농사로 구분되지만 가장 원초적인 것은 밭농사이고, 농경방법은 화전농법이라 할 수 있다. 화전은 고대 이래로 세계 각국에 널리 분포되었으며, 인도네시아 등 열대 우림지대에서는 아직까지 존속한 경우도 있으나 근대 이후 화전이 소멸되어 갔다. 한국에서는 식민지시기부터 해방 후 1979년에 이르기까지 영세한 농민이 최후의 선택사항으로 채용했던 하나의 수단이기도 했다.[22] 화전은 풀과 나무를 태워 비료로 사용하는 농법이다.

농경시대는 삶의 방식이 기본적으로 정착생활이고, 주거지 중심으로 이루어지면서 다양한 동물을 가축으로 기르는 시기였다. 농경시대의 가축은 단순히 식량자원으로서만 활용하는 것이 아니라 그 지역의 생업환경에 따라 다양한 용도로 활용되기도 했다. 그것은 가축의 농경적 활용, 이데올로기적 활용, 주술종교적 활용 등이 그것이다. 이러한 것은 특정한 시기나 장소에서 형성되는 것이 아니라 오랜 시간 동안 교류와 계승을 통해 누적되고 형성되어 나타난 것들이다. 따라서 농경시대 가축의 의미를 파악하기 위해서는 시기별로 혹은 지역별로 파악하는 것이 쉽지 않다. 다만 가축의 활용 유형에 따라 분류하여 이해하는 정도가 최선이 아닐까 한다.

### (1) 경제적 가치로서 활용

가축의 경제적 가치는 크게 두 가지로 나누어 살펴볼 수 있는데, 하나는 가축의 노동적 활용이고, 다른 하나는 재화적 수단으로서의 활용이다.

먼저 가축의 노동적 가치로서 활용이다. 노동적 활용으로서 중요한 동물은 소이다. 소를 논밭갈이, 논밭골타기, 논밭썰기, 연자방아 및 운반 수단 등으로 활용한 것이 그것이다. 소는 밭농사나 논농사를 가리지 않고 인간의 노동력을 대신해 활용되었다. 따라서 농사의 규모에 따라 반드시 일할 소를 길러야 하고 그렇지 않는 경우는 이웃집의 소를 빌려 농사를 지어야 했다. 이 경우 소의 노동력을 제공하고 화폐나 곡식으로 지불 받기도 하지만 인간의 노동으로 교환되기도 한다.

농경시대 노동의 형태는 농사에 따라 다를 수도 있지만 일반적으로 공동체적인 노동이 많은 비중을 차지한다. 이러한 환경 속에서 소는 사람이 해야 할 공동노동을 대체하는 역할을 하기 때문에 '소 없이 농사짓기란 쉽지 않다'는 생각을 하게 되었다. 그러면서 소의 중요성을 인식하게 되고 인간과의 관계에서도 식구처럼 생각하게 되었다. 농가에서 소는 농사의 풍요를 결정하는 수단으로 인식하게 될 만큼 노동적 가치가 큰 동물로 인식하게 된 것이다. 이를 기호화하면 다음과 같다.

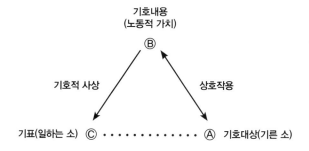

이처럼 중요한 노동적 가치가 있는 소가 풍요를 상징하는 기호적 경험의 물리적 토대가 되기도 한다. 소가 갖는 풍요의 상징성은 일하는 소의 노동적 가치가 원천적 근원이라고 할 수 있다. 이러한 것은 세시풍속과 민속놀이에서 확인할 수 있다.

정월 대보름날 이른 아침에 '소밥주기'라고 하여 오곡밥과 나물을 차린 상을 외양간에 차리거나 오곡밥과 나물을 키에 담아 외양간에 놓아

소가 먹도록 한다.[23] 물론 이러한 것은 소에게 밥을 주는 것이기도 하지만 소가 먼저 먹는 음식을 확인하여 농사의 풍요를 점치기도 한다. 소가 농사일을 도맡아 하는 주역이기 때문에 풍요를 상징한다고 생각하는데서 비롯되었다. 그렇기 때문에 농사의 풍요를 기원하기 위해 소와 관련된 다양한 민속행사를 거행해온 것이다. 칠월 백중이나 한가위 무렵에 하는 경남 의령의 소싸움, 정월 대보름에 행해지는 영산의 쇠머리대기와 경기도·황해도 지역의 소놀이굿 등이 그것이다.[24] 즉 소와 관련된 세시풍속 및 민속놀이는 농사짓는 소가 풍요를 상징한다고 하는 관념이 바탕이 되어 이루어져 왔음을 알 수 있다. 이를 기호화 하면 다음과 같다.

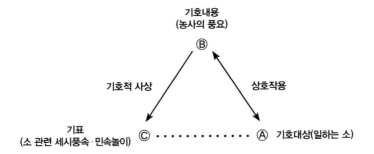

두 번째로 재화적 가치로서 가축이다. 소는 농가의 가축이라는 존재에 그치지 않고 식구로서의 대접을 받을 정도로 위상이 커졌다. 그것은 또한 소가 단순히 가축으로서 식량자원이나 농경수단으로서 뿐만 아니라 재화적 가치를 갖게 되었기 때문이다. 소를 키워서 가정의 재산을 불리는 계기가 된 것이다. 소뿐만 아니라 돼지와 닭도 재화적 가치를 갖게 되었다.

소를 파는 시장을 우시장, 쇠전, 소시장, 우전으로 불렀다. 이곳에서는 소만 거래하지 않고 돼지, 염소, 양, 닭 같은 가축을 거래했기 때문에 일반적으로 가축시장이라고 부르고, 소를 파는 장소를 쇠전, 돼지는 돼지전, 닭은 닭전이라고 부른다. 시장은 교역하는 장소로서 교역은 국가 간에 이루어지기도 하는데, 태종(1404년)과 세종(1432년)대에는 중국에 소를 보내고 소 값으로 비단과 베로 거래하기도 했다. 이처럼 동전 유통이 일반화된 18세기 이전에는 물물교환으로 이루어진 경우도 많았을 것으로 보인다.[25] 이와 같은 시장은[26] 15세기 후반부터 개설되기 시작하고 전라도 지방에서부터 가장 먼저 개설되어[27] 전국적으로 확산되었다고 한다.

이처럼 가축도 시장에서 물물교환과 화폐교환의 방법으로 이루어졌을 것으로 보인다. 이것은 가축이 단순히 식량자원으로서만 가치가 있는 것이 아니라 재화적 가치로 확대되어 감을 확인할 수 있다. 즉 가정에서 식량자원으로서 소, 닭, 돼지를 키우기도 하지만 이들의 수효를 증가시켜 가정의 경제적 기반을 구축하는데 활용했다는 것이다. 그것을 실현시켜 주는 곳이 바로 시장이다. 시장이 농촌경제의 중심역할을 했기 때문에 다양한 물산을 교역하는 장소였다.

따라서 이 시기에 가축을 한 사람들이 소, 돼지, 닭을[28] 재화의 축적 수단으로서 인식하면서 가축시장에서 교역을 하게 된 것이다. 이를 기호화하면 다음과 같다.

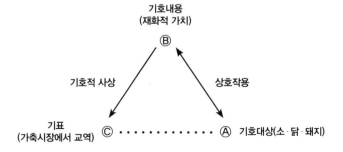

## (2) 정신적 가치로서 활용

농경시대의 공동체 결속은 정신적이며 종교적인 공감대를 토대로 형성되고, 삶의 협력체로서 유대관계의 정도에 따라 적지 않은 영향을 받았다. 더군다나 정착사회에서 인간은 사회적 존재로서 인간의 관계를 중요시 하게 되고, 인간과 인간의 관계가 인간과 동물의 관계로 확대되기도 한다. 인간과 동물의 관계에서 가장 대표적인 동물이 한 울타리 안에서 공생하는 가축이라고 할 수 있다. 가축을 단순히 동물로서만 인식하는 것이 아니라 문화적인 관계로 발전시켜 간 것이다. 그러한 것 중의 하나가 가축의 이데올로기적 활용이다.

가축의 이데올로기적 활용이라 함은 가축을 불교와 유교에서 이념적으로 표상화한 것을 예로 들 수 있다. 불교에서 인간이 깨닫는 과정을 동물에 비유하기도 하고, 유교적 이념 가운데 의(義)의 실천이요 충(忠)의 구현으로써 동물의 행동을 가치 있게 의미화하기도 한다. 대표적인 동물이 소와 개다. 소는 농경시대의 인간에게 가족과 같은 동물이고, 개는 인간과 가장 친밀한 관계를 맺고 있는 가축으로서 인간과 거의 동일시해왔다. 불교에서 소의 종교적 가치는 인간의 수행과정을 설명하고 있는 〈尋牛圖〉를 통해 확인할 수 있고, 유교에서 소와 개의 이데올로기적 가치는 설화를 통해 확인할 수 있다.

의로운 행동을 보이는 소의 모습을 경북 선산군 산동면 인덕동의 의우총(義牛塚) 전설을 통해 알 수 있고,[29] 개의 의롭고 충성스러운 모습은 한국의 의견(義犬)설화 유형을 통해 확인할 수 있다. 설화의 주인공이 위기에 처하자 소가 희생적인 행동으로 주인을 구하는 것처럼 개도 마찬가지이다. 전북 임실군 둔남면 오수리에 전해지는 의견설화에서는 개가 들

불을 꺼서 주인을 구하고, 강원도 원성군 호저면 고산리 의견설화에서는 개가 호랑이 같은 맹수를 물리쳐서 주인을 구하였다고 한다.[30] 이처럼 동물이 인간을 구하는 이야기는 위기에 처한 주인을 구하는 동물로 소 대신 개가 나오기도 하고, 개 대신 소가 나오기도 한다는 점에서 소와 개는 의로운 존재이면서 충성스러운 모습을 보여주고 있다.

따라서 설화에 나타난 소와 개는 의로운 존재라는 기호적 의미를 통해 의로운 동물로 인식되고 있음을 알 수 알 수 있다. 이를 기호화 하면 다음과 같다.

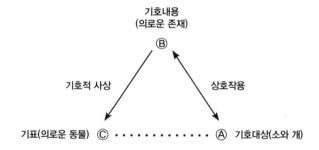

### (3) 주술 · 종교적 가치로서 활용

가축의 주술적 활용은 가축에 대한 생태학적 경험을 토대로 형성되는 경우가 많다. 예컨대 개는 기본적으로 집을 지키고 사냥에서 중요한 역할을 하기 때문에 부정적인 존재는 물리쳐 막아내고 긍정적인 것은 쫓아 포획하는 역할을 한다고 경험한다. 이러한 경험으로 인해 개는 재앙을 물리치고 집안의 복을 지키는 능력이 있다고 인식하게 된다. 그러한 까닭에 집안에 개의 그림을 걸어두는 풍습이 생겼다. 벽사적인 역할을 하는 개처럼 닭도 마찬가지이다. 닭은 부리가 세고 단단하여 벌레를 잡아

먹고 채소를 쪼아서 먹으며, 부리로 상대방을 공격하기도 한다. 게다가 닭은 울음소리로 새벽을 알리는 역할을 하기 때문에 밤으로부터 새벽인 빛의 시작을 알리는 상서로운 가축으로 인식하게 된다. 그것은 세화(歲畵)라 하여 개의 그림처럼 닭의 그림을 그려 집안이나 대문에 붙이기도 했다. 이러한 것은 개와 닭이 집안의 잡귀를 몰아내고 집밖으로부터 재앙이 들어오지 못하도록 하며, 그로 인해 복을 부르고자 하는 주술적인 의도에서 비롯된 것이라 할 수 있다.

따라서 개와 닭의 그림은 이들 동물의 생태적인 경험을 토대로 형성된 주술적인 관념이 반영되어 나타난 기호적 경험이라고 할 수 있다. 이를 기호화하면 다음과 같다.

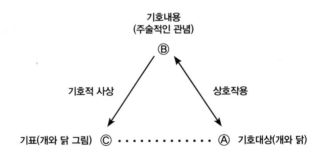

소는 단순히 농경의 수단으로 사용하는 것이 아니라 풍요의 상징으로서 제물로 활용되기도 했다. 제물이라는 것은 기본적으로 인간과 신의 소통방식이다. 인간이 가장 지극정성으로 생각하는 것을 신에게 바치는 것이자 함께 공유하는 음식이다. 따라서 인간과 신이 함께 공유할 수 있는 음식은 당연히 인간과 인간이 함께 음복할 수 있는 것이어야 한다. 왜냐면 제사는 인간과 신 그리고 인간과 인간이 하나 되는 것을 추구하기 위한 의례적 표현이기 때문이다.

따라서 신에게 소를 제물로 바친다는 것은 인간의 지극정성을 표현하는 방식이고, 인간에겐 최고의 음식인 것이다. 충남 보령시 오천면 외연도 당제에서 소를 잡아 살코기를 제외한 소 다리와 머리, 꼬리 등을 제당에 제물로 바치기도 하고,[31] 전남 완도군 완도읍 장좌리 당제에서는 제상에 소머리를 올리고 그곳에 칼을 꽂아 놓기도 한다.[32] 그런가 하면 전남 보성군 벌교읍 대포리 당산제에서는 바다에 소머리를 헌식하여 풍어를 기원하기도 한다.[33] 이처럼 소는 고대사회부터 주로 제천의식의 제물로 바쳐졌고, 심지어는 장례에서 순장용으로 사용되는 경우도 많았으며, 이러한 전통은 마을신앙으로 이어지고 있는데, 소가 마을신에게 바쳐지는 가장 큰 봉헌물임을 알 수 있다.

이러한 것은 비단 소뿐만 아니라 돼지를 제물로 바치는 경우도 많다. 한국 신화에 나타난 돼지는 신에게 바쳐지는 제물임과 동시에 나라의 수도를 정해 주고, 왕이 자식이 없을 때 왕자를 낳을 왕비를 알려주어 대를 있게 하는 신통력을 지닌 동물로 전해지고 있는데,[34] 마을신앙에서도 돼지를 제물로 바치는 경우가 많다. 전남 화순군 일대의 마을신앙에서 돼지가 중요한 제물로 바쳐지고 있는데, 능주면 광사리 도제와 북면 원리 당산제에서 제물로 돼지머리를 올렸다.[35] 이것은 비단 화순군 지역뿐만 아니라 호남의 마을신앙에서 돼지가 중요한 제물로 바쳐지는 경우가 많다. 이처럼 마을신앙에서뿐만 아니라 오늘날 굿판에서도 돼지는 중요한 제물로 바쳐지고 있다. 굿상에 돼지머리를 바치기도 하고, 돼지 한 마리를 통째로 올리기도 한다.[36]

이와 같이 소와 돼지는 신에게 바쳐지는 최고의 제물임을 알 수 있다.

가축 가운데 닭도 중요한 제물로 바쳐지는 경우가 많다. 무속의례에서 닭은 신령이나 조상 앞에 진설되는 제물이다. 서울시 용산구 이태원동 부군당굿에서 삶은 닭을 제물로 바치기도 하지만, 황해도 타살굿에서는 닭을 타살하여 제물로 삼기도 한다.[37] 그런가 하면 결혼식의 교배례에서 교배상에 수탉과 암탉을 올려놓고 신랑과 신부가 혼례를 치르고, 구고례에서 폐백이라 하여 신부댁에서 준비해온 닭고기를 올려놓고 시부모에게 절을 올릴 때[38] 닭을 봉헌물로 사용하기도 한다. 그리고 닭은 반가운 손님이나 귀한 손님한테 바치는 귀한 접대음식이기도 하다. 이처럼 닭도 소나 돼지처럼 제물로 활용되고 있는 모습을 확인할 수 있다. 즉 소, 돼지, 닭이 신앙적인 용도로 사용하는 제물로서 종교적으로 활용되고 있음을 알 수 있다. 이를 기호화 하면 다음과 같다.

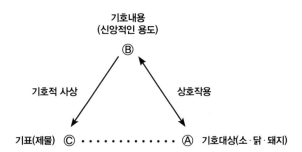

## (4)생태적 가치로서 가축

지금까지 가축은 공통적으로 식량자원으로서 가치를 가지고 지속되어 왔지만, 농경시대에 접어들어서는 가축이 경제적 가치, 정신적 가치, 주술종교적 가치로 확대되어 인식되고 활용되어왔다. 이러한 것이 가축의 직접적인 활용을 통해 나타난 것이라면, 이번에는 간접적으로 그 가치를 확인할 수 있는 해석에 주목할 필요가 있다. 그것은 생태적인 측면에서 접근했을 때 파악된다. 가축의 먹거리는 기본적으로 인간의 식량자원과 크게 다를 바 없다. 소의 먹이를 보자면 기본적으로 짚이나 풀이지만 인간의 남은 음식물이나 그릇의 세척물 모두 소 먹거리로 제공된다. 이러한 것은 돼지도 마찬가지이고, 개나 닭도 마찬가지이다.

가축의 식생활이 인간의 식생활과 크게 다르지 않기는 하지만, 경쟁관계가 아니라 공생관계라고 할 수 있다. 왜냐하면 가축은 기본적으로 인간이 먹고 남은 음식을 섭취하기 때문이다. 가축과 인간은 공통적으로 음식물을 섭취하고 배설한 것을 다시 농사의 거름으로 사용한다. 농사의 거름은 농경지의 퇴비로 사용하여 농사를 짓고, 풍농을 통해 수확한 곡물이 집안으로 유입되어 인간과 가축의 식량자원으로 활용된다. 이처럼 인간·가축의 음식물 → 퇴비 → 경작 → 수확 → 곳간의 식량 → 가축·인간의 음식물로 순환되는 친환경적인 생태적 구조를 가지고 있음을 알 수 있다. 인간이 먹다 남은 음식이나 음식물은 가축이 섭취하기 때문에 다른 곳으로 배출되어 하천이나 땅을 오염시키지 않는다는 것이다. 즉 가축은 오늘날 심각하게 사회문제가 되고 있는 환경오염의 주범이 아니라는 점이다. 이러한 생태적 순환구조 속에서 가축의 생태적인 가치를 확인할 수 있다. 이를 기호화 하면 다음과 같다.

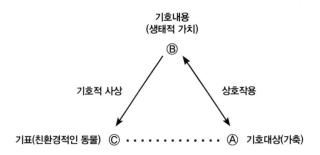

결론적으로 농경시대에서 가축의 기호적 의미를 정리하자면, 수렵채집시대의 식량자원으로서 가치를 지니고 있는 가축이 농경시대에도 계속 지속되어 발전하지만, 더불어 경제적 활용을 비롯해 정신적 가치 구현의 도구로 사용되기도 하고, 다양한 민속적 경험에서 주술·종교적으로 활용되어 가축의 기호적 의미가 더욱 확대되고 있음을 확인할 수 있다. 뿐만 아니라 가축은 인간과 공생관계이자 친환경적인, 즉 생태적 가치를 가지고 있다는 점에서 가축의 위상을 가늠해 볼 수 있다.

### 3)상품적 가치와 동반자적 가치로 이행

산업시대는 상품의 대량생산을 강조하고 기술집약적인 산업을 중시하기 때문에 농경시대의 농업노동은 축소되거나 지극히 제한적일 수밖에 없다. 주로 이 시기에는 농경사회적인 공동체가 와해되고 산업노동에 부응하는 공동체가 형성되거나 변형된 공동체가 등장하게 된다. 무엇보다도 산업시대에는 생산과 소비가 분리된다는 점에서 생산과 소비가 일치한 농경사회와는 많은 차이를 갖는다는 점이다. 농경사회에는 생산과 소비가 삶의 맥락 속에서 공동으로 이루어졌다면, 산업사회는 생산 주체와 소비 주체가 분리되어 삶의 탈맥락화가 가속화되었다. 특히 생산과 소비의 분리가 인간의 생활양식에 엄청난 변화를 초래했고, 이러한 사회적 환경과 주거생활의 변화는 가축이 축소되거나 변형되는 것을 촉발시켰다고 할 수 있다.

산업시대는 농경시대에 비해 가축의 가치가 소멸되거나 축소되는 경우가 많았지만 가축의 식량자원으로서의 가치는 여전히 유효하다. 가축이 오직 식량의 도구로서 하나의 축산품으로 인식되고, 더군다나 품질만을 중시하다보니 품질을 등급화 하여 상품성을 강조하게 되었다. 그러면서 인간과 공생관계이었던 가축은 오로지 상품으로 전락하게 되고, 가축 가운데에서도 오로지 개만이 동반자적 관계를 유지하고 있는 실정이다. 따라서 산업시대 가축의 기호적 의미를 두 가지 측면에서 검토할 필요가 있는데, 하나는 가축의 산업화로 인한 대량생산을 들 수 있고, 다른 하나는 가축의 동반자적 가치가 확대되고 있다는 점이다.

### (1)생산적 가치에 따른 축산품의 대량화

가축의 산업화는 곧 축산업을 말한다. 가축은 소규모로 가정의 울타리 안에서 기를 수 있지만 축산업의 공간은 규모가 크기 때문에 가정 밖으로 이동할 수밖에 없다. 일반적으로 가정에서 여러 종류의 가축을 인간과 공생관계 속에서 기를 수 있었지만, 축산업은 소를 기르는 목장이나 농장, 닭을 기르는 양계장, 돼지를 기르는 양돈장 등에서 기술집약적인 생산시설을 확충하여 축산품의 대량생산을 도모하고 있다. 가축이 하나의 상품으로 전락 된 것이다.

축산물의 상품화는 농경시대 가축의 기호적 의미를 파괴하고, 오직 식량자원으로서 상품성만을 중요시하는 태도를 갖게 했다. 설사 산업시대에 농경시대에 행해졌던 민속신앙과 민속의례의 전통이 이어지고 있다 하더라도 그곳에서 사용되는 소나 닭, 돼지는 가정에서 기른 것이 아니라 대량으로 생산된 축산품을 시장에서 구입한 것들이다. 대량의 축산품을 생산하는 과정 속에서 동물들의 먹이로 인간과 공유하는 음식이 아니라 사료를 사용해야 하고, 그에 따른 부산물은 생산적 재활용이 아니라 폐기 처리해야 한다.

이처럼 가축에서 축산업으로 전환은 농경시대의 가축이 가지고 있는 생태적 가치를 파괴시키고 환경오염을 가속화 시켰다. 축산품의 대량생산으로 인해 식량자원의 상품적 가치는 확대되었지만 환경오염이라는 생태적 손실을 감수해야 함을 알 수 있다. 이것은 산업시대의 가축은 대량생산된 축산품, 상품성의 가치라는 기호적 의미가 바탕이 되어 가축의 위상이 바뀌고 있음을 알 수 있다. 이를 기호화하면 다음과 같다.

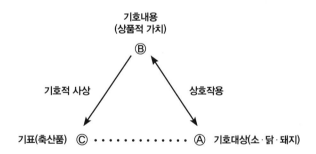

## (2) 동반자적 가치 확대

산업시대의 가축은 많은 변화를 겪고 있다. 우선 가정에서 키울 수 있는 동물이 제한되어 있고, 가축의 축산업화가 확대되고 있는 상황 속에서 가축의 기호적 의미도 변화할 수밖에 없다. 뿐만 아니라 어쩌면 소, 닭, 돼지를 단순히 가축의 개념 차원에서 이해할 것이 아니라 축산물의 개념에 입각해서 이해해야 하고, 오직 가축은 동반자적 가치를 지닌 개만을 지칭한다고 이해하는 것도 고민해 볼 필요가 있다. 물론 특수하기는 하나 닭이나 돼지를 반려동물로 키우는 경우도 있지만 일반적으로 가축 중에서는 개가 절대다수를 차지하고 있기 때문이다.

가축은 기본적으로 도시 보다도 농촌의 가정에서 기르는 동물로 인식되어 왔다. 그것은 농경시대의 가축에 대한 인식이 강하게 남아 있었기 때문이다. 그런데 산업시대에 대량생산을 중요시하는 산업노동은 농촌의 인구를 도시로 이동하도록 가속화시켰고, 도시에서 핵가족화와 일인가족의 증가는 반려동물에 대한 인식을 갖게 하는데 중요한 역할을 했다. 반려동물의 등장은, 반려동물이 단순히 동물이 아니라 인간과 공생관계이면서 삶의 동반자로 생각하는데서 비롯되었다. 선사시대 이래로 인간과 가장 친밀한 개를 반려동물로 선호해 왔다. 개가 인간에게 주술·종교적 가치가 있고, 정신적 가치로는 의로운 존재이기 때문이다.

반려동물은 동물에 대한 인격화의 일환이기 때문에 가족에 대한 결핍을 극복할 수 있는 도구라고 생각한 것이다. 이처럼 반려동물의 대상이 되는 가축은 식량자원으로서 가치가 약화되고, 동반자적 가치가 확대되면서 더 이상 반려동물을 식용동물로 인식할 수 없게 하였다. 이러한 것은 산업시대에 이르러서 농경시대 가축의 기호적 의미가 변화되고 있는 모습을 보여주고 있는 것이다. 특히 소나 닭, 돼지보다도 개가 인간의 동반자적 가치라는 기호적 의미를 갖게 되고, 그것이 바탕이 되어 개를 반려동물로 인식하고 있는 것이다. 이를 기호화 하면 다음과 같다.

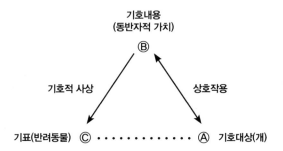

## 4. 가축의 기호적 전이와 공공성

기호적 전이는 기호적 경험이 단절되거나 지속되는데 중요한 역할을 하고, 기호적 경험은 물리적 경험에 근거하고 있으며, 동시에 물리적 경험의 기호적 확장을 통해 형성된다.[37] 기호적 경험은 그 경험내용 일부를 기표에 사상하고, 그 경험의 관점에서 그 기표를 이해하고 경험하는 과정이다. 그렇기 때문에 기호적 경험은 기호내용과 기표의 관계를 토대로 경험하는 '삶의 양식'으로 확대할 수 있다. 이러한 기호적 경험이 지속되기 위해서는 기호내용의 전이가 이루어졌을 경우 가능하고, 물론 기호내용은 변화하지 않았지만 기표가 변화하는 경우도 있다. 중요한 것은 기호적 전이가 기호내용이나 기표에서 모두 발생하는데, 전이를 통해 기호내용과 기표가 변화되거나 지속된다는 것이다.[38]

기호적 경험은 기호 산출자와 수용자 사이에서 기호내용과 기표의 상호 관계 속에서 형성된 것으로 기능적으로는 기표에 가까운 것이다. 이 경우는 기호대상과 기호내용 그리고 기표가 서로 관계되어 의미를 생성하는 과정, 즉 연행과 같은 상황적인 측면에서 그렇다는 것이다. 그렇지만 상태적인 측면에서는 기호적 경험과 기표는 분명히 구분된다. 예를 들면 상태적인 측면에서 돼지가 신앙적인 의미라는 기호내용이 작용하여 돼지머리(제물)라는 기표를 갖게 되는 기호적 경험을 하고 있다면, 상황적인 측면에서는 돼지머리를 대상으로 신앙적인 구현을 위한 기호내용이 은유적으로 투사되어 행해지는 연희적 내용은 마을신앙, 고사, 굿 등으로 다양하게 나타날 수 있기 때문이다. 그것은 당연히 기호적 경험의 과정에서 기호 산출자의 의도가 다른데서 비롯될 수 있고, 기호 산출자와 수용자가 아닌 제3의 존재가 개입하여 나타날 수 있다. 여기서 돼지머리와 관련된 연희내용은 기표의 기능을 수행하는 기호적 경험인 것이다. 이처럼 기호적 경험은 인간의 삶을 특징짓는 핵심적인 기제이기 때문에 민속이면서 문화라고 할 수 있다. 여기서 민속적 경험은 기호적 전이를 통해 다양한 모습으로 변형되고 다양한 의미를 갖게 되는데, 기호적 전이가 민속의 변화와 지속에 중요한 역할을 하고 있음을 알 수 있다.

가축에서 기호적 전이는 주로 기표에서 발생하는 것이 아니라 기호내용에서 발생하고 있다. 가축의 기호내용이 수렵채집시대로부터 농경시대, 산업시대에 이르면서 많은 변화가 나타나고 있다. 이러한 것은 사회문화적 환경의 변화에 따라 발생한 것이고, 기호내용의 전이는 기호적 경험의 기호적 의미를 확장시키는데 중요한 역할을 했다. 즉 가축이 수렵채집시대에는 주로 식량자원으로서 의미가 중심이었지만, 농경시대에는 가축이 식량자원 뿐만 아니라 경제적인 가치, 정신적인 가치, 생태적인 가치, 주술·종교적인 의미, 산업시대에는 상품적 가치와 동반자적 가치로서 의미를 갖게 되어 가축의 효용성이 확대되었고, 그 활용이 다양하게 나타나고 있음을 알 수 있다.

가축의 외적인 변화는 크게 달라지지 않았지만 농경시대에는 가축의 활용이 크게 확대되었고, 산업시대는 다시 가축의 활용이 축소되고 있다. 물론 가축에 따라 다소간의 차이는 있으나 닭과 돼지는 수렵채집시대로부터 산업시대에 이르기까지 기호적 의미의 변화가 그렇게 크지 않았지만, 소와 개는 많은 변화를 겪고 있다. 농경시대의 소는 다양한 기호내용의 전이를 통해 기호적 의미가 확대되면서 중요한 동물로 인식되었으나, 산업시대에 와서는 여타의 가축처럼 식량자원으로서 의미만 갖는 것으로 축소되었다. 도리어 개는 식량자원의 의미를 토대로 주술·종교적 의미로 확대되었다가 산업시대에 이르러서는 동물의 인격화를 통해 동반자적 가치를 지닌 동물로 자리매김하면서 그 위상이 달라졌다.

이와 같이 소나 닭, 돼지는 여전히 식량자원으로서 의미를 갖고 있지만, 개는 도리어 인간과 대등한 존재로서 동반자적인 의미를 갖게 되면서 인격화가 이루어지고 있다. 개를 과거처럼 동물로만 인식하는 것이 아니라 인간처럼 옷을 입힌다든지, 장신구나 미용에 많은 신경을 쓰고, 개의 죽음을 가족의 이별로 인식하는 것을 보면 인간과 개의 관계를 짐작케 한다. 이것은 반려동물을 더 이상 식용동물로 인식할 수 없게 하는 데 중요한 역할을 한다. 반려동물을 더 이상이 동물이 아니라 가족이라고 인식하게 된 것이다.

가축의 기호내용은 수렵채집시대로부터 산업시대에 이르기까지 많은 변화가 이루어져 왔다. 그것은 인간의 생업방식의 변화와 공동체생활의 물리적 기반인 가족의 형태나 노동의 형태가 바뀐 것과 밀접한 관련이 있고, 그에 따라 인간의 가축에 대한 인식의 변화가 많이 이루어졌다. 가축에 대한 인식에서 가장 원초적인 의미가 수렵채집시대로부터 산업시대에 이르기까지 지속되어 왔음을 알 수 있는데, 그것은 인간의 필수 영양소인 단백질을 섭취하기 위한 수단으로 가축을 식량자원으로 인식하고 있는 것이다. 그러한 점에서 가축의 원초적인 기호 의미는 식량자원으로서 가치라고 할 수 있다.

가축의 원초적 기호적 의미가 식량자원으로서 가치라 함은 가축의 가장 보편적인 가치이면서 공공성이 크다고 할 수 있고, 그것은 가축의 정체성을 설명하는데도 크게 기여한다. 이것이야 말로 가축의 존재 이유는 물론 계승적 기반을 마련하는데 중요한 역할을 하고 있다. 즉 가축은 식량자원으로서 존재하고 활용되며 지속되고 있다는 것이다. 가축의 공공성으로부터 벗어나는 기호적 의미는 사회문화적 환경의 변화에 따라 축소 또는 확대되어 나타나거나 다양하게 변화되어 왔다. 이것은 곧 가축의 기호적 의미의 변이성이 환경 변화에 따라 크게 나타나고 있는 모습을 보여주고 있다. 가축의 변이성에 해당하는 기호적 의미는 생태적 가치, 의로운 존재 인식, 재화적 가치, 신앙적인 용도, 노동적 가치, 주술적 관념, 동반자적 가치 등으로 가축의 특징을 설명하는데 중요한 역할을 한다. 이러한 것을 다음 표로 정리할 수 있다.

| 가축 | 가축의 기호적 의미 | | |
|---|---|---|---|
| 소 | 신앙적인 용도 시작<br><br>식량자원의 가치 | 생태적 가치<br>의로운 존재 인식<br>재화적 가치<br>신앙적인 용도 활용<br>노동적 가치<br>식량자원의 가치 | 신앙적인 용도 약화<br><br>식량의 상품적 가치 |
| 닭 | 식량자원의 가치 | 생태적 가치<br>재화적 가치<br>신앙적인 용도 활용<br>주술적 관념<br>식량자원의 가치 | 신앙적인 용도 약화<br><br>식량의 상품적 가치 |
| 개 | 식량자원의 가치 | 생태적 가치<br>의로운 존재 인식<br>주술적 관념<br>식량자원의 가치 | 동반자적 가치<br>식량자원의 가치 약화 |
| 돼지 | 신앙적인 용도 시작<br>식량자원의 가치 | 생태적 가치<br>재화적 가치<br>신앙적인 용도 활용<br>식량자원의 가치 | 신앙적인 용도 약화<br>식량의 상품적 가치 |
| 시기 | 수렵채집시대 | 농경시대 | 산업시대 |

## ∞ 요약

가축의 기호적 경험에 나타난 기호적 의미를 파악하기 위해 원초적 근원인 물리적 기반을 파악할 필요가 있다. 먼저 수렵채집시대는 식량을 확보하기 위해 주로 동물을 사냥하고 식물을 채집하는 생활방식을 가지고 있고, 두 번째로 농경시대는 본격적으로 농사를 짓는 시기로서 농업노동을 중심으로 한 생활양식을 가지고 있으며, 정착생활을 통해 가축이 활발하게 이루어졌을 뿐만 아니라 농업노동을 확보하기 위해 소를 다양하게 활용했다. 세 번째로 산업시대는 대량생산을 강조하고 기술집약적인 산업노동을 중시하기 때문에 그에 따른 생활양식이 형성되었는데, 산업노동은 농촌인구 감소와 도시인구 급증을 초래했고, 가축은 축산업으로 발전했다.

가축의 기호적 경험에 나타난 기호적 의미를 크게 수렵채집시대, 농경시대, 산업시대로 구분하여 파악할 수 있다.

먼저 수렵채집시대 동물의 기호적 경험은 인간생존의 식량자원으로서 가치라는 기호적 의미를 가지고 있다. 인간이 동물을 식량자원으로서 인식하고 경험하면서 식량자원 획득에서 식량자원의 생산을 위한 가축의 필요성을 갖게 되고, 나아가 가축의 신앙적이거나 의례적인 활용으로 확대되는 등 다양한 기호적 경험을 갖게 되었던 것이다.

두 번째로 농경시대는 가축의 기호적 경험에서 기호적 의미가 경제적 가치, 정신적 가치, 주술·종교적 가치, 생태적 가치로 확대되고 있다. 가축의 경제적 가치는 가축의 노동적 가치와 재화적 가치로 구분되는데, 노동적 가치를 가지고 있는 소는 농업노동을 확충하는 수단이고, 소·

닭·돼지는 가정의 경제적 기반을 구축하는 재화적 가치를 가지고 있다. 그리고 소와 개는 의로운 존재로서 정신적 가치를 가지고 있고, 개와 닭은 주술적 관념을 바탕으로 한 주술적 가치를 가지고 있으며, 소·닭·돼지는 신앙적 용도로 사용되는 경우 종교적 가치를 가지고 있다. 뿐만 아니라 농경시대의 가축은 무엇보다도 생태적 가치를 가진 친환경적인 동물이다.

세 번째로 산업시대 가축은 식량자원의 상품적 가치가 부각되고 동반자적 가치가 새롭게 형성된다. 가축의 상품적 가치는 축산품의 대량생산인 축산업에서 비롯되었다. 농경시대 가축의 기호적 의미가 어느 정도 지속되고 있지만 상당수 소멸되거나 약화되고 있으며, 특히 소의 기호적 의미가 더욱 그렇다. 그와 더불어 새롭게 반려동물로서 가축을 인식하게 되었는데, 가장 대표적인 가축은 개다. 개가 반려동물로 인식되면서 본래 개가 가지고 있었던 식량자원으로서 가치가 약화되고 도리어 인격화되어 개의 위상이 크게 변화되었다.

이처럼 가축의 기호적 의미가 많은 변화를 겪어왔음을 확인할 수 있다. 이러한 것은 모두 가축의 기호적 전이를 통해 이루어진 것이다. 가축에서 기호적 전이는 주로 기표에서 발생하는 것이 아니라 기호내용에서 발생하고 있는데, 가축의 기호내용이 수렵채집시대로부터 농경시대, 산업시대에 이르면서 많은 변화가 나타났기 때문이다. 이러한 것은 사회문화적 환경의 변화에 따라 발생한 것이고, 기호내용의 전이는 기호적 경험의 기호적 의미를 확장시키는데 중요한 역할을 했다. 가축의 기호적 의미가 많은 변화를 겪어왔지만 가축의 원초적인 기호 의미는 식량자원으로서 가치라고 할 수 있다.

가축의 원초적 기호적 의미가 식량자원으로서 가치라 함은 가축의 가장 보편적인 가치이면서 공공성이라고 할 수 있고, 그것은 가축의 정체성을 설명하는데도 크게 기여한다. 가축의 공공성으로부터 벗어나는 기호적 의미는 사회문화적 환경의 변화에 따라 축소되기도 하고 확대되어 나타나거나 다양하게 변화되어 왔다. 이것은 곧 가축의 기호적 의미의 변이성이 크다는 것이다. 가축의 변이성에 해당하는 기호적 의미는 생태적 가치, 의로운 존재 인식, 재화적 가치, 신앙적인 용도, 노동적 가치, 주술적 관념, 동반자적 가치 등으로 가축의 특징을 설명하는데 중요한 역할을 한다.

# 각주

1 로저키징 저(전경수 역), 『현대문화인류학』, 현음사, 1985, 64쪽.

2 십이지동물의 기원에 관한 학설로 도교장자설, 불교여래설, 유교황제설, 인조유전설(仁人流傳說) 등이 있으며, 한대(漢代)에 형성되어 당대(唐代)에 동물의 머리와 사람의 몸체 형태로 인격화하였고, 우리나라에 전래된 것은 통일신라시대라고 한다.(김선풍 외, 『민속학적으로 본 열두 띠 이야기』, 집문당, 1995, 3~4쪽) 이와 같은 십이지동물에 대한 인식이 유포되는 과정에서 띠 기원 설화가 형성되었다고 하는데, 중국의 소수민족지역에서 발생하여 중원으로 전래되고 이것이 인접 국가와 지역으로 다시 전파되었다고도 한다.(양회석, 「띠와 쥐의 설화」, 『중국문학』 제65집, 한국중국어문학회, 2010, 64쪽)

3 장덕순, 「문헌설화의 분류」, 『한국설화문학연구』, 서울대학교출판부, 1993, 387~534쪽.

4 김열규, 「한국신화의 동물론」, 『한국의 신화』, 일조각, 1976.

5 김영돈, 「한국전승동요와 동식물」, 『구비문학』 6호, 한국정신문화연구원, 1981.

6 임동권 외, 『한국의 馬 민속』, 집문당, 1999.

7 김선풍 외, 앞의 책, 1995.

8 임동권, 「동물의 민속 – 용 · 뱀 · 소 · 말 · 개 · 돼지 · 양 · 닭 – 」, 한국민속문화론, 집문당, 1983.
   김종대, 『33가지로 동물로 본 우리 문화의 상징세계』, 다른세상, 2001.

9 천진기, 『한국동물민속론』, 민속원, 2003.

10 로저키징 저(전경수 역), 앞의 책, 31쪽.

11 표인주, 「민속에 나타난 불의 물리적 경험과 기호적 의미」, 『비교민속학』 제61집, 비교민속학회, 2016, 141쪽.

12 이기백, 『한국사신론』, 일조각, 1982, 10~13쪽.

13 근동지방에서도 B.C. 8000~6000년 경에 밀과 보리가 재배되기 시작하면서 양, 염소, 돼지가 사육되었지만, 이 시기에 야생곡물, 열매, 야생콩류의 채집, 들소와 염소 등의 사냥, 어류와 패류, 조류의 포획이 병행되기도 했다.(로저키징 저/전경수 역, 앞의 책, 64쪽)

14 안재호, 「묘역식 지석묘의 출현과 사회상」, 『호서고고학』 26, 호서고고학회, 2012, 48쪽.

15 이기백, 앞의 책, 40쪽.

16 표인주, 「홍어음식의 기호적 전이와 문화적 중층성」, 『호남문화연구』 제61집, 전남대학교 호남학연구원, 2017, 12~13쪽.

17  표인주, 「호남지역 민속놀이의 기호적 변화와 지역성」, 『민속연구』 35집, 안동대학교 민속학연구소, 2017, 367쪽.

18  이융조·조태섭, 「우리나라 구석기시대 옛사람들의 사냥경제활동」, 『선사와 고대』 18, 한국고대학회, 2003, 7~12쪽.

19  박희현, 「동물상과 식물상」, 『한국사론』 12, 국사편찬위원회, 1983, 91~155쪽.

20  로저키징 저(전경수 역), 앞의 책, 30쪽.

21  초창기 토테미즘 연구자들이 동물과 인간의 이상한 관계를 통해 현대인과 원시인의 차별성을 부각하고자 했다면, 후대 학자들은 인간이 동물을 재료로 사유하는 방식을 통해 현대인과 원시인이 질적인 차이가 없는 사유 능력을 갖는다는 점을 보여주고자 했다는 점에 주목할 필요가 있다.(방원일, 「원시종교 이론에 나타난 인간과 동물의 관계」, 『종교문화비평』 21, 종교문화비평학회, 2012, 220쪽.)

22  표인주, 「민속에 나타난 불의 물리적 경험과 기호적 의미」, 『비교민속학』 제61집, 비교민속학회, 2016, 146쪽.

23  『한국세시풍속사전』 정월편, 국립민속박물관, 2004, 169쪽.

24  한양명, 「소의 민속과 상징」, 『민속학적으로 본 열두 띠 이야기』, 집문당, 1995, 51~79쪽.

25  국사편찬위원회 편, 『장시에서 마트까지 근현대 시장 경제의 변천』, 두산동아, 2007, 19~69쪽.

26  시장의 역사는 삼국시대 신라까지 거슬러 올라가지만 시장의 모습을 갖추고 기능하게 된 것은 고려시대부터이다. 고려시대의 시장은 성읍을 중심으로 이루어졌고, 조선시대에 농업 생산력의 발전과 더불어 15세기 말부터 각 지역에 생겨나기 시작했다.(정승모, 『시장』, 이화여자대학교출판부, 2006, 46~50쪽)

27  김대길, 『조선후기 장시연구』, 국학자료원, 1997, 22쪽.

28  닭을 가축시장에 팔기만 하는 것이 아니라 일가친척의 결혼이나 환갑 때 달걀을 현금 대신 부조의 수단으로 활용하기도 했고, 귀한 손님에게 닭을 선물하기도 했으며, 동네 가게에서 물건을 사고 현금 대신 달걀로 물건 값을 치르기도 했다.

29  마을사람 김기년이 암소 한 마리를 길렀다. 어느 날 산밭을 갈고 있다가 호환을 만났는데 그 소가 마주나와 호랑이를 물리쳤다. 수일이 지난 뒤 김기년이 죽자 그 소가 큰 소리로 울부짖더니 사흘간 식음을 전폐하고 마침내 따라 죽었다. 소를 주인과 함께 묻고 의우총이라는 비석을 세웠다.(한양명, 앞의 논문, 39쪽)

30  최래옥, 「오수형 의견설화의 연구」, 『한국문학론』, 일월서각, 1981, 285~287쪽.

31 『한국민속신앙사전』, 마을신앙㉠~㉦, 국립민속박물관, 2010, 321~323쪽.

32 『완도군의 문화유적』, 국립목포대학교박물관 · 전라남도 · 완도군, 1995, 272쪽.

33 『보성군 문화유적 학술조사』, 전남대학교박물관 · 보성군, 1992, 367쪽.

34 천진기, 앞의 책, 417쪽.

35 『화순군의 민속과 축제』, 남도민속학회 · 화순군, 1998, 29~54쪽

36 표인주 외, 『무등산권 굿당과 굿』, 민속원, 2011.

37 『한국민속신앙사전』(마을신앙㉠~㉦), 국립민속박물관, 2010, 201쪽.

38 표인주, 『남도민속학』, 전남대학교출판부, 2014, 260~264쪽

39 노양진, 앞의 책, 91쪽.

40 민속에서 농사의 풍요를 기원하는 마을신앙이 축제적인 목적이나 대중을 위한 연희목
적으로 활용되는 것은 마을신앙의 기호내용의 변화, 즉 기호적 전이를 통해 이루어진
것이다. 궁극적으로 마을신앙이 본래의 의미와는 달리 기호내용의 전이를 통해 그나마
본래의 모습을 유지하면서 지속되고 있는 것이다. 그런가 하면 기호 대상이 변화를 하
고 기호내용 및 기표가 그대로 유지되는 경우도 있다. 이 경우는 당산제의 상황적 맥락
에서 보면 제사의 대상이 되는 신체가 당산나무에서 입석으로 바뀐다 하더라도 제사 내
용이 크게 변화되지 않는 경우가 해당한다. 이것은 기호적 경험의 변화가 기호의 대상
보다도 기호내용과 기표에서 주로 이루어진다는 것을 보여주고 있다.

제5장

# '말(馬)'의 민속적인 관념과
# 신앙적 의미

## 1. 말의 생태적인 면모와 활용

말은 초식동물로서 일반적으로 목이 길고 귀는 서고, 허리가 짧으며 갈기와 꼬리는 길게 늘어져 있으며, 털의 색은 다양하다. 말의 눈은 얼굴 옆쪽에 있기 때문에 시야가 넓으나 두 눈으로 동시에 전방을 보는 것이 쉽지 않아 거리감을 파악하는데 한계가 있다. 그에 반해 말의 귀는 자유자재로 움직일 수 있어서 미세한 소리까지 들을 수 있고, 말의 코는 매우 발달 되어 있어서 냄새를 잘 맡을 수 있다. 그래서 말은 냄새가 강한 것에 겁을 내는 경우가 많고, 무리를 지어 생활하는 군집성이 강한 동물이다. 말은 기쁠 때는 열정적이고 민첩하기도 하나, 화날 때는 앞다리를 들고 차면서 입을 벌려 공격을 하면서 감정을 표현하기도 한다. 대개 말은

1시간 정도 누워서 쉬는 것 말고는 보통은 서서 쉬거나 배회하면서 활동을 한다.

이러한 생태적인 특징을 가지고 있는 말은 다양한 용도로 활용되어 왔는데, 교통용(交通用), 만용(輓用), 신승용(神乘用), 희생용(犧牲用), 군사용(軍事用), 농경용(農耕用), 식육용(食肉用), 장식용(裝飾用) 등이 그것이다.

먼저 교통용으로서 말은 통신용인 역마뿐만 아니라 승마로도 이용되어 왔다. 말은 주로 여타의 동물과는 달리 물건과 인간을 운반할 수 있는 동물로서 교통용이 주가 되었지만 승마로서 말의 이용은 통신수단인 역마로 활용하기도 한다. 특히 조선시대에는 역을 중심으로 파발을 운영하여 교통수단으로서 말을 많이 이용했다. 승마로서 말의 주된 활용은 이용 범위가 군사용으로 확대되기도 했다.

두 번째는 만용으로, 말을 수레를 끄는데 이용하는 경우이다. 수레에는 사람을 태울 수도 있지만 물건을 실을 수도 있는데, 사람이나 물건을 실은 수레를 말이 끌도록 하는 것이다. 망자를 실은 수레를 끄는데 이용된 말은 망자의 영혼을 이승에서 저승으로 인도하는 역할을 한다. 영혼을 태워 천상계로 승천시키는 역할을 하고 있는 셈이다. 승마와 만용으로서의 말은 신승용으로 이용되기도 한다. 말은 사람만 태우고 다니는 것이 아니라 죽은 영혼을 태우고 다니기도 하고, 신적인 존재를 태우고 다니는 동물로 생각하게 된 것이다. 이러한 것은 고구려의 고분이나 신라의 천마총의 벽화에 나타난 말 그림을 통해서 확인할 수 있다.

세 번째로 희생용으로서 말은 매장용으로 이용된 경우가 많다. 말이 망자를 실을 수레를 끌었기 때문에 망자와 함께 매장한 경우가 많았고, 특히 한국 고대사회에서 순장제도의 매장풍습이 있었기 때문에 말과 소를 함께 매장하기도 했다. 말을 망자와 동일시하여 매장하기도 했지만 사후계세 사상을 바탕으로 망자와 함께 매장하기도 했다.

네 번째로 말은 전마(戰馬)로서 군사용으로 사용하면서 그 중요성은 더욱 확대되었다. 군사용으로 사용하기 위해 말의 체계적인 관리가 필요했는데, 그것이 마정(馬政)이다. 마정은 말을 번식시키고 조달하는 역할을 하고, 국영목장 운영 등을 관리하는 행정기관이다. 이러한 마정은 삼국시대 이전부터 실시되어 조선시대에 이르기까지 말과 관계된 중요한 실무기관이었고, 말이 교통용과 군사용으로의 이용이 확대되면서 중요한 역할을 하게 되었다.

다섯 번째로 생활 속에서 말의 이용으로 농경용, 식육용, 장식용을 들 수 있는데, 농경용으로서 말의 이용은 제주도에서 밭밟기에 이용된 것 이외에는 그렇게 많지 않았던 것으로 보인다. 밭밟기는 직파법의 밭농사에서 씨앗을 뿌린 뒤 소와 말 대여섯 마리를 데리고 돌아다니면서 흙을 밟아 씨앗이 흙 속에 묻히도록 하기 위한 농법이다. 조선시대에는 말을 식육용으로 사용하기도 했는데, 궁중과 관아에서 말고기의 수요가 증가함에 따라 제주도에서 말린 말고기를 공물로 바치게 하기도 했다. 하지만 일반적으로 군사용으로 사용되는 말의 중요성 때문에 말고기 식용은 금지되었다. 말이 죽으면 가죽이나 털, 힘줄은 가죽신과 장신구 등에 사용되었고, 갈기와 꼬리는 갓이나 관모를 만들 때 사용하는 등 장식용으로 이용하기도 했다.

## 2. 말의 은유적 개념화로서 민속적인 관념

### 1)충성의 상징인 장수(將帥)의 분신

설화 속에서 말은 의리와 충성을 상징하는 동물로 등장하기도 하는데, 특히 〈말무덤전설〉과 〈말바위전설〉에서 확인할 수 있다. 〈말무덤전설〉은 전국적으로 분포되어 있으며, 전설화된 말무덤은 주인에게 의리를 지키고 충성을 다한 말이 주인공이다. 전남 강진군 작천면 용상리 구상마을에 전해지는 〈말무덤전설〉을 보면 다음과 같다.

> 임진왜란 때 황대중은 별초장사로 여산전투에 참전하여 대첩의 공을 세웠고, 정유재란 때에 남원 전투에 참전하였지만 전사하고 말았다. 그에게는 가장 아끼는 애마 한 필이 있었는데, 이 말은 황장군에게 생명의 은인이요, 다시없는 충복이기도 했다. 장군이 남원 전투에서 전사하자 이 말은 장군 곁을 떠나지 않고 눈물을 흘리니, 김완 장군이 장군의 시체를 거두어 애마의 등에 태워 주었다. 이 말은 적의 눈을 피해 300리 길을 달려서 고향인 구능리에 이르렀다고 한다. 이 말은 마굿간에서 주인의 장례가 끝나는 날까지 먹는 것을 전폐하고 있다가 장례가 끝난 3일 후 죽었다. 그래서 장군의 가족들과 마을 원로들은 이 말의 충정을 가상히 여겨 장군의 묘소 근처에 묻어주었는데 이를 "말무덤"이라 부른다.[1]

위 설화에서 말을 황대중이 가장 아끼는 말이라고 하는 것은 자기의 분신처럼 사랑한다는 의미이다. 다시 말하면 설화 속의 주인공인 말을 한낱 일상적인 동물로 간주하는 것이 아니라 황대중의 애정이 최고조에 달한 분신임을 보여주고 있다. 여기서 말과 황대중은 단순히 동물과 인간의 관계가 아니라 일체화된 존재이다. 그래서 애마는 전투에서 전사한 황대중의 곁을 지키고 있었던 것이고, 황대중 장군의 시신을 고향마을로 인도하였으며, 주인의 장례식이 끝나는 날까지 식음을 전폐하였다. 그리고 말이 황대중 장군의 삼우제를 지내고 죽었다고 하는 것은 주인에게 의리와 충성을 다했음을 보여주고 있는 것이다. 이러한 사례는 전남 곡성군 옥과면 합강리 〈팽로말무덤전설〉에서도 확인할 수 있다.

> 말무덤이 마을 앞 들판 가운데 있는데, 이를 "팽로 말무덤"이라 부른다. 임진왜란 때 박팽로가 고경명을 의병으로 추대한 뒤, 금산 싸움에 참전하였으나 고경명이 전사하게 되었다. 박팽로는 고경명이 적진에 있다는 것을 알고 장군을 구출하기 위해 부하들의 만류를 뿌리치고 적진에 들어가 싸우다가 전사하였다. 이때 그의 말은 칼에 동강이 난 팽로의 머리를 물고 300리 밤길을 달려 팽로의 생가인 합강리에 나타나 부인의 치마폭에 조심스럽게 건네주었다는 것이다. 그 후 말은 마굿간에서 9일 동안 아무것도 먹지 않고 울다가 굶어 죽었다고 한다.[2]

위의 설화에서도 마찬가지로 말은 주인에 대한 의리를 지키고 충성을 다하는 존재로 구술되고 있다. 이러한 이야기의 전승집단은 기본적으로 말을 의리와 충성을 상징하는 동물로 인식하고 있었던 것으로, 말이 죽으면 여타의 동물처럼 처리하지 않고 인간의 죽음처리 방식에 버금가도록 말을 매장했던 것이다. 이것은 전승집단의 경험적인 사고가 투사되어 의미화 되면서 수많은 〈말무덤전설〉이 형성되었을 것으로 보인다.

이와 같이 말을 의리와 충성의 상징적인 동물로 인식하고 있는 것은 〈아기장수전설〉에서도 확인할 수 있다. 〈아기장수전설〉은 전국적인 분포를 보이는 우리나라의 대표적인 광포형의 전설로서 이 설화 속에서 주인공인 아기장수는 영웅적이기 보다는 평범한 인물의 면모를 가지고 있지만 그 행위는 사뭇 예사롭지 않다. 그렇기 때문에 아기장수를 민중들의 이상적인 모델로 삼을 수 있었던 것이다. 설화 속에서 아기장수는 홀로 등장하는 것이 아니라 반드시 말과 함께 그 운명을 같이 하는 경우가 많다. 그래서 아기장수의 죽음이 용마의 죽음으로 귀결되는 경우가 있는데, 이는 아기장수가 말이고, 말이 아기장수라는 인식에서 비롯된다. 즉 아기장수와 말을 동일한 대상으로 지칭하는 것이다. 장수의 충성과 모반의 이중성이 말에게 투영되어 나타나기도 하지만, 〈아기장수전설〉에서 아기장수와 말은 민중의 이상을 실현시켜 줄 수 있는 존재라는 점에서 동일한 대상으로 간주하여 그에 대한 경험적 내용이 상호작용하면서 말이 장수의 분신으로 등장한다. 이러한 예는 전남 고흥군 고흥읍 설화에서 찾을 수 있다.

고흥읍 서쪽 봉대산 뒤 외딴 곳에 박씨 부부가 살고 있었다. 이 부부는 늦은 나이에 옥동자를 낳았는데, 어느 날 새벽부터 박씨 부부가 뒷산에 나무하러 가고 집을 비웠다. 때마침 이웃집 여인이 괭이를 빌리고자 그 집을 두루 살피다 문틈으로 방안을 들여다보게 되었다. 놀랍게도 그 어린 아이가 방안에서 천정을 날아다니는가 하면, 좁쌀로 수많은 군졸들을 만들어 진두지휘하며 싸우는 연습을 하고 있었다. 이에 놀란 여인은 산에서 돌아온 박씨 부부에게 그 사실을 일러 주었다. 박씨 부부는 몰래 숨어서 이를 확인하고 문중 어른들께 알렸다. 그러자 문중 어른들은 장사가 태어나면 그 장사는 왕실을 진복할 우려가 있을 뿐 아니라 이로 인해 멸문하는 화를 입을까 염려하여 3살 난 어린 장사를 죽여야 한다고 했다. 부모는 한 맺힌 눈물을 흘리면서 어린 장사를 배에 싣고, 지금의 도양읍 가야리 원동 앞 바다로 싣고 가 바다에 밀어 빠뜨렸으나 어린 장사는 빠지지 않고 뱃머리에 매달리곤 했다. 그래서 아버지는 배 안에 있는 도끼로 어린 장사의 양팔을 찍어 잘랐다. 그때서야 어린 장사는 팔 없는 장사가 무슨 일을 하겠는가 하면서 스스로 자결하였다. 사랑하던 아들을 죽인 아버지는 실신하였고, 이때 천둥소리와 함께 봉대산에서 어린 장사를 기다리고 있던 백마는 울음소리와 함께 날아가 버렸다.[3]

위 설화에서 백마는 어린 장사가 돌아오길 봉대산에서 기다렸지만, 어린 장사가 죽자 울음소리와 함께 날아가 버렸다고 하는 것은 백마의 죽음을 보여주는 것으로, 이는 곧 어린 장사가 곧 백마의 분신임을 알 수 있다. 다시 말하면 위 설화는 ①아기장수의 탄생 → ②아기장수의 신이한 행동 → ③아기장수의 죽음이라는 서사 구조를 갖추고 있는데, 이를 ①백마의 탄생 → ②백마의 신이한 행위 → ③백마의 죽음이라는 서사구조로 치환할 수 있다. 말과 아기장수가 민중의 이상을 실현시켜주지 못하고 죽지만, 민중들은 자기들의 꿈을 실현시켜 줄 수 있는 사람이 아기장수였고, 말이라 생각했던 것이다.

## 2) 공간이동의 신승물(神乘物)

말은 주로 교통용인 승마로 사용하는 경우가 많아 이러한 기본적인 이용을 바탕으로 만용이나 군사용 등으로 확대 활용되어 왔다. 그러면서 말을 단순히 인간만을 태울 수 있는 동물로 인식한 것이 아니라 신을 태울 수 있는 신승물로 간주하기도 했다. 말을 신승물로 활용하게 되는 데는 기본적으로 말이 영험적인 존재라는 인식에서 비롯되었는데, 이것은 생활 속에서 말의 충성스러운 모습과 주인에게 의리를 다하는 모습 등의 경험적 사고가 기반이 되었다고 할 수 있다. 곧 말이 영웅적인 인물과 관계되어 있고, 말은 당연히 충성의 상징인 장수의 분신이기 때문에 영험적인 동물일 수밖에 없다. 이러한 인식이 인간뿐 아니라 신을 태울 수 있는 존재로 확장되면서 말을 신과 같은 존재로 경험하기 시작한 것이다. 이는 곧 영험적인 존재로서 말이 신승물은 물론 신의 대변자로 은유화되고 관념화된 것이다. 이 경우의 말은 단순히 인간의 기본적인 활용을 넘어선 신성성과 관계된 종교적 활용으로 발전하게 된다. 이러한 모습을 건국신화에서 확인할 수 있는데,《삼국유사》동부여조에 보면

> 부루가 늙고 아들이 없어 어느 날 산천에 제사하여 아들을 점지해 줄 것을 빌 때, 그 탔던 말이 곤연(鯤淵)에 이르렀을 때에 큰 돌이 서로 마주 서서 눈물을 흘리곤 했다. 왕이 괴이히 여겨 사람으로 하여금 그 돌을 굴리니 황금빛이 나는 개구리처럼 생긴 작은 아이가 발견되었다. 왕은 기뻐하면서 "이것은 하늘이 나에게 아들을 주심이야"하고, 곧 거두어 길러 이름을 '금와'라 하고 자라나자 태자를 삼았다.[4]

위 신화에서 해부루가 아들을 점지해달라고 산천에서 천신을 대상으로 제사를 지낸 뒤, 돌아오는 길에 말이 곤연에 이르렀을 때에 큰 돌이

서로 마주하고 눈물을 흘리는 모습을 보게 되었다. 돌이 눈물을 흘리는 것은 일상적인 것이 아니라 신성성의 표현으로서 그 앞에서 말이 멈추었다는 것은 말이 곧 해부루가 산천에서 제사 지낸 천신의 대변인임을 의미한다. 즉 해부루가 천신에게 지극정성으로 제사지내니, 그에 대한 천신의 감응으로서 말을 통해 계시한 것이다. 따라서 이 경우 말은 영험적인 존재로서 신의 대변인 역할을 한 것으로 볼 수 있다. 이러한 모습은 신라 시조 혁거세왕의 신화에서도 확인할 수 있다.

> 3월 초하룻날 6촌의 시조들이 각기 자제를 거느리고 알천 언덕 위에 함께 모여 의논하기를 "우리들은 위로 임금이 없어 뭇 백성을 다스리지 못하므로 백성들이 모두 방일(放逸)하여 제 마음대로 하니, 어찌 덕 있는 사람을 찾아 군주를 삼아 나라를 세우고 도읍을 설치하지 않으리오."라고 하고는 곧 높은 곳에 올라 남녘을 바라다보았다. 양산 밑 나정(蘿井) 곁에 이상한 기운이 마치 번개 빛처럼 땅에 드리우고 흰 말 한 마리가 꿇어 앉아 절을 하는 시늉을 하는 것이었다. 그곳을 찾아 점검하였더니 붉은 알 한 개가 있고, 말은 사람을 보고 길게 울면서 공중으로 올라가 버렸다. 곧 그 알을 쪼개 보니 얼굴이 단정하고 아름다운 어린 사내 한 사람이 있었다. 놀라고 이상히 여겨 동천에 가서 목욕시켰더니 몸에 광채가 나고 날새와 짐승들이 따라 춤을 추며 천지가 진동하고 일월이 청명하였다.[5]

위의 신화에서 말이 꿇어 앉아 절을 하는 시늉을 했다는 것은 말이 인간처럼 절을 했다는 것이고, 이것은 신성성의 표현으로서 말이 영험한 존재라는 것을 보여주는 것이다. 뿐만 아니라 말의 행위를 보고 사람들이 찾아오자 말이 울면서 공중으로 올라가버렸다고 하는데, 이는 말이 신의 대변인임을 말하는 것이다. 말이 하늘로 올라갔다고 하는 것은 말이 천신의 대변인으로서 천상계에서 지상계로 하강하여 6촌의 시조들에게 계시를 한 것이다. 그것은 시조들의 지극정성에 천신의 감응으로 표현된 것이다. 이처럼 천신의 대변인이 말이었음을 알 수 있고, 말이 천신을 태우는 신승물이라는 의미로 확장되기도 한다. 다시 말하면 말은 하늘과 교통하는 천신의 대변인이자 신승물인 셈이다.

말을 신승물로 인식하고 있는 모습은 말이 인간의 영혼을 이승에서 저승으로 인도하는 조력자라는 상징물로 인식하는 것과 다를 바 없다. 특히 고구려 벽화 무덤인 장천리 1호분에는 천공을 나는 백마가 그려져 있고, 경주 천마총에서 출토된 천마도를 보면 말이 당시 피장자의 영혼을 싣고 승천한다는 신앙적 상징물로 이해된다.[6] 이것은 말을 인간 영혼의 공간이동을 도와주는 조력자로 생각하는 것이고, 천상계와 지상계를 교통하는 신승물로 인식하는 데서 비롯된 것으로 볼 수 있다.

말을 신승물로 인식하고 있는 경우는 제당에 '말그림(馬圖)'을 걸어두고 그것을 신체(神體)로 삼고 있는 마을신앙에서도 확인할 수 있다. 충북 영동군 영동읍 당곡리, 강원도 강릉, 강원도 속초시 대포동 외옹치, 함경남도 함안 등에서 조사된 말 그림에 나타난 말은 신승물이다. 다시 말하면 마을신앙에서 말을 타고 있는 인물신들이 제사의 대상인데, 이 인물들은 하나 같이 말을 타고 있다는 것이다. 말이 신승물의 존재라는 사실은 마을신앙에서 연희되는 제의적인 놀이에서도 확인할 수 있다. 전남 신안군 도초면 고란리 당제의 실례를 들어 보면,

신당에서 제사가 끝나면 다음날 아침에 신당 주변이 마을 사람들이 농악을 치며 모여든다. 이때 장군이라고 하는 사람이 말(馬)을 대나무로 만든다. 장군은 말을 만들어 타고 마부 2명과 함께 대열 사이로 왔다갔 다 하며 제관과 엄숙한 대화를 하기도 하고 노래를 부르기도 한다. 대열 은 신당을 중심으로 2열로 이루어진다. 장군 일행이 대열 사이에서 하루 종일 놀고 나면, 대열 사이에서 빠져 나가는데 이때 마을 주민들은 가시 나무나 회초리로 말을 두들기면서 쫓아낸다. 장군 일행은 대열 사이에서 빠져 나와 동네 앞 개울가에 가서 "병고가 없고, 풍년이 들어 도초면민이 잘살게 해 주시오."하고 말을 버리고 달려온다.[7]

위 사례에서 대나무로 말을 만들어 신당 앞에서 놀다가 개울가에 말을 버린다는 것은 말 자체를 버린다기보다 말에 실어 보낸 잡신을 버린다는 것을 의미한다. 여기서 말은 잡신을 싣기 위한 수단인 것이다. 다시 말하 면 말은 잡신을 실어 나르는 신승물인 셈이다. 이와 같은 인식을 기반으 로 재액을 물리칠 목적으로 말을 만들어 사용하는 경우도 있다. 짚으로 말을 만들어 사용하는 경우도 있는데, 충남 부여의 괴목정 노신제에서 짚말이 등장하고, 동해안 별신굿의 '말치레 놀이'에서 짚말을 사용한다.[8] 이는 말이 인간의 생활 속에서는 단순한 유형물의 교통수단이었지만, 종 교적 대상이 될 때는 신과 영혼을 싣는 무형물의 교통수단으로 확대된 것이다. 이것이 바로 말을 신승물로서 인식하게 되고, 종교적 대상이 되 는 신앙적 기반이 되었다고 할 수 있다.

### 3) 삶의 에너지로서 양기물(陽氣物)

말은 생태적으로 대개 1시간 정도 누워서 쉬는 것 말고는 서서 쉬거나 배회하면서 활동을 하기 때문에 활동적이며 도약적인 이미지를 갖게 되었다. 즉 말이 다른 동물과는 달리 활동성이 강하기 때문에 삶의 에너지가 충만한 동물로 인식할 수 있었던 것이다. 그러한 까닭에 음양오행에서 말은 강한 양성(陽性)이며 화성(火性)이다. 말은 화성이서 그 성질이 불길처럼 강한데다가 양성이기 때문에 액귀나 병마를 쫓는데 말뼈를 사용하는 습속도 있었다. 그 이유로 귀신은 음적인존재로 양성을 싫어하고 불을 피한다고 생각하는데서 비롯된 것이라 한다.[9] 이처럼 말은 삶의 에너지 원천으로서 양기(陽氣)가 강한 동물로 인식되어 왔다.

세시풍속에서 상오일(上午日)은 말의 활동성과 관련하여 생기가 넘치는 것으로 믿고 기(氣)가 왕성하므로 먼 길을 나서기엔 좋은 날이라 했다. 뿐만 아니라 말띠 해에 태어난 사람은 양기가 넘친다고 생각하기도 했다. 남성에 있어서는 말처럼 정력적이고 활기찬 것이 긍정적이었지만, 여성에게 있어서는 그렇지 못한 경우가 있었다. 다시 말하면 "말띠의 여자는 기가 세어 팔자가 사납다"라는 말이 그것이다. 그것은 여자가 말처럼 크고 활력에 넘칠 때에 우리가 전통적으로 가지고 있는 여성관이 무너지기 때문이다. 이러한 사고는 우리나라에서는 아주 미미했던 것으로 생각된다. 유교 이데올로기가 지배한 조선시대에 말띠의 왕비가 많았다는 사실을 고려하면, 말띠 여자를 부정적으로 생각하지 않았을 것으로 보인다.[10] 그렇지만 일본에서는 말띠 해에 태어난 여자, 특히 병오년(丙午年)에 태어난 여자는 천성이 격렬하고 과격해서 남편을 죽이게 된다고 하는 속설이 널리 퍼져 있다.[11] 우리나라에서도 근래까지도 말띠의 여자를 기피하는 경향이 있는데, 이것은 필시 일제 강점기의 영향으로부터 비롯된 것이 아닌가 한다.

이처럼 말과 관련된 날과 해를 양기가 충만한 것으로 인식하고 있는데, 이것은 말이 남성을 상징하는 동물로 발전되기도 한다. 말이 남성을 상징하기 때문에 태몽에 말이 나타나면 태어난 아기의 성은 남자라고 생각한 것이다. 태몽에서 말 꿈을 꾸면 태어날 남자 아이는 장차 훌륭한 인물이 된다고 예측하기도 한다. 그러한 사례로 "해삼을 삼키거나 말이 달리는 꿈을 꾸고 자식을 얻으면 장차 큰 인물이 된다"거나 "백마나 달을 보는 꿈을 꾸고 자식을 낳으면 그 자식은 훌륭해진다"[12]라고 하는 것을 들 수 있다. 이처럼 말은 남성을 상징하고 있음을 알 수 있다.

말이 남성을 상징하기 때문에 신랑이 신부 댁에 갈 때 백마를 타고 가는 풍속이 있었다. 이러한 것은 유득공의《경도잡지》, 이덕무의《동상기》, 성현의《용재총화》와《사례편람》의 혼례조에 잘 나타나 있다. 혼인은 가문의 계승을 이루기 위한 것인 동시에 조상숭배 관념의 소산이기도 하다.[13] 혼인의 중요 목적이 조상에 대한 제사를 이어 받을 계승자를 얻기 위한 일이기 때문에 신랑이 말을 타고 신부 댁에 간다는 것은 아들을 얻기 위한 것이다. 그것은 단순히 교통수단으로만 말을 타고 간 것이 아니라 말을 타고 감으로써 아들을 얻게 된다고 믿는 주술성 때문이라 할 수 있다.[14] 이와 같이 말은 남성을 상징하기도 한다.

## 3. 말의 기호적 지표로서 신앙적 의미

### 1) 영험하고 신성한 말

생활 속에서 교통용·만용·신승용·희생용·군사용·농경용·식육용·장식용으로 사용해왔던 말이 여타의 동물들에 비해 쓰임새가 광범위했다. 그러한 과정 속에서 말은 충성의 상징인 장수의 분신이요, 천상계와 지상계의 공간을 넘나드는 신승물이며, 양기물로서 삶의 에너지의 원천이라는 관념이 투사되어 신앙적인 지표로 표상되었다. 그 일차적인 표상이 영험하고 신성한 말로 형상화되는데, 이는 곧 말이 신성성을 획득하는 과정이라 할 수 있다.

영험적인 존재로서 말의 모습은 '말이 절을 하는 시늉을 하는 것'이라든가 '말이 울면서 하늘로 올라가 버렸다'고 하는 〈신라 박혁거세신화〉에서 확인할 수 있고, 〈당신화〉와 〈말바위전설〉에서 확인할 수 있다. 말의 영험성이 잘 반영된 당신화로 전남 화순군 이서면 보암리 모자제(母子祭) 당신화를 들 수 있다.

옛날 적벽마을 건너편의 보암리에 홀어머니를 모신 효성이 지극한 정자근이라는 소년이 있었다. 어머니가 병석에 눕게 되자, 이 소년은 지극정성으로 병간호하여 어머니의 병이 나았다. 몇 년 뒤 그의 어머니는 마을 앞 강가에 나갔다가 발을 헛디뎌 강물에 빠져 죽었다. 정자근이는 어머니가 비명에 간 것을 자기 탓으로 여기고 어머니가 죽은 자리에서 몸을 던져 죽으니 주민들이 모자(母子)를 고갯길에 장사지내 주었다. 하루는 동복 현감이 말을 타고 이 묘 있는 곳을 지나다가 말이 움직이지 않는 이변을 당했다. 말에서 내려 둘러보니 묘가 있어 사령에게 무슨 묘인가 물었다. 그는 정자근의 모자에 대한 이야기를 듣고 저 묘를 돌보는 이가 있는가를 물었다. 없다는 말을 듣자 현감은 그 무덤에 가서 절을 하고 제를 올릴 것을 약속하였더니 말이 움직였다 한다. 현감은 보암리에 들러 제답 2두락을 마련해 주고 매년 제사를 지낼 것을 당부했다.[15]

위 신화에서 말은 정자근 원혼의 계시를 동복 현감에게 전달하는 역할을 한다. 말이 정자근 무덤 앞에서 움직이지 않는 행동을 했다는 것은 동복현감을 통해 무언가 계시하고자 한 것이 있었기 때문이다. 그것은 다름이 아닌 정자근의 죽음에 관한 사연을 알려주고, 사후에 제사를 지내 달라고 하는 망자들의 요구를 실현하기 위한 것이다. 그래서 그에 대한 요구를 동복 현감이 수용하자 말은 정상적인 모습으로 행동을 하게 된 것이다. 이러한 일련의 과정은 말이 영험한 존재라는 모습을 경험하게 해주고 신성한 존재로 인식하게 되는 과정이라 할 수 있다. 말을 영험적인 존재와 더불어 신적인 존재로 인식하기도 하는데. 그것은 전남 고흥군 봉래면 나로도 신금마을 당제의 당신화를 통해서 확인할 수 있다.

나로도는 도양 목장에 속한 국영목장이 있었다. 나로도 중심 마을인 신금리에는 300여년 전에 명(明)씨가 입도하여 개촌할 당시에, 밤마다 마을 뒷산 호암산에서 백마가 마을 안산으로 뛰어 내리는 괴이한 일이 생겼다. 주민들은 백마가 나타나는 것이 마신(馬神)을 모시라는 신의 계시로 알고, 백마의 상을 조각해 제당에 모시고 제사를 지내기 시작했다.[16]

위의 신화에서 말이 호암산에서 마을 안쪽을 향해 뛰어내리는 행위를 지속적으로 보여주자 마을 사람들은 그러한 행위를 비일상적인 모습으로 인식하게 된 것이다. 그것은 국영목장을 관리하고 있는 나로도 사람들로서는 영험적인 행위라 인식하지 않을 수 없다. 그 인식이 기반이 되어 당제의 제당에 마신의 신체로 말을 봉납(奉納)하게 되고 제사를 지내는 과정으로 실천하는 계기가 되었던 것이다. 말의 상을 만들어 제당에 봉납하였다는 것은 새로운 정신적인 경험의 실천에서 이루어진 것이고, 그 앞에서 매년 정월에 마을제사를 지내게 된 것은 신앙적인 지표로서 은유화된 것이다.

영험하고 신성한 모습의 말은 〈말바위전설〉에서도 확인할 수 있다. 이 전설의 기본적인 구조는 영험하고 신성성을 가지고 있는 말의 상징물을 파괴함으로써 인간에 재앙을 가져온다는 내용으로 이루어져 있다. 이러한 것은 전국적으로 분포하고 있으며, 그 대표적인 사례로 전남 여천군 율촌면 반월리의 〈삼산말바위전설〉을 들 수 있다.

어느 날 삼산 뒷골에 있는 절의 주지스님이 이 마을 부잣집에 시주를 갔다가 욕심 많고 인정 없는 주인에게 봉변만 당하고 되돌아갔다. 그때 스님이 "우리 절 부처님께 공양미 한 섬만 시주하고 뒷산에 있는 바위를 부숴버리면 자자손손 정승이 날 터인데"하고 중얼거리고 갔다. 이때 마침 주인영감은 그 소리를 듣게 되었다. 그래서 욕심 많은 주인은 그 다음 날 석수를 불러서 뒷산 바위를 깨트렸다. 바위가 깨뜨려진 순간, '꽝'하고 천지를 진동하는 소리와 함께 붉은 피가 하늘 높이 치솟았다. 석수와 주인은 그 자리에서 숨졌고, 그 날 밤 뒷산에서 슬피 우는 말울음 소리가 들렸다. 날이 밝자 마을 사람들은 지난밤에 들었던 말울음 소리가 심상치 않아 뒷산에 올라 가 보니, 그곳에는 하늘을 향해 울부짖는듯한 말의 형상을 한 바위가 우뚝 솟아 있었다. 그 후부터 마을에는 재앙이 끊이지 않았고 점점 마을은 몰락해 갔다. 그래서 그곳 사람들은 그 바위를 '삼산 말바위'라 부른다.[17]

위 전설에서 말은 재앙을 예시하는 존재라는 사실을 보여주고 있다. 이것은 말이 영험하고 신성한 존재라는 인식이 기반이 되어 형성된 것이다. 바위를 깨뜨리니 붉은 피가 하늘 높이 솟았다고 하는 것은 말의 붉은 피를 지칭하는 것이고, 마을 사람들이 올라갔을 때 파괴된 바위가 말의 형상을 하고 있었다고 하는 것은 영험하고 신성한 말의 상징물을 훼손한 것으로, 그에 따른 대가가 바로 재앙이었던 것이다. 말이 재앙을 예시하는 모습은 《삼국유사》권1 태종 춘추공조에 "현경 4년 기미에 백제 조회사에 큰 붉은 말 한 마리가 나타나 밤낮으로 여섯 번이나 절을 돌아다녔다"고 한 것이나, 《삼국유사》권3 내물니사금 45년조에 "10월에 왕이 타는 말이 무릎을 꿇고 엎드려 눈물을 흘리며 슬피 울었다"고 한 기록에서도 확인할 수 있다. 붉은 말이 출현하고 말이 울었다고 하는 것은 다름 아닌 재앙이 닥쳐올 것이라는 것을 예시하는 것이다.

## 2) 말무덤과 마제(馬祭)

인간은 일상생활 속에서 말을 통한 물리적 토대에 근거하여 정신적인 경험을 반복하면서 은유적으로 실천한다. 이것은 기본적으로 말의 일차적인 표상이었던 영험하고 신성한 말이라는 인식을 바탕으로 형성된 말의 신성성을 토대로 신앙적 실천이라는 이차적인 표상으로 구현된다. 말의 은유적 표현으로서 이차적인 표상은 다름 아닌 신앙적 지표인 말무덤을 축조하고, 혹은 마제를 지내는 의례행위인 것이다. 의례행위는 신화와 제의로 구성된다.

말무덤과 관계된 당신화는 말무덤을 축조하는 행위와 이를 근거로 마을제사를 지내는 신앙적 실천으로 발전된다. 마을사람들이 왜 제사를 지내야 하는가? 언제부터 제사를 지내기 시작했는가? 누구를 대상으로 제사를 지내는지 등을 설명하는 이야기가 당신화이다. 당신화는 마을제사의 정당성을 뒷받침하는 역할을 하기 때문에 상호보족관계를 갖고 있다. 마을제사는 당신화의 내용을 실천하고, 당신화는 마을제사의 정당성을 부여하는 것과 아울러 신성성을 배가시켜 준다.[18] 그래서 당신화는 마을 신앙에서 제의의 대상이 제당에 좌정하게 되는 마을신의 내력을 이야기 한 것이라 말할 수 있다.[19] 그래서 말무덤과 관계된 당신화는 말을 신적인 존재로 인식할 수 있는 토대를 만들어주기 때문에 말을 신격화한 신앙적인 지표를 형성하는데 중요한 역할을 한다. 이러한 사례를 전남 여천군 화정면 개도리 화산마을 당신화를 들 수 있다.

조선 숙종 때 개도라는 곳은 말을 기르는 곳이었다. 그런데 이곳에는 원인 모를 병으로 갑자기 말이 죽어가는 재앙이 계속 일어나고 있었다.

그래서 말을 기르는 책임자는 문책을 받고 쫓겨나게 되었으며, 그 후임으로 이 마을의 이 씨라는 사람이 책임자로 뽑히게 되었다. 이 씨는 산봉우리에 제단을 쌓고 천지신명께 목장의 우환 질병을 없애달라고 빌었다. 그러자 목장의 말이 죽어가는 일이 갑자기 사라진 것이다. 그런데 이 씨 슬하에는 열네 살짜리 딸이 하나 있었는데 이름은 '복녀'라고 하였다. 복녀는 날마다 아버지를 도와 말을 돌보는 일을 열심히 하고 있었다. 그러던 어느 날 검은 점이 박힌 백마가 앞다리가 부러져 폐마 시키게 되었으나 복녀가 아버지에게 말하기를 "저 말을 저에게 주시면 명마로 만들어 보겠습니다."라고 애원하였다. 아버지가 이를 허락하자 복녀는 지극 정성을 다하여 간호하고, 천시신명께 하루도 빠짐없이 두 손 모아 지성으로 빌었다. 그러던 어느 날 밤 복녀의 꿈에 "복녀야, 나는 이 산의 산신령이다. 너의 정성이 하도 지극하여 너를 도우러 왔다."하고 복녀에게 말이 완쾌해 질 수 있는 방법을 가르쳐 주었다. 복녀는 산신령의 말대로 지극 정성으로 말을 간병하였다.(생략) 그런데 마굿간에 있어야 할 말이 없고 말의 울음소리만 들렸다. 말의 울음소리가 나는 쪽을 보니 산봉우리 위에 점박이 말이 늠름하게 서 있었다. 그 순간 점박이 말은 복녀를 보고 쏜살같이 복녀에게 달려 와 앞발을 들고 땅을 치며 머리를 조아렸다.(생략) 그러던 어느 날 점박이 말은 대장군의 군마로 뽑히게 되자, 복녀는 시름시름 앓게 되었다. 복녀는 점박이 말과 지난날의 추억을 되새기기 위해 그 자리에 느티나무 한 그루를 심고 그만 자리에 눕게 되어 병세가 악화되었다. (생략) 그러던 어느 날 점박이 말이 진중에서 탈출하여 오느라 상처투성이로 느티나무 곁에 와서 죽은 것이었다. 아버지는 복녀에게 급히 뛰어가서 알렸으나 복녀는 온화한 미소를 띠고 죽어 있었다. 점박

이 말의 숨이 끊어질 바로 그 순간에 복녀도 죽은 것이다. 복녀의 아버지
는 복녀와 점박이 말을 느티나무 아래에 나란히 묻어 주었다.[20]

위의 이야기는 말과 복녀의 관계 속에서 보은의 마음, 즉 말의 의리를
지키는 모습을 설명하고 있으며, 말무덤을 축조하게 된 과정을 설명하고
있다. 실제로 이 마을에서는 음력 3월 3일 자시에 천재봉(점박이 말이 병이
완쾌되어 서 있었던 산봉우리)의 철마 3필이 있는 천제당에 천제를 지내고,
날이 새면 오후 5시경에 당산나무(복녀가 심은 느티나무, 복녀와 점박이를 묻
은 곳) 곁 당집에서 제사를 지내는데 이를 당제라 한다.[21] 이처럼 마을사
람들이 말과 복녀의 무덤에서 제사를 지낸다는 것은 말을 신격화하여 신
앙적인 실천을 표현하고 있는 것이다. 이러한 사례로 전남 장흥군 장동
면 만년리 당산제 당신화를 들 수 있다.

어느 날 장흥골 원님이 장평을 가기 위해 말을 타고 거드름스럽게 넘
어 가려 했다. 이를 본 만년 주민들이 한사코 말렸다.(생략) 원님은 막무
가내로 말을 타고 재를 넘기 시작했다.(생략) 겨우 재 꼭대기에 오르기
직전 힘이 빠진 말이 높은 바위에서 굴러 떨어지고 말았다. 말과 함께 굴
러 떨어진 원님은 며칠을 앓다가 죽고 말았다. 그 후 만년 사람들은 재의
꼭대기 부근에 원님과 말의 영혼을 달래기 위해 당산을 만들어 주었고
제사를 지내게 되었다.[22]

위 신화에서도 마찬가지로 원님과 말이 죽자 무덤을 만들어주고 그곳
에서 제사를 지내주고 있다. 이처럼 말을 신격화하여 제사를 지낸 것이

바로 마제(馬祭)이다. 마제는 말에 대한 숭배 관념에 의거해 말의 병을 막기 위한 의례나, 산신이나 서낭신이 타는 신승물로 마을 제당에 봉안된 말과 관련된 의례와 제의이다. 마제는 국가 단위의 마제, 마을 단위의 마제, 가정·개인 단위의 마제로 나누기도 한다.[23] 마제는 본래 국가 차원에서 제사를 지내기 시작했을 것으로 추측된다. 왜냐하면 말을 국가 차원에서 관리하고 기르도록 하는 마정(馬政)이 있었고, 마정은 말을 기르고, 개량하여 번식시키는 일을 감독 관리하였기 때문에 이에 따르는 제사도 주관하였을 것으로 생각된다.

삼국시대 때 마제에 관련된 흔적은 찾아볼 수 있으나, 관련 문헌은 찾아 볼 수 없고, 고려시대에 마제는 《고려사》권63의 기록에 보면, 제의의 시기나 규모가 엿보인다. 조선시대 마제의 모습은 《조선왕조실록》, 《시용향악보》, 《태상지》 등의 기록을 통해서 살필 수 있다. 이처럼 고대 문헌을 통해 삼국시대, 고려, 조선시대의 마제가 국가 차원에서 이루어졌음을 알 수 있지만 지역이나 마을공동체 차원의 마제는 언제부터 시작되었는지 확인하기 쉽지 않다. 아마도 마역이 있거나 말을 기르는 목장이 있는 인근 마을에서는 꽤 오래 전부터 마제를 지냈을 가능성이 있고, 국가 차원의 마제가 약화되면서 더욱 민간화 되었을 것으로 보인다. 국가 차원의 마제는 말의 성장 번식만을 기원하기 위해 제의가 이루어지지만, 마신에 제사하는 마을신앙에서는 말의 성장 번식은 물론 그 지역민의 내적 욕구를 기원하기 위해 제의가 이루어진다는 점에서 제의적인 성격이 다소 차이가 있다.[24]

마을신앙에서 말을 신격화한 상징물로 마상(馬像)이나 마도(馬圖)를 제당에 안치하고 제사를 지내는 경우가 많다. 먼저 마상은 대개 돌, 철, 나무, 흙의 재질로 이루어져 있고, 제당에 안치하고 있는 수는 마을마다 다양하다. 강원도 정선군 임계면 송계리(瓦馬 2필), 강원도 정선군 임계면 도정리(철마 4필), 강원도 평창군 대화면 신리(철마 3필), 강원도 평창군 평창읍 조동리(石馬 1필), 경기도 양평군 강하면 성덕리(철마), 경남 고성군 마암면 석마리(石馬 2필), 경남 통영군 신양면 삼덕리(木馬 2필), 전남 진도군 진도면 철마산(철마 1필), 전남 완도군 금일면 유서리 서성마을(철마 10여 필), 전남 여천군 화정면 개도리 화산마을(철마 3필), 전남 여천군 남면 횡간리(土馬 2필), 전남 고흥군 나로도 신금리(石馬 1필), 전남 영광군 낙월면 안마도(철마 2필), 전남 신안군 도초면 우이도(철마 1필) 등이 있다. 두 번째로 마도를 봉안하고 있는 경우는 강원도 강릉(大關嶺國師, 城隍之神圖), 강원도 속초시 대포동 외옹치(수부圖), 충북 영동군 영동읍 당곡리(赤兔馬圖), 함남 안변(將軍神像圖) 등이 있다.

이와 달리 제당에 말의 신체가 없는 마을신앙도 있는데, 제주도의 구좌면 행원본향의 마의 증식제로서 '물부림'[25], 제주도 조천면 북촌리의 우마 증식을 위해 백중제 당굿[26], 부산 하정리의 당제 중 마당제[27]를 들 수 있다. 이와 같이 마신을 제의의 대상으로 하고 있는 지역은 대개가 말을 기르는 목장이 있든지, 말을 기르는 것을 주업으로 하고 있거나, 혹은 교통의 중개 역할을 하는 마역이 있었음을 짐작할 수 있다. 호환을 퇴치하기 위해 마신을 모신 곳도 있으나, 이는 대개 산간지방에 주로 나타나며, 이러한 경우를 제외하고는 일반적으로 말과 관련된 당신화와 신체는 목장과 마역이 있었던 곳을 중심으로 나타나고 있다.[28]

## 4. 말의 기호적 의미

지금까지 말의 생태적인 면모와 활용을 통해 말이 '충성의 상징인 장수의 분신'과 '공간 이동의 신승물' 그리고 '삶의 에너지로서 양기물' 등의 관념으로 은유화되고, 다시 이러한 관념이 투사되어 말이 영험하고 신성한 동물이라는 인식을 기반으로 신앙적인 의미를 지닌 '말무덤과 마제'라는 기호적 지표로 기호화되고 있음을 확인할 수 있었다.

생활 속에서 말의 은유화는 개별적이며 세부적으로 나타나기도 하고, 통합적으로 이루어지기도 한다. 예컨대 말이라는 생물학적인 대상에 말의 활용이라는 경험영역에 따라 '장수', '신승물'. '양기물'이라는 인식의 정신적인 경험영역이 개별적 혹은 통합적으로 개념화되기도 한다. 이러한 정신적인 경험 영역은 또다시 그 대상에 새로운 경험적인 영역이 투사되어 '말무덤'이나 '마제'와 같은 은유적 개념으로 확장되어 나타난다.

이들을 체험주의적 시각에서 기호화 과정을 보면, (1) [Ⓐ기호대상(군사용으로서 말) ↔ Ⓑ기호내용(충성/의리) → Ⓒ기표(장수)], (2) [Ⓐ기호대상(교통용으로서 말) ↔ Ⓑ기호내용(공간이동) → Ⓒ기표(신승물)], (3) [Ⓐ기호대상(원초적인 말) ↔ Ⓑ기호내용(음양오행) → Ⓒ기표(양기물)]로 기호화할 수 있다.

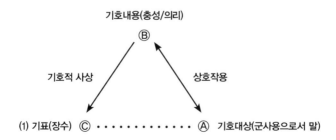

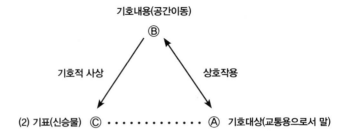

기호내용(공간이동)
Ⓑ

기호적 사상          상호작용

(2) 기표(신승물) Ⓒ ‥‥‥‥‥‥ Ⓐ 기호대상(교통용으로서 말)

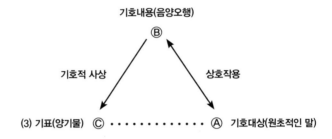

기호내용(음양오행)
Ⓑ

기호적 사상          상호작용

(3) 기표(양기물) Ⓒ ‥‥‥‥‥‥ Ⓐ 기호대상(원초적인 말)

　이와 같은 1차적 기호화 과정은 또다시 새로운 경험적 작용을 통해 정신적인 영역을 바탕으로 새로운 기표를 생산하는데, (4) [Ⓐ기호대상(장수의 말) ↔ Ⓑ기호내용(장수의 분신) → Ⓒ기표(말무덤)], (5) [Ⓐ기호대상(신승물로서 말) ↔ Ⓑ기호내용(신격화) → Ⓒ기표(마신/마상·마도)]의 기호화 과정이 그것이다. 이것을 2차적 기호화 과정이라 말할 수 있다.

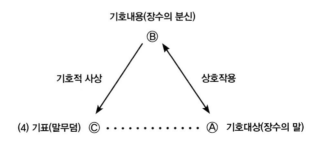

기호내용(장수의 분신)
Ⓑ

기호적 사상          상호작용

(4) 기표(말무덤) Ⓒ ‥‥‥‥‥‥ Ⓐ 기호대상(장수의 말)

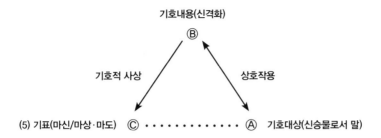

기호내용(신격화)
Ⓑ

기호적 사상        상호작용

(5) 기표(마신/마상·마도) Ⓒ ·············· Ⓐ 기호대상(신승물로서 말)

이들은 다시 통합되어 3차적 기호화 과정인 (6) [Ⓐ기호대상(말무덤과 마상·마도의 말) ↔ Ⓑ기호내용(신앙적 의미) → Ⓒ기표(마제)로 기호화된다.

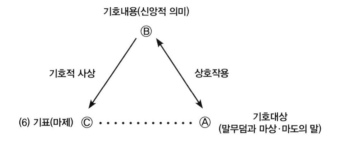

기호내용(신앙적 의미)
Ⓑ

기호적 사상        상호작용

(6) 기표(마제) Ⓒ ············· Ⓐ 기호대상
(말무덤과 마상·마도의 말)

이와 같이 여섯 가지의 기호화 모형을 확인할 수 있는데, 이는 말이 갖는 기호적 의미가 최소한 여섯 가지 이상임을 보여주기도 하지만, 말에 대한 다양한 기호화 과정이 점차 통합되어 나타나기도 한다는 것을 유추할 수도 있다. 1차적으로 생물학적 대상인 말에 '충성-의리'·'공간이동'·'음양오행'의 관념이 투사되어 장수·신승물·양기물로 기표화되고, 이 가운데 장수와 신승물로서의 말에 '장수의 분신'·'신격화'의 관념이 은유적으로 사상되어 말무덤과 마신으로 기표화되면서 2차적 기호적 의미가 확장되어 나타난다. 이들은 다시 3차적 기호화 과정을 통해 말무덤과

마상·마도의 말에 대한 '신앙적 의미'를 토대로 마제로 표현되는 통합적 기호화 과정을 보여준다고 추정할 수 있다. 다시 말하면 인간의 이동 수 단으로서 말의 실용적 관념들이 형성되고, 동반자로서 인간과 말의 관계 성들이 편입되어 삶의 풍요를 추구하기 위한 신앙적 관념을 반영한 말의 기호적 의미가 확장되어 온 것으로 생각할 수 있다는 것이다. 그것을 정 리하면 다음과 같다.

$$
\left.\begin{array}{l}
(1) \longrightarrow (4) \\
\\
(2) \longrightarrow (5)
\end{array}\right\} \longrightarrow (6)
$$

결론적으로 말을 신격화하여 마제를 지낼 수 있었던 것은 최소한 네 가지 이상의 기호적 의미가 통합되어 형성된 물리적 층위의 경험을 토대 로 신앙적 경험 내용이 은유적으로 사상되어 이루어진 것으로 추정할 수 있다. 이처럼 통합적 기호적 전개과정은 어디까지나 추정에 불과하지 확 정적으로 말하기는 어렵다. 기호화 과정이 개별적이거나 계기적으로 전 개될 수도 있고, 말에 다양한 경험적 내용이 끊임없이 작용되어 기표가 다양하게 확장되어 나타나는 경우 순차적으로 혹은 병렬적으로 배열하 기가 쉽지 않기 때문이다. 기표에 사상된 경험적 내용이 개인에 따라 다 를 수 있고, 사회적, 문화적, 자연적인 변화에 따라 끊임없이 변화되기도 한다. 그러한 점에서 기표는 항상 유동적일 수밖에 없다. 다만 중요한 것 은 말에 대한 기표가 끊임없이 생산되는 이유는 생활 속에서 말의 쓰임 이 확대되어 경험적 내용이 달라지는 데서 비롯된 것이라는 사실이다.

말의 쓰임이라는 경험적 기반이 확대되면 정신적인 영역 또한 확대되어 말의 의미가 다양하게 나타나고, 말의 쓰임이 축소된다면 당연히 말의 경험적 내용이 줄어들면서 말이 갖는 문화적인 의미 또한 약화되기 마련이다. 곧 말의 문화적인 의미는 끊임없이 변화된다는 것이다.

## ∞ 요약

말은 냄새가 강한 것에 겁을 내는 경우가 많고, 무리를 지어 생활하는 군집성이 강한 동물이다. 말은 기쁠 때는 열정적이고 민첩하기도 하나, 화날 때는 앞다리를 들고 차면서 입을 벌려 공격을 하면서 감정을 표현하기도 한다. 대개 말은 1시간 정도 누워서 쉬는 것 말고는 보통은 서서 쉬거나 배회하면서 활동을 한다. 이러한 말은 다양한 용도로 활용되어 왔는데, 교통용(交通用), 만용(輓用), 신승용(神乘用), 희생용(犧牲用), 군사용(軍事用), 농경용(農耕用), 식육용(食肉用), 장식용(裝飾用) 등이 그것이다.

말의 은유적 개념화로서 민속적인 관념으로 세 가지를 들 수 있다. 먼저, 말은 충성의 상징인 장수(將帥)의 분신이다. 설화 속에서 말은 의리와 충성을 상징하는 동물로 등장하기도 하는데, 특히 〈말무덤전설〉과 〈말바위전설〉에서 확인할 수 있다. 〈말무덤전설〉은 전국적으로 분포되어 있으며, 전설화된 말무덤은 주인에게 의리를 지키고 충성을 다한 말이 주인공이다. 이와 같이 말을 의리와 충성의 상징적인 동물로 인식하고 있는 것은 〈아기장수전설〉에서도 확인할 수 있다.

두 번째로 말은 공간 이동의 신승물(神乘物)이다. 말은 주로 교통용의 승마로서 사용하는 경우가 많아 이러한 기본적인 이용을 바탕으로 만용이나 군사용 등으로 확대 활용되어 왔다. 그러면서 말을 단순히 인간만을 태울 수 있는 동물로 인식한 것이 아니라 신을 태울 수 있는 신승물로 간주하기도 했다. 말을 신승물로 활용하게 되는 데는 기본적으로 말이 영험적인 존재라는 인식에서 비롯되었다. 이러한 모습은 건국신화, 당신화, 마을신앙 등에서 확인할 수 있다.

세 번째로 말은 삶의 에너지 원천으로서 양기(陽氣)가 강한 동물이다. 말은 음양오행에서 강한 양성(陽性)이며 화성(火性)이다. 말은 화성이서 그 성질이 불길처럼 강한데다가 양성이기 때문에 액귀나 병마를 쫓는데 말뼈를 사용하는 습속도 있었다. 그 이유로 귀신은 음적인 존재로 양성을 싫어하고 불을 피한다고 생각하는 데서 비롯된 것이라 한다. 이러한 것은 세시풍속이나 태몽, 혼례식에 강하게 남아 있다.

말의 기호적 지표로서 신앙적 의미를 두 가지로 정리할 수 있다. 먼저, 말은 영험하고 신성한 말이다. 영험적인 존재로서 말의 모습은 '말이 절을 하는 시늉을 하는 것'이라든가 '말이 울면서 하늘로 올라가 버렸다'고 하는 〈신라 박혁거세신화〉에서 확인할 수 있고, 〈당신화〉와 〈말바위전설〉에서 확인할 수 있다.

두 번째로 말무덤과 마제(馬祭)이다. 인간은 일상생활 속에서 말을 통한 물리적 토대에 근거하여 정신적인 경험을 반복하면서 은유적으로 실천한다. 이것은 기본적으로 말의 일차적인 표상이었던 영험하고 신성한 말이라는 인식을 바탕으로 형성된 말의 신성성을 토대로 신앙적 실천이라는 이차적인 표상으로 구현된다. 말의 은유적 표현으로서 이차적인 표상은 다름 아닌 신앙적 지표인 말무덤을 축조하고, 혹은 마제를 지내는 의례행위인 것이다. 의례행위는 신화와 제의로 구성된다. 마을신앙에서 말을 신격화한 상징물로 마상(馬像)이나 마도(馬圖)를 제당에 안치하고 제사를 지내는 경우가 많다.

말의 기호적 의미는 최소한 여섯 가지 이상임을 보여주기도 하지만, 말에 대한 다양한 기호과정이 점차 통합되어 나타나기도 한다는 것을 유추할 수도 있다. 1차적으로 생물학적 대상인 말에 '충성 – 의리'/'공간이동'/'음양오행'의 관념이 투사되어 장수·신승물·양기물로 기표화되고, 이 가운데 장수와 신승물로서의 말에 '장수의 분신'/'신격화'의 관념이 은유적으로 사상되어 말무덤과 마신으로 기표화되면서 2차적 기호적 의미가 확장되어 나타난다. 이들은 다시 3차적 기호과정을 통해 말무덤과 마상·마도의 말에 대한 '신앙적 의미'를 토대로 마제로 표현되는 통합적 기호과정을 보여준다고 추정할 수 있다.

# 각주

1   표인주,『남도민속문화론』, 민속원, 2002, 381쪽.

2   표인주, 위의 책, 382쪽.

3   표인주, 위의 책, 386쪽.

4   이가원 역,『三國遺事新譯』, 태학사, 1991, 58쪽.

5   이가원 역, 위의 책, 65쪽.

6   한국문화상징사전편찬위원회,『한국문화상징사전』, 동아출판사, 1992, 263쪽.

7   표인주, 앞의 책, 392쪽.

8   강성복,「짚말」,『한국민속신앙사전』, 국립민속박물관, 2010, 869쪽.

9   『한국민속대관』5, 고려대학교 민족문화연구소, 1995, 456쪽.

10   표인주, 앞의 책, 396~398쪽.

11   井德太郎編,『民間信仰辭典』, 東京堂出版, 1980, 247~248쪽.

12   김승찬·허영순,「부산지방의 産前俗」,『한국민속학』3, 민속학회, 1970, 8쪽.

13   안병태,「白馬, 鷄攷」,『한국민속학』2, 한국민속학회, 1970, 43쪽.

14   표인주, 앞의 책, 306쪽.

15   표인주, 위의 책, 371쪽.

16   표인주, 위의 책, 372쪽.

17   표인주, 위의 책, 383쪽.

18   표인주,『남도설화문학연구』, 민속원, 2000, 137쪽.

19   표인주, 위의 책, 120쪽.

20   표인주,『남도민속문화론』, 민속원, 2002, 377쪽.

21   표인주, 위의 책, 377쪽.

22   표인주, 위의 책, 378쪽.

23   천진기,「마제」,『한국민속신앙사전』, 국립민속박물관, 2010, 276~277쪽.

24   표인주, 앞의 책, 387~390쪽.

25   진성기,『남국의 신화』, 아림출판사, 1965, 53~54쪽.

26   현용준,「제주도의 영등굿」,『한국민속학』 창간호, 1969, 127쪽.

27   김승찬,「한국의 馬政攷」,『석주선교수회갑기념 민속논총』, 통문관, 1971, 192~198쪽.

28   표인주 앞의 책, 389~393쪽.

제3부

# 구술문학의
# 체험주의적 해석

# 제1장

# 구술기억자료의 해석방식과 학술적 가치

## 1. 기호적 경험으로서 구술기억자료

문화란 인간의 삶의 방식이 일정 기간 동안 축적되어 형성된 것을 말한다. 여기서 삶의 방식은 당연히 자연적인 조건이나 사회적, 역사적 환경의 영향을 받는다.[1] 자연적 조건 가운데 기후나 공간적인 조건 등이 삶의 방식을 결정하는데 중요한 역할을 하는 것처럼 사회적 환경 또한 마찬가지이다. 사회는 기본적으로 사회 최소단위인 가족이 모여 공동체를 이루면서 구성된 것이다. 가족은 결혼을 통해 형성되기 때문에 결혼문화와 가족문화, 가족문화와 사회문화는 서로 밀접한 관계를 맺고 있음을 알 수 있다. 이처럼 인간의 삶의 방식이 자연환경 및 사회적 조건을 토대로 많은 영향을 받기도 하지만 다양한 사건, 즉 제도나 이념의 변화를 초래하는 역사적인 사건도 적지 않은 영향을 미친다. 역사적인 사건이라 함은 임진왜란, 동학혁명, 한국전쟁, 민주화운동 등 한 국가의 존폐위기를 초래하는 전쟁이나 사회적 갈등을 부추기고 가치와 인식의 변화를 초래하는 다양한 사건 등을 말한다.

이처럼 문화가 자연적, 사회적, 역사적 조건에 의해 결정된다는 것은 인간이 세계의 일부로서 세계와 지속적으로 상호작용하면서 경험한 산물이 문화임을 말한다. 체험주의에서 경험을 "우리를 인간 …… 으로 만들어주는 모든 것"이라 했고, 신체적인 지각에 직접 주어진 것은 물론 그것으로부터 확장된 추상적인 영역의 모든 것을 포함한다고 했다.[2] 인간이 세계와 끊임없이 상호작용하면서 경험한 것이 바로 문화이고 기호적 경험인 것이다. 문화로서 기호적 경험은 전적으로 기호 산출자가 경험의 관점에서 이해한 것을 기호적 사상을 통해 기표로 나타낸 것을 인식하는, 즉 기호화 과정의 경험이다. 따라서 기표의 실체를 파악하기 위해서는 당연히 기호적 내용을 파악해야 하고, 기호적 의미를 추출하기 위해서는 기호적 사상을 하기 전 단계인 경험의 내용을 파악해야 한다. 이처럼 문화란 인간 경험의 내용이 다양하게 작용하여 형성된 것으로, 삶을 통해서 경험된 세계라고 할 수 있다.

인간은 세계의 일부로서 모든 경험은 세계로부터 분리된 관찰자의 경험이 아니라 세계에 속해 있는 참여자의 경험이다. 따라서 세계는 항상 우리 경험에 의해 주어진 세계인 것이다.[3] 여기서 세계는 물리적 세계이면서 정신적인 세계이다. 즉 이분법적으로 분리된 세계가 아니라 통합적 세계인 것이다. 세계 속에서 겪었던 것을 재현한 것이 구술기억자료이다. 구술기억자료는 인간이 살아가면서 경험한 개인의 생애를 비롯해 다양한 삶의 질서 및 행위, 자연현상, 역사적 사건 등을 구술한 것이다. 다시 말하면 인간이 경험했거나 현재 겪고 있는 것을 기억을 통해 구술한 것인데, 그 대상은 다양하다. 인간이 태어나서 죽기까지 경험한 다양한 의례와 관련된 것일 수 있고, 마을신앙이나 무속신앙 등 민속신앙과 관련된 것, 세시행사 및 민속놀이를 비롯한 예술적으로 경험한 것, 산이나 강의 경험과 자연적인 현상, 다양한 사건 등이 구술의 대상이 된다. 이러한 점에서 구술기억자료는 문화자료이면서 문학적 텍스트이고, 역사자료인 것이다.

문화자료로서 구술기억자료는 민속학의 주요 연구 대상이 되어 왔는데, 잔존문화로 전락하거나 기억할만한 자료가 없는 경우 구술기억을 통해 재현하고 텍스트화하여 연구하기도 했고, 지금까지 지속되고 있는 민속현상과 비교 검토하는 것은 물론 연행 현장에서 구현된 구술자료의 의미를 파악하는 등 다양한 측면에서 연구되어 왔다. 그런가 하면 문학적 텍스트인 구술기억자료는 설화의 장르로 규정하여 신화, 전설, 민담을 다양하게 연구해왔고, 뿐만 아니라 '구술생애담'이라 하여 문학적 관점에서 서사 구조, 구술 기법, 주제 분류와 분석 등[4] 구비문학적 연구가 활발하게 이루어지고 있다.

그리고 역사자료서 구술기억자료는 사료적 가치에 무게를 두고 문헌자료와 함께 검토되는 보조 자료로 인식하는 경우가 많았다. 하지만 윤택림은[5] 문헌자료의 역사적 허구성을 지적하고, 구술사가 가지고 있는 가치를 언급하여 구술사는 국가체제 등의 공적 분야의 지배기억에 대항하는 대항기억으로서 기능을 수행할 수 있다고 했고, 개인적 경험의 목소리가 발성되어 형성된 구술기억자료는 역사적 사건에 대한 또 하나의 비공식적 판본이라 했다. 이처럼 구술기억자료는 인문학뿐만 아니라 심리학, 인류학, 사회학 등 다양한 학문의 영역에서 연구 대상이 되고 있음을 확인할 수 있다.


## 2. 기억이란 무엇인가


　기억은 인간이 경험했던 과거의 것을 현재화하는 인간의 능력이다. 기억은 과거로 흘러 들어가 상실되고 실종된 흔적을 찾아내어 현재에 의미 있는 증거들로 재구성하고,[6] 단순히 흔적이나 저장체가 아니라 현재의 다양한 시각에 따라 매번 새로이 형성된다. 이러한 기억은 개인적 정체성의 연속을 위해 필수적일 뿐 아니라 문화의 전수와 사회의 진화 및 연속을 위해서도 필수적이다.[7] 그러한 까닭에 기억은 문화가 전승되도록 하고 사회가 지속되는데 중요한 역할을 하고 있는 것이다. 따라서 문화와 사회는 시간의 흐름에 따라 축적된 공유 기억의 산물이고, 공유기억은 개인의 기억이 집단화되고 오랜 시간동안 축적된 경험적 기억에 의해 형성된 문화적 기억이다.

　기억은 과거와 현재를 끊임없이 소통하는 매개로서, 기억이 끊임없이 작동하는 것은 자신의 흔적을 남기고 보존하려는 인간의 욕구, 다시 말해 망각되지 않으려는 욕구 때문이다. 욕구의 표현인 문화로서 기억은 기억 자체만으로는 불가능하고 반드시 특정한 매체를 필요로 한다.[8] 매체는 상황과 기술, 시대와 함께 변하지만 가장 대표적인 매체는 문자 매체이다. 인간은 문자를 사용하여 경험과 사유를 전수하고 그것을 해독하려 한다. 이처럼 기억을 가능하게 하는 것은 문자 이외에도 춤, 건축물, 그림 같은 것뿐만 아니라 영화, 텔레비전, 컴퓨터 같은 기술적인 매체도 있다. 인간은 이러한 매체를 활용하여 문화의 전승과 전파를 지속하고 확대시켜 왔는데, 인간의 기억 욕망은 과거를 소환하여 현재를 의미화하려는 정치적인 욕망으로부터 비롯된 것이다.

인간이 현재의 뿌리를 찾기 위해 과거를 소환하는 과정이 기억행위인데, 그것은 인간의 망각하지 않으려는 욕구에서 비롯된 것이다. 이러한 인간의 욕구 가운데 대표적인 것이 망자의 추모이다. 망자의 추모 방식은 경건함을 바탕으로 한 죽음의 표지물이나 기념비를 세우거나, 의례적 표현 등이 있다. 이러한 방식들은 살아 있는 자와 망자를 연결시켜 주는 장치로서 망자를 현재에서 기억하기 위한 수단이다. 망자의 무덤을 둥글게 하거나 기념물을 비롯한 다양한 장식물을 설치하는 것도 망자를 기억하기 위한 것이고, 그것은 추모제인 제사도 마찬가지이다. 가족이 무덤 앞에서 망자를 소환하여 그들과 함께 음식을 나누는 것은 음식과 술을 통해 공동체를 유지하기 위한 근원적인 형식이다.[9] 음식과 술을 나누는, 즉 음복 행위가 망자와 산자가 하나 되는 계기를 마련해 준다. 이와 같은 기억행위는 다양한 문화현상에서도 확인할 수 있다.

문화에 나타난 기억행위는 개인과 집단에 따라 달라지는데, 개인적 기억은 개인의 가장 원초적인 기억이고, 의식적 기억과 무의식적 기억으로 나누어진다. 행동주의적인 측면에서 의식적 기억이 외현 또는 서술적 기억으로서 사람, 장소, 대상, 사실, 사건에 대한 의식적 회상이라면, 무의식적 기억은 암묵 또는 절차적 기억으로 습관화, 민감화, 고전적 조건화, 그리고 자전거 타기나 테니스 서브하기와 같은 지각 및 운동 솜씨의 기반을 이루는 기억이다.[10] 그래서 많은 학습의 경험은 의식적 기억과 무의식적 기억 둘 다에 의존할 수밖에 없고, 의식적인 기억을 무의식적 기억으로 변환시킬 수 있다.

무의식적 기억은 의식적인 노력 없이, 즉 기억하고자 하는 자각 없이 자동적으로 재생되는 것이기 때문에 습관이고, 의식적 기억은 과거에 대한 의식적 자각이다.[11] 의식적 기억은 공간과 시간을 뛰어넘는 것을 가능케 하고, 과거로 사라졌지만 모종의 방식으로 우리 정신 속에 살아있는 사건과 감정 상태를 불러낸다.[12] 그렇기 때문에 기억행위의 중요한 것은 알려져 있지 않거나 망각의 단계에 처한 사건을 의식적 기억을 통해 소환하여 현재화하고 의미화 하는 것이다. 특히 전쟁과 같은 개인의 경험을 재현하는 것은 과거 경험한 것에 대한 의식적 자각 행위의 작업인 것이다.

기억은 개인의 소유물이기도 하지만 대중적으로 활용되는 상징과 이야기 그리고 이를 저장·전수하는 사회적 수단의 산물이기도 하다.[13] 그러한 점에서 개인적 기억은 사회적으로 집단을 표상하는 집단적 기억으로 발전하기도 한다. 예컨대 전쟁 경험의 개인적 기억을 공유하게 되면 그것은 공유기억인 집단기억으로 발전되고, 개인뿐만 아니라 집단의 정체성을 설명할 수 있다. 이처럼 집단적 기억은 시간적, 공간적으로 제한된 집단이 갖는 특수한 기억으로, 집단의 특성과 정통성을 유지하도록 하는 역할을 한다. 이것은 기억이 집단을 고정하고, 집단이 기억을 고정하기 때문에 가능하다.[14] 그래서 기억의 고정성은 직접적으로 집단이 단결하게 하거나 존속되도록 하는데 중요한 역할을 한 것이다. 집단이 해체되면 개개의 구성원들이 집단적으로 확인하고 동일시했던 기억들도 소멸하게 된다.[15] 특히 정치적인 환경은 집단과 기억의 소멸에 적지 않은 영향을 미쳐왔다.

집단적 기억은 인류의 삶을 풍요롭게 하기 위해 사회의 진화와 문화의 발전을 진작시켜 왔기 때문에 문화적 유산이라 할 수 있다. 곧 문화의 보존과 전승은 기억을 토대로 이루어지기 때문이다. 대체로 이러한 기억들은 특정한 이데올로기를 강요한 공동체나 국가의 공식적인 재현을 통해 집단기억으로서 역사화 되기도 한다. 역사적 기억으로 재현되는 경우는 비록 재현과정의 불평등성이 내재되어 있다 하더라도 상당수가 문헌의 형태로 정착되어 기억을 전승시켜 왔지만,[16] 공식적 기억으로 자리매김하지 못한 기억들은 파편화되어 산재하거나 구술기억으로 전승되기도 한다.

구술기억은 개인적으로 존재하나 사회집단 구성원으로서 세대 간의 연대가 형성되면 집단적 기억으로 발전하고, 상상의 공동체를 형성하는 역할을 하기도 한다.[17] 이처럼 집단적 기억으로 발전한 구술기억은 공동체의 중요한 역할을 통해 이루어진 것이다. 특히 전쟁과 관련된 사건의 기억이 주관적이면서 개인적이지만, 신체·물리적 경험 기반이 유사한 공동체의 연대를 통해 집단적 기억으로 발전한 경우 재현[18]의 자료로 활용하기도 한다. 이처럼 구술기억자료가 시작부터 주관적이고 개인적이지만, 역사 또한 주관적 기억에 의한 자료들을 근거하고 있다는 점에서 문헌자료와 크게 다를 바 없다는 점을 상기할 필요가 있다.

## 3. 구술기억의 물리적 기반

구술기억은 개인과 집단에 따라 다르겠지만 형성의 물리적 기반도 마찬가지이다. 구술기억이 막연한 상상력으로만 형성되는 것이 아니라 기본적으로 삶의 경험을 토대로 형성된다. 삶의 경험은 의식주 생활에서부터 연중행사나 놀이, 의례, 종교, 경제, 정치, 사회, 예술 등 다양한 분야의 경험을 말한다. 이러한 경험은 다름 아닌 문화로 형성되어 표현된다. 그렇기 때문에 구술기억은 문화의 표현방식이고, 그 내용 또한 문화인 것이다. 삶의 경험이 기억을 통해 시간이 흐르면서 축적되고 공간적으로 전파하여 지속되기도 하고 확장되어 왔다. 이러한 삶의 경험은 다름 아닌 민속이고, 민속이라 함은 신화, 전설, 민담으로 구분되는 설화, 민요, 판소리, 세시풍속과 민속놀이, 민속신앙, 민속의례, 민속예술, 민속관념 등 기층민들의 민속적 경험, 즉 문화를 일컫는다. 문화가 일반적으로 자연 환경이나 사회적, 역사적 환경에 크게 영향을 받는 것처럼 인간의 삶의 경험 또한 그렇다는 것이다. 따라서 구술기억의 물리적 기반을 크게 세 가지 측면에서 검토할 필요가 있다.

먼저 구술기억 형성의 물리적 기반으로 자연환경을 들 수 있다. 인간의 삶에서 생업방식은 기본적으로 자연환경의 경험이 토대가 되어 결정되기 때문에 자연환경과 생업방식은 밀접한 관련이 있다. 인간에게 자연환경은 시간과 공간을 인식할 수 있는 물리적 기반인데, 천체의 현상이나 날씨에 따라 시간을 인식하는가 하면, 지구의 토양적 조건에 따라 공간을 인식한다. 이러한 시간과 공간의 경험이 당연히 인간 삶의 방식에서 중요한 역할을 한다. 삶의 방식 가운데, 특히 생업방식은 자연환경의 영향이 절대적이기 때문에 자연의 경험을 토대로 결정된다. 예를 들면 공간 환경에서 산이 많은 지역에서는 밭농사가 중심이 된다든지, 강이 발달한 평야지역은 벼농사를 중심으로 한 논농사가 중심이 되는가 하면, 섬이 많은 지역에서는 어업을, 산악지역에는 임업이나 광산업을 주업으로 하는 생업방식이 형성된다. 이처럼 생업방식과 자연환경은 밀접한 관련이 있음을 알 수 있다.

구술기억의 형성에서 식량자원이나 식량자원과 교환할 수 있는 것을 생산할 수 있는 노동형태도 중요한 역할을 한다. 노동방식도 개인적인 형태나 집단적인 형태가 있다. 개인적인 노동은 소규모의 작업을 하는 일에서 활용되지만, 집단적인 노동을 필요로 하는 생업 현장에서는 공동체노동을 활용한다. 농경시대의 민속에서 노동의 형태로 품앗이와 두레가 있다. 품앗이와 두레 활동을 하면서 경험한 것을 구술기억으로 전하고, 어촌의 어업과 산촌의 임업, 광산촌의 광산업 등의 노동형태나 조직들이 생업활동하면서 경험한 것을 구술기억으로 전하기도 하기 때문에 구술기억의 원초적인 기반이 노동 형태나 방식이라 할 수 있다. 특히 공동체를 중요시 여기는 요인도 어떻게 보면 생업방식의 노동형태와도 밀접한 관련이 있다. 왜냐하면 농경시대에는 개인적인 노동보다는 주로 공동체 노동이 중요한 역할을 했고, 공동체생활에서 이웃과 관계를 중요시 여기는 것도 공동체를 유지하기 위함이고, 이웃과의 불화는 생업을 원활하게 수행할 수 없게 하기 때문이다. 따라서 노동방식이 적지 않게 생활양식에 영향을 미치고 있음을 알 수 있고, 그에 따라 구술기억이 형성한다고 볼 수 있다.

두 번째로 구술기억은 사회적 환경을 토대로 형성되기도 한다. 인간의 삶에 사회적인 환경이 영향을 미친다는 것은 인간과 인간의 관계에 따라 사회의 성격이 결정된다는 것을 말한다. 사회의 최소 단위가 가족이고, 가족은 결혼을 통해 구성된다. 따라서 사회적인 환경은 가족문화와, 가족문화는 결혼문화와 밀접한 관련이 있음을 알 수 있다. 가족은 문화 형성의 기본 토대로서 문화는 가족을 중심으로 한 세대에서 다음 세대로 전승되고 계승되면서 하나의 전통을 만들어간다. 전통은 혈연을 중심으로 이어가는데, 이때 가장 작은 규모의 혈연공동체가 가족이다.[19] 가족은 집이라는 공간을 토대로 이루어지며, 가족을 매개로 마을이 형성되고 도시가 형성되기 때문에 가족이야말로 구술기억을 형성하는데 중요한 원초적 물리적 기반이라고 할 수 있다. 따라서 지연공동체를 형성하게 되는 요인도 가족으로부터 출발하기 때문에 가족은 정치와 경제적으로도 중요한 요소이고, 정치와 경제 또한 사회집단 유지의 근원적인 토대가 되기 때문에 구술기억 형성에도 영향을 미친다.

따라서 가족의 유형은 삶의 경험의 중요한 원천이다. 대가족, 부부가족, 핵가족, 수정복합가족 등 가족 형태가 인간 삶에 적지 않은 영향을 미치고 그곳에서 경험하는 것 또한 다르게 나타나기 마련이다. 대가족은 할아버지를 중심으로 아버지 형제들과 그 부인들, 그 부부들의 소생인 사촌끼리도 함께 사는 가족을 말하고, 핵가족은 부부와 아직 혼인하지 않는 자녀들로 구성되기 때문에[20] 공동체생활을 중시하는 대가족과 핵가족 형태에서 경험하는 것이 다를 수밖에 없고, 그 구술기억 또한 그러하다. 이와 같은 가족 유형은 궁극적으로 사회적 분위기를 결정한다고 할 수 있는데, 그것은 가족이 남성 중심이냐 여성 중심이냐가 부계사회 혹은 모계사회를 결정한다고 할 수 있기 때문이다. 부계사회라면 당연히 아들 중심으로 가족문화가 형성되고 사회의 주도세력 또한 남자가 중심이 되는 경우가 많다. 이러한 사회적 환경 속에서 경험하는 구술기억은 남성 중심으로 구연되고 질서화되기 마련이다. 이처럼 사회적 환경이 구술기억 형성에 적지 않은 영향을 미치고 있음을 알 수 있다. 특히 집단적인 구술기억도 그러하지만 무엇보다도 생애담과 같은 개인적인 구술기억은 더욱 사회적 환경의 영향을 강하게 받기 마련이다.

세 번째로 구술기억은 역사적 환경에 크게 영향을 받아 형성된다. 역사 연구가 사건을 이해하고 의미를 찾아 교훈을 삼기 위해 시작되는 것처럼 역사는 인간의 삶에 아주 많은 영향을 미친다. 역사에서도 특히 시간과 장소를 토대로 발생한 사건들이 그러하다. 이처럼 사건은 인물과 장소를 바탕으로 전개되기 때문에 역사적 사실의 구술기억에 관한 것도 인물, 사건, 장소를 중심으로 이해할 필요가 있다. 특히 역사적 사건의 장소는 사건을 기억하도록 하는데 중요한 역할을 한다. 장소는 사건의 진실성을 확인하는 것은 물론 기억 전승의 생명력을 갖도록 하고, 재창조될 수 있는 기반이 되기 때문이다.[21] 그렇기 때문에 역사적 사건의 구술기억은 당연히 사건이 발생한 장소와 그 주변지역에서 집중적으로 형성될 수밖에 없고, 그 전승 또한 마찬가지이다. 구술기억 형성에 영향을 미치는 물리적 기반이 되는 역사적인 사건 중에서 가장 강력한 것은 전쟁이다. 예를 들면 임진왜란, 동학혁명, 한국전쟁, 광주의 민주화운동 등이 그것이다.

임진왜란은 조선인에게 엄청난 충격을 가져다 준 전쟁이었고, 조선왕조 체제를 위협하는 충격적인 사건이었다. 임진왜란을 겪은 뒤 문학은 물론 미술이나 음악에서 많은 변화가 일어났던 것은 인간 인식의 변화가 크게 이루어지고 그에 따른 삶의 변화가 이루어졌기 때문이다. 삶의 다양한 변화를 초래했던 임진왜란이 구술기억의 원초적 기반이 된 것이다. 임진왜란을 겪었던 장소 중에 전라도에서는 명량해전이 이루어졌던 장소인 목포·해남·진도 인근 해역(우수영)과, 왜교성 전투가 치열하게 이루어졌던 순천·여수·광양 일대(좌수영)에서 임진왜란과 같은 구술기억자료들이 많이 수집되고 있는 것만 봐도 알 수 있다.[22] 한국전쟁도 마찬가지이다. 한국전쟁에 관한 경험은 다양한 방식으로 기억되어 전승된다. 한국전쟁에 관한 기억은 공식기억과 비공식기억으로 구분되는데, 특히 제주 4·3항쟁, 여수군민항쟁, 함평양민학살사건[23] 등의 양민학살은 물질적, 정신적인 파괴뿐만 아니라 문화적 파괴를 초래한 사건으로[24] 비공식기억이며 주로 구술기억으로 전해지고 있다. 따라서 이와 같이 구술기억의 원천이 임진왜란이나 한국전쟁과 같은 역사적 사건이라고 할 수 있다.


## 4. 구술기억 조사의 필요성


구술기억은 삶의 경험이 축적되어 형성되고 전승된 민속이면서 문화이다. 일반적으로 민속 연구가 크게 세 가지 측면에서 이루어져 왔는데, 민속과 관련된 구술기억자료와 문헌자료, 현장에서 전승되는 연행자료의 연구가 그것이다. 이들 연구에서 보면 자료를 독자적인 연구 대상으로 삼거나, 상보적으로 활용하여 연구하기도 하고, 상호간의 비교를 통해 연구하기도 했는데, 그 가운데 구술기억자료의 연구가 많은 비중을 차지하고 있다. 구비문학 연구에서도 구술기억자료가 중요한 연구 대상이 되어왔고, 역사적인 측면의 구술사 연구에서도 마찬가지이다. 이처럼 구술기억의 조사가 단순히 자료집을 엮어내기 위한 것이 아니라 연구 대상이 되는 텍스트를 생산하는 작업의 일환으로 이루어지고 있다. 이러한 점에서 구술기억의 조사가 조사자와 연구자의 의도에 따라 다르게 이루어지지만,[25] 그것을 크게 문화자료, 문학자료, 역사자료 수집의 측면에서 생각해 볼 필요가 있다.

먼저 문화자료로서 연구 지평을 넓힐 수 있는 구술기억 조사가 이루어져야 한다. 민속은 민속신앙, 민속의례, 세시풍속, 민속놀이, 민속의례 등으로 구분되는데, 이들의 민속 연구는 문헌자료가 풍부하지 않기 때문에 구술기억자료에 의존하는 경우가 많았다. 민속신앙에서 마을신앙이나 가택신앙, 무속신앙, 속신 등은《삼국유사》,《고려사》,《조선왕조실록》등 기타 개인문집 등의 문헌자료에서 그 흔적을 확인할 수 있으나, 구체적인 내용을 확인하기가 쉽지 않다. 그러한 까닭에 통시적인 민속 연구가 많지 않은 것도 문헌자료의 미흡과 밀접한 관련이 있다. 지금까지 민속 연구가 민속현상을 전승현장에서 직접 관찰하여 조사하거나, 민속에 대한 가장 많은 경험을 가지고 있고 기억력이 좋은 제보자를 통해 수집한 구술기억자료를 대상으로 이루어지는 경우가 많았다. 그나마 일제강점기에 조선총독부에서 설문조사한 것을 정리한《조선의 부락제》나《조선의 귀신》등의 문헌에서 민속신앙의 내용을 확인할 수 있으나, 중요한 것은 조선총독부가 정리한 문헌이 순수한 민속학적 연구로서 이루어진 것이 아니라 정치적인 의도에서 비롯되었다는 것을 유념할 필요가 있다.

민속의례의 문헌자료는 민속신앙에 비해 많은 편이다. 고대의 의례 모습은 〈단군신화〉에서 찾아 볼 수 있고, 고려 말 성리학의 도입과 주자의

《가례》가 소개되었는데, 조선시대에는 관혼상제를 중시하여 《경국대전》에 법으로 규정하였다. 이와 더불어 《상례비요》, 《사례편람》 등의 예서들이 등장하면서 본격적으로 가례는 실천덕목으로 자리 잡게 된다. 그러던 것이 1975년 가정의례준칙이 시행되면서 많은 의례들이 형식화되거나 간소화되어 오늘에 이르고 있다.[26] 이러한 것은 주로 의례를 학습시키기 위한 이데올로기적 의례 경험에 해당하는 내용이 대부분이고, 각 가정이나 마을에서 전승되고 있는 의례적인 내용과는 다소 차이가 있는 경우가 많다. 그래서 출산의례를 비롯하여 육아의례, 성년의례, 혼인의례, 죽음의례, 제사의례 등은 현지조사, 즉 의례현장에서 직접 관찰하여 조사하거나 구술기억으로 전승되고 있는 것을 조사하여 연구할 필요가 있다.

세시풍속은 그래도 다른 민속현상과 달리 문헌자료가 많은 편이다. 고대의 세시행사를 파악할 수 있는 《위지동이전》을 비롯하여 삼국시대의 《삼국유사》와 《삼국지》 등을 들 수 있는데, 본격적인 세시풍속의 문헌은 18세기 이후라고 할 수 있다. 대표적인 문헌으로 유득공의 《경도잡지》, 김매순의 《열양세시기》, 홍석모의 《동국세시기》, 정학유의 《농가월령가》, 최영년의 《해동죽지》, 오청의 《조선의 연중행사》, 조선총독부의 《향토오락》, 최남선의 《조선상식》, 최상수의 《한국세시풍속》 등을 들 수 있다.[27] 이들 문헌에 나타난 세시풍속의 내용으로 모든 지역의 세시풍속을 설명할 수 없을 뿐만 아니라 세시행사의 구체적인 내용을 기록하지 못한 경우가 많다. 그래서 세시풍속 또한 전승현장에서 관찰하여 조사하거나 구술기억을 조사하여 보완할 필요가 있다.

더욱이 민속놀이나 민속예술 등 민속 관념에 관한 자료는 거의 없기 때문에 전적으로 구술기억자료에 의존하여 연구할 수밖에 없다. 아이들

놀이를 비롯하여 어른놀이, 개인놀이와 집단놀이 등 민속놀이는 어느 정도 세시풍속의 문헌자료를 통해서 그 흔적을 확인할 수 있으나, 놀이 내용을 구체적으로 확인하는 것은 쉽지 않기 때문에 전승 현장에서 구술기억자료를 확보하여 그 실상을 확인할 필요가 있다. 판소리나 농악을 비롯한 민속예술 또한 마찬가지이다. 더군다나 점복이나 예조, 금기 등 속신에 관한 연구는 전적으로 구술기억자료에 의존해야 한다. 이와 같이 민속 연구에서는 거의 대부분 전승현장에서 관찰하여 조사한 것이나 구술기억조사를 통해 확보한 자료를 활용해야 하기 때문에 문화자료로서 구술기억조사가 활발하게 이루어져야 한다. 안타깝게도 민속의 약화와 소멸이 이루어지는 현실 속에서 민속지식을 가지고 있는 제보자들이 고령화되고 있기 때문에 구술기억조사가 위축되고 있는 실정이다.

두 번째로 문학자료의 수집 차원에서 구술기억의 조사가 이루어져야 한다. 지금까지 문학은 기록문학과 구비문학으로 구분하고, 구비문학은 기록문학의 태동과 형성에 적지 않은 영향을 미쳐왔다. 그것은 고소설의 모체로서 설화에 관심을 갖는 것이나, 민요에서 고시가가 발생했을 것이라는 것, 판소리가 판소리계 소설로 전환되었다고 하는 등 기록문학의 기원을 구비문학에서 찾는 것만 봐도 알 수 있다. 그런가 하면 고소설에서 〈춘향전〉은 〈암행어사설화〉와 〈열녀설화〉, 〈장화홍련전〉은 〈원령설화〉, 〈콩쥐팥쥐전〉은 〈계모설화〉, 현대소설에서는 방귀환의 〈귀〉는 〈당나귀설화〉를, 정한숙의 〈해랑사 경사〉는 〈해랑사전설〉을, 박종화의 〈아랑의 정조〉는 〈도미설화〉를, 한무숙의 〈돌〉은 〈장자못전설〉을, 김동리의 〈황토기〉는 〈풍수설화〉와 〈장수설화〉를, 현대시에서는 서정주의 〈단군〉은 〈단군신화〉를, 김춘수의 〈처용단장〉은 〈처용설화〉를 소재로 창작한 것을 보면, 기록문학의 창작 과정에서 구비문학을 소재로 하거나 차용하는 경우가 많기 때문에 기록문학과 구비문학의 관계는 다양한 각도에서 관심을 가질 필요가 있는 것이다.

구비문학은 신화, 전설, 민담을 중심으로 한 설화문학과 민요, 무가, 판소리, 민속극 등의 연희문학으로 구분할 수 있는데, 설화문학과 연희문학은 전적으로 전승집단의 구술기억에 근거한 문학이다. 이들의 연구는 당연히 구술기억자료를 연구 대상으로 삼는다. 지금까지 신화연구에서 건국신화를 비롯한 무속신화, 씨족신화, 마을신화에 많은 관심을 가져 왔는데, 건국신화를 제외한 여타의 신화는 구술기억자료의 확충을 통해 이루어져 왔다. 전설과 민담은 지속적으로 조사되고 있으며, 전설은 증거물을 토대로 형성된 구술기억자료이기 때문에 문학은 물론 지역사 연구자료로 활용되고 있다. 하지만 민요나 무가의 구술기억자료 확보가 점차어려워지고 있는데, 그것은 전승집단의 농업노동이 산업노동으로 바뀌면서 이농현상과 도시화의 가속화 때문이라고 할 수 있다. 이러한 환경속에서 대중문화의 활성화로 인해 판소리와 민속극이 지속될 수 있는 전승기반이 위축되고, 급기야는 문화재로 전승되는 현실에 처하면서 구술기억자료의 수집이 더욱 어려워지고 있다.

최근 들어 구술기억자료의 수집이 어려워지자 구비문학 작가 연구 차원에서 이야기꾼 중심으로 설화를 조사하거나,[28] 남성 중심 사회에서 소외되고 억압받으면서 희생해야 했던 여성들의 생애담,[29] 인간이 살아오면서 겪었던 경험을 비롯한 다양한 사건의 경험담[30] 등에 관심을 가지고 연구되고 있다. 이처럼 문학으로서 구술기억자료에 대한 연구가 꾸준히 진행되고 있는 것은 문학자료로서 구술기억자료 조사가 이루어져야 함을 말해주고 있는 것이다. 뿐만 아니라 앞으로는 기록문학에서 문학사적 가치가 있는 문인들, 음악을 비롯한 미술인, 연극인 등 예술인들의 구술기억을 바탕으로 한 생애담의 연구도 이루어질 필요가 있다.

세 번째로 역사자료로서 새로운 역사 쓰기를 위한 구술기억 조사가 이루어져야 한다. 지금까지 역사는 왕조 중심으로 서술된 문헌자료를 토대로 연구하는 경우가 많았고, 당시 지배계층의 지식인들이 기술한 문헌자료가 역사연구의 중요한 대상이 되어 왔다. 지금까지 역사 연구는 지나치게 중앙이나 지배계층의 역사적 인식을 바탕으로 이루어져 왔다고 해도 과언이 아니다. 그렇기 때문에 국가 중심의 이데올로기나 정치적 질서에 따라 서술된 문헌자료는 지역이나 기층민들의 역사적 관심을 읽어내는데 한계가 있을 수밖에 없다.

근래 역사연구는 문헌자료가 지닌 역사가 및 권력집단의 이념성 문제, 역사적 사건의 경험주체 문제, 사건의 다양한 재현 문제 등에 관심을 갖기 시작했다. 이러한 분위기 속에서 1990년대부터 구술사를 하나의 역사연구 방법론으로 관심을 갖기 시작했다.[31] 특히 유철인은 생애사를 한 개인의 지나온 삶을 자신의 말로 이야기한 기록이라 했고,[32] 윤택림은 문헌자료의 역사적 허구성을 지적하고 구술사가 가지고 있는 가치를 언급하였다.[33] 그런가 하면 함한희는 구술사 자료를 토대로 과거와 현재의 문화적인 의미를 파악할 필요가 있다고 했다.[34] 이처럼 구술사 연구는 기본적으로 한 개인의 역사적 사건의 경험담을 토대로 이루어지고 있다는 점에서 역사 연구이기도 하지만 문화 연구이기도 하다.

이와 같이 문화 연구는 물론 역사 연구의 지평을 확대하기 위해서라도 구술기억 조사가 더욱 확대될 필요가 있다. 특히 한국전쟁은 말할 것도 없고, 한국 현대사에서 엄청난 충격을 주었던 민주화 운동 관련 구술기억자료도 조사되어야 한다. 특히 근현대사와 관련된 역사적 경험이나, 각 지역의 충격적인 다양한 사회적 사건에 관한 구술기억도 조사하고 수집하여 정리해야 한다. 이러한 작업은 향후 역사 및 사회 연구 자료 생산하기라는 차원에서 이루어져야 하고, 새로운 역사 쓰기 혹은 역사문화 만들기 차원에서 이루어질 필요가 있다.

## 5. 구술기억자료의 해석 방식

구술기억자료는 연구자의 해석 의도에 따라 재구성되는 경우도 있다. 구술기억자료를 하나의 서사적 텍스트로 구성하여 분석하기도 하고, 시간의 순서대로 정리하여 해석하는가 하면, 삽화별로 논의 전개 자료로 활용하는 경우 등 다양하다. 주로 구술기억자료를 문학 자료로 인식하고 활용하는 경우는 서사학을 비롯하여 구조주의와 기호학적으로 해석하는가 하면, 민속연구 자료로 활용하는 경우는 문헌학처럼 구술기억자료를 민속을 재구성하는 근거로 활용하기도 한다. 그리고 구술기억자료를 생애담 연구 자료로 활용한 경우 사건에 대한 구술자의 인식이나 태도 등을 파악하려 하고, 구술사 연구 자료로 활용한 경우는 사건의 사실적인 측면과 사건을 바라보는 구술자의 시각을 파악하는데 주안점을 두는 경우가 많다. 이처럼 구술기억자료가 연구 태도에 따라 다양하게 활용되고 있음을 파악할 수 있다.

구술기억은 인간의 삶의 경험을 기억하고 전승하려는 욕구에서 출발한다. 따라서 구술기억자료는 기본적으로 인간의 삶에 대한 경험담이라고 할 수 있고, 그 경험을 근거로 다양한 유무형의 문화가 형성되며, 경험은 인간 삶의 물리적 기반이라고 할 수 있다. 자연적이거나 사회적, 역사적 환경의 영향을 받는 삶의 신체적이고 물리적 경험이 토대가 되어 추상적이거나 정신적인 경험이 형성되기 때문에 경험이 중층구조를 이루고, 그 경험의 구조를 해명하는 것에 주안점을 두는 것이 체험주의적인 시각이다. 체험주의는 우리의 모든 경험은 신체화되어 있고, 모든 은유가 신체적 층위의 근거를 갖는다는 점에 주목한다.[35] 존슨은 은유의 작용을 투사(projection)라 설명하는데, 투사는 어떤 경험을 다른 경험의 관점, 혹은 어떤 개념을 다른 개념의 관점에서 이해하기 위한 방식이다. 즉 은유를 통해 원천 영역의 경험을 표적 영역에 투사함으로써 원천 영역의 관점에서 표적 영역을 새롭게 이해하고 경험하는 것이다.[36] 따라서 최소한 세 가지 측면에서 체험주의적 해석방식에 대해 관심을 가질 필요가 있는데, 인간 경험의 중층적 구조를 파악할 수 있고, 정신적인 경험의 기호적 의미를 해석할 수 있으며, 정신적 경험의 원초적 근원을 추적할 수 있다는 점이 그것이다.

### 1)구술기억자료의 문화적 중층성과 기호적 전이

구술기억 문화자료의 체험주의적 분석은 문화가 갖는 의미의 중층성을 파악할 수 있다는 점에서 의미 있는 작업이다. 체험주의에서 문화는 몸의 발현인 동시에 몸을 극복하려는 노력으로 특징 지워진다. 인간의 모든 정신 활동이 몸의 활동에 근거하고 있으며, 동시에 신체적 요소들에 의해 강력하게 제약되어 있다.[37] 문화는 물리적 층위로 갈수록 현저한 공공성(commonality)을 드러낼 것이며, 기호적 층위로 갈수록 다양한 변이(variation)를 보일 것이다.[38] 물리적 층위 주변의 공공성은 우리가 실제로 도달할 수 있는 최선의 보편성이라는 점에서 문화공동체의 정체성을 형성하는데 중요한 역할을 한다. 그런가 하면 추상적인 층위로 확장되면서 점차 다양한 변이를 보이는 기호적 층위는 차이를 바탕으로 하고 있기 때문에 개별성을 드러내기도 한다.[39] 이러한 것을 통해 문화자료인 구술 기억의 공공성과 변이성, 즉 보편성과 개별성을 확인할 수 있다.

소재적인 측면이긴 하지만 문화의 공공성과 변이성을 민속에 나타난 물을 대상으로 파악할 수 있다. 물의 신체적/물리적 기반이 샘물과 빗물이고, 샘물과 빗물을 토대로 마시는 물, 씻는 물, 경작하는 물의 경험적 영역에 근거해 형성된 신화, 가정신앙, 마을신앙, 용신신앙, 풍수신앙에 나타난 물의 기호적 의미를 보면, 생명수로서 의미가 가장 원초적이며 공공성이 강하고, 탄생수, 정화수, 약수, 봉헌수, 생기수로서의 의미는 생명수라는 의미를 토대로 기호적 확장 과정에서 나타난 개별적인 의미로서 변이성이 강하게 나타난다. 따라서 물의 보편적인 기호적 의미는 생명수이고, 그것이 토대가 되어 형성된 여타의 의미는 변이형태라고 할 수 있다. 이러한 기호적 의미의 확장 과정을 통해 민속의 계보학적 관계도 확인할 수 있다. 즉 생명수의 의미를 가진 민속이 토대가 되어 정화수 신앙이 형성되고, 그것은 다시 약수신앙을 발생시켰으며, 봉헌수로서 물을 신에게 바치는 신앙으로 발전했다고 볼 수 있다.[40]

이러한 것은 민속에 나타난 불의 민속에서도 확인할 수 있다. 예컨대 정화라는 기호적 의미를 가지고 있는 불의 민속 가운데, 태우기라는 물리적 기반을 토대로 형성된 가정의 액막이불놓기(댓불놓기·귀신불놓기·망울불넘기·모깃불놓기)와 불밝히기가 공공성에 가까운 민속이며, 그것을 토대로 마을의 달집태우기(동화제)로 발전했으며, 다양한 놀이적 요소가 가미되어 횃불싸움과 낙화놀이로 발전했음을 확인할 수 있다. 여기서 횃불싸움의 원초적 근원이 가정의 액막이불놓기임을 계보학적으로 보여주고 있다.[41] 이처럼 문화의 중층적 구조를 통해 문화 형성의 원초적 근원을 파악할 수 있고, 그것을 토대로 문화적 변이가 일어나는 모습을 확인할 수 있다.

문화적 변이는 기호적 전이를 통해 이루어진다. 기호적 전이란 동일한 것에 그 경험의 관점에서 기호내용이 사상되어 마치 복제물처럼 다른 기표를 발생시키거나, 동일한 기표에 다른 기호내용을 갖는 것을 말한다. 그렇기 때문에 기호적 전이는 기표와 기호내용에서 발생한다.[42] 기호적 전이는 문화가 변화되고 지속되는 원동력이다. 기호적 전이가 이루어지지 않으면 문화는 소멸되어 더 이상 지속되기 어렵다는 것이다. 민속에 나타난 꽃의 기호 내용이 ①환생, ②신의 상징물로서 신체, ③신의 행적과 역할, ④신성성과 정화수단, ⑤아름다움의 결과물, ⑥생명-탄생-환생, ⑦재액초복 등인데, 이러한 기호내용을 토대로 ①꽃은 신에게 바쳐지는 최고의 봉헌물, ②꽃은 정화와 재액초복의 도구, ③꽃이 생명-탄생-환생의 의미, ④꽃은 신체(神體)이자 신격(神格)으로서 의미라는 네 가지의 기호적 의미가 추출된다. 이러한 기호적인 의미는 꽃의 다양한 기호적 경험의 발생요인이 되면서 기호적 전이를 통해 이루어졌다.[43] 즉 꽃과 관련된 다양한 민속행사, 즉 연등행사, 꽃이야기, 화전놀이, 연꽃, 꽃장식, 꽃뿌리기, 꽃그림, 꽃다발, 신당에 꽃을 바치는 등 다양한 민속적 경험이 지속될 수 있었던 것은 기호적 전이를 통해 이루어졌기 때문이다.

## 2)구술기억자료의 서사적 성격과 기호적 의미

구술기억 문학자료의 체험주의적 해석은 기호적 의미를 추출하여 텍스트의 주제적 의미를 파악하고자 함이다. 지금까지 구술기억자료 가운데 설화에 관한 분석방법은 주로 역사지리학적인 방법이나 구조주의 혹은 현장론적 방법의 측면에서 이루어져 왔다. 1970년대는 전파론, 구조주의, 연행이론이 설화에 대한 분석적 연구를 선도하는 시대였다. 이 세 방법론은 정도의 차이가 있을 뿐 오늘날까지도 설화의 분석에서는 여전히 주도적인 위치를 지니고 있다. 전파론은 각국 설화들의 전파 경로를 추적하는데 유효했고, 구조주의는 순차적 구조나 단락소의 개념을 토대로 구조적 짜임새와 총체적 의미를 파악하고자 했다. 연행론은 구술 공동체의 구술연행을 현상적으로 발견하는 경험적 접근을 강조했다.[44] 역사지리학적인 방법이나 구조주의는 주로 설화 텍스트 분석에 주안점을 두었다면, 현장론적인 방법은 텍스트뿐만 아니라 구현과정이나 연행상황 등 텍스트와 관계를 맺고 있는 다양한 콘텍스트에도 관심을 가졌다는 점에서 차이가 있다. 이들은 공통적으로 어떻게 하면 텍스트를 효율적으로 분석할 것인가에 관심을 가지고 있으나, 텍스트 형성 과정이나 배경, 그리고 가장 중요한 구비서사 형성의 물적 기반에 대해서는 이렇다 할 성과를 보여주고 있지 못했다.[45] 설화도 정신적 경험의 소산으로 물리적 경험을 근거로 형성된 것이기 때문에 전승집단의 경험의 구조에 관심을 가질 필요가 있다.

설화도 여타의 문화현상처럼 형성과 전승의 물리적 기반을 가지고 있다. 그 물리적 기반에 근거하여 다양한 이야기가 형성되어 전승된 것을 확인할 수 있다. 예를 들면 해남 윤씨 설화는 13편으로 전라도 지역에 전승되고, 해남 인근지역에 집중적으로 분포되어 있다. 이들 설화를 서사적 화두의 개념에 근거하여 ①[어떻게 부자가 될 것인가?], ②[어떻게 벼슬을 할 것인가?], ③[어떻게 명당자리를 얻을 것인가?], ④[어떻게 장수할 것인가?]의 유형으로 나누고, 가장 대표성을 가지고 있는 설화를 구조주의적인 측면에서 단락들의 관계를 통해 추출된 내용을 압축하여, 다시 그것을 체험주의 기호학적 방법으로 분석하여 기호적 의미를 파악하였다. 기호적 의미는 설화 주인공이 변신하는데 중요한 역할을 한다. ①주인공의 착한 삶, ②주인공의 지혜로움으로 어려운 난관 극복, ③강자의 속임수, ④운명의 적극적인 극복 의지가 그것이다.[46]

이러한 기호적 의미가 반영된 해남 윤씨 설화의 원초적 근원과 전승집단의 인식을 추적할 수 있다. ①유형의 설화가 형성될 수 있었던 물리적 기반은 해남 윤씨의 경제적인 배경이고, 설화 전승집단은 해남 윤씨가 부자인 것은 착하게 살았기 때문이라는 의미가 내포되어 있다. ②유형 설화의 물리적 배경은 중앙의 관직을 향한 정치적 진출이고, 설화 전승집단은 해남 윤씨가 지혜로움으로 벼슬을 하게 되었다고 생각한다. ③유형 설화의 물리적 기반은 윤선도의 정치적 위상이고, 설화의 전승집단은 윤선도의 속임수가 합리화되어 있다고 생각한다. ④유형 설화의 물리적 기반은 해남 윤씨 집안의 입양 사례이고, 설화의 전승집단은 운명을 극복하려는 강력한 의지로 잘 살게 되었다고 생각한다. 이처럼 해남 윤씨 설화의 물리적 기반과 전승집단의 인식을 확인할 수 있지만, 이들 설화의 계보관계도 추론해 볼 수 있다. 즉 가장 먼저 형성된 설화가 [어떻게 부자가 될 것인가?] 유형의 설화이고, 그것을 토대로 형성된 것이 [어떻게 벼슬을 할 것인가?] 유형의 설화이다. 이 두 유형의 설화가 바탕이 되어 [어떻게 장수할 것인가?] 유형의 설화 혹은 [어떻게 명당자리를 얻을 것인가?] 유형의 설화가 형성되었을 것으로 보인다.[47]

이와 같이 인물설화를 체험주의적 측면에서 이해해보면, 설화가 물리적 경험영역을 토대로 형성되었고, 설화의 형성과 전승은 물리적 기반에 강력하게 제한 받고 있음을 알 수 있다. 이러한 것은 생애담도 마찬가지이다. 생애담은 과거의 경험을 현재적 관점에서 재현하여 과거와 현재를 연결하는 역할을 하고, 경험적 사실에 입각하여 구술하는 이야기이다. 그래서 생애담을 체험담이나 경험담이라고 부르기도 한다. 생애담의 물리적 기반은 개인의 생애사를 비롯해 과거의 역사적 사건 등이라 할 수 있고, 이에 근거하여 구술한 내용이 생애담이기 때문에 생애담은 개인의 생애사로부터 강력한 제한을 받기 마련이다. 한정훈은 〈빨치산 구술생애담 연구〉에서 역사적 환경과 화자들의 생애를 검토하고, 그것을 토대로 사건이 어떻게 수용되고 경험이 어떻게 서사화되었는가를 설명하고 있다.[48] 이러한 논의 전개는 곧 체험주의적 이해 방식과도 크게 다르지 않다. 생애담 연구에서 가장 중요한 것은 서사화 방식을 이해하는 것도 중요하지만 생애담 형성 근거인 물리적 토대에 대한 관심도 중요하다.

### 3) 구술기억자료의 역사적 의미

구술기억 역사자료의 체험주의적 이해는 구술기억자료의 원초적 근원을 파악하여 물리적 기반을 재구성하고자 함인데, 이것은 구술기억 역사자료의 객관성을 확보하기 위함이다. 구술기억자료가 집단기억을 토대로 구현된 것은 어느 정도 객관적인 경험사실에 기반한 경우가 많지만, 개인적 기억으로 구술되는 경우는 주관적이고 자기 합리화가 반영되기 마련이다. 이처럼 집단기억이든 개인기억이든 구술자의 입장이 어느 정도 투사되어 이야기를 구성한다. 따라서 구술기억자료에 역사적 의미를 부여하기 위해서는 개인적이거나 수사적인 내용 등, 비사실적인 내용을 여과하고 구술기억자료 형성의 물리적 기반인 역사적인 사건이나 장소, 인물 등을 정리할 필요가 있다. 이러한 과정은 역사적 사실과 관련된 구비서사, 즉 전설과 역사의 관련성 등을 파악할 수 있다. 전설은 다른 구비서사보다는 증거물을 근거로 이야기가 형성되고 전승되기 때문에 역사적 성격이 강하다. 따라서 역사적인 성격이 강한 전설은 당연히 역사자료로서 의미를 지니기 마련이다.

임진왜란은 막대한 인력과 재정의 손실과 생산력의 감소를 통해 엄청난 경제적인 피해를 초래했던 역사적 사건이다. 이러한 사건과 관련된 구술기억자료가 임진왜란전설이다. 특히 전남에는 임진왜란과 관련된 전설이 많이 전승하고 있고, 야죽불전설이나 노적봉전설, 역의암전설 등이 그것이다. 야죽불전설은 [불 → 달집태우기/댓불놓기 → 야죽불전술 → 야죽불전설]화의 과정을, 노적봉전설은 [볏짚(쌀) → 노적(볏가릿대세우기) → 노적봉 → 노적봉전설]화의 과정을, 역의암전설은 [민속놀이(강강술래, 농악 등) → 군중집단(군사/부녀자) → 역의전술 → 역의암전설]화의 과정을 통해서 형성되었다. 이처럼 야죽불전설은 백성들의 민속지식을, 노적봉전설은 백성들의 풍요 기원 관념을, 역의암전설은 백성들의 민속놀이적 요소를 전술적으로 활용하여 승리한 것을 기억하기 위해 구연된 구술기억자료인 것이다.[49] 임진왜란전설은 당시 역사적 사건을 기억하고자 구술된 것이기 때문에 이야기 형성의 물리적 기반이었던 역사적 사건을 재구성할 수 있다는 점에서 역사적 의미가 있다.

임진왜란뿐만 아니라 한국전쟁도 한국인의 삶에 엄청난 영향을 미친 역사적 사건이다. 한국전쟁뿐만 아니라 전쟁의 전후에 발생한 해방과 더불어 건준과 인민위원회, 미군정, 대구인민항쟁, 여수14연대사건을 계기로 한 빨치산의 무장투쟁, 빨치산 토벌작전 등 역사적 사실 등을 경험하고 체험한 사실을 구술한 생애담은 역사자료로서 의미를 지니고 있다. 특히 빨치산 구술생애담에서 보면 해방전후의 경험이나 한국전쟁의 경험, 감옥생활의 경험, 출소 후 경험 등을 서사화하고 있기 때문에[50] 이러한 경험적 서사는 역사적 사건을 재구성할 수 있다는 점에서 의미가 크다. 현대사의 광주민주화운동에 관한 경험담이나 체험담도 마찬가지이다. 당시 사건에 관한 기억은 문헌자료로 상당부분 정리되고 있지만, 이 또한 국가적 권력자 입장에서 정리한 경우가 많아, 당시 많은 아픔을 겪었던 시민들의 목소리는 유언비어라 하여 기록되지 않고 다만 구술자료로 기억되어 전해지고 있는 경우가 많다. 따라서 이러한 구술기억자료를 활용하여 당시 사건을 재구성하고 보완할 수 있다는 점에서 역사적 의미가 있는 것이다.


## 6. 구술기억자료의 학술적 가치

구술기억의 조사 필요성을 세 가지로, 즉 문화자료, 문학자료, 역사자료로서 조사가 필요하다는 것을 앞서 제시한 바 있다. 구술기억자료의 학술적 가치 또한 이러한 세 가지 측면에서 설명할 수 있다. 흔히 학술적 가치라 함은 학문적 효용성을 말하는 것으로 구술기억자료의 연구는 그 어떠한 인문학적 연구보다도 효용성이 크다고 할 수 있다. 지금까지 인문학이 텍스트 중심으로 이루어지는 공시적인 연구가 많았고, 시간상으로 과거 지향과 현재적 시점으로 분리시켜 관심을 갖는 경우가 많아 과거와 현재를 연결하고 서로 넘나드는 통시적인 연구는 많지 않았다. 따라서 텍스트와 콘텍스트의 상호관계 속에서 인간의 삶을 탐구하고, 과거와 현재, 미래의 관계 속에서 인간 정체성의 탐구라는 차원에서 구술기억자료에 대한 학술적 관심을 가질 필요가 있다.

먼저 구술기억자료는 문화적 가치가 크다. 문화는 인간의 생활양식이 일정 기간 동안 축적되어 형성된 것이기 때문에 생활양식과 관련된 전 분야, 즉 의식주를 비롯한 세시풍속 및 놀이생활, 신앙생활, 물질경제생활, 의례생활, 예술활동 등의 분야를 말한다. 생활양식에 관한 연구는 주로 민속학에서 해왔지만, 인간의 가장 기본적인 의식주와 관계된 것은 의류학, 식품학, 건축학에서도 관심을 가지고 연구해 왔다. 의류학의 한 영역인 복식학은 한복이나 의례복, 연희복식에 관한 문헌자료나 사진자료가 많지 않아 구술기억자료를 수집하여 연구하는 경우가 많다. 식품학도 마찬가지로 음식 문헌자료를 보완하기 위해 일상음식은 물론 명절음식이나 의례음식에 관한 구술기억자료를 수집하고, 건축학은 안방, 대청, 마당 등 주거 공간의 기능이나 관념, 각종 의례 및 신앙공간으로서 구술기억자료를 수집하여 연구한다. 뿐만 아니라 세시풍속은 한국철학과 문화지리학, 신앙생활은 종교학, 물질경제생활은 경제학이나 사회학, 의례생활은 인류학, 예술활동은 예술학의 측면에서 연구하면서 구술기억자료에 대한 관심을 많이 가져왔다. 이와 같이 구술기억자료는 문화와 관계된 다양한 학문의 영역에서 관심을 갖기 때문에 그 학술적 가치가 크다고 할 수 있다.

두 번째로 구술기억자료의 서사문학적 가치가 크다. 서사문학이라 함은 인간의 삶의 양식을 이야기로 표현한 서사물이다. 기록서사가 문자로 기록되어 있다면 구술서사는 당연히 구술로 표현한 것을 말한다. 전통적인 구술서사의 대표적인 예로 신화, 전설, 민담을 들 수 있다. 이 가운데 건국신화나 씨족신화는 기록으로 정착되는 경우가 많아 더 이상 수집이 쉽지 않지만, 마을신화나 무속신화는 구술의 현장이 위축되었다 하더라도 아직까지는 어느 정도 수집할 수 있다. 그에 비해 민담은 사회적, 교육적 환경 변화와 더불어 다양한 대중매체가 등장하면서 이야기판의 구성이 어렵고, 가족을 비롯한 마을 공동체의 와해로 전승기반이 위축되면서 조사가 쉽지 않다. 그나마 전설의 구술기억자료는 신화와 민담에 비해 아직도 조사가 가능하다. 이러한 구술서사들을 과거에 경험한 것이나 상상력을 동원하여 이야기로 꾸며낸 서사문학으로서 관심을 가져 왔다. 구술기억자료를 역사지리학적 방법을 비롯해 구조주의나 현장론적 방법 등 다양한 문학이론을 토대로 서사문학적으로 해석하려 한 것이 그것이다. 그것은 구술기억자료의 서사문학적 가치를 토대로 이루어진 것이고, 최근에 생애담에 관한 문학적인 연구가 활발하게 이루어지고 있는 것도 점차 구술기억자료의 학술적 가치가 확대되고 있음을 알 수 있다.

세 번째로 구술기억자료는 역사적 가치가 크다. 구술기억자료 가운데 신화와 전설은 역사적 성격이 강하기 때문에 역사적인 자료로 활용할 수 있다. 특히 전설의 구술기억자료는 특정한 시기에 역사적 인물이 특정한 장소에서 경험하는 사건의 이야기라서 반드시 이야기 형성과 전승의 기반인 증거물을 가지고 있다. 여기서 증거물은 역사적 성격이 강하여 향토사의 역사자료로서 의미가 크다. 즉 전설이 지역문학이자 지역의 역사인 것이다. 전설처럼 역사적 성격이 강한 구술기억자료로 역사적 사건의 경험담을 들 수 있다. 임진왜란이나 동학혁명, 한국전쟁, 민주화운동 등 역사적 사건을 경험한, 특히 최근 들어 수집되고 있는 한국전쟁의 경험담은 그 어떤 생애담보다도 역사적 의미가 크다. 이처럼 향후 한국전쟁이나 민주화운동과 관련된 사건의 경험담에 관한 조사를 확대하는 것은 역사 문헌자료의 한계를 극복하는데 크게 기여할 것으로 생각한다. 역사적 경험담을 단순히 서사적인 측면에서만 이해할 것이 아니라 구술사의 측면에서도 이해하자는 것이다.

이와 같이 구술기억자료는 다양한 학문 영역에서 관심을 가지고 있기 때문에 학술적 가치가 크다는 것을 알 수 있다. 이들 학문 영역별로 구술기억의 조사 방법과 구술기억자료집으로서 텍스트 구성방식 등이 다르겠지만, 과거로부터 현재까지 다양한 사건의 경험을 구술기억으로 전승하고 있는 것을 연구 대상으로 삼는다는 점은 공통적이다. 이처럼 구술기억자료가 학술적인 것뿐만 아니라 창작의 원천자료로 활용할 수 있다는 점에서 문예학적 가치도 있다. 과거에 경험한 다양한 내용들이 문화적, 문학적, 역사적 가치가 있는 것들이기 때문에 문학적 스토리텔링 자료로 활용되고, 재창작될 수 있는 구술기억자료는 당연히 관광자원으로도 활용 가능하다. 이처럼 구술기억자료의 활용은 다양한 분야로 열려있다 하겠다.

## ∞ 요약

먼저 기억이란 무엇인가에서 기억은 인간이 경험했던 과거의 것을 현재화하려는 것으로, 문화가 전승되고 사회가 지속되는데 중요한 역할을 한다. 기억하려는 것은 망각하지 않으려는 인간의 욕구 때문인데, 개인의 기억과 집단적 기억으로 나누어지고, 개인의 기억은 행동주의적인 측면에서 의식적 기억과 무의식적 기억으로 나누어진다. 의식적 기억은 과거에 대한 의식적 자각이라면, 무의식적 기억은 기억하고자 하는 자각 없이 자동적으로 재생되는 습관이다. 이처럼 기억이 개인의 소유물이기도 하지만 대중적으로 활용되는 사회적 수단의 산물로서 집단적 기억으로 발전하기도 한다. 집단적 기억은 집단 구성원 세대 간의 연대를 통해 형성되고, 집단의 특성과 정통성을 유지하도록 하는데 중요한 역할을 한다. 그래서 집단적 기억은 공식적인 재현을 통해 역사화 되기도 하지만, 그렇지 못한 경우는 비공식기억인 구술기억으로 전해지는 경우도 많다.

두 번째로 구술기억의 물리적 기반은 자연적, 사회적, 역사적 환경 등이라고 할 수 있다. 구술기억이 삶의 경험을 토대로 형성되고, 하나의 문화의 표현 방식이다. 일반적으로 문화가 자연환경이나 사회 및 역사적 환경에 크게 영향을 받는 것처럼 구술기억 또한 마찬가지이다. 인간의 삶에서 자연환경이 생업방식을 결정하는데 중요한 역할을 하고, 생업방식은 가족과 사회를 유지시키는 물질적인 기반이다. 가족은 사회 구성의 최소 단위로서 문화 형성의 기본 토대이고, 가족을 매개로 마을이 형성되고 도시 및 국가가 형성되기 때문에 구술기억 형성의 원초적 기반인 셈이다. 특히 개인적인 구술기억은 사회적 환경의 영향을 크게 받는데,

역사적 환경, 즉 임진왜란, 동학혁명, 한국전쟁, 민주화운동 등의 역사적 사건도 개인이나 집단적 구술기억 형성에 많은 영향을 미친다.

세 번째로 구술기억의 조사는 문화자료, 문학자료, 역사자료의 확보와 연구 지평을 확대하기 위해 이루어질 필요가 있다. 문화자료라 함은 민속자료를 일컫는 것으로서 그간의 민속 연구가 문헌자료와 구술기어자료를 중심으로 이루어져 왔는데, 주로 구술기억자료에 의존하는 경우가 많았다. 문학자료는 구술서사자료를 말하는 것으로 기록문학과 구비문학의 관계 속에서 관심을 가지기도 했지만, 구술문학 혹은 구비문학의 중요한 연구 대상이었다. 최근에는 구술서사의 이야기꾼에 관심이 많아지면서 개인의 생애담이나 집단적인 경험담에 관한 구술 자료가 많이 수집되고 있다. 그리고 역사자료로서 새로운 역사를 쓰기 위해서도 구술기억 조사가 이루어져야 한다. 역사적 사건의 경험 주체들의 다양한 목소리를 확인하고 사건의 다양한 재현을 위해서 기록되지 않는 구술기억자료를 조사할 필요가 있는 것이다.

네 번째로 체험주의적 측면에서 구술기억자료를 해석하여 연구 방법론의 확대를 도모할 수 있다. 이러한 해석 방법은 ①구술기억자료에 나타난 인간 경험의 중층적 구조를 파악할 수 있고, ②정신적인 경험의 기호적 의미를 추출할 수 있으며, ③정신적 경험의 원초적 근원을 추적할 수 있다는 장점을 가지고 있다.

①구술기억자료의 문화적 중층성과 기호적 전이 현상을 확인할 수 있는데, 중층성은 물리적 층위 주변에서 나타난 공공성과 그 층위로부터 멀어지고 추상적 층위로 가면 점차 변이성이 강하게 나타나는 것을 말하는 것으로 민속에 나타난 물이나 불의 민속현상을 토대로 확인할 수 있

다. 즉 생명수의 의미를 가진 물의 민속과 정화라는 기호적 의미를 가진 불의 민속이 공공성이 강하다면, 그 여타의 민속은 변이성이 강하게 나타난다. 이러한 변이는 기호적 전이를 통해 이루어지고, 기호적 전이는 민속이 지속하고 변화되는데 중요한 역할을 한다.

②구술기억자료의 서사적 성격과 기호적 의미를 파악할 수 있는데, 설화도 여타의 문화현상처럼 형성과 전승의 물리적 기반을 가지고 있다. 예를 들면 해남 윤씨 설화는 해남 인근지역에 집중적으로 분포되어 있고, 설화 형성의 물리적 기반은 해남 윤씨의 경제적인 배경, 중앙의 관직을 향한 정치적 진출, 해남 윤씨 집안의 입양 사례, 윤선도의 정치적 위상 등이고, 설화의 기호적 의미는 주인공의 착한 삶, 주인공의 지혜로움으로 어려운 난관 극복, 강자의 속임수, 운명의 적극적인 극복 의지 등으로 파악할 수 있다.

③구술기억자료의 역사적 의미를 파악할 수 있는데, 이를 위해서는 구술기억자료의 개인적이거나 수사적인 내용 등, 비사실적인 내용을 여과하고 구술기억자료 형성의 물리적 기반인 역사적인 사건이나 장소, 인물 등을 재현할 필요가 있다. 예컨대 임진왜란전설의 야죽불전설은 백성들의 민속지식을, 노적봉전설은 백성들의 풍요 기원 관념을, 역의암전설은 백성들의 민속놀이적 요소를 전술적으로 활용하여 승리한 것을 기억하기 위해 구연된 구술기억자료라는 사실을 확인하는 것이 그것이다. 이처럼 임진왜란뿐만 아니라 한국전쟁이나 민주화운동 관련 사건에 관한 구술기억자료를 수집하여 당시 상황을 재현하는 노력이야말로 역사적 의미를 구현하는 작업인 것이다.

다섯 번째로 구술기억자료는 학술적인 측면에서 문화적, 서사문학적,

역사적 가치를 갖는다. 구술기억자료는 문화와 관계된 다양한 학문의 영역에서 관심을 갖기 때문에 그 학술적 가치가 크고, 구술기억자료를 역사지리학적 방법을 비롯해 구조주의나 현장론적 방법 등 서사문학적으로 해석하려 한다는 점에서 문학적 가치가 크다. 또한 구술기억자료 가운데 신화와 전설은 역사적인 의미가 크고, 한국전쟁의 경험담은 그 어떤 생애담보다도 역사적 의미가 크다. 이와 같은 구술기억자료는 문예학적인 가치뿐만 아니라 관광자원으로도 활용할 수 있다는 점에서 의미가 크다고 할 수 있다.

# 각주

1  표인주, 『남도민속학』, 전남대학교출판부, 2014, 282쪽.

2  노양진, 『철학적 사유의 갈래』, 서광사, 2018, 135쪽.

3  노양진, 『몸이 철학을 말하다』, 서광사, 2013, 68~69쪽.

4  한정훈, 「빨치산 구술생애담 연구」, 전남대학교 박사학위논문, 2012, 10~15쪽.

5  윤택림, 「기억에서 역사로:구술사의 이론적, 방법론적 쟁점들에 대한 고찰」, 『한국문화 인류학』 제25집, 한국문화인류학회, 1994.

6  알라이다 아스만 지음(변학수·채연숙 옮김), 『기억의 공간』, 그린비, 2011, 62쪽.

7  에릭 R, 캔델(전대호 옮김), 『기억을 찾아서』, 알에이치코리아, 2013, 29쪽.

8  최문규 외, 『기억과 망각』, 책세상, 2003, 362쪽.

9  알라이다 아스만 지음(변학수·채연숙 옮김), 앞의 책, 40쪽.

10  에릭 R, 캔델(전대호 옮김), 앞의 책, 152쪽.

11  『꿈의 해석』에서 프로이드는 경험이 의식적인 기억으로 뿐만 아니라 무의식적인 기억으로 저장되고 재생된다고 한다. 무의식적 기억은 대개 의식으로 접근할 수 없지만, 그럼에도 행동에 강력한 영향력을 행사한다.〈에릭 R, 캔델(전대호 옮김), 위의 책, 153쪽.〉

12  에릭 R, 캔델(전대호 옮김), 위의 책, 313쪽.

13  제프리 K, 올릭(강경이 옮김), 『기억의 지도』, 옥당, 2011, 42쪽.

14  알라이다 아스만 지음(변학수·채연숙 옮김), 앞의 책, 177~178쪽.

15  민속에서 집단의 해체가 민속적 경험에 대한 집단적 기억을 소멸시키고, 그 경험에 대한 것은 개인적인 기억으로 잔존하는 경우가 많다. 예를 들면 줄다리기, 고싸움, 동채싸움, 차전놀이 등 공동체적인 민속놀이에서 놀이공동체가 와해되거나 약화되면 민속놀이의 내용 또한 변화를 겪게 된다. 그 변화를 통해 민속놀이의 집단적 기억 또한 희미해지기 마련이다. 이러한 것은 민속의례에서도 마찬가지이다. 상장례를 원활하게 진행하기 위해 구성된 상포계나 상두계 등과 같은 의례공동체의 해체는 의례에 대한 집단적 기억 또한 소멸되고, 개인적인 기억으로 잔존하기 때문이다.

16  윤택림, 앞의 논문, 274쪽.

17  표인주, 「임진왜란의 구술기억과 구술집단의 역사의식」, 『호남문화연구』58, 전남대학교 호남학연구원, 2015, 4쪽.

18  재현(representation)이란 기호를 통해 사물, 사건, 인물 그리고 현실이 기술되고 표현되고 의미가 부여되는 과정이다.(김원, 「서벌턴은 왜 침묵하는가?」, 『사회과학연구』 제

17집 1호, 서강대학교 사회과학연구소, 2009, 146쪽)

19 표인주, 앞의 책, 12쪽.

20 표인주, 위의 책, 13~14쪽.

21 표인주, 앞의 논문, 5~6쪽.

22 표인주, 위의 논문, 6~9쪽.

23 함평군 양민학살 사건은 1950년 12월 5일부터 한국전쟁이 일어난 이듬해 정원 보름 경 〈불갑산 빨치산 토벌작전〉이 끝날 무렵까지 월야면 350명, 해보면 128명, 나산면 46명 으로 총 524명이 학살당한 사건이다.

24 표인주, 『남도민속과 축제』, 전남대학교출판부, 2005, 183쪽.

25 구술기억의 면담조사는 기본적으로 조사자와 제보자가 1:1조사와 1:다수(2인 이상)의 조사 두 가지 방법이 있다. 이것은 구술기억 내용에 따라 달라지겠지만 이 두 가지 방법 을 적절히 혼용하여 활용할 필요가 있다. 특히 사적인 내용이 많은 경우는 1:1의 조사가, 공적인 내용이 강할수록 1:다수의 조사가 바람직하다. 예를 들면 가택신앙과 세시풍속, 민속의례의 개인적이며 가족적인 내용은 1:1의 조사가 효과적이라면, 마을신앙이나 집 단적인 민속놀이, 구비문학, 역사적인 사건 등의 집단기억에 관한 내용은 1:다수의 관계 속에서 조사하는 것이 효과적이다. 왜냐하면 외부로 표출하는데 부담이 없는 공적인 내 용을 1:다수의 관계 속에서 조사를 하면 자체적으로 검증도 이루어질 뿐만 아니라 기억 력을 회복하는데도 크게 도움이 되고, 외부로 표출하기 꺼려하는 사적인 내용은 1:1 관 계 속에서 제보자를 보호하면서 조사해야 하기 때문이다. 중요한 것은 조사자의 조사 방법이나 조사태도가 구술기억자료의 객관화에 크게 영향을 미친다는 것을 기억해 두 어야 한다는 것이다. 여기서 구술기억의 조사자는 기억하고자 하는 것을 문헌에 기록한 기록자와 다를 바 없다는 점에 구술기억자료의 작가인 셈이다.

26 표인주, 『남도민속학』, 전남대학교출판부, 2014, 244쪽.

27 장주근, 『한국의 세시풍속』, 형설출판사, 1989, 44~46쪽.

28 이수자, 『나주 토박이 나종삼 옹이 들려 준 옛날이야기』, 나주시, 2016.

29 천혜숙, 「여성생애담의 구술사례와 그 의미 분석」, 『구비문학연구』 제4집, 한국구비문학 회, 1997.
정현옥, 「여성생애담연구」, 경상대학교 박사학위논문, 2007.

30 신동흔, 「경험담의 문학적 성격에 대한 고찰」, 『구비문학연구』 제4집, 한국구비문학회, 1997.
김현주, 「일상경험담과 민담의 구술성 연구」, 『구비문학연구』 제4집, 한국구비문학회,

1997.

신동흔, 「역사경험담의 존재 양상과 문학적 특성」, 『국문학연구』 제23호, 국문학회, 2011.

한정훈, 「빨치산 구술생애담 연구」, 전남대학교 박사학위논문, 2012.

31 한정훈, 위의 논문, 8~10쪽.

32 유철인, 「생애사와 신세타령」, 『한국문화인류학』 제22집, 한국문화인류학회, 1990.

유철인, 「구술된 경험 읽기:제주4·3관련 수형인 여성의 생애사」, 『한국문화인류학』 제37-1집, 한국문화인류학회, 2004.

33 윤택림, 「기억에서 역사로」, 『한국문화인류학』 제25집, 한국문화인류학회, 1994.

윤택림, 「구술사와 지방민의 역사적 경험 재현」, 『한국문화인류학』 제제30-2집, 한국문화인류학회, 1997.

34 함한희, 「구술사와 문화연구」, 『한국문화인류학』 제33-1집, 한국문화인류학회, 2000.

35 노양진, 『몸이 철학을 말하다』, 서광사, 2013, 9~22쪽.

36 노양진, 『몸·언어·철학』, 서광사, 2009, 117~125쪽.

37 노양진, 『몸이 철학을 말하다』, 서광사, 2013, 167쪽.

38 노양진, 위의 책, 166쪽.

39 표인주, 「민속에 나타난 물의 체험주의적 해명」, 『비교민속학』 제57집, 비교민속학회, 2015, 179쪽.

40 표인주, 위의 논문, 196쪽.

41 표인주, 「민속에 나타난 불의 물리적 경험과 기호적 의미」, 『비교민속학』 제61집, 비교민속학회, 2016, 161쪽.

42 표인주, 「홍어음식의 기호적 전이와 문화적 중층성」, 『호남문화연구』 제61집, 전남대학교 호남학연구원, 2017, 6쪽.

43 표인주, 「민속에 나타난 꽃의 기호적 의미」, 『호남문화연구』 제62집, 전남대학교 호남학연구원, 2017, 450~453쪽.

44 천혜숙, 「구비서사 분석의 방법론 모색을 위한 제안」, 『구비문학연구』 제47집, 구비문학회, 2017, 10~15쪽.

45 표인주, 「해남 윤씨 설화의 기호적 의미와 전승집단의 의식」, 『호남문화연구』 제63집, 전남대학교 호남학연구원, 2018, 33~34쪽.

46 표인주, 위의 논문, 38~56쪽.

47  표인주, 위의 논문, 63쪽.

48  한정훈, 앞의 논문

49  표인주, 「임진왜란 서사기억의 발생적 원천과 기호적 층위」, 『호남문화연구』 제59집, 전남대학교 호남학연구원, 2016, 123~154쪽.

50  한정훈, 앞의 논문, 62~139쪽.

# 제2장

# 구술문학의 체험주의적 연구 필요성과 의미

## 1. 구술문학의 개념

문학은 흔히 사상이나 감정을 표현하는 언어예술이다. 이처럼 문학을 좁은 의미로만 이해할 것이 아니라 인간이 살아가면서 경험한 다양한 사물과 인간의 삶에 관한 이야기라는 문화적인 표현으로 인식해야 할 필요가 있다. 문학은 인간이 생업방식을 결정하는 생태적 환경을 끊임없이 관찰하고 경험한 것을 이야기하고, 인간의 윤리적 관계와 공동체의 정치사회적 관계를 기반으로 한 삶의 질서를 언급하고 있으며, 인간답게 살아가려는 의사소통의 과정에서 발생한 다양한 역사적 사건을 설명하기 때문이다. 그래서 문학을 통해서 인간이 경험하는 생태자연은 물론 사회를 비롯한 역사를 이야기할 수 있는 것이다.

문학은 인간이 삶을 기억하고 전승하기 위한 문화 전승 수단이기도 하다. 여기서 기억은 과거와 현재를 끊임없이 소통하는 매개이고, 인간이 자신의 흔적을 남기고 보존하려는 욕구에서 비롯된 것이다. 이러한 욕구를 표현하는 방법으로 기억과 구술만으로는 전승이 어렵기 때문에 특정한 매체를 필요로 하는데, 가장 대표적인 것이 문자이다. 문자 이외에도 춤이나 그림, 노래, 건축 같은 것뿐만 아니라 영상매체인 영화나, 텔레비전, 컴퓨터 등의 기술적인 매체도 있다.[1] 인간은 이러한 매체를 활용하여 문화의 전승과 전파를 지속시키고 확대해왔다. 따라서 문화적 기억으로서 문학을 구술문학, 기록문학, 영상문학으로 분류하여 이해할 필요가 있다.

구술문학은 그동안 구비문학, 구전문학, 민속문학 등으로 이해해왔다. 구비문학은 '글로 된 문학'인 기록문학과 구별하기 위해 '말로 된 문학'을 의미하는 것으로, 구전문학이라고도 한다.[2] 이처럼 구비문학을 기록문학의 관점에서 정의하는 것은 구비문학이 문학이 아니라는 기록문학적 관점을 극복하려는 데서 비롯된 것으로 보인다. 이것은 구비문학을 기록문학의 언어예술적 비교를[3] 통해 구비문학이 기록문학보다 앞선다는 것을 강조한 것에서도 확인할 수 있다. 이와 같은 구비문학을 구전문학이라고 하는 것은 주로 북한에서 사용되는 개념으로, 생활 속에서 입말을 수단으로 하여 민중들이 총체적으로 창조하여 계승하며 향유하는 민간문학이라고 정의하고 있다.[4] 또한 민속문학은 민간이라는 향유층의 삶의 역사가 문학화되어 있기 때문에 붙인 이름이고,[5] 문학이면서도 민속 분야에 속하는 것이라고[6] 생각하는데서 비롯되었다. 구전문학은 전승의 방법에 주안점을 두고 있다면, 민속문학은 텍스트의 기반인 컨텍스트가 민속이라는 점에 초점을 두고 있음을 알 수 있다.

이와 같이 용어를 구비문학이나 구전문학, 민속문학이라고 하든 간에 중요한 것은 문학에 대한 인식의 태도를 바꿀 필요가 있다는 것이다. 구비문학을 생활문학의 관점에서 바라보기 위해 '서사 – 놀이'라는 차원에서 설화의 놀이성에 주목할 필요가 있고,[7] 구비문학의 연구가 구술성의 틀을 가지고 작품을 분석해야 한다고 강조하기 때문에[8] 구비문학의 구술성에 관심을 가져야 할 필요가 있다. 특히 구비문학의 연행성과 가변성을 강조하여 구술문학이라고 하는데,[9] 이 또한 구술성을 강조한 개념에서 비롯되고 있다. 뿐만 아니라 구술문학에서 구술과 문학의 결합이 적절치 않다 하여 구술서사학이라고 말하기도 한다. 문학이라는 장르 개념을 해체하고 언어를 비롯한 모든 문화 현상에서 일어나는 것을 서사학의 측면에서 다루는, 즉 구술서사학으로 확대할 필요가 있다는 것이다.[10] 중요한 것은 구술문학이든 구술서사학이든 공통적으로 구술성을 강조하고 있다는 것이다.

구술성은 발화자와 수화자가 현장이라는 맥락 속에 함께 존재한다. 발화자의 발화가 맥락에 의해 영향을 받을 수 있고, 발화자가 수화자를 늘 의식하면서 이루어진다는 점에서 그러하다. 그래서 구술문학은 텍스트 그 자체의 자족성보다는 그것이 연행되는 맥락에 근거를 두기 때문에 구술현장, 즉 구술성에 크게 영향을 받기 마련이다. 그래서 구술문학은 텍스트 그 자체에만 관심을 가질 것이 아니라 구술문학이 연행되는 구술현장인, 컨텍스트에도 관심을 가져야 함을 알 수 있다. 다시 말하면 구술문학의 텍스트는 컨텍스트에 크게 제약받기 때문에 이들의 통합적 관계 속에서 이해할 필요가 있고, 당연히 컨텍스트가 자연적, 사회적, 역사적 조건에 크게 영향을 받아 텍스트 형성의 물리적 기반의 역할을 한다는 것을 고려할 필요가 있다.

　최근 들어 많은 연구자들이 한 개인의 생애담이나 경험담에 주목하여 연구를 수행하고 있다. 그것은 문학이 삶을 위한 수단이 아니라 삶의 진정한 과정으로, 문학이 곧 삶이다[11]라고 생각하는 것과 밀접한 관련이 있다. 구비문학 연구는 삶의 연구이기 때문에 삶의 연구는 다름 아닌 생활문화 연구이다. 따라서 구비문학은 구술문학이면서 생활문학인[12] 것이다. 생활문학의 개념에는 생활이 문학이고, 문학이 생활인 시대로 가고 있는 오늘날의 사회적 흐름을 반영하고 있는 것인데, 그것은 현재의 생활에 초점을 둔[13] 실천민속학, 생활정치학, 생활법학, 생활경제학, 생활복지학 등 인접학문의 영향과도 무관하지 않다.


## 2. 구술문학의 연구 경향과 한계

　구술문학은 문자나 영상 등 다양한 매체를 활용한 문학적 행위가 이루어지고 있는 상황 속에서 여전히 지속되고 있기 때문에 과거의 문학이자 현재의 문학이다. 구술문학은 인간이 경험한 것을 노래로 부르거나 춤을 추고 행동하는 것은 물론 다양한 방식으로 이야기한 것이어서 특정한 시기에 국한할 필요가 없다. 당연히 전통시대뿐만 아니라 현재 일상생활 속에서 경험한 것도 구술문학의 대상이 된다. 이것은 구술문학을 단순히 고전문학의 관점에서만 생각할 것이 아니라 오늘날 다양한 매체를 활용한 문학, 즉 기록문학과 영상문학 등과 대응할 수 있는 문학으로 인식할 필요가 있음을 의미한다.

일반적으로 문학 연구가 삶의 연구인 것처럼 구술문학 연구도 마찬가지로 텍스트에 투영된 기층민들의 생활뿐만 아니라 전승집단의 삶에 관한 연구도 이루어졌을 때 의의를 지닌다. 그 동안의 구술문학 연구는 크게 보면 전파론이라는 측면에서 역사지리학적 방법, 텍스트론의 측면에서 구조주의적 방법, 연행론의 측면에서 현장론적 방법 등에 의해 이루어져 왔다. 역사지리학적 방법은 주로 민담을 대상으로 하는 경우가 많았고, 구조주의적 방법은 설화를, 현장론적 방법은 주로 연행과 관련된 구술자료인 경우가 많았다. 이러한 방법론은 구술문학의 성격에 따라 연구 효용성이나 가치의 측면에서 다양한 의미 있는 성과를 보여주었다.

따라서 이러한 방법론 가운데 구술문학 연구의 가장 바람직한 방법을 제시하는 것이 아니라 방법론의 한계를 검토하고, 그것을 보완하여 연구 지평을 넓힐 수 있는 길을 찾아보는 것도 의미 있는 일이다. 인간이 사물이나 현상을 해석하는 방식은 사물이나 현상에 의해 결정되기도 하지만, 무엇보다도 그것을 인지하는 인간의 시각에 의해 결정된다. 인간은 각자가 경험하는 관점에서 사물과 현상을 이해하기 때문에 해석방식 또한 당연히 다를 수밖에 없다. 그래서 구술문학에 대한 해석이 다양한 방법으로 이루어질 필요가 있고, 특정한 방법론만을 고집할 필요가 없는 것이다. 중요한 것은 구술문학의 해석 방식에 대한 끊임없는 노력이 이루어져야 하고, 그러기 위해서는 기존의 방법론에 대한 검토가 이루어져야 한다는 것이다. 따라서 구술문학 연구의 방법론에 대한 검토를 크게 세 가지 측면에서 정리할 수 있다.

먼저 구술문학의 역사지리학적 해석 방식이다. 핀란드학파의 역사지리학적 방법은 역사시대의 산물인 민담을 통해서 전파된다고 하는 크론(Kaarle Krohn)의 견해를 앤더슨(Walter Anderson)이 진전시켰고, 다시 톰슨(Stith Thompson)에 의해 본격화되었다.[14] 역사지리학적 방법론은 구술문학뿐만 아니라 민속의 뿌리를 추적하는데도 매우 효과적인 방법이다. 특히 민속에서 산악잡희의 기예로서 줄타기는 문헌자료에서 중국에서 유래한 것으로 이야기하거나, 장치기는 페르시아로부터 터키와 중국을 걸쳐 삼국시대에 한국에 전파된 것으로 이야기하고, 사자놀이는 인도로부터 발원하여 중국을 통해 한국에 전래된 것으로 파악하기도 한다.[15] 이처럼 역사지리학적 방법론을 통해 민속의 근원이나 교류양상, 전파경로 등을 파악할 수 있는 것은 구술기억자료뿐만 아니라 문헌자료를 통해서 어느 정도 확인할 수 있기 때문이다.

그렇지만 구술서사에서는 역사지리학적 방법이 많은 한계를 가지고 있다. 핀란드학파에서 개발한 모티프, 에피소드, 원형, 유형, 각편 등의 분석 단위들을 통해 역사지리학적 연구가 이루어져왔지만,[16] 가장 큰 문제는 서사의 원형을 확보하는 것이 쉽지 않다는 점이다. 물론 원형을 파악하기 위해[17] 비교연구방법을 활용할 수 있겠으나, 문헌자료를 통해 확인하기가 쉽지 않고, 무엇보다도 구술서사의 전승과 전파에 자연생태적 환경이나 사회적 환경, 역사적 환경 등이 크게 작용하기 때문에 변형되지 않은 순수한 형태의 모습을 확인하는 것이 쉽지 않아서 그렇다. 그럼에도 구술서사 또한 인간의 교류를 통해 다양한 방식으로 전파된다는 사실은 부인할 수 없어서 이 방법 또한 아직 유효하다고 할 수 있다. 특히 광포유형의 구술서사를 통해 전파범위나 전파경로 등을 파악할 수 있다는 점에서 그러하다. 예를 들면 〈나무꾼과 선녀설화〉가 남방계통의 설화라는 견해와 북방계통의 설화라고 주장하는 견해가 있는데,[18] 이에 대한 해석은 기본적으로 역사지리학적 방법을 토대로 서사적인 형식과 특징을 파악하는 방향으로 이루어지는 것이 바람직하다고 생각하기 때문이다.

두 번째로 구술문학의 구조주의적 해석 방식이다. 프로프(Vladimir Propp)가 러시아 마법담에 대한 분석에서 31개의 기능들을 추출하여 기능들 간의 통사론적 관계를 바탕으로 민담의 형태론을 구성해 낸 것이 구조주의의 출발점이 되었다. 본격적으로 구조주의를 적용한 것은 레비스트로스(Claude Levi-Strauss)인데, 그는 야콥슨의 언어 음운론의 이항적 대립의 법칙를 수용하여 신화를 통해 신화소들 간의 양항적 구조적 관계를 토대로 의미를 추출하려 했다. 그런가 하면 그레마스(A.J. Gremas)는 프로프와 레비스트로스의 이론을 통합적으로 수용하여, 즉 레비스트로스가 제시한 양항대립을 의미의 본질적 구조로 보고, 프로프가 제시한 기능들의 통사론적 관계와 행동반경을 양항대립으로 체계화시켰는데, 의미구조와 행위항을 양항대립구조로 본 것이다. 하지만 이러한 연구가 텍스트 중심으로 분석이[19] 이루어지고 있고, 또 그것으로부터 벗어나려 하지 않는다는 한계를 가지고 있다. 그것은 구술문학의 구술성을 충분히 인식하지 못한데서 비롯되는데, 이야기가 구술이라는 매체를 통해 전달될 때 발생하는 여러 연행 상황에 관한 것을 언급하지 않고 있는 것이다. 이러한 상황 속에서 송효섭과 신동흔의 구술문학 연구가 많은 시사점을 제공해 주고 있다.

송효섭은 구술문학 연구의 지평을 확대하기 위해 문화기호학의 가능성과 구술서사학의 필요성을 제시한 바 있다. 문화기호학은 스위스 언어학자 소쉬르의 '약호의 기호학'과 미국의 철학자 퍼스의 '해석소의 기호학'을 통합한 것이다. 소쉬르의 기호학은 언어학에서 출발하여 언어현상에서 찾아지는 규칙을 제시하고, 그 규칙은 보편적인 것으로 문화 현상 일반을 지배하는 것으로 간주된다. 즉 기호가 사회적 약속이나 관습이고, 어떤 규칙에 의해 만들어지는 기호들의 체계는 약호라고 한 것이다. 그에 비해 퍼스 기호학은 기호가 의미를 생산하는 주체이고, 기호를 해석하는 나 자신을 중요시하는데, 기호가 먼저 존재하고 그것이 사람의 마음속에서 새로운 기호를 만들어내듯이 '무한한 기호작용'이 발생한다는 것이다. 즉 소쉬르 기호학에서는 기표를 통해 기의를 나타낼 때 그것은 이미 약속된 것이기에 남김없이 해석될 수 있다면, 퍼스 기호학에서는 기호는 그것이 해석되는 맥락에 따라 해석되기 때문에 남김없이 해석하는 것이 불가능하다는 점에서 그 차이가 있다. 이와 같은 소쉬르와 퍼스의 기호학을 통합한 문화기호학은 약호를 기술하되 그것이 곧 나의 해석임을 전제함으로써 약호가 얼마든지 새롭게 기술될 가능성을 열어놓는 담론의 전략인 것이다.[20] 그럼에도 불구하고 여전히 이들 기호 생성의 근원(원천적인 영역)이 어디인지를 밝히지 못하고 있다는 점이 한계이다. 모든 기호는 인간 경험의 관점에서 해석되고 생성된다. 그 경험의 관점은 당연히 자연적, 사회적, 역사적 환경과 밀접한 관련이 있다.

구술서사학은 야콥슨의 이론과 기호학의 기본 전제를 바탕으로 인지서사학, 연행서사학, 매체서사학을 통합적으로, 즉 기호작용이라는 하나의 시스템으로 포괄하여 설명할 논리를 찾고자 한다. 인지서사학은 인간의 마음에서 일어나는 서사의 발생, 구성, 수용에 개입하는 논리를 다루고, 연행서사학은 서사의 연행적 성격을 고려한 서사의 논리를 탐구하며,

매체서사학은 매체의 언어적인 것과 비언어적인 것까지 포함한 다양한 양태들이 하나의 소통에서 활용될 때 이를 복수양태성이라 하여 탐구한다.[21] 이처럼 구조주의를 극복하고 구술서사학적 측면에서 구술문학 연구 필요성을 제시하고 있다. 이것은 문학을 문학으로서만 이해하는 것이 아니라 문화로서 이해하려는 섬에서 의미 있는 작업이다.

신동흔은 〈신바닥이〉민담을 대상으로 서사문법을 기본 논제로 삼아 설화 분석의 필요성을 제시하기도 했다. 설화적 서사문법의 기본 원리와 지향성을 점검하고, 화소와 서사구조의 연결고리로서 서사적 화두를 축으로 설화 특유의 개방적 역동성과 정합적 체계성을 분석하자는 것이다. 즉 화소와 순차적 구조가 이야기를 구성하는 주요한 요소이며, 상호보완적 대립 관계라고 했고, 화소의 의미자질이 연결되면서 서사적 의미가 구성되는데, 화소들을 아우르는 서사적 구심 역할을 하는 것이 서사적 화두라고 했다. 서사적 화두를 파악하는 것이 서사적 의미를 파악하는 길인 셈이다. 서사적 화두가 설화의 심장에 해당한 것이기 때문에 화소와 순차구조가 유기적으로 통합되면서 특유의 서사적 의미를 발현한다고 보는 것이다.[22] 이는 설화의 서사구조인 순차구조와 설화의 서사를 이루는 핵심요소인 화소의 관계를 바탕으로, 즉 형식과 의미의 관계를 토대로 설화 특유의 형태적 정합성과 의미적 개방성을 찾으려는 전략이다.

이와 같이 송효섭과 신동흔의 연구가 구조주의적 해석을 극복하려는 노력은 보이지만, 여전히 자료 분석에 충실하려는 구조주의 방법론이 기본 바탕이 되고 있다는 것을 부인하기 어렵다. 이런 점에서 오늘날까지도 구술문학의 구조주의적 이해의 유용성이 남아 있음을 보여주고 있는 것이다.

세 번째로 구술문학의 현장론적 이해이다. 구술문학의 현장론적 연구는 문맥의 짜임새(texture), 자료 자체(text), 상황(context)에 따라 분석하는 것을 말한다. 던데스(Alan Dundes)가 주장하는 문맥의 짜임새란 압운, 어세, 말투, 접속, 어조, 의성 등의 언어학적 자질을 말하고, 자료란 제보자의 연행을 통해 생산된 자료를 말하며, 상황이란 자료가 전승되고 있는 특수한 사회적 상황을 의미한다. 여기서 현장론적 방법은 연행 현장과 전승 현장을 포괄하는 개념으로 연행 활동 그 자체를 중요시하며, 연행 법칙을 발견하는 것은 물론 자료를 둘러싸고 있는 지역 공동체 환경 전체를 포괄하는 전승 현장의 여러 요소들의 상호 작용 및 상호 관련성에 관심을 갖는다. 여기서 중요한 것은 현장론적 연구 목적을 달성하기 위해서는 모든 현지조사가 전제가 되어야 한다는 것이다. 그래서 연행 없이 생성되고 전승되는 구술 자료는 연구 대상으로 삼을 수 없기 때문에 특정한 자료에 제한될 수밖에 없다.[23] 그렇지만 현장론적 방법의 의의는 자료의 연행 현장을 중시한 데서 찾을 수 있지만, 일정한 체계와 분석 모형의 확립이 필요하며, 연행과 전승의 역동적인 원리를 논리적으로 해명하는 데는 미흡했다.[24] 즉 구술문학 작품의 문학적인 의미를 심층적으로 파악하지 못하고 연행법칙과 그 원리를 해명하는데 머무르고 있어서 자료의 구체적이고 논리적인 분석에서는 다소 한계를 가지고 있는 것이다.

지금까지 구술문학의 연구는 여러 가지 측면에서 연구되어 왔지만 역사지리학적 방법이나 구조주의적 방법, 현장론적 방법이 서로 대치되는 것이 아니라 공존 또는 결합의 측면에서 방법론으로 활용되어 왔다. 그렇지만 구술성 또는 구술 텍스트의 본질에 대한 인식이나 문제의식이 부족한 것이 사실이다. 이러한 상황 속에서 구술서사 자료의 본질이나 실체에 대한 이해가 중요하다는 전제 아래 구술서사담론의 용어와 범주화, 현장의 자료학적 탐색, 구술서사민속지 기술의 축적, 한국적 서사원형과 그 추이에 대한 탐색을 통해 새로운 구비문학 방법론을 제시하기도 했다.[25] 이 또한 구술문학의 구술성, 현장성, 민속지성, 원형성을 고려한 것으로 기존의 방법론의 결합에서 크게 벗어나지 못하고 있다.

다만 필자는 기존의 방법론을 대체하기보다는 기존의 연구에 변화를 주기 위해 벽돌 한 장을 올려놓는 자세로 새로운 방법론을 제안하고자 한다. 즉 구술문학의 역사성, 의미성, 연행성을 비롯하여 총체성을 파악할 수 있는 체험주의적인 방법론에 관심을 가질 필요가 있음을 소개할 것이다.

## 3. 구술문학의 체험주의적 인식

### 1) 체험주의

체험주의는[26] 객관주의라는 지배적 전통과 허무주의적 상대주의로 전락하는 것을 극복하기 위해 20세기 후반에 '몸의 중심성'을 주장한 레이코프(George Lakoff)와 존슨(Mark Johnson)으로부터 시작되었다. 인간의 사고와 언어의 뿌리가 몸이고, 이것은 몸의 활동을 통해 드러나는 확장된 국면인데, 즉 우리의 모든 의미, 사고, 언어가 몸의 일부인 두뇌를 중심으로 이루어지는 정교한 경험의 국면이라는 것이다. 여기서 경험은 몸의 활동을 통해 드러나는 창발적인 국면으로서 마음이고, 마음과 몸은 두 개의 사물이 아니라 하나의 유기적 과정의 양상들이다. 존슨은 "몸은 마음속에 있고, 마음은 몸속에 있으며, 몸과 마음은 세계의 일부다."라고 하여 몸과 마음이 근본적이고 지속적인 유기체–환경 상호작용의 층위라고 강조한다. 이에 따르면 우리의 모든 경험은 몸을 통해 신체화되어 있고, 마음이라는 국면 또한 신체화된 경험의 상위적이고 복합적인 층위를 가리키는 이름으로, 곧 '신체화된 마음'인 것이다. 따라서 모든 의미, 사고, 언어가 신체화된 활동의 미학적 차원에서 발생한 것임을 알 수 있다.[27]

체험주의는 인간이 세계의 일부이며, 세계와 지속적으로 상호작용하는 존재이기 때문에 경험에 주어진 것으로서 세계와 의미를 이야기한다. 경험은 신체적/물리적 층위의 경험과 정신적/추상적 층위의 경험으로 구분되는데, 인간이 하나의 물질적인 세계와 상호작용하는 과정에서 드러나는 복합적인 국면이 정신적/추상적 층위의 경험을 구성한다. 이것은 은유적 확장을 통해서 이루어지고, 이러한 과정(은유, 환유, 심적 영상, 원형효과 등)을 해명하려는 것이 존슨의 영상도식과 은유적 사상이라는 두 축을 이루고 있는 '상상력 이론'이다. 은유적 사상은 은유 안에서 원천영역의 경험이 표적영역의 경험에 투사되는 것을 말하고, 영상도식은[28] 신체적 활동을 통해 직접 발생하는 인간들이 공유하는 구조이고, 반복적이고 규칙성을 지닌 기본적인 패턴들이다. 그 가운데 가장 대표적인 것이 '그릇도식'인데, 컵, 방, 건물 등 무수히 많은 물리적 대상에 사상되며, 그 사상을 통해 우리는 안과 밖이 없는 대상들이 안과 밖을 갖는 것으로 이해하고 경험한다. 이것은 반복적인 공간적, 시간적 구조 속에서 이루어진다.[29] 체험주의는 이러한 경험의 개념적 은유 방식과 영상도식의 구조를 파악하는데 많은 관심을 갖는다.

언어는 인간의 삶을 이끌어가는 기호 체계로서, 언어의 주된 기능은 의사소통이다. 체험주의에서 의사소통은 의미 만들기의 한 과정이며, 언어적 활동 외에도 표정, 몸짓, 언어 등 외부세계에 지향되는 모든 활동을 가리킨다. 기호로서 언어의 발생적 구조를 '은유이론'[30]을 통해서 파악할 수 있는데, 언어적 의미는 본성상 기호적이고, 기호적 의미의 궁극적 원천이 우리 몸과 직접적인 상호작용을 통해 나타나는 신체적/물리직 층위의 경험이다. 여기서 체험주의적 기호 개념[31]을 보면, 기호적 경험은 물리적 경험에 근거하고 있으며, 동시에 물리적 경험의 기호적 확장을 통해 형성된다. 이러한 기호적 경험은 기호적 사상을 통해 구성되고, 기호적 의미는 결코 객관적이지 않다. 기호적 의미가 기호 산출자와 경험내용을 특정한 기표에 사상하는 방식으로 산출된다. 기호적 의미 구성에 핵심적인 역할을 하는 기호내용은 자신의 경험 내용을 특정한 기표에 사상하는 내용이다.[32] 따라서 기호적 의미가 확정적이지 않고 무한히 열려 있지만, 그 의미의 뿌리가 신체적/물리적 층위의 경험에 있기 때문에 체험주의 기호학이 기호적 경험의 발생적 원천을 설명하는데 크게 기여할 수 있다.

문화는 몸 활동의 지속적인 확장의 산물이다. 그래서 문화를 해석하는 것은 그 의도와 표현 방식 사이의 구체적 연관관계를 밝히는 것이며, 그 연관 관계는 항상 다양한 기호적 확장이라는 과정을 포함한다. 문화는 우리가 공유하는 물리적 경험과 그것으로부터 다양하게 은유적으로 확장된 기호적 경험의 게슈탈트(Gestalt)적 융합체이다. 은유적 확장의 과정은 자연적, 사회적, 문화적 조건에 따른 다양한 변이를 드러낸다. 이러한 구조 안에서 문화들은 기호적 층위로 갈수록 다양한 변이를 드러내고, 물리적 층위로 갈수록 현저한 공공성을 드러낸다고 하는 중층적 구조로 이루어져 있다. 문화의 다원성이 드러나는 것도 이 지점이며, 그것은 동시에 문화 해석이 본성상 양면성을 갖는 이유이기도 하다.[33] 그래서 체험주의적 문화 해석은 물리적 경험과 기호적 경험의 관계 속에서 문화의 중층적 구조에 대한 해명을 요구한다.

존슨은 문학에는 개념이나 명제들을 넘어서는 의미가 있듯이, 상상적 활동의 전형으로만 인식되어 왔던 예술적 표현들이 주는 의미가 다른 모든 의미들과 마찬가지로 신체적 근거를 가지고 있으며, 의미의 중요한 일부라고 주장한다. 예술적인 경험이 고도로 추상화된 층위의 경험이고, 음악, 회화, 건축, 조각, 무용, 영화 등 다양한 예술 활동은 신체화된 경험의 기호적 확장을 통해 설명할 수 있다. 특히 존슨에게 미학적[34]이라는 용어는 경험의 특정한 영역을 가리키는 말이 아니라 우리 경험의 일반적 특성을 가리키는 말이다. 우리의 모든 경험은 출발에서부터 상상적 구조를 통해 구성되고 확장되며, 이러한 관점에서 미학적 구조 안에 있다. 따라서 미학은 단순히 예술이나 미적 경험에 관한 탐구가 아니라 의미를 산출하고 경험하는 인간적 능력과 관련된 모든 것에 대한 탐구가 이루어져야 한다고 주장한다.[35] 이러한 것은 미학이 인간 이해의 미학이어야 한다는 것을 말하고 있는 것이다.

### 2) 구술문학

존슨은 우리의 모든 경험의 의미 형성에 상상적 구조가 중심적 역할을 한다는 것을 근거로 경험의 본성을 미학적이라고 규정한다. 이것은 문학을 미학으로서만 이해할 것이 아니라 문화로서 이해해야 하는 근거가 된다. 특히 기록문학이나 영상문학에 비해 구술문학은 더욱 그러하다. 구술문학은 발화자의 신체적/물리적 층위의 경험을 토대로 형성되고 전승되기 때문에 다양한 기호적 경험으로 구성되어 있다. 예컨대 구술문학으로서 설화, 민요, 무가, 판소리, 민속극, 생애담, 경험담 등이 그것이다. 구술문학은 언어적인 것과 비언어적인 것을 활용한 구술적 의사소통의 방식으로 발화자와 수화자의 사회적 관계, 발화자의 심리적 상황, 수화자의 수용태도, 연행 환경 등에 따라 다르게 구현되고 연행된다. 구술문학이야말로 인간의 삶을 표현하는 기호적 경험으로서 기호 산출자와 기호 수용자 사이에서 형성된 텍스트이기 때문에 이들 간의 경험적인 차이로 인해 기호적 의미가 특정한 것으로 확정되는 것이 아니라 다양하게 나타나기 마련이다. 기호내용을 토대로 형성된 기호적 의미가 바로 구술문학의 서사적 의미로서 이 또한 무한하다는 것을 알 수 있다.

구술문학은 구술 발화자의 신체적/물리적 층위의 경험을 토대로 형성된 기호적 경험인데, 그 발생 원천은 자연적, 사회적, 역사적 환경이라고 할 수 있다. 일반적으로 문화는 인간의 삶의 양식이 일정 기간 동안 축적되어 지속된 것으로 자연적, 사회적, 역사적 조건에 의해 결정된다.[36] 그것은 문화 형성에 자연, 사회, 역사가 중요한 역할을 한다는 의미이다. 이러한 것은 공동체나 지역에서만 그러한 것이 아니라 가족이나 개인도 마찬가지이다. 국가나 민족마다 문화가 다르고 지역과 마을마다 문화가 다른 것은 하나의 공동체 속에서 생활을 같이 하더라도 가족문화가 다르기 때문이다. 인간은 개인의 성장환경에 따라 성격이 형성되고 생활습관이 만들어진다. 그것은 기본적으로 개인의 다양성을 토대로 가족문화가 형성되고, 그것이 사회문화로 발전되어가면서 집단의 문화적 다양성을 드러내게 된다. 그래서 문화는 다양한 의미를 지니고 있고 통합이 아닌 다양성을 지니고 있을 때 지속되고 발전한다. 이처럼 자연, 사회, 역사가 인간의 삶에 중요하게 영향을 미치는 환경 요소인 것이다.

구체적으로 설명하자면, 인간의 자연환경은 생업방식(농업, 임업, 어업 등)을 결정하는데 중요한 역할을 하고, 생업의 형태에 따라 노동방식(공동체노동, 개인노동)이 달라진다. 뿐만 아니라 생업방식에 따라 의식주생활을 비롯한 의례생활, 연중생활, 유희생활 등 다양한 여가활동도 다르기 마련이다. 사회적 환경도 구술문학 형성에 크게 영향을 미친다. 사회 형성의 기초가 되는 가족이 문화 형성의 기본 토대라는 점에서 구술문학도 그러하다. 구술문학은 가족의 형태를 비롯한 사회적 규약과 관습, 사회의 정치적 성격 등이 토대가 되어 형성되기 때문에 사회적 환경이 물리적 기반이면서 형성 배경인 것이다. 여기서 사회의 지속과 성격은 역사적인 환경과도 밀접한 관련이 있다. 역사적 사건이나 국가의 정치적 이데올로기가, 즉 전쟁, 국가의 흥망성쇠, 종교와 사상 등이 인간의 삶에 적지 않은 영향을 미치고 있는 것처럼 구술문학의 형성에도 마찬가지이다. 이런 점에서 구술문학을 통해 생태자연을 이야기하고, 사회와 역사를 이야기할 수 있다고 말 할 수 있는 것이다.

이러한 구술문학을 체험주의 기호적 구조로 정리하자면, 먼저 Ⓐ기호 대상이 인간의 '삶의 양식'이라면, Ⓑ기호 내용은 기호적 경험의 원천영역에 해당되고 기호 형성의 물리적 기반이라고 할 수 있는 '자연·사회·역사 내용'이고, Ⓒ기표가 '구술문학'이다. 여기서 Ⓐ기호 대상과 Ⓑ기호 내용은 끊임없이 상호작용하면서 기호 내용을 생산하고, 그것이 은유적으로 사상되어 Ⓒ기표를 형성한다. 따라서 구술문학의 기호화 과정은 [Ⓐ기호대상(삶의 양식) ↔ Ⓑ기호내용(자연·사회·역사 내용) → Ⓒ기표(구술문학)]로 정리할 수 있고, 다음 그림으로 정리할 수 있다.

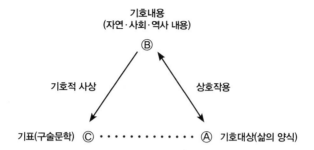

위의 기호체계에서 보면, 우리는 특정한 기표에 우리의 경험내용을 사상함으로써 그 경험내용의 관점에서 그 기표를 이해하고 경험한다. 즉 구술문학에 자연·사회·역사적 내용에 관한 경험내용을 사상함으로써 그 경험내용의 관점에서 구술문학을 이해하고 경험한다는 것이다. 이처럼 무엇을 어디에 사상할 것인지는 개개인의 기호적 욕구에 달려 있으며, 은유적 사상[37]이 구술문학 형성에 중요한 역할을 한다. 은유적 사상이 이루어지기 위해서는 먼저 사상되어야 할 경험내용이 항상 미리 주어져 있어야 한다는 점에서 모든 기호적 경험은 기본적으로 물리적 경험에 근거해야 가능하다.[38] 특히 구술문학에서는 기호내용에 관한 경험내용도 중요하지만, 그 경험을 어떻게 표현할 것인지 연행방식에 대한 욕구도 사상되어야 한다. 즉 경험내용과 표현 형식에 관한 개인의 의도와 욕구가 은유적으로 사상되어 설화, 민요, 무가, 판소리, 민속극 등으로 표현되는 것이다.

구술문학이 지속되고 발전하는 것은 기본적으로 기호적 전이를 통해 이루어진다. 기호적 전이(metastasis)란, 동일한 것에 그 경험의 관점에서 기호내용이 사상되어 마치 복제물처럼 다른 기표를 발생시키거나, 동일한 기표에 다른 기호내용을 갖는 것을 말한다. 기호적 전이는 기표와 기호내용에서 발생하고,[39] 기호적 전이가 멈추면 기호적 경험은 인간의 모든 기억에서 사라진다. 기호적 경험의 단절과 변화는 문화의 소멸과 지속을 의미한다. 그렇기 때문에 문화가 지속되려면 기표의 수명이 끝난다고 해도 기호내용의 전승을 위해 기호적 전이가 이루어져야 한다.[40] 구술문학도 마찬가지이다. 농경시대의 삶과 역사의 경험이 설화로만 표현되는 것이 아니라 민요나 판소리, 민속극 등을 통해서 구현되기 때문에 이는 기표의 측면에서 기호적 전이가 이루어져 구술문학의 장르가 형성되어 분화된다. 예를 들면 삶의 애환이라는 기호 내용이 설화뿐만 아니라 민요와 판소리 등에도 사상되어 나타난다는 것이다. 그와는 반대로 기호내용에서도 기호적 전이가 이루어져 구술문학 장르가 지속되기도 한다. 예컨대 농경사회에서 민요가 노동의 호흡을 맞추고 노동의 피로를 극복하기 위해 불리어졌지만, 공동체노동보다도 대량생산을 강조하는 정보산업사회에서는 별도의 무대 공간에서 공연 목적으로 불리어진다. 이것은 더 이상 농경시대의 경험내용이 지속되기 어렵고, 정보산업사회의 경험내용이 반영된 민요로 변화된다. 민요의 가창방식이나 연행문법은 그대로 유지되지만 그것에 대한 경험의 내용이 변화되어 지속되고 있는 것이다. 이러한 기호적 전이는 구술문학 전반에서 발생할 수 있다. 기호적 전이는 기호적 경험의 지속과 변화에 중요한 역할을 하고, 문학의 장르 해체와 통합에도 그 역할을 한다.

## 4. 구술문학의 체험주의적 해석과 의미

### 1) 구술연희문학의 감성 구조와 중층성

구술연희문학은 구술성을 토대로 연행되는 문학으로, 민요, 무가, 판소리, 민속극 등을 말한다. 이들은 문학이면서 음악이고, 무용이며 연극으로서 종합예술의 성격을 지니고 있다. 이들 장르의 기호 생산자는 텍스트의 주제적 의미와 연행의 감성적 의미를 복합적으로 기호 수용자에게 전달한다. 이러한 의미가 감각운동 과정은 물론 정서와 느낌이 중요하게 작용하여 형성된 것이라고 체험주의는 주장한다.[41] 따라서 구술연희문학의 의미는 언어적인 것뿐만 아니라 비언어적인 것을 통해서도 파악될 필요가 있다. 언어가 의미를 풍부하게 반영하고 있는 것처럼 비언어적인 정서와 느낌도 마찬가지이다. 그래서 구술연희문학의 언어적인 구조와 감성적인 구조에 관심을 가져야 하지만, 지금까지 구술연희문학 연구에서 감성적인 것보다도 연행문법을 비롯한 언어적인 구조에 관심을 갖는 경우가 많았다.

감성은 본능적이고 감각적인 자극을 통해 무의식적으로 드러나는 감정이 사회적 환경, 역사적 환경, 문화적 환경에 따라 역동적이며 단계적인 과정을 통해 발현된 것이다. 감정이 감각적 자극을 통해 무의식적으로 표출되는 것이라면, 감성은 사회문화적인 규칙을 통해 의식적으로 가공하여 표현한 것을 말한다.[42] 체험주의에서 언급하고 있는 정서와 느낌은, 정서가 대부분 유기체인 우리 자신에게 사물이 어떻게 작용하는지에 대한 무의식적이고 자동적이며 지속적인 평가에 대한 신체적 반응이라면, 느낌은 몸이 환경에 참여하면서 생기는 변화에 적응하고 변화하는 몸 상태에 대한 지각이다.[43] 따라서 감정과 감성은 정서와 느낌으로, 감정이 정서이고, 감성이 느낌의 개념에 가까운 것으로 이해할 수 있다.

감성을 희노애락을 기준으로 분류했을 때, 기쁨을 근거로 화평(和平)의 감성이 형성되고, 분노는 격정(激情)의 감성을, 슬픔은 애정(哀情)의 감성, 즐거움은 신명(神明)의 감성을 발현시키는 근거가 된다.[44] 그렇기 때문에 감성은 기본적으로 감각자극 활동으로 발생한 감정에 제약을 받는다. 예컨대 애정의 감성은 주로 억눌렸던 감정을 표현하고 누군가에게 전이하고자 하는 시집살이민요에서 주로 발현된다면, 다소 경쾌하고 기쁨의 감정을 승화시켜 표현하는 화평적 감성은 강강술래 등에서 나타난다. 여기서 시집살이민요는 '불다'의 소리내기라는 원초적인 몸동작에 근거해 슬픔이라는 감정이 상호작용하여 사회문화적인 환경 속에서 애정적 감성을 표현한 노래이고, 강강술래는 '뛰다와 밟다'의 도약이라고 하는 원초적 몸동작에 기쁨이라는 감정이 상호작용하여 사회문화적인 환경 속에서 화평적 감성을 표현한 노래라고 할 수 있다.[45] 이러한 감성은 구술연희문학에서 복합적이고 중층적으로 나타나는 경우가 많다.

강강술래에서 반드시 화평적 감성만이 표출되는 것은 아니다. 강강술래가 뛰면서 부르는 민요인 까닭에 원을 그리면서 진행되는 〈늦은 강강술래〉는 느린 템포로 진행되며 노래 또한 마찬가지이다. 느린 템포의 가락이 슬픔을 표현하는데 적합하다는 점에서 〈늦은 강강술래〉에서는 애정적인 감성이 나타날 수 있고, 놀이가 점차 본격화되는 〈잦은 강강술래〉에서는 빠른 템포로 전개되기 때문에 신명적인 감성이 강하게 나타난다.

이처럼 강강술래에서 하나의 감성으로만 표현되는 것이 아니라 최소한 둘 이상의 감성이 발현되는 것을 확인할 수 있다. 이러한 것은 판소리에서도 마찬가지로, 〈춘향가〉에서 춘향과 이도령이 이별하는 장면과 부패한 관리인 변학도가 사리사욕을 채우는 장면이나, 변학도의 수청 요구와 춘향의 거절 장면 등에서 보면, 춘향이와 이몽룡, 춘향이와 변학도의 대립을 통해 애정적이거나 혹은 격정적인 감성이 표현된다.[46] 이처럼 애정적이거나 격정적인 감성뿐만 아니라 화평직인 감성도 표현하는 경우가 있어서 감성의 중층적 구조[47]를 확인할 수 있다.

이와 같이 강강술래나 판소리처럼, 노래가 시작하여 다양한 상황이 전개되면서 노래가 끝날 때까지 감성들이 유기적으로 관계를 맺고 구현된다. 그것은 하나의 구조적 체계를 이루고 있기 때문에 그 구조를 파악하여 의미를 추론하는 작업도 중요하다.

## 2) 구술서사문학의 서사적 구조와 의미

구술서사문학은 구술성을 토대로 구연되는 신화, 전설, 민담, 생애담, 경험담 등을 들 수 있다. 이들은 삶의 현장을 이야기하는 서사이기 때문에 구술서사문학 연구는 사회연구이면서 역사연구이고, 문화연구이면서 생태연구의 측면에서 이루어질 필요가 있다. 삶의 현장의 물리적 기반과 그것을 토대로 형성되는 서사물의 상호작용은 물론 그들의 유기적 관계를 바탕으로 이루어지는 연구가 바로 체험주의적 해석 방식이다.

따라서 구술서사문학의 해석 방식은 두 가지 측면에서 이루어질 필요가 있다. 하나는 서사의 짜임새인 구조적인 체계를 토대로 서사적인 의미를 추출하는 것인데, 즉 레이코프와 존슨의 기호 이론을 토대로 기호적 의미를 추출하여 서사적 의미를 파악하는 것이다.[48] 두 번째는 서사단락에 나타나는 인물들의 시간 및 공간과 관련된 삶의 활동을 통해 상상적 구조를 파악하고, 그것을 토대로 인물들의 행적에 관한 의미를 정리하는 것이다. 궁극적으로 구술서사문학 연구는 서사의 구조와 상상적 구조의 의미를 추출하여 총합적인 해석 방식으로 전개하는 것이다. 김덕령 설화 가운데 〈풍수설화〉를 대상으로 이를 설명하고자 한다.

### (1) 서사구조의 의미

김덕령 출생과 관련된 풍수담으로 〈배재 충장사의 달걀 전설〉과 〈이치(梨峙)장군대〉 이야기가 대표적이지만, 구조적인 측면에서 거의 유사하다. 설화는 대립구조와 순차구조는 물론 인물관계나 시공간의 구도 등 서사 문법을 통해 구현된다. 일반적으로 설화의 이해가 순차적 구조로부터 이루어지는 것은 그것이야말로 설화의 기본적인 틀이기 때문이다.[49] 〈이치(梨峙)장군대〉의 서사단락을 소개하면 다음과 같다.[50]

> ① 석저마을에 김문손이 살았다.
>
> ② 김문손의 집에 행색이 초라한 사람이 머슴으로 지내다.
>
> ③ 머슴은 일이 끝나고 밤마다 외출하다.
>
> ④ 주인이 머슴의 뒤를 밟다.
>
> ⑤ 머슴이 달걀을 묻고 흙으로 덮다.
>
> ⑥ 주인이 머슴을 지관으로 생각하고 명당자리임을 알다.
>
> ⑦ 머슴이 고향에 다녀오겠다고 하다.
>
> ⑧ 주인은 처인 광산 노씨 묘를 그곳으로 이장하다.
>
> ⑨ 머슴이 석짝을 메고 돌아왔지만 그곳에 무덤이 있음을 알다.
>
> ⑩ 머슴이 주인에게 묘 자리를 양보해달라고 하다.

⑪ 김씨가 거절하자 머슴이 떠나다.

⑫ 그 묘자리가 고조모 광산 노씨 묘이다.


위의 서사단락을 정리 하면 크게 네 개의 에피소드로 구성할 수 있다. 먼저, ①~③단락은 김문손이 명당자리를 잡을 수 있는 동기가 제시된 이야기이고, 두 번째, ④~⑥단락은 김문손이 명당자리를 확인하는 단계의 이야기이며, 세 번째, ⑦~⑨단락은 김문손이 명당자리를 확보(탈취)하는 이야기이다. 그리고 네 번째, ⑩~⑫단락은 김문손이 명당자리를 확정하는 단계의 이야기이다. 이를 다시 정리하면 명당자리 확인, 확보(탈취), 확정의 단계로 전개되는데, 즉 서사 개별단락 ①~⑥은 명당자리를 확인해가는 과정이고, ⑦~⑨단락은 명당자리를 확인하는 단계이며, ⑩~⑫단락은 명당자리를 확보하는 과정이다.

다시 말하면 이 이야기는 김문손이 명당자리가 없었는데, 제삼자인 머슴의 도움으로 명당자리를 확인하게 되고, 명당자리를 탈취하여 확보하는 것으로 전개되고 있다. 이를 기호체계로 정리하면 [Ⓐ기호대상(김문손) ↔ Ⓑ기호내용(명당자리 탈취/머슴의 도움) → Ⓒ기표(명당자리 확보/광산 노씨 묘)]로 정리할 수 있다.

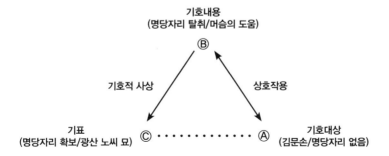

이와 같은 풍수담은 기본적으로 김문손이 머슴의 도움을 받아 명당자리를 확보하는 이야기로 전개되고 있지만, 사실은 김문손이 머슴의 명당자리를 탈취하는 것을 정당화하려는 이야기이다. 김덕령 집안의 풍수이야기는 김덕령의 고조부에 관한 이야기로서 고조부가 어떻게 해서 명당자리를 찾게 되었는지에 초점을 맞추고 있다. 다시 말하면 김덕령 장군이 태어날 수 있었던 것은 모두 다 누군가의 도움을 받아 조상님을 명당자리에 모셔서이고, 그 음덕이 있었다는 사실을 말하고자 하는 것이다. 그런 점에서 김덕령의 풍수담은 '명당자리 탈취'라는 기호내용을 토대로 기호적 의미를 파악할 수 있는데, 즉 다른 사람의 도움을 받아 명당자리를 확보하여 그 음덕으로 장군이 탄생할 수 있었다는 것을 설명하고 있는 것이다.

### (2)상상적 구조의 의미

인간이 경험하는 모든 것은 상상적 구조를 가지고 있다. 존슨에 따르면 상상력은 이성에 대비되는 특수한 능력이 아니라 우리의 인식 전반에 걸쳐 작동하는 근원적인 인지적 기제이다.[51] 그래서 그의 상상력 이론은 '영상도식'(image schema)과[52] '은유적 사상'(metaphorical mapping)이라는 두 축을 중심으로 구성된다. 신체적 층위의 경험에서 직접적으로 발생하는 소수의 영상도식들이 존재하며, 그것은 점차 구체적인 대상들에 은유적으로 사상됨으로써 경험의 층위로 확장된다는 것이다.[53] 영상도식은 감각운동 경험의 기본 구조로서, 우리는 기본 구조에 의해 이해하고 행동할 수 있는 세계와 마주친다. 영상도식이야말로 의미의 토대인 것이다.

영상도식은 경험에 의해 수정되기 때문에 유연하고, 확정적이지 않다.

따라서 영상도식은 다양한 형태로 나타나는데, 그 사례를 들자면,「근원지 - 경로 - 행선지」도식,「그릇」도식,「중심 - 주변」도식,「수직성」도식,「균형」도식,「척도성」도식,「강제적 힘」도식 등이 있는데,[54] 구술서사에서 가장 기본적인 영상도식으로「근원지 - 경로 - 행선지」도식(「경로」도식)과「그릇」도식(「안/밖」도식) 등을 들 수 있다.

「경로(Path)」도식은 ①원천 또는 출발점, ②목표 또는 종착점, ③원천과 목표를 연결하는 연속적인 위치들의 연쇄라는 내적인 구조를 가지고 있다. 경로는 한 지점에서 다른 지점으로 이동하는 행로이기 때문에 신체적 활동 수행의 관점인「경로」도식에 근거하여 은유적인 해석 방식으로 추상적인 목표나 목적을 이해하는 것이다.[55] 따라서 이동은「경로」도식을 통해 은유적으로 이해할 수 있는 핵심 요소이다. 인간은 물리적인 경로와 상상적인 경로의 이동을 통해 공간과 시간을 인식하기 때문이다. 물리적인 경로가 인간이 실제의 경험을 통해 이동하는 경로라면, 상상적인 경로가 지구에서 태양계 밖의 가장 가까운 별까지의 경로처럼 상상 속에 존재하는 경로이다. 인간의 이동은 원초적인 수단인 '움직임'을 비롯하여 '걷기'와 '사물 이용' 등이 있다.

인간은 태어나면서 다양한 몸짓을 활용하여 표현하고 움직이기 시작하면서 이동을 경험하는데, 어머니의 뱃속으로부터 안방으로 이동, 안방에서 마당으로, 마당에서 집 밖으로 이동하면서 새로운 세계를 본격적으로 경험하기 시작한다. 여기서 집은 인간의 가장 원초적 공간이면서 세상으로 나아갈 수 있는 출발점이기도 하다. 인간이 집 밖으로 이동하는 것은 본격적으로 다양한 세상을 경험하고 이해하는 방법이며, 걷기를 비롯하여 달리기, 말을 타거나 자동차를 탑승하여 이동의 속도를 높이기 위해 많은 노력을 해왔다. 그것은 단순히 사물의 이동으로서만 그치는 것이 아니라 인간의 욕망을 실현하기 위함이고, 인간이 경험할 수 있는 세계를 확대하기 위함이다.

인간은 수평적 이동을 통해 「안/밖」 도식 구조 속에서 '공간'을 인식하는데, 안－밖 지향성(in-out orientation)의 체험적 근거는 바로 공간적 경계성(boundedness)의 경험이다. 인간은 삼차원의 그릇인 몸을 비롯해서 그릇, 자루, 방, 의복, 차량 등의 무수한 종류의 경계 지어진 공간의 안(in) 또는 밖(out)으로 집어넣거나 움직인다. 이 각각의 경우에 반복적인 공간적, 시간적 구조화가 있다.[56] 인간이 집 안과 밖을 인식할 때 집 밖의 세계를 미지의 공간과 죽음의 공간 등으로 생각한다. 집 안은 삶, 출발, 가족, 현세 등의 공간이고, 집 밖은 새로운 삶, 활동, 타인, 미지의 세계, 죽음의 공간, 꿈 등의 공간이다.

인간은 원초적 공간인 집에 거주하면서 집 밖의 다양한 세계를 경험하고, 다시 집으로 돌아오는 것을 수없이 반복해왔다. 집 밖의 경험은 '물질적인 풍요로움'을 획득하는 일이고, 그것을 집 안으로 이동시키는 노력을 끊임없이 해 온 것이다. 그러한 까닭에 인간의 복은 집 밖으로부터 들어온다고 생각하고, 들어온 복은 절대로 나가지 못하도록 대비하고자 했다. 이처럼 집 밖은 복을 가져올 수 있는 미지의 세계이고, 한편으론 죽음의 세계이기도 하다. 여기서 미지의 세계는 인간의 물질적인 풍요로움을 생산할 수 있는 일터로서 공간이라면, 죽음의 세계는 인간이 집에서 행복하게 살다가 죽음을 통해 이동하는 무덤이 있는 선산(先山)의 공간이다. 일터는 세속적인 공간이지만, 선산은 종교적인 공간처럼 성스러운 공간인 것이다.

또한 인간은 수직적 이동의 상상력[57]을 통해 집 밖의 세계를 경험하기도 하는데, 그것은 「위/아래(수직성)」 도식 구조 속에서 집이 있는 아래는 삶의 세계라면, 집 위에 있는 천상의 세계는 신의 세계라는 것을 인식한다. 이것은 위/아래, 하늘/땅, 높은 곳/낮은 곳, 신의 세계/인간의 세계라는 대립적인 인식과 수직적인 이동을 통해 상상적으로 경험한 것이다. 인간이 초월적인 존재로부터 의지할 수 있는 곳이 하늘이고, 하늘이 곧 신이 거주하는 세계라는 종교적 경험을 해 왔다. 천상계에 거주하는 신이 인간이 거주하는 땅으로 이동하여 정주(定住)한다고 생각하는 종교적 경험이 바탕이 되어 신성한 공간을 만들기도 한다. 특히 집단신앙에서 모시는 신앙적 공간이 모두 이와 같은 인식을 토대로 이루어졌다. 이것은 인간이 이동하는 곳을 통해 신들도 이동한다고 인식하는 것으로, 즉 인간의 이동 경로가 신들의 이동 경로라는 관념을 갖게 되었을 것으로 생각한다.

인간은 이동을 통해 공간만을 인식하는 것이 아니라 시간을 경험하기도 한다. 이동하는 경로에 사상된 시간이 존재하기 때문이다.[58] 인간은 기본적으로 식물의 성장 과정을 통해 순환형 시간을 인식하고, 그것은 계절을 인식하는 토대가 되었다. 이것은 단순히 식물의 정적인 모습만 인식하는 것이 아니라 동적인 모습을 통해 인식된 것으로, 즉 "봄이 가고, 여름이 온다."처럼 이동의 관념이 내재되어 있음을 확인할 수 있다. 이동의 관념은 동물의 성장 과정을 통해 경험한 직선형 시간에서 강하게 나타난다. "아이가 컸다."는 것은 단순히 아이의 외모만을 보고 판단하는 것이 아니라 아이의 움직임과 이동을 통해 이루어지기 때문이다. 특히 과거 – 현재 – 미래라는 직선형 시간관념은 이동을 전제로 이루진다. 이동은 인간의 이동에서 사물(동물, 자동차, 비행기 등)의 이동 등으로 발전되어 왔다. 사물의 이동뿐만 아니라 지식의 이동도 이루어지고, 사물의 이동이 인간의 조종 능력과는 상관없이 무인조종으로 이루어지는 시대가 다가오고 있다.

인간이 시간과 공간을 경험하면서 축적되어 지속한 삶의 양식, 즉 경험의 상상적 구조에서 영상도식의 가장 기본적인 것은 「경로」 도식이라고 할 수 있다. 「경로」 도식을 토대로 「안/밖」 도식과 「위/아래」 도식이 전개되기 때문에 「경로」 도식이 상위 은유 방식이라면, 「안/밖」 도식과 「위/아래」 도식은 하위 은유 방식이라고 할 수 있고, 하위 은유 방식은 무한히 열려 있다. 김덕령의 풍수담은 「경로」 도식과 「안/밖」 도식의 구조 속에서 이야기가 전개되고 있다.

① 「경로」 도식

김덕령 풍수담에서 주인과 머슴은 서사단락 ①과 ②에서 집 안에서 함께 거주하게 되는 사연을 이야기하고 있고, 서사단락 ③과 ④에서 경로를 공유하게 되는 과정을 설명하고 있는데, 머슴이 일이 끝나고 밤마다 외출을 하자, 주인이 머슴의 뒤를 밟는 것이 그것이다. 머슴은 밤마다 집 밖으로 나가 새로운 경로를 개척하고, 그에 따라 명당자리를 확인하게 된다. 주인에게 머슴이 개척한 길은 새로운 변화의 계기를 마련해 줄 수 있는 경로이며, 그 경로를 통해 주인은 서사 단락 ⑤와 ⑥에서 변화의 계기를 마련하게 된다. 주인은 지관으로 생각한 머슴이 달걀을 묻고 흙으로 덮는 곳이 명당자리임을 알게 된다. 그런데 서사단락 ⑦에서 머슴이 고향에 다녀오겠다고 하는 것은 다름 아닌 '경로 이탈'이다. 경로 이탈은 시간의 경과를 초래하기 때문에 주인에겐 '명당 획득'의 기회가 된다. 서사단락 ⑧에서 머슴이 고향에 간 사이에 주인은 처인 광산 노씨 묘를 그곳으로 이장한다. 이것은 머슴이 경로 이탈을 했기 때문에 주인은 명당을 획득할 수 있었다. 그것은 서사단락 ⑨에서 머슴이 석짝을 메고 돌아왔지만 그곳에 무덤이 있음을 알게 되고, 더 이상 그 명당은 머슴의 것이 아니라 주인의 것이 된다. 이러한 것이 특히 서사단락 ⑩과 ⑪에서 분명하게 확정되는 내용으로 전개되고 있다. 궁극적으로 머슴이 명당자리를 찾았지만, 주인이 명당자리를 획득하는 것으로 서사 내용은 전개되고 있다.

이와 같은 「경로」 도식을 통해서 보면, 인간이 추구하고자 하는 모든 것은 경로를 통해 획득된다는 것을 보여주고 있고, 경로 이탈은 경로를 통해 얻어질 수 있는 모든 것을 잃게 되는, 즉 머슴이 경로 이탈을 통해 명당을 획득하는데 실패한 것임을 보여주고 있다. 그렇지만 궁극적으로 머슴은 주인이 명당을 획득하는데 도움을 준 역할을 하고 있다. 그러한 점에서 머슴의 경로 이탈은 두 가지 의미를 발현시키는데 중요한 역할을 한다. 하나는 주인이 머슴의 명당을 탈취하는 의미이고, 다른 하나는 주인이 명당을 획득하는데 머슴이 원조자로서 도움을 주었다는 의미이다. 즉 머슴의 '빼앗김'과 '베풀어짐'이라는 의미를 갖고 있는 것이다.


② 「안/밖」 도식

「안/밖」 도식은 대립적인 관계를 토대로 경험하는 구조이다. 김덕령 풍수담에서 대립적인 관계는 주인과 머슴, 집과 명당이 대표적이다.

먼저 주인과 머슴의 관계에서 보면, 동일한 경로 도식을 통해 활동하고 있는 주인과 머슴이 대립적이다. 서사의 내용 속에서 빼앗김과 베풀어짐의 주체는 머슴이다. 머슴이 가지고 있는 것을 주인에게 빼앗긴 것이고, 주인에게 베풀었다는 것은 머슴이 주인보다도 능력이 탁월함을 보여주고 있다. 즉 주인은 미지 세계에 대한 앎이 부재하고, 머슴은 충만되어 있음을 보여준다. 머슴은 단순히 명당자리를 발견할 수 있는 능력이 아니라 미지의 세계에서 살아갈 수 있는 삶의 지혜를 가지고 있는 사람이라면, 주인은 명당자리를 발견할 수도 없지만 미지의 세계를 예측할 수 있는 지식도 없는 사람이다. 이처럼 주인과 머슴은 대립적인 자질을 가지고 있는 관계임을 알 수 있다. 그러면서 대립적인 관계인 주인과 머슴이 한 집 안에 거주했던 것은 예지의 능력이 뛰어난 머슴이 주인으로 하여금 집 밖에서의 미래를 열어갈 수 있는 계기를 만들어주기 위함이다. 그것은 집과 명당의 관계 속에서 확인할 수 있다.

두 번째로 집과 명당의 관계가 「경로」 도식의 근원지가 집이고, 종착지가 명당이라는 점에서 대립적이다. 집은 원초적 공간이면서 삶의 공간이다. 삶의 공간을 풍요롭게 하려면 집 밖인, 외부로부터 물질적인 풍요로움이 많이 유입되어야 한다. 예컨대 집 밖으로부터 복이 많이 들어와야 한다는 것이다. 그러려면 인간은 집 밖의 세계를 끊임없이 탐구하고 개척해야 한다. 인간이 집 밖에서 명당을 발견하려는 것도 그러한 의도이다. 명당은 죽음의 공간이자 발복(發福)의 공간이다. 주인이 복을 부르고 가져올 수 있는 공간이 명당인데, 명당은 신성의 공간으로서 인간이 추구하는 욕망을 실현시킬 수 있는 공간인 것이다. 일반적으로 풍수담은 인간의 신성 공간인 명당을 통해 인간의 욕망을 실현하는, 즉 자손이 명당을 통해 복을 받을 수 있다고 생각하는 데서 비롯된 이야기이다.

인간이 무덤을 죽음의 공간이자 발복의 공간이라고 인식하는 것은 기본적으로 몸으로부터 시작되었다고 할 수 있다. 인간은 몸이 음식, 물, 공기를 집어넣고, 음식과 물의 찌꺼기, 공기, 혈액 등을 유출하는 삼차원적인 그릇이라는 사실을 친숙하게 알고 있다. 인간에게 몸은 마음속에 있고, 마음은 몸속에 있으며, 몸  마음은 세계의 일부이다.[59] 이것은 인간이 세계를 이해할 때 몸을 중심으로 이해한다는 것을 의미한다. 서사단락 ⑤에서 머슴이 명당자리를 확인하고 그곳에 달걀을 묻고 흙으로 덮었는데, 왜 하필 달걀을 묻었을까? 여기서 달걀은 인간의 몸과 같은 역할을 하는 것으로, 인간의 원초적 공간이라고 인식하는데서 비롯된 것으로 파악된다. 그러한 것은 인간이 달걀에서 태어났다고 인식하는 난생신화를 비롯해 기제사에서 제사음식으로 삶은 달걀을 올리는 것에서 확인할 수 있다. 인간이 알로부터 태어나는 생물학적 경험을 토대로 인간의 탄생도 그와 같을 것이라는 추상적/정신적 경험으로 확장하여 표현한 것이 난생신화적 관념이다. 여기서 달걀은 인간의 원초적 공간이자 재생, 즉 부활의 상징적인 의미를 지닌다. 명당자리에 달걀을 묻는 것은 조상신의 부활이, 곧 명당의 발복으로 구현된다고 생각하는데서 비롯된 것이다. 서사단락 ⑨에서 머슴이 석짝을 메고 돌아왔다는 것은 다름 아닌 조상신의 신체인 유골을 모시고 왔음을 의미한다. 여기서 석짝 또한 인간의 몸을 상징한다. 석짝은 어떤 것을 집어넣고 꺼내는 몸과 같은 역할을 하기 때문이다.[60] 이것은 서사난락 ⑫에서 고조모 광산 노씨 묘도 이와 같은 역할을 하는데, 풍수에서 무덤이 어머니를 상징한다는 관념과도 일치한다. 무덤을 둥글게 만드는 것도 어쩌면 난생신화와 밀접한 관련이 있음을 짐작할 수 있다. 이처럼 인간의 몸이 달걀 – 석짝 – 무덤으로 전개되는 것은 기표상의 기호적 전이에서 비롯된 것으로 파악된다. 따라서 김덕령의 풍수담은 인간 생명의 출발(근원)이자 삶의 주체인 몸을 통해 행복하게 살다가 달걀－석짝－무덤을 통해 부활하고 재생하여 발복을 통해 풍요로운 현세의 삶을 추구하려는 의식을 반영하고 있음을 알 수 있다.

이와 같이 「경로」 도식과 「안/밖」 도식을 통해서 김덕령 풍수담을 살펴보았다. 경로 순응과 경로 이탈의 관계에서는 경로 순응의 생태적 가치를, 주인과 머슴의 관계에서는 주인의 현세적 삶의 가치를, 집과 명당의 관계에서는 명당의 발복이라는 종교적 가치를 우위에 두고 있음을 확인할 수 있다. 정리하자면 김덕령 풍수담은 생태적 공간인 집에서 거주하고 있는 주인이 머슴이 추구하는 명당의 종교적 가치를 차용하고, 현세적 삶의 가치를 중요시 하는 이야기인 것이다.

결론적으로 김덕령 풍수담은 먼저, 서사구조를 통해서 보면 '명당자리 탈취'라는 기호내용을 토대로 기호적 의미를 파악할 수 있는데, 즉 다른 사람의 도움을 받아 명당자리를 확보하여 그 음덕으로 장군이 탄생할 수 있었던 것이다. 이것은 주인의 명당 획득 과정을 정당화하려는 이야기임을 알 수 있다. 그리고 두 번째, 상상적 구조를 통해서는 김덕령 풍수담이 상위의 은유 방식인 「경로」 도식을 바탕으로 하위 은유 방식인 「안/밖」 도식의 구조 속에서 전개되고 있고, 「발복은 명당」의 은유로서, 즉 명당 획득을 통해 현세의 삶의 가치를 중요시 하는 것을 보여주고 있는 것으로 파악할 수 있다. 세 번째로 이러한 인식은 서사 내용에서만 나타나는 것이 아니라 설화 전승 집단도 공유하고 있고, 그로 인해 풍수담을 구현해서 전승하고 있는 것이다. 즉 서사 인물들이 추구하는 서사적 가치를 설화 전승집단이 삶의 가치로 수용하고 있기 때문에 이러한 풍수담이 끊임없이 생성되어 전승되고 있는 것이다.

### 3)구술서사문학의 서사기억의 형성과 기호적 층위

서사기억이란 서사를 통해 기억하고 전승하는 것을 말하는 것으로, 서사는 인간 삶의 본질을 묻는 이야기이고, 기억은 경험의 결합을 통해 우리의 삶에 연속성을 제공한다. 다시 말하면 서사기억은 인간의 다양한 경험을 일목요연하게 정리하여 지속이 될 수 있도록 하는 기억이다. 개인의 기억이 사회 집단 구성원 간의 연대가 형성되면 집단기억으로 발전하고, 집단기억은 문화가 전승될 수 있도록 하는 것은 물론 사회가 진화되고 지속될 수 있도록 하는데 중요한 역할을 한다. 그래서 문화와 사회는 시간이 흐르면서 축적된 공유기억의 산물이라고 할 수 있는 것이다. 특히 구술서사기억이 바로 공유기억의 하나이다.

서사기억은 서사집단의 신체·물리적 경험을 통해 형성되는데, 그것은 자연적, 사회적, 문화적 환경의 영향을 크게 받는다. 그렇기 때문에 서사기억의 원천은 서사집단의 자연적, 사회적, 문화적 환경이 작용하여 발생한 신체·물리적 경험이라고 할 수 있다. 즉 서사기억은 신체·물리적 경험에 크게 제약을 받기 마련이고, 신체·물리적 경험의 변화는 서사기억의 변화를 초래한다. 특히 서사기억은 다양한 환경의 변화에 따라 지속되거나 소멸되기도 한다. 무엇보다도 서사기억이 지속되는 것은 기호적 경험의[61] 변화를 통해 이루어지는 경우가 많은데, 기호적 경험의 변화를 통해 형성된 것이 바로 기호적 층위이다. 기호적 층위의 세계는 신체·물리적 경험을 근거로 확장된 세계로 다양한 변이를 통해 형성된다.

구술서사의 기호적 층위는 기호적 경험에서 발생하는 기호 내용의 기능적 변화를 통해 이루어진다. 기호 내용의 변화는 하나의 기표를 지속시키는데 중요한 역할을 하기도 하지만 다양한 기표를 발생시키기도 한다. 다양한 기표의 발생이 기호적 층위를 이루기 때문에 기호적 층위를 통해 기표의 계보학적인 이해를 이끌어낼 수 있다. 그러한 예로 전남지역의 임진왜란전설을 대상으로 살펴보고자 한다.[62]

임진왜란의 대표적인 전설은 〈야죽불전설〉, 〈노적봉전설〉, 〈역의암전설〉 등이고, 이들 구술서사 형성의 신체·물리적 경험의 기반은 당연히 임진왜란이며, 그 중에서도 명량전투와 왜교성전투이다. 이러한 전투를 경험한 사람들이 구술서사기억으로 전승하고 있는 것이 임진왜란전설이다. 임진왜란전설의 발생적 원천을 추적함으로서 기호적 층위를 확인하고 기표의 계보학적인 관계를 파악할 수 있다.

① 〈야죽불전설〉

야죽불전설의 발생적 원천은 '불'이고, 그 활용방식은 민속적 경험인 '달집태우기와 댓불놓기'임을 알 수 있다. 다시 말하면 불이 갖는 상징적이며 주술적인 의미가 달집태우기나 댓불놓기를 행하도록 했고, 달집태우기/댓불놓기를 통해 경험한 '대 튀는 소리'의 기호적 경험을 활용하여 폭약이 터지는 소리로 위장한 야죽불전술을 구사하였으며, 야죽불전술은 조선 수군이 열악한 조건 속에서 삶의 지혜를 활용해 승리했음을 기억하고자 야죽불전설이 형성되었다고 할 수 있다. 따라서 야죽불전설은 [불 → 달집태우기/댓불놓기 → 야죽불전술 → 야죽불전설]로 전개되었을 것이라는 계보학적 추론을 이끌어낼 수 있다.

② 〈노적봉전설〉

노적봉전설은 기본적으로 산봉우리가 은유적으로 표현된 서사기억이다. 마람의 주재료는 짚이고 짚은 쌀의 상징이기 때문에 마람은 곧 군사들의 군량미인 쌀을 상징한다. 이것은 조선 수군들만 인식하는 것이 아니라 왜군들도 마찬가지이다. 왜군도 주식이 쌀이고 생업방식이 벼농사라는 점에서 군량미의 기표적 유사성을 가지고 있다. 조선 수군이 쌀, 짚, 노적 등 기표적 유사성을 활용하여 왜군을 속이고자 했던 것이다. 그래서 군량미가 많음을 표현하기 위해 바위나 산봉우리를 마람으로 덮었고, 그것을 노적이라 생각했으며, 노적을 산봉우리처럼 한 것은 왜군을 속이기 위한 전술적 계략이었던 것이다. 이처럼 조선 수군이 군량미 확보의 전략으로 노적을 많이 만들어 전쟁 승리에 기여했다는 것을 기억하고자 노적봉전설이 형성되었다고 할 수 있다. 따라서 노적봉전설은 [볏짚(쌀) → 노적(볏가릿대세우기) → 노적봉(露積峰) → 노적봉전설]로 전개되었을 것이다.

③〈역의암전설〉

역의암전설은 역의전술이 은유적으로 표현된 서사기억으로서 명량대첩과 왜교성전투에서 승리의 원동력이 되었던 역의전술을 기억하고자 형성되었다. 역의암전설은 역의전술이 남녀노소를 불문하고 전쟁에 참여하여 승리의 근간이 되었음을 말하고자 한 것이다. 그것은 역의전술이 단순히 옷을 갈아입고 위장하는 것이 아니라 민초들의 참여 속에서 이루어졌음을 더욱 강조하고 있다. 따라서 군중집단은 다름 아닌 민중이라 할 수 있고, 이들을 활용한 역의전술이 전쟁 승리의 원동력이 되었다고 하는 의식이 상호작용하여 은유적으로 사상하여 구술기억으로 표현된 것이 역의암전설이다. 즉 역의암전설은 [민속놀이(농악/강강술래) → 역의암전술 → 역의전설]로 전개되었을 것으로 보인다.

### 4) 구술문학의 지속과 변화로서 기호적 전이

문화의 지속과 발전이 기호적 전이를 통해 이루어지는 것처럼 구술문학도 마찬가지이다. 구술문학에서 민요가 판소리에서 불리거나 굿판의 무가와 민속극에서 불리는 것은 기호적 전이를 통해 이루어진 것이고, 설화도 마찬가지로 여러 개의 이야기가 통합되어 이루어진 경우 기호적 전이를 통해 이루어지기도 한다. 일반적으로 설화는 하나의 이야기로만 구성되어 있는 것이 아니라 여러 개의 각편이 모여서 하나의 이야기를 이루고 있는 경우도 많다. 예를 들면 곰의 화소가 공주의 〈곰나루전설〉에서 나타나고 있는데, 이는 단군신화에 나타난 곰이 기호적 전이를 통해 이야기의 소재로 활용되고 있고, 곰나루전설은 〈나무꾼과 선녀〉설화처럼 나무꾼이 등장한다는 점에서도 민담의 기호적 전이가 확인된다. 이러한 것은 호랑이나 용 등의 동물이나 꽃을[63] 비롯한 식물과 관련된 이야기에서 기호적 전이가 다양하게 이루어지고 있는 것을 경험하게 될 것이다.

기호적 전이는 기본적으로 기호의 생명력을 유지하기 위해 끊임없이 이루어진다. 기호적 전이의 단절은 기호의 소멸을 의미하고, 문화의 단절을 초래한다. 기호적 전이는 다양한 영역에서 이루어진다. 앞서 언급한 것처럼 설화의 계보학적 관계를 추론하는 과정에서 보면 그 계보는 다름 아닌 기호적 전이를 통해 형성된 것이다. 기호적 전이를 통해 기호적 층위가 형성되고 다양한 기표를 발생시키고 있는 것이다. 즉 〈야죽불전설〉에서 불의 주술적 의미가 민속행사로 전이되고, 전쟁의 전술적인 방법으로, 그리고 설화적인 면모로 전이되어 나타나고 있다는 점에서 불의 기호적 의미의 전이가 이루어지고 있음을 알 수 있다. 특히 광포전설인 〈장자못전설〉은 불교의 미륵신앙이나 용신신앙 등이 결합되기도 하기 때문에 기호적 전이가 이루어졌음을 알 수 있고, 〈아기장수전설〉은 지역의 역사적인 영웅에 관한 이야기가 삽입되거나 차용된 경우가 많아 이 또한 기호적 전이가 이루어졌음을 알 수 있다. 또한 기호적 전이가 설화의 소재나 주제적인 측면에서 더욱 확대되어 나타날 수 있다는 점도 관심을 가져야 한다.

구술문학의 기호적 전이는 기록문학에서도 나타난다. 〈암행어사설화〉와 〈열녀설화〉가 〈춘향전〉, 〈계모설화〉가 〈콩쥐팥쥐전〉의 모태가 되어 설화를 토대로 고소설이 형성된 것이나, 민요에서 고시가가 발생했을 것이라는 등 기록문학의 근원을 구술문학에서 찾는 것은 바로 기호적 전이를 통해 설명할 수 있다. 특히 현대문학의 서정주의 〈단군신화〉, 정한숙의 〈해랑사 경사〉, 박종화의 〈아랑의 정조〉, 김동리의 〈황토기〉, 김춘수의 〈처용단장〉 등의 작품이 구술문학의 기호적 전이를 통해 이루어진 것처럼, 구술문학의 기호적 전이는 드라마, 영화, 뮤지컬, 연극 등 다양한 분야에서 이루어지고 있다. 이처럼 다양한 문학 장르를 비롯하여 문화와 예술 분야와 연계하여 구술문학의 기호적 전이가 이루어지고 있음을 이해할 필요가 있다.

## ∞ 요약

지금까지 구비문학의 개념을 점검하여 구술문학으로서 인식 전환의 필요성을 제기하였고, 그간의 구비문학 연구 경향성을 검토하여 구술문학 연구에 또 하나의 길찾기를 제안하였다.

구술문학의 연구는 크게 역사지리학적 해석, 구조주의적 해석, 현장론적 이해로 이루어져 왔는데, 이들 방법은 서로 대체가 아니라 공존 또는 결합의 측면에서 활용되어 왔다. 이러한 연구는 구술성 또는 구술 텍스트의 본질에 대한 인식이나 문제의식이 부족한 것이 사실이지만, 최근 들어 구술문학의 서사학적 연구를 통해 기존의 연구 결과를 극복하려는 많은 노력들이 이루어지고 있다. 구술문학 연구 지평을 확대하기 위해 구술문학의 역사성, 의미성, 연행성을 비롯하여 총체성을 파악할 수 있는 체험주의적 해석에 관한 관심도 가질 필요가 있다.

구술연희문학은 구술성을 토대로 연행되는 문학으로, 민요, 무가, 판소리, 민속극 등을 말한다. 이들 장르의 기호 생산자는 텍스트의 주제적 의미와 연행의 감성적 의미를 복합적으로 기호 수용자에게 전달한다. 이러한 의미가 감각운동 과정은 물론 정서와 느낌이 중요하게 작용하여 형성된 것이라고 체험주의는 주장한다. 그렇기 때문에 구술연희문학의 의미는 언어적인 것뿐만 아니라 비언어적인 것을 통해서도 파악될 필요가 있고, 특히 정서와 느낌에 관심을 가져야 한다. 정서는 감정의 개념이고, 느낌은 감성에 가까운 개념이다. 구술연희문학의 감정과 감성적인 이해는 주제적인 이해 못지않게 중요하다.

구술서사문학은 구술성을 토대로 구연되는 신화, 전설, 민담, 생애담,

경험담 등이다. 삶의 현장의 물리적 기반과 그것을 토대로 형성되는 서사물의 상호작용은 물론 그들의 유기적 관계를 바탕으로 이루어지는 연구가 바로 체험주의적 해석 방식이다. 따라서 구술서사문학의 해석 방식은 두 가지 측면에서 이루어질 필요가 있다. 하나는 레이코프와 존슨의 기호 이론을 토대로 기호적 의미를 추출하여 서사적 의미를 파악하는 것이고, 두 번째는 서사단락에 나타나는 인물들의 시간 및 공간과 관련된 삶의 상상적 구조를 파악하여 인물들의 행적에 관한 의미를 정리하는 것이다.

김덕령 풍수담을 대상으로 체험주의적 읽기를 해 본 결과, 먼저, 서사구조를 통해서 보면 '명당자리 탈취'라는 기호내용을 토대로 기호적 의미를 파악할 수 있고, 이것은 주인의 명당 획득 과정을 정당화하려는 이야기임을 알 수 있다. 그리고 두 번째, 상상적 구조를 통해서는 김덕령 풍수담이 상위의 은유 방식인 경로 도식을 바탕으로 하위 은유 방식인 안/밖 도식의 구조 속에서 전개되고 있고, '발복은 명당'의 은유로서, 즉 명당 획득을 통해 현세의 삶의 가치를 중요시 하는 것을 보여주고 있는 것으로 파악할 수 있다.

구술서사문학의 서사기억이 지속되는 것은 기호적 경험의 변화를 통해 이루어지는 경우가 많은데, 기호적 경험의 변화를 통해 형성된 것이 바로 기호적 층위이다. 기호적 층위는 기호적 경험에서 발생하는 기호 내용의 기능적 변화를 통해 이루어지고, 기호 내용의 변화는 하나의 기표를 지속시키는데 중요한 역할을 하기도 하지만 다양한 기표를 발생시키기도 한다. 다양한 기표의 발생이 기호적 층위를 이루기 때문에 기호적 층위를 통해 기표의 계보학적인 이해를 이끌어낼 수 있다. 예컨대 야죽불전설은 [불 → 달집태우기/댓불놓기 → 야죽불전술 → 야죽불전설]로 전개되었고, 노적봉전설은 [볏짚(쌀) → 노적(볏가릿대세우기) → 노적봉(露積峰) → 노적봉전설]로 전개되었으며, 역의암전설은 [민속놀이(농악/강강술래) → 역의암전술 → 역의전설]로 전개되었음을 확인할 수 있다.

　구술문학에서 기호적 전이는 기본적으로 기호의 생명력을 유지하기 위해 끊임없이 이루어진다. 기호적 전이의 단절은 기호의 소멸을 의미하고, 문화의 단절을 초래한다. 민요가 판소리에서 불리거나 굿판의 무가와 민속극에서 불리는 것은 기호적 전이를 통해 이루어진 것이고, 설화도 마찬가지로 여러 개의 이야기가 통합되어 이루어진 경우 기호적 전이를 통해 이루어진 것이다. 기호적 전이가 설화의 소재나 주제적인 측면에서 더욱 확대되어 나타날 수 있다는 점도 관심을 가져야 한다. 기록문학의 근원을 구술문학에서 찾는 것은 바로 기호적 전이를 통해 설명할 수 있고, 이러한 기호적 전이는 드라마, 영화, 뮤지컬, 연극 등 다양한 분야에서 이루어지고 있다.

# 각주

1 최문규 외, 『기억과 망각』, 책세상, 2003, 362쪽.

2 장덕순 외, 『구비문학개설』, 일조각, 2006, 19쪽.

3 강등학 외, 『한국 구비문학의 이해』, 월인, 2005, 43~46쪽.

4 과학백과사전종합출판사 펴냄, 『구전문학』, 대산출판사, 2000.

5 김선풍 외, 『민속문학이란 무엇인가』, 집문당, 1995, 14쪽.

6 소재영 외, 『한국의 민속문학과 예술』, 집문당, 1998, 32쪽.

7 심우장, 「현단계 설화 연구의 좌표」, 『구비문학연구』 제15집, 한국구비문학회, 2002, 46~53쪽.

8 심우장, 「구비설화 연구방법론에 나타난 쟁점 및 전망」, 『국문학연구』 제11호, 국문학회, 2004, 99~100쪽.

9 송효섭, 「구술문학과 기호학」, 『구비문학연구』 제13집, 한국구비문학회, 2001, 1쪽.

10 송효섭, 「구술서사학의 현재와 미래」, 『구비문학연구』 제45집, 한국구비문학회, 2017, 6~8쪽.

11 신동흔, 「삶, 구비문학, 구비문학 연구」, 『구비문학연구』 제1집, 한국구비문학회, 1994, 5쪽.

12 신동흔은 「문화전환기에 돌아보는 문학의 개념과 위상」(『민족문학사연구』 17호, 민족문학사학회, 2000)에서 '일상의 문학'이라 했고, 심우장은 「현단계 설화 연구의 좌표」(『구비문학연구』 제15집, 한국구비문학회, 2002)에서 본격문학이나 대중매체문학을 모두 포괄하는 '생활문학'이라 했다.

13 신동흔은 「구비문학 연구 동향」(『국문학연구』 4권, 국문학회, 2000, 297쪽)에서 학문적 연구 성과가 실천으로 이어지고, 실천의 작업은 학술연구에 활력을 불어넣는 방식의 상생적 관계가 수립되는 것이 바람직하다고 했다.

14 김열규 외, 『민담학개론』, 일조각, 1985, 98쪽.

15 표인주, 「실크로드의 민속문화적인 위상과 의미」, 『호남문화연구』 제41집, 전남대학교 호남문화연구소, 2007, 394~402쪽.

16 천혜숙, 「구비서사 분석의 방법론 모색을 위한 제안」, 『구비문학연구』 제47집, 한국구비문학회, 2017, 10~11쪽.

17 민담의 원형을 결정하기 위해 일반적으로 나타나는 형식, 전파범위의 넓이, 전파경로 등을 고려해야 함(김열규 외, 앞의 책, 101~102쪽.)

18 표인주, 앞의 논문, 386쪽.

19 텍스트 중심의 분석으로 구비설화 텍스트의 언어학적 분석(박종성, 「구비설화 텍스트의 언어학적 분석」, 『구비문학연구』, 한국구비문학회, 1995)을 비롯한 텍스트과학으로서 구술문학의 연구 가능성을 탐색하기도 했는데, 텍스트과학은 언어기호나 언어로 옮길 수 있는 문화기호로서 이러한 확장된 텍스트 개념을 바탕으로 문예학, 기호학, 인류학, 사회학, 심리학, 인지과학 등의 다양한 인접 학문과의 연계를 통해 이루어지는 것이라 했다.(심우장, 「구비문학과 텍스트과학」, 『구비문학연구』 제13집, 한국구비문학회, 2001)

20 송효섭, 「구술문학과 기호학」, 『구비문학연구』 제13집, 한국구비문학회, 2001, 6~11쪽.

21 송효섭, 「구술서사학과 현재와 미래」, 『구비문학연구』 제45집, 한국구비문학회, 2017, 13~27쪽.

22 신동흔, 「서사적 화두를 축으로 한 화소·구조 통합형 설화분석 방법 연구」, 『구비문학연구』 제46집, 한국구비문학회, 2017, 37~79쪽.

23 임재해, 『민속문화론』, 문학과 지성사, 1986, 202~231쪽.

24 심우장, 「구비설화 연구방법론에 나타난 쟁점 및 전망」, 『국문학연구』 제11호, 국문학회, 2004, 91쪽.

25 천혜숙, 앞의 논문, 17~30쪽.

26 체험주의의 이론적인 토대는 경험·의미·가치관에 관한 실용주의적 관점, 특히 메를로-퐁티 스타일과 생활계에 초점을 두는 하이데거와 후설의 신체화된 마음의 현상학, 신체화된 인지에 대한 실증적 연구를 추구하는 2세대 인지과학, 의미 창조의 유기체-환경과정을 강조하고, 인간과 다른 동물종 및 인간을 넘어선 세계와의 연결을 인정하는 생태철학이 바로 근원들이다.(마크 존슨/김동환·최영호 옮김, 『몸의 의미』, 문예신서, 2012, 401쪽.)

27 노양진, 『몸이 철학을 말하다』, 서광사, 2013, 63~67쪽.

28 영상도식은 반복적이고 안정적인 감각운동 경험의 패턴이고, 지각적 전체의 위상 구조를 보존한다는 점에서 영상 같다. 그리고 영상도식은 시간 내에 시간을 통해 동적으로 작용하고, 신체적인 것과 동시에 정신적이며, 환경과의 상호작용에 기초한다. 또한 영상도식은 감각운동 경험을 개념화와 언어에 연결하는 구조이고, 제약적 추론을 발생시키는 내적 구조를 갖는다. 영상도식은 의미의 중심에 있으며, 언어, 추상적 추론, 상징적 상호작용의 모든 형태에 기초하고, 몸과 마음을 결속한다.(마크 존슨/김동환·최영호 옮김, 『몸의 의미』, 동문선, 2012, 229~230쪽.)

29 노양진, 앞의 책, 68~78쪽.

30 개념적 은유이론에서 가장 포괄적인 주장은, 추상적 개념이 몸에 기반한 감각운동의 근원영역으로부터 추상적 목표 영역으로의 체계적 사상에 정의된다는 것이다. 개념적 은유는 인간 이해의 구조이고, 은유의 근원영역은 신체적·감각운동 경험으로부터 나오며, 이러한 경험은 추상적 개념화와 추론의 기초가 된다.(마크 존슨/김동환·최영호 옮김, 앞의 책, 275~301쪽.)

31 체험주의 기호학에서 기호적 경험을 해명하기 위해서는 기표와 기호대상, 기호내용이라는 세 요소가 필요하며, 여기에 기호 산출자의 기호적 사상(은유적 사상)이라는 기제가 개입한다.(노양진, 앞의 책, 91쪽)

32 노양진, 위의 책, 87~97쪽.

33 노양진, 위의 책, 160~167쪽.

34 미학을 단지 예술, 미, 취향에 관한 것이 아니라 인간의 의미를 경험하고 산출하는 방식에 관한 것으로 보는 철학이 필요하다. 미학은 의미에 포섭되는 모든 것, 즉 형식, 표현, 의사소통, 성질, 정서, 느낌, 가치, 의도 등에 관련되어 있다.(노양진, 위의 책, 185쪽.)

35 노양진, 위의 책, 185~189쪽.

36 표인주, 『남도민속학』, 전남대학교출판부, 2014, 282쪽.

37 노양진은 레이코프와 존슨의 은유이론의 핵심적인 기제인 은유적 사상(metaphorical mapping)이 기호적 구조를 해명하는 결정적인 열쇠라 보았으며, 그 기제를 기호적 경험으로 확장하여 '기호적 사상'이라 부른다.(노양진, 『철학적 사유의 갈래』, 서광사, 2018, 158쪽.)

38 노양진, 위의 책, 159쪽.

39 노양진, 「기호의 전이」, 『철학연구』제149집, 대한철학회, 2019, 113~129쪽.

40 표인주, 「홍어음식의 기호적 전이와 문화적 중층성」, 『호남문화연구』 제61집, 전남대학교 호남학연구원, 2017, 7쪽.

41 표인주, 「민속적 경험과 감성의 원초적 기반으로서 삶과 정서」, 『감성연구』 제16집, 전남대학교 호남학연구원 인문한국사업단, 2018, 338쪽.

42 표인주, 위의 논문, 337쪽.

43 마크 존슨 지음/노양진 옮김, 『인간의 도덕』, 서광사, 2017, 156~157쪽.

44 표인주, 『영산강민속학』, 민속원, 2013, 235쪽.

45 표인주, 앞의 논문, 346~350쪽

46 표인주, 위의 논문, 356쪽.

47 감성의 중층적 구조는 개념적 혼성을 통해 이루어지는데, 그 과정에서 공공성과 변이성
   이 나타난다. 물리적 기반에 가까울수록 공공성이, 기호적 경험의 층위로 올라갈수록 변
   이성이 나타난다. 즉 애정적 감성의 측면에서 소리 내어 '불다'라는 원초적 근원의 공공
   성은 민요에서 나타나고, 변이성은 판소리에서 강하게 나타난다고 할 수 있다.(표인주,
   위의 논문, 355쪽) 이것은 민요와 판소리에 나타난 애정적 감성 표현이 다소 차이를 갖
   는다는 것을 의미한다.

48 특정한 기표에 특정한 경험내용을 사상함으로써 이 사상된 경험의 관점에서 기표를 경
   험하고 이해한다. 이것이 바로 기표에 주어지는 기호적 의미를 구성한다. 기호적 의미
   구성에 기호내용이 핵심적인 역할을 한다.(노양진, 『몸이 철학을 말하다』, 서광사, 2013,
   90~91쪽) 따라서 기호내용이 기호적 의미 구성에 중요한 역할을 하고, 기호적 의미가
   바로 서사적 의미라고 할 수 있다. 설화의 서사구조에서 기호적 의미는 설화의 주인공
   이 변신하는데 중요한 역할을 하고, 그것이 서사적 의미를 구성하고 있다.(표인주, 「해
   남 윤씨 설화의 기호적 의미와 전승집단의 인식」, 『호남문화연구』 제63집, 전남대학교
   호남학연구원, 2018, 31~66쪽)

49 표인주, 「해남 윤씨 설화의 기호적 의미와 전승집단의 인식」, 『호남문화연구』 제63집,
   전남대학교 호남학연구원, 2018, 43쪽.

50 표인주, 「김덕령 설화의 기호적 의미와 전승집단의 인식」, 『석당논총』 제72집, 동아대학
   교 석당학술원, 2018, 14~16쪽.

51 노양진, 『몸이 철학을 말하다』, 서광사, 2013, 116쪽.

52 도식(schema)이라는 용어는 전형적으로 개념적 그물망으로부터 대본화된(scripted) 활
   동, 서사적 구조, 심지어는 이론 틀에 이르는 일반적인 지식 구조로 간주된다. 따라서
   영상도식은 우리의 지각적 상호 작용들과 신체적 경험들, 인지작용들의 반복적인 구조
   이거나 그것들 안에서의 반복적인 구조들이다.(M. 존슨 지음/노양진 옮김, 『마음 속의
   몸』, 철학과 현실사, 2000, 89~183쪽)

53 노양진, 『철학적 사유의 갈래』, 서광사, 2018, 136쪽.

54 마크 존슨/김동환 · 최영호 옮김, 앞의 책, 218~227쪽

55 M.존슨/노양진 옮김, 앞의 책, 228~233쪽.

56 M.존슨 지음/노양진 옮김, 위의 책, 93쪽.

57 칸트는 상상력이 우리가 경험 안에서 모든 이해 가능한 구조를 갖게 되는 유일한 수단
   이라 했고, 존슨은 정신적 표상, 특히 지각, 영상, 영상도식 등을 의미 있고 정합적인 통
   합체로 조직화하는 능력이라고 했다.(M.존슨 지음/노양진 옮김, 위의 책, 105~266쪽)

**58** M.존슨 지음/노양진 옮김, 위의 책, 229쪽.

**59** 노양진, 『몸이 철학을 말하다』, 서광사, 2013, 66쪽.

**60** 석짝과 같은 상자는 생명의 상징물이자 신의 상징물의 역할을 한다. 남평 문씨 시조설화에서 "'文'자가 새겨진 돌상자 속에 살갗이 흰 아이가 들어 있었다."고 한 것이나, 영광군 낙월면 안마도 당제 당신화에서 "선창가에 이상한 상자가 하나 있었는데, 그 안에 여자 머리딸이 들어 있었다."라고 하는 것을 통해 확인할 수 있다.(표인주, 『남도설화문학연구』, 민속원, 2000, 59~359쪽.)

**61** 체험주의에서 기호적 경험이란 물리적 경험에 근거하고 있으며, 기호적 사상을 통해 구성되기 때문에 언어, 문화, 사회 등의 정신적 경험의 산물을 말한다.

**62** 표인주, 「임진왜란 서사기억의 발생적 원천과 기호적 층위」, 『호남문화연구』 제59집, 전남대학교 호남학연구원, 2016, 121~158쪽.

**63** 꽃의 생태적인 경험과 종교적인 경험은 꽃의 다양한 기호적 경험을 발생시켜왔다. 꽃의 기호적 경험의 다양성은 기호적 전이를 통해 발생한 것이며, 꽃이 다양한 의미를 갖게 하는데 중요한 역할을 하였다.(표인주, 「민속에 나타난 꽃의 기호적 의미와 변화」, 『호남문화연구』 제62집, 전남대학교 호남학연구원, 2017, 421~464쪽)

# 제3장

# 임진왜란 서사기억의 발생적 원천과
# 기호적 층위
### ─ 전남 남해안 수군(水軍)의 전투를 중심으로 ─

## 1. 공유기억으로서 구술기억

기억은 인간의 경험을 해체하여 소멸시키는 것이 아니라 결합을 통해 지속될 수 있도록 여러 가지로 재현된다. 기억은 과거에 대한 정합적인 상을 제공하고, 그 상은 현재의 경험을 일목요연하게 정리해 주면서 우리 삶에 연속성을 제공하기 때문에 문화를 전승하도록 하고, 사회의 진화 및 연속을 위해서도 필수적이다.[1] 그래서 기억은 하나의 사물도 아니고, 단순한 수단도 아닌 과거와 현재를 끊임없이 오가는 매개이다.[2] 매개 행위인 매체는 상황과 기술, 시대와 함께 변화하지만, 기억은 문화가 전승되도록 하고 사회가 지속될 수 있도록 중요한 역할을 해왔다. 문화와 사회는 시간의 흐름에 따라 축적된 공유 기억의 산물이다. 개인적 기억과 역사적 기억이 공유되고 집단화되면서 공유기억으로 발전하기도 한다. 그렇기 때문에 기억행위가 하나의 경험을 재현하는데 그치는 것이 아니라 새로운 기억을 창출하는 과정이라는 점에서 공유기억이 개인과 집단의 삶을 풍부하게 해준다고 할 수 있다.

기억은 다양한 형태로 존재해왔는데, 문자가 탄생하면서 기록의 방법으로 전승되기도 하고, 인쇄라고 하는 문자의 대중적 확산과 더불어 컴퓨터 및 영상매체 등을 통해 다양한 경험들이 저장되고 전승되어 왔다. 이러한 기억의 다양한 방식들이 문화의 전승과 전파를 지속하게 하고 확대시켰던 것이다. 즉 인류의 삶을 풍요롭게 하기 위하여 사회의 진화와 문화의 발전을 진작시켜 왔기 때문에 한 집단의 기억은 문화적 유산인 것이다. 곧 문화의 보존과 전승은 기억을 토대로 이루어지기 때문이다. 대체로 이러한 기억들은 특정한 이데올로기를 강요한 공동체나 국가의 공식적인 재현을 통해 집단기억으로서 역사화되기도 한다.[3] 그래서 집단이나 민족의 정체성을 확립해 주고, 미래지향적인 것을 정리해주는 역할을 하게 된다. 그렇지만 이처럼 공식 기억으로 자리매김하지 못한 기억들은 파편화되어 산재하거나 구술기억으로 전승되는 경우도 있다. 비록 구술기억이라 하더라도 사회집단 구성원으로서 세대 간의 연대가 형성되면 집단적 기억으로 발전한다. 집단기억은 집단의 소속감을 다지기 위한 과거재현이나 기억실천을 수행할 뿐 아니라 공동체가 스스로 상상의 공동체를 형성하는데 필요한 기억이다.[4] 사건에 대한 개인의 기억이 집단기억으로 발전한 경우는 인간의 신체·물리적 경험 기반이 유사한 경우에 많이 나타난다. 특히 전쟁에 대한 경험이 개인마다 주관적인 기억으로 남아있다 할지라도, 공통의 경험이기에 공동체 구성원들의 연대를 통해 집단기억으로 발전하여 지속된다.

임진왜란의 기억은 다양한 방식으로 전승되어 왔는데, 그 가운데 가장 대표적인 것이 문헌기록이다. 문헌기록에는 국가의 입장에서 기록한《조선왕조실록》과《동국신속삼강행실도》 등이 있고, 개인의 입장에서 기록한 유성룡의《징비록》과 이순신의《난중일기》 등이 있다. 그리고 임진왜란 기억을 재생한《임진동고록(壬辰同苦錄)》을 간행하였고, 개인이나 문중들 중심으로 실기(實記)와 유고(遺稿)의 편찬, 실기에 회맹록(會盟錄)의 기술, 지역사회에서 임진왜란에 대한 기록화 작업으로 진주의《충열록》과 호남의《호남절의록》 등을 간행하였다.[5] 그런가 하면 개인의 체험을 바탕으로 재현한 강항의《간양록》과 정희득의《해상록》을 비롯하여 조위한의《최척전》, 노인의《금계일기》, 정경득의《만사록》, 정호인의《정유피란기》 등이 있다.[6] 이와 같은 기록들은 임진왜란이 끝난 후 조선 왕조가 통치체제의 안정을 위해 국가 차원의 임진왜란을 기억하고 추인하는 절차 속에서 이루어지기도 했지만 개인의 차원에서 정당성을 해명하기 위해 이루어진 경우도 많다.

그렇지만 임진왜란의 기억은 국가로부터 배제되었거나 지방의 사족이나 문중, 중앙의 공신들에 의해 기록화되지 못한 내용들이 많은데, 그것이 바로 구술기억이라 할 수 있다. 구술기억은 집단적 체험이 누적되고 응축되어 형성된 것으로 개인기억으로 전승되지만 집단적으로 담론화 된 기억이다. 그래서 한 개인의 기억이 집단적으로 공유되면서 임진왜란에 대한 공동체의 인식이 반영되기 마련이다. 다시 말하면 임진왜란에 대한 집단적인 구술기억 상당수가 전쟁이 발생한 장소의 지역민들을 중심으로 전승되기 때문에 지역민의 정체성과 역사의식을 파악할 수 있는 토대가 된다. 그것은 임진왜란에 대한 지역민의 신체·물리적 경험 기반의 유사성이 큰 데서 비롯된다.

인간의 신체·물리적 경험은 다양한 방식으로 은유적으로 확장되어 나타난다. 이것은 자연적, 사회적, 문화적인 요소들의 영향을 받아서 나타나는데, 추상적 층위로 확장될수록 다양한 변이를 나타낸다. 경험이 은유적으로 확장되어 나타난다는 것은 모든 경험이 근원적으로 신체적 근거를 갖는다는 것을 말한다.[7] 따라서 신체·물리적 경험의 유사성은 공동체성을 지니기 마련이고, 그 집단의 정체성을 발현하는 데 중요한 역할을 한다고 할 수 있다. 다시 말하면 임진왜란의 신체·물리적 경험의 공통성을 근거로 형성된 집단적 구술기억은 구술집단의 역사의식을 반영한다.


## 2. 서사기억의 원천

임진왜란 서사기억의 원천은 당연히 전쟁을 경험한 서사집단의 신체·물리적 경험 기반이라 할 수 있다. 역사적 사건인 전쟁의 신체·물리적 경험은 역사적 사실을 규명하는데 중요한 역할을 한다. 특히 전쟁이 발생한 장소는 사건을 기억하도록 하고, 사건의 진실성을 확인하는 것은 물론 기억 전승의 생명력을 갖도록 하여 재창조의 기반이 되기도 한다. 장소는 집단적 망각의 단계를 넘어 기억을 확인하고 보존할 수 있는 곳이기 때문에 소환된 기억은 장소를 되살리는 역할을 한다.[8] 그렇기 때문에 역사적 사건이 발생한 장소의 기억은 역사적 사실을 파악하는데 중요하다. 역사적 사실 가운데 과거의 사실을 재현하고 기억할 만한 가치가 있는 것은 공적기억으로 기록되지만, 그렇지 않는 경우 구술기억으로 전승되어 서사기억으로 정착하기도 한다. 여기서 공적기억이든 서사기억이든 모두 역사적 사건으로부터 출발한다는 점에서 동일하다.

　전남의 임진왜란 수군전투 서사기억의 원천을 파악하기 위해서는 명량전투와 절이도전투, 왜교성전투에 관심을 가질 필요가 있다. 이들 전투는 임진왜란 7년 전쟁의 종지부를 찍는 데 중요한 역할을 했고, 중요한 서사기억의 발원지이기 때문이다. 임진왜란은 막대한 인력과 재정의 손실과 생산력의 감소를 유발하여 엄청난 경제적인 피해를 초래했고, 민족과 국가의 정체성을 반영하는 문화유산의 파괴와 정신적인 피해를 통해 사회적 모순이 폭발하고 신분제도가 흔들리면서 조선왕조의 위기를 초래하였다. 이처럼 임진왜란의 사회·경제적인 영향은 당시 신체·물리적 전쟁 경험을 다양한 은유적 형태로 표현하는 데 중요한 역할을 했다. 은유는 특수한 기법이 아니라 일상적인 사고와 언어에 넓게 퍼져 있는 개념적 기제이다.[9] 은유적 표현방식 중의 하나가 바로 서사이다. 서사가 인간의 경험적 토대를 근간으로 표현된 것이기 때문에 임진왜란은 당연히 서사적 기억의 원천인 것이다. 따라서 전남의 임진왜란과 관련된 수군전투 서사기억의 발원지는 명량전투, 절이도전투, 왜교성전투가 발생한 장소라고 할 수 있다.

　명량전투는 1597년 9월 16일에 울돌목이라는 좁은 해협에서 어려운 여건 속에서 대승을 거두었던 전쟁이다. 명량전투와 관계된 서사기억이 형성된 장소를 파악하기 위해서는 무엇보다도 명량전투의 장소도 중요하지만 인근지역인 전초전의 장소도 중요하다. 이순신 함대가 이진에서 명량으로 이동하면서 전초전을 치르는 과정을 보면,[10] 수군통제사로 재임명된 이순신이 판옥선 10척을 수습하여 정비한 전선을 이끌고 1597년 8월 20일에 이진(해남군 북평면 이진리)으로 진을 옮겼고, 8월 24일에 어란(해남군 송지면 어란리) 앞바다에 이르렀다. 이순신의 함대는 8월 26일에 8척의 적선이 이진까지 다가오자 이들을 갈두(해남군 송지면 갈두리)까지 추격했고, 그날 저녁에 장도(해남군 송지면 내장)로 진을 옮겼다. 8월 29일에 벽파진(진도군 군내면 벽파리)으로 건너가 진을 쳤고, 본격적인 명량전투는 9월 16일 이른 아침에 해남군 황산면 부곡리 성산마을의 고절봉(혹은 해남군 황산면 옥매산)에 있는 망군(望軍)이 적선의 동향을 알리는 보고로부터 시작되었다. 망군의 보고를 받은 이순신은 13척의 전선을 거느리고 명량해협을 통과하려는 130여척의 왜군함대와 첫 접전을 하게 된다. 치열한 전투 끝에 적선들이 모두 패주하자 이순신 함대는 재정비하여 당사도로 이동한다. 해전 후 당사도를 거쳐 고군산도에 도착한 이순신은 9월 23일에 승첩에 관한 장계를 올림으로서 명량전투는 마무리된다. 해전 후 20여일 만에 다시 우수영으로 돌아왔으며 고하도(목포시 고하동)에서 겨울을 나고 그 후 고금도로 진을 옮긴다.[11]

절이도전투는 거금도와 소록도의 해협에서 일어난 것으로 추정되는 흥양(고흥)의 절이도 해전을 말한다. 이 전투에 대해서 《난중일기》나 《이충무공전서》에서는 확인하기 어렵지만 《선조수정실록》에 보면 이순신이 수군을 지휘하여 적선 50여 척을 불태웠다고 하는 기록이 있다. 그런가 하면 1598년 7월 24일 조명 연합함대를 편성하여 6척의 적선을 격파하고 69명의 적병을 살육하는 전과를 올렸다고 말하기도 하고,[12] 이순신이 녹도만호 송여종에게 전선 8척을 주어 절이도에 복병을 하도록 했는데, 이순신과 진린이 함께 연회 중일 때 송여종이 일본 군선 6척을 격파하고 69명의 수급을 거두었으나 명나라 수군은 해상의 바람이 사나워 싸우지 못했다는 전과 보고가 올라왔다고 한다.[13] 중요한 것은 절이도전투가 거금도 해역에서 발생했다는 것이고, 조명 연합함대가 결성된 뒤에 일어난 전투라는 점이다. 조명의 연합함대는 이순신이 1598년 2월 17일 고하도에서 고금도로 수군 진영을 옮기고, 7월 16일 명나라 수군도독 진린이 절강수군 9천여 명과 5백여 척의 군선을 거느리고 고금도에 도착하면서 구성되었는데, 수륙양면으로 왜교성을 공격하기 위한 것이었다.[14] 연합함대가 결성된 뒤 일어난 절이도전투는 고금도를 비롯해 금당도와 거금도까지 지배해역을 확대하는 데 크게 기여하였는데, 고흥반도를 완전히 장악하고 여수반도를 끼고 있는 순천만과 남해지역을 확보함으로써 왜교성전투의 승리적 토대가 되었다고 할 수 있다.

왜교성전투는 1598년 9월 20일부터 11월 19일 노량해전에 이르기까지 2개월간 지속된 사로병진작전(四路並進戰)을 통해 순천 왜교성을 공격하기 위한 전투이다. 왜교성은 순천시 해룡면 신성리에 위치하고 있으며, 왜교성 정면에 있는 검단산성(조선산성)은 조명 연합육군의 진지였다. 왜교성전투는 명나라 유정의 육군과 진린의 해군이 참여하고, 조선의 권율과 이순신 등 육해군 최고책임자들이 참전한 것을 보면 임진왜란의 종지부를 찍기 위한 전투였음을 알 수 있다. 이 전투 가운데 9월 20일 연합함대가 장도해전에서 30여 척의 왜선을 격침시키고 11척을 나포하였으며, 왜군 3000명을 무찔렀는데,[15] 장도를 장악함으로써 일본군의 유일한 해상진출로이자 남해도로 통하는 그들의 퇴로를 완벽하게 차단하는 성과를 거두었다. 11월 11일에 나로도에 주둔해 있던 연합함대가 광양만의 묘도에 진을 쳤고, 13일에는 장도 앞에 10여 척의 적선이 나타나자 성 밑에까지 추격한 뒤 돌아와 장도에 진을 쳤다. 결국 11월 18일 밤, 묘도에서 출진한 연합함대가 광양만의 끝자락에 있던 관음포 앞바다에서 다음날 아침까지 사천의 도진의홍 군과의 최후 혈전을 벌이고 있을 때 마침내 소서행장은 왜교성을 탈출하였다. 그때 유정은 곧 바로 왜교성을 점령하였다. 왜교성의 공방전이 시작된 후 2개월 만에 왜교성전투는 마무리된다.[16]

이처럼 명량전투와 절이도전투 그리고 왜교성전투가 발생한 장소는 서사기억의 발원지가 되었다. 여기서 장소는 단순히 사건 발생의 장소가 아니라 임진왜란을 기억할 수 있는 기반으로서 기억을 명확하게 증명한다는 것 이상의 의미가 있다. 장소란 사람들이 그곳에서 찾고자 하는 것, 그곳에 대해 알고 있는 것, 그리고 그곳과 관련된 모든 것을 말한다. 그렇기 때문에 장소는 기억의 매체들로서 보이지 않는 과거를 제시하고, 그 과거와의 접촉을 유지하도록 하는 것이다.[17] 장소와 관련된 서사기억은 주로 전쟁의 원인이나 결과에 관심이 있는 것이 아니라 주로 어떻게 전쟁을 수행했고 승리하게 되었는가에 집중된다. 다시 말하면 조선왕조나 명나라의 정치적인 상황에 관심이 있는 것이 아니라 이순신이 전쟁을 어떻게 이겼는가, 그 당시 그 지역주민들이 어떠한 역할을 했는가에 대해 기억하고자 한다. 그것을 기억하고 전승하기 위해 경험적 기반에 근거한 다양한 은유방식인 서사물을 창조해 낸 것이다. 서사기억은 과거와 현재의 서사적 형태의 대화라고 할 수 있는데, 단순히 과거의 이야기로서만 전승되는 것이 아니라 현재의 사회적인 관계에 영향을 주기 때문이다. 그래서 서사기억이 문화를 이끌어가는 다양한 매체에 의한 기억을 통해 문화적 기억으로서 역할을 하게 된다.

## 3. 서사기억의 원초적 근원과 기호적 경험

서사는 한마디로 인간의 삶의 본질을 묻는 이야기, 즉 인간이 시간의 흐름에 따라 경험한 수많은 것들을 다양한 형식으로 표현한 것이라고 할 수 있다. 그것은 다름 아닌 서사물인데, 신화, 전설, 우화, 설화, 소설, 서사시, 역사, 비극, 추리극, 희극, 무언극, 회화, 영화, 지역뉴스, 일상대화 등에서 찾아 볼 수 있다.[18] 이것들은 인간의 경험을 다양한 서사적 형식으로 표현한 것으로 인간의 삶과 관련된 사물, 현상, 사건 등에 생명력을 불어넣는 역할을 하기도 한다. 그래서 당시 사회 이데올로기를 반영하기 마련이다. 당대 사회가 원하는 지배적인 신념의 체계, 즉 이데올로기에 부합되기도 하는 반면 그것에 저항하기도 한다. 서사라는 것이 결국 어떤 식으로든 인간의 유토피아를 구축하고 상상하는 방법이며 의미를 만들어내고, 미래의 새로운 가능성들을 미리 인식하게 만들어 준다.[19] 그래서 임진왜란의 서사가 전쟁과 더불어 당대의 사회적 이데올로기의 반영이라 할 수 있기 때문에 전승집단의 전쟁에 대한 인식과 역사의식은 물론 문화적인 맥락을 읽을 수 있는 기초자료가 되는 것이다.

따라서 본 장에서는 임진왜란의 대표적인 서사라고 할 수 있는 야죽불전설, 노적봉전설, 역의암전설 등을 통해 이야기 형성의 원초적인 근원을 파악하고자 하는데 그것은 기호적 경험의 발생적 원천을 파악하는 것이다. 기호적 경험의 근원적 뿌리가 우리의 몸, 그리고 몸의 직접적 활동에 있으며, 따라서 기호적 경험이 물리적 경험에 앞서 주어질 수는 없다.[20] 물리적 경험을 통해 기호적 경험이 형성되는데,[21] 기호적 경험은 기호내용을 구성하고, 기호내용은 기표를 확정하는 데 중요한 역할을 한다. 이러한 일련의 과정을 통해 인간이 경험한 내용들이 어떻게 기호적 의미를 갖게 되는가를 확인할 수 있다. 즉 앞서 언급한 전설들을 통해 이야기의 기호적 경험의 발생적 원천을 파악할 수 있고, 또한 역으로 그것을 통해 기호적 경험이 어떻게 작용되어 기호적 층위로 확장되어 나가는가를 파악할 수 있는 것이다.

### 1)기호적 경험의 전술적 활용

조선 수군은 왜교성전투에서 열악한 조건이지만 승리를 위해 삶 속의 경험적 지혜를 전술적으로 활용하였다. 일상생활 속에서 경험한 삶의 지혜를 바탕으로 하여 그것을 전쟁에 활용한 것이다. 이것은 전투에서 사용한 전술이 기호적 경험의 유사성을 토대로 활용한 것이 그 예이다. 기호적 경험의 대상은 다름 아닌 불과 소리인데, 특히 조선 수군과 왜군은 왜교성전투에서 불과 소리에 대해 기호적 경험이 유사했기 때문에 그것을 통해 서로 속이고 속았던 것이다. 조선 수군이 불과 소리를 활용해 승리한 전술이 바로 '야죽불전술'이다.

야죽불전술은 폭약이 터지는 것처럼 위장하여 적을 교란시키기 위한 것으로 대나무에 불을 지펴 적진에 침투시키는 것이다. 야죽불전술을 펼치기 위해 기본적으로 대나무를 뗏목이나 목선(木船)에 싣고, 사람들이 타고 있는 것처럼 나무나 짚을 이용하여 허수아비를 만들어 세우고 마치 전함처럼 위장한다. 그래서 대나무에 불을 지핀 다음 그 목선을 조류나 바람을 이용하여 적진에 침투시킨다. 이러한 목선을 하나만 하는 것이 아니라 여러 척을 만들어 활용하기도 하고, 대나무가 불타면서 터지는 소리는 마치 화포의 폭약이 터지는 소리와 같아서 적을 교란시키는데 효과적이었다.[22] 여수시 소라면 덕양리의 〈이순신의 야죽불전설〉이 대표적인 예이다.

신성포, 신성포가 있어, 해룡면 신성포. 거기에는 신성포 그 산이 높으도 안 해요. 저 건너 저런 산뱅이로 저렇게 얕은디, 둥드덩허게 이렇게 생겼다 그 말이여. 그 우에서 성을 딱 쌓아났어. 그래갖고 그 성도 우리 말하자면 한국에서 쌓아놓은 성이란 말이여. 그랬는디 거기서 지키다가 우리 한국 군인이 일본놈들한테 밀려서 거리를 뺏겨 불었다 그 말이여. 그런께 그놈들이 거기서 진을 치고 있제. 그러는 순간에 이순신 장군은 저하동, 우리 남한으로 해서는 하동이 제일 대가 좋은디여. 몸통도 이렇게 큰대가 많이 있었는디, 이순신장군이 인자 묘계를 부려갖고 거기에 대를 좋은 놈을 많이 쪄가지고 와서 신창까지 갖다 놓고 짚둥치를 그냥 짚을 펴놓고 그 짚둥치 안에다가 대를 막 이렇게 다발다발 갖다 여서 동그러니 묶어갖고, 말하자면 배에다 갖다가 요렇게 씌워서 실었대요. 그래 남해 노량바다에서 요리 신성포를 보고 들어온께 들어옴서 불을 내논께 대 매듭 투는 소리가 총소리 보담도 무섭거든. 거 하나 둘도 아니고 그래. 배가 수십 개가 불이 붙어서 대매두가 튼께 "아따 여기 이 조선도 이렇게 무기가 많구나, 우리 여기 있다가는 죽겠다." 그것에 놀래서 광양 바다에가 들어온께 그놈들이 놀래서 다 달아나 불었어. 그래가지고 인자 저그 남해 노량강, 노량강 거기서 벗어져 나갈라고 그럴 찰나에 이장군님은 거 남해섬 저건네 어디가 대기해갖고 있었든가, 적진으로 오다가 그 자리에서 그냥 돌아가셨다고 그라대요.[23]

위의 전설을 요약하자면, 짚을 펴놓고 그 속에 대나무를 넣어 둥근 다발을 만들고, 그 다발들을 배에 싣고 불을 지른 뒤 광양만 쪽으로 띄워 보내면 대나무 튀는 소리가 총소리보다 더 무섭게 들려 왜놈들이 놀래 도망쳤다고 한다. 이와 같은 전설은 순천시 해룡면 신성리의 〈왜성전투 전설〉에서도 확인할 수 있다. 대나무 토막을 짚단 속에다 넣고 묶어서 뗏배에 실은 다음 허수아비도 많이 만들어 옷을 입혀 세우고 불을 질러 바람을 이용하여 왜놈들 쪽으로 띄워 보낸다. 그런가 하면 여수시 삼일면 사포리의 〈야죽불전설〉에서는 배 위에 대나무를 발처럼 엮어서 만들어서 세우고 중간 중간에 짚 다발을 넣어서 채운 뒤 불을 질러 적진으로 띄워 보내는데, 이러한 배가 수십 척이었다고 한다. 그리고 여수시 공화동의 〈댓불과 짚둥치전설〉에서는 배 가운데에는 대나무를 베어 몇 짐씩 쌓아놓고 그 주변에 허수아비를 만들어 세우고 불을 지른 다음 바람의 방향을 이용해 배를 띄워 보냈다고 한다. 이처럼 야죽불전술은 기본적으로 대나무와 불을 활용하는 것이 핵심이지만 허수아비와 폐선을 병행하여 이용하는 경우가 많다. 야죽불전술은 명량해전에서도 행해졌는데, 해남군 문내면 무고리의 〈야죽불전설〉에서 보면 뗏목 배를 만들어 그곳에 보릿대나 나락의 겨를 섞어놓고 그 위에 생죽을 올려 불을 지른 다음 조수를 이용해 떠내려 보낸다. 그러면 뗏목 배가 대포소리 같은 소리를 내면서 적진으로 향하기 때문에 왜적들이 놀래서 포를 쏘아 왜놈들의 탄약을 소진시켰다고 한다.[24]

야죽불전술은 조선 수군이 왜군을 속이기 위한 전술적인 지략으로서 이것을 경험한 집단들이 기억하고자 야죽불전설을 구연한 것이고 그것이 시간의 흐름 속에서 전승되었던 것이다. 따라서 야죽불전설을 통해서 야죽불전술과 관련된 서사가 어떻게 형성되었고, 야죽불전설의 발생적 원천이 어디인지를 확인할 수 있다. 그것은 [야죽불전설 ← 야죽불전술 ← 달집태우기/댓불놓기[25] ← 불]로 전개되었을 것으로 보인다.

다시 말하면 불이 갖는 상징적이며 주술적인 의미가 달집태우기나 댓불놓기를 행하도록 했고, 달집태우기/댓불놓기를 통해 경험한 '대 튀는 소리'의 기호적 경험을 활용하여 폭약이 터지는 소리로 위장한 야죽불전술을 구사하였으며, 야죽불전술은 조선 수군이 열악한 조건 속에서 삶의 지혜를 활용해 승리했음을 기억하고자 야죽불전설을 형성시켰다고 할 수 있다. 이와 같은 야죽불전설의 체험주의적 기호화 과정[26]을 세 가지로 정리할 수 있다.

먼저 불의 은유적 표현으로서 달집태우기와 댓불놓기이다. 불은 재생과 종말의 도구이면서 정화력과 생명력을 가지고 있고, 벽사의 역할을 한다. 이러한 의미가 상호작용하여 은유적으로 사상되어 기표화된다. 즉 불에 대한 생명력과 정화라는 주술적 경험의 관점에서 달집태우기/댓불놓기를 하게 했다는 것이다. 따라서 달집태우기와 댓불놓기의 기호화 과정을 보면 [Ⓐ기호대상(불) ↔ Ⓑ기호내용(생명력/정화) → Ⓒ기표(달집태우기/댓불놓기)]로 전개된다.

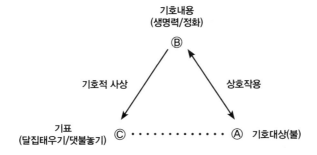

두 번째 달집태우기와 댓불놓기의 은유적 표현으로서 야죽불전술이다. 농가에서 달집태우기는 농사의 풍요를 기원하고 모든 사악을 정화시키기 위해 하는 민속놀이로서[27] 댓불놓기도 마찬가지이다. 농사의 풍요와 가족의 건강을 기원하는 의미로 불을 피우는데, 반드시 대나무를 넣어서 불을 피운다. 대나무가 타면서 '쾅, 쾅, 쾅'하는 소리가 잡귀를 물리친다고 생각한 것이다. 이러한 소리가 상호작용하여 은유적으로 사상되어 기표화된 것이 야죽불전술이다. 즉 달집태우기/댓불놓기를 화약이 폭발하는 군사적 경험의 관점에서 인식하여 야죽불전술을 구사한 것이다. 따라서 야죽불전술의 기호화 과정을 보면 [Ⓐ기호대상(달집태우기/댓불놓기) ↔ Ⓑ기호내용(화약폭발) → Ⓒ기표(야죽불전술)]로 전개된다.

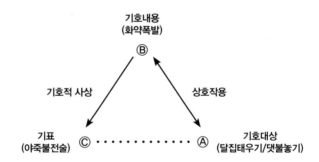

세 번째 야죽불전술의 은유적 표현으로서 야죽불전설이다. 왜교성전투에서 야죽불전술은 왜군을 격침하고 물리치는 데 크게 활용되었고, 그 결과 전쟁의 승리를 경험하게 되었다. 이러한 경험이 상호작용하여 은유적으로 사상되어 표현된 것이 야죽불전설이다. 야죽불전설을 통해 왜교성전투를 기억하고자 했던 것이고 미래의 역사의식과 새로운 가능성을 제시하고자 했을 것으로 보인다. 즉 야죽불전술이 임진왜란의 승리원동력이 되었다는 인식적 경험의 관점에서 기억하고자 야죽불전설을 구술한 것으로 보인다. 따라서 야죽불전설의 기호화 과정을 보면 [Ⓐ기호대상(야죽불전술) ↔ Ⓑ기호내용(승리의 원동력) → Ⓒ기표(야죽불전설)]로 전개된다.

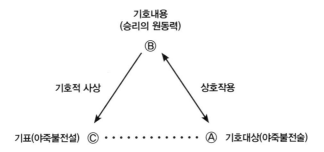

## 2) 기표적 유사성의 전술적 활용

전쟁에서 승리하기 위해서는 무엇보다도 군사, 식량, 전술, 무기 등이 기본적으로 구비되어야 한다. 그 가운데 가장 중요한 것은 충분한 군사와 장수로 활용할 수 있는 인력을 확보하는 것이고 그에 따른 식량을 확보하는 것이다. 이것은 전쟁 승리의 기본적인 토대가 되기 때문이다. 인력과 식량을 충분히 확보하지 못한 경우 전술적인 계략을 발휘할 수밖에 없다. 이러한 과정 속에서 식량과 인력을 확보하기 위해 물리적인 대상인 기표[28]의 유사성을 활용하여 속일 수 있는 전술적인 보완장치를 마련한다. 기표 유사성은 서로 속이고 속일 수 있는 기표놀이의 근간이 된다. 기표놀이를 활용하여 위장전술로 활용하는 것은 승리의 원동력을 이끌어내기 위한 것이다. 조선 수군이 물리적 대상을 활용하여 왜군을 속이기 위한 과정을 서사기억으로 표현한 것이 바로 노적봉전설과 역의암전설이다.

### (1)식량 확보의 전술적 계략

노적봉전설은 주로 좌수영권과 우수영권에 집중적으로 분포되어 나타나는데, 왜교성 전투가 집중적으로 벌어졌던 좌수영권으로 순천시 해룡면의 양미산, 여수시 삼일면의 노적산, 여수시 화치의 볼록산 등이 있으며, 명량해전이 치열했던 우수영권에는 무안 두데산, 목포 유달산, 완도 해남도, 진도 도암산과 오지바위, 해남의 옥매산과 백방산, 성매산, 굴섬의 노적바위 등이 있다. 바위나 산봉우리를 노적으로 위장하는 방법은 지역마다 다소 차이가 있으나 큰 차이는 발견되지 않는다. 노적은 벼를 많이 쌓아놓은 것을 말하는 것으로 군사들의 양곡으로 위장하기 위해 많이 활용되었다. 노적을 만드는 방법으로 바위나 봉우리를 짚으로 만든 마람(날개)으로 둘러씌우는 경우가 일반적이다.[29] 대표적인 예로 해남군 황산면 옥동에 전승되는 〈벽파진 노적바위전설〉을 들 수 있다.

> 노적바위는 벽파 앞의 굴섬이라 생각되었다. 진도 벽파진 앞에 간다고 하면 바로 옆에 둥그러 하니 노적같이 생긴 섬이 있어라우. (조사자 : 그 섬 이름은요?) 글쎄 이름은 잘 모르겠는디 거기다가 이순신 장군이 싸울 때에 뺑뺑 둘러 마람을 이었다고 합디다. 일본놈들이 와서 보고 군량이 저렇게 많이 쌓였구나 이렇게 생각하게 할라고 그랬다고 합디다.[30]

그런가 하면 이와 같이 노적만을 만들어 위장하는 것이 아니라 인근의 강물이나 바닷물을 이용하여 군량미가 많다는 것을 위장하기도 한다. 완도 해남도의 〈노적봉전설〉이 대표적인 예이다.

왜적이 정유재란을 일으켰을 때 충무공 이순신장군께서 8000수군을 영솔하고 고금도에 수군본영을 설치했었는데 왜직의 군세는 수적으로 몇 배의 청세이었다. 이를 격파 섬멸하기에는 기발한 전략과 묘책이 나와야 했다. 충무공은 본영 앞바다에 있는 해남도라는 작은 섬의 형상을 활용코자 섬의 둘레에 마름을 둘러 덮어 벼더미(나락露積)를 쌓아 둔 것처럼 위장해 놓고 많은 허수아비를 만들어 섬 주위에 세워 곳곳에 등불을 밝혀서 멀리서 보면 노적을 지키고 있는 군사들처럼 보이도록 하였다. 그리고는 조개껍질을 불태워 석회를 만들어서 조석으로 바닷물을 풀어서 군사들의 밥 지을 쌀을 씻는 뜨물이 흘러 내려 간 것처럼 하여 멀리 장흥, 고흥앞바다를 거쳐 나로도 근해에 까지 흘러가도록 했었다. 이에 속은 왜적은 우리 군세가 막대 막강한 줄로 오인하고는 감히 접근치 못하고 어두운 밤이 되면 멀리서 그 노적을 지키는 허수아비(僞裝軍卒)들을 향하여 조총과 활을 무수히 쏘아 댔다. 그러나 아방은 꼼짝도 않으니 왜적은 더욱 겁이 나서 아예 접근치 못하고 여러 날 밤을 노적수비병(허수아비) 사살전만 되풀이 했었으니 아방은 이 작전에서 수천본의 화살을 얻었으며 기발한 전략으로써 적세를 약화시킨 충무공께서는 천혜의 고금영에서 심승의 결의를 굳게 다지게 되었던 것이다.[31]

이와 같은 내용은 해남군 문내면 무고리의 〈벽파진 노적봉전설〉이나 무안군 몽탄면 〈두데산의 노적봉전설〉에서도 나타난다. 산 아래 강이 있는데, 그 강물에 횟가루를 뿌려 강물이 마치 군사들이 밥을 지을 때 흘러 내린 쌀뜨물 모양으로 위장하기도 한다. 또한 똑같은 〈두데산 노적봉전설〉과 관련된 것이기는 하지만, 목포시 대성1동의 〈몽탄강전설〉에서는 몽탄강 주변에 군사를 동원해 백토를 실어다가 바구니에 담아 흔들면서 백토가루를 강으로 흘려보내어 밥을 짓기 위해 쌀 씻는 물로 위장하는 과정을 구체적으로 설명하기도 한다.[32]

노적봉전설은 기본적으로 산봉우리가 은유적으로 표현된 서사기억이다. 노적봉전설을 통해서 노적이나 노적봉과 관련된 서사가 어떻게 형성되었고, 그 발생적 원천이 어디인지를 확인할 수 있다. 그것은 아마도 [노적봉전설 ← 노적봉(露積峰) ← 노적(볏가릿대세우기) ← 볏짚(쌀)]이었을 것으로 보인다.

다시 말하면 마람의 주재료는 짚이고 짚은 쌀의 상징이기 때문에 마람은 곧 군사들의 군량미인 쌀을 상징한다. 이것은 조선 수군들만 인식하는 것이 아니라 왜군들도 마찬가지이다. 왜군도 주식이 쌀이고 생업방식이 벼농사라는 점에서 군량미의 기표적 유사성을 가지고 있다. 조선 수군이 쌀, 짚, 노적 등 기표적 유사성을 활용하여 왜군을 속이고자 했던 것이다. 그래서 군량미가 많음을 표현하기 위해 바위나 산봉우리를 마람으로 덮었고, 그것을 노적이라 생각했으며, 노적을 산봉우리처럼 한 것은 왜군을 속이기 위한 전술적 계략이었던 것이다. 이처럼 조선 수군이 군량미 확보의 전략으로 노적을 많이 만들어 전쟁 승리에 기여했다는 것을 기억하고자 노적봉전설이 형성되었다고 할 수 있다. 이와 같은 노적봉전설의 체험주의적 기호화 과정을 세 가지로 정리할 수 있다.

먼저 볏짚(쌀)의 은유적 표현으로서 노적(볏가릿대세우기)이다. 짚은 농가에서 복을 상징하기 때문에 출산의례에서 짚을 깔고 지앙상을 차리거나 산모가 짚자리 위에서 출산하는 것은 태어날 아이가 복을 타고 태어난다고 생각한다.[33] 그런가 하면 정월 보름에 농사 풍요를 기원하기 위해 볏가릿대(禾竿)세우기(노적)를 하는데, 볏가릿대는 벼를 베어서 볏단을 차곡차곡 쌓아놓는 것을 말하고, 노적이라고 부르기도 한다. 볏단을 쌓아놓거나, 짚을 쌓아 놓는 것이 바로 노적인 것이다. 따라서 볏짚(쌀)에 복과 풍요라는 기호 내용이 상호작용하고 은유적으로 사상되어 표현된 것이 노적/볏가릿대세우기인 셈이다. 즉 볏짚을 복과 풍요를 빌 수 있는 신앙적 관점에서 경험하고 그것에 근거하여 노적/볏가릿대세우기를 하게 되었다는 것이다. 노적의 기호화 과정을 보면 [Ⓐ기호대상(볏짚/쌀) ↔ Ⓑ 기호내용(복/풍요) → Ⓒ기표(노적/볏가릿대세우기)]로 전개된다.

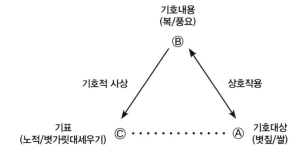

두 번째 노적(볏가릿대)의 은유적 표현으로서 노적봉이다. 정월 대보름의 복쌈을 노적쌈이라고 부르기도 하는데, 밥을 볏단 쌓듯이 높이 쌓아서 성주신에게 올린 다음 먹으면 복이 온다고 한다. 때로는 돌을 노적처럼 마당에 쌓아놓고 풍년 들기를 기원하기도 한다.[34] 노적을 높이 쌓을수록 좋다는 것은 산처럼 쌓는다는 것을 의미하기 때문에 주변의 산봉우리

만큼 쌓으려는 의식을 갖게 되었을 것이다. 그러한 의식이 노적과 상호
작용하여 산봉우리만큼 높은 노적이 은유적으로 사상되어 노적봉이라는
기표를 형성시켰다. 즉 노적을 높이 쌓을수록 좋다고 하는 경험의 관점
에서 산봉우리만큼의 노적을 갖고자 노적봉을 형상화한 것이다. 노적봉
의 기호화 과정을 보면 [Ⓐ기호대상(노적) ↔ Ⓑ기호내용(산봉우리만큼 높
이) → Ⓒ기표(노적봉)]로 전개된다.

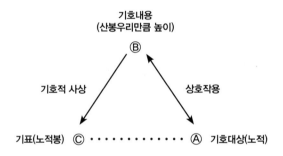

세 번째 노적봉의 은유적 표현으로서 노적봉전설이다. 노적봉전설은
전국적으로 분포하고 있으나 특히 임진왜란과 관련된 경우가 많다. 노적
봉전설은 충분한 군량미 확보를 보여주기 위해 전쟁이 발생한 장소 주
변 산봉우리를 군량미로 위장한 이야기다. 그래서 노적봉이 전쟁 승리의
원동력이 되고 왜군을 물리칠 수 있는 계기가 되었다는 인식이 상호작
용하게 되고 그것이 은유적으로 사상되어 표현된 것이 노적봉전설이다.
즉 노적봉을 군량미로 위장한 것이 전쟁 승리의 원동력이 되었다고 하는
인식적 경험의 관점에서 기억하고자 노적봉전설을 구술하였다. 노적봉
전설의 기호화 과정을 보면 [Ⓐ기호대상(노적봉) ↔ Ⓑ기호내용(승리원동
력) → Ⓒ기표(노적봉전설)]로 전개된다.

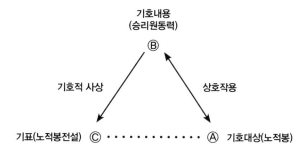

## (2)군사 확보의 전술적 계략

역의(易衣)전술은 많은 군사들이 수호하고 있음을 보여주기 위한 것으로서 조선 수군이 일본 왜군을 속이기 위해 적은 군사로 하여금 여러 색의 옷을 번갈아 입고 활동하도록 하는 전술적인 계략이다. 이 계략에서 기본적으로 전쟁에 참여한 군사들이 다양한 색깔의 옷을 갈아입고 활동하도록 하거나, 전쟁에 참여하지 않는 여자들에게 군사들의 복장을 입혀 활동하도록 하기도 한다. 여자들은 전투에 참여한 사람들의 보조적인 역할을 할 수는 있지만 직접 전투에 참여하는 것보다는 다양한 공동체놀이를 하면서 노래를 부르고 함성을 지르도록 하여, 조선 수군의 전투 의지를 고양시키고, 왜군들에게는 많은 군사들이 수호하고 있는 것처럼 속이고자 하는 것이다. 역의전술이야말로 명량대첩과 왜교성전투에서 열악한 조선 수군에게 승리의 원동력이 되었던 것이다. 일반적으로 역의전술을 펼친 곳은 주로 왜적들이 쉽게 볼 수 있는 바위나 해변가 혹은 산봉우리 등이었다. 여수시 소라면 덕양리의 〈역의암전설〉이 대표적이다.

역의암이라고 헌디는 옛날에 그 전쟁이 일어났을 시에 군인은 우리 한국에가 군인은 인원이 적고, 무기 없고 그러니 왜적을 막아낼 수가 없다 그거여. 그래서 에, 가사 왜적은 50명이나 이 땅을 들어서는디 이 땅에 들어서는디 우리 이 땅 군인이라는 것이 열이면 어떻게 상대를 해 나갈 수가 없는게, 그 묘계를 부린 것을 에, 요새로 말하자면 군인대장, 잉, 그때로 해서는 그 육전으로만 할 판이 되겠담시 단지 우리 한국에서 무기란 것이 활이나 허고, 총도 한 발이나 되는 것, 화심을 대갖고 댐배참이나 되서야 불이 댕겨서 심지에가 불이 백여야 그것이 나가게 생겼는디, 그것 갖고 전쟁할 수도 없고 그랬다고.

인자 왜적이 말하자면, 이 우에 버스 합동 정류소 있는 거기에가 옛날에는 물이 강물이 들어왔단 그 말이여. 강물이 들어왔는디, 거가 바구가 탄금맹이로 쓰고 다니는 탄금맹이로 생각 바구가 있어요. 그래서 거기를 탄금바우라. 인자 질 밑에는 시루떡 바우라 그렇게 된딘디. 근디 거기에서 인자 지휘를 했던 양반이, 어떤 양반인가, 그때 지휘를 해서, 그 지휘를 허고, 전쟁을 헌디는 그 양반이 그때, 이순신 장군이 했던가? 에. 해갖고 그 분이 묘계로 부린 것이 군인은 열밖에 없는디 무기도 없고 군인이 열밖에 없는디 옷을 한 세 가지나 네 가지나 골라서 입혔다 그 말이여. (웃음) 옷을 세 벌이고 네 벌이고 해놓고 이번에 열을 내보냈는디. 가사 말하자면 흰 옷을 입혀서 내보내서 저리 돌아간다 그 말이여. 그러면 왜적들이 그것을 봤다 그 말이여. 본디, 또 조금 있다가 한 바퀴 돌고 와서 여그 제자리에 또 와갖고 또 노랑 옷을 입혀서, 그래서 의복을 갈아입힌다 해서 역의암이라, 그런게 명칭이 된 것이여. 그래서 역의암이라, 의복을 갈아 입혀서 전쟁을 헌다.[35]

위의 내용을 정리하면 "탄금바위가 있는데, 군인은 열밖에 없고 무기도 없어서 그래서 옷을 서너 벌을 해놓고 흰옷을 입혀 한 바퀴 돌게 하고 다시 노란 옷을 입혀 돌게 하여 왜적들이 보기에 군인들이 많은 것처럼 위장했고, 옷을 갈아입었던 바위를 역의암이라 한다."고 한다. 이것은 적은 군인을 많아 보이게끔 하는 역의암전술의 기본적인 내용이다. 그런가 하면 군인들이 부족하니까 부녀자들을 이용하여 여의암(女衣岩)전술을 펼치기도 한다. 여수시 시전동 선소마을의 〈여의암전설〉에서는 "비봉산 산꼭대기에서 부인들을 전부 군복을 입혀가지고 순회하도록 했다."고 한다.[36]

이처럼 부녀자들을 활용한 것은 명량해전이 치열했던 울돌목 인근지역에서도 확인할 수 있다. 그것은 바로 강강술래를 위장전술로 활용한 것에서도 확인된다. 강강술래를 했다고 하는 서사기억의 장소는 진도군 군내면 대사리 뒷산인 도암산, 진도군 군내면 녹진리의 오지바위, 해남군 현산면 백방산 노적봉 등으로 알려지고 있는데, 해남군 문내면 동외리에 전승되는 〈강강술래와 피섬바다전설〉이 대표적이다. 강강술래는 기본적으로 부녀자들에게 군복을 입혀서 수십 명씩 무리를 지어 노래를 부르면서 산봉우리를 돌게 하여 왜적에게 수만 대군의 군사가 있는 것처럼 위장하기 위한 것이다. 부녀자들에게 군복을 입혀 위장했다는 점은 여수시 시전동 선소마을의 〈여의암전설〉에서 나타나는 것과 동일하지만 노래와 놀이를 했다는 점에서는 차이가 있다.[37]

역의암전설은 역의전술이 은유적으로 표현된 서사기억으로서 명량대첩과 왜교성전투에서 승리의 원동력이 되었던 역의전술을 기억하고자 형성되었다. 따라서 역의암전설을 통해 역의전술과 관련된 서사가 어떻게 형성되었고, 또 어디서 비롯되었는지 발생적 근원을 확인할 수 있는데, 그것은 [역의암전설 ← 역의전술 ← 군중집단(군사/부녀자) ← 민속놀이(농악/강강술래)]로 전개되었을 것으로 보인다.

다시 말하면 공동체놀이는 기본적으로 집단놀이이기 때문에 많은 놀이꾼들이 참여하는 민속놀이다. 전남에서 공동체놀이는 줄다리기, 달집태우기, 고싸움놀이, 두레놀이, 풍물놀이, 강강술래, 액맥이놀이 등이 있는데, 놀이판에 따라 성별로 구분하여 참여하기도 하고 남녀 모두 함께 참여하는 경우도 많다. 이들 놀이의 특징은 놀이꾼들이 하나가 되었을 때 신명나는 놀이판으로 전개되고, 그것은 군중심리로 발전하기도 한다. 그러한 까닭에 일제강점기에 공동체놀이가 많은 제재를 받았으며 단절되는 상황에 이르기도 했다. 이와 같은 공동체놀이의 놀이꾼들이 군사로 위장하는 역의전술의 근간이 되지 않았을까 싶다. 역의전술은 명량대첩과 왜교성전투에서 승리의 원동력이 되었고, 그것을 기억하고자 역의암전설이 형성되었을 것으로 생각한다. 이와 같은 역의암전설의 체험주의적 기호화 과정을 세 가지로 정리할 수 있다

먼저 민속놀이(농악/강강술래)의 은유적인 표현으로 군중집단이다. 민속놀이는 놀이꾼의 참여집단의 성격에 따라 개인놀이와 집단놀이로 나누기도 하는데, 집단놀이는 공동체 심리가 강하게 반영된 놀이로서 기본적으로 제의적인 성격을 지니고 있지만 놀이꾼들의 갈등과 반목을 해소하여 상호간의 친목을 도모하는 사회통합적 기능을 수행하기도 한다. 특히 임진왜란과 관련된 민속놀이는 강강술래와 농악 등을 들 수 있다.

조선 수군이 일본 왜군을 속이기 위한 위장전술로 활용한 강강술래는 명량대첩의 승리에 원동력이 되었다. 그러한 까닭에 강강술래의 기원

을 임진왜란을 근거로 설명하기도 하지만, 그보다는 강강술래를 임진왜란에서 전술적으로 활용했다는 민속학적인 논의가 타당하다. 하지만 강강술래의 놀이 구성에 임진왜란이 적지 않은 영향을 미쳤을 것으로 보이는데, 그것은 이순신 휘하의 군관들이 군량을 보충하기 위해 청어잡이를 했다고 하고,[38] 강강술래의 놀이 가운데 〈청어엮자〉가 이들과 상관성이 있다면 더욱 그러하다. 물론 청어가 한국 전 해역에서 잡힌 어종이기는 하지만 강강술래의 〈청어엮자〉에서 청어는 주로 서해안 위도 주변의 바다에서 잡은 것을 말한다는 점에서 이러한 상관성을 고려해볼 수 있지 않을까 싶다.

왜군을 속이기 위한 위장전술로 농악의 활용을 빼놓을 수 없다. 농악은 소리와 춤 그리고 놀이에서 반드시 필요한 음악놀이다. 농악의 기원설이 다양하지만 그 가운데 농악이 군악(軍樂)에서 기원했다고 하고, 판굿의 진(陳)풀이, 무형(舞形), 영기(令旗), 전립(戰笠)과 같은 도구와 복색에서 군대의 요소가 보인다는 점에서 군대와 관련이 있는 것은 사실이다.[39] 해남군 송지면 산정마을 〈진법군고전설〉에 의하면 해남을 비롯한 완도에서는 농악을 군고(軍鼓)라 부르고 있고, 놀이 구성원으로 군사(軍師)가 등장하며 다른 지역과는 달리 일종의 전투놀이인 군고(軍鼓)놀이가 있다.[40] 고흥군 금산면 월포마을 농악의 유래를 임진왜란과 연계하여 설명하기도 한다.[41] 완도군 고금면 상정농악은 임진왜란 당시 병장도설(兵將圖說)을 창안하고 군비를 모금하여 병영을 튼튼히 해서 외세를 막기 위해 생겼다고 하고, 놀이내용으로 적장을 체포하기 위한 〈삼로오행굿〉이라든가, 적장을 체포하여 장병들의 전승 기쁨을 만끽하는 〈노름굿〉이 있는 것을 보면,[42] 농악 또한 강강술래처럼 임진왜란과 관계되어 있음을 확인할 수 있다. 일반적으로 농악은 연희 목적에 따라 당산농악, 두레농악, 지신밟기, 판굿, 걸립굿 등이 있는데, 많은 사람들이 참여한다는 점에서 공통점이 있다. 농악 복색이 군인 복장과 유사하고 많은 사람들이 참여하기 때문에 왜군을 속이기 위한 위장전술로 효과적이었을 것이다.

이와 같이 강강술래를 비롯한 농악놀이가 임진왜란과 밀접한 관련이 있음을 알 수 있고, 그것은 어떤 식으로든 임진왜란에서 강강술래와 농악을 전술적으로 활용했음을 의미한다. 강강술래와 농악은 민속놀이 중에서 지역성과 공동체성을 강하게 반영하고 있는 놀이이기 때문에 그러한 의식이 상호작용되어 은유적 사상을 통해 군중집단의 의미를 발현한 것으로 보인다. 즉 강강술래/농악 등을 민속놀이 경험의 관점에서 공동체성을 구현하는 군중집단을 추상적으로 인식하게 되었을 것이다. 따라서 군중집단의 기호화 과정은 [Ⓐ기호대상(강강술래/농악 등) ↔ Ⓑ기호내용(공동체성) → Ⓒ기표(군중집단)]로 전개된다.

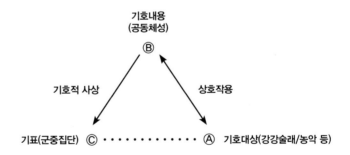

두 번째 군중집단의 은유적 표현으로 역의전술이다. 역의전술은 조선 수군의 많은 군사가 수호하고 있다고 일본 왜군을 속이기 위한 위장전술이다. 역의전술에는 군사들만 참여한 것이 아니라 부녀자들도 참여했다. 역의전술의 지략은 민속적인 지식을 차용한 것으로 보이는데, 군사로 위장하기 위한 방법으로 민속놀이 놀이꾼에 착안했을 것이다. 공동체 민속놀이에서 놀이집단은 흩어지는 집단이 아니라 하나로 결집되는 군중집단이다. 군중집단을 위장하는 것이 왜군을 속이기 위해 효과적이라는 관념이 상호작용하여 은유적으로 사상되어 전술적으로 표현된 것이 역의전술이다. 즉 놀이꾼인 군중집단을 군인으로 위장하기에 효과적이라는 군사적 경험의 관점에서 역의전술을 수행한 것이다. 따라서 역의전술의 기호화 과정은 [Ⓐ기호대상(군중집단) ↔ Ⓑ기호내용(위장하기) → Ⓒ기표(역의전술)]로 전개된다.

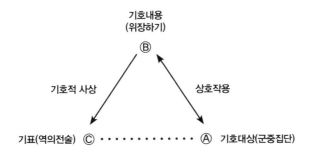

세 번째 역의전술의 은유적 표현으로 역의암전설이다. 역의암전설이 명량대첩과 왜교성전투에서 승리의 원동력이 되었던 역의전술을 기억하고자 하는데서 비롯되었다. 역의암전설은 역의전술이 남녀노소를 불문하고 전쟁에 참여하여 승리의 근간을 되었음을 말하고자 한 것이다. 그것은 역의전술이 단순히 옷을 갈아입고 위장하는 것이 아니라 민초들의 참여 속에서 이루어졌음을 더욱 강조하고 있다. 따라서 군중집단은 다름 아닌 민중이라 할 수 있고, 이들을 활용한 역의전술이 전쟁 승리의 원동력이 되었다는 의식이 상호작용하여 은유적으로 사상되어 이를 구술기억으로 표현한 것이 〈역의암전설〉이다. 즉 역의전술이 임진왜란 승리의 원동력이 되었다고 하는 것을 인식적 경험의 관점에서 기억하고자 역의암전설을 구술한 것으로 보인다. 따라서 역의암전설의 기호화 과정을 보면 [Ⓐ기호대상(역의전술) ↔ Ⓑ기호내용(승리원동력) → Ⓒ기표(역의암전설)]로 전개된다.

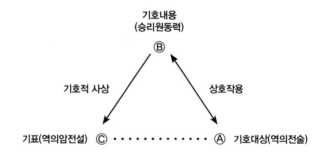

## 4. 서사기억 형성의 기호적 층위

임진왜란의 서사기억은 설화 중 전설의 성격을 갖는다. 전설은 증거물을 근거로 진실한 이야기임을 강조하고, 증거물이 사물이나 현상 혹은 사건과 관련되어 있기 때문에 때로는 역사와 넘나들기도 한다. 따라서 임진왜란과 관련된 서사기억은 전쟁이라는 사건과 밀접한 관련이 있고, 당시의 역사의식과 문제의식이 다양한 형태로 반영되어 있기 마련이다. 중요한 것은 임진왜란 서사기억이 단순히 이야깃거리로 형성되었기보다는 무언가 기억하고자 한데서 출발되었다는 점이다. 그 가운데 특히 서사기억은 당연히 임진왜란 당시 조선 수군의 승리를 기억하기 위한 것으로 전쟁의 승리 원동력이 되었던 전술적 계략에 관한 이야기이다.

서사기억 속에 나타난 전술적 계략은 군사학적으로 훈련된 내용이 아니고 열악한 환경을 극복하여 전쟁의 승리를 이끌기 위한 전쟁이 발생한 장소 인근지역 민중들의 삶의 지혜를 활용하는 것이다. 그들의 삶의 지혜는 당연히 신체적/물리적 경험을 통해 습득한 것이기 때문에 군사들이 활용하거나 군사의 보조인력들이 실천하기에는 낯설지 않은 것이어서 전술적 달성을 극대화할 수 있었다. 즉 서사기억에 나타난 전술적 계략은 민중들의 신체적/물리적 경험을 토대로 형성된 민속지식이 전쟁 승리의 원동력이 되었음을 말해 주고 있다.

민속지식은 신체적/물리적 경험을 근거로 기호적으로 경험한 것을 말한다. 다시 말하면 민속은 기본적으로 자연적, 사회적, 역사적 환경을 토대로 신체적/물리적 경험에 근거하여 형성된 삶의 체계인 것이다. 따라서 인간이 경험한 것은 신체적/물리적 경험과 기호적 경험으로 구분할 수 있다. 모든 기호적 경험은 신체적/물리적 경험에 근거하고 있으며, 그것을 토대로 은유적으로 확장되어 나타나고 기호적으로 층위를 이루게 된다. 임진왜란 서사기억에서 은유적으로 확장되어 나타나는 것은 궁극적으로 야죽불전설과 노적봉전설, 역의암전설로 확장되는 것을 말하고, 기호적으로 확장되어 나타난다는 것은 예컨대 [불/소리 → 달집태우기/ 댓불놓기 → 야죽불전술 → 야죽불전설], [쌀/볏짚 → 볏가릿대세우기/노적쌓기 → 노적봉전술 → 노적봉전설], [놀이/집단 → 강강술래/농악 등 → 역의전술 → 역의암전설]로 기호적 층위를 이룬다는 것을 말한다. 기호적 층위는 다양한 변이를 통해서 이루어지는데, 여기서 변이라 함은 기호적 경험의 기능적 변화를 말한다.

기호적 경험은 당시 인간의 경험적 요구에 따라 변화하는데, 그 변화는 형태적인 것뿐만 아니라 기능적 변화를 수반한다. 예를 들자면 불의 기능성이 주술적 기능으로 변화하고, 군사적 기능으로 활용되면서 기호적 경험의 변화를 수반한다. 이러한 경험들을 기억하고자 서사화된 것이 임진왜란의 서사기억이다. 그렇기 때문에 임진왜란의 서사기억은 단순히 전쟁을 통해서만이 이루어지는 것이 아니라 이처럼 다양한 기호적 경험을 통해서 이루어진다고 할 수 있다. 이와 같은 것을 정리하면 다음 그림과 같다.

| 영역 | 경험 | 문 화 | | |
|---|---|---|---|---|
| 정신 | 기호적 경험 | 야죽불전설(E) ⇑ | 노적봉전설(E) ⇑ | 역의암전설(E) ⇑ |
| | | 야죽불전술(D) ⇑ | 노적봉전술(D) ⇑ | 역의전술(D) ⇑ |
| | | 달집태우기(C) 댓불놀기 ⇑ | 볏가릿대세우기(C) 노적쌓기 ⇑ | 강강술래(C) 농악 등 ⇑ |
| | | 불/소리(B) ⇑ | 쌀/볏짚(B) ⇑ | 놀이/집단(B) ⇑ |
| 몸 | 물리적 경험 | 신체적/물리적 경험(A) | | |

결론적으로 임진왜란의 서사기억은 위의 그림에서 말한 것처럼 민중들의 신체적/물리적 경험을 근거로 다양한 은유적 방식과 기호적 경험의 확장 과정을 통해서 형성된 것임을 알 수 있다. 즉 임진왜란의 서사기억은 신체적/물리적 경험을 근거로, 수평적으로는 은유적으로 확장되어 다양한 서사유형을 만들어 냈고, 수직적으로는 기호적 경험의 층위를 통해서 서사화된 것이라 할 수 있다. 여기서 은유적 확장은 기호 산출자와 수신자간의 기호적 경험과 기표의 유사성을 통해서 이루어지고, 기호적 층위는 기호적 경험의 기능 변이를 통해 이루어진다.

## 5. 서사기억의 역사의식

구술서사기억은 비록 개인이 구술한 것이지만 많은 청중들에 의해 검증되고 또 다른 개인에 의해 전승된다. 그래서 구술서사기억은 개인이 아니라 공동의 창작으로 이루어진 이야기라고 할 수 있다. 이러한 서사기억이 개인에서 출발하여 집단화되면서 이야기가 형성되고 향유층에 수용되어 집단성을 지니게 되고, 그것은 보편성을 지니면서 전승의 폭을 확대시킨다. 지나치게 개인의 경험에 치우친 이야기는 공유할 수 있는 토대를 마련하기 어려워 전승에 많은 제한이 따른다. 그러나 공동체가 공동으로 경험하고 누구나 다 함께 수용할 수 있는 이야기라면 전승의 영역 확대는 물론 오랜 시간성을 가지고 지속되는 경우가 많다. 특히 임진왜란 구술서사기억이야말로 개인의 이야기라기보다는 공동체의 역사와 역사의식을 반영하기 때문에 오랜 시간의 흐름 속에서 민중성의 반영으로 나타난다. 민중성을 지닌 구술서사기억은 공동체문학이면서 민족문학으로 발전하기도 한다. 따라서 임진왜란 서사기억의 역사의식을 두 가지로 정리할 수 있다.

먼저 서사기억 전승집단의 역사의식으로 민중의식을 들 수 있다. 야죽불전설이나 노적봉전설, 역의암전설에서 서사의 시작은 이순신 장군으로부터 시작되지만 그것은 어디까지나 이야기의 표면적인 역할에 불과하다. 서사내용은 전쟁에 참여한 군사들이나 부녀자들, 그리고 수많은 민초들의 삶과 정신이 반영되어 있음을 확인할 수 있다. 야죽불전설에서 폭약이 터지는 것처럼 위장하여 교란시키기 위한 야죽불전술은 이순신 장군 개인의 창작이 아니라 백성들의 민속적인 지식과 의식에서 비롯되었기에 민중의식의 반영이라고 할 수 있다. 노적봉전설에서는 백성들이 풍요를 기원하는 관념을 활용하였다거나, 역의암전설에서 백성들의 민속놀이적 요소를 활용하여 전술을 펼친 것은 그 모두가 민중의식의 구현이다. 민중의식은 특정 지배계층이나 권력이 있는 특정인에게서 나오지 않고 백성들의 존재감을 드러낸 당시 사회 이데올로기의 실천이나 애국적인 행동 등을 통해 발현된다.[43] 이처럼 임진왜란 서사기억은 위기에 빠진 국가와 민족을 구하기 위한 백성들의 노력과 지혜가 전쟁의 승리를 가져왔음을 기억하고자 한 것이다.

두 번째 서사기억 전승집단의 역사의식으로 어떠한 고난과 어려움에도 포기하지 않고 극복할 수 있는 불굴의지라는 공동체의식이 반영되어 있다. 그것은 조선 수군이 열악한 조건임에도 불구하고 민중의식을 토대로 전쟁의 승리를 이끌어내는 투지를 읽을 수 있다는 것인데, 서사기억은 모두 열악한 조건 속에서 포기하지 않고 백성들의 지혜로움을 활용하여 전쟁에서 승리한 것을 전제로 전개되고 있다. 야죽불전설에서 조선 수군 화력의 열악함을 극복하기 위해 백성들의 지혜를 전술로 활용하여 일본 왜군을 격퇴시켰다고 하거나, 노적봉전설에서 군량미의 열악함을 노적봉으로 위장해 전쟁 승리의 원동력이 되었다고 하고, 역의암전설에 서 적은 군사를 많은 군사로 위장해 적을 제압했다고 하는 것은 모두다 불굴의지로 전쟁 승리를 이끌었다는 공동체의식의 반영이라 할 수 있다.

## ∞ 요약

지금까지 임진왜란 서사기억의 역사적 원천이 무엇이고, 그것에 근거한 서사기억이 어떻게 형성되었으며, 그 발생적 원천이 어디인가를 추적해 보았다. 그리고 서사기억 전승집단의 역사의식이 어떠한지 파악하는 것을 염두에 두고 서술해왔다.

임진왜란 서사기억의 역사적인 원천은 명량대첩과 절이도전투, 왜교성전투라고 할 수 있는데, 명량대첩과 왜교성전투와 관련된 서사기억은 많은 양의 자료를 통해 설명해주고 있다. 그러나 절이도전투 구술서사기억은 조사도 쉽지 않지만 그 자료도 접하기 어려웠다. 문헌자료를 통해서 절이도전투가 고흥군 금산면 해역에서 발생한 것으로 기억되고 있지만, 구술기억자료는 전혀 확인할 길이 없다. 전쟁이 발생한 장소라면 장소성을 토대로 어떠한 형태이든 기억자료가 남아있기 마련인데, 전혀 확인할 수 없어서 기록자료를 재검토할 필요가 있다.[44]

임진왜란의 대표적인 서사기억으로 야죽불전설과 노적봉전설 그리고 역의암전설을 들 수 있다. 이들 서사자료들은 어떻게 형성되었고, 그 발생적 원천이 어디인가를 아래와 같이 파악할 수 있다.

먼저 조선 수군이 왜군을 속이기 위해 기호적 경험을 전술적으로 활용한 내용으로 구성된 야죽불전설은 [불 → 달집태우기/댓불놓기 → 야죽불전술 → 야죽불전설]화의 과정을 통해서 형성되었다. 불의 주술적인 기능이 달집태우기/댓불놓기라는 종교적인 기능으로 발전하고, 대나무 타는 소리와 폭약 터지는 소리의 기호적 경험의 유사성을 활용하여 야죽불전술을 펼친 결과 전쟁 승리원동력이 되었음을 기억하고자 야죽불전설로 표현한 것이다.

두 번째 기표적 유사성을 전술적으로 활용한 내용으로 구성된 노적봉 전설은 [볏짚(쌀) → 노적(볏가릿대세우기) → 노적봉 → 노적봉전설]화의 과정을 통해서 형성되었다. 짚은 쌀의 상징이고, 군사들의 군량미를 상징하고 풍요를 상징하는 쌀이 노적이다. 노적과 볏가릿대세우기는 농사의 풍요를 기원하는 세시풍속이고, 그 관념이 산봉우리에 은유적으로 투사되어 노적봉이라 했으며, 노적봉은 기표적 유사성을 토대로 군량미가 많다는 것을 속이기 위한 위장전술이었다. 그 전술이 전쟁 승리의 원동력이 되었다는 것을 기억하고자 노적봉전설로 표현한 것이다.

세 번째 군사 확보의 전술적 계략인 역의전술의 내용으로 구성된 역의암전설은 [민속놀이(강강술래, 농악 등) → 군중집단(군사/부녀자) → 역의전술 → 역의암전설]화의 과정을 통해서 형성되었다. 집단성이 강한 민속놀이의 공동체성이 군중집단으로 발전하고, 군중집단의 역동성을 많은 군사로 위장하는 역의전술로 활용한 결과 전쟁 승리의 원동력이 되었음을 기억하고자 역의암전설로 표현한 것이다.

이와 같은 서사기억들은 백성들의 신체적/물리적 경험을 통해 다양한 은유적 방식과 기호적 경험의 확장 과정을 통해서 형성되었다. 즉 임진왜란의 서사기억은 신체적/물리적 경험을 근거로 수평적으로는 은유적으로 확장되어 다양한 서사유형을 만들어냈고, 수직적으로는 기호적 경험의 층위를 통해서 서사화되었다. 여기서 은유적 확장은 기호 산출자와 수신자간의 기호적 경험과 기표의 유사성을 통해서 이루어지고, 기호적 층위는 기호적 경험의 기능 변이를 통해 이루어진다.

임진왜란의 서사기억은 공동체의 역사와 역사의식을 반영하고 있는

데, 민중의식과 공동체의식이 그것이다. 먼저 민중의식은 야죽불전설에서 백성들의 민속지식을 통해서, 노적봉전설에서는 백성들의 풍요 기원 관념을 활용했고, 역의암전설에서는 백성들의 민속놀이적 요소를 활용하는데 잘 반영되어 있다. 두 번째로 어떠한 고난과 어려움에도 포기하지 않고 극복할 수 있는 불굴의지라는 공동체의식이 반영되어 있는데, 야죽불전설에서는 조선 수군 화력의 열악함을 극복하는 것은 물론 노적봉전설에서는 군량미의 열악함을 위장하고, 역의암전설에서는 적은 군사를 많은 군사로 위장하여 전쟁 승리를 이끌어내는 데서 잘 나타난다.

본 논의는 서사기억의 대상을 주로 전술과 관련된 것에 초점을 맞추다 보니 임진왜란 전체 서사기억을 파악하고 분석하는 데 다소 한계를 보인점이 아쉽다. 전남지역에서 수집된 임진왜란 서사기억들은 인물전설(이순신, 막하장수, 의병장 등), 노적봉전설, 전술전설, 지명전설 등으로 분류되는데,[45] 그 가운데 노적봉전설과 전술전설에 초점을 맞춘 것이 그것이다. 특히 서사기억집단의 역사의식이 전술전설에 근거하여 파악된 것이어서 제한적일 수밖에 없다. 그렇지만 어느 정도 임진왜란 서사기억집단의 보편적인 역사의식을 제시했다는 점에서 다소나마 의미를 두고자 한다.

# 각주

1 에릭 R. 캔델(전대호 옮김), 『기억을 찾아서』, 알에이치코리아, 2013, 29쪽.

2 제프리 K. 올릭(강경이 옮김), 『기억의 지도』, 옥당, 2011, 28쪽.

3 표인주, 「임진왜란의 구술기억과 구술집단의 역사의식」, 『호남문화연구』58, 전남대학교 호남학연구원, 2015, 3쪽.

4 제프리 K. 올릭(강경이 옮김), 앞의 책, 147쪽.

5 김강식, 「조선후기 임진왜란 기억과 의미」, 『지역과 역사』31호, 2012.

6 정출헌, 「임진왜란의 영웅을 기억하는 두 개의 방식」, 『한문학보』제21집, 우리한문학회, 2009.

7 노양진, 『몸 언어 철학』, 서광사, 2009.

_____, 『몸이 철학을 말하다』, 서광사, 2013.

8 이영배, 「구술 기억의 재현적 성격과 상징적 의미」, 『호남문화연구』제56집, 전남대학교 호남학연구원, 2014, 76~77쪽.

9 노양진, 『몸이 철학을 말하다』, 서광사, 2013, 23쪽.

10 명량전투에 참전한 수군은 전라도 해안의 여러 고을, 특히 우수영이 있는 해남·진도·강진의 수군들로 충원되었을 것이다. 당시 해남과 진도에는 순천과 고흥뿐만 아니라 나주와 무안 일대에서도 대규모로 피난민이 몰려와 있었기 때문에 이순신 함대의 주축은 전라도 수군이었음을 알 수 있다.(김용철, 「전라도 지역원형 울돌목해전」, 『국제어문학회 학술대회 자료집』, 국제어문학회, 2015, 133~134쪽.)

11 박혜일·최희동·배영덕·김명섭, 「이순신의 명량해전」, 『정신문화연구』 가을호 제25권 제3호(통권 88호), 한국학중앙연구원, 2002, 115~153쪽.

12 이욱, 「순천 왜교성전투와 조선민중의 동향」, 『한국사학보』제54호, 고려사학회, 2014, 206쪽.

13 이민웅, 『임진왜란 해전사』, 청어람미디어, 2004, 259쪽.

14 장학근, 「왜교·노량해전에 나타난 조·명·일의 기동항해진형」, 『정유재란과 순천 왜교성전투』, 임진왜란7주갑기념 전국학술대회, 2012, 58쪽.

15 조원래, 『임진왜란과 호남지방의 의병항쟁』, 아세아문화사, 2001, 345쪽.

16 조원래, 「참전기록을 통해 본 왜교성전투의 실상」, 『정유재란과 순천 왜교성전투』, 임진왜란7주갑기념 전국학술대회, 2012, 121쪽.

17 알라이다 아스만(변학수·채연숙 옮김), 『기억의 공간』, 그린비, 2011, 456~458쪽.

18 제랄드 프랭스(최상규 옮김), 『서사학이란 무엇인가』, 예림기획, 2015, 5쪽.

19 제레미 탬블링(이호 옮김), 『서사학과 이데올로기』, 예림기획, 2010, 271~274쪽.

20 노양진, 앞의 책, 95쪽.

21 노양진은 경험의 은유적 확장과정은 기호화의 과정이며, 이러한 관점에서 물리적(비기호적)경험과 기호적 경험으로 구분했고, 문화는 물리적 경험과 기호적 경험을 동시에 포괄하는 복합적 게슈탈트(Gestalt)로 보았다.(노양진, 위의 책, 161쪽.)

22 표인주, 「임진왜란의 구술기억과 구술집단의 역사의식」, 『호남문화연구』 제58집, 전남대학교 호남학연구원, 2015, 20쪽.

23 『전라좌수영의 역사와 문화』, 순천대학교박물관 · 여수시, 1993.

24 표인주, 앞의 논문, 20~21쪽.

25 댓불놓기를 강진에서는 보름불, 나주에서는 가랫불, 완도에서는 잰부닥불, 장성에서는 댓불피우기, 순천에서는 불넘기 등으로 부르기도 한다.

26 인간 경험영역의 기호화 과정에 관한 논의는 표인주의 「민속에 나타난 물의 체험주의적 해명」(『비교민속학』 제57집, 비교민속학회, 2015.)을 참조.

27 표인주, 『남도민속학』, 전남대학교출판부, 2014, 74쪽.

28 기표는 물리적 대상이 사용되는데, 크게 신체적 기표(기호 산출자의 신체적 조작을 통해 사용되는 기표)와 비신체적 기표(몸을 제외한 모든 물리적 대상)로 구분되며, 비신체적 기표는 다시 자연적 기표(자연계의 물리적 대상이나 현상)와 인공적 기표(물리적 대상에 적절한 조형작업이 부가된 기표)로 나누어진다.(노양진, 앞의 책, 93쪽)

29 표인주, 앞의 논문, 18쪽.

30 『명량대첩의 재조명』, 해남문화원 · 해남군, 1987.

31 『완도군지』, 완도군지편찬위원회, 1992.

32 표인주, 앞의 논문, 19쪽.

33 표인주, 앞의 책, 248쪽.

34 『한국세시풍속사전』-정월편-, 국립민속박물관, 2004, 162쪽.

35 『전라좌수영의 역사와 문화』, 순천대학교박물관 · 여수시, 1993.

36 표인주, 앞의 논문, 19~20쪽.

37 표인주, 위의 논문, 21쪽.

38 『난중일기』 1595년(선조 28) 12월 4일의 일기.

39 표인주, 『남도민속학』, 전남대학교출판부, 2014, 291쪽.

40 『서산대사 진법군고』, 해남문화원, 1991.

41  2016년 3월 1일 고흥군 금산면 월포마을 최기홍 구술(남, 75세)

42 『완도군정50년사』, 완도군, 1995.

43  민중의식은 한 개인의 죽음을 헛되게 하지 않고 기억되는 죽음으로 발전시키기도 한다. 당시 사회지배 이데올로기였던 순결을 지키고 정절을 지킨 여인을 기억하고자 하는 것이 민중의식의 반영이라고 할 수 있다. 예컨대 임진왜란 7년이 지난 후부터 발포의 동민들은 매년 흉년에다 질병이 겹쳐 마을은 평온을 찾을 길 없이 허덕이고 있었는데, 어느 날 80세 된 노인의 꿈에 선몽을 하였다. 내용인즉 발포 만호 황정록 부인 송여사와 어린 자식과 더불어 5인 가족의 혼신이 나타나서 "우리들은 구천을 헤매고 있으니, 마을이 평안하려면 동영산 상봉에 제당을 짓고 동제를 지내줄 것"을 간청했다. 동민들은 노인의 선몽을 받아들여 그때부터 지금까지 약 400여 년 동안 동제를 지낸 후부터 풍농과 풍어의 시절이 끊이지 않고 동네가 평온했다고 한다.(표인주, 앞의 논문, 29쪽.)

44  필자가 고흥군 금산면 일대를 조사한 결과 절이도전투와 관련된 단편적인 자료도 확보하기 어려웠다. 오히려 금산면 일대에서는 절이도전투보다는 발포해안 주변에서 발생한 역사적인 사건에 관한 자료를 접할 수 있었다. 이것은 금산면 주민들이 절이도전투와 관계된 장소성을 고려하면 절이도전투 보다는 다른 역사적 사건에 관심이 있다는 것이고, 이는 어쩌면 절이도전투 지역이 금산면과 무관한 지역에서 발생했을 가능성도 무시할 수 없다. 아니면 절이도전투가 단기간에 발생하여 마무리되면서 현지 주민들의 기억으로 각인되지 못하고 단편적인 문헌자료로만 남아 있을 수도 있다.

45  표인주, 앞의 논문, 10~26쪽.

# 제4장

# 해남 윤씨 설화의 기호적 의미와
# 전승집단의 인식

## 1. 문화로서 구비서사

스토리란 인간이 사건, 현상, 사물 등에 생명력을 불어넣어주는 가장 위대한 창작품의 하나이다. 무엇보다도 이야기는 기본적으로 사물의 존재 이유를 설명하고, 인간 행위와 사건, 다양한 현상의 의미 확장에도 기여한다. 그리고 삶의 이념적 가치와 정신적인 의미를 설명하기 때문에 시공을 초월하는 서사물인 것이다. 따라서 서사를 단순히 언어적 형식의 서사로서만 인식할 것이 아니라 '서사가 곧 문화다'라는 측면에서 이해할 필요가 있다. 인간이 시간의 흐름에 따라 경험한 것들을 다양한 방법으로 표현한 것이 서사이기 때문이다. 서사는 한마디로 인간의 삶의 본질을 묻는 이야기로서[1] 결국 어떤 식으로든 인간의 유토피아를 구축하고 상상하는 방법이며, 의미를 만들어내고 미래의 새로운 가능성들을 미리 인식하게 만들어 준다.[2] 이런 점에서 서사는 문화적 맥락을 읽을 수 있는 기초자료인 것이다.

문화로서 구비서사는 인물을 이해하는 기초자료가 되기도 한다. 특히 영웅적인 인물에 관한 구비서사가 행적의 비범함과 신이함 등을 재현하는 이야기라면, 역사적 인물의 구비서사는 인물의 행적을 비롯하여 사건이나 삶과 관계된 내용을 주로 표현하는 경우가 많다. 대개 영웅적인 인물이 비범한 모습으로 나라를 세우거나 신앙성이 강한 구비서사의 주인공으로 등장하지만, 역사적인 인물은 평범한 인물로서 정치적인 행보나 역사적인 사건에서 중요한 역할을 한다. 그래서 이들 구비서사는 역사성이 강한 이야기이고 증거물을 토대로 입증하려는 경우가 많다. 중요한 것은 인물과 관련된 서사의 주인공이 구비서사 전승집단에 영향력을 미치는 경우가 적지 않다는 점이다. 이러한 인물과 관련된 구비서사는 기본적으로 인물의 생애와 밀접한 관련이 있기 마련이다. 생애 서사는 가정 및 사회, 혹은 역사적인 환경 속에서 형성된 삶의 내용으로서 구비서사 형성에 원초적인 자료 역할을 한다. 그러한 까닭에 인물과 관련된 구비서사의 이해는 인물의 생애와 연계해서 이해할 필요가 있는 것이다.

해남 윤씨 설화의 중심인물이라고 할 수 있는 윤선도는 그간 다양한 문헌기록을 근거로 문인으로서 조명을 받아왔고, 그에 따른 많은 연구들이 진행되어 왔는데, 그의 행적은 물론 시가 작품을 통해 윤선도의 면모나 문학사적인 의미를 부여해 온 것이다. 이것은 어디까지나 역사적 문헌이나 문집 등의 기록서사를 통해 이루어진 것이고, 구비서사의 기억을 통해 윤선도의 모습을 엿보는 연구는 거의 없다. 일반적으로 기록서사와 구비서사는 전승집단에서 가장 큰 차이를 갖는다. 기록서사가 문자를 해독할 수 있는 지배계층을 통해 이루어졌다면, 구비서사는 문자 해독의 능력과는 다소 동떨어진 피지배계층이 수용하고 전승했을 것으로 보이기 때문이다. 기록서사는 기록자의 관점이나 태도에 따라 정리했다면, 구비서사는 전승집단의 의식을 기반으로 구술 기억으로 전승된다는 점에서 차이가 있다. 그래서 그동안 윤선도의 모습이 기록서사에서는 문학적인 측면에서 설명되는 경우가 많았다. 그래서 구비서사를 통해 기층민들은 윤선도를 어떻게 인식하고 있는가를 파악하는 것도 의미 있는 일이다.

　구비서사의 분석 방법은 주로 역사지리학적인 방법이나 구조주의 혹은 현장론적 방법의 측면에서 이루어지는 경우가 많았다.[3] 역사지리학적인 방법이나 구조주의는 주로 텍스트 분석에 주안점을 두었다면, 현장론적인 방법은 텍스트뿐만 아니라 콘텍스트에도 관심을 가졌다는 점에서 차이가 있다. 이들은 공통적으로 어떻게 하면 텍스트를 효율적으로 분석할 것인가에 관심을 가지고 있으나, 텍스트 형성 과정이나 배경, 가장 중요한 것은 구비서사 형성의 물적 기반에 대해서는 이렇다 할 성과를 보여주고 있지 못했다는 것을 지적할 수 있다. 구비서사도 정신적 경험의 소산으로 물리적 기반을 근거로 형성된 것이기 때문에 전승집단의 경험의 구조에 관심을 가질 필요가 있다. 이러한 연구 결과의 한계를 체험주의 방법론을 통해 어느 정도 파악할 수 있을 것으로 생각한다.

## 2. 설화 형성의 물리적 배경

해남 윤씨 집안은 중앙의 관직을 계기로 주로 한양에서 생활하였고, 윤덕희가 68세 되던 1752년에 해남 연동 종가로 이사 오면서 해남이 거주 기반이 되었다. 무엇보다도 윤선도가 50대에 가장 억울하고 답답하던 시기를 보내면서 해남에서 생활이 본격적으로 이루어진 것이다.[4] 실질적으로 윤선도가 가문과 가풍을 세운 선조 윤효정의 묘가 방치되고, 제사가 끊긴 것을 안타까워하여 자신부터 전답을 출연하고 내외 자손들에게 미포(米布)를 모으도록 하여 묘위전(墓位田)을 마련하여 묘제를 영구히 지내도록 했다. 그리고 윤선도는 근실과 절검 그리고 적선의 가풍에 충실할 것을 큰아들에게 요구하였다.[5] 이러한 것은 해남 지역사회에서 해남 윤씨 집안에 대한 인식에 적지 않은 영향을 미쳤고, 설화 형성에도 영향을 미쳤을 것으로 보인다.

설화 전승 집단은 해남 윤씨 집안보다는 그들과 관련이 있거나 함께 공동체생활 하는 기층민들이었다. 특히 농경시대에는 농민들이 설화를 창작하고 전승하는 주체로서 역할을 했기 때문에 그들이 설화를 형성하는 물리적 기반은 당연히 농경민적 생활이라고 할 수 있다. 이들의 가치관과 삶의 태도가 설화 형성의 계기가 되었던 것이다. 당시 농민들에겐 무엇보다도 풍요로운 삶이 중요했다. 풍요로움은 비단 농민뿐만 아니라 모든 인간의 보편적인 욕구 중의 하나이지만, 농경사회에서 풍요로움은 기본적으로 농사지을 토지가 많아야 하고, 그러려면 무엇보다도 관직에 진출해야 했다. 즉 관직생활을 통해서 재산을 축적할 수 있는 기회가 생기고, 다시 그 경제적 기반은 관료생활의 유지를 지속시켜 줄 수 있기 때문에 재산과 관직은 서로 상보적 관계를 가지고 있는 셈이다. 그러한 것은 농민들이 관직에 대한 선망으로 신랑이 혼례복으로 관복을 착용하는 것만 보아도 알 수 있고, 재복(財福)을 추구하는 다양한 관념적 세시행사를 통해서도 확인할 수 있다. 이렇듯 설화 형성의 전승집단은 선망하고 싶은 인물에 대한 경제적인 측면과 관직에 많은 관심을 가졌을 것으로 보인다.

이처럼 구비서사로서 설화가 신체/물리적 층위의 경험을 근거로 형성된 것이기 때문에 구비서사의 대상에 대한 전승집단의 경험이 무엇보다도 중요하게 작용하기 마련이다. 즉 '해남 윤씨 설화'는 구비전승집단이 해남 윤씨 집안에 대한 경험적인 인식을 토대로 형성한 것이므로, 구비전승집단의 경험적 기반을 확인하는 것은 해남 윤씨 설화의 형성 배경을 이해하는 것이 된다. 이는 텍스트의 핵심적인 화소를 중심으로 구비서사 전승집단의 인식을 파악하는데 도움을 줄 것으로 생각한다. 따라서 해남 윤씨 설화의 물리적 배경을 정치적인 환경과 경제적인 환경으로 나누어 살펴보고자 한다.

먼저, 해남 윤씨 집안은 한 마디로 중앙 지향의 관료를 배출하는 재지사족으로서 정치적 위상을 가지고 있다. 해남 윤씨의 출발은 강진에서 출생한 윤효정(尹孝貞/1476~1619)이 해남에 기반을 둔 해남 정씨와 결혼하여 해남에 정착하면서부터 시작되었고, 그의 후손을 윤효정의 호를 따서 어초은공파(漁樵隱公派)라 지칭하고 있다. 윤효정의 아들 윤구(尹衢)대부터 18세기 윤덕희(尹德熙)대까지 8대를 연이어 문과 혹은 사마시에 합격하고 이들의 주요 활동무대는 해남이 아닌 중앙이었다. 특히 윤선도 때에 오면 윤씨가의 관직 및 정치적 위상이 최고의 정점을 달했다. 윤선도 이후에 다소 주춤하기는 했으나 윤두서를 제외하고 8대에 걸쳐 중앙 관직이 거의 끊이지 않았다.[6] 이처럼 윤선도 이후 관직은 계속 이어졌지 만 정치적 위상으로 보아 윤선도 만한 자리에 오르는 인물은 더 이상 나 오지 않았다. 그러는 와중에 윤선도가 해남 연동에서 6년 7개월, 해남 금 쇄동에서 9년 4개월, 보길도에서 12년 8개월여의 생활을 한 것이 지역민 과의 관계를 형성하는데 크게 작용했을 것이다.[7] 그리고 윤선도는 25세 에 해남의 선대묘소를 처음 방문할 정도로 그 전에는 거의 한양생활을 하였으며, 1차 유배생활로서 30세에서부터 37세에 이르기까지 6년 4개월, 2차 유배생활은 52세에서 53세에 1년간, 3차 유배생활은 74세에서 81세 까지 7년 3개월간을 타지역에서 지냈기 때문에[8] 윤선도는 주로 한양과 유배지 그리고 해남을 왕래하면서 생애를 보냈다. 이러한 그의 생애는[9] 지역민들에게 다양한 모습으로 각인되었을 것으로 보인다.

두 번째로 해남 윤씨 집안은 지역민과의 가부장적 관계를 통해 경제 적 능력을 갖춘 가계로서 지역사회에서 사회적인 영향력을 행사한 집단 이었다. 해남 윤씨의 경제적 기반은 윤효정이 해남의 부호이자 호장직을 세습해 온 해남 정씨와 혼인하면서 처가로부터 물려받은 재산상속이 토 대가 되었는데,[10] 윤선도로부터 그 손자 대에 이르기까지 40여년에 걸쳐 집중적으로 토지를 매입하였고, 1570년부터 1710년대까지 약 140여년 동안 꾸준히 언전(堰田)을 개발하여 토지 확대를 통해 해남 윤씨 집안의 경제적 지위 향상을 꾀하였다. 토지 매입은 주로 해남의 화산면과 현산 면에 집중되었고, 언전 개발도 주로 이들 지역에 집중되었다.[11] 해남 윤 씨가는 전체적으로 지체가 높고 재산이 많기 때문에 입안(立案) 입지(立 旨)를 통해서 꾸준히 재산을 증식 유지했으며, 그만큼 송사(訟事)도 많았다.[12] 해남 윤씨 집안의 경제적인 기반의 실상이 어느 정도였는지는 윤씨 가의 노비가 해남 백련동을 중심으로 해남과 인근 도서지방에 있는 노비 가 540명이었다고 한 것을[13] 통해 가늠해 볼 수 있다. 이러한 경제적 기 반은 윤씨가의 중앙에서 정치적 활동에 크게 기여한 것은 물론 해남의 지역사회에서 적지 않은 영향력을 행사하는 데도 중요한 역할을 했다. 특히 지역사회에서 가부장적 관계이자 보호자의 역할을 하였는데, 해남 윤씨 집안은 지역민을 구휼하고 그 대가로 노동력을 활용하여 토지를 개 간함으로써 경제적 기반을 구축하기도 했다.

## 3. 설화의 자료 개관 및 분류

해남 윤씨 설화는 주로《한국구비문학대계》에서 접할 수 있고, 최근에 간행하고 있는《증보한국구비문학대계》를 비롯해 각 시군별로 간행한 자료를 검토했으나 별다른 성과가 없었다. 부득이《한국구비문학대계》의 자료를 활용할 수밖에 없고, 이 자료 또한 제한된 조사지역으로 인해 분 포권의 측면에서 전승지역을 일반화하기엔 다소 어려움이 있다. 다만 해 남 윤씨와 관련된 설화는 13편으로 주로 전라도 지역에 전승되고, 해남 인근지역에 집중적으로 분포되어 있음을 알 수 있다.

| | 제 목 | 전승 지역 | 출 처 |
|---|---|---|---|
| 1 | 해남 연동 윤씨 | 해남군 화산면 흑석리 | 구비문학대계 6-5/해남군편 |
| 2 | 윤고산에게 반한 처녀 | 해남군 화산면 흑석리 | 구비문학대계 6-5/해남군편 |

| | 제 목 | 전승 지역 | 출 처 |
|---|---|---|---|
| 3 | 윤고산의 신위지지 | 해남군 화산면 흑석리 | 구비문학대계 6-5/해남군편 |
| 4 | 묘자리로 인해 망한 입금리 윤씨들 | 신안군 암태면 | 구비문학대계 6-6/신안군편(1) |
| 5 | 해남 윤씨 | 화순군 북면 수리 | 구비문학대계 6-9/화순군편(1) |
| 6 | 판소리 명창으로 출세한 사람 | 화순군 북면 수리 | 구비문학대계 6-9/화순군편(1) |
| 7 | 해남 윤씨 중시조 | 화순군 능주읍 석고리 | 구비문학대계 6-10/화순군편(2) |
| 8 | 해남 윤씨 이야기 | 화순군 이양면 매정리 | 구비문학대계 6-11/화순군편(3) |
| 9 | 정승 낳을 부인을 알고 결혼한 해남 윤씨 | 장성군 황룡면 월평리 | 구비문학대계 6-8/장성군편 |
| 10 | 해남 윤씨 선조 이야기 | 고흥군 도양읍 용정리 | 구비문학대계 6-3/고흥군편 |
| 11 | 어사 박문수와 해남 윤정승 이야기(1) | 남원군 송동면 세전리 | 구비문학대계 5-1/남원군편 |
| 12 | 어사 박문수와 해남 윤정승 이야기(2) | 남원군 송동면 세전리 | 구비문학대계 5-1/남원군편 |
| 13 | 여자 유혹을 물리친 해남 윤씨 중시조 | 부안군 보안면 우동리 | 구비문학대계 5-3/부안군편 |

설화는 연구자들마다 각자의 분석방법에 따라 분류하는 경우가 많았는데, 본고에서는 설화의 서사적 화두에 착안하여 위의 13편의 설화를 분류하고자 한다. 신동흔은 서사적 화두(話頭)를 "그 요점을 화두 및 순차구조의 상호관계 속에서 쟁점적 문젯거리 형태"로 표현하면서, "서사적 의미 축을 이루는 쟁점적 문젯거리"로 규정했다. 화소의 의미자질이 순차적으로 연결되면서 서사적 의미가 구성되기 때문에 화소들의 의미적 상관관계를 통해 서사적 화두를 추출할 수 있다.[14] 서사적 화두가 화소와 서사구조의 연결고리 역할을 하기 때문에 화소들의 긴밀한 연결망 속에서 서사의미 형성에 중요하게 작용한다는 것이다. 궁극적으로 서사적 화두에 답하는 것은 다름 아닌 서사적 의미이기 때문에 서사적 화두에 근

거하여 서사의미를 읽어갈 필요가 있다.

대다수 설화는 화소 중에서도 핵심적 역할을 하는 화소가 있는데, 그 핵심적 화소를 이루는 것이 '주인공의 결핍'이라고 한다.[15] 해남 윤씨 설화에서 주인공이 '가난함' 혹은 '벼슬 없음', '명당자리 없음', '단명함'에 처한 경우가 많다. 그것을 다시 정리하자면 주인공이 경제적인 측면에서 가난한 존재이고, 정치적인 측면에서 영향력이 없는 존재라는 것이다. 이러한 것을 이야기 속에서 선대의 무덤을 이장하여 명당발복으로 극복하고자 했을 것이고, 정치적으로나 경제적인 어려움이 없다 하더라도 가계 계승[16]의 자손이 없는 경우 다양한 방법으로 극복하려고 노력했을 것이다. 따라서 해남 윤씨 설화를 크게 네 가지 유형으로 분류하여 이해하고자 한다. 즉 서사적 화두의 개념에 근거하여 설화를 [어떻게 부자가 될 것인가?], [어떻게 벼슬을 할 것인가?], [어떻게 명당자리를 얻을 것인가?], [어떻게 장수할 것인가?]의 유형으로 나눌 수 있다.

먼저 [어떻게 부자가 될 것인가?]의 유형으로는 〈해남 연동 윤씨〉와 〈해남 윤씨 이야기〉, 〈해남 윤씨〉의 3편이 있고, 두 번째로 [어떻게 벼슬을 할 것인가?]의 유형으로는 〈해남 윤씨 중시조〉, 〈정승 낳을 부인을 알고 결혼한 해남 윤씨〉, 〈해남 윤씨 선조 이야기〉, 〈여자 유혹을 물리친 해남 윤씨 중시조〉, 〈어사 박문수와 해남 윤정승 이야기(1)〉, 〈어사 박문수와 해남 윤정승 이야기(2)〉 6편이 있다. 그리고 세 번째로 [어떻게 명당자리를 얻을 것인가?]의 유형으로 〈윤고산의 신위지지〉 1편이 있고, 네 번째로 [어떻게 장수할 것인가?]의 유형으로 〈판소리 명창으로 출세한 사람〉 1편이 있다. 마지막으로 기타 유형으로 〈윤고산에게 반한 처녀〉[17]와 〈묘자리로 인해 망한 입금리 윤씨들〉[18] 2편이 있다.

## 4. 설화의 유형별 기호적 의미

설화의 분석은 서사구조의 관계를 통해 서사적 의미를 탐색하여 주제를 파악하고, 주인공의 변신 과정을 파악하는 것이기도 하다. 특히 해남 윤씨 설화는 서사적 화두를 기준으로 분류한 설화 유형에서 파악할 수 있듯이 주인공의 변신 과정을 설명하는 이야기가 많다. 따라서 서사적 의미가 주인공이 변신하는데 어떻게 작용하는지 파악하는 것도 설화 이해에 크게 도움이 된다. 앞서 신동흔의 이야기처럼 "서사적 의미가 구성되는 과정이 서사적 화두를 이루는 과정"이라고 했듯이 서사적 의미가 서사적 화두에 대답하는데 중요한 역할을 한다고 볼 수 있다. 여기서 서사적 화두가 화소들을 아우르는 서사적 구심점 역할을 하기 때문에[19] 즉 서사적 의미에 따라 주인공이 어떻게 변신하는지 그 과정을 파악할 수 있을 것으로 보인다.

설화는 상상의 반경을 넓히고 사유의 역동성을 강화하는 역할을 하며, 실재하는 것 보다 크고 많은 상상의 내용으로 구성되어 있다. 여기서 상상은 실재로 실현되는 과정을 통해 현상계의 폭을 확장시켜 나가는 데 중요한 역할을 한다.[20] 상상이 실재의 경험을 토대로 구성되었을 때 현상계의 폭을 확장시켜 나갈 수 있어서 설화 또한 실재의 경험에 근거하여 형성된 것임을 알 수 있다. 실재의 경험에 근거하여 구술된 경험적 내용을 기호 산출자와 수용자의 관계에서 보면 경험적 구술내용이 기호적 경험인 것이다.

기호적 경험은 '기표'와 '기호대상' 그리고 '기호내용'의 관계 속에서 형성된 것으로 실재라고 하는 물리적 경험을 근거로 형성된다. 여기서 기호내용은 기표 형성에 중요하게 역할을 하고, 설화에서 기호내용의 핵심은 다름 아닌 서사적 의미이면서 서사적 화두인 것이다. 체험주의 기호학에서 기호내용이 바로 기호적 의미의 구성에 핵심적인 역할을 하는 것처럼[21] 서사내용에서 화소들의 서사적 구심점 역할을 하는 서사적 화두 또한 서사적 의미 구성에 중요한 역할을 한다. 즉 기호적 경험에서 기호적 의미가 서사적 의미와 크게 다를 바 없음을 알 수 있다.

따라서 해남 윤씨 설화를 화소와 서사적 구조를 통해 서사적 의미를 파악하고 이것을 토대로 기호적 의미를 파악할 필요가 있다. 기호적 의미는 설화 주인공이 변신하는 데 중요한 역할을 하기 때문에 그 과정을 탐색하는 것에 주안점을 두고 분석하고자 한다.

### 1) [어떻게 부자가 될 것인가?]의 유형

[어떻게 부자가 될 것인가?] 유형의 설화로 〈해남 연동 윤씨〉와 〈해남 윤씨 이야기〉 그리고 〈해남 윤씨〉가 있는데, 이들 설화는 기본적으로 해남 윤씨가 어떻게 부자가 되었는가의 과정을 설명하는 이야기이다. 본고에서는 설화 형성의 신체적/물리적 기반을 가지고 있는 해남군 화산면 흑석리에 전승되는 〈해남 연동 윤씨〉설화를 분석 대상으로 삼고자 한다.

왜냐하면 〈해남 윤씨 이야기〉와 〈해남 윤씨〉설화는 해남과는 다소 물리적으로 거리가 있는 화순군 이양면 매정리와 화순군 북면 수리에 전승되고 있고, 무엇보다도 설화 전승지역의 물리적 기반이 해남 윤씨와는 다소 거리가 있다고 판단했기 때문이다. 특히 〈해남 윤씨〉설화는 "해남 윤씨가 본래 부자이었는데, 과거시험을 보러 다니다가 낙방하여 가산을 탕진하고 유랑생활을 하다가 원혼들의 도움을 받아 부자가 된 이야기"라는 점에서 〈해남 연동 윤씨〉설화와 〈해남 윤씨 이야기〉와 다르다. 이 두 설화는 기본적으로 주인공이 가난한 삶에서 출발하고 있기 때문이다. 그렇지만 기호적 경험의 측면에서만 보면 〈해남 윤씨 이야기〉가 해남 윤씨가 어떻게 해서 부자가 되었는가를 명확하게 보여주고 있기 때문에 〈해남 연동 윤씨〉설화와 크게 다를 바 없다. 다만 〈해남 윤씨 이야기〉설화가 "해남 윤씨가 창평 고씨와 결혼하여 장인이 곤경에 처한 상황을 해결해주고 그 보상으로 부자가 되었다"고 하는 서사줄거리를 보면, 주인공이 지혜를 발휘하여 그 대가로 부자가 되었다고 하는 것이 〈해남 연동 윤씨〉설화에서 주인공이 부자 되는 방법과 차이가 있을 뿐이다.

설화는 대립구조와 순차구조는 물론 인물관계나 시공간의 구도 등의 서사문법을 통해 구현되지만, 그 가운데 설화의 이해는 순차구조로부터 시작된다고 할 수 있다. 순차구조야말로 설화의 기본적인 틀이라고 할 수 있기 때문이다. 〈해남 연동 윤씨〉설화의 서사단락을 순차적으로 정리하면 다음과 같다.

① 윤씨가 강진에서 가난하게 살았다.(가난한 삶/경제적 결핍)

② 윤씨가 어려운 사람들에게 신을 만들어 베풀다.(묘지 이장 시도)

③ 영감(지관)이 착한 윤씨에게 묏자리를 잡아주려 한다.(지관 도움)

④ 윤씨(어초은)의 부모님 묘를 연동에 이장하다.(묘지 이장)

⑤ 해남의 초개 정씨가 용꿈을 꾸고 윤씨를 데려오다.

　(해남 이주시도)

⑥ 초개 정씨가 윤씨를 사위를 삼으려 하자 아내가 반대하다.

　(해남이주 좌절)

⑦ 딸이 아버지의 뜻에 따르겠다고 한다.(해남 이주 성공)

⑧ 딸이 윤씨와 결혼하다.(변신 계기)

⑨ 윤씨는 3년간 처가에서 처한테 글을 배운다.(변신 노력)

⑩ 윤씨가 논 삼십 마지기를 가지고 연동으로 돌아오다.(변신 성공)

⑪ 그로부터 윤씨는 부자가 되었다.(부자된 삶/경제적 해결)


위에서 각 서사구조 개별단락 끝에 제시한 서사 기본 단위요소를 정리하면 다음과 같다.


①가난한 삶/경제적 결핍 → ②묘지 이장 시도 → ③지관 도움 → ④묘지 이장 → ⑤해남 이주 시도 → ⑥해남 이주 좌절 → ⑦해남 이주 성공 → ⑧변신 계기 → ⑨변신 노력 → ⑩변신 성공 → ⑪부자된 삶/경제적 해결


다시 이것을 정리하면 ②~④은 주인공이 묘지를 이장하여 강진에서 해남으로 이사하게 된 계기를 마련해 주는 이야기로 〈에피소드Ⅰ〉이라면, ⑤~⑦은 주인공이 해남으로 이주하는 과정을 이야기한 것으로 〈에피소드Ⅱ〉라 할 수 있고, ⑧~⑩은 주인공이 결혼하여 변신하는 과정을 이야기한 것이기 때문에 〈에피소드Ⅲ〉에 해당한다. 다시 위 설화를 다음과 같이 요약할 수 있다.


① → 〈에피소드Ⅰ〉 → 〈에피소드Ⅱ〉 → 〈에피소드Ⅲ〉 → ⑪

이처럼 〈해남 연동 윤씨〉설화는 세 개의 에피소드가 순차적으로 연결되어 있는데, 각각 독립된 이야기이면서 서로 긴밀하게 연결되어 있는 모습을 확인할 수 있다. 〈에피소드Ⅰ〉은 주인공이 명당자리를 얻는 이야기이고, 〈에피소드Ⅱ〉는 주인공이 해남으로 이주하는 이야기이며, 〈에피소드Ⅲ〉은 주인공이 결혼하여 성공한 이야기이다. 이들은 모두 가난한 주인공이 부자가 되는 과정을 설명하고 있다. 그래서 이러한 것은 주인공이 어떻게 부자가 되었는가라는 서사적 화두에 답을 해 줄 수 있는 이야기로서 최소한 7가지 형태도 가능하다는 것을 확인할 수 있다.

A. ① → 〈에피소드Ⅰ〉 → ⑪

B. ① → 〈에피소드Ⅰ〉 → 〈에피소드Ⅱ〉 → ⑪

C. ① → 〈에피소드Ⅰ〉 → 〈에피소드Ⅲ〉 → ⑪

D. ① → 〈에피소드Ⅰ〉 → 〈에피소드Ⅱ〉 → 〈에피소드Ⅲ〉 → ⑪

E. ① → 〈에피소드Ⅱ〉 → ⑪

F. ① → 〈에피소드Ⅱ〉 + 〈에피소드Ⅲ〉 → ⑪

G. ① → 〈에피소드Ⅲ〉 → ⑪

위의 7가지 형태의 이야기는 설화 전승자의 물리적 환경에 따라 달라질 수 있겠지만, 중요한 것은 가난한 주인공이 어떻게 하여 부자가 되었는가를 설명하는 것이 설화 구연자의 상상에 따라 달라진다는 것을 알 수 있다.

결론적으로 〈해남 연동 윤씨〉설화는 "가난한 윤씨가 착하게 살면서 선대의 무덤을 이장하고 해남으로 장가가서 부자가 되었다."는 이야기로 요약되고, 주인공이 어떻게 부자가 되었는가의 서사적 화두에 답을 해주는 서사적 의미가 주인공이 착하게 살았기 때문이라고 할 수 있다. 주인공의 착한 삶이라는 서사적 의미가 기호내용으로 작용하여 가난한 주인공이 부자가 된 주인공으로 새롭게 거듭 태어나는 과정을 이야기하고 있는 것이다. 따라서 주인공의 착한 삶이라는 서사적 의미가 기호적 의미이고, 그것이 끊임없이 은유적으로 사상되어 주인공이 부자가 되는 존재로 거듭 태어난다. 이를 기호체계로 정리하면 [Ⓐ기호대상(가난한 주인공) ↔ Ⓑ기호내용(서사적 의미/착한 삶) → Ⓒ기표(부자된 주인공)]로 정리할 수 있다.

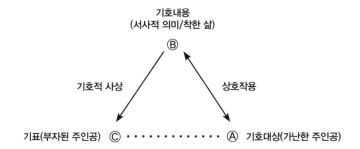

## 2) [어떻게 벼슬을 할 것인가?]의 유형

[어떻게 벼슬을 할 것인가?] 유형의 설화는 해남에서는 수집되지 않고 인근 지역인 화순에서 1편, 장성 1편, 고흥 1편, 남원 2편, 부안 1편에서 발견된다. 해남 윤씨 선조 혹은 중시조에 관한 이야기는 〈해남 윤씨 선조 이야기〉를 비롯하여 〈해남 윤씨 중시조〉와 〈여자 유혹을 물리친 해남 윤씨 중시조〉이고, 해남 윤씨 집안의 정승에 관한 이야기는 〈정승 낳을 부인을 알고 결혼한 해남 윤씨〉와 〈어사 박문수와 해남 윤정승 이야기(1)〉

그리고 〈어사 박문수와 해남 윤정승 이야기(2)〉이다. 여기서 〈어사 박문수와 해남 윤정승 이야기(1)〉와 〈어사 박문수와 해남 윤정승 이야기(2)〉는 《구비문학대계》에서는 두 개의 이야기로 구분되어 있지만 하나의 이야기가 이어진 것이기 때문에 〈어사 박문수와 해남 윤정승 이야기〉로 통합하여 읽어갈 필요가 있다.

〈해남 윤씨 중시조〉설화는 "윤씨가 벼슬을 하기 위해 전답을 팔아 벼슬을 하려고 했으나 실패하였고, 후에 친구와 여자의 도움으로 벼슬을 하였다."는 이야기이고, 〈해남 윤씨 선조 이야기〉는 "하인으로 생활했던 윤씨가 나환자인 여자를 보살펴 결혼하고 그 아들이 벼슬을 하여 양반이 되었다."는 이야기이다. 그리고 〈여자 유혹을 물리친 해남 윤씨 중시조〉설화는 "윤씨가 벼슬을 얻기 위해 서울을 다니다가 산신령도 해하지 못한 임신한 여자를 아내로 맞이하여 낳은 아들이 정승을 했다."고 하는 이야기이고, 〈어사 박문수와 해남 윤정승 이야기〉설화는 "어사 박문수가 해남 윤씨 집안의 아이를 거두어 서울로 올라가고 그 아이가 국가의 난관을 해결하는 데 크게 역할을 하여 정승이 되었다."고 하는 이야기이다.

이와 같이 [어떻게 벼슬을 할 것인가?] 유형의 설화는 크게 두 가지 유형으로 나누어지는데, 해남 윤씨 중시조에 관한 이야기와 해남 윤씨 집안의 정승에 관한 이야기가 그것이다. 다만 아쉬운 것은 이들 이야기가 해남 지역에 전승된 것이 아니라는 점이다. 그럼에도 불구하고 서사성이 강하고 어떻게 벼슬을 할 것인가의 서사적 화두에 가장 적합한 분석 자료로 화순군 능주읍 석고리에 전승되는 〈해남 윤씨 중시조〉설화를 선택했다. 화순의 설화는 나주 인접지역으로서 당시 전라도의 정치적 중심이 나주라는 것을 고려하면 해남과 나주 그리고 화순이 어느 정도 물리적 관계성을 가지고 있다고 생각했기 때문이다. 따라서 〈해남 윤씨 중시조〉 설화의 순차구조에 따라 서사단락을 정리하면 다음과 같다.


① 해남 윤씨가 천석꾼으로 잘 살았다.(경제적 충만/정치적 결핍)

② 윤씨가 벼슬을 하기 위해 전답을 팔아 서울로 올라가다.

 (정치적해결 시도)

③ 남정승에게 전답을 바쳤으나 윤씨에게 벼슬을 주지 않다.

 (정치적 해결 실패)

④ 윤씨가 고향으로 돌아갈 여비도 없는 신세가 되다.

 (정치적 결핍/경제적 결핍)

⑤ 윤씨가 기생에게 여비를 얻으려고 찾아가다.

 (경제적 결핍 해소 시도)

⑥ 윤씨는 도리어 기생에게 외상값을 갚다.(경제적 해소 실패)

⑦ 윤씨가 친구의 도움으로 기생에게 삼백 냥을 받다.(경제적 해결)

⑧ 윤씨가 고향으로 내려오려던 차에 30세의 여자와 동행하다.

 (사회적 문제 잠복)

⑨ 윤씨가 수원의 대궐 같은 집에서 그 여자로 인해 도둑 누명을 쓰다.

 (사회적 문제 발생)

⑩ 윤씨는 지혜로 도둑 누명을 벗고 서울 친구 집으로 간다.

 (사회적 문제 해결)

⑪ 윤씨가 도둑 누명을 쓰게 했던 여자를 만나 동거생활하다.

 (정치적 해결 계기)

⑫ 그 여자의 지혜로 남정승을 곤경에 처하게 한다.(정치적 해결 시도)

⑬ 남정승은 통영 통제사를 제수하도록 한다.(정치적 해결)

⑭ 해남 윤씨는 부자가 되어 고향으로 내려가 중시조가 되었다.

(경제적/정치적 해결)


위에서 각 서사구조의 개별단락 끝에 제시한 서사 기본 단위요소를 정리하면 다음과 같다.


①경제적 충만/정치적 결핍 → ②정치적 해결 시도 → ③정치적 해결 실패 → ④정치적 결핍/경제적 결핍 → ⑤경제적 결핍 해소 시도 → ⑥경제적 해결 실패 → ⑦경제적 해결 → ⑧사회적 문제 잠복 → ⑨사회적 문제 발생 → ⑩사회적 문제 해결 → ⑪정치적 해결 계기 → ⑫정치적 해결 시도 → ⑬정치적 해결 → ⑭경제적/정치적 해결


다시 이것을 정리하면 ②~④는 윤씨와 남정승의 관계 속에서 전개되고 윤씨가 남정승에게 전답을 받쳐 벼슬을 얻으려 했으나 실패한 이야기가 〈에피소드Ⅰ〉이라면, ⑤~⑦은 윤씨와 기생 그리고 친구의 관계 속에서 윤씨가 기생에게 여비를 구하려다 도리어 외상값을 갚게 되었을 때 친구의 도움으로 돈을 챙기는 이야기는 〈에피소드Ⅱ〉이고, ⑧~⑩은 윤씨와 여자의 관계 속에서 윤씨가 여자로 인해 누명을 쓰고 벗어나는 이야기가 〈에피소드Ⅲ〉이다. 그리고 마지막으로 ⑪~⑬은 윤씨와 여자 그리고 남정승의 관계 속에서 윤씨가 여자의 지혜로 남정승을 함정에 빠지게 하고 벼슬을 얻는 이야기를 〈에피소드Ⅳ〉라고 할 수 있다. 따라서 다시 위 설화를 다음과 같이 요약할 수 있다.

①→〈에피소드Ⅰ〉→〈에피소드Ⅱ〉→〈에피소드Ⅲ〉→〈에피소드Ⅳ〉→⑭

이처럼 〈해남 윤씨 중시조〉설화는 네 개의 에피소드가 순차적으로 구성되어 있다. 이들의 순차적 서사구조는 윤씨가 친구와 30세 여자의 도움으로 벼슬을 얻게 되었음을 말해주고 있다. 즉 윤씨가 벼슬을 하기까지 자신의 능력으로 이루기보다는 원조자인 누군가의 도움을 통해 이루어졌다고 하는 것이다. 따라서 윤씨가 벼슬을 얻고 부자가 되기까지는 제3의 인물이 중요한 역할을 하고 있다. 윤씨가 벼슬을 하는데 조력자로 남정승, 기생, 친구, 여자가 등장하는데 그중 친구와 여자가 가장 중심적인 역할을 하고 있다. 이러한 것을 순차적 서사구조를 통해 서사적 의미를 구현하고 있다.

실제로 〈에피소드Ⅱ〉는 전체적인 서사구조에서 탈락되어도 서사전개에 있어 크게 무리가 되지 않는다. 다만 〈에피소드Ⅱ〉를 삽입한 이유는 두 가지로 읽혀진다. 하나는 윤씨가 벼슬을 얻기 위해 재산을 남정승에 바쳤기 때문에 경제적인 결핍을 초래한 것이 아니라 기생과의 무질서한 생활로 인해 경제적 결핍을 초래했음을 강조하고자 한 것이다. 두 번째는 윤씨가 벼슬을 얻는데 친구가 적지 않은 역할을 했음을 보여주고자 한 것이다. 만약에 윤씨가 여자의 도움으로만 벼슬을 얻게 되었다고 한다면 〈에피소드Ⅱ〉는 설화의 군더더기가 될 수밖에 없다. 즉 〈해남 윤씨 중시조〉설화가 다음과 같이 전개되어도 서사적인 완성도에서 큰 무리가 없다는 것이다.

①→〈에피소드Ⅰ〉→〈에피소드Ⅲ〉→〈에피소드Ⅳ〉→⑭

그리고 〈에피소드Ⅲ〉은 〈에피소드Ⅳ〉에서 윤씨가 벼슬을 얻는 데 중요한 역할을 하는 여자의 입장에서 보면 왜 윤씨와 결혼해야 하고 윤씨를 도와주어야 하는지를 확인하는 시험단계라고 할 수 있다. 여자가 자기에게 누명을 씌워 곤경에 처하도록 했던 것은 윤씨가 어떻게 곤경을 헤쳐 나오는가를 확인하고자 함이고, 그것은 윤씨가 지혜로움을 갖도록 하기위해 의도한 것이다. 그것은 여자가 윤씨를 가르쳐 벼슬에 나아가도록 하는 것과 크게 다를 바 없다. 따라서 〈에피소드Ⅲ〉은 〈에피소드Ⅳ〉에서 주인공이 벼슬을 얻는 데 크게 도움을 주는 여자를 만나게 된 과정을 이야기하고 있다.

결론적으로 〈해남 윤씨 중시조〉설화는 "벼슬이 없는 윤씨가 친구와 여자의 도움으로 지혜로움을 통해 벼슬을 얻었다."는 이야기로, 주인공이 어떻게 벼슬을 얻었는가의 서사적 화두에 대한 서사적 의미는 인간이 지혜를 통해 난관을 극복하고 성취한다는 것이다. 주인공이 정치적 욕심 때문에 경제적인 결핍을 초래하고 그것이 사회적인 문제에 직면하게 되는 계기가 되었지만 주인공의 지혜로움으로 어려움을 극복하고 궁극적으로 정치적인 결핍과 경제적인 결핍을 해결하는 과정을 이야기하고 있다. 주인공이 욕심 때문에 곤경에 처하기도 했지만 주인공의 지혜로움으로 어려운 난관을 극복하여 벼슬을 얻게 되었다는 서사적 의미는 곧 기호적 의미에 해당한 것이다. 그것이 은유적으로 사상되어 나타난 것이 〈해남 윤씨 중시조〉설화이다. 이를 기호체계로 정리하면 [Ⓐ기호대상(벼슬 없는 주인공) ↔ Ⓑ기호내용(서사적 의미/지혜로움) → Ⓒ기표(벼슬을 갖게 된 주인공)]로 정리할 수 있다.

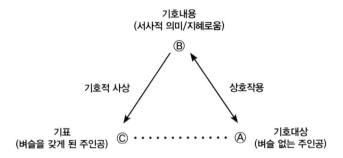

기호내용
(서사적 의미/지혜로움)
Ⓑ

기호적 사상          상호작용

기표                                              기호대상
(벼슬을 갖게 된 주인공) Ⓒ ⋯⋯⋯⋯⋯ Ⓐ (벼슬 없는 주인공)

### 3) [어떻게 명당자리를 얻을 것인가?]의 유형

[어떻게 명당자리를 얻을 것인가?] 유형의 설화는 해남군 화산면 흑석리에 전승하는 〈윤고산의 신위지지〉설화가 대표적이지만, 같은 마을에 전승하는 〈해남 연동 윤씨〉설화도 포함시킬 수 있다. 〈해남 연동 윤씨〉설화는 서사적 줄거리가 '명당자리를 얻어 부자가 되는 과정'을 이야기하고 있는 까닭에 [어떻게 부자가 될 것인가?]의 유형으로 분류하여 분석한 바 있다. 〈해남 연동 윤씨〉설화에서는 주인공이 착한 삶을 살았기에 제삼자가 묏자리를 잡아 준 것이지만, 〈윤고산의 신위지지〉설화는 주체적으로 명당자리를 빼앗아 확보하는 내용으로 전개되고 있다. 이처럼 해남 흑석리에는 해남 윤씨 설화가 3편 전승되고 있지만 핵심적인 내용은 해남 윤씨가 어떻게 부자가 되었는가를 이야기하고 있고, 윤고산이 어떻게 명당자리를 잡게 되었는지를 이야기하고 있다. 〈윤고산의 신위지지〉설화를 순차구조에 따라 서사단락을 정리하면 다음과 같다.

① 윤고산이 지리를 아는 사람이다.(명당자리 결핍)
② 윤고산의 매제인 이의신이 처가인 연동에 오다.(인척인 원조자 등장)

③ 의신은 밥을 먹고 매일 나귀를 타고 나가다.(1차 명당자리 탐색)

④ 윤고산이 의신의 행적을 추적하여 의신이 묏자리를 잡은 것을 확인하다. (1차 명당자리 확인)

⑤ 윤고산이 의신이 잡은 묏자리를 속임수로 바꾸어치기 하다. (명당자리 바꾸어치기 시도)

⑥ 윤고산이 묏자리(신위지지)를 구했다고 말하고 의신과 함께 확인하러가다.(2차 명당자리 탐색)

⑦ 의신은 자신이 묻어놓은 곳에서 윤고산의 묘표를 확인하다. (2차 명당자리 바꾸어치기 성공)

⑧ 의신이 어쩔 수 없이 윤고산에게 묏자리를 양보하다.(명당자리 획득)

⑨윤고산이 묘를 금사동에 쓰다.(명당자리 확보)

위에서 각 서사구조 개별단락 끝에 제시한 서사 기본 단위요소를 정리하면 다음과 같다.

①명당자리 결핍 → ②인척인 원조자 등장 → ③1차 명당자리 탐색 → ④1차 명당자리 확인 → ⑤명당자리 바꾸어치기 시도 → ⑥2차 명당자리 탐색 → ⑦2차 명당자리 바꾸어치기 성공 → ⑧명당자리 획득 → ⑨명당자리 확보

이처럼 〈윤고산의 신위지지〉설화는 순차적 서사구조를 토대로 서사단락간의 유기적 긴밀성을 토대로 전개되고 있다. ②~④의 서사단락은 윤고산의 매제인 의신이 지극정성으로 산천을 돌아다니면서 명당자리를

확보하는 과정이고, ⑤의 서사단락은 윤고산이 의신의 명당자리를 속임수로 바꾸어치기 하는 과정이며, ⑥~⑧의 서사단락은 윤고산이 의신을 속여 명당자리를 확인하여 자기 것으로 빼앗는 과정이다. 즉 이 설화는 윤고산(①의 서사단락)이 의신의 명당자리(②~④의 서사단락)를 손윗사람의 속임수(⑤의 서시단락)를 통해 자신의 명당자리로 빼앗는 내용(⑥~⑧의 서사단락)으로 전개되고 있음을 알 수 있다.

결론적으로 〈윤고산의 신위지지〉설화는 주인공이 풍수지리를 아는 사람이지만 명당자리를 가지고 있지 못했기 때문에 매제인 의신이 확보한 명당자리를 속임수로 빼앗는 과정을 이야기하고 있다. 다시 말하면 이 설화는 윤고산과 의신의 명당자리 쟁탈전이라고 할 수 있으며, 윤고산이 매제인 의신의 명당자리를 빼앗을 수 있었던 것은 다름 아닌 '속임수'이 었던 것이다. 따라서 이 설화의 서사적 의미는 강자의 속임수라고 할 수 있으며, 그것은 명당자리를 가지지 못한 윤고산이 명당자리를 확보하는 데 중요한 역할을 했기 때문에 기호적 의미의 역할을 한다. 이를 기호체계로 정리하면 [Ⓐ기호대상(명당자리 없는 주인공) ↔ Ⓑ기호내용(서사적 의미/강자의 속임수) → Ⓒ기표(명당자리를 갖게 된 주인공)]로 정리할 수 있다.

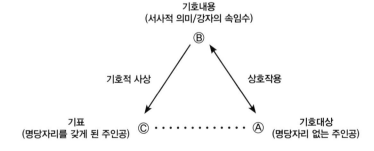

## 4) [어떻게 장수할 것인가?]의 유형

[어떻게 장수할 것인가?] 유형의 설화로 화순군 북면 수리에 전승하는 〈판소리 명창으로 출세한 사람〉설화가 대표적이다. 이 설화는 실제로 주인공이 판소리 명창으로서 이름을 알리는 것이 아니라, 주인공이 스스로 운명을 극복하기 위해 유랑생활을 하면서 소리를 익혀 음악적 능력으로 어려운 난관을 극복하고 상대방을 제압하는 이야기이다. 즉, 단명한 운명을 [어떻게 극복하여 장수할 것인가?]라는 서사적 화두에 답하는 이야기인 것이다. 〈판소리 명창으로 출세한 사람〉설화를 순차구조에 따라 서사단락을 정리하면 다음과 같다.

① 부잣집 진사가 아들을 입양하다.(불확실한 삶)

② 중이 시주오자 진사가 아들에게 시주하도록 시키다.(문제 발단)

③ 중이 심부름한 아들을 보고 단명한다고 말한다.(문제 발생)

④ 아들이 명을 잇기 위해 10년 동안 집을 나가다.(문제 해결의 시도)

⑤ 동냥질한 아들이 단골집에 머물며 집안일을 거들다.(1차 기회 탐색)

⑥ 아들이 4년 동안 있으면서 소리를 배우다.(능력 획득)

⑦ 아들이 단골집에서 거지처럼 하고 나온다.(1차 변신 시도)

⑧ 아들이 세 딸을 둔 정승집으로 들어가다.(2차 기회 탐색)

⑨ 아들이 글도 배우고 정승집의 일을 거들며 6년간 거지처럼 살다.
  (1차 변신 수행)

⑩ 주인집 가족들이 고을 양반 잔칫집에 가고, 아들은 혼자 남다.
  (2차 변신 시도)

⑪ 아들이 잔칫집에 변장을 하고 가다.(2차 변신 수행)

⑫ 변장한 아들이 잔칫집에서 노래를 부르다.(1차 능력 발휘)

⑬ 막내딸이 총각이 잔칫집에 온 것을 알다.(2차 변신 노출)

⑭ 총각이 해남 윤씨라는 것을 말하고 막내딸과 언약한 뒤 해남으로
돌아가다.(존재 확인)

⑮ 집으로 돌아온 아들이 부모님을 위해 노래를 부르고, 혼인 이야기
를 하다.(존재 확장 시도)

⑯ 해남 윤씨 아들이 정승집의 막내딸과 결혼하다.(존재 확장)

⑰ 신랑이 잘난 체한 동서와 구박했던 처제들과 내기를 하다.(능력적
존재 확인 시도)

⑱ 신랑이 노래 경연에서 이기고 과거시험에 급제하다.(2차 능력
발휘)

⑲ 막내사위가 제압한 동서들에게 일자리를 주다.(능력적 존재 확인)

⑳ 해남 윤씨 아들은 복 있는 사람이다.(충만한 삶)


위에서 각 서사구조의 개별단락 끝에 제시한 서사 기본 단위요소를 정
리하면 다음과 같다.


①불확실한 삶 → ②문제 발단 → ③문제 발생 → ④문제 해결의 시도
(주인공의 가출) → ⑤1차 기회 탐색(단골집) → ⑥능력 획득(노래 배움) → ⑦
1차 변신 시도(거지 모습) → ⑧2차 기회 탐색(정승집) → ⑨1차 변신 수행
(거지 모습으로 글과 일 수행) → ⑩2차 변신 시도(검정 칠한 모습) → ⑪2차 변
신 수행 → ⑫1차 능력 발휘(노래) → ⑬2차 변신 노출 → ⑭존재 확인(불
확실한 삶의 존재) → ⑮존재 확장 시도 → ⑯존재 확장(주인공의 변신) → ⑰

능력적 존재 확인 시도 → ⑱2차 능력 발휘(노래/과거시험) → ⑲능력적 존재 확인(충만한 삶의 존재) → ⑳충만한 삶

위의 〈판소리 명창으로 출세한 사람〉설화는 순차적 서사구조가 서사단락 간의 긴밀한 유기성을 가지고 구현되고 있는데, 여섯 개의 에피소드로 구성되어 있음을 알 수 있다. 먼저 서사단락 ②~④는 아들과 시주승과 관계된 이야기 〈에피소드Ⅰ〉이고, ⑤~⑦의 서사단락은 아들과 단골과의 이야기 〈에피소드Ⅱ〉이며, 서사단락 ⑧~⑩는 아들과 정승집의 이야기 〈에피소드Ⅲ〉이라 할 수 있다. 그리고 ⑪~⑬의 서사단락은 아들과 잔칫집 이야기 〈에피소드Ⅳ〉이고, ⑭~⑯의 서사단락은 아들과 정승집 막내딸에 관한 이야기 〈에피소드Ⅴ〉이며, 서사단락 ⑰~⑲는 아들과 동서들과의 이야기 〈에피소드Ⅵ〉이라고 할 수 있다. 이들을 다시 정리하면 다음과 같다.

① → 〈에피소드Ⅰ〉 → 〈에피소드Ⅱ〉 → 〈에피소드Ⅲ〉 → 〈에피소드Ⅳ〉 → 〈에피소드Ⅴ〉 → 〈에피소드Ⅵ〉 → ⑳

위에서 〈에피소드Ⅰ〉은 설화의 주인공이 왜 집을 나가야 하는지를 설명하고 있기 때문에 설화 전개의 발단에 해당한다고 할 수 있다. 〈에피소드Ⅱ〉가 주인공이 단골집에 가는 이야기로 전개된 것은, 이것은 민속에서 아이가 출산하는 과정에서 피가 묻어 태어나거나 명이 짧은 아이는 단골에게 이름을 팔거나 단골로 하여금 공을 들이게 하는 의례적인 관념에서 비롯된 것으로 보인다.[22] 이것은 단명할 것이라고 생각된 주인공이

단골집에서 문제 해결의 실마리를 찾도록 한 것이다. 단골집에서 노래를 배우게 한 것도 단골로 하여금 주인공의 단명함을 극복하도록 하기 위한 것이고, 주인공의 단명함을 주술적으로 해결하고자 하는 의도가 반영된 것이 〈에피소드Ⅱ〉라고 할 수 있다.

〈에피소드Ⅱ〉부터 주인공의 본격적인 활동이 전개되어 〈에피소드Ⅳ〉에서 절정에 달하고 〈에피소드Ⅴ〉에서 마무리되는 구성으로 전개되고 있는데, 〈에피소드Ⅱ〉에서 주인공이 음악적 능력을 갖추게 되었다면, 〈에피소드Ⅲ〉에서는 주인공이 지혜로움을 갖게 하는 학문 능력을 갖추게 되었음을 보여주고 있다. 이처럼 주인공이 글을 배웠지만 음악적 능력을 발휘하여 불안전한 삶의 존재라는 것을 밝히는 과정은 〈에피소드Ⅳ〉이고, 〈에피소드Ⅴ〉에서는 불안전한 삶의 존재로부터 벗어나 새로운 존재로 태어날 수 있음을 보여주고 있다. 그리고 〈에피소드Ⅵ〉에서는 주인공이 음악적이며 학문적인 능력을 발휘하여 충만한 삶의 존재로 변신하는 과정을 이야기하고 있다. 이와 같은 내용을 다음과 같이 정리할 수 있다.

"단명한 아들이 집을 나가 단골집에서 노래를 배우고 정승집에서 글을 익혀 정승집 딸과 결혼하고 과거급제 하여 잘 산다."

따라서 〈판소리 명창으로 출세한 사람〉설화에서 [어떻게 장수할 것인가?]의 서사적 화두에 대한 대답이 "주인공이 집을 나가 노래를 배우고 글을 익혀 좋은 인연과 지혜로움을 통해 단명한 운명을 극복하는 것"이라면, 서사적 의미는 '운명의 적극적인 극복 의지'인 셈이다. 즉 주인공이 불확실한 삶에서 충만한 삶으로 변신할 수 있었던 것은 주인공의 운명을

적극적으로 극복하려는 의지라는 기호적 의미가 작용하여 나타난 것이
라 할 수 있다. 이를 기호체계로 정리하면 [ⓐ기호대상(불확실한 삶의 주인
공) ↔ ⓑ기호내용(서사적 의미/운명 극복의지) → ⓒ기표(충만한 삶의 주인공)]
로 정리할 수 있다.

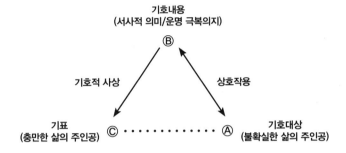

## 5. 설화의 원초적 근원과 전승집단의 인식

설화는 일정한 문법체계를 토대로 이루어지는 언어처럼 담화적 의사
소통의 체계로 구현된다. 여기서 담화적 의사소통 체계라 함은 설화도
언어처럼 일정한 규칙적인 담화체계를 가지고 있음을 말한다. 그러한 까
닭에 지금까지 설화에 대한 해석이 서사적 원리와 규칙에 근거한 서사문
법에 관심을 갖는 경우가 많았고, 즉 설화의 서사문법의 체계를 정리하
고 작품을 해석하는 경우가 많았다. 뿐만 아니라 설화의 구조적 변이를
추적하는 관심도 적지 않았다. 여기서 설화의 구조적 변이는 단순히 텍
스트 형태상의 변화로만 생각할 것이 아니라 당연히 구술자의 삶의 체계
라고 하는 물리적 경험이 변화되어 나타나기도 하고, 그에 따라 상상적

능력의 차이가 빚어내는 결과일 수도 있다는 것에 유념할 필요가 있다. 왜냐하면 설화는 실재와 상상의 내용으로 구성되어 있기 때문이다.

설화 가운데 허구적인 요소가 아무리 강하다 하더라도 그것 또한 인간 삶의 내용이 응축되어 표현된 것이고 실재의 삶과 밀접한 관련이 있다. 그래서 설화가 인간의 실재와 상상의 체계로 구성된 서사물인 것이다. 여기서 상상은 당연히 실재를 근거로 형성되고, 상상이 구현되는 곳이 설화인 까닭에 설화는 인간의 실재 삶을 윤택하게 해 주는 역할을 한다. 그래서 설화가 인간 삶의 체계에 대한 상상적 표현으로서, 즉 설화는 구연자의 물리적 경험을 바탕으로 상상적 표현으로 구현된 것이라 할 수 있다. 그렇기 때문에 설화의 구조적 변이가 단순히 구연자의 상상력이나 기억력의 차이만이 아닌 기호적 경험의 근원인 물리적 경험의 변화에서도 비롯된다는 것을 인식해야 한다. 중요한 것은 설화도 여타의 기호적 경험과 마찬가지로 하나의 물리적 경험을 기반으로 형성된다는 점이다. 설화의 형성과 변화는 인간의 물리적 경험에 많은 제약을 받기 때문에 그것에 근거해 설화를 해석하는 것도 중요하다는 것을 알 수 있다.

앞서 해남 윤씨 설화의 기호적 의미를 파악해보았던 것처럼 설화를 단순히 텍스트 중심으로만 이해할 것이 아니라 체험주의적인 측면에서 설화의 형성 과정을 파악해 보는 것도 의미 있는 작업이다. 설화는 구연자의 신체적/물리적 경험에 근거하여 형성된 정신적인 경험으로, 정신적 경험은 다름 아닌 기호적 경험이다. 여기서 기호적 경험인 설화가 구연자의 물리적 경험에 앞서 주어질 수 없고, 물리적 경험의 다양함은 기호적 경험의 복잡함을 야기한다. 그것은 인간의 다양한 경험내용이 사상되어 형성된 것이기 때문이다. 경험내용은 기본적으로 자연적, 사회적, 역사적 환경에 크게 영향을 받는다. 즉 기호적 경험은 물리적 경험을 근거로 한 다양한 문화적 환경에 영향을 받은 은유[23] 체계인 것이다. 따라서 해남 윤씨 설화의 형성배경으로 물리적 경험 기반과 설화 전승집단의 인식을 네 가지로 정리할 수 있다.

먼저 [어떻게 부자가 될 것인가?] 유형의 설화가 형성될 수 있었던 물리적 기반은 해남 윤씨의 경제적인 배경이다. 실제로 강진에서 출생한 윤효정이 해남 정씨와 결혼하여 해남에 정착한 것이나, 윤효정이 해남 정씨로부터 재산을 상속받았다고 하는 것은 알려진 사실이다. 뿐만 아니라 해남 윤씨는 해남과 인근 도서지방에 거주하는 노비를 540명 정도 거느리고 있었고, 토지 매입은 주로 해남의 화산면과 현산면에 집중되었다고 할 정도로 막강한 경제적 기반을 갖추고 있었다. 이는 지역사회의 주민들에게 적지 않은 영향력을 미치는 것은 물론 선망의 대상이 되기도 했을 것이다. 이러한 경제적인 배경이 설화의 시작이나 마무리에서 주인공이 부자라는 것을 밝히는 근거가 되었고, 해남군 화산면 흑석리 〈해남 연동 윤씨〉설화를 형성시키는데 중요한 역할을 했을 것으로 생각한다. 실제로 설화에서 "해남 윤씨가 장가 잘 가서 부자 되었다"는 내용은 〈해남 연동 윤씨〉설화는 물론 〈해남 윤씨 이야기〉설화에서 공통적으로 이야기되고 있다. 그것은 설화 전승집단이 마치 해남 윤씨가 재복(財福)[24]이 있어서 부자가 된 것이라고 생각하고 있음을 볼 수 있다. 설화에서 재복은 단순히 주인공의 운명에 따른 것으로 보이지만, 그 이면에는 주인공이 착하게 살았기 때문이라는 의미도 내포하고 있다.

두 번째로 [어떻게 벼슬을 할 것인가?] 유형의 설화가 형성될 수 있었던 물리적 기반은 중앙의 관직을 향한 정치적 진출이다. 실제로 윤효정의 아들 윤구 대부터 18세기 윤덕희 대까지 8대를 연이어 문과 혹은 사마시에 합격했고 이들의 주요 활동무대는 서울이었다. 윤선도 때에 이르러 윤씨가의 관직 및 정치적 위상이 최고의 정점에 달했고, 이로써 해남 윤씨 집안의 정치적인 위상을 가늠해 볼 수 있다. 이러한 것이 설화 전승집단으로 하여금 [어떻게 벼슬을 할 것인가?] 유형의 설화를 형성하는데 중요한 역할을 했을 것으로 보인다. 물론 해남 윤씨의 정치적인 위상은 그 자손들이 노력한 결과로 이루어진 것이지만 설화 전승집단은 해남 윤씨가 인복(人福)이 있어서 벼슬을 한 것으로 인식한 것이다. 즉 〈해남 윤씨〉설화에서 주인공이 유랑할 때 많은 사람이 도와주고, 〈해남 윤씨 중시조〉설화에서 친구와 여자의 도움, 〈정승 낳을 부인을 알고 결혼한 해남 윤씨〉설화에서 생인의 도움, 〈해남 윤씨 선조 이야기〉설화에서 나환자의 도움, 〈유혹을 물리친 해남 중시조〉설화에서 정승 딸의 도움, 〈어사 박문수와 해남 윤정승 이야기〉에서 박문수의 도움을 모두 주인공의 인복이라고 생각한 것이다. 이처럼 설화 전승집단이 해남 윤씨가 벼슬을 하게 된 것은 주인공의 인복 때문이라 생각하고 있지만, 그 이면에는 주인공의 지혜로움이 작용하여 벼슬을 하게 되었다는 의미도 내포하고 있다.

세 번째로 [어떻게 장수할 것인가?] 유형의 설화가 형성될 수 있었던 물리적 기반은 해남 윤씨 집안의 입양 사례이다. 입양은 기본적으로 가계계승의 목적을 실현하기 위한 것이다. 해남 윤씨 가운데 큰댁으로 입양 간 사례로 윤선도와 그의 양아버지를 들 수 있다. 이것은 해남 윤씨 집안에 자손이 귀했음을 인식하게 하는 데 중요한 역할을 했고, 자손의 단명으로 확장되는 데도 기여했다. 이러한 환경이 [어떻게 장수할 것인가?] 유형의 설화를 형성하는 데 중요한 역할을 했을 것이다. 비단 이러한 설화가 해남 윤씨 설화에서만 나타나는 것은 아니고 당시 장남 위주 가족제도의 영향을 받아 전국적으로 분포되어 있기도 한다. 어떻든 〈판소리 명창으로 출세한 사람〉설화에서 주인공이 단명한 운명을 극복하기 위해 집을 나가는 것은 수복(壽福)을 획득하기 위함이다. 따라서 이 설화의 전승집단은 주인공이 수복을 획득하기 위해 노력하는 것으로 인식하고 있지만, 그 이면에는 주인공이 운명을 극복하려는 강력한 의지로 인해 과거급제하고 잘 살게 되었다는 의미도 내포하고 있다.

　네 번째 [어떻게 명당자리를 얻을 것인가?] 유형의 설화가 형성될 수 있었던 물리적 기반은 윤선도의 정치적 위상이라고 할 수 있다. 윤선도는 윤씨가의 관직 및 정치적 위상에 있어 최고의 정점에 오르게 되었다. 윤선도 이후 관직은 계속 이어졌지만 정치적 위상으로 보아 윤선도 만한 자리에 오르는 인물은 더 이상 나오지 않았다고 하는 것으로 보면 윤선도의 정치적 위상을 가늠해 볼 수 있다. 설화 전승집단은 이러한 물리적 배경을 토대로 이야기 속에서 윤선도가 약자가 아니라 강자로서 군림하도록 했고, 윤선도가 모든 사회적 관계에서 주도적 인물로 등장하는 데 중요한 역할을 했을 거라 생각한 것이다. 이러한 인식이 [어떻게 명당자리를 얻을 것인가?] 유형의 설화를 형성하는 데 중요하게 작용했을 것으로 생각한다. 〈윤고산 신위지지〉설화에서 윤고산은 약자가 아닌 강자로 등장하며 손아랫사람이 잡은 묏자리를 속임수로 빼앗는다. 설화에서 빼앗기 위한 속임수는 강자만이 활용하는 것이 아니라 약자도 난관을 극복하거나 부를 축적하기 위해 이를 활용하기도 한다. 〈윤고산 신위지지〉설화의 전승집단은 기본적으로 관복(官福)이 있는 윤선도가 손아랫사람으로부터 묏자리를 빼앗는 것으로 인식하고 있고, 그 이면에는 오복(五福)

이 넘치는 윤선도의 속임수가 합리화되어 있음을 알고 있다.

지금까지 해남 윤씨 설화의 물리적 관계와 전승집단의 인식을 살펴보았고, 설화의 계보관계도 어느 정도 파악할 수 있었을 것으로 생각한다. 그것은 설화 전승집단의 인식을 토대로 이해할 수 있었다. 설화 전승집단의 인식에 나타난 것을 보면 해남 윤씨 집안은 재복이 많고 인복이 많으며, 이것이 관복의 근거가 되거나 수복의 토대가 되고 있음을 볼 수 있다. 또한 이러한 것들이 복합되어 해남 윤씨 집안이 지역사회에서 영향력을 행사할 수 있는 계기가 되었을 것으로 보인다. 따라서 이러한 인식을 토대로 설화의 계보관계를 정리해 보면, 가장 먼저 형성된 설화가 [어떻게 부자가 될 것인가?] 유형의 설화이고, 그것을 토대로 형성된 것이 [어떻게 벼슬을 할 것인가?] 유형의 설화라고 할 수 있다. 그리고 이 두 유형의 설화가 바탕이 되어 [어떻게 장수할 것인가?] 유형의 설화로, 혹은 [어떻게 명당자리를 얻을 것인가?] 유형의 설화가 형성되었을 것으로 추론해 볼 수 있다. 이는 어디까지나 가설에[25] 불과하고 해남 윤씨 설화의 이해의 폭을 넓히는 해석방식의 하나로 이해해 주었으면 한다. 이러한 것은 공간적으로 해남 윤씨 설화의 전승지역을 토대로 보더라도 해남에서 나주를 중심으로 한 인근지역, 혹은 그로부터 원거리로 전파되거나 형성되었을 가능성을[26] 고려하면 그렇게 큰 무리는 아니라고 본다. 지금까지 논의한 내용을 정리하면 다음 그림과 같다.

| 영역 | 경험 | 설화 유형 | | | |
|---|---|---|---|---|---|
| 정신 | 기호적<br>경험<br>(B) | 착한 삶 | 지혜로움 | 운명 극복의지 | 속임수 |
| | | [어떻게<br>부자가 될<br>것인가?]<br>의 유형<br>(a) ➡ | [어떻게<br>벼슬을<br>할 것인가?]<br>의 유형<br>(b) ➡ | [어떻게<br>장수할<br>것인가?]<br>의 유형<br>(c) ➡ | [어떻게<br>명당자리를<br>얻을 것인가?]<br>의 유형<br>(d) |
| | | 재복 | 관복/인복 | 수복 | 오복 |
| 몸 | 물리적<br>경험<br>(A) | – 설화 전승집단의 농경민적인 생활<br>– 해남 윤씨 집안의 정치적, 경제적 위상<br>– 해남 윤씨 집안의 입양사례와 윤선도의 정치적 위상 | | | |

## ∘∘ 요약

해남 윤씨 설화 형성의 물리적 배경은 기본적으로 설화 전승집단의 농경민적 생활이 기반이 되었고, 이야기의 대상인 되었던 해남 윤씨 집안의 정치적, 경제적 기반이 중요한 역할을 했다. 해남 윤씨 집안은 한 마디로 중앙 지향의 관료를 배출하고 재지사족으로서 정치적 위상을 가지고 있고, 지역민과의 가부장적 관계를 통해 경제적 능력을 갖춘 가계이다. 이러한 물리적 기반이 해남을 비롯한 인근지역에 막강한 영향력을 행사한 것이다.

해남 윤씨 설화는 13편으로 전라도 지역에 전승되고, 해남 인근지역에 집중적으로 분포되어 있다. 설화의 서사적 화두가 화소와 서사구조의 연결고리 역할을 하고, 서사의미 형성에 중요하게 작용하기 때문에 서사적 화두에 착안하여 설화를 분류했다. ①[어떻게 부자가 될 것인가?]의 유형으로는 3편이 있고, ②[어떻게 벼슬을 할 것인가?]의 유형으로 6편, ③[어떻게 명당자리를 얻을 것인가?]의 유형으로 1편, ④[어떻게 장수할 것인가?]의 유형으로 1편, 기타 2편이 있다.

해남 윤씨 설화의 서사구조를 통해 서사의미를 파악하고 이것을 토대로 기호적 의미를 파악했다. 기호적 의미는 설화 주인공이 변신하는 데 중요한 역할을 한다. ①[어떻게 부자가 될 것인가?] 유형으로서 〈해남 연동 윤씨〉설화의 기호적 의미는 '주인공의 착한 삶'이고, ②[어떻게 벼슬을 할 것인가?] 유형인 〈해남 윤씨 중시조〉설화의 기호적 의미가 '주인공의 지혜로움으로 어려운 난관 극복'이며, ③[어떻게 명당자리를 얻을 것인가?] 유형인 〈윤고산의 신위지지〉설화의 기호적 의미는 '강자의 속임수'이다. 마지막으로 ④[어떻게 장수할 것인가?] 유형의 〈판소리 명창으로 출세한 사람〉설화의 기호적인 의미는 '운명의 적극적인 극복 의지'이다. 이러한 기호적 의미가 해남 윤씨 설화에 나타난 주인공이 변신하는 데 중요한 역할을 했다.

해남 윤씨 설화의 원초적 근원과 전승집단의 인식을 네 가지로 정리할 수 있다. 먼저, 〈해남 연동 윤씨〉설화가 형성될 수 있었던 물리적 기반은 해남 윤씨의 경제적인 배경이고, 설화 전승집단은 해남 윤씨가 재복이 있어서 부자가 된 것이라고 생각하지만, 그 이면에는 주인공이 착하게 살았기 때문이라 생각하고 있다. 두 번째로 〈해남 윤씨 중시조〉설화가 형성될 수 있었던 물리적 기반은 중앙의 관직을 향한 정치적 진출이고, 설화 전승집단은 해남 윤씨가 인복이 있어서 벼슬을 한 것으로 인식하면서도 그 이면에는 주인공의 지혜로움으로 벼슬을 하게 되었다고 생각한다. 세 번째로 〈판소리 명창으로 출세한 사람〉설화가 형성될 수 있었던 물리적 기반은 해남 윤씨 집안의 입양 사례이고, 설화의 전승집단은 주인공이 수복을 획득하기 위해 노력한 것으로 인식하지만, 그 이면에는 주인공이 운명을 극복하려는 강력한 의지로 인해 과거급제 하여 잘살게 되었다고 생각한다. 네 번째 〈윤고산의 신위지지〉설화가 형성될 수 있었던 물리적 기반은 윤선도의 정치적 위상이고, 설화의 전승집단은 기본적으로 관복을 가지고 있는 윤선도가 묏자리를 빼앗는 것으로 인식하고 있으며, 그 이면에는 윤선도의 속임수가 합리화되어 있다.

지금까지 해남 윤씨 설화의 물리적 관계와 전승집단의 인식을 살펴보았고 더불어 설화의 계보관계도 어느 정도 파악할 수 있을 것으로 생각한다. 가장 먼저 형성된 설화가 [어떻게 부자가 될 것인가?] 유형의 설화이고, 그것을 토대로 형성된 것이 [어떻게 벼슬을 할 것인가?] 유형의 설화라고 할 수 있다. 그리고 이 두 유형의 설화가 바탕이 되어 [어떻게 장수할 것인가?] 유형의 설화로, 혹은 [어떻게 명당자리를 얻을 것인가?] 유형의 설화가 형성되었을 것으로 추론해 볼 수 있다.

# 각주

1 제랄드 프랭스(최상규 옮김), 『서사학이란 무엇인가』, 예림기획, 2015, 5쪽.

2 제레미 탬블링(이호 옮김), 『서사학과 이데올로기』, 예림기획, 2010, 271~274쪽.

3 1970년대는 전파론, 구조주의, 연행이론이 설화에 대한 분석적 연구를 선도하는 시대였다. 이 세 방법론은 정도의 차이가 있을 뿐 오늘날까지도 구비서사의 분석에서는 여전히 주도적인 위치를 지니고 있다. 전파론은 각국 설화들의 전파 경로를 추적하는데 유효했고, 구조주의는 순차적 구조나 단락소의 개념을 토대로 구조적 짜임새와 총체적 의미를 파악하고자 했다. 연행론은 구술 공동체의 구술연행을 현상적으로 발견하는 경험적 접근을 강조했다.(천혜숙, 「구비서사 분석의 방법론 모색을 위한 제안」, 『구비문학연구』 제47집, 구비문학회, 2017, 10~15쪽.)

4 려증동, 「17세기 윤선도 작품에 관한 연구」, 『고산연구』 4권, 고산연구회, 1990, 147~148쪽.

5 이종범, 「고산 윤선도의 출처관과 정론」, 『대구사학』 제74집, 대구사학회, 2004, 43~44쪽.

6 문숙자, 「17 - 18세기 해남윤씨가의 토지 확장 방식과 사회·경제적 지향」, 『고문서연구』 40권, 한국고문서학회, 2012, 38~40쪽.

7 문숙자, 「조선 후기 양반가계와 지역민의 관계 및 변화양상」, 『고문서연구』 48권, 한국고문서학회, 2016, 114쪽

8 윤승현 편저, 『윤고산문화사전』, 재단법인 녹우당종가보존문화예술재단, 2017, 742~757쪽.

9 고산의 생애는 대략 면학시대, 초년의 유배시대, 중년의 출사시대, 은거 및 유배시대, 그리고 만년의 당쟁생활 및 유배생활로 구분되는데, 그의 경력과 작품의 창작 시기는 상호 밀접한 관련이 있다고 한다.(김재홍, 「윤선도 시의 형성동인」, 『고산연구』 4권, 고산연구회, 1990, 87~88쪽.

10 정윤섭, 「16 - 18세기 해남윤씨가의 해언전 개발과정과 배경」, 『지방사와 지방문화』 제11권 1호, 역사문화학회, 2008, 121~122쪽.

11 문숙자, 「17 - 18세기 해남윤씨가의 토지 확장 방식과 사회·경제적 지향」, 『고문서연구』 40권, 한국고문서학회, 2012, 41~51쪽.

12 한상권, 「17세기 중엽 해남 윤씨가의 노비소송」, 『고문서연구』 39권, 한국고문서학회, 2011, 110쪽.

13 문숙자, 「조선 후기 양반가계와 지역민의 관계 및 변화양상」, 『고문서연구』 48권, 한국 고문서학회, 2016, 116쪽.

14 신동흔, 「서사적 화두를 축으로 한 화소 · 구조 통합형 설화분석 방법 연구」, 『구비문학 연구』 제46집, 구비문학회, 2017, 50~52쪽.

15 김정은, 「설화의 서사문법을 활용한 자기발견과 치유의 이야기 창작방법 연구」, 건국대 학교 대학원 박사학위논문, 2016, 24~25쪽.

16 가계계승(家系繼承)은 아버지가 소유하고 있는 한 집안의 가장권을 자식에게 물려주 고, 시어머니가 가지고 있는 한 가정의 살림살이 경영권을 며느리에게 물려줌으로써 이 루어진다. 가장권은 가족을 외부에 대표할 수 있는 대표권(代表權), 가족 구성원을 지휘 감독할 수 있는 가독권(家督權), 그리고 집안의 모든 재산을 관리할 수 있는 재산권(財 産權), 조상에 대한 제사를 받들 제사권(祭祀權)으로 가정의 모든 것을 총괄하는 권리 이고, 살림살이 경영권은 주부권이다. 따라서 한 집안의 가장은 다름 아닌 가장권을 가 지고 있는 사람을 말한다.(표인주, 『남도 민속학』, 전남대학교출판부, 2014, 15~16쪽)

17 〈윤고산에게 반한 처녀〉설화를 요약하면, "가난한 아가씨가 빨래하면서 말을 타고 지나 가는 윤고산을 보고 상사병에 걸려 식음을 전폐하자, 부모가 나서서 윤고산의 후처로 결혼하게 하여 둘 사이에서 난 아들이 윤학관인데 공부를 하여 출세했다."고 한다.

18 〈묘자리로 인해 망한 입금리 윤씨들〉설화를 요약하면, "스님이 부자인 해남 윤씨 집에 시주를 갔는데, 오물 바가지를 받은 스님이 바위를 없애고 묏자리를 쓰면 좋다고 중얼 거리자, 실제로 윤씨가 바위를 없애고 묘를 썼더니 입금리 윤씨들이 망했다"고 한다.

19 신동흔, 앞의 논문, 50쪽.

20 신동흔, 위의 논문, 42쪽.

21 노양진, 앞의 책, 91쪽.

22 표인주, 앞의 책, 249쪽.

23 은유는 기호를 비롯하여 문화의 개념으로 이해할 필요가 있다. 뿐만 아니라 미학과 상 상도 단순히 예술적인 측면의 좁은 개념이 아니라 인간의 삶의 체계인 경험적 영역이 상상적 구조를 가지고 있다는 것을 고려하여 문화의 개념으로 이해할 필요가 있다. 즉 은유, 기호, 미학, 상상의 개념을 문화의 개념으로 확대하여 이해하자는 것이다. 그러한 점에서 설화 또한 단순히 서사미학적 체계로만 볼 것이 아니라 하나의 구술문화로서 이 해할 필요가 있다.

24 복(福이)란 인간에 의해서 작용되거나 신적인 존재에 의해서 부여되든지 간에 두루두루 넉넉하게 갖추어짐을 의미하고, 수복(壽福), 식복(食福), 재복(財福), 관복(官福), 인복

(人福)으로 나누어진다.(표인주, 앞의 책, 199쪽)

25 복의 순환과정이 수복→인복→관복→재복→식복으로, 혹은 식복→재복→관복
→인복→수복으로 전개되기도 하고, 이들이 서로 복합적으로 나타나기도 한다.(표인
주, 앞의 책, 쪽) 중요한 것은 재복과 관복 그리고 인복이 모두 상관관계를 맺고 있다는
것이다. 요약하자면 모든 복은 재복이 근간이 되어 관복을 획득할 수 있고, 인복도 얻어
진다는 것이다. 이와 같은 복의 구조를 복의 의미를 지닌 설화의 형성에도 적용해 본 것
이다.

26 문화 진화 원리에서 문화가 인간의 이동을 통해 전파(diffusion)되거나 수용되어 변화하
는 것처럼 설화도 인간의 이동을 통해 인근지역으로 전파되어 확산되면서 그 물리적 기
반에 부합한 다양한 설화를 생산했을 것으로 생각하기 때문이다.

# 제5장

# 김덕령 설화의 원천적 근원과
# 기호적 의미

−《광주전설》을 중심으로−

## 1. 김덕령과 무등산

　김덕령 설화는 임진왜란과 관련된 역사적인 인물이 등장하는 설화로 주로 광주 지역의 무등산 주변에, 즉 북구 충효동 일대(충장사 주변)에 집중적으로 전승되고 있다. 그것은 김덕령의 출생지 및 성장환경과 밀접한 관련이 있는 것으로 보인다. 특히 김덕령 설화는 아기장수 설화의 면모를 갖추고 있는 것이 특징이다. 구술기억으로 전해 내려오는 설화에서 김덕령은 비극적인 영웅의 모습을 가진 인물이고, 마치 아기장수의 모습을 지니고 있다. 아기장수는 가난한 집안에서 비범한 능력을 가지고 태어난 탓에 큰 뜻을 이루지 못하고 비극적인 죽음을 맞이한다. 아기장수와 관련된 이야기는 주로 조선 중기와 후기에 널리 유포된 것으로 임진왜란과 밀접한 관련이 있는 것으로 짐작할 수 있다. 아기장수설화와 김덕령설화가 임진왜란과 관련이 있다는 점에서 아기장수가 민중의 영웅이었던 것처럼 김덕령도 임진왜란의 영웅으로 인식되었을 것이다.

김덕령이 임진왜란과 밀접한 관련이 있는 것은 전남이 임진왜란의 치열한 전투 지역이었다는 것과도 상관성이 있다. 임진왜란은 민족과 국가의 정체성 파괴와 사회적 모순이 폭발하고 신분제도가 흔들리면서 조선왕조의 위기를 초래한 역사적 사건이었다. 특히 전남은 육지의 전투는 물론 명량전투와 왜교성전투가 치열하게 전개된 곳이다. 그러한 환경 속에서 수많은 의병들이 결성되어 전쟁에 참여한 곳도 전남이다. 임진왜란에서 전남지역의 치열한 전투의 승리는 조선 왕조를 그나마 그 명맥을 이어가도록 하는 데 중요한 역할을 했다고 볼 수 있다. 그 역할에 수많은 의병들과 수군들을 빼놓을 수 없는 것이고, 김덕령 또한 마찬가지이다. 이러한 것이 설화 전승지역에서는 김덕령을 영웅적인 인물로 인식하도록 했을 것이다.

김덕령 설화는 주로 무등산을 배경으로 하고 있는데, 그것은 김덕령의 생가가 무등산 자락에 있는 것과 밀접한 관련이 있다. 김덕령이 비운의 인물이지만 훗날 그의 명예가 회복되고 그의 충절을 기리기 위해 1974년에 광주광역시 북구 금곡동에 충장사가 건립되어 오늘에 이르고 있다. 이것은 김덕령 설화가 전승되는 데 중요한 역할을 하고 있는 것이다. 충장사는 김덕령의 생가와 가까운 곳이고, 김덕령이 묻혀 있는 곳이다. 특히 김덕령의 무덤은 김덕령의 행적에 관한 기억을 지속시키는 역할을 하고, 김덕령을 추모의 대상으로, 즉 기억의 대상이 되도록 한 것이다. 충장사는 당연히 김덕령의 충절을 망각하지 않고 기억하고 재현하기 위한 문화적 기억[1]의 소산이라 할 수 있다.

무등산은 광주의 정신적 지주의 역할 뿐만 아니라 문화적 생명의 근거지이기도 하다. 무등산이 남도 문화예술의 자양분을 제공해 주는 텃밭이었고, 담양의 면앙정으로부터 시작하여 환벽당과 식영정으로 이어지는 시가문학의 터전이었으며, 남도 화풍을 이어가는 창작의 산실이었기 때문이다. 그런가 하면 무등산 산신이 이성계의 역성혁명을 허락하지 않았다는 전설 때문에 '의로움'의 상징이라고 말하기도 한다. 이처럼 무등산은 남도사람들의 정신적인 지주인 셈이다. 요즈음이야 무등산이 광주의 생태문화적인 공간으로서 역할을 하고 있지만, 과거에는 이처럼 생명의 공간이자 정신 수양의 공간이기도 했다.

김덕령이 바로 무등산의 정기를 물려받아 태어났고, 설화 전승집단은 김덕령이 그 기운을 토대로 성장하면서 장수로서 면모를 갖출 수 있었던 것도 무등산의 역할이 있었다고 생각한 것이다. 따라서 무등산은 영웅을 탄생시키고 국가에 충성하는 인물을 배출하는 산으로서 상징적 의미를 지니게 되었다. 무등산이 광주 지역의 정신적인 샘물이었던 것처럼 임진왜란과 관련된 광주지역의 대표적인 인물이 바로 김덕령이다. 즉 광주를 대표하는 인물이 김덕령이고, 김덕령이 광주 충절의 표상인 것이다. 따라서 김덕령 설화의 원천적 근원을 토대로 설화의 유형에 따른 기호적 의미를 파악하고, 그것을 활용하여 '김덕령이 어떠한 인물이었는가?'에 대한 서사적 화두[2]의 답변을 찾고자 한다.

## 2. 설화 형성의 원천적 근원

김덕령 설화는 의병전설이라고 할 수 있는데, 의병전설은 국가가 외침을 당해 위기에 처해 있을 때 민간에서 출현한 의병대장 및 의병들에 관한 구술서사들을 말한다. 의병대장으로 김덕령, 김천일, 고경명, 곽재우, 사명대사 등은 장수전설 혹은 영웅전설로 알려져 있다.[3] 김덕령 설화의 원천적 근원은 단순히 생애사적인 삶의 여정이 아니라 설화 전승집단에게 강한 기억을 심어줄 수 있는 생애사적 사건이라고 할 수 있다. 김덕령의 출생 배경이나 성장환경도 중요하지만 역사적으로 의미를 부여할 수 있는 사건이 설화 형성의 물리적 토대가 되었던 것이다. 그것을 정리하면 하나는 의병활동이고, 두 번째는 역모죄로 죽음에 처한 것이며, 세 번째는 신원이 회복되어 충장공이라는 시호를 받는 것을 말한다. 이러한 것은 《조선왕조실록》이나 《김충장공유사》를 통해 확인할 수 있다.

김덕령은 1567년 충효동 석저촌에서 김붕섭(金鵬燮)의 둘째 아들로 태어났는데, 형 덕홍(德弘)이 있고, 동생 덕보(德普)가 있다. 김덕령의 고조부가 김윤제(金允悌)이고, 송강 정철을 가르친 문인이다. 김덕령은 18세에 흥양 이씨와 결혼하고, 20세에 형 덕홍과 함께 성혼(成渾)의 문하에서 공부를 하였다. 25세에 임진왜란이 발생하자 형과 함께 의병을 일으켜 고경명 휘하에서 금산전투에 가담하였는데, 이 전투에서 형을 잃었지만, 고성싸움에서 김덕령은 혁혁한 전공을 올려 선조로부터 충용장이라는 군호를 받게 된다. 이처럼 김덕령은 의병장이 되어 곽재우와 함께 권율 휘하에서 영남 서부지역의 방어임무를 맡았다. 이로써 김덕령의 생애사에서 첫 번째로 의병활동이 중요한 역사적 의미를 갖는다.

1596년 7월 충청도 홍산에서 이몽학의 반란사건이 발생했는데, 도원수 권율이 김덕령으로 하여금 이를 평정하도록 했다. 김덕령이 충청도로 가는 도중 이미 반란이 평정되었지만 억울하게도 반란군 이몽학과 내통했다는 모함을 받아 체포된다. 김덕령은 29세에 여러 차례의 혹독한 고문에도 굴하지 않고 자신의 결백을 주장하다가 옥사를 하게 된다. 여기서 역적 누명을 쓴 김덕령의 죽음은 단순히 한 개인의 죽음이 아니라 백성들로부터 추앙받고 있던 의병장들의 죽음을 상징한다. 당시 왕실과 지배계층의 정치적 기반에 크게 위협이 되었던 것은 백성을 지키기 위해 의병을 일으켰던 장수들의 활동이었고, 그들을 대표하는 김덕령을 죽인 것은 정치적인 죽음이라고 할 수 있기 때문이다. 이와 같은 김덕령의 억울한 죽음은 설화 전승집단의 물리적 기반으로서 역할을 하게 되었다.

임진왜란은 정치적으로 조선 왕조의 체제를 와해시키는 역할을 했고, 백성들에게는 물질적 혹은 정신적으로 엄청난 피해를 가져다 준 재앙이었다. 이러한 충격적인 전쟁을 경험한 조선왕조는 민심을 수습하고 통치체제의 안정을 도모하기 위해 임진왜란을 새로운 방식으로 기억할 필요가 있었다. 그것은 국가 혹은 지역사회 및 가문 중심으로 이루어지는 경우가 많았는데, 기억방식은 다양한 방식으로 진행되었다. 임진왜란의 기억을《조선왕조실록》이나《징비록》등의 방식으로 기록하기도 하고,《임진록》등의 문학적인 방법으로 기록하기도 했다. 또한 통치체제를 정비하기 위해 성리학적 윤리에 입각하여《동국신속삼강행실도》를 간행하기도 했다. 그리고 국가적 차원에서 임진왜란 때 활동했던 인물들은 공신으로서 보상해 주었고, 순절한 인물들은 서원이나 사우에 배향하는 방식으로 기억하고자 했다.[4]

특히 조선 후기 피폐한 국사를 벗어나기 위해 매진했던 정조는 호국의 인물상을 구현하기 위해 임경업이나 김덕령과 같은 비운의 장군들을 선택해서 그들에 관한 일대기나 관련 자료를 모아 묶도록 했다.[5] 이러한 일련의 과정에서 1661년에 김덕령은 신원되어 관직이 복구되었다. 정조는 1788년에 김덕령에게 충장공(忠壯公)이라는 시호를 내림과 동시에 그가 태어난 석저촌을 충효리(忠孝里)라 부르게 했다. 이처럼 김덕령이 부활하는 것은 사회적으로 추앙받을 만한 인물로 재탄생시킨다는 의미를 지닌 사건이다. 이 또한 마찬가지로 설화 형성의 물리적 기반이 되었던 것이다.

## 3. 설화 자료의 개관 및 분류

기억은 문화를 계승하고 발전시키는 역할을 하는데, 과거 삶의 질서를 현재에 지속시키고 미래로 연결시키는 역할을 하는 것이기 때문이다. 이처럼 기억이 과거에 대한 정합적인 상을 제공하고, 그 상은 현재의 경험을 일목요연하게 정리해 주면서 우리 삶에 연속성을 제공한다. 그래서 기억은 문화를 전승하도록 하고, 사회의 진화 및 연속을 위해서도 필수적이다.[6] 인간은 어떻게 하면 기억할 수 있는지 끊임없이 고민을 해왔다. 그러한 과정 속에서 기억의 매체로서 사물을 활용하기도 하고, 문자를 발명하는 것은 물론 그림이나 영상을 활용해왔다. 기억의 방식을 특정 권력집단이 독점하여 정치적으로 활용하기도 했지만, 문자가 발명되고 인쇄술이 발달하면서 다양한 정보가 대중화되고 또한 권력도 분산되는 결과를 초래했다. 중요한 것은 기억의 방식이나 기억의 수단이 정치적인 권력과 밀접한 관련이 있기 마련이었고, 설사 문자로 기록되었다고 하더라도 기록자의 주관적인 견해가 반영되는 경우가 많았다. 이러한 것은 역사적인 인물의 생애사에 관한 것은 더욱 그러한 경우가 많다. 정치적 사건에 민감한 인물, 특히 김덕령의 역사적인 행적이 그렇다.

김덕령에 관한 역사적 기억은《연려실기술》과《김충장공유사》에 기록되어 있고,《동패낙송》,《대동기문》,《계서야담》,《동야휘집》등에도 김덕령에 관한 이야기가 기록되어 있으며,《김덕령전》에는 서사적 기억으로 전해지고 있다. 이러한 기억은 당연히 기록자의 역사적인 인식이나 가치관이나 정치적인 태도가 반영되기 마련이다. 그렇지만 김덕령에 관한 구술기억은 비록 구술자의 의견이 반영되는 개인의 기억으로부터 출발한 것이지만 설화 전승집단의 공감대를 통해 집단적 기억[7]으로 발전하는 경우가 많기 때문에 문헌기록에 의한 기억과는 다르다. 이처럼 김덕령 설화는 집단적 기억으로 구성된 이야기로서 주로 광주지역에 전해지고 있으며, 주로 무등산을 배경으로 하고 있다.《광주전설》[8]에 수록된 설화를 소개하면 다음과 같다.

| | 전승지역 | 설화 명칭 | 설화 핵심내용 |
|---|---|---|---|
| 1 | 광주광역시 북구 충효동 | 이치(梨峙)장군대 | 삼정승 나올 명당자리 |
| 2 | 광주광역시 북구 충효동 | 김덕령의 태몽이야기 | 호랑이 꿈, 산신령 |
| 3 | 광주광역시 북구 충효동 | 김덕령의 어머니 | 호랑이 공격 실패 |
| 4 | 광주광역시 북구 충효동 | 김덕령의 의리 | 싸움에 휘말려 제압 |
| 5 | 광주광역시 북구 충효동 | 환벽당의 참새잡기 | 참새잡기와 힘자랑 |
| 6 | 광주광역시 북구 충효동 | 김덕령의 용기 | 서봉사에서 범 잡기 |

| | 전승지역 | 설화 명칭 | 설화 핵심내용 |
|---|---|---|---|
| 7 | 광주광역시 북구 충효동 | 김덕령의 지혜 | 홍수물에 친구 건너주기 |
| 8 | 광주광역시 북구 충효동 | 호랑이 잡은 김덕령 | 호랑이 잡기 |
| 9 | 광주광역시 북구 충효동 | 김덕령 오누이의 경주 | 도포짓기와 성쌓기 |
| 10 | 광주광역시 북구 충효동 | 김덕령 오누이의 씨름시합 | 남장한 누나와 씨름하기 |
| 11 | 광주광역시 북구 충효동 | 씨름판의 김덕령(1) | 어린 김덕령 씨름하기 |
| 12 | 광주광역시 북구 충효동 | 천하대장군 | 할아버지 원수 갚기 |
| 13 | 광주광역시 북구 충효동 | 호랑이와 싸운 김덕령 | 호랑이 제압하기 |
| 14 | 광주광역시 북구 충효동 | 문바위 | 화살과 백마의 시합 |
| 15 | 광주광역시 북구 충효동 | 주검동 | 대장간과 군사훈련 |
| 16 | 광주광역시 북구 충효동 | 치마바위 | 누나가 치마로 갖다놓음 |
| 17 | 광주광역시 | 배재 충장사의 달걀전설 | 장군의 대명당 |
| 18 | 광주광역시 광산구 진곡동 | 씨름판의 김덕령(2) | 초립동 김덕령 씨름하기 |
| 19 | 광주광역시 광산구 | 김덕령 장군과 불한당 | 서봉사의 도적들 제압 |
| 20 | 전라남도 장성군 | 김덕령 장군의 오누이 힘내기 | 명당잡기, 누나와 씨름하기 · 성쌓기, 만고충신 |
| 21 | 전라남도 장성군 | 만고 충신 김덕령 | 역적과 만고충신 |
| 22 | 광주광역시 북구 본촌동 | 쌍바우와 김덕령 장군의 누이 | 돌을 치마로 옮기고, 씨름하기 |
| 23 | 광주광역시 북구 용봉동 | 명당의 정기로 태어난 김덕령 | 명당자리, 역적과 충 |

위의 설화를 크게 몇 가지로 유형화시키면, 하나는 명당자리 잡기인 풍수담(1·17/20·23)[9]이고, 산신령의 도움을 받은 태몽담(2)과 임신담(3) 과, 김덕령이 호랑이 물리치는 이야기(6·8·13), 김덕령의 누나와 힘 겨루 는 이야기(9·10·20·22)가 있다. 그리고 김덕령의 힘자랑과 의로운 행위 담으로 (4·5·7·11·12·18·19)가 있고, 김덕령의 장군담(14·15)과 김덕령의

역적 및 충신담(20·21·23)이 있다. 이처럼 23편의 이야기 가운데 김덕령의 어린 시절에서부터 호랑이를 물리친 이야기를 통해 용맹성을, 힘겨루기나 의로운 행동을 통해 장군으로서 면모를 보여주는 이야기가 14편으로 많은 비중을 차지하고 있다. 그리고 설화의 핵심 내용을 통해서 확인할 수 있듯이 대부분의 설화가 하나의 핵심적인 화소를 가지고 있는 경우가 많은데, 장성군의 〈김덕령 장군의 오누이 힘내기〉는 김덕령의 출생담을 제외한 모든 행적을 담고 있는 이야기라는 점에서 특징이 있다.

따라서 다음 장에서 1)김덕령의 출생과 관련된 풍수담(1·17), 2)김덕령의 출생담(2·3), 3)김덕령의 성장담(4·5·6·7·8·9·10·11·12·13·18·19·20·22), 4)김덕령의 장군담(14·15·20·21·23) 네 가지 유형으로 분류하여 설화의 개별단락들 간의 관계를 통해 서사적 핵심내용을 정리하여 기호적 의미를 파악하고자 한다.


## 4. 설화의 유형별 기호적 의미

### 1)김덕령 출생과 관련된 풍수담

설화 전승집단은 김덕령이 출생하는 데는 무엇보다도 조상들의 음덕이 있었다고 생각한다. 그 음덕은 다름 아닌 명당발복인 것이다. 즉 이것은 김덕령의 고조할아버지가 명당자리를 잡았기 때문에 훗날 그 집안에 김덕령과 같은 장군이 태어났다고 생각하는 것이고, 영웅적인 인물인 김덕령이 태어나게 된 것은 집안에서 무덤을 명당자리로 이장함으로써 이루어진 것이라고 생각한 것이다. 그러한 예로 광주광역시 북구 충효동에 전승하고 있는 〈배재 충장사의 달걀 전설〉과 〈이치(梨峙)장군대〉 이야기 가 대표적이다. 두 이야기는 거의 유사하기 때문에 〈이치(梨峙)장군대〉의 내용을 소개하면 다음과 같다.

옛날에 지금의 석곡면 석저부락에 김문손이라는 이가 살았다. 하루 는 이 집에 남루한 행색의 한 젊은이가 허기진 모습으로 찾아와 머슴 살 기를 청했다. 젊은이는 농사일을 마치고 저녁이면 몰래 집을 빠져나가 서 밤늦게 돌아왔다. 그래서 김씨는 집을 나서는 젊은이의 뒤를 몰래 따 라나섰다. 젊은이는 약 10리가량을 걸어 배재에 오르더니, 사방을 둘러 보고 한 곳에 서서 생각에 잠겨 있다가 갑자기 무릎을 탁치며 주저앉는 것이었다. 김씨는 젊은이의 거동이 범상치 않음을 알아챘다. 그날 밤 젊 은이는 저녁상을 물리고 나더니 김씨에게 품삯으로 달걀 하나만 달라고 청하자, 김씨는 두말없이 쾌히 승낙하고는 달걀을 내주었다. 아니나 다 를까 젊은이는 어젯밤에 돌멩이를 세워두었던 자리를 파내더니 가지고 온 달걀을 묻고는 흙으로 덮었다. 김씨는 젊은이가 필시 신묘한 풍수지 관임에 틀림이 없고, 그가 돌멩이를 세워 두었던 배재 산기슭의 자리는 대명당임에 틀림이 없을 것이라고 생각했다. 다음날 젊은이는 김씨에게 고향에 다녀오게 해달라고 말했다. 그래서 젊은이가 떠나자 김씨는 처인 광산 노씨의 묘를 서둘러 그 젊은이가 잡아둔 자리에 이장했다.

이장을 마친 뒤 젊은이는 어김없이 다시 돌아왔는데, 등에는 석짝 하 나를 메고 와 그곳으로 갔다. 그런데 그곳에 새로운 무덤이 있는 걸 알고 난감해 했다. 내려와서 젊은이는 어른께서 잡은 묘라면 할 수 없지만, 사 실을 자기는 중국 사람으로 일찍이 중국에서 도를 닦다가 동방의 조선국에 '회룡고조지명혈'이 있다는 천기를 터득하게 되자, 그 길로 조선국에 나와 10년을 헤맨 끝에 이제야 비로소 그 자리를 찾게 되었다고 했다. 이 자리는 작은 나라에서 이 묘를 쓰면 비록 후대에 명장을 낳기는 하나 종국에 가서는 천하에 뜻을 펴지 못하고, 중국 사람이 이 묘를 쓰면 세상 천하에 뜻을 펴게 되오니, 이 묘자리를 양보해 줄 수 없느냐고 애걸했다. 그리고 만일 양보해 준다면 삼정승대좌를 일러 주겠노라고 했다. 그러나 김씨는 이를 거절했다. 실의에 빠진 이 중국 사람은 이것이 모두 하늘의 뜻임을 알고 길을 떠나면서 기왕 쓴 묘이니 좌향을 바로 잡아야 한다고 자세히 일러 주었다. 이 전설의 묘소가 바로 충장공 김덕령 장군의 증조모인 광산 노씨의 묘이며 김씨란 바로 고조부 김문손이다.

위 이야기의 개별 서사단락을 순차적으로 정리하면[10] 다음과 같다.

① 석저마을에 김문손이 살았다.
② 김문손의 집에 행색이 초라한 사람이 머슴으로 지내다.
③ 머슴은 일이 끝나고 밤마다 외출하다.
④ 주인이 머슴의 뒤를 밟다.
⑤ 머슴이 달걀을 묻고 흙으로 덮다.
⑥ 주인이 머슴을 지관으로 생각하고 명당자리임을 알다.
⑦ 머슴이 고향에 다녀오겠다고 하다.
⑧ 주인은 처인 광산 노씨 묘를 그곳으로 이장하다.
⑨ 머슴이 석짝을 메고 돌아왔지만 그곳에 무덤이 있음을 알다.
⑩ 머슴이 주인에게 묘 자리를 양보해달라고 하다.

⑪ 김씨가 거절하자 머슴이 떠나다.

⑫ 그 묘자리가 고조모 광산 노씨 묘이다.


위의 서사단락을 정리 하면 크게 네 개의 에피소드로 구성할 수 있다. 먼저, ①~③단락은 김문손이 명당자리를 잡을 수 있는 동기가 제시된 이야기이고, 두 번째, ④~⑥단락은 김문손이 명당자리를 확인하는 단계의 이야기이며, 세 번째, ⑦~⑨단락은 김문손이 명당자리를 확보(탈취)하는 이야기이다. 그리고 네 번째, ⑩~⑫단락은 김문손이 명당자리를 확정하는 단계의 이야기이다. 이를 다시 정리하면 명당자리 확인, 확보(탈취), 확정의 단계로 전개되는데, 즉 서사 개별단락 ①~⑥은 명당자리를 확인해가는 과정이고, ⑦~⑨단락은 명당자리를 확인하는 단계이며, ⑩~⑫단락은 명당자리를 확보하는 과정이다. 다시 말하면 이 이야기는 김문손이 명당자리가 없었는데, 제 삼자인 머슴의 도움으로 명당자리를 확인하게 되고, 명당자리를 탈취하여 확보하는 것으로 전개되고 있다. 이를 기호체계로 정리하면 [Ⓐ기호대상(김문손) ↔ Ⓑ기호내용(명당자리 탈취/머슴의 도움) → Ⓒ기표(명당자리 확보/광산 노씨 묘)]로 정리할 수 있다.

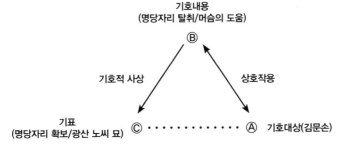

이와 같은 풍수담은 기본적으로 김문손이 머슴의 도움을 받아 명당자리를 확보하는 이야기로 전개되고 있지만, 사실은 김문손이 머슴의 명당자리를 탈취하는 것을 정당화하려는 이야기이다. 풍수는 바람과 물을 다스리는 삶의 지혜가 축적되어 형성된 것으로, 그것이 작용되어 선택된 곳은 발복의 근원으로 생각해왔다. 그래서 풍수와 관련된 이야기는 생활 속에서 다양한 형태를 지니고 전승된다. 영웅적인 인물인 김덕령도 마찬가지로 풍수적 도움을 받아 출생할 수 있었던 것인데, 그 이야기가 바로 풍수설화[11]이다. 김덕령 집안의 풍수이야기는 김덕령의 고조부에 관한 이야기로서 고조부가 어떻게 해서 명당자리를 찾게 되었는지에 초점을 맞추고 있다. 다시 말하면 김덕령 장군이 태어날 수 있었던 것은 모두 다 누군가의 도움을 받아 조상님을 명당자리에 모셔서이고, 그 음덕이 있었다는 사실을 말하고자 하는 것이다.

그런 점에서 김덕령의 풍수담은 '명당자리 탈취'라는 기호내용을 토대로 기호적 의미를 파악할 수 있는데,[12] 즉 다른 사람의 도움을 받아 명당자리를 확보하여 그 음덕으로 장군이 탄생할 수 있었다는 것을 설명하고 있는 것이다.

## 2) 김덕령의 출생담

출생담은 아이의 잉태를 예지하는 태몽담과 아이가 태어나는 과정의 출산담을 말한다. 출생담에서 중요한 것은 태몽이다. 태몽은 당사자나 남편 그리고 처가나 시가 가족 중의 일원이 꾸게 되는데, 가족은 태몽을 통해 산모의 임신징후나 태아의 성별을 알게 되고, 태어날 아기의 운명을 점치고자 한다. 태몽에 구렁이나 호랑이 그리고 돼지, 소나 가물치 그리고 큰 숭어 등 큰 짐승을 보면 아들 꿈이고, 호박이나 꽃, 딸기, 밤, 풋고추, 조개 그리고 작은 물고기를 비롯해 작은 짐승을 보면 딸 꿈이라고 한다.[13] 이처럼 태몽을 통해 태어날 아이의 미래를 예측하려 하는데, 〈김덕령의 태몽 이야기(1)〉가 대표적이다.

> 어느 봄밤이었다. 이 마을 김붕섭씨 집에선 부인 남평 반씨가 실꾸리를 감으면서 길쌈하는 아낙네들의 이야기를 듣다가 스르르 잠이 들었다. 그런데 꿈에 큰 범이 느닷없이 반씨의 품속에 들어와 안기었다. 부인은 조금도 두려움 없는 얼굴로 범의 등을 쓰다듬어 주었다. 범은 물지도 않고 고양이처럼 다소곳했다. 그 후 태기가 있었다.

위의 이야기를 개별단락으로 정리하면 다음과 같다.

> ① 남평 반씨가 길쌈하는 아낙네들의 이야기를 듣다 잠들다.
> ② 꿈속에 범이 품속으로 들어오다.
> ③ 범의 등을 쓰다듬어 주니 다소곳했다.
> ④ 태기가 있었다.

위의 이야기 가운데, ①의 단락은 남평 반씨가 잠드는 이야기이고, ②와 ③의 단락은 호랑이 꿈 이야기이며, ④의 단락은 임신하는 이야기이다. 정리하자면 "남평 반씨가 잠을 자다 호랑이 꿈을 꾼 뒤 아이를 가졌다"라고 하는 이야기로 전개되고 있다. 이를 기호체계로 정리하면 [Ⓐ기호대상(남평 반씨) ↔ Ⓑ기호내용(호랑이 꿈/임신 예시) → Ⓒ기표(임신한 남평 반씨)]로 정리할 수 있다.

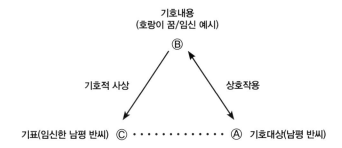

이러한 이야기는 남도 지역의 전형적인 태몽담의 구조인데, 태어날 아이의 성별을 알려주는 것으로서, 즉 김덕령이 아들이라는 것을 예지하는 이야기인 것이다. 아들인 김덕령의 미래를 예측할 수 있는 이야기는 〈김덕령의 어머니〉이야기에서 본격적으로 나타나기도 한다.

어느 날 김덕령의 어머니가 밭에서 일을 하고 있는데 늙은 중 하나가 나타나서 지나가는 사람을 보고 "나는 중이 아닙니다. 호랑이입니다. 나는 이제 저기 저 밭에서 일을 하고 있는 여자를 잡아먹고 사람으로 다시 환생하게 됩니다. 내가 하는 것을 보고 계십시오"하고 재주를 세 번 벌떡 벌떡 넘고 나서 남산만한 큰 호랑이가 되어 밭으로 달려왔다. 호랑이는 밭 주위를 빙빙 돌기 시작했다. 호랑이는 한참동안 밭 주위를 뛰어 다니면서 돌다가 다시 재주를 세 번 넘고 다시 중이 되어 지나가는 사람에게로 와서 "암만해도 저 여자를 못 잡아먹겠는데요. 밭으로 들어가려고 하면 불 칼이 밭 둘레를 뼁 둘러 싸여 뛰어 들어 갈 수가 없게 하는군요. 오늘은 시각을 놓쳐서 나는 사람으로 환생을 할 수 없게 됐습니다." 호랑이는 이렇게 말하고서 어디론지 가버리고 말았다. 김덕령의 어머니는 호랑이에게 잡혀 먹힐 팔자였는데 명산의 정기를 탄 김덕령이 뱃속에 있었기 때문에 천지신명이 불 칼을 내 보내서 뱃속에 있는 김덕령을 살린 것이다.

위 이야기의 서사단락을 정리하면 다음과 같다.

① 김덕령의 어머니가 밭에서 일하다.
② 중이 호랑이로 변신하다.
③ 호랑이가 김덕령 어머니를 잡아먹는 것을 실패하다.
④ 호랑이에게 잡혀 먹힐 팔자인 김덕령 어머니가 천지신명의 도움
　으로 살다.

위 ①의 서사단락은 김덕령의 어머니가 밭에서 일하는 이야기기고, ②와 ③의 단락은 호랑이가 김덕령 어머니를 잡아먹으려고 온갖 수단을 동원하지만 실패한 이야기이며, ④의 단락은 김덕령이 천지신명의, 특히 무등산의 산신의 도움을 받고 있다는 이야기이다. 이 이야기를 "김덕령이 천지신명의 보호를 받아 살았다"라는 것으로 정리할 수 있다. 이를 기호

체계로 정리하면 [Ⓐ기호대상(김덕령 어머니)↔Ⓑ기호내용(천지신명의 보호/원조) → Ⓒ기표(뱃속의 김덕령)]로 정리할 수 있다.

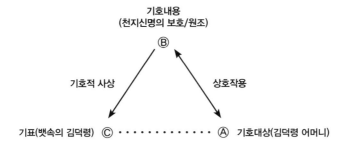

이처럼 김덕령이 산신령의 보호를 받고 있다고 하는 이야기는 〈김덕령의 태몽 이야기(2)〉에서 구체적으로 전개되기도 한다.

> 1567년 12월 29일 저녁에 반씨 부인은 드디어 아이를 낳았는데, 이때 닭이 홰를 치면서 새벽을 알렸고 산파가 더운물로 아기의 몸을 씻어 산모 곁에 뉘어 놓으면서 사내아이라고 귀띔해 주었다. 이윽고 전갈을 하기 위해 하인들이 횃불을 밝혀들었다. 그들은 사랑채로 가다가 호랑이 두 마리가 뜨락에 웅크리고 있는 것을 보고 질겁을 하였다. "아이구머니"하는 종들의 다급한 소리, 그 소리에 잠자던 봉섭어른과 손님들까지 문을 열고 뛰어 나왔다. 그들은 호랑이를 보고 깜짝 놀랐다. 그런데 더욱 괴이한 것은 두 마리 호랑이가 이내 어슬렁 어슬렁 뒷산으로 올라가는 것이 아닌가. 이를 본 봉섭 어른은 "산신령이 내 집에 산고가 있다는 것을 아시고 무사한가 지켜보도록 호랑이를 보내신 게 틀림없소." 하고 말하였다.

위의 개별 서사단락을 정리하면 다음과 같다.

① 반씨 부인이 사내아이를 낳다.

② 호랑이 두 마리가 웅크리고 앉아 있다.

③ 호랑이가 뒷산으로 올라가다.

④ 산신령이 보호하다.

①의 단락은 반씨 부인이 사내아이를 출산하는 이야기이고, ②와 ③의 단락은 산신령의 상징동물인 호랑이가 출산과정을 지켜보는 이야기이며, ④의 단락은 태어난 아이를 산신령이 보호하고 있다는 이야기이다. 이러한 이야기를 정리하자면 "반씨 부인은 산신령의 보호 아래 출산하다"라는 것으로, 이를 기호체계로 정리하면 [Ⓐ기호대상(사내아이) ↔ Ⓑ기호내용(호랑이가 보호/산신의 가호) → Ⓒ기표(산신령이 지키는 김덕령)]로 정리할 수 있다.

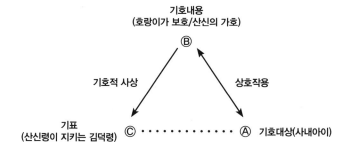

이와 같이 김덕령의 출생담의 기호적 의미를 정리하자면, '호랑이 꿈'과 '천지신명의 보호', '호랑이가 보호' 등의 기호내용을 토대로 기호적 의미를 파악할 수 있다. 〈김덕령의 태몽 이야기①〉에서는 어머니가 호랑이 꿈을 꾸었다는 것인데, 그것은 김덕령이 호랑이와 같은 무사가 될 것이라는 사실을 예언하는 꿈이다. 김덕령이 호랑이와 같은 존재라는 사실은 〈김덕령의 어머니〉이야기에서 잘 드러난다. 어머니가 임신 중에 밭일을 하고 있는데 호랑이로부터 피해를 면했다고 하는 것은 천지신명이 김덕령을 지켜주고 있다는 사실을 강조하고 있다. 천지신명은 다름 아닌 무등산 산신인 것이다. 호랑이가 산신이라고 하는 것은 〈김덕령의 태몽이야기②〉에서 잘 나타난다. 김덕령이 태어날 때 호랑이가 마당에 있었다고 하는 것은 산신령의 가호가 있었음을 말한다.

따라서 김덕령의 출생담에 나타난 기호적 의미를 통해 "김덕령은 무등산 산신령의 도움으로 출생하게 되었다."는 것이라 파악할 수 있고, 설화 전승집단은 이를 구술기억으로 전해 주고 있는 것이다.


### 3) 김덕령의 성장담

김덕령의 성장담은 성년이 되어 가는 과정의 이야기를 말한다. 〈김덕령의 의리〉, 〈환벽당의 참새 잡기〉, 〈김덕령 장군과 불한당〉, 〈김덕령의 용기〉, 〈씨름판의 김덕령(1)〉, 〈씨름판의 김덕령(2)〉, 〈호랑이와 싸운 김덕령〉이 대표적이다.


(1)김덕령이 어렸을 때 담양에 있는 외갓집에 갔었다. 김덕령이 싸움을 말리려고 했다. 그러자 그 사람은 "이 조그만 꼬마 놈이 어른들이 하

는 일에 무엇을 안다고 나서느냐?" 하고, 벼락같이 소리를 지르며 괭이로 내려치려 했다. 김덕령은 날쌔게 그 괭이를 빼앗아 괭이 날을 엿가락 늘리듯 늘려서 그 자의 양 손을 감아 땅에다 꽉 박아 버렸다는 것이다.

(2)환벽당은 높이가 10여질이나 되고 그 바로 밑에 큰 연못이 있어 평지에서 바라보면 공중누각 같았다. 주위에는 나무가 무성해 환벽당 처마 밑에는 많은 새들이 둥지를 틀고 살았다. 동네아이들이 새를 잡아달라고 하자 처마에 뛰어오른 덕령은 한손으로 서까래를 쥐고 다른 한손으로는 둥지를 더듬어 많은 새를 잡아 처마 밑의 아이들에게 전해 주었다. 그가 새를 잡기 위해 온 누각을 서까래만 잡고 돌아다니는 모습은 공중을 나는 바로 그것과 같았다. 처마 밑의 새 집을 더듬으며 집을 한 바퀴 돈 덕령은 가뿐히 땅으로 내려왔다.

(3)김 장군이 15세 소년 때의 일이었다. 어머님 병환에 좋다는 잉어를 구하러 화순군 남면 배소부락에 있는 외가댁을 가는 길에 절을 강점하고 노략질을 일삼는 불한당이 있다는 소문을 듣고 남달리 의협심이 강한 그는 그냥 지나칠 수가 없었다. 김덕령은 내기 씨름을 하여 불한당을 제압하고자 했다. 김장군이 밧줄을 잡아당기자 그대로 질질 끌려갔다. 그러자 불한당은 얌전히 밧줄을 놓고 그 가운데 두목격인 한 사람이 토방 위로 올라가 땅 바닥에 넙죽이 엎드려 용서를 빌었다. 이 일로 해서 김덕령 장군의 용맹과 도량은 세상에 널리 알려지게 되어 후일 수천 명의 의병을 거느리는 대장군이 되었다고 한다. (『광산군지』, 광산군, 1981.)

(4)덕령이 열다섯 살 나던 해 서봉사로 글공부를 떠났다. 부모님이 챙겨준 책과 문방구하며 식량과 옷가지, 침구 등을 하인에게 지워 여섯 명

의 마을 아이들과 함께 갔다. 서봉사에 온지 일 년이 지난 어느 날, 덕령이 글을 읽다 말고 뒷간에 가기 위해 뜨락에 나간 순간 어둠 속에 커다란 호랑이가 지나가는 것을 보았다. 덕령은 몇 걸음 뒤로 물러나 먼저 냉큼 동물의 역습을 피하면서 날쌔게 주먹으로 머리통을 쥐어박아 호랑이를 잡았다. 다음날 덕령이 호랑이를 잡았다고 하자 스님들과 동무들은 놀라 우면서도 덕령의 용기에 감탄하였다. 그날 절 밖에서는 범 고기 잔치가 벌어졌고 호랑이 가죽을 선사 받은 주지스님은 덕령의 용기를 몹시 칭찬하였다.

(5)김덕령이 외갓집에 갔는데, 마침 담양원과 창평원이 각각 자기 고을 사람들을 데리고 씨름판을 벌이고 있었다. 이 가릿대중은 어떻게 힘이 센지 담양 쪽의 씨름꾼을 다 때려눕히고 의기양양해 했다. 가릿대 중이 "담양 편에 덤빌 놈이 없느냐?"하고 큰 소리를 지르며 모여 있는 사람들을 깔보고 있었다. 이 때 김덕령이 "내가 나가서 한 번 해 보겠다"고 나가니, 가릿대중은 김덕령을 보고 "어디서 이런 꼬마가 나와서 감히 씨름하자고 하느냐!"고 상대하려 하지 않았다. 그러자 김덕령은 씨름이나 해보고 큰소리를 치라고 했다. 가릿대중이 화가 나서 김덕령을 잡아 던지려고 했으나 도리어 가릿대중이 나가 떨어졌다. 그러자 구경꾼들이 환호성을 질렀다.

(6)장성에서 씨름판이 벌어졌는데, 장성군수도 참석하고 그 고을의 유수한 사람도 참석할 정도로 고을의 많은 사람들이 참석했다. 그 씨름판에 황소가 몇 마리, 쌀이 몇 섬하고 모두 내걸고 있는데, 경상도에 사는 장사 하나가 판을 휩쓸었다. 그리고 그가 "나랑 씨름에 대적할 사람 있으면 나와라"고 크게 소리 질렀다. 김덕령 장군이 초립동시절인지 주

위 사람들이 나가라고 권하자 의관도 안 벗고 나갔다. 그래서 김덕령이
경상도 장사와 씨름을 하게 되었는데, 김덕령이 장사의 허리를 잡아서
던져버렸다.

위의 서사내용을 다시 핵심적인 내용을 중심으로 정리하면, (1)의 이
야기는 "김덕령이 외갓집에서 어른들의 물리적인 행동을 날렵하게 제압
하다."이고, (2)의 이야기는 "김덕령이 환벽당 처마 밑의 새를 잡아 아이
들에게 주다."이며, (3)의 이야기는 "김덕령이 불안당을 씨름으로 제압하
다."이다. (4)의 이야기는 "김덕령이 서봉사에서 호랑이를 잡다."이고, (5)
의 이야기는 "김덕령이 가릿대중과 씨름하여 이기다"이며, (6)의 이야기
는 "김덕령이 경상도 장사와 씨름하여 이기다"이다.

이와 같은 이야기를 중심으로 다시 요약하자면 "김덕령은 힘이 세고
날렵하여 무언가를 잘 잡고 제압하다."라는 이야기로 정리할 수 있다. 따
라서 이를 기호체계로 정리하면 [Ⓐ기호대상(어린 김덕령) ↔ Ⓑ기호내용
(장수로서 잠재력) → Ⓒ기표(미래의 김덕령 장군)]로 정리할 수 있다.

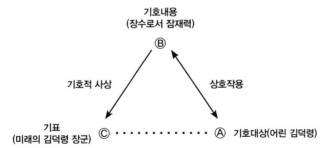

이처럼 김덕령의 성장이야기는 무사로서 비범함을 보여주고 있고, 장
수로서 역량은 물론 의로운 인물의 면모를 강조하고 있다. 이러한 것이

바탕이 되어 김덕령이 장군의 모습으로 성장해 가는데, 이는 〈김덕령 오누이의 경주〉와 〈김덕령 오누이의 씨름시합〉, 〈김덕령 장군의 오누이 힘내기〉를 통해서도 확인할 수 있다. 〈김덕령 장군의 오누이 힘내기〉의 일부를 소개하면 다음과 같다.

김덕령이 힘이 세서 씨름판만 가면 이기고 그래서 안하무인처럼 행동을 하고 다녔다. 그것을 본 누나가 김덕령을 저렇게 키웠다가는 출세하지 못할 것이라 생각하였다. 그래서 누나가 김덕령보다 힘센 사람이 있다는 깨우침을 주기 위해 남복을 하고 씨름판에 갔다. 씨름판에서 김덕령과 누나가 대결하여 김덕령이 졌다. 씨름에서 진 김덕령이 집으로 들어와 문을 걸어 잠그고는 "이제 나 죽겠다. 나보다 힘센 사람이 있고 한데 내가 그 사람한테 눌리어서 어떻게 살 수 있겠느냐?" 하고 금식을 하였다. 그러자 누나가 "그러지 말아라 그 사람은 바로 나였다."고 말을 해주었다. 그래자 김덕령이 화를 내서 문을 열고 뛰쳐나와 누나를 죽이려고 했다. 그러니까 자기 누나가 너하고 나하고 내기를 하자고 했다. "너는 지금부터 볍씨를 해가지고 농사를 지어서 이영을 엮어 무등산을 이고, 나는 누에를 길러서 명주실을 뽑아 그 명주 베를 짜가지고 옷 한 벌을 맞추어 내겠다. 이렇게 누가 먼저 성공하는지 내기를 해 보자. 내가 진다면 내가 너한테 죽고 네가 진다면 네가 죽어라"라고 내기를 했다. 그래서 내기를 하고 있는데, 누나가 무등산을 쳐다보니 지금 다 이어가고 있어. 누나는 이미 다 해놓은 상태인데, 누나가 일부러 속옷고름 하나를 안 달고 있으니까 동생이 의기양양하게 내려와 "누나 어찌 되었냐?"고 그러니까 옷을 보여주었다. 김덕령이 옷을 보자 속옷고름이 없음을 알고

누나를 죽였다. 그래서 나중에 김덕령이 크게 어리석음을 뉘우치고 옳은
일을 해야겠다고 생각해 의병에 들어갔다고 한다.

위의 개별 서사단락을 정리하면 다음과 같다.

  ① 김덕령이 힘이 세서 안하무인처럼 다니다.
  ② 누나가 남복을 하고 김덕령과 씨름하여 이기다.
  ③ 김덕령이 씨름에서 진 것을 분해서 억울해 하다.
  ④ 누나가 사실을 말하니 김덕령이 죽이려 하다.
  ⑤ 누나와 김덕령이 내기를 하다.
  ⑥ 누나가 김덕령에게 져주다.
  ⑦ 김덕령이 누나를 죽이다.
  ⑧ 김덕령이 자기의 어리석음을 깨닫고 의병에 들어가다.

 ①의 서사단락은 김덕령이 힘만 믿고 교만하게 행동하는 이야기이고,
②~④의 단락은 김덕령이 씨름에서 누나한테 진 것을 알고 누나를 죽이
려는 이야기(에피소드Ⅰ)이며, ⑤~⑦의 단락은 김덕령이 누나를 이겼다
고 생각하여 누나를 죽이는 이야기(에피소드Ⅱ)이다. ⑧의 서사단락은 김
덕령이 어리석음을 깨닫고 옳은 일을 하기 위해 의병이 되는 이야기이
다. 따라서 다시 요약하자면 ①의 단락은 김덕령에겐 효와 충이라는 가
족과 국가의 사회적 규범을[14] 실천할 수 있는 자질이 존재하지 않는 모
습을 보여주고 있고, 에피소드Ⅰ과 에피소드Ⅱ는 누나의 죽음을 통해 김
덕령이 사회적 규범을 실천할 수 있는 인물이 되도록 깨달음을 주기 위

한 과정이다. 즉 김덕령이 에피소드Ⅰ과 에피소드Ⅱ를 통해 사회적 규범을 실천할 수 있는 계기가 된 것이고, 궁극적으로 ⑧의 단락에서 김덕령이 사회적 규범을 실천하는 존재로 변신하게 된 것이다. 이를 기호체계로 정리하면 [Ⓐ기호대상(안하무인 김덕령) ↔ Ⓑ기호내용(효와 충의 사회적 규범) → Ⓒ기표(의병 김덕령)]로 정리할 수 있다.

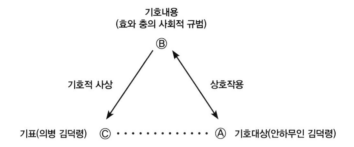

이상과 같이 김덕령의 성장담에서는 기호내용인 '①장수로서 잠재력'과 '②효와 충의 사회적 규범'을 통해서, 즉 김덕령 성장담은 "장수로서 잠재력을 가진 김덕령이 효와 충을 실천하는 사람"이라는 기호적 의미를 가지고 있음을 파악할 수 있다. 다시 말하면 이러한 것은 김덕령이 힘이 세고 재주가 뛰어나며 담력이 큰 사람으로서 장차 나라를 위해 크게 활략할 사람이라는 기대감을 반영하고 있는 것이다.

## 4)김덕령의 장군담

김덕령의 장군담은 의병으로 출전하기 위해 준비하거나 의병활동의 내용과 역모죄로 죽음을 맞이하는 내용이다. 이러한 예로 〈만고충신 김덕령〉, 〈천하대장군〉, 〈문바위〉, 〈주검동〉 등을 들 수 있다. 김덕령은 임진왜란의 의병장으로서 활동을 했는데, 〈주검동〉에서 김덕령은 장차 국난이 일어날 것을 예견하고 주검동에 세 개의 대장간을 세우고 무기를 만들기 시작했고, 장정들을 모아 훈련을 했다고 하는 내용을 보면 의병으로 출전하기 위해 준비한 것을 알 수 있다. 〈천하장군〉에서는 도술을 부리고 다양한 술법으로 활동하자 천하대장군이라는 칭호는 얻게 되고, 임진왜란에 참여하여 그의 용맹을 천하에 날렸다고 말하기기도 한다. 그런 사람이 〈만고충신 김덕령〉에서는 역모죄로 죽음을 맞이하게 된다. 〈만고충신 김덕령〉의 내용을 소개하면 다음과 같다.

> 김덕령은 무등산의 정기를 받고 태어났다. 임진왜란 때 선조가 불렀는데 가지 못했다. 그때 부모상을 만나 가지 못한 것인데, 이로 인해 김덕령은 역적으로 몰리게 되었다. 그럼에도 불구하고 김덕령은 말을 타고 무등산을 돌아다니면서 산 위로 올라가면 "내가 시기를 잘못 만났다"라고 말하곤 했다. 선조는 김덕령을 역모죄로 몰아서 죽이게 되는데, 그때 김덕령을 죽이지 않고 살렸다면 나라가 평정이 될란지 모르지, 활을 쏘면 무등산 넘어 말이 받았다고 할 정도 화려한 장군이었으니까. 그런 김덕령을 역모죄로 몰아 죽였다. 그 때 김덕령은 "네가 나를 역으로 몰아 죽이지만 나는 할 말이 있다."라고 하면서 "만고충신 김덕령이라고 비를 세우기 전에는 안죽는다."고 말을 했다. 소 네 마리를 이용해 사지를 찢

어 죽였지만 소가 힘을 쓰지 못하고 김덕령을 죽이지 못하자, 그래서 '만고충신 김덕령비'를 세웠다고 한다. 최근 몇 해 전에 그 양반을 이장하는데 시체가 썩지 않고 있었다고 한다.

위의 개별 서사단락을 정리하면 다음과 같다.

① 김덕령은 무등산의 정기를 받고 태어나다.

② 김덕령이 역적으로 몰리다.

③ 김덕령은 시기를 잘못 만났다고 말하다.

④ 김덕령이 역모죄로 죽으면서 '만고충신 김덕령비'를 요구하다.

⑤ '만고충신 김덕령비'를 세우자 김덕령이 죽다.

①의 서사단락은 김덕령이 무등산을 정기를 받고 태어났기 때문에 누구보다도 비범한 사람임을 말해 주는 이야기이고, ②~④의 단락은 김덕령이 역적으로 몰리고 죽으면서 '만고충신 김덕령비'를 세워달라고 요구하는 이야기이며, ⑤의 단락은 김덕령이 요구대로 '만고충신 김덕령비'를 세우게 되는 이야기이다. 이러한 내용은 '만고충신 김덕령비'를 어떻게 세우게 되었는가를 그 유래를 설명하는 이야기라고 할 수 있다. 이를 기호체계로 정리하면 [Ⓐ기호대상(김덕령) ↔ Ⓑ기호내용(만고충신 김덕령비 요구) → Ⓒ기표(만고충신 김덕령비 건립)]로 정리할 수 있다.

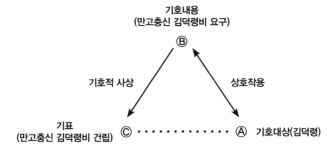

이처럼 〈만고충신 김덕령〉 이야기는 김덕령이 '만고충신 김덕령비'를 세워 달라고 하는 기호내용을 통해 김덕령이 역모죄로 몰리게 된 것을 강력하게 항변하고자 하는 기호적 의미를 파악할 수 있다. 뿐만 아니라 김덕령이 죽어서라도 자기의 억울함을 풀고자 하는 기호적 의미도 읽혀진다. 역사적으로는 실제로 김덕령이 역모죄로 죽음을 맞이하지만 설화는 김덕령을 부활시키고 있는 것이다. 이러한 것은 기본적으로 역사적으로 김덕령이 29세에 역적으로 몰리는 억울한 상황을 수차례 항변했지만 수용되지 않고 죽음을 맞이하게 되었고, 1661년에 그의 억울함이 밝혀지자 신원이 되는 역사적 사실에 근거하여 이루어진 것이라고 할 수 있다. 즉 〈만고충신 김덕령비〉 이야기의 원천적 근원은 다름 아닌 김덕령이 역모죄로 죽은 것과 다시 그의 신원이 복원되는 역사적 사실이라는 것이다. 이 이야기의 물리적 기반은 역사적 사실인 셈이다. 김덕령의 역사적 사실을 토대로 이야기를 재현하여 김덕령을 다시 부활시킨 것이다.

김덕령의 대표적인 부활 징표가 바로 '만고충신 김덕령비'이고, 충효동에 조성된 김덕령 추모의 공간인 '충장사'인 것이다. 이것은 이제 김덕령이 추모의 대상을 넘어 송덕의 대상이 된 것을 말한다. 송덕은 불멸성의 가장 확실한 형식이다. 오래 산다는 것은 인간의 기억 속에 살아남는다는 뜻이다. 가장 오래 사는 법은 위대하게 되어, 이름을 떨치며. 뛰어난 업적이 역사책에 실려 영원히 보존되는 것이다.[15] 이처럼 김덕령의 만고 충신 기념비와 충장사는 김덕령이 역모죄로 죽었지만 그의 신원이 회복되어, 그것만으로 그치지 않고 기억하기 위한 추모의 공간이 만들어지는 것은 김덕령이 죽지 않고 영원하다는 송덕의 대상이 된 것이다.


## 5. 설화 전승집단의 인식

설화 전승집단의 인식을 파악하는 것은 기본적으로 설화 형성의 원천적 기반인 역사적 사실이 설화에서 어떻게 형상화되어 나타나고, 설화를 통해서 "설화의 주인공인 김덕령이 어떠한 사람인가?"를 파악하는 것과 같다. 설화의 원천적 근원인 역사적 사실의 하나는 의병활동이고, 두 번째는 역모죄로 죽음에 처한 것이며, 세 번째는 신원에 관한 것이다. 이러한 역사적 사실이 토대가 되어 김덕령 설화가 형성되었고, 그 설화의 기호적 의미는 기본적으로 물리적 토대인 역사적 기반에 근거해 형성되는 것이며, 기호적 의미를 비롯한 은유적 표현인 설화는 당연히 물리적이고 역사적인 근거에 크게 제약받을 수밖에 없다. 이처럼 역사적 인물과 관련된 설화는 김덕령의 설화처럼 설화의 형성 근거인 물리적인 기반에 크게 영향을 받는다고 할 수 있다.

김덕령 설화에 대한 전승집단의 인식을 크게 세 가지로 파악하고자 한다. 그것은 전승집단이 설화의 주인공인, 김덕령을 어떠한 사람으로 생각하는지를 통해 확인할 수 있다. 앞서 논의한 것을 토대로 보면 김덕령은 먼저 무등산의 정기를 물려받은 비범한 사람이었고, 두 번째로 김덕령은 효와 충이라고 하는 사회적 규범을 실천한 사람이며, 세 번째로 김덕령은 죽지 않은 영웅으로 인식하고 있다는 것이다.

먼저 설화 전승집단은 '김덕령이 무등산의 정기를 타고난 비범한 사람'이라고 생각한 것이다. 이러한 이야기는 주로 광주의 무등산 자락에서 전승되는 경우가 대부분이다. 무등산은 김덕령의 역사적 위업을 달성하는 곳이 아니라 장차 국가를 위해 국란을 해결할 수 있는 영웅적인 모습으로 성장해가는 토양인 것이다. 김덕령이 태어날 수 있었던 것도 선대의 할아버지가 무등산 자락에 명당자리를 잡아 이장하여 그 음복의 영향이라고 말하고 있는 것이나, 김덕령이 출생하는 과정 속에서 무등산 산신령의 가호가 있었으며, 김덕령이 성장하면서 장수로서 잠재력을 보여주거나 장차 국가를 위해 충성할 수 있는 계기를 마련해 주는 곳도 무등산이라고 이야기하고 있다. 즉 이 모두가 김덕령의 출생담을 비롯한 성장담이 무등산을 근거로 형성된 것이기 때문이다. 이러한 이야기를 통해서 보면 설화 전승집단은 "김덕령은 무등산에서 탄생한 비범한 사람이다."라는 인식을 하게 된 것이다.

두 번째로 설화 전승집단은 '김덕령이 부모에 효도하고 국가에 충성하는 사회적 규범을 실천하는 사람'이라고 생각한 것이다. 이러한 것은 〈김덕령 오누이의 경주〉와 〈김덕령 오누이의 씨름시합〉, 〈김덕령 장군의 오누이 힘내기〉를 통해서도 확인할 수 있다. 이들 이야기는 기본적으로 김덕령이 장차 깨달음을 통해 의병이 되어 국가를 위해 큰일을 하리라는 믿음을 가지고 있다. 그 믿음의 근저에는 김덕령의 누나가 중요한 역할을 했음이 내포되어 있다. 본래 김덕령이 무등산 산신의 후광으로 출생하였고 비범함을 가지고 있지만 가족이나 사회, 국가를 위한 사회적 규범을 실천할 수 있는 사람은 아니었다. 그를 사회적 규범을 실천할 수 있는 사람으로 변화시킨 것은 다름 아닌 그의 누나인 것이다. 누나가 변장하여 김덕령과 씨름을 한 것이나, 실제로 김덕령과 내기를 하여 일부러 져주는 것은 모두가 다 김덕령에게 깨달음을 주기 위한 것이다. 김덕령은 누나의 도움으로 사회적 규범을 실천할 수 있는 사람으로 변신하게 되어 의병활동을 하게 된 것이다. 따라서 이처럼 설화 전승집단은 "김덕령은 장차 사회적 규범을 실천하여 국가에 충성할 사람이다."라고 생각한 것이다.

세 번째로 설화 전승집단은 '김덕령이 죽지 않은 영원한 영웅'으로 생각한 것이다. 김덕령의 죽음은 역사적 사실에서 확인되지만 설화에서는 죽지 않은 영웅으로 기억하기 위해 재탄생시키고 있기 때문이다. 이러한 설화적 사실은 당연히 역사적 사실인 1661년에 김덕령의 신원을 근거로 형성된 것이다. 다시 말하면 역사적 사실에서는 김덕령이 역모죄로 몰려 비운의 죽음을 맞이했고, 훗날 김덕령이 신원되면서 사원에 배향되고 그의 공훈이 인정되어 시호로 충장공에 봉해지는 것으로 기록화 되었지만, 설화에서는 김덕령이 역모죄로 죽은 것을 강하게 항변하고 있는 것이고, 죽임을 당했지만 죽지 않는다는 의식으로 '만고충신 김덕령비'를 세워달라고 요구한 것이다. 이 기념비는 김덕령이 재탄생하는 상징물이고 영원히 기억되기 위한 문화적 기억의 대상이 되는 것이다. 인간은 죽음을 통해 생물학적 삶을 마무리 하지만 정신적인 측면에서는 영원히 기억되기 위한 은유적인 표현을 다양하게 활용한다. '만고충신 김덕령비' 또한 이와 마찬가지이다. 이것을 통해 설화 전승집단은 "김덕령은 살아있는 영웅이다."라고 생각한 것이다.

이와 같이 설화 전승집단의 인식을 토대로 "김덕령이 어떠한 인물이었는가?"의 서사적 화두에 답하자면 "김덕령은 무등산의 정기를 타고난 비범한 사람이고, 국가에 충성하는 사람이며, 영원히 죽지 않은 영웅이다."라고 요약하여 정리할 수 있다.

## ∞ 요약

지금까지 김덕령 설화의 원천적 근원과 유형 별 기호적 의미를 파악하여 김덕령이 어떠한 인물인가를 파악해 보았다.

김덕령 설화의 원천적 근원을 파악하는 것은 설화가 형성된 근거를 파악하는 것이고, 그것이 어떻게 설화화 되어 전승되었는가를 확인하는 출발점이기도 하다. 김덕령 설화의 원천적 근원은 역사적 의미를 갖는 김덕령의 생애사적 사건이다. 먼저 25세에 임진왜란이 발생하자 형과 함께 의병을 일으켜 고경명 휘하에서 금산전투에 가담하였고, 고성싸움에서 김덕령은 혁혁한 전공을 올리자 선조로부터 충용장이라는 군호를 받게 되었다고 하는 의병활동이다. 두 번째 1596년 7월 충청도 홍산에서 이몽학의 반란사건이 발생했는데, 억울하게도 반란군 이몽학과 내통했다는 모함을 받아 체포되어 억울하게 옥사했다. 세 번째 조선왕조는 민심을 수습하고 통치체제의 안정을 도모하기 위해 임진왜란을 새로운 방식으로 기억할 필요가 있었고, 이러한 일련의 과정에서 김덕령은 1661년에 신원되어 관직이 복구되었다. 즉 김덕령 설화의 원천적 근원이라고 할 수 있는 생애사적 사건은 의병활동, 억울한 옥사, 충장공으로 신원이라고 할 수 있다.

김덕령에 관한 역사적 기억은 《연려실기술》과 《김충장공유사》에 기록되어 있고, 《동패낙송》, 《대동기문》, 《계서야담》, 《동야휘집》 등에도 김덕령에 관한 이야기가 기록되어 있으며, 《김덕령전》에는 서사적 기억으로 전해지고 있다. 특히 구술기억으로 전하고 있는 것은 《광주전설》에 수록된 설화가 대표적이다. 따라서 《광주전설》에 수록된 설화를 연구 대상으로 삼았는데, 1)김덕령의 출생과 관련된 풍수담, 2)김덕령의 출생담, 3)김덕령의 성장담, 4)김덕령의 장군담으로 나누어 기호적 의미를 파악했다.

1)김덕령 출생과 관련된 풍수담은 기본적으로 김 문손이 머슴의 도움을 받아 명당자리를 확보하는 이야기로 전개되고 있지만, 사실은 김문손이 머슴의 명당자리를 탈취하는 것을 정당화하려는 이야기라고 할 수 있다. 이를 기호체계로 정리하면 [Ⓐ기호대상(김문손) ↔ Ⓑ기호내용(명당자리 탈취) → Ⓒ기표(명당자리 확보/광산 노씨 묘)]로 정리할 수 있다. 따라서 김덕령의 풍수담은 '명당자리 탈취'라는 기호내용을 토대로, 다른 사람의 도움을 받아 명당자리를 확보하여 그 음덕으로 장군이 탄생할 수 있었다는 기호적 의미를 가지고 있다.

2)김덕령의 출생담인 〈김덕령의 태몽 이야기①〉의 기호체계는 [Ⓐ기호대상(남평 반씨) ↔ Ⓑ기호내용(호랑이 꿈/임신 예시) → Ⓒ기표(임신한 남평 반씨)]이고, 〈김덕령의 어머니〉은 [Ⓐ기호대상(김덕령 어머니) ↔ Ⓑ기호내용(천지신명의 보호/원조) → Ⓒ기표(뱃속의 김덕령)]이며, 〈김덕령의 태몽 이야기②〉는 [Ⓐ기호대상(사내아이) ↔ Ⓑ기호내용(호랑이가 보호/산신의 가호) → Ⓒ기표(산신령이 지키는 김덕령)]로 정리할 수 있다. 따라서 김덕령의 출생담에서 '호랑이 꿈'과 '천지신명의 보호', '호랑이가 보호' 등의 기호내용을 토대로 기호적 의미를 파악할 수 있는데, 그것은 〈김덕령의 태몽 이야기①〉에서는 호랑이 꿈이 임신을 예시하고 있고, 〈김덕령의 어머니〉에서는 천지신명이 김덕령을 지켜주고 있으며, 〈김덕령의 태몽 이야기②〉에서는 김덕령의 출생을 무등산 산신령이 지켜주었다는 것이다. 즉 김덕령의 출생담은 "김덕령은 무등산 산신령의 도움으로 출생하게 되었

다."는 기호적 의미를 가지고 있다.

3)김덕령의 성장담인 〈김덕령의 의리〉, 〈환벽당의 참새 잡기〉, 〈김덕령 장군과 불한당〉, 〈김덕령의 용기〉, 〈씨름판의 김덕령(1)〉, 〈씨름판의 김덕령(2)〉, 〈호랑이와 싸운 김덕령〉의 기호체계를 정리하면, [Ⓐ기호대상(어린 김덕령) ↔ Ⓑ기호내용(정수로서 잠재력) ⟶ Ⓒ기표(미래의 김덕령 장군)]로 정리할 수 있는데, 이것은 김덕령이 무사로서 비범함을 보여주고 있고, 장수로서 역량은 물론 의로운 인물의 면모를 강조하고 있다. 특히 〈김덕령 장군의 오누이 힘내기〉의 [Ⓐ기호대상(안하무인 김덕령) ↔ Ⓑ기호내용(효와 충의 사회적 규범) ⟶ Ⓒ기표(의병인 김덕령)]로 전개되는 기호체계는 김덕령이 사회와 국가를 위해 효도하고 충성할 수 있는 자질을 갖고 있음을 보여주고 있다. 따라서 김덕령의 성장담에서는 기호내용인 ①'장수로서 잠재력'과 ②'효와 충의 사회적 규범'을 통해서, 즉 "장수로서 잠재력을 가진 김덕령이 효와 충을 실천하는 사람"이라는 기호적 의미를 파악할 수 있다.

4)김덕령의 장군담은 의병으로 출전하기 위해 준비하거나 의병활동의 내용과 역모죄로 죽음을 맞이하는 내용으로, 〈만고충신 김덕령〉의 기호체계를 [Ⓐ기호대상(김덕령) ↔ Ⓑ기호내용(만고충신 김덕령비 요구) ⟶ Ⓒ기표(만고충신 김덕령비 건립)]로 정리할 수 있다. 따라서 〈만고충신 김덕령〉에서 김덕령이 '만고충신 김덕령비'를 세워 달라고 하는 기호내용을 토대로 김덕령이 역모죄로 몰리게 된 것을 강력하게 항변하고, 김덕령이 죽어서라도 자기의 억울함을 풀고자 하는 기호적 의미가 파악된다.

설화 전승집단의 인식을 파악하는 것은 기본적으로 설화 형성의 원천적 기반인 역사적 사실이 설화에서 어떻게 형상화되어 나타나고, 설화를 통해서 "설화의 주인공인 김덕령이 어떠한 사람인가?"를 파악하는 것과 같다. 설화 전승집단은 먼저 "김덕령은 무등산에서 탄생한 비범한 사람이다."라고 인식을 하고 있고, 두 번째로 "김덕령은 장차 사회적 규범을 실천하여 국가에 충성할 사람이다."라고 생각하며, 세 번째로 "김덕령은 살아있는 영웅이다."라고 생각한 것이다. 결론적으로 "김덕령은 무등산의 정기를 타고난 비범한 사람이고, 국가에 충성하는 사람이며, 영원히 죽지 않은 영웅이다."라고 요약하여 정리할 수 있다.

# 각주

1 문화적 기억은 문화를 이끌어가는 다양한 매체에 의한 기억으로서, 기억 그 자체만으로는 불가능하고 반드시 특정한 매체를 필요로 한다. 문화적 기억의 가장 대표적인 매체가 문자 매체인 것처럼(최문규 외, 『기억과 망각』, 책세상, 2003, 362~363쪽.) 무덤의 장소나 기억을 상기시키기 위한 추모장소도 매체의 역할을 한다. 무덤이 가족의 개인적 기념비로서 역할을 했다면, 기념비는 도시국가나 민족과 같은 집단적 기억, 즉 더 확장된 기억 공동체에 대한 기념비로서 역할을 한다.(알라이다 아스만 지음/변학수 · 채연숙 옮김, 『기억의 공간』, 그린비, 2011, 54쪽.)

2 신동흔은 서사적 화두(話頭)를 "그 요점을 화두 및 순차구조의 상호관계 속에서 쟁점적 문젯거리 형태"로 표현하면서, 즉 "서사적 의미 축을 이루는 쟁점적 문젯거리"로 규정했다. 화소의 의미자질이 순차적으로 연결되면서 서사적 의미가 구성되기 때문에 화소들의 의미적 상관관계를 통해 서사적 화두를 추출할 수 있다.(신동흔, 「서사적 화두를 축으로 한 화소 · 구조 통합형 설화분석 방법 연구」, 『구비문학연구』 제46집, 구비문학회, 2017, 50~52쪽.)

3 표인주, 「임진왜란의 구술기억과 구술집단의 역사의식」, 『호남문화연구』 제58집, 전남대학교 호남학연구원, 2015, 16쪽.

4 표인주, 위의 논문, 26쪽.

5 나경수, 「김덕령의 역설적 삶과 의미」, 『남도민속연구』, 제22집, 남도민속학회, 2011, 80쪽.

6 에릭 R, 캔델(전대호 옮김), 『기억을 찾아서』, 알에이치코리아, 2013, 29쪽.

7 집단기억은 집단의 소속감을 다지기 위한 과거재현이나 기억실천을 수행할 뿐 아니라 공동체가 스스로 상상의 공동체를 형성하는데 필요한 기억이다.(제프리 K, 올릭/강경이 옮김, 『기억의 지도』, 옥당, 2011, 147쪽.) 사건에 대한 개인의 기억이 집단기억으로 발전한 경우는 인간의 신체 · 물리적 경험 기반이 유사한 경우에 많다. 특히 공통적으로 경험한 전쟁에 관한 기억이 주관적이면서 개인적이지만 공동체 구성원들의 연대를 통해 집단기억으로 발전하여 지속된다.(표인주, 「임신왜란 서사기억의 발생적 원천과 기호적 층위」, 『호남문화연구』 제59집, 전남대학교 호남학연구원, 2016, 124쪽.)

8 『광주의 전설』(광주직할시 향토문화총서 제2집, 광주직할시, 1990.)에 수록된 자료는 주로 1990년대 채록한 내용과 문헌자료에 수록된 것을 수집하여 정리한 것임.

9 1 · 17의 풍수담은 거의 동일한 내용으로서 하나의 풍수담이라고 할 수 있다. 그리고

20·23의 설화는 풍수담과 김덕령의 역적 및 충신담으로 중복해서 분류하였는데, 이들 설화에서 단편적이고 요약된 풍수이야기가 나오기는 하지만 1·17의 풍수담과 크게 다르지 않다.

10 설화는 대립구조와 순차구조는 물론 인물관계나 시공간의 구도 등의 서사문법을 통해 구현되지만, 그 가운데 설화의 이해는 순차구조로부터 시작된다고 할 수 있다. 순차구조야말로 설화의 기본적인 틀이라고 할 수 있기 때문이다.(표인주, 「해남 윤씨 설화의 기호적 의미와 전승집단의 인식」, 『호남문화연구』 제63집, 전남대학교 호남학연구원, 2018, 43쪽.)

11 풍수설화는 전형적인 풍수관념을 바탕으로 꾸며낸 이야기로서 명당을 찾고, 명당을 얻으며, 그 결과 복을 받는다는 이야기로 구성되어 있다. 그래서 이야기마다 명당을 찾는 과정이나 명당을 얻는 과정이 다양하다.

12 체험주의에서 기호적 의미는 기호적 사상, 그리고 그 해석을 통해 산출되기 때문에 기호적 경험과 기호적 의미에 대한 탐구는 경험의 구조에 대한 새로운 탐구로부터 이루어져야 한다.(노양진, 「퍼스의 기호 개념과 기호 해석」, 『철학논총』 제83집 제1권, 세한철학회, 2016, 107쪽) 즉 기호적 의미는 물리적 경험을 근거로 형성된 기호내용의 입장에서 해석한 것이기 때문에 기호내용이 기호적 의미 구성에 중요한 역할을 한다는 것이다.

13 표인주, 『남도민속학』, 전남대학교 출판부, 2014, 246쪽.

14 유교 사상의 핵심은 효와 충이다. 효는 가족적 가치를, 충은 국가적 가치를 실현하는 이념이면서 관념적 수단이다. 하지만 효와 충은 분리된 개념이 아니다. 사회적 규범인 예는 효의 실천을 통해 충의 수렴으로 구성된다.(한정훈, 「김덕령의 기호적 의미 구성 연구」, 『구비문학연구』 제46집, 한국구비문학회, 2017, 303~304쪽.)

15 알라이다 아스만 지음/변학수·채연숙 옮김, 앞의 책, 46쪽.

# 참고문헌

〈자료집 및 사전류〉

『광주의 전설』(광주직할시 향토문화총서 제2집), 광주직할시, 1990.

『구비문학대계』 1-4, 한국정신문화연구원, 2002.

『구비문학대계』 2-4, 한국정신문화연구원, 2002.

『구비문학대계』 8-9, 한국정신문화연구원, 2002.

『다물도』, 국립해양문화연구소, 2015.

『명량대첩의 재조명』, 해남문화원·해남군, 1987.

『보성군 문화유적 학술조사』, 전남대학교박물관·보성군, 1992.

『서산대사 진법군고』, 해남문화원, 1991.

『오디세이 광주120년』, 광주광역시립민속박물관, 2016.

『완도군의 문화유적』, 국립목포대학교박물관·전라남도·완도군, 1995.

『완도군정50년사』, 완도군, 1995.

『완도군지』, 완도군지편찬위원회, 1992.

『장성군의 문화유적』, 장성군·조선대학교박물관, 1999.

『전라좌수영의 역사와 문화』, 순천대학교박물관·여수시, 1993.

『한국농악(호남편)』, 사단법인 한국향토사연구전국협의회, 1994.

『한국민속대관』5, 고려대학교 민족문화연구소, 1995.

『한국민속문학사전』 설화2, 국립민속박물관, 2012.

『한국민속신앙사전』 가정신앙㉠~㉦, 국립민속박물관, 2011.

『한국민속신앙사전』 마을신앙㉠~㉦, 국립민속박물관, 2010.

『한국민속신앙사전』 마을신앙㉪~㉭, 국립민속박물관, 2010.

『한국세시풍속사전』봄편, 국립민속박물관, 2005.

『한국세시풍속사전』정월편, 국립민속박물관, 2004.

『한국일생의례사전』1, 국립민속박물관, 2014.

『화순군의 민속과 축제』, 남도민속학회·화순군, 1998.

한국문화상징사전편찬위원회, 『한국문화상징사전』, 동아출판사, 1992.


〈단행본〉

G.레이코프/M.존슨(노양진/나익주 옮김), 『삶으로서 은유』, 박이정, 2009.

G.레이코프·M.존슨 지음(임지룡·윤희수·노양진·나익주 옮김), 『몸의 철학』, 박이정, 2002.

강등학 외, 『한국 구비문학의 이해』, 월인, 2005.

강성복, 「짚말」, 『한국민속신앙사전』, 국립민속박물관, 2010.

고규진, 「그리스 문자문화와 문화적 기억」, 『기억과 망각』, 책세상, 2003.

고싸움놀이보존회, 『옻돌마을 사람들과 고싸움놀이』, 민속원, 2004.

과학백과사전종합출판사 펴냄, 『구전문학』, 대산출판사, 2000.

국사편찬위원회 편, 『장시에서 마트까지 근현대 시장 경제의 변천』, 두산동아, 2007.

권영철·주정달, 『화전가연구』, 형설출판사, 1981.

김경학 외, 『암소와 갠지스』, 산지니, 2005.

김대길, 『조선후기 장시연구』, 국학자료원, 1997.

김선풍 외, 『민속문학이란 무엇인가』, 집문당, 1995.

김선풍 외, 『민속학적으로 본 열두 띠 이야기』, 집문당, 1995.

김열규 외, 『민담학개론』, 일조각, 1985.

김열규, 「한국신화의 동물론」, 『한국의 신화』, 일조각, 1976.

김종대, 『33가지로 동물로 본 우리 문화의 상징세계』, 다른세상, 2001.

김태곤, 『한국의 무속』, 대원사, 2001.

김택규, 『한국농경세시의 연구』, 영남대학교출판부, 1985.

노양진, 『나쁜 것의 윤리학』, 서광사, 2015.

노양진, 『몸 언어 철학』, 서광사, 2009.

노양진, 『몸이 철학을 말하다』, 서광사, 2013.

노양진, 『인간의 도덕』, 서광사, 2017.

노양진, 『철학적 사유의 갈래』, 서광사, 2018.

로저 키징 저(전경수 역), 『현대문화인류학』, 현음사, 1985.

마크 존슨 지음/노양진 옮김, 『마음 속의 몸』, 철학과 현실사, 2000.

마크 존슨 지음/노양진 옮김, 『인간의 도덕』, 서광사, 2017.

마크 존슨/김동환·최영호 옮김, 『몸의 의미』, 동문선, 2012.

소재영 외, 『한국의 민속문학과 예술』, 집문당, 1998.

악셀 호네트 지음/문성훈·이현재 옮김, 『인정투쟁』, 사월의 책, 2011.

알라이다 아스만 지음(변학수·채연숙 옮김), 『기억의 공간』, 그린비, 2011.

앙리 베르그손(박종원 옮김), 『물질과 기억』, 아카넷, 2012.

에드먼드 리치 지음(이종인 옮김), 『레비스트로스』, 시공사, 1999.

에릭 R. 캔델(전대호 옮김), 『기억을 찾아서』, 알에이치코리아, 2013.

윤승현 편저, 『윤고산문화사전』, 재단법인 녹우당종가보존문화예술재단, 2017.

윤천근, 『풍수의 철학』, 도서출판 너름터, 2001.

이광규, 『한국인의 일생』, 형설출판사, 1985.

이기백, 『한국사신론』, 일조각, 1982.

이민웅,『임진왜란 해전사』, 청어람미디어, 2004.

이상희,『꽃으로 보는 한국문화1』, 넥세스BOOKS, 2004.

이수자,『나주 토박이 나종삼 옹이 들려 준 옛날이야기』, 나주시, 2016.

이수자,『큰굿 열두거리의 구조적 원형과 신화』, 집문당, 2004.

임동권 외,『한국의 馬 민속』, 집문당, 1999.

임재해,『민속문화론』, 문학과 지성사, 1986.

장덕순 외,『구비문학개설』, 일조각, 2006.

장주근,『한국의 세시풍속』, 형설출판사, 1989.

전남대학교 감성인문학단,『공감장이란 무엇인가』, 도서출판 길, 2017.

井德太郎編,『民間信仰辭典』, 東京堂出版, 1980.

정병호,『농악』, 열화당, 1986.

정승모,『시장』, 이화여자대학교출판부, 2006.

정윤국,『나주목』, 제일문화사, 1989.

제랄드 프랭스(최상규 옮김),『서사학이란 무엇인가』, 예림기획, 2015.

제레미 탬블링(이호 옮김),『서사학과 이데올로기』, 예림기획, 2010.

제프리 K, 올릭(강경이 옮김),『기억의 지도』, 옥당, 2011.

조원래,『임진왜란과 호남지방의 의병항쟁』, 아세아문화사, 2001.

지춘상,『전남의 민요』, 전라남도, 1988.

진성기,『남국의 신화』, 아립출판사, 1965.

질 포코니에·마크 터너 지음(김동환·최영호 옮김),『우리는 어떻게 생각하는가?』,
　지호, 2009.

천진기,「마제」,『한국민속신앙사전』, 국립민속박물관, 2010.

천진기,『한국동물민속론』, 민속원, 2003.

최길성,『한국민간신앙의 연구』, 계명대학교출판부, 1989.

최문규 외,『기억과 망각』, 책세상, 2003.

편무영,『한국불교민속론』, 민속원, 1998.

표인주 외,『무등산권 굿당과 굿』, 민속원, 2011.

표인주 외,『무등산권 무속인의 생애사』, 민속원, 2011.

표인주 외,『이주완의 풍물굿과 이경화의 예술세계』, 민속원, 2013.

표인주,『광주칠석고싸움놀이』, 피아, 2005.

표인주,『남도민속과 축제』, 전남대학교출판부, 2005.

표인주,『남도민속문화론』, 민속원, 2002.

표인주,『남도민속학』, 전남대학교출판부, 2014.

표인주,『남도설화문학연구』, 민속원, 2000.

표인주,『영산강민속학』, 민속원, 2013.

표인주,『축제민속학』, 태학사, 2007.

한상수,『한국인의 신화』, 문음사, 1986.

한양명,『물과 불의 축제』, 민속원, 2009.


## 〈논문 및 기타〉

강명혜,「제주도 신화 속 꽃의 의미 및 상징성」,『온지논총』제48집, 온지학회, 2016.

강성복,「동화제에 깃든 속신의 전승양상과 의미」,『실천민속학』제18호, 실천민속학회, 2011.

고부자,「조선시대 민간의 혼례풍속과 복식」,『한국종교』27, 원광대학교 종교문제연구소, 2003.

공제욱, 「일제의 민속통제와 집단놀이의 쇠퇴」, 『사회와 역사』 제95집, 한국사회
사학회, 2012.

구미래, 「우물의 상징적 의미와 사회적 기능」, 『비교민속학』23집, 비교민속학회,
2002.

권오영, 「성스러운 우물의 제사」, 『지방사와 지방문화』 11권 2호, 역사문화학회,
2008.

권태효, 「우물의 공간적 성격과 상징성 연구」, 『민족문화연구』56호, 고려대학교
민족문화연구원, 2012.

길태기, 「백제의 주금사와 약사신앙」, 『신라사학보』6, 신라사학회, 2006.

김 원, 「서벌턴은 왜 침묵하는가?」, 『사회과학연구』 제17집 1호, 서강대학교 사회
과학연구소, 2009.

김강식, 「조선후기 임진왜란 기억과 의미」, 『지역과 역사』31호, 2012.

김경호, 「유학적 감성 세계」, 호남학연구원 콜로키움 발표문, 2009. 4.15.

김광역, 「음식의 생산과 문화의 소비」, 『한국문화인류학』 26, 한국문화인류학회,
1994.

김난주·송재용, 「일제강점기 향토오락 진흥정책과 민속놀이의 전개 양상」, 『비교
민속학』 제44집, 비교민속학회, 2011.

김명자, 「세시풍속을 통해 본 물의 종교적 기능」, 『한국민속학』49권, 한국민속학
회, 2009.

김미영, 「온돌주거지의 발생과 양상」, 『가라문화』 제18집, 경남대학교 가라문화연
구소, 2004.

김승민, 「조선시대 화훼식물의 이용과 상징성에 관한 연구」, 『한국전통조경학회
지』 제32권 제2호, 한국전통조경학회, 2014.

김승찬, 「한국의 馬政攷」, 『석주선교수회갑기념 민속논총』, 통문관, 1971.

김승찬·허영순, 「부산지방의 産前俗」, 『한국민속학』3, 민속학회, 1970.

김시덕, 「마을민속에서 산업민속으로 변화되는 일생의례 연구」, 『민속연구』 19, 안동대학교 민속학연구소, 2009.

김영돈, 「한국전승동요와 동식물」, 『구비문학』 6호, 한국정신문화연구원, 1981.

김영민, 「전주의 민속놀이 연구」, 『문화연구』 제2집, 한국문화학회, 1999.

김영주, 「음식으로 본 한국 여성결혼이민자의 문화적 갈등과 적응 전략」, 『농촌사회』 제19집 1호, 한국농촌사회학회, 2009.

김용철, 「전라도 지역원형 울돌목해전」, 『국제어문학회 학술대회 자료집』, 국제어문학회, 2015.

김의숙, 「물의 제의 연구」, 『강원인문논총』제9집, 강원대학교 인문과학연구소, 2001.

김재호, 「기우제의 지역간 비교와 기우문화의 지역성」, 『비교민속학』 33집, 비교민속학회, 2007.

김재호, 「산골사람들의 물 이용과 민속적 분류체계」, 안동대학교 대학원 박사학위논문, 2006.

김재홍, 「윤선도 시의 형성동인」, 『고산연구』 4권, 고산연구회, 1990.

김정은, 「설화의 서사문법을 활용한 자기발견과 치유의 이야기 창작방법 연구」, 건국대학교 대학원 박사학위논문, 2016.

김종대, 「쌍으로 세우는 경기도 광주지역 동화세의 전승양상과 그 특징」, 『어문논집』 62, 중앙어문학회, 2015.

김창일, 「무속신화에 나타난 꽃밭의 의미 연구」, 『한국무속학』 제11집, 한국무속학회, 2006.

김태곤, 「물의 제의적 원의상징」, 『월산 임동권박사 송수기념논문집』, 집문당, 1986.

김태훈, 「한국 종교문화 속 물의 상징성에 대한 고찰」, 『원불교사상과 종교문화』 58, 원광대학교 원불교사상연구원, 2013.

김현주, 「일상경험담과 민담의 구술성 연구」, 『구비문학연구』 제4집, 한국구비문학회, 1997.

나경수, 「김덕령의 역설적 삶과 의미」, 『남도민속연구』, 제22집, 남도민속학회, 2011.

남근우, 「노적봉전설의 고층-그 행위상관물로서 달집태우기-」, 『도남학보』 13권, 도남학회, 1991.

남근우, 「민속의 관광자원화와 민속학 연구」, 『한국민속학』 49, 한국민속학회, 2009.

노양진, 「기호의 전이」, 『철학연구』, 제149집, 대한철학회, 2019.

노양진, 「퍼스의 기호 개념과 기호 해석」, 『철학논총』 제83집 제1권, 새한철학회, 2016.

려증동, 「17세기 윤선도 작품에 관한 연구」, 『고산연구』 4권, 고산연구회, 1990.

문숙자, 「17-18세기 해남윤씨가의 토지 확장 방식과 사회·경제적 지향」, 『고문서연구』 40권, 한국고문서학회, 2012.

문숙자, 「조선 후기 양반가계와 지역민의 관계 및 변화양상」, 『고문서연구』 48권, 한국고문서학회, 2016.

문영란, 「조선시대 화훼문화와 기명절지에 관한 연구」, 『한국화예디자인학 연구』 제28집, 한국화예디자인학회, 2013.

문영란, 「화훼의 상징적 알레고리를 통한 꽃말에 관한 연구」, 『한국화예디자인학

연구』 제27집, 한국화예디자인학회, 2012.

민현주, 「전국민속예술경연대회 분석을 통한 민속놀이의 지역별 특성 연구」, 『움
직임의 철학 : 한국체육철학회지』, 제10권 제2호, 한국체육철학회, 2002.

박명희, 「한국 무교의례에 나타난 꽃의 의미와 상징성에 대한 연구」, 『한국화예디
자인학연구』 제10집, 한국화예디자인학회, 2004.

박선미, 「동성마을 잔치음식의 구성과 의미」, 안동대학교 대학원 박사학위논문,
2016.

박수밀, 「조선후기 산문에 나타난 꽃에 대한 인식과 심미의식」, 『동방한문학』 제
56집, 동방한문학회, 2013.

박정석, 「홍어와 지역정체성」, 『도서문화』 32, 목포대학교 도서문화연구소, 2008.

박정석, 「홍어의 상징성과 지역축제」, 『한국민족문화』 33, 부산대학교 한국민족문
화연구소, 2009.

박종성, 「구비설화 텍스트의 언어학적 분석」, 『구비문학연구』, 한국구비문학회,
1995.

박종오, 「홍어잡이 방식의 변천과 조업 유지를 위한 제문제」, 『한국학연구』 28, 고
려대학교 한국학연구소, 2008.

박종오, 「홍어잡이와 관련된 어로신앙의 변화」, 『호남문화연구』 제42집, 전남대학
교 호남문화연구소, 2008.

박혜일·최희동·배영덕·김명섭, 「이순신의 명량해전」, 『정신문화연구』 가을호 제
25권 제3호(통권 88호), 한국학중앙연구원, 2002.

박희현, 「동물상과 식물상」, 『한국사론』 12, 국사편찬위원회, 1983.

방원일, 「원시종교 이론에 나타난 인간과 동물의 관계」, 『종교문화비평』 21, 종교
문화비평학회, 2012.

배병주, 「농촌수리관행에 관한 연구」, 『인류학연구』제3집, 영남대문화인류학회, 1986.

배상선·심우경, 「조경식물의 상징성에 관한 기초연구」, 『한국전통조경학회지』제8권 제1호, 한국전통조경학회, 1989.

배영동, 「수도작 기술의 문화로서 보의 축조와 이용」, 『농경생활의 문화읽기』, 민속원, 2000.

백대웅, 「전통음악에 나타난 한국인의 감성」, 『민족문화연구』제30집, 고려대학교 민족문화연구원, 1997.

서해숙, 「강강술래 생성배경과 기능」, 『남도민속연구』3권, 남도민속학회, 1995.

서해숙, 「달집태우기의 전통과 현대적 변화」, 『건지인문학』16권, 전북대학교 인문학연구소, 2016.

서해숙, 「민속놀이의 현대적 접근 시론」, 『호남문화연구』제31집, 전남대학교 호남학연구원, 2002.

송화섭, 「민속과 사상」, 『한국사론』29, 국사편찬위원회, 1999.

송화섭·김경미, 「1930년대 전주 덕진연못의 단오물맞이」, 『지방사와 지방문화』16권 1호, 역사문화학회, 2013.

송효섭, 「구술문학과 기호학」, 『구비문학연구』제13집, 한국구비문학회, 2001.

송효섭, 「구술서사학과 현재와 미래」, 『구비문학연구』제45집, 한국구비문학회, 2017.

신규리, 「한국의 전통 민속놀이 활성화 방안」, 『한국여가학회지』제8권 2호, 한국여가학회, 2007.

신동흔, 「경험담의 문학적 성격에 대한 고찰」, 『구비문학연구』제4집, 한국구비문학회, 1997.

신동흔, 「구비문학 연구 동향」, 『국문학연구』 4권, 국문학회, 2000.

신동흔, 「문화전환기에 돌아보는 문학의 개념과 위상」, 『민족문학사연구』 17호, 민족문학사학회, 2000.

신동흔, 「삶, 구비문학, 구비문학 연구」, 『구비문학연구』 제1집, 한국구비문학회, 1994.

신동흔, 「서사적 화두를 축으로 한 화소·구조 통합형 설화분석 방법 연구」, 『구비문학연구』 제46집, 한국구비문학회, 2017.

신동흔, 「역사경험담의 존재 양상과 문학적 특성」, 『국문학연구』 제23호, 국문학회, 2011.

신민정, 「화전민호수의 변화요인 분석-강원도를 중심으로-」, 『농업사연구』 제10권 2호, 한국농업사학회, 2011.

심상교, 「동해안별신굿 지화 조사연구(1)」, 『한국무속학』 제5집, 한국무속학회, 2003.

심우장, 「구비문학과 텍스트과학」, 『구비문학연구』 제13집, 한국구비문학회, 2001.

심우장, 「구비설화 연구방법론에 나타난 쟁점 및 전망」, 『국문학연구』 제11호, 국문학회, 2004.

심우장, 「현단계 설화 연구의 좌표」, 『구비문학연구』 제15집, 한국구비문학회, 2002.

안병태, 「白馬, 鷄敀」, 『한국민속학』 2, 한국민속학회, 1970.

안영희, 「고대인들에 반영된 꽃의 의미」, 『아시아여성연구』 11, 숙명여자대학교 아시아여성연구소, 1972.

안재호, 「묘역식 지석묘의 출현과 사회상」, 『호서고고학』 26, 호서고고학회, 2012.

양종승·최진아,「서울굿의 신화연구」,『한국무속학』제4집, 한국무속학회, 2002.

양회석,「띠와 쥐의 설화」,『중국문학』제65집, 한국중국어문학회, 2010.

여인석,「삼국시대의 불교교학과 치병활동의 관계」,『의사학』, 제5권 제2호, 대한 의사학회, 1996.

우한용,「정서의 언어화 구조와 소통형식」, 호남학연구원 콜로키움 발표문, 2009. 4. 29.

유목화,「여성 민요에 나타난 감성의 발현양상과 치유방식」,『공연문화연구』제 20집, 한국공연문화학회, 2010.

유영봉,「고려시대 문인들의 화훼에 대한 취향과 문인화」,『한문학보』제3집, 우리 한문학회, 2000.

유철인,「구술된 경험 읽기:제주4·3관련 수형인 여성의 생애사」,『한국문화인류 학』제37-1집, 한국문화인류학회, 2004.

유철인,「생애사와 신세타령」,『한국문화인류학』제22집, 한국문화인류학회, 1990.

윤명희,「합리성의 감성적 고찰」,『문화와 사회』제4권, 문화사회학회, 2008.

윤지안,「조선후기 화훼문화의 확산과 화훼지식의 체계화」,『농업사연구』제15권 1호, 한국농업사학회, 2016.

윤택림,「구술사와 지방민의 역사적 경험 재현」,『한국문화인류학』제30-2집, 한 국문화인류학회, 1997.

윤택림,「기억에서 역사로」,『한국문화인류학』제25집, 한국문화인류학회, 1994.

윤형숙 외,『홍어』, 민속원, 2009.

윤형숙,「홍어요리의 상품화와 전라도 지역 정체성」,『한국민족문화』32, 부산대 학교 한국민족문화연구소, 2008.

이 욱, 「순천 왜교성전투와 조선민중의 동향」, 『한국사학보』 제54호, 고려사학회, 2014.

이가원 역, 『三國遺事新譯』, 태학사, 1991.

이경복, 「조선시대 움집에 설치된 온돌의 조사법 일사례」, 『호서고고학』 18권, 호서고고학회, 2008.

이구형, 「감성과 감정의 이해를 통한 감성의 체계적 측정 평가」, 『한국감성과학회지』 Vol.1. NO.1. 한국감성과학회, 1998.

이구형, 「인간감성의 특성과 감성적 공학적 기술」, 『한국정밀공학회지』 제18권 제2호, 한국정밀 공학회, 2001.

이기태, 「마을기우제의 구조와 사회통합적 성격」, 『한국민속학』 46, 한국민속학회, 2007.

이남식, 「취락의 공간유산과 수리공동체의 기능」, 『안동문화』 제10집, 안동대 안동문화연구소, 1989.

이명진, 「남원 용마놀이의 원형 검토와 전승 실태」, 『남도민속연구』 10집, 남도민속학회, 2004.

이미경·오익근, 「단절 위기 민속놀이의 전승 및 관광자원화 방안」, 『관광연구』 제29권 제1호, 대한관광경영학회, 2014.

이숙인, 「18세기 조선의 음식 담론」, 『한국실학연구』 28, 한국실학회, 2014.

이영배, 「구술 기억의 재현적 성격과 상징적 의미」, 『호남문화연구』 제56집, 전남대학교 호남학연구원, 2014.

이영배, 「굿문화 속 감성의 존재 양상과 그 특징」, 『호남문화연구』 제45집, 전남대학교 호남학연구원, 2009.

이영배, 「놀이 전통의 문화적 기반과 특징」, 『감성연구』 제12집, 전남대학교 호남문화연구원 인문한국사업단, 2016.

이영배, 「두레의 기억과 공동체적 신명의 정치성과 문화적 의미」, 『민속학연구』 제27호, 국립민속박물관, 2010.

이영배, 「위도 띠뱃놀이에서 풍물굿의 공연적 특성과 위상」, 『남도민속연구』 19권, 남도민속학회, 2009.

이영배, 「호남 풍물굿 잡색놀음의 공연적 특성과 그 의미」, 『우리어문연구』 27권, 우리어문학회, 2006.

이융조·조태섭, 「우리나라 구석기시대 옛사람들의 사냥경제활동」, 『선사와 고대』 18, 한국고대학회, 2003.

이종범, 「고산 윤선도의 출처관과 정론」, 『대구사학』 제74집, 대구사학회, 2004.

이창식, 「민속놀이의 유형과 의미」, 『민속놀이와 민중의식』, 집문당, 1996.

임남수, 「고대한국 약사신앙의 전개양상과 조상」, 『사림』, 제24호, 수선사학회, 2005.

임동권, 「동물의 민속-용·뱀·소·말·개·돼지·양·닭-」, 『한국민속문화론』, 집문당, 1983.

임소영, 「꽃이름의 생성 과정과 인지 과정」, 『한국어 의미학』 4, 한국어의미학회, 1999.

임재해, 「기우제의 성격과 그 전승의 시공간적 이해」, 『한국민속과 전통의 세계』, 지식산업사, 1994.

임재해, 「마을 공동체문화로서 민속놀이의 전승과 기능」, 『한국민속학』 48, 한국민속학회, 2008.

임재해, 「민속학 연구방법론의 전개」, 『한국민속연구사』, 지식산업사, 1994.

임재해, 「일생의례 관련 물질자료들의 상징적 의미와 주술적 기능」, 『한국민속학』

8, 한국민속학회, 1997.

장덕순, 「문헌설화의 분류」, 『한국설화문학연구』, 서울대학교출판부, 1993.

장학근, 「왜교·노량해전에 나타난 조·명·일의 기동항해진형」, 『정유재란과 순천 왜교성전투』, 임진왜란7주갑기념 전국학술대회, 2012.

정 민, 「18, 19세기 문인지식층의 원예취미」, 『한국한문학연구』 제35집, 한국한문 학회, 2005.

정연학, 「불과 민속」, 『방재와 보험』 126권, 한국화재보험협회, 2008.

정윤섭, 「16-18세기 해남윤씨가의 해언전 개발과정과 배경」, 『지방사와 지방문 화』 제11권 1호, 역사문화학회, 2008.

정출헌, 「임진왜란의 영웅을 기억하는 두 개의 방식」, 『한문학보』 제21집, 우리한 문학회, 2009.

정충훈, 「한국산 가오리류의 종 목록과 분포상」, 『한국수산자원학회지』 3, 한국수 산자원학회, 2000.

정충훈, 「한국산 홍어류 어류의 분류학적 연구 현황과 국명 검토」, 『한국어류학회 지』 11-2, 한국어류학회, 1999.

정현옥, 「여성생애담연구」, 경상대학교 박사학위논문, 2007.

조승연, 「달집태우기」, 『방재와 보험』 136권, 한국화재보험협회, 2010.

조용성, 「벳푸 하마와키 야쿠시마쓰리에 나타나는 약사여래신앙」, 『차세대인문사 회연구』 9권, 동서대학교 일본연구센터, 2013.

조원래, 「참전기록을 통해 본 왜교성전투의 실상」, 『정유재란과 순천 왜교성전 투』, 임진왜란7주갑기념 전국학술대회, 2012.

조정규, 「홍어와 가오리의 음식문화권 연구」, 『문화역사지리지』 제28권 제2호, 2016.

조창록, 「문헌자료를 통해 본 조선의 원예문화」, 『동방한문학』 제56집, 동방한문학회, 2013.

조태성, 「두려움으로부터의 소외, 감성」, 『현대문학이론연구』 제37집, 현대문학이론학회, 2009.

조흥윤, 「한국 신화 속의 여성문화」, 『샤머니즘연구』 제2집, 한국샤머니즘학회, 2000.

주남철, 「온돌과 부뚜막의 일고찰」, 『문화재』 20호, 문화재관리국, 1987.

지춘상, 「줄다리기와 고싸움놀이에 관한 연구」, 『민속놀이와 민중의식』, 집문당, 1996.

천혜숙, 「구비서사 분석의 방법론 모색을 위한 제안」, 『구비문학연구』 제47집, 한국구비문학회, 2017.

천혜숙, 「여성생애담의 구술사례와 그 의미 분석」, 『구비문학연구』 제4집, 한국구비문학회, 1997.

최래옥, 「오수형 의견설화의 연구」, 『한국문학론』, 일월서각, 1981.

최문규, 「문화, 매체, 그리고 기억과 망각」, 『기억과 망각』, 책세상, 2003.

최재목·김은령, 「삼국유사애 나타난 꽃에 대한 고찰」, 『유학연구』 제29집, 충남대학교 유학연구소, 2013.

최종성, 「용부림과 용부림꾼」, 『민속학연구』6, 국립민속박물관, 1999.

최종호, 「환갑의례의 역사적 변천과 사화문화적 변화」, 『실천민속학연구』 25, 실천민속학회, 2015.

표인주, 「가축의 민속적 기호경험과 체험주의적 해석」, 『용봉인문논총』 제53집, 전남대학교 인문대학 인문학연구소, 2018.

표인주, 「감성의 발현양상으로 보는 축제의 이해와 활용」, 『공연문화연구』 제

21집, 한국공연문화학회, 2010.

표인주,「김덕령 설화의 기호적 의미와 전승집단의 인식」,『석당논총』제72집, 동
아대학교 석당학술원, 2018.

표인주,「마을축제의 영상도식과 은유체계의 이해」,『한국학연구』제68집, 고려대
학교 한국학연구소, 2019.

표인주,「무형문화재 고싸움놀이의 변이양상과 축제화 과정」,『한국문화인류학』
33권 2호, 한국문화인류학회, 2000.

표인주,「민속에 나타난 '불(火)'의 물리적 경험과 기호적 의미」,『비교민속학』제
61집, 비교민속학회, 2016.

표인주,「민속에 나타난 감성의 본질과 발현양상」,『호남문화연구』제45집, 전남
대학교 호남문화연구소, 2009.

표인주,「민속에 나타난 꽃의 기호적 의미」,『호남문화연구』제62집, 전남대학교
호남학연구원, 2017.

표인주,「민속에 나타난 물의 체험주의적 해명」,『비교민속학』제57집, 비교민속
학회, 2015.

표인주,「민속적 경험과 감성의 원초적 기반으로서 삶과 정서」,『감성연구』제
16집, 전남대학교 호남학연구원 인문한국사업단, 2018.

표인주,「슬픔과 분노의 민속학적인 치유 메커니즘」,『호남문화연구』제54집, 전
남대학교 호남문화연구원, 2013.

표인주,「실크로드의 민속문화적인 위상과 의미」,『호남문화연구』제41집, 전남대
학교 호남문화연구소, 2007.

표인주,「영산강 유역 줄다리기문화의 구조적 분석과 특질」,『한국민속학』48권,
한국민속학회, 2008.

표인주, 「임진왜란 서사기억의 발생적 원천과 기호적 층위」, 『호남문화연구』 제 59집, 전남대학교 호남학연구원, 2016.

표인주, 「임진왜란의 구술기억과 구술집단의 역사의식」, 『호남문화연구』 제58집, 전남대학교 호남학연구원, 2015.

표인주, 「지리산 산신신앙의 다양성과 축제적 활용」, 『남도문화연구』제24집, 순천 대학교 지리산권문화연구원 남도문화연구소, 2013.

표인주, 「지석묘 덮개돌의 언어민속학적인 의미」, 『호남문화연구』제53집, 전남대 학교 호남학연구원, 2013.

표인주, 「해남 윤씨 설화의 기호적 의미와 전승집단의 의식」, 『호남문화연구』 제 63집, 전남대학교 호남학연구원, 2018.

표인주, 「호남지역 민속놀이의 기호적 변화와 지역성」, 『민속연구』 35집, 안동대 학교 민속학연구소, 2017.

표인주, 「홍어음식의 기호적 전이와 문화적 중층성」, 『호남문화연구』 제61집, 전 남대학교 호남학연구원, 2017.

한경구, 「어떤 음식은 생각하기에 좋다」, 『한국문화인류학』 26, 한국문화인류학회, 1994.

한경란, 「연행록에 나타나는 음식 표상과 자기이해 양상」, 『한국어와 문화』 제 20집, 숙명여자대학교 한국어문화연구소, 2016.

한상권, 「17세기 중엽 해남 윤씨가의 노비소송」, 『고문서연구』 39권, 한국고문서 학회, 2011.

한서희, 「식물 유래담에 투영된 현세주의적 가치관」, 『남도민속연구』 제32집, 2016.

한양명, 「소의 민속과 상징」, 『민속학적으로 본 열두 띠 이야기』, 집문당, 1995.

한양명,「일생의례의 축제성」,『비교민속학』39, 비교민속학회, 2009.

한정훈,「김덕령의 기호적 의미 구성 연구」,『구비문학연구』제46집, 한국구비문학회, 2017.

한정훈,「빨치산 구술생애담 연구」, 전남대학교 박사학위논문, 2012.

함한희,「구술사와 문화연구」,『한국문화인류학』제33-1집, 한국문화인류학회, 2000.

허용호,「감성적 시각이 주는 문제의식과 착상」,『감성연구』제3집, 전남대학교 호남학연구원, 2011.

허용호,「민속놀이의 전국적인 분포와 농업적 기반」,『민족문화연구』제41호, 고려대학교 민족문화연구원, 2001.

허용호,「전통인형극에 등장하는 중의 형상화 양상과 그 감성 논리」,『구비문학연구』제33집, 한국구비문학회, 2011.

허용호,「축제적 감성의 발현 양상과 사회적 작용」,『호남문화연구』제49집, 전남대학교 호남학연구원, 2011.

현용준,「제주도의 영등굿」,『한국민속학』창간호, 한국민속학회, 1969.

황교익,「고향의 맛-음식여행」,『지방행정』1월호, 대한지방행정공제회, 2003.

황익주,「향토음식 소비의 사회문화적 의미」,『한국문화인류학』26, 한국문화인류학회, 1994.

# 찾아보기